Markus Bauder, Volker Holzer, Thomas Paaß, Ulrich Patzig, Christian Seifritz

Holzer Stofftelegramme Wirtschafts- und Sozialkunde (Gesamtwirtschaft), Gemeinschaftskunde

Kompetenzbereiche I–IV
Industriekauffrau/-mann
Groß- und Außenhandelskauffrau/-mann
Kauffrau/-mann für Spedition und Logistikdienstleistung
Immobilienkauffrau/-mann
Kauffrau/-mann für Marketingkommunikation
u. a.

Baden-Württemberg

3. Auflage

Bestellnummer 14900

Bildungsverlag EINS
westermann

Die in diesem Produkt gemachten Angaben zu Unternehmen (Namen, Internet- und E-Mail-Adressen, Handelsregistereintragungen, Bankverbindungen, Steuer-, Telefon- und Faxnummern und alle weiteren Angaben) sind i. d. R. fiktiv, d. h., sie stehen in keinem Zusammenhang mit einem real existierenden Unternehmen in der dargestellten oder einer ähnlichen Form. Dies gilt auch für alle Kunden, Lieferanten und sonstigen Geschäftspartner der Unternehmen wie z. B. Kreditinstitute, Versicherungsunternehmen und andere Dienstleistungsunternehmen. Ausschließlich zum Zwecke der Authentizität werden die Namen real existierender Unternehmen und z. B. im Fall von Kreditinstituten auch deren IBANs und BICs verwendet.

Die in diesem Werk aufgeführten Internetadressen sind auf dem Stand zum Zeitpunkt der Drucklegung. Die ständige Aktualität der Adressen kann vonseiten des Verlages nicht gewährleistet werden. Darüber hinaus übernimmt der Verlag keine Verantwortung für die Inhalte dieser Seiten.

service@westermann.de
www.westermann.de

Bildungsverlag EINS GmbH
Ettore-Bugatti-Straße 6-14, 51149 Köln

ISBN 978-3-427-**14900**-2

westermann GRUPPE

Vorwort

Das Buch gewährleistet ein **systematisches Fitnesstraining für Unterricht + Klassenarbeit + Prüfung.** Die Stoffinhalte entsprechen den **Lehrplänen (Wirtschafts- und Sozialkunde kompetenzorientiert: Schwerpunkt Gesamtwirtschaft, Gemeinschaftskunde**) für **BADEN-WÜRTTEMBERG** (**Industrie + Großhandel ...** = mittlerweile **identische Prüfungen**).

Alle Kapitel der Wirtschafts- und Sozialkunde und Gemeinschaftskunde bestehen jeweils aus:

Stofftelegramm	Aufgaben	Prüfungsaufgaben
Stoffinhalte in Kurzform	**typische Fragestellungen zum Stoffgebiet** **+ Tests mit Notenermittlung** in Gesamtwirtschaft	• kapitelzugehörige und zum neuen Lehrplan passende **Prüfungsaufgaben Gesamtwirtschaft (Industrie, Großhandel, Einzelhandel ...**) der letzten Jahre • Alle Gemeinschaftskunde-Prüfungsaufgaben der letzten zwei Jahre befinden sich in Kapitel 4. • Die originalgetreuen Prüfungsaufgaben Sommer 2019 befinden sich gebündelt am Ende des Buches.

Einsatzmöglichkeiten:

- **systematische Nachbearbeitung** eines Stoffgebietes
- **eigenverantwortliche Kontrolle** anhand der Übungsaufgaben und **Tests** mit Notenermittlung in Kombination mit dem Lösungsbuch
- **gezielte Vorbereitung auf Klassenarbeiten und Abschlussprüfung**

Das **Lösungsbuch (Bestell-Nr. 14905**) mit ausführlichen Antworten ist getrennt erhältlich.

Verfasser und Verlag wünschen Ihnen viel Erfolg beim Lernen, in der Klassenarbeit und Prüfung. Wir freuen uns, wenn das vorliegende Buch für Sie eine entscheidende Hilfe darstellt.

Inhaltsverzeichnis

Wirtschafts- und Sozialkunde

Kompetenzbereich I: In Ausbildung und Beruf orientieren

Kompetenzbereich II: Wirtschaftliches Handeln in der Sozialen Marktwirtschaft analysieren

Kompetenzbereich III: Wirtschaftspolitische Einflüsse auf den Ausbildungsbetrieb, das Lebensumfeld und die Volkswirtschaft einschätzen

Kompetenzbereich IV: Entscheidungen im Rahmen einer beruflichen Selbstständigkeit treffen

Gemeinschaftskunde

Prüfungsaufgaben Sommer 2019

Wirtschafts- und Sozialkunde

Kompetenzbereich I:
In Ausbildung und Beruf orientieren

1 Duales Ausbildungssystem

1.1 Grundlagen: Beteiligte, Lernorte, Ausbildungsordnung

Stofftelegramm

Berufsbildungsgesetz ← Rechtliche Vorschriften → **Jugendarbeitsschutzgesetz**

↙ ↘

Ausbildungsordnung **Berufsausbildungsvertrag**

- **Beteiligte:**
  - **Ausbildender:** stellt den Auszubildenden zur Berufsausbildung ein (z. B. Bausitz AG)
  - **Ausbilder:** vom Ausbildenden mit der Ausbildung Beauftragte (z. B. Herr Haaf)
  - **Auszubildender**

- **Duales Ausbildungssystem**: Verbindung von praktischer und theoretischer schulischer Ausbildung
  - **Lernort Betrieb:** Auszubildender erhält praktische Berufsgrundbildung. Basis der Ausbildung:
    - Berufsausbildungsvertrag
    - **Berufsbildungsgesetz**: enthält u. a. Bestimmungen über Rechte und Pflichten des Auszubildenden sowie über die Ausbildungsordnung (s. u.)
  - **Lernort Berufsschule:** Auszubildender erhält theoretische Ausbildung. Basis der Ausbildung:
    - Schulpflicht
    - Lehrpläne
    - Schulgesetze der Länder

- **Inhalte der Ausbildungsordnung (§ 5 Berufsbildungsgesetz):**
  - Bezeichnung des Ausbildungsberufes
  - Ausbildungsdauer (zwei bis drei Jahre)
  - Ausbildungsberufsbild: Fertigkeiten und Kenntnisse, die Gegenstand der Ausbildung sind
  - Ausbildungsrahmenplan: Anleitung zur sachlichen und zeitlichen Gliederung der Fertigkeiten und Kenntnisse
  - Prüfungsanforderungen

Aufgaben

1. Nennen Sie vier rechtliche Vorschriften der Berufsausbildung.
2. Erklären Sie den Begriff „duales Ausbildungssystem".
3. Nennen Sie fünf Inhalte der Ausbildungsordnung.
4. Erklären Sie kurz den Begriff „Ausbildungsberufsbild".
5. Erklären Sie kurz den Begriff „Ausbildungsrahmenplan".

1.2 Das Ausbildungsverhältnis mit Exkurs Zeugnis

Stofftelegramm

Wichtige gesetzliche Grundlage für Rechte und Pflichten vgl. § 13 ff. Berufsbildungsgesetz.

Rechte des Azubis = Pflichten des Ausbilders	Pflichten d. Azubis = Rechte d. Ausbilders
• Vergütung	• Dienstleistung
• Urlaub	• Lernpflicht
• Fürsorge	• Berufsschulbesuch
• Freistellung zur Berufsschule	• Schweigepflicht
• Ausbildung gemäß Ausbildungsziel	• Berichtsheft führen
• Bereitstellung Ausbildungs- + Prüfungsmittel	• bestimmte ärztliche Untersuchungen
• Zeugnis (s. u.)	• Weisungen befolgen

Einfaches Zeugnis:
Dauer und Art der Beschäftigung
(Führung + Leistung nicht beurteilt)

Auf Verlangen:
Qualifiziertes Zeugnis:
Führung + Leistung zusätzlich beurteilt

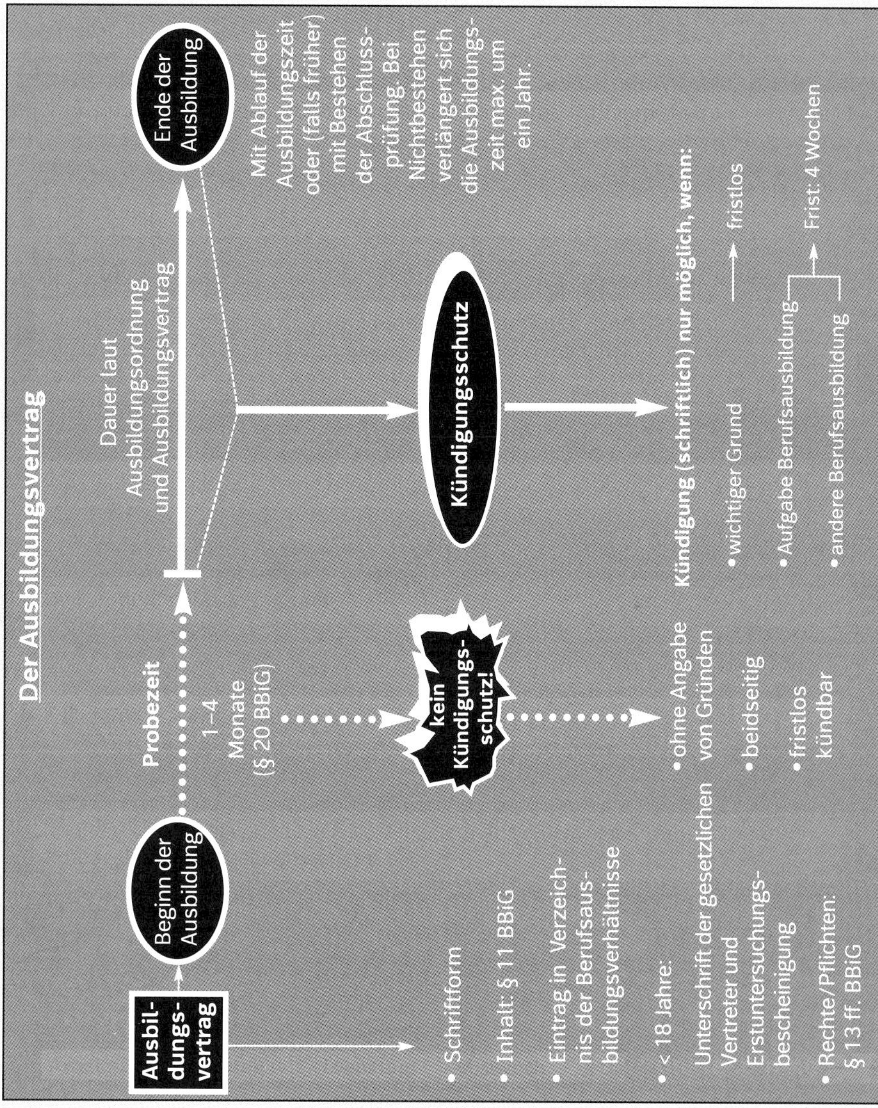

Mindestinhalte eines Berufsausbildungsvertrages (§ 11 BBiG):

- Art, sachliche und zeitliche Gliederung sowie Ziel der Ausbildung
- Beginn und Dauer
- Ausbildungsmaßnahmen außerhalb der Ausbildungsstätte
- Dauer der regelmäßigen täglichen Ausbildungszeit
- Dauer der Probezeit
- Zahlung und Höhe der Vergütung
- Dauer des Urlaubs
- Kündigungsvoraussetzungen

Zu beachten sind u. a. folgende Vereinbarungen im Ausbildungsvertrag:

- **Mindestanzahl Urlaubstage pro Jahr:**
  - wenn Azubi zu Beginn des Kalenderjahres 15 Jahre alt: mind. 30 Tage; 16 Jahre alt: mind. 27 Tage; 17 Jahre alt: mind. 25 Tage gemäß § 19 Jugendarbeitsschutzgesetz. Wenn volljährig mind. 24 Tage gemäß § 3 Bundesurlaubsgesetz.
  - Falls laut Tarifvertrag mehr Urlaubstage als im Gesetz: verbindlich, wenn Arbeitgeber im Arbeitgeberverband
  - Zeitanteilig: z. B. vier Monate Ausbildung im ersten Jahr, dann 4 : 12 = ein Drittel des Jahresanspruchs
- **Ausbildungsvergütung:** falls Arbeitgeber im Arbeitgeberverband mindestens laut Tarif

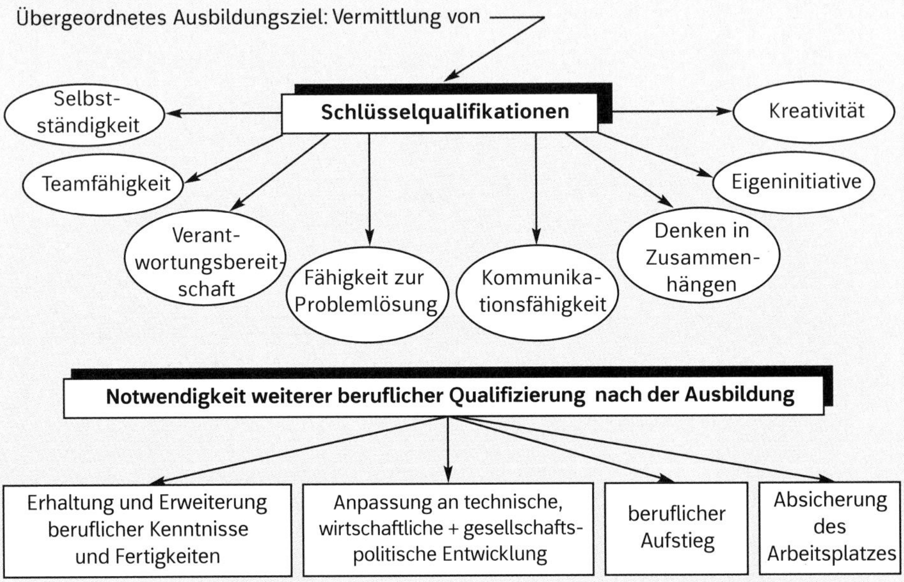

Aufgaben

1. Welche Unter- und Obergrenze ist bei der Probezeit eines Auszubildenden zu beachten?
2. Welche Kündigungsregeln gelten für Auszubildende?
3. Nennen Sie je drei typische Rechte und Pflichten des Auszubildenden.
4. In welchen Gesetzen sind Regelungen über Ausbildungsverträge enthalten?
5. Welche Formvorschrift ist bei Ausbildungsverträgen zu beachten?
6. Wann endet das Ausbildungsverhältnis?
7. Nennen Sie sechs typische Schlüsselqualifikationen.

8. Der Sportshop Fittig e. K. bietet in Rottweil alles zum Thema Sport über drei Etagen an. Für das kommende Ausbildungsjahr erhielten vier Bewerber eine mündliche Zusage für einen Ausbildungsplatz als Verkäufer/-in. Ausbildungsbeginn soll der 01.09.2013 sein. Die Ausbildung soll laut Vertrag am 31.08.2015 enden.

   Sie arbeiten in der Personalabteilung des Sportshops. In diesem Zusammenhang liegen folgende Aufgaben in Ihrem Verantwortungsbereich:

   a) Der Juniorchef, Herr Fittig, hat eine neue Anlage mit Zusatzvereinbarungen zum Ausbildungsvertrag erstellt (**Anlage**).
   Sie überprüfen diese Anlage auf ihre gesetzliche Rechtmäßigkeit (Berufsbildungsgesetz, Jugendarbeitsschutzgesetz, Bundesurlaubsgesetz). Sie notieren zu den Punkten I bis IV eine entsprechende begründete Rückmeldung an Herrn Fittig.
   b) Im Rahmen Ihrer Tätigkeit in der Personalabteilung sind Sie immer auch Ansprechpartner für die Auszubildenden. Folgende Fragen haben Ihre Auszubildenden aktuell. Sie beantworten die Fragen unter Berücksichtigung der Rechtslage (Gesetze).
      ba) Die Auszubildende Irina möchte wissen, ob ihre fristlose Kündigung in der Probezeit rechtmäßig ist. Sie war doch nur dreimal zu spät im Betrieb.
      bb) Der Auszubildende Jan möchte nach acht Monaten mit einer Frist von zwei Wochen kündigen, weil ihm die Tätigkeit keinen „Spaß“ mehr macht.
      bc) Der Auszubildende Erdan ist im 2. Ausbildungsjahr zum Verkäufer. Er möchte wissen, wann seine Ausbildung endet. Im Ausbildungsvertrag ist das Ende mit 31.08.2013 angegeben. Seine letzte schriftliche Abschlussprüfung findet am 10.05.2013 statt; der mündliche Teil der Abschlussprüfung am 15.07.2013.
      bd) Der Auszubildende Erdan möchte seine berufliche Laufbahn in Stuttgart in einem großen Sportfachgeschäft fortsetzen. Dafür benötigt er ein Arbeitszeugnis. Er fragt Sie nach den Unterschieden zwischen einem einfachen und einem qualifizierten Zeugnis.

Anlage

Ausbildungsvertrag

I. <u>Vorrang des Betriebes</u>
Betriebliche Belange haben Vorrang vor der Berufsschule. Sie dürfen die Berufsschule nur dann besuchen, wenn wichtige Themen behandelt werden (diese werden anhand des Lehrplanes von uns ausgewählt) bzw. wenn Klassenarbeiten anstehen. Ansonsten wird an Berufsschultagen normal im Betrieb gearbeitet. Bei Besuch der Berufsschule wird diese Zeit vom Gehalt abgezogen.

II. <u>Probezeit</u>
Die Probezeit endet am 31.01.2014. Bis dahin behalten wir uns das Recht vor, das Ausbildungsverhältnis fristlos und ohne Angaben von Gründen zu beenden.

III. <u>Tätigkeiten</u>
Der Auszubildende hat neben seiner üblichen Tätigkeit als Verkäufer/-in die folgenden Aufgaben zu übernehmen: Er unterstützt den Hausmeister bei Arbeiten, die zur Sauberhaltung der Sanitäranlagen und Außenanlagen einschließlich Parkplatz zu erledigen sind. Der Umfang solcher Tätigkeiten soll wöchentlich 6 Stunden nicht überschreiten.

IV. Urlaubsregelung

Volljährige Auszubildende erhalten den gesetzlich bezahlten Mindesturlaub von 24 Tagen; alle Auszubildenden unter 18 Jahren erhalten zwei weitere Urlaubstage.

Der Ausbildende
Sportshop Fittig e. K.

Der Auszubildende

Evtl. gesetzlicher Vertreter

9. Als Mitglied einer Jugend- und Auszubildendenvertretung sollen Sie die folgenden Fragen von Auszubildenden unter Berücksichtigung der gültigen Rechtslage (Berufsbildungsgesetz, Jugendarbeitsschutzgesetz) in einer schriftlichen Kurzmitteilung beantworten.
   a) Ursel Kohn, 17 Jahre alt:
   „Hallo, ich habe in meinem Ausbildungsvertrag eine Probezeit von sechs Monaten. Ein Freund von mir hat nur vier Monate. Geht das überhaupt?"
   b) Kevin Adler, 16 Jahre alt:
   „Hallo, ich habe mal eine Frage in Bezug auf meine Arbeitszeit. Mein Chef verlangt häufig von mir, länger da zu bleiben, sodass ich auch mal auf neun Stunden täglich komme. Im Vertrag habe ich eine Arbeitszeit von acht Stunden vereinbart. Darf ich dann überhaupt länger arbeiten?"
   c) Sabine Sulger, 18 Jahre alt:
   „Hallo, als ich meinen Ausbildungsvertrag unterschrieben habe, wurde ausgemacht, dass meine Ausbildungsvergütung direkt im ersten Jahr etwas höher angesetzt wird, dafür aber in den folgenden Ausbildungsjahren nicht weiter erhöht wird. Damals fand ich das sehr gut, befürchte jetzt aber, dass ich im Vergleich zu den anderen Auszubildenden hierbei benachteiligt werde. Kann ich etwas dagegen tun?"
   d) Armin Mandel, 19 Jahre alt:
   „Hallo, ich habe einem Freund einige interne Informationen aus meiner Abteilung erzählt. Mein Chef hat das rausbekommen und mir fristlos gekündigt. Ist das rechtlich wirksam?"
   e) Nina Grenz, 17 Jahre alt:
   „Hallo, ich habe ein großes Problem. Mein Ausbilder meint, ich könne nicht zweimal die Woche in den Berufsschulunterricht gehen, da er mich hier im Betrieb braucht. Daher darf ich nur montags und nicht donnerstags in die Berufsschule. Dadurch muss ich daheim ganz viel selbst nachholen an Unterrichtsstoff. Kann ich was dagegen machen?"

Exkurs: qualifiziertes Zeugnis

Hinweise zum qualifizierten Zeugnis:

- Wer ein qualifiziertes Zeugnis wünscht, muss dies dem Arbeitgeber gegenüber **erklären**.
- Das Zeugnis ist auf Verlangen des Arbeitnehmers **unverzüglich** auszustellen.
- Zeugnisschuld = **Holschuld** (Arbeitgeber muss Zeugnis zur Abholung bereithalten.)
- qualifiziertes Zeugnis = **Regelfall**

Das qualifizierte Arbeitszeugnis ist für die betriebliche Praxis und für Arbeitsgerichte ein „**Dauerbrenner**".

Gründe:

- Die **Bedeutung** des Arbeitszeugnisses in Zeiten hoher **Arbeitslosigkeit** wächst.
- Oberster Grundsatz: Die Inhalte des Zeugnisses müssen **wahr** sein.
- Unwahre Zeugnisse können zur **Haftung** und damit zu **Schadenersatzpflichten** des Zeugnisausstellers führen.
- Das Zeugnis muss laut Entscheidungen des Bundesarbeitsgerichts und des Bundesgerichtshofs von verständigem **Wohlwollen** getragen sein und darf dem Arbeitnehmer sein weiteres Fortkommen nicht unnötig erschweren.
- Es können aufgrund des Wahrheitsprinzips auch **negative Aussagen** enthalten sein.
- Der Arbeitgeber soll möglichst **objektiv, vorurteilsfrei und unvoreingenommen** beurteilen.
- **Einmalige Vorfälle** positiver oder negativer Art sollen **unberücksichtigt** bleiben.

Konflikt: Das Zeugnis muss **wahr** sein, aber gleichzeitig von **Wohlwollen** getragen sein.
Folge: Vorgesetzte müssen regelrechte Klimmzüge veranstalten, um diesen Konflikt zu lösen.

In der Praxis haben sich bestimmte **Formulierungen** (Verschlüsselungen) herausgebildet, die mit **Noten** gleichgesetzt werden können. Aufgrund der Bedeutung dieser Formulierungen für den Arbeitnehmer ist es wichtig und interessant, sich damit auseinanderzusetzen.

Einige Beispiele typischer „Verschlüsselungen":

- Stets eine Abwertung bedeutet der Ausdruck „**bemühte sich**"!
- „... **stets** (immer, jederzeit) zu unserer **vollsten** (höchsten) Zufriedenheit ..." = Note 1
  „... **stets** (immer, jederzeit) zu unserer vollen Zufriedenheit ..." = Note 2
  „... zu unserer **vollen** Zufriedenheit ..." = Note 3
  „... zu unserer Zufriedenheit ..." = Note 4
  „... im Allgemeinen zu unserer Zufriedenheit ..." = Note 5
  „... hat sich **bemüht**, die ihm übertragenen Aufgaben zu unserer Zufriedenheit ..." = Note 6

Der Aufbau eines qualifizierten Zeugnisses

1. Überschrift: „Arbeitszeugnis“ oder „Ausbildungszeugnis“ oder „Zeugnis“

2. Einleitung:
- Personalien des Arbeitnehmers (Name, Vorname, Beruf, Titel)
- Beschäftigungsdauer
- evtl. Geburtsdatum

3. Tätigkeitsbeschreibung:
- Arbeitsplatz
- Aufgaben- und Verantwortungsbereich
- hierarchische Funktion, Vollmachten, Übernahme von Spezialaufgaben

4. Leistungsbeurteilung:
- Leistungsbereitschaft:
  - Engagement
  - Motivation
  - Einsatzfreude
  - Initiative
  - Dynamik
- Arbeitsbefähigung:
  - Denk- und Urteilsvermögen
  - Auffassungsgabe
  - Problemlösungsfähigkeit
  - Belastbarkeit
  - Kreativität
  - Flexibilität

  ...

  = **Können**
- Arbeitsweise:
  - Zuverlässigkeit
  - Genauigkeit
  - Gewissenhaftigkeit
  - Arbeitseinteilung ...
  - Arbeitsplanung
  - Sorgfalt
  - Sauberkeit

  ...

  = **Stil**
- Arbeitserfolg:
  - Qualität
  - Quantität (Umsatz, Neukunden ...)
  - Zielerreichung
  - Termineinhaltung ...
- Fachkönnen: theoretische Kenntnisse, Aktualität, Berufserfahrung
- Weiterbildung: Bereitschaft zur Weiterentwicklung der Kenntnisse
- Zusammenfassung: Gesamtbewertung der Leistung
- Leitende Angestellte: Führungsfähigkeit und Führungserfolg
- Besondere Erfolge: herausragende Erfolge separat erwähnen

5. Beurteilung der Führung:
- Sozialverhalten gegenüber Vorgesetzten, Mitarbeitern, Kunden ...
- Gesamtbild (Charakter, Persönlichkeit): Teamfähigkeit, Durchsetzungsvermögen ...

6. Schlusssatz:
- Grund und Art der Beendigung nur auf Wunsch des Arbeitnehmers
- Bedauern über Weggang, Wünsche für Zukunft (fehlt Letzteres: Abwertung!)

Zusammenfassung: Der Aufbau eines qualifizierten Zeugnisses

Einleitung →	Tätigkeitsbeschreibung →	Leistungsbeurteilung →	Führungsbeurteilung →	Schlusssatz
• Personalien • Dauer	• Arbeitsplatz • Funktion • Vollmachten • Aufgaben • Verantwortung • Spezialaufgaben	• Leistungsbereitschaft • Arbeitsbefähigung • Arbeitsweise • Arbeitserfolg • Fachkönnen • Weiterbildung • Zusammenfassung	• Verhalten gegenüber – Vorgesetzten, – Kollegen, – Kunden ... • Gesamtbild: Charakter, Persönlichkeit	• Bedauern über Weggang • Zukunftswünsche

Test → **Ausbildungsvertrag I**

Punkte

1 Erläutern Sie, was man unter Ausbildung im dualen System versteht. — 2

2 Nennen Sie je zwei Vor- und Nachteile des dualen Systems. — 2

3 Zählen Sie zwei wichtige Gesetze auf, die im Rahmen der Berufsausbildung zu beachten sind. — 2

4 Wie heißen die Vertragspartner, die beim Abschluss eines Ausbildungsvertrages beteiligt sind? — 2

5 In welcher Form ist der Ausbildungsvertrag abzuschließen und wo wird dieser registriert? — 2

6 Nennen Sie zwei Mindestangaben, die ein Berufsausbildungsvertrag enthalten muss. — 2

Punktesumme → 12

Notenermittlung: Kreuzen Sie Ihr Ergebnis an (Korrekturanleitung: siehe Lösung).

Punkte ►	12	11	10	9	8	7	6	5	4	3	2	1
Note ►	1,0	1,5	2,0	2,5	3,0	3,5	4,0	4,5	5,0	5,5	6,0	6,0
1. Versuch ►												
2. Versuch ►												
3. Versuch ►												

Test ➤ **Ausbildungsvertrag II**

Punkte

1 Geben Sie je zwei Pflichten an, die durch den Abschluss eines Ausbildungsvertrages für den Auszubildenden und Ausbildenden entstehen. — 2

2 Welchen Zeitraum schreibt der Gesetzgeber für die Probezeit vor? — 1

3 Weshalb wird im Berufsausbildungsvertrag eine Probezeit vereinbart? — 1

4 Beurteilen Sie die Rechtslage in den folgenden Fällen und begründen Sie jeweils Ihre Antwort.

a) Die Auszubildende Deborah Kendel, die sich noch in der Probezeit befindet, erhielt von ihrem Chef ohne Begründung mündlich die fristlose Kündigung. — 2

b) Kim Faiss möchte nach 6 Monaten eine neue Ausbildung in einem anderen Beruf beginnen und kündigt deshalb fristlos. Die Kündigung nimmt er schriftlich vor. — 2

5

a) Welche Zeugnisart muss der Ausbildungsbetrieb dem Auszubildenden nach Beendigung des Berufsausbildungsverhältnisses ausstellen? — 1

b) Welche Angaben enthält dieses Zeugnis? — 1

c) Welche Angaben sind auf Verlangen des Auszubildenden zusätzlich in das Zeugnis aufzunehmen? — 1

d) Um welche Zeugnisart handelt es sich dann? — 1

Punktesumme ➤ 12

Notenermittlung: Kreuzen Sie Ihr Ergebnis an (Korrekturanleitung: siehe Lösung).

Punkte ➤	12	11	10	9	8	7	6	5	4	3	2	1
Note ➤	1,0	1,5	2,0	2,5	3,0	3,5	4,0	4,5	5,0	5,5	6,0	6,0
1. Versuch ➤												
2. Versuch ➤												
3. Versuch ➤												

1.3 Konfliktsituationen und Lösungsmöglichkeiten

Stofftelegramm

Häufige Konfliktursachen

Konflikte sind meist die Folge von **Kommunikationsstörungen**. Nur 10 % der Konflikte sind auf unterschiedliche Auffassungen über eine **Sachfrage** zurückzuführen. In 90 % aller Konflikte geht es „eigentlich“ um die **Beziehung**, die beide Konfliktpartner zueinander haben.

Mobbing liegt vor, wenn der Konflikt über einen **längeren Zeitraum** besteht, die angegriffene Person unterlegen ist und die Angriffe **absichtsvoll und geplant** erfolgen mit dem Ziel, das Mobbingopfer **auszustoßen**. Typische Mobbinghandlungen sind z. B. dauernde Kritik, Anschreien, völlige Nichtbeachtung, Redeverbot, räumliche Isolation, üble Nachrede.

Kommunikationsregeln für das Konfliktgespräch

- Person des Gesprächspartners achten: nur sachliche Kritik vortragen
- keine Vorwürfe, nicht verletzen
- Gesprächspartner nicht ins Wort fallen, ausreden lassen
- Probleme des Gesprächspartners ernst nehmen, nichts herunterspielen
- gemeinsam nach Lösungen suchen
- keine Lösungen aufdrängen

Ablauf eines Konfliktgesprächs

1.	Konflikt gemeinsam genau beschreiben (Um was geht es eigentlich?) Typische Frage: „Wie siehst du das?“ (keine Vorwürfe, nicht unterbrechen)
2.	Persönliches Anliegen und Betroffenheit durch **Ich-Botschaften** ausdrücken. Nicht gleich nach Lösungen suchen. Typische Redewendungen: „Mir geht es dabei ...“, „Für mich bedeutet das ...“, „Ich möchte gern ...“, „Ich fühle mich ...“
3.	Gemeinsam nach **Lösungsmöglichkeiten** suchen. Typische Fragen: „Was können wir tun?“, „Was hältst du von ...?“
4.	Gemeinsam **Vereinbarungen** beschließen. „Können wir uns darauf einigen ...?“, „Ich werde ... tun und du wirst auf ... achten.“

Möglicher Ablauf einer Konfliktlösung

Konfliktsignale wahrnehmen

- *Widerspruch* (Drohung, Beleidigung, Polemik)
- *Aufregung* (Unruhe, Streit, Fraktionsbildung)
- *Ausweichen* (Schweigen, Blödeln)
- *Lustlosigkeit* (Desinteresse, Unaufmerksamkeit)
- *Krankheit* (hohe Fehlzeiten), hohe *Fluktuation*

Konfliktursache feststellen

- *Sachfragen* (unterschiedliche Vorstellungen)
- *Beziehungsebene* (Sympathie, Antipathie)
- *Führungsfehler* (Bevorzugung, autoritäre Führung)
- *Organisationsmängel* (Über-, Unterorganisation)

Konflikt handhaben

- *Rückzug* (Umgehung, Vermeidung, Verdrängung)
- *Durchsetzen* (Gewinner)/*Nachgeben* (Verlierer)
- *Kompromiss* (beide geben teilweise nach)
- *Konsens* (gemeinsame Vereinbarung)
- *Intrigen/Sündenbock* suchen

Rückmeldung (Feedback)

- *Ich-Botschaften* geben
- *zeitliche Nähe beachten*
- *konkreter Bezug* auf eine Situation
- *Bezug auf das Verhalten* (nicht auf die Person)
- *Abmahnung*, wenn keine Besserung

Aufgaben

1. Worin liegen die Gründe für Mitarbeiterkonflikte?
2. Erklären Sie den Begriff Mobbing.
3. Schildern Sie einige Kommunikationsregeln.
4. Schildern Sie den Ablauf eines Konfliktgespräches.
5. Beschreiben Sie den Stufenplan zur Konfliktbewältigung.

2 Schutzbestimmungen für Mitarbeiter am Arbeitsplatz

Es gibt mehrere wichtige Bestimmungen, Vorschriften und Maßnahmen zum Schutze der Arbeitskraft, zur Vorbeugung vor Gesundheitsgefahren oder Unfällen und zur Ermöglichung von menschengerechtem Arbeiten.

2.1 Das Jugendarbeitsschutzgesetz

Stofftelegramm

Das Jugendarbeitsschutzgesetz (JArbSchG): Geltungsbereich und Zweck

Geltungsbereich

Beschäftigte Personen, die
mind. 15 Jahre alt
max. 17 Jahre alt
sind.

Wer noch keine 15 Jahre alt ist:
= **„Kind“; Kinderarbeit verboten** (Ausnahmen!)

Vollzeitschulpflichtige Jugendliche:
Es gelten die Vorschriften für **„Kinder“.**

Zweck

Schutz von Kindern und Jugendlichen vor:
- Überforderung
- Überbeanspruchung
- Gefahren

Verstöße

- Geld- oder Freiheitsstrafe
- Bei mehrmaligem Vergehen: Beschäftigungsverbot für Jugendliche

Das Jugendarbeitsschutzgesetz (JArbSchG): Inhaltliche Regelungen

Arbeitsschutz

Arbeitszeit

- tägl. max. 8 Std. (8,5 Std. wenn an anderen Tagen dafür weniger)
- wöchentl. max. 40 Std.

Verbotene Arbeiten

- Akkordarbeit
- gesundheitsgefährdende Arbeiten
- Arbeiten, die Jugendliche sittlich gefährden
- Arbeiten, die die Leistungsfähigkeit der Jugendlichen übersteigen

Berufsschule und Prüfungen

- > 5 Unterrichtsstunden = ein Arbeitstag
- Freistellung am **Prüfungstag** und am Arbeitstag unmittelbar vor schriftl. Abschlussprüfung

Gesundheitsschutz

Ärztliche Untersuchungen

- Erstuntersuchung
- erste Nachuntersuchung vor Ablauf des ersten Beschäftigungsjahres = Pflicht
- zweite und dritte Nachuntersuchung = freiwillig

Überwachung

Gewerbeaufsichtsamt

Offenlegung

Auslage JArbSchG an geeigneter Stelle im Betrieb

Freizeitschutz

Ruhepausen

- 4,5–6 Std. → 30 Min.
- > 6 Std. → 60 Min.

Urlaub (mind.)

- 15-Jähr. → 30 Werktage
- 16-Jähr. → 27 Werktage
- 17-Jähr. → 25 Werktage

Nachtruhe

i. d. R. 20:00–06:00 Uhr

5-Tage-Woche

Samstags-, Sonntags- und Feiertagsruhe

branchenspezifische Ausnahmen

Tägliche Freizeit

nach Arbeitszeitende ununterbrochene Freizeit von 12 Stunden

Aufgaben

1. Für wen gilt das Jugendarbeitsschutzgesetz?
2. Wer unterliegt einem generellen Beschäftigungsverbot?
3. In welchen Fällen dürfen 14-Jährige beschäftigt werden?
4. Nennen Sie sechs Bereiche, die im Jugendarbeitsschutzgesetz geregelt sind.

Test → Das Jugendarbeitsschutzgesetz

Punkte

1 Warum bedürfen arbeitende Jugendliche eines besonderen Schutzes? — 3

2 Für welchen Personenkreis gilt das Jugendarbeitsschutzgesetz? — 3

3 Nennen Sie drei Tätigkeiten, die Jugendlichen aufgrund des Jugendarbeitsschutzgesetzes nicht zugemutet werden dürfen. — 3

4 Wer überwacht die Einhaltung des Jugendarbeitsschutzes? — 1

5 Welche Konsequenzen können sich bei Verstößen gegen das Jugendarbeitsschutzgesetz ergeben? — 2

Punktesumme → 12

Notenermittlung: Kreuzen Sie Ihr Ergebnis an (Korrekturanleitung: siehe Lösung).

Punkte ➤	12	11	10	9	8	7	6	5	4	3	2	1
Note ➤	1,0	1,5	2,0	2,5	3,0	3,5	4,0	4,5	5,0	5,5	6,0	6,0
1. Versuch ➤												
2. Versuch ➤												
3. Versuch ➤												

2.2 Arbeits-, Unfall-, Gesundheits- und Kündigungsschutz

Stofftelegramm

Arbeits-, Gesundheits- und Unfallschutz (körperlicher Schutz des Arbeitnehmers bei der Arbeit)

- Rechtliche Grundlagen (u. a.):
  - Arbeitsschutzgesetz (Inhalte: Arbeitssicherheitsgesetz, Arbeitsstättenverordnung, Gefahrenstoffverordnung, Bildschirmarbeitsverordnung, Betriebssicherheitsverordnung)
  - Gewerbeordnung
  - Vorschriften der Berufsgenossenschaften
- Unternehmerpflicht: geeignete Maßnahmen für Arbeits-, Gesundheits- und Unfallschutz der Beschäftigten treffen, Gefahren minimieren, z. B. hinsichtlich Umgebungsbedingungen (Beleuchtung, Lüftung, Staub- und Gasbeseitigung, Schutzvorrichtungen), Arbeitsbedingungen (einseitige Belastung, Monotonie, Körperhaltung), persönlichen Eigenschaften (Alter, werdende Mütter, Erfahrung)
- Überwachende und beratende Institutionen:
  - Gewerbeaufsichtsämter
  - Berufsgenossenschaften
  - Sicherheitsbeauftragte im Betrieb

Sozialer Arbeitsschutz

- Arbeitszeitgesetz (i. d. R. acht, maximal zehn Stunden pro Tag; mehr zulässig, wenn in der Betriebsvereinbarung oder im Tarifvertrag vereinbart; Regelungen zu Ruhepausen, Nacht- und Schichtarbeit)
- Mutterschutzgesetz (keine schwere Arbeit, z. B. Akkordarbeit, Fließbandarbeit, Nachtarbeit etc.; keine Beschäftigung sechs Wochen vor bis zwölf Wochen nach der Geburt)
- Urlaubsanspruch
- Kündigungsschutz

Allgemeiner Kündigungsschutz → = Schutz vor sozial ungerechtfertigter Kündigung

- Voraussetzungen: mind. sechs Monate im gleichen Betrieb; Betrieb hat mehr als zehn Arbeitnehmer
- Kündigung unwirksam, wenn
  - Arbeitnehmer keinen Kündigungsgrund liefert,
  - Kündigung betrieblich nicht notwendig,
  - soziale Gesichtspunkte nicht ausreichend berücksichtigt.

Besonderer Kündigungsschutz

- **Betriebsratsmitglieder und Jugendvertreter:** während Amtszeit und innerhalb eines Jahres danach nicht kündbar; Ausnahme: fristlose Kündigung bei wichtigem Grund
- **werdende Mütter (Mutterschutzgesetz)**
- **Schwerbehinderte (Schwerbehindertengesetz):** Kündigung nur mit Zustimmung der Hauptfürsorgestelle
- **Auszubildende:** Vgl. voriges Kapitel!

Aufgaben

1. a) Welche rechtliche Grundlage hat der Gesundheits- und Unfallschutz im Unternehmen?
   b) Wer überwacht die Einhaltung?
   c) Nennen Sie mehrere Punkte, die beim Gesundheits- und Unfallschutz (für den Unternehmer) zu beachten sind.
2. a) Was versteht man unter allgemeinem Kündigungsschutz?
   b) Für welche Arbeitnehmer gilt der allgemeine Kündigungsschutz?
3. a) Für welche Arbeitnehmer gilt ein besonderer Kündigungsschutz?
   b) Wie sieht dieser Kündigungsschutz jeweils aus?
4. Welche Kündigungsfristen muss ein Arbeitgeber beachten?
   a) Betriebsrat
   b) Auszubildender während und nach der Probezeit
5. Welche Arbeiten sind für werdende Mütter verboten?

3 Mitwirkung und Mitbestimmung nach dem Betriebsverfassungsgesetz

3.1 Allgemeine Grundlagen

Stofftelegramm

Argumente für die Mitbestimmung allgemein:

- Interesse und Motivation der Arbeitnehmer am Betrieb steigen.
- Demokratisierung der Wirtschaft
- Humanisierung des Arbeitslebens
- Gegenseitige Abhängigkeit von Arbeit und Kapital erfordert Mitbestimmung.

Argumente gegen die Mitbestimmung allgemein:

- Erschwerung betrieblicher Entscheidungsprozesse
- Mitbestimmung ohne gleichwertige Mitverantwortung und Risikoübernahme
- evtl. fehlende notwendige Sachkenntnisse der Arbeitnehmer
- evtl. Kapitalflucht des in- und ausländischen Kapitals

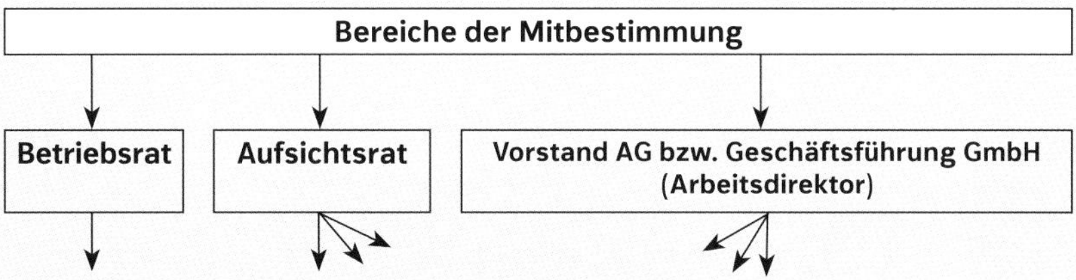

Gesetze: BetrVG — Drittelbeteiligungsgesetz, Mitbestimmungsgesetz, Aktiengesetz

Der Aufbau des BetrVG

1. Teil: Allgemeine Vorschriften: u. a.
- Errichtung von Betriebsräten
- Arbeitnehmer – leitende Angestellte

2. Teil: Betriebsrat, Betriebsversammlung: u. a.
- Wahl
- Zusammensetzung
- Betriebsausschuss
- Kosten
- Betriebsversammlung
- Ehrenamt

3. Teil: Jugend- und Auszubildendenvertretung

4. Teil: Mitwirkung und Mitbestimmung der Arbeitnehmer: u. a.

- Beratungs-, Mitwirkungs- und Mitbestimmungsrechte
- Einigungsstelle
- Betriebsvereinbarungen
- allgemeine Aufgaben des Betriebsrates

Übersicht: Betriebsrat und Jugend- und Auszubildendenvertretung

Abkürzungen: **BR** = Betriebsrat; **JAV** = Jugend- und Auszubildendenvertretung; **V** = Vorsitzender; **StV** = Stellvertreter des Vorsitzenden

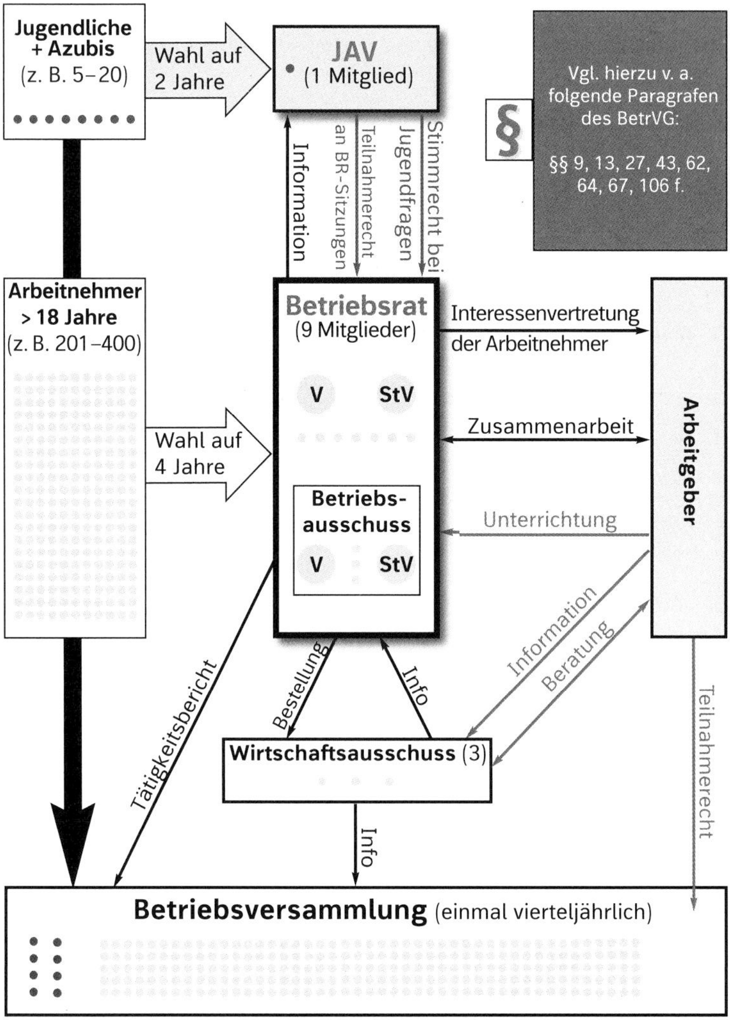

3.2 Betriebsrat und Betriebsversammlung

Stofftelegramm

Betriebsrat: Die Mitglieder arbeiten ehrenamtlich (Freistellung) und genießen Kündigungsschutz. Wahl für vier Jahre.

- **Sinn und Aufgaben allgemein:** Vertretung der Interessen der Mitarbeiter gegenüber der Geschäftsleitung, berät und unterstützt bei Fragen und Problemen, überwacht die Einhaltung von Gesetzen
- **Voraussetzungen für die Wahl eines Betriebsrates:** mind. fünf Wahlberechtigte (mind. 18 Jahre alt; auch Teilzeitkräfte, Aushilfen, Azubis, Leiharbeiter, wenn länger als drei Monate im Betrieb eingesetzt; nicht: leitende Angestellte) und drei Wählbare (mind. sechs Monate im Betrieb) (§§ 1, 7, 8 BetrVG)
- **Ablauf Betriebsratsgründung:** Prüfung ob Voraussetzungen erfüllt → Betriebsversammlung → Wahl Wahlvorstand → Wahl Betriebsrat (§ 14 ff. BetrVG)
- **Anzahl Mitglieder:** 1, 3, 5 etc., abhängig von der Zahl der wahlberechtigten Arbeitnehmer (§ 9 BetrVG). Das Geschlechterverhältnis ist zu beachten (20 % Frauen, mind. 20 % der Mitglieder weiblich).
- **Aufgaben des Betriebsrats im Detail (vgl. § 80 BetrVG):**
  - Überwachung der zugunsten der Arbeitnehmer durchzuführenden Gesetze, Unfallverhütungsvorschriften, Tarifverträge und Betriebsvereinbarungen
  - Maßnahmen, die dem Betrieb und der Belegschaft dienen, beim Arbeitgeber beantragen
  - Durchsetzung der Gleichstellung von Frauen und Männern
  - Förderung der Vereinbarkeit von Familie und Erwerbstätigkeit
  - Zusammenarbeit mit Arbeitnehmern und der Jugend- und Auszubildendenvertretung (Anregungen entgegennehmen und mit Arbeitgeber verhandeln)
  - Förderung der Eingliederung Schwerbehinderter
  - Wahl einer Jugend- und Auszubildendenvertretung vorbereiten und durchführen
  - Förderung der Beschäftigung älterer Arbeitnehmer im Betrieb
  - Förderung und Sicherung der Beschäftigung im Betrieb
  - Förderung von Maßnahmen des Arbeits- und Umweltschutzes

Betriebsausschuss: Wird gebildet, wenn der Betriebsrat mindestens neun Mitglieder umfasst (§ 27 BetrVG).

Betriebsversammlung:
- Versammlung aller Arbeitnehmer eines Betriebes während der Arbeitszeit
- Der Arbeitgeber ist einzuladen.
- Berichte des Betriebsrates und des Arbeitgebers (§ 43 BetrVG)
- dient der Aussprache zwischen Betriebsrat und Arbeitnehmern
- einmal pro Kalendervierteljahr

Wirtschaftsausschuss: s. u.

- in Unternehmen mit mehr als 100 Mitarbeitern
- Aufgabe: Beratung wirtschaftlicher Angelegenheiten mit Arbeitgeber
- Bestimmung der Mitglieder durch Betriebsrat

Einigungsstelle: zur Beilegung von Meinungsverschiedenheiten zwischen Arbeitgeber und Betriebsrat (§ 76 BetrVG)

Allgemeine Rechte des Betriebsrates nach dem Betriebsverfassungsgesetz (BetrVG)

Info + Beratung

Beispiele

- wirtschaftliche Lage (§ 106)
- Planung Bauten, Arbeitsverfahren, Arbeitsplätze (§ 90)
- Personalplanung (§ 92)
- Vorschläge BR und Beratung mit AG bzgl.:
  - flexible Arbeitszeiten
  - Teilzeitarbeit
  - Arbeitsverfahren
  - Produktionsprogramm (§ 92a)
- Geplante Betriebsänderungen (§ 111):
  - Betriebsstilllegung
  - Betriebsverlegung
  - Zusammenschluss
  - Rationalisierungen

→ **wirtschaftliche Angelegenheiten**

Mitwirkung

Beispiele

- Personelle Einzelmaßnahmen (§ 99):
  - Einstellung
  - Eingruppierung
  - Versetzung
  - Kündigung (§ 102)

- Mitwirkung = **eingeschränkte Mitbestimmung**
- BR kann unter bestimmten Voraussetzungen seine Zustimmung verweigern bzw. Widerspruch einlegen.

  Bei Nichteinigung:

  Auf Antrag entscheidet **Arbeitsgericht**.

→ **personelle Angelegenheiten**

Mitbestimmung

Beispiele

- Soziale Angelegenheiten (§ 87):
  - Betriebsordnung
  - Arbeitszeiten
  - Lohngestaltung
  - Urlaubsplan
  - Gesundheits- und Unfallschutz
  - Sozialeinrichtungen
- Sozialplan bei geplanten Betriebsänderungen (§ 112)
- Personalfragebögen, Beurteilungsgrundsätze (§ 94)
- betriebliche Bildungsmaßnahmen (§ 98)

Uneingeschränkte Mitbestimmung: BR-Zustimmung notwendig; falls keine Einigkeit: Einigungsstelle entscheidet

→ **soziale Angelegenheiten**

3.3 Jugend- und Auszubildendenvertretung

Stofftelegramm

- Errichtung: In Betrieben mit mind. fünf jugendlichen Arbeitnehmern unter 18 Jahren sowie Auszubildenden unter 25 Jahren und bestehendem Betriebsrat
- Zahl Mitglieder: 1 (5–20 Wahlberechtigte), 3, 5, 7 etc., abhängig von der Anzahl Jugendlicher und Auszubildender (Geschlechterverhältnis muss beachtet werden)
- Wahlberechtigt: alle Arbeitnehmer unter 18 Jahren und Azubis unter 25 Jahren
- Wählbar: alle Arbeitnehmer des Betriebes unter 25 Jahren auf zwei Jahre
- Stellung der Mitglieder: Sie arbeiten ehrenamtlich, genießen Kündigungsschutz und erhalten eine Weiterbeschäftigungsgarantie.

Beachten Sie besonders § 60 ff. BetrVG.

3.4 Aufgaben zu den Kapiteln 3.1–3.3

1. Nennen Sie je drei Argumente für und gegen die Mitbestimmung.

2. Definieren Sie möglichst kurz folgende Begriffe:
   a) Betriebsrat
   b) Einigungsstelle
   c) Betriebsversammlung
   d) Wirtschaftsausschuss
   e) Betriebsausschuss
   f) Jugend- und Auszubildendenvertretung

3. Im Rahmen einer Veranstaltung zeigt sich, dass viele Mitarbeiter überhaupt nicht wissen, welche Aufgaben der Betriebsrat hat. Sie erstellen im Auftrag des Betriebsrates ein übersichtliches Informationsschreiben.

4. Welche Rechte hat der Betriebsrat in folgenden Fällen? Wie wird die Situation im Streitfall jeweils gelöst?
   a) Neueinstellung eines Arbeitnehmers
   b) Änderung der Arbeitszeiten
   c) Ein Betriebsteil soll stillgelegt werden, wobei Teile des Personals entlassen bzw. versetzt werden sollen.
   d) Der Chef plant, im nächsten Jahr 50 Arbeiter einzustellen.
   e) Dem Angestellten Schnecke soll fristgemäß gekündigt werden.
   f) Der Betriebsrat verlangt vom Arbeitgeber, 30 neu zu besetzende Arbeitsplätze zuerst innerbetrieblich auszuschreiben. Der Arbeitgeber lehnt ab und stellt sofort 30 neue Kräfte ein.
   g) Kaufmann Butz ist die Faulheit in Person. Der Arbeitgeber kündigt fristgemäß, ohne den Betriebsrat zu informieren.
   h) Für die Buchhaltungsabteilung wurde eine neue DV-Anlage angeschafft. Von den drei Angestellten der Abteilung (zwei 28-jährige Junggesellen und Herr Boll, 45-jähriger Vater von neun Töchtern) wird einer überflüssig. Herrn Boll, der ein hohes Gehalt bezieht, trifft die vom Arbeitgeber ausgesprochene Kündigung nach vorheriger Anhörung des Betriebsrates.

5. Welche Rechte hat der einzelne Arbeitnehmer nach dem BetrVG?

6. Welche allgemeinen Aufgaben hat der Betriebsrat?

7. Wovon hängt die Zahl der Betriebsratsmitglieder ab?

8. Worauf ist bei der Zusammensetzung des Betriebsrates zu achten?

9. Überprüfen Sie folgende Aussage auf ihre Korrektheit:
   „In einem Unternehmen mit 160 Arbeitnehmern muss ein Betriebsrat gewählt werden. Er besteht aus sieben Mitgliedern.“

10. Kann ein 17-jähriger Auszubildender bei der Betriebsratswahl mitbestimmen?

11. Der 20-jährige Kaufmann Lapp ist seit vier Monaten im Betrieb. Ist er in den Betriebsrat wählbar?

12. Kann ein türkischer Gastarbeiter Betriebsratsmitglied werden?

13. Die Geschäftsleitung eines Unternehmens möchte an der Betriebsversammlung teilnehmen und eine Ansprache halten. Ist dies möglich? Begründung.

14. Das Einzelhandelsunternehmen „Genter GmbH“ aus Stuttgart ist in der Lebensmittelbranche tätig. Das Unternehmen beschäftigt 70 Mitarbeiter, von denen 18 Auszubildende sind. Die „Genter GmbH“ verfügt über einen Betriebsrat (BR) und eine Jugend- und Auszubildendenvertretung (JAV).
Sie sind Mitglied im Betriebsrat und haben diese Woche verschiedene Anliegen und Probleme der Mitarbeiter zu bearbeiten.
    a) Für die nächsten Betriebsratswahlen haben bereits drei Mitarbeiter Interesse für eine Kandidatur gezeigt. Sie prüfen, ob die folgenden Personen überhaupt kandidieren können (Betriebsverfassungsgesetz).

Kandidat 1: Erik Hanke, 22 Jahre
Herr Hanke arbeitet seit vier Monaten bei der „Genter GmbH“ im Bereich Einkauf.

Kandidat 2: Beata Persson, 35 Jahre
Frau Persson ist seit acht Jahren im Betrieb und arbeitet in der Obst- und Gemüseabteilung. Sie hat die schwedische Staatsangehörigkeit.

Kandidat 3: Franziska Junke, 17 Jahre
Frau Junke ist Auszubildende im 1. Ausbildungsjahr und seit acht Monaten im Unternehmen.

    b) Einige ältere Mitarbeiter sind der Ansicht, dass die Jugend- und Auszubildendenvertretung in der „Genter GmbH“ völlig überflüssig ist. Der Betriebsrat würde vollkommen ausreichen. Sie überzeugen diese Mitarbeiter vom Gegenteil, indem Sie Ihnen drei Aufgaben der JAV erklären.
    c) Mit Spannung haben die Mitarbeiter der „Genter GmbH“ die Diskussionen um einen Dioxin-Skandal verfolgt.
        ca) In verschiedenen Medienberichten fällt der Begriff Nachhaltigkeit. Sie erklären einem interessierten Kollegen, was man unter Nachhaltigkeit versteht.
        cb) Sie werden beauftragt, zwei konkrete Vorschläge vorzubringen, wie die „Genter GmbH“ in ihrem Unternehmen für mehr Nachhaltigkeit sorgen könnte.
        cc) Die „Genter GmbH“ möchte in Zukunft noch stärker auf die Verwirklichung sozialer Ziele achten. Sie nennen drei Beispiele für soziale Ziele innerhalb eines Unternehmens.

15. Der Sportshop Fittig e. K. bietet in Rottweil alles zum Thema Sport über drei Etagen an. Sie arbeiten in der Personalabteilung des Sportshops und sind Mitglied des Betriebsrates. Im Rahmen dieser Tätigkeiten sind Sie immer auch Ansprechpartner für die Mitarbeiter.
    a) Die Mitarbeiterin Alina Sauer ist Ende April beim Wandern gestürzt und hat sich einen komplizierten Beinbruch zugezogen. Sie kann voraussichtlich erst wieder ab September arbeiten. Sie möchte wissen, ob sie bis dahin keinen Lohn erhält. Sie geben ihr darüber Auskunft.
    b) Die Neuwahl des Betriebsrates steht an. Es gibt bereits zwei Bewerber, die sich in den Betriebsrat wählen lassen wollen. Sie geben den Bewerbern mithilfe der gesetzlichen Regelungen eine begründete Rückmeldung bezüglich ihrer Wählbarkeit:
        - Bewerber Alberto Lopez: 28 Jahre alt; seit drei Jahren bei Sportshop Fittig e. K.; Verkäufer, Staatsangehörigkeit: spanisch
        - Bewerberin Luise Müller: 43 Jahre alt, seit zwanzig Jahren als Verkäuferin bei verschiedenen Einzelhandelsunternehmen tätig, seit drei Monaten bei Sportshop Fittig e. K., Staatsangehörigkeit: deutsch

c) Auch die Jugend- und Auszubildendenvertretung soll neu gewählt werden. Sie bereiten eine Schulung zu diesem Thema vor. Dafür erstellen Sie eine Übersicht mit folgenden Inhaltspunkten:
- Wahlberechtigung
- Wählbarkeit
- Amtszeit
- Aufgaben der Jugend- und Auszubildendenvertretung (drei Angaben)

Test → Betriebsrat

Punkte

1

Das Autohaus Schnell OHG beschäftigt ständig 65 Arbeitnehmer. Bisher gab es keinen Betriebsrat. Wegen einer Auseinandersetzung einiger Arbeitnehmer mit dem Unternehmer Hugo Schnell über Fragen der Arbeitspausenregelung verlangen die Arbeitnehmer jetzt die Wahl eines Betriebsrates.

a) Kann sich Unternehmer Hugo Schnell dieser Forderung widersetzen? Begründen Sie Ihre Antwort. — 1

b) Wovon hängt die Zahl der Betriebsratsmitglieder eines Betriebes ab? — 2

c) Nennen Sie zwei allgemeine Aufgaben des Betriebsrates. — 2

d) Wie ist bei der Betriebsratswahl das aktive und passive Wahlrecht geregelt? — 2

e) Hugo Schnell ist der Ansicht, dass er bei der Arbeitspausenregelung den Betriebsrat sowieso nicht fragen muss. Ist die Ansicht von Hugo Schnell richtig? Begründen Sie Ihre Aussage. — 1

f) Für wie viele Jahre wird der Betriebsrat gewählt? — 1

g) Welcher Aufgabe muss der Betriebsrat einmal in jedem Kalendervierteljahr nachkommen? — 1

h) Nennen Sie je zwei Angelegenheiten, in denen der Betriebsrat mitbestimmen und mitwirken kann. — 2

Punktesumme → 12

Notenermittlung: Kreuzen Sie Ihr Ergebnis an (Korrekturanleitung: siehe Lösung).

Punkte ➤	12	11	10	9	8	7	6	5	4	3	2	1
Note ➤	1,0	1,5	2,0	2,5	3,0	3,5	4,0	4,5	5,0	5,5	6,0	6,0
1. Versuch ➤												
2. Versuch ➤												
3. Versuch ➤												

Test → **Jugend- und Auszubildendenvertretung (JAV)**

Punkte

1

Im Kaufhaus Helmut Wohlfahrt e. K. stehen Wahlen zur Jugend- und Auszubildendenvertretung an. Yasmin Bauknecht, 18 Jahre, Auszubildende zur Kauffrau für Bürokommunikation, im 2. Ausbildungsjahr, kandidiert als Jugend- und Auszubildendenvertreterin.

a) Welche Voraussetzungen für die Wahl einer Jugend- und Auszubildendenvertretung müssen erfüllt sein? 2

b) Welcher Personenkreis kann Yasmin in die Jugend- und Auszubildendenvertretung wählen? 1

c) Wer ist bei der Wahl zur Jugend- und Auszubildendenvertretung wählbar? 1

d) Auf wie viele Jahre wird die Jugend- und Auszubildendenvertretung gewählt? 1

e) Welche Hauptaufgabe hat die Jugend- und Auszubildendenvertretung? 1

f) Wann sind alle JAV-Mitglieder zur Teilnahme und zur Abstimmung in der Betriebsratssitzung berechtigt? 1

g) Begründen Sie, weshalb die Jugend- und Auszubildendenvertretung auch für den Arbeitgeber bedeutsam sein kann. 1

h) Die türkischen Auszubildenden wollen einen ihrer Landsleute, der sich im ersten Ausbildungsjahr befindet und 17 Jahre alt ist, in die JAV wählen. Kann er gewählt werden? 2

i) Verschiedene ausländische Auszubildende, alle im ersten Ausbildungsjahr und 16 Jahre alt, wollen ihre Stimme zur JAV abgeben. Der Wahlleiter verweigert dies. Beurteilen Sie die Handlungsweise des Wahlleiters. 2

Punktesumme → 12

Notenermittlung: Kreuzen Sie Ihr Ergebnis an (Korrekturanleitung: siehe Lösung).

Punkte ➤	12	11	10	9	8	7	6	5	4	3	2	1
Note ➤	1,0	1,5	2,0	2,5	3,0	3,5	4,0	4,5	5,0	5,5	6,0	6,0
1. Versuch ➤												
2. Versuch ➤												
3. Versuch ➤												

4 Tarifvertrag, Arbeitskampf und Betriebsvereinbarung

4.1 Tarifvertrag und Arbeitskampf

Stofftelegramm

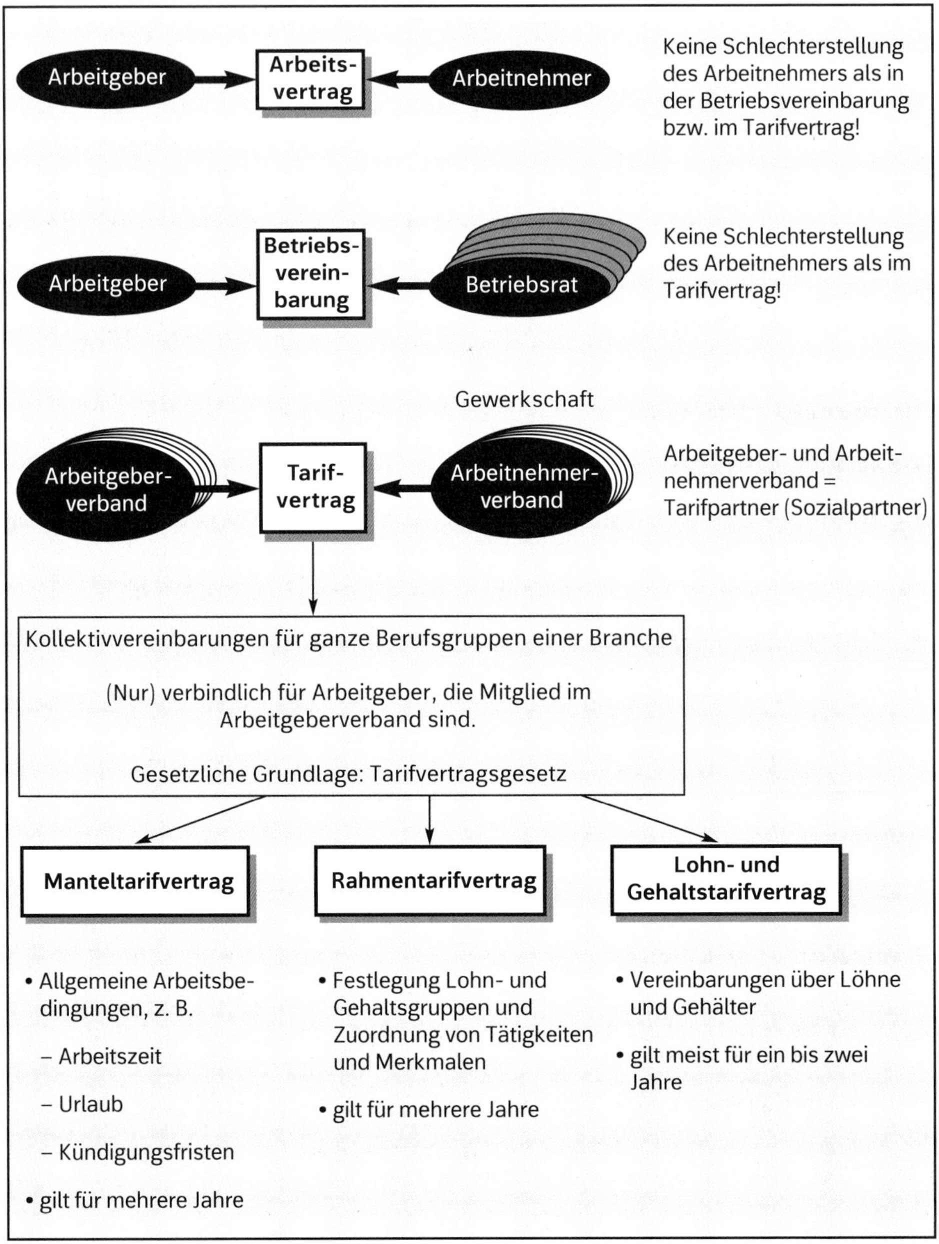

Koalitionsfreiheit: Art. 9 GG: Recht zum Zusammenschluss (z. B. zu einem AG-Verband)

Tarifautonomie: keine staatliche Einmischung in Tarifverhandlungen

Verbandstarifvertrag: TV zwischen Arbeitgeber- und Arbeitnehmerverband (Regelfall)

Firmentarifvertrag: TV zwischen **einem** Arbeitgeber (z. B. VW) und einer Gewerkschaft

Tarifbindung: TV = Mindestbedingungen bei Arbeitsverträgen und Betriebsvereinbarungen

Allgemeinverbindlichkeitserklärung: TV gilt für **alle** AG und AN seines Geltungsbereiches, also auch für Nichtmitglieder („Außenseiter"), wenn er vom Bundesarbeitsminister auf Antrag einer Tarifvertragspartei für allgemein verbindlich erklärt wurde.

Antrag auf Allgemeinverbindlichkeit heute selten, da üblicherweise auch nichtorganisierte Arbeitnehmer gleichgestellt werden.

Nachwirkung: Nach TV-Ablauf gilt alter TV bis zum Neuabschluss.

Friedenspflicht: Keine Kampfmaßnahmen während der TV-Dauer erlaubt!

Vorteile der Tarifverträge

Für Arbeitnehmer

- Garantie von Mindestarbeitsbedingungen
- Gleichstellung gleich qualifizierter AN
- AN wäre AG evtl. unterlegen, wenn alles im Arbeitsvertrag zu regeln wäre.

Für Arbeitgeber

- klare Kalkulationsgrundlage, da einheitl. Tarife
- weniger Konkurrenz bei Personalanwerbung
- Vertragsinhalte müssen nicht jedes Mal neu ausgehandelt werden (Zeit-, Kostenersparnis).

Besondere Tarifvertragsvereinbarungen betr. Arbeitsschutz

Alterssicherung: Kündigungsschutz und Garantieverdienst für ältere Arbeitnehmer

Rationalisierungsschutz: Beseitigung, Verminderung der Nachteile bei Rationalisierungsmaßnahmen (Umschulungen, Versetzungen, Abfindungen usw.)

Humanisierung der Arbeit: Verbesserung der Arbeitsbedingungen und des Betriebsklimas, Abbau der Monotonie durch:

- Arbeitserweiterung (**Jobenlargement**): Erweiterung der Arbeitsaufgaben eines Arbeitnehmers um gleichartige oder ähnliche Tätigkeiten
- Arbeitsplatzwechsel (**Jobrotation**): regelmäßiger Arbeitsplatztausch
- Arbeitsbereicherung (**Jobenrichment**): Erweiterung der Arbeitsaufgaben eines Arbeitnehmers um höherqualifizierte Tätigkeiten

TK = Tarifkommission; SK = Schlichtungskommission; AG = Arbeitgeber; AN = Arbeitnehmer; TV = Tarifvertrag

Der Arbeitskampf: Streik – Aussperrung – Schlichtung

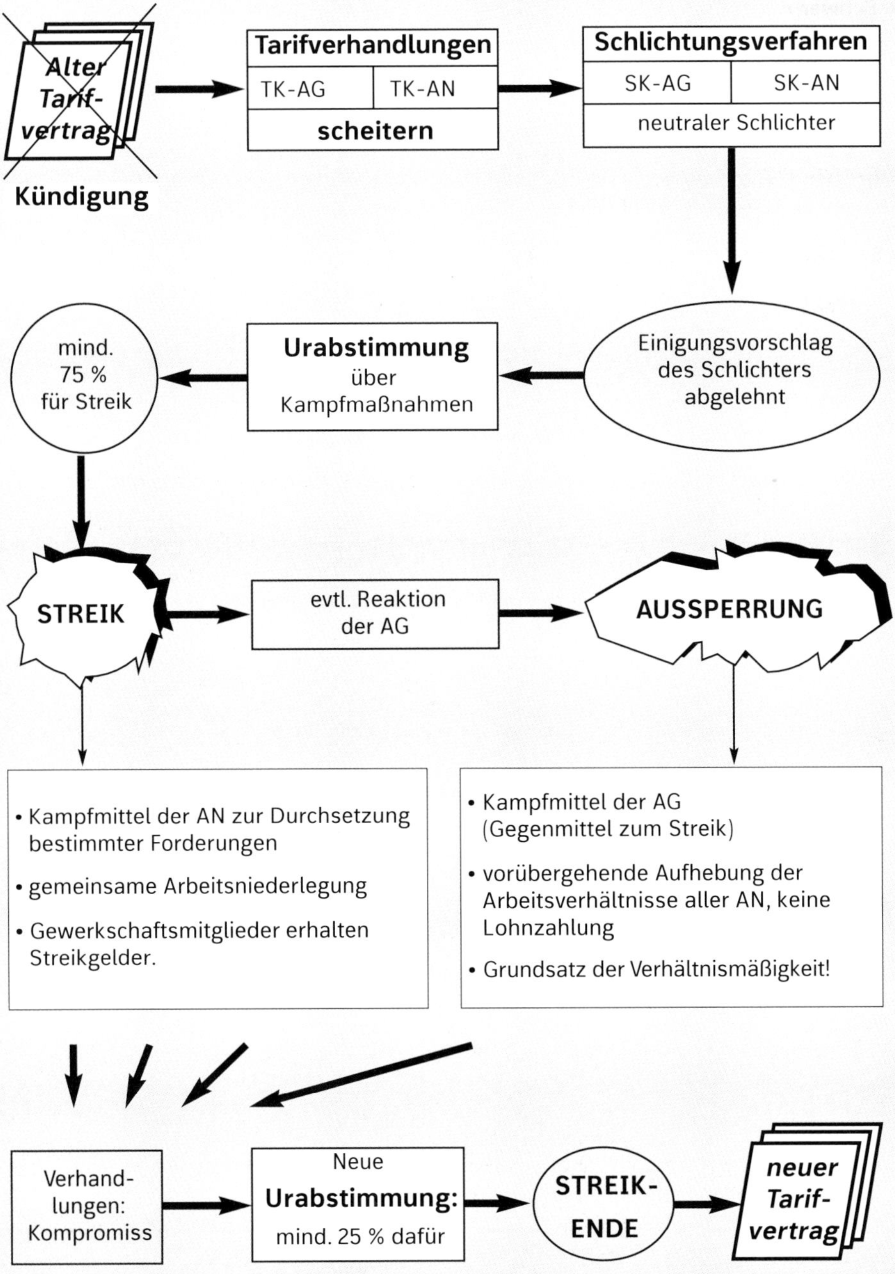

Streikarten

- **Voll- bzw. Flächenstreik:** Alle Arbeitnehmer des Tarifgebiets streiken.
- **Schwerpunktstreik:** Arbeitnehmer nur einzelner Betriebe streiken.
- **Mini-Max-Streik:** Mit minimalem Streikgeldaufwand (Streik in wenigen Zulieferbetrieben) wird maximale Wirkung erzielt (Lahmlegung eines großen Wirtschaftsbereiches).
- **Warnstreik:** kurzfristiger Streik zur Demonstration der Streikentschlossenheit, auch während der Friedenspflicht erlaubt
- **Sympathiestreik:** Unterstützung von Streiks in anderen Bereichen
- **Wilder Streik:** nicht organisierter Streik ohne Urabstimmung; verboten

Schlichtung

- Verfahren zur Beilegung von Streitigkeiten bei Tarifverhandlungen, um Streiks zu verhindern
- Das Schlichtungsverfahren endet mit dem Einigungsvorschlag des neutralen Schlichters.

Argumente für Aussperrung

- notwendiges Gegenmittel der Arbeitgeber gegen Schwerpunkt- und Mini-Max-Streiks („Waffengleichheit")
- Verhinderung übertriebener Gewerkschaftsforderungen
- Arbeitskampfverkürzung

Argument gegen Aussperrung

Arbeitgeberverbände finanziell evtl. besser gestellt, somit ggf. im Vorteil

Auswirkung von Arbeitskämpfen

- **Gewerkschaften:** Streikgelder leeren Kasse
- **Unternehmen:**
  - Verluste durch Produktionsausfälle
  - Rationalisierungstendenz (Arbeitskräfteersatz durch Maschinen)
- **Arbeitnehmer:**
  - finanzielle Einbußen während Arbeitskampf
  - Risiko: Rationalisierungstendenz
  - höhere Löhne = höherer Lebensstandard
- **Gesamtwirtschaft:** Gesamtwirtschaftliche Verflechtung bewirkt negative Folgen auch auf andere Branchen.

4.2 Betriebsvereinbarung

Stofftelegramm

Betriebsvereinbarung
=
Vertrag zwischen Arbeitgeber und Betriebsrat

Geltungsbereich: für alle Arbeitnehmer des Betriebs

Inhalt: Rechte, Pflichten, Vereinbarungen und verbindliche Normen, z. B.
- zusätzliche Maßnahmen zur Verhütung von Arbeitsunfällen,
- Sozialeinrichtungen,
- Förderung Vermögensbildung,
- nur wenn Tarifvertrag erlaubt: Arbeitsentgelte, Arbeitsbedingungen

Sonderfall einer Betriebsvereinbarung:
Sozialplan: Vereinbarungen zu Lohnminderungen, Versetzungen oder Entlassungen bei Betriebsänderungen (z. B. Verlagerung oder Stilllegung). Vereinbart wird z. B. die Höhe von Abfindungen oder die Errichtung einer Beschäftigungsgesellschaft.

Betriebsvereinbarungen haben Vorrang vor Einzelarbeitsverträgen.

4.3 Aufgaben zu den Kapiteln 4.1 und 4.2

1. Welches Gesetz ist bei Tarifverträgen zu beachten?
2. Wer sind die Vertragspartner bei Arbeitsverträgen, Betriebsvereinbarungen, Tarifverträgen?
3. Welche Beziehungen bestehen zwischen Arbeitsvertrag, Betriebsvereinbarung, Tarifvertrag und gesetzlichen Regelungen?
4. Wer sind die Tarifpartner (Sozialpartner) im Normalfall?
5. Unterscheiden Sie die Begriffe: a) Manteltarifvertrag, b) Lohn- und Gehaltstarifvertrag.
6. Erklären Sie kurz:
   a) Tarifvertrag
   b) Tarifautonomie
   c) Koalitionsfreiheit
   d) Tarifbindung
   e) Friedenspflicht
   f) Nachwirkung der Tarifverträge
   g) Allgemeinverbindlichkeit
7. Nennen Sie je drei Vorteile des Tarifvertrages für Arbeitnehmer und Arbeitgeber.
8. Tarifverträge beinhalten oft Regelungen über **Rationalisierungsschutz** und **Humanisierung der Arbeit**. Erklären Sie die Begriffe.
9. Notieren Sie folgende Begriffe in richtiger Reihenfolge: erste Urabstimmung, Tarifverhandlungen, Streik, Kündigung des Tarifvertrages, Schlichtungsverfahren, Aussperrung, neuer Tarifvertrag, Einigungsvorschlag Schlichter, zweite Urabstimmung, neue Verhandlungen.

10. Erklären Sie die Begriffe:
    a) Vollstreik
    b) Schwerpunktstreik
    c) Mini-Max-Streik
    d) Warnstreik
    e) wilder Streik
    f) Schlichtung
    g) Aussperrung

11. Warum ist die Aussperrung ein gerechtfertigtes Mittel im Arbeitskampf und welchen Hauptzweck verfolgt sie?

12. Ein Tarifvertrag gilt bis 30.06. Er wird von der Gewerkschaft fristgemäß gekündigt. Welche Kampfmaßnahmen können bereits vor, welche erst nach dem 30.06. vorgenommen werden? Begründung.

13. Der arbeitslose Facharbeiter Boll ist in keiner Gewerkschaft. Er bewirbt sich bei der Schnippel GmbH und vereinbart einen Lohn, der um 200,00 EUR unter dem Tariflohn liegt.
    Die Schnippel GmbH ist im Arbeitgeberverband. Beurteilen Sie die rechtliche Situation.

14. Beurteilen Sie, ob in folgenden Fällen ein Tarifvertrag jeweils für den Arbeitnehmer gelten muss, wenn keine Allgemeinverbindlichkeitserklärung vorliegt.

	a	b	c	d
Arbeitnehmer in Gewerkschaft?	nein	ja	ja	nein
Arbeitgeber im Arbeitgeberverband?	ja	ja	nein	nein

15. Beurteilen Sie die Rechtsgültigkeit folgender Fälle:
    a) Ein Tarifvertrag läuft bis zum 30.06. und wurde fristgerecht gekündigt. Die Verhandlungen verlaufen zäh. Am 15.07. legen 200 Arbeitnehmer ohne Urabstimmung für zwei Tage die Arbeit nieder.
    b) Wie a, jedoch wird nur 15 Minuten gestreikt.
    c) Wie b, jedoch erfolgt der Streik bereits am 25.05.
    d) Die Gewerkschaft droht mit Streik. Um ihr zuvorzukommen, sperren die Arbeitgeber aus.
    e) Die Gewerkschaft führt einen Schwerpunktstreik durch, die Arbeitgeber sperren lediglich die gewerkschaftlich organisierten Arbeitnehmer aus.
    f) Die Gewerkschaft führt einen Schwerpunktstreik durch. Die Arbeitgeber von nicht bestreikten Betrieben derselben Branche sperren die Arbeitnehmer aus.
    g) Nach Beendigung des Arbeitskampfes stellt ein Arbeitgeber nur 80 % der ausgesperrten Arbeitnehmer wieder ein.
    h) 5.000 Arbeitnehmer einer Branche streiken, 70.000 Arbeitnehmer nicht bestreikter Betriebe werden ausgesperrt.

16. Was versteht man unter
    a) Tariflohn,
    b) Ecklohn?

17. Nach dem erfolgreichen Abschluss Ihrer Ausbildung arbeiten Sie als Verkäufer/-in im Supermarkt Meier GmbH. Im Einzelhandel wurde der alte Lohn- und Gehaltstarifvertrag gekündigt. Die Gewerkschaft möchte im Rahmen einer Informationsveranstaltung die Beschäftigten des Supermarktes Meier GmbH über die anstehenden Verhandlungen und die rechtlichen Rahmenbedingungen informieren. Sie sind Mitglied des Betriebsrates und helfen bei der Vorbereitung und Durchführung der Informationsveranstaltung.

    Während der Veranstaltung ergeben sich verschiedene Fragen. Sie beantworten diese rechtlich fundiert und begründet.

    a) Frau Müller möchte wissen: „Was wird denn jetzt überhaupt neu verhandelt? Was regelt denn dieser Lohn- und Gehaltstarifvertrag?"
    b) Frau Müller: „Und gibt es nicht auch noch einen Manteltarifvertrag? Was steht denn in dem?"
    c) Herr König: „Hoffentlich gibt es bald einen neuen Tarifvertrag, sonst können die Arbeitgeber doch im Moment mit uns machen, was sie wollen!"
    d) Herr Bauer: „Ich bin dafür, wir zeigen den Arbeitgebern gleich mal unsere Stärke. Lasst uns ab morgen streiken!"
    e) Frau Schulz: „Könnte nicht der Staat ein Machtwort sprechen?"
    f) Herr Berger: „Mir ist das sowieso egal. Ich bin nicht in der Gewerkschaft, also gilt der Tarifvertrag für mich überhaupt nicht!"
    g) Der Inhaber des Supermarktes Meier: „Ich finde, ihr von der Gewerkschaft solltet euch lieber zurückhalten, sonst sperre ich ab morgen die ersten Mitarbeiter aus!"

18. Im Rahmen der Veranstaltung zeigt sich, dass viele Mitarbeiter überhaupt nicht wissen, welchen Inhalt eine Betriebsvereinbarung hat und für wen sie gültig ist. Klären Sie darüber auf.

Test → Tarifvertrag

Punkte

1 Wer sind die Vertragspartner beim Abschluss eines Tarifvertrages? — 1

2 Was ist ein Tarifvertrag? — 1

3 Wie unterscheidet sich der Manteltarifvertrag vom Lohn- und Gehaltstarifvertrag? Stellen Sie anhand einer Gegenüberstellung zwei Unterscheidungsmerkmale heraus. — 2

4 Was versteht man unter einem Ecklohn und welche Bedeutung kommt diesem zu? — 2

5 Was bedeutet Tarifautonomie? — 1

6 Erläutern Sie, was man unter Allgemeinverbindlichkeit versteht. — 1

7 Nennen Sie je zwei Vorteile, die sich aus dem Abschluss eines Tarifvertrages für Arbeitgeber und Arbeitnehmer ergeben. — 4

Punktesumme → 12

Notenermittlung: Kreuzen Sie Ihr Ergebnis an (Korrekturanleitung: siehe Lösung).

Punkte ➤	12	11	10	9	8	7	6	5	4	3	2	1
Note ➤	1,0	1,5	2,0	2,5	3,0	3,5	4,0	4,5	5,0	5,5	6,0	6,0
1. Versuch ➤												
2. Versuch ➤												
3. Versuch ➤												

Test ➤ **Arbeitskampf**

Punkte

1 Bei einer Stammtischrunde im Gasthaus „Schwarzer Adler" wird über die vergangene Lohntarifrunde diskutiert. Dabei werden folgende Begriffe genannt:

- Streik
- Aussperrung

Erklären Sie diese Begriffe. — 3

2 Nennen Sie zwei mögliche Streitpunkte bei Tarifverhandlungen. — 1

3 Erläutern Sie die Begriffe Schwerpunktstreik und Flächenstreik. — 2

4 Wann liegt ein wilder Streik vor? — 1

5 Welche Rechtsfolge kann sich aus einem wilden Streik für die teilnehmenden Arbeitnehmer ergeben? — 1

6 Welche Voraussetzungen müssen erfüllt sein, bevor es zum Streikaufruf der Gewerkschaft kommt? — 1

7 Welches Hauptziel wird mit einem Schlichtungsverfahren verfolgt? — 1

8 Von wem erhalten die streikenden bzw. ausgesperrten Arbeitnehmer während des Arbeitskampfes ihren Lohn bzw. Gehalt? Nehmen Sie dazu Stellung. — 2

Punktesumme ➤ 12

Notenermittlung: Kreuzen Sie Ihr Ergebnis an (Korrekturanleitung: siehe Lösung).

Punkte ➤	12	11	10	9	8	7	6	5	4	3	2	1
Note ➤	1,0	1,5	2,0	2,5	3,0	3,5	4,0	4,5	5,0	5,5	6,0	6,0
1. Versuch ➤												
2. Versuch ➤												
3. Versuch ➤												

5 Das System der sozialen Absicherung

5.1 Übersicht über die gesetzliche Sozialversicherung (Stand: 01/2019)

Stofftelegramm

Abkürzungen: **KV, RV, AV, UV, PV** = Kranken-, Renten-, Arbeitslosen-, Unfall-, Pflegeversicherung; **AN** = Arbeitnehmer; **AG** = Arbeitgeber; **W** = West; **O** = Ost; **BBG** = Beitragsbemessungsgrenze; **Z** = Zusatzbeitrag

	KV	RV	AV	PV	UV
Träger	AOK, Innungs-, Betriebs-, Ersatzkrankenkassen	Deutsche Rentenversicherung	Bundesagentur für Arbeit	Pflegekassen bei den Krankenkassen	Berufsgenossenschaften
Vers.-pfl.	alle AN bis Versicherungspflichtgrenze **5.062,50 EUR (W + O)**	alle AN, Azubis	– wie RV –	Mitglieder der gesetzl./ privaten Krankenkassen	alle Beschäftigten
BBG	Höhe: **4.537,50 EUR mtl. (W + O)**	**6.700,00 EUR mtl. (W)** **6.150,00 EUR mtl. (O)**	– wie RV –	– wie KV –	– entfällt –
Beiträge	bis BBG steigend ab BBG konstant	– wie KV –	– wie KV/RV –	– wie KV –	nach Unfallgefahren
	AN: 7,3 % + 1/2 Zusatzbeitrag AG: 7,3 % + 1/2 Zusatzbeitrag Spezialfall: **450-Euro-Jobs**	AG und AN je 9,3 %	– AG und AN je 1,25 % –	AG und AN je 1,525 %; Kinderlosenzuschlag 0,25 % zahlt AN allein	AG allein
Beitr.-satz	14,6 % (allgemeiner Beitragssatz)	18,6 %	2,5 %	3,05 % (Kinderlosenzuschlag 0,25 %, nur AN ab 23. Leb.jahr)	nach Unfallgefahren
LEISTUNGEN	• **Krankenhilfe:** Arzt-, Krankenhaus-, Arzneikosten; Krankengeld ab 7. Woche (70 % vom Bruttolohn); max. 90 % des Nettolohns • Vorsorgeuntersuchungen • Mutterschaftshilfe • Familienhilfe • Zuzahlung zu Arzneimitteln durch Versicherten	**Rentenzahlung:** • Rente w. Alters • Rente wegen Berufs- oder Erwerbsunfähigkeit • Witwen- und Waisenrente **Rehabilitationsmaßnahmen**	• Arbeitslosengeld I • Kurzarbeitergeld • Winterausfallgeld • Insolvenzausfallgeld • KV-Beiträge Arbeitsloser • Berufsberatung • Arbeitsvermittlung • Umschulungen • Förderung Einstieg in Selbstständigkeit (Gründerzuschuss) • Ein-Euro-Jobs (= Zusatzjobs) vermitteln • Vermittlung von schwer vermittelbaren Arbeitslosen an Personal-Service-Agenturen (PSA) • Bewerbungstraining • berufliche Rehabilitation	• **Häusliche Pflege:** Sachleistung (Pflege durch Profis) bzw. Pflegegeld (bei Versorgung durch Angehörige) • **stationäre Pflege** • **Sonstige Leistungen:** Pflegehilfsmittel, technische Hilfen (z. B. Rollstühle), Zuschüsse zu notwendigen Umbauten, soziale Sicherung der Pflegepersonen • Leistungen je nach Pflegegrad	**Arbeitsunfallfolgen (auch Wegeunfälle):** • Krankenhilfe • Berufshilfe • Renten an Verletzte + Hinterbliebene **Unfallverhütung:** • Aufklärung • Belehrung • Überwachung

Hinweise zum Arbeitslosengeld I und II: Dauer der Zahlung

Arbeitslosengeld I
Dauer maximal: 12 Monate (ab 50 Jahre max. 15 Monate; ab 55 Jahre max. 18 Monate; ab 58 Jahre max. 24 Monate)

Arbeitslosengeld II
• Arbeitslosengeld II wird gezahlt, solange **Hilfebedürftigkeit** vorliegt und weitere Voraussetzungen, wie z. B. Erwerbsfähigkeit bzw. Altersgrenze erfüllt sind.
• laufende Überprüfung durch die Agenturen
• ALG II wird jeweils nur für maximal sechs Monate bewilligt.

5.2 Ergänzungen gesetzliche Krankenversicherung

Stofftelegramm

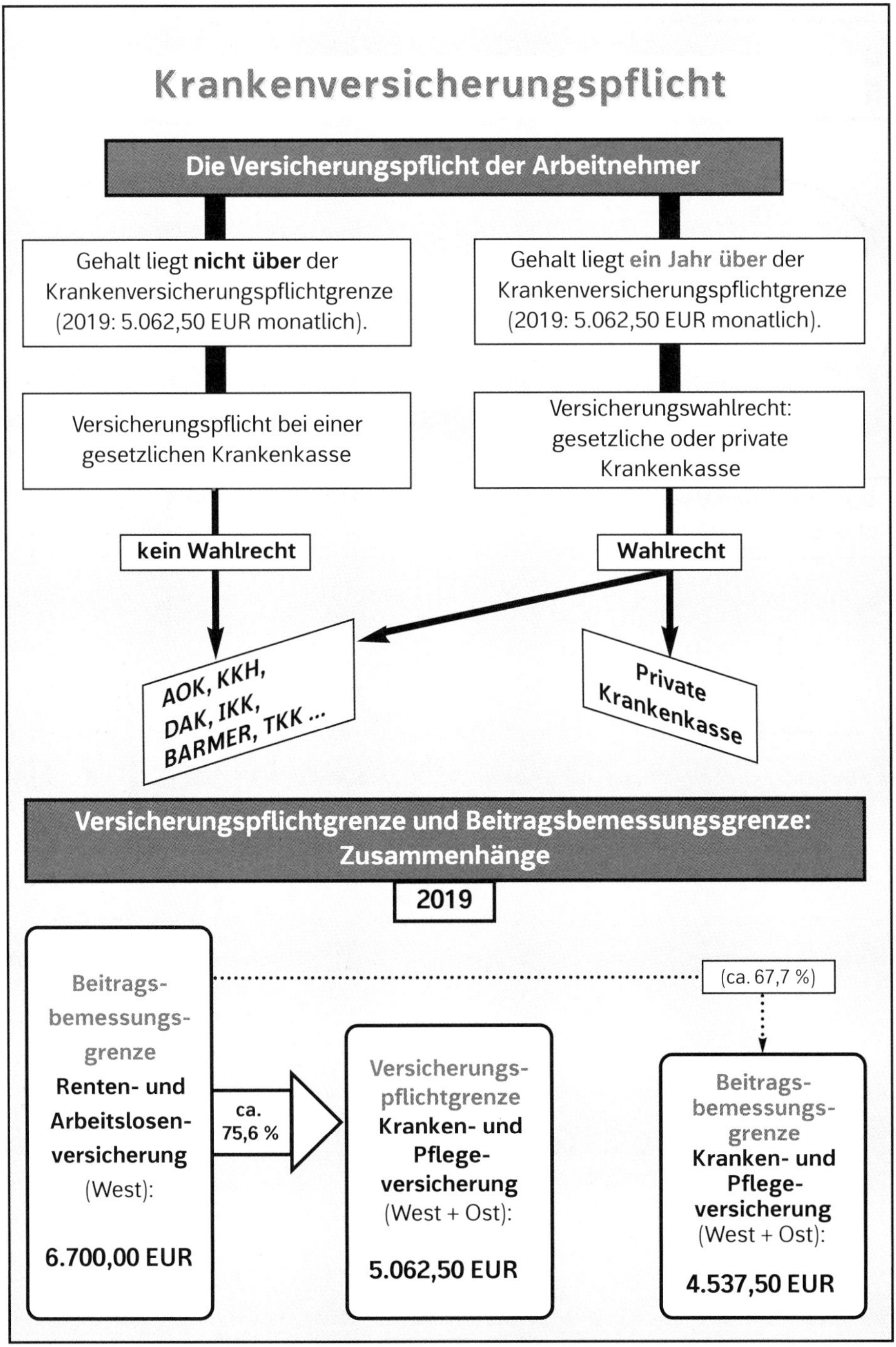

5.3 Ergänzungen gesetzliche Pflegeversicherung

Stofftelegramm

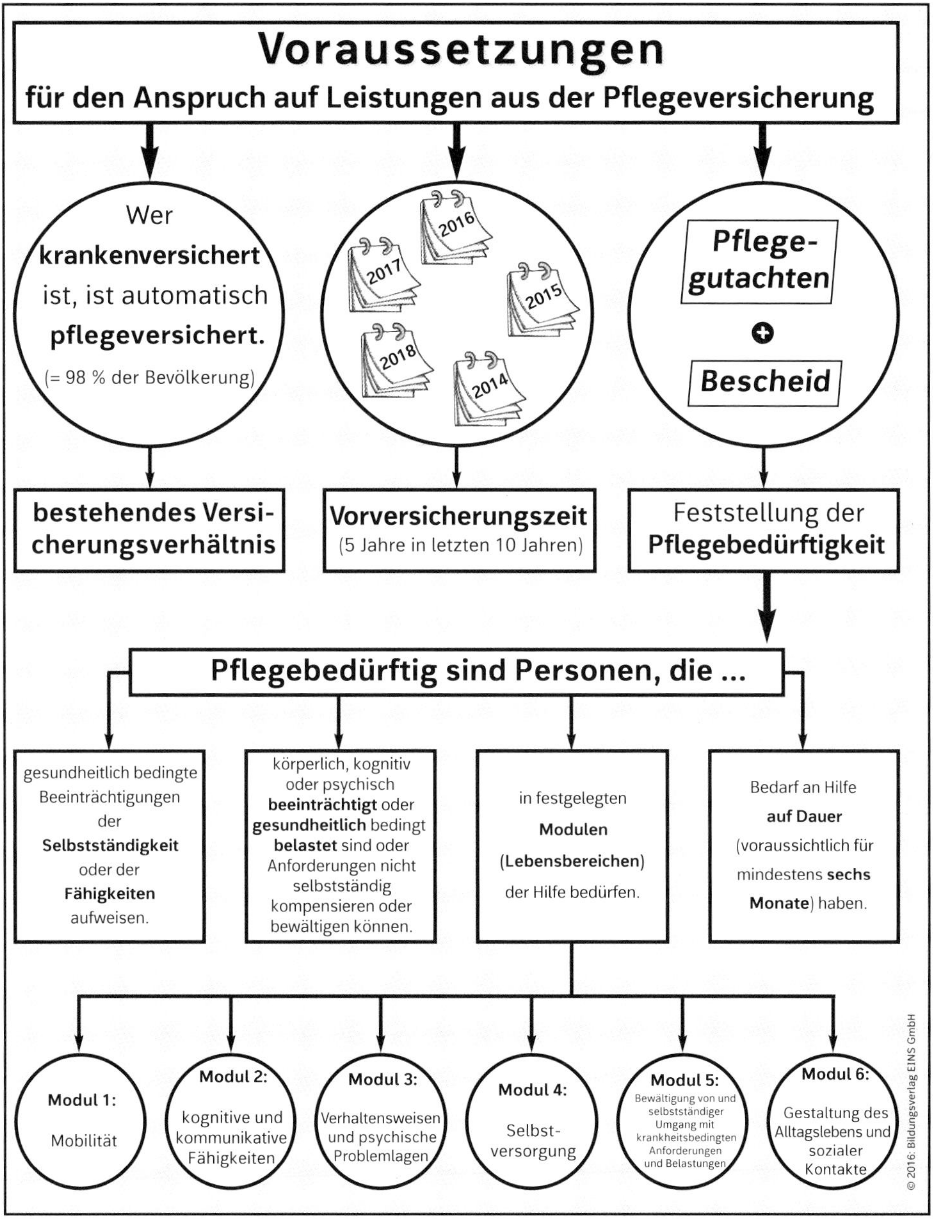

Kriterien bei der Begutachtung zur Feststellung der Pflegebedürftigkeit (§ 14 Abs. 2, § 15 Abs. 2, Anlage 1 zu § 15, § 18 Abs. 5a SGB XI)

Gewichtung: 10 %	**Modul 1:** Mobilität	• Position im Bett ändern • stabile Sitzposition halten • innerhalb des Wohnbereichs fortbewegen • Treppensteigen
Gewichtung: zusammen 15 %	**Modul 2:** kognitive und kommunikative Fähigkeiten	• Personen aus dem näheren Umfeld erkennen • örtliche und zeitliche Orientierung haben • Erinnerung an wichtige Ereignisse • Entscheidungen im Alltagsleben treffen • Risiken und Gefahren erkennen • elementare Bedürfnisse mitteilen • an einem Gespräch beteiligen
	Modul 3: Verhaltensweisen und psychische Problemlagen	• nächtliche Unruhe • selbst schädigendes und autoaggressives Verhalten • Beschädigung von Gegenständen • physisch aggressives Verhalten gegenüber Anderen • verbale Aggression u. a. gegenüber Pflegepersonen • Ängste, Antriebslosigkeit bei depressiver Stimmung • sozial inadäquate Verhaltensweisen
Gewichtung: 40 %	**Modul 4:** Selbstversorgung	• Waschen des vorderen Oberkörpers • Duschen und Baden, Waschen der Haare • An- und Auskleiden des Oberkörpers • mundgerechtes Zubereiten der Nahrung • Essen und Trinken, Eingießen von Getränken • eine Toilette oder einen Toilettenstuhl benutzen • Folgen einer Stuhlinkontinenz bewältigen ...
Gewichtung: 20 %	**Modul 5:** Bewältigung von und selbstständiger Umgang mit krankheitsbedingten Anforderungen und Belastungen	• Medikation, Injektionen ... • Verbandwechsel und Wundversorgung • Einmalkatheterisierung, Nutzung Abführmethoden • Arztbesuche und Besuch anderer medizinischer oder therapeutischer Einrichtungen
Gewichtung: 15 %	**Modul 6:** Gestaltung des Alltagslebens und sozialer Kontakte	• Tagesablauf gestalten, an Veränderungen anpassen • Ruhen und Schlafen • Sichbeschäftigen • mit Personen im direkten Kontakt interagieren • Kontakte pflegen zu Personen außerhalb des direkten Umfeldes
zwei zusätzliche Lebensbereiche	**Modul 7:** außerhäusliche Aktivitäten	• Bereich der Wohnung oder Einrichtung verlassen • öffentliche Verkehrsmittel im Nahverkehr nutzen • an kulturellen, religiösen oder sportlichen Veranstaltungen teilnehmen • Besuch von sonstigen Einrichtungen
	Modul 8: Haushaltführung	• für den täglichen Bedarf einkaufen • einfache Mahlzeiten zubereiten • einfache Aufräum- und Reinigungsarbeiten • mit finanziellen Angelegenheiten umgehen • Umgang mit Behördenangelegenheiten

Die Pflegegrade (Sie bestimmen die Leistungshöhe.)

1 – **geringe** Beeinträchtigung der Selbstständigkeit oder der Fähigkeiten (nur für neu eingestufte Personen)

2 – **erhebliche** Beeinträchtigung der Selbstständigkeit oder der Fähigkeiten

3 – **schwere** Beeinträchtigung der Selbstständigkeit oder der Fähigkeiten

4 – **schwerste** Beeinträchtigung der Selbstständigkeit oder der Fähigkeiten

5 – **schwerste** Beeinträchtigung der Selbstständigkeit oder der Fähigkeiten **mit besonderen Anforderungen an die pflegerische Versorgung**

Leistungen der Pflegeversicherung

- **ambulante Pflege (Pflegesachleistungen)**
- **Angehörigenpflege (Pflegegeld)**
- **Heimpflege (stationär)**

Erläuterung zu Pflegesachleistungen: Versicherte nehmen die Hilfe eines ambulanten Pflegedienstes in Anspruch. Ambulante Sachleistungen können auch mit dem Pflegegeld kombiniert werden. Geräte und Sachen (Pflegehilfsmittel), die zur häuslichen Pflege notwendig sind, sie erleichtern etc. oder eine selbstständigere Lebensführung ermöglichen, werden i. d. R. zur Verfügung gestellt (evtl. Zuzahlung). Die Kosten für Verbrauchsprodukte in Höhe von bis zu 40,00 EUR pro Monat werden von der Pflegekasse erstattet (z. B. Einmalhandschuhe, Desinfektionsmittel oder Betteinlagen).

Maximalleistungen

Pflegegrade	ambulante Pflege (Pflegesachleistung)	Angehörigenpflege (Pflegegeld)	Heimpflege (stationär)
1	0,00 EUR	0,00 EUR	125,00 EUR
2	689,00 EUR	316,00 EUR	770,00 EUR
3	1.298,00 EUR	545,00 EUR	1.262,00 EUR
4	1.612,00 EUR	728,00 EUR	1.775,00 EUR
5	1.995,00 EUR	901,00 EUR	2.005,00 EUR

§ 45b SGB: Für alle Pflegegrade (Pflegebedürftige in häuslicher Pflege) gilt außerdem ein einheitlicher **Entlastungsbetrag** von je 125,00 EUR.

5.4 Ergänzungen gesetzliche Rentenversicherung

Stofftelegramm

- **„Meldung zur Sozialvers.“:** Der Meldevordruck ist ein Dreifach-Durchschreibesatz.
- **Generationenvertrag:** Die beitragszahlende Generation sichert mit ihren Beiträgen die Renten der Renten empfangenden Generation.
- **Rentenhöhe:** abhängig von
  - **Lebenseinkommen:** Summe aller Bruttoarbeitsentgelte
  - **Anrechnungsfähige Versicherungsjahre:**
    Beitragszeiten
    + Berücksichtigungszeiten (Kindererziehungs-, Pflegezeiten)
    + Anrechnungszeiten (Ausbild.zeit max. 3 Jahre; Krankheits-, Schwangerschafts-, Arbeitslosigkeits-, Schlechtwetterzeiten)
    + Ersatzzeiten (Kriegsdienstzeiten)
    + Zurechnungszeiten (bei sehr früher Erwerbsunfähigkeit)
  - **durchschnittliche Arbeitsverdienste aller Arbeitnehmer**
  - **Steigerungssatz**
- **Rentendynamisierung:** Rentenanpassung an allgemeine Lohnentwicklung
- **Rente wegen Alters:**
  - Normale Altersrente: mit 65, schrittweise Erhöhung für nach 1946 Geborene, ab Geburtsjahrgang 1964 mit 67
  - Vorzeitige Inanspruchnahme: gegen dauerhaften Abzug (ca. 0,3 % für jeden Monat früherer Inanspruchnahme)
    Teilrente: Auch nur teilweise vorzeitige Verrentung (z. B. 40 %) möglich (Flexirentengesetz). Es gelten jedoch Hinzuverdienstgrenzen.
  - Sonderregelungen: z. B. für Schwerbehinderte, besonders langjährig Versicherte, vor 1952 geborene Frauen, Altersteilzeit

5.5 Ergänzungen gesetzliche Arbeitslosenversicherung

Stofftelegramm

	Arbeitslosengeld I	**Arbeitslosengeld II**
Voraus-setzungen	1. Antragsteller arbeitslos 2. Arbeitslosmeldung beim Arbeitsamt 3. Antragstellung beim Arbeitsamt 4. verfügbar zur Arbeitsvermittlung 5. innerhalb der letzten drei Jahre mindestens 360 Tage beitragspflichtig beschäftigt	• Voraussetzungen 1 bis 4 des Arbeitslosengeldes sind erfüllt • kein Anspruch (mehr) auf Arbeitslosengeld • Bedürftigkeit
Höhe	67 % vom letzten Nettoverdienst (Kinderlose: 60 %)	Regelleistung: 424,00 EUR + Leistungen f. Unterkunft und Heizung
Dauer	maximal zwölf Monate (ab 55 Jahre max. 18 Monate; ab 58 Jahre max. 24 Monate)	zeitlich unbegrenzt; Bewilligung jeweils für max. sechs Monate
Finanzierung	aus Beitragszahlungen	aus Steuergeldern
Sperrzeiten bzw. **Absenkung/Wegfall**	Verkürzung der Dauer des AL-Geldbezugs u. a. bei Arbeitsablehnung, unzureichenden Eigenbemühungen, Meldeversäumnis, Arbeitsaufgabe (= **Sperrzeit**)	**Absenkung bzw. Wegfall:** z. B. bei Ablehnung einer zumutbaren Arbeit oder Eingliederungsmaßnahme, bei Pflichtverletzung

Die Arbeitslosenversicherung

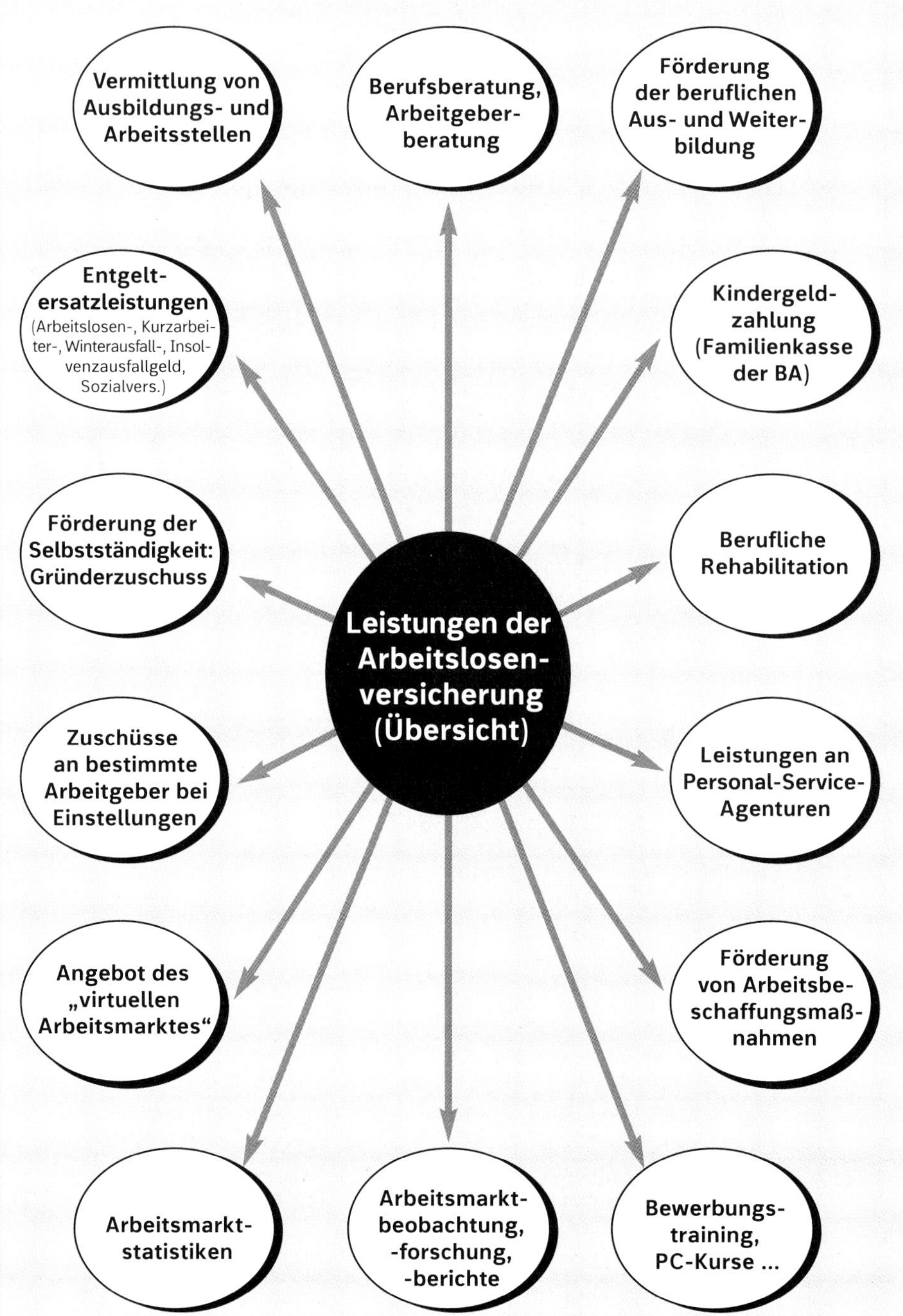

Definition der Arbeitslosigkeit nach dem Sozialgesetzbuch

Arbeitslos ist, wer ...

- ... **keine Beschäftigung** hat (weniger als 15 Wochenstunden).
- ... Arbeit **sucht** (sich bemüht, seine Arbeitslosigkeit zu beenden).
- ... dem Arbeitsmarkt **zur Verfügung** steht.
- ... arbeitslos **gemeldet** ist.

Nach dieser Definition sind laut Bundesagentur für Arbeit (Monatsbericht März 2005) nicht alle erwerbsfähigen Hilfebedürftigen als arbeitslos zu zählen. Wichtige Beispiele:

1. Beschäftigte Personen, die mindestens 15 Stunden in der Woche arbeiten, aber wegen zu geringem Einkommen bedürftig nach dem Sozialgesetzbuch II sind und deshalb Arbeitslosengeld II erhalten, werden **nicht als arbeitslos** gezählt.

2. Erwerbsfähige hilfsbedürftige Personen, die keine Arbeit aufnehmen können, weil sie kleine Kinder erziehen oder Angehörige pflegen, erhalten Arbeitslosengeld II; sie werden **nicht als arbeitslos** gezählt, weil sie für die Arbeitsaufnahme nicht verfügbar sein müssen.

Anspruchsvoraussetzungen für den Bezug von Arbeitslosengeld

Arbeitslosengeld erhält, wer ...

- ... **arbeitslos** ist (siehe oben).
- ... die **Anwartschaftszeit** erfüllt hat.
- ... sich persönlich arbeitslos **gemeldet** hat.

Grundsatz

Die Anwartschaftszeit ist erfüllt, wenn der Betroffene in den letzten drei Jahren **(Dreijahresfrist)** vor der Arbeitslosmeldung und der eingetretenen Arbeitslosigkeit mindestens 12 Monate in einem Versicherungspflichtverhältnis gestanden hat.

5.6 Ergänzungen gesetzliche Unfallversicherung

Stofftelegramm

Die Träger der gesetzlichen Unfallversicherung

- Gewerbliche Berufsgenossenschaften → Spitzenverband: **Deutsche Gesetzliche Unfallversicherung** (DGUV)
- Unfallversicherungsträger der öffentlichen Hand → Spitzenverband: **Deutsche Gesetzliche Unfallversicherung** (DGUV)
- Landwirtschaftliche Berufsgenossenschaften

Beiträge

- **Zahlung** durch **Unternehmer** allein
- **Beitragshöhe** abhängig von: **Finanzbedarf, Unfallrisiko, Lohnsumme**

Versicherungspflichtige

- Beschäftigte
- Auszubildende
- Schüler, Studenten
- Kinder in Kitas
- Pflegepersonen
- Landwirte
- Arbeitslose
- Haushaltshilfen

Versicherungsfreie

- Beamte
- Richter
- Berufssoldaten

freiwillig Versicherte

Unternehmer und mitarbeitende Ehegatten

Versicherungsschutz

Arbeitsunfall | Wegeunfall | Berufskrankheit | Kita-, Schul-, Hochschulunfall

Aufgaben + Leistungen der Unfallversicherungsträger

Prävention	Heilbehandlung/Reha	Finanzielle Leistungen
• Erlass von Unfallverhütungsvorschriften • Unternehmensberatung • Sicherungsbeauftragte	• ärztl. Behandlung • Behandlung Krankenhaus + Reha-Zentren • Berufsvorbereitung	• Verletztengeld • Übergangsgeld • Renten • Sterbegeld

5.7 Probleme der gesetzlichen Sozialversicherung

Stofftelegramm

Rentenversicherung

- Altersquotient (Rentner/-innen : Erwerbsfähige) steigt (Gesellschaft altert = demografischer Wandel)
- Auf die Beitragszahler kommen immer mehr Rentenbezieher durch:
  - längere Ausbildung
  - späterer Eintritt ins Erwerbsleben
  - Zunahme von Teilzeitarbeit
  - Trend zur Selbstständigkeit (immer mehr freie Mitarbeiter/-innen, Telearbeitsplätze ...)
  - Verringerung der Erwerbsquote der über 50-Jährigen
  - durchschnittl. Rentenbezugsdauer steigt (höhere Lebenserwartung)
  - Verkürzung der Lebensarbeitszeit
  - sinkende Beitragseinnahmen in Wirtschaftsflauten

→ Die Beschäftigten müssen für immer mehr Rentner/-innen aufkommen.

→ Sozialausgaben übersteigen Beitragseinnahmen.

Folgen:

- Leistungseinschränkungen bzw.
- Beitragserhöhungen bzw.
- Verlagerung auf private Altersvorsorge

Krankenversicherung

- Hohe Ausgabensteigerungen im Gesundheitswesen:

  steigende
  - Krankenhauskosten,
  - Kosten für Medikamente,
  - Kosten für Ärzte
- sinkende Beitragseinnahmen in Wirtschaftsflauten

Arbeitslosenversicherung

bei steigender Arbeitslosigkeit → Ausgaben für Arbeitslosengelder steigen

Pflegeversicherung

- steigende Zahl der Pflegebedürftigen aufgrund höherer Lebenserwartung
- zunehmende Entstehung von Ein-Personen-Haushalten (→ weniger Pflege durch Familienangehörige)

Unfallversicherung

- Finanzierung durch Beiträge der Arbeitgeber
- Beiträge abhängig v. a. von der Unfallgefahr im jeweiligen Betrieb

→ Einnahmen decken Ausgaben.

Wichtig: Zusätzlich private Vorsorgemaßnahmen treffen! (s. u.)

5.8 Das Dreischichtenmodell der Altersvorsorge

Stofftelegramm

Mit Rentenlücke bzw. Versorgungslücke wird der Prozentanteil oder Betrag bezeichnet, um den das letzte monatliche Netto-Einkommen vor Renteneintritt die spätere gesetzliche Altersrente übersteigt. Das Rentenniveau wird 2030 nur noch bei knapp 50 % des letzten Nettogehalts liegen (Schätzung!).
Gegen das zu starke Absinken der verfügbaren Finanzmittel muss vorgesorgt werden, z. B. durch betriebliche und private Vorsorgemaßnahmen.

3	**Kapitalanlageprodukte = private Vorsorge**	private Kapitalanlagen und Rentenversicherungen, die nicht zwingend für die Altersvorsorge genutzt werden müssen Bsp.: klassische private Rentenversicherung, Kapitallebensversicherung
2	**Zusatzversorgung = staatlich geförderte Altersvorsorge**	• betriebliche Altersversorgung • „Riester-Rente" (hohe staatliche Förderung!)
1	**Basisversorgung**	• gesetzliche Rente • private Basisrente („Rürup")

Als weitere Altersabsicherung wird auch der Erwerb von Immobilien gesehen. Der große Vorteil: Mit einer Eigentumswohnung oder einem Eigenheim hat man bereits lange vor dem Alter einen Nutzen.

5.9 Aufgaben zu den Kapiteln 5.1–5.8

1. Nennen Sie a) die Zweige, b) die Träger der Sozialversicherung.
2. Welche Bedeutung hat die Beitragsbemessungsgrenze für die einzelnen Sozialversicherungsarten?
3. Wer ist sozialversicherungspflichtig (wesentliche Gruppen)?
4. Wer führt die Sozialversicherung an welche Institutionen ab?
5. Nennen Sie die wesentlichen Leistungen der Sozialversicherungen.
6. Wer muss den Arbeitnehmer zur Sozialversicherung melden?
7. Welche Folgen hat es, wenn ein Arbeitgeber es versäumt, einen neuen Arbeitnehmer bei der Krankenkasse anzumelden?
8. Der kaufmännische Angestellte Schlapp ist sieben Wochen krank. Wovon lebt er in dieser Zeit?
9. Unterscheiden Sie die Begriffe Arbeitslosengeld I und Arbeitslosengeld II.

10. a) Heidi Sonne kündigt fristgemäß, um eine halbjährige Südseereise zu unternehmen. Die Finanzierung soll über das Arbeitslosengeld gesichert werden. Nehmen Sie Stellung.

    b) Eugen Schott kündigt fristgemäß, weil ihm das Arbeitsklima bei Teufel & Co. nicht behagt. Beurteilen Sie, ob sein Antrag auf Arbeitslosengeld erfolgreich sein wird.
    c) Schott möchte gegen den Bescheid des Arbeitsamtes klagen. Welches Gericht ist zuständig?

11. Nico Schlau erhält als DV-Spezialist ein Gehalt von 5.000,00 EUR. Da er ein großes Vermögen besitzt, ist er weder auf eine spätere Rente noch auf Arbeitslosengeld im Falle einer Arbeitslosigkeit angewiesen. Zudem fühlt er sich kerngesund. Er will alle Sozialversicherungen kündigen. Ist dies möglich? Begründung.

12. Erklären Sie kurz folgende Begriffe:
    a) Meldung zur Sozialversicherung
    b) Generationenvertrag
    c) Rentendynamisierung
    d) anrechnungsfähige Versicherungsjahre

13. a) Wovon hängt die Höhe der Rente ab?
    b) Begründen Sie die Notwendigkeit einer zusätzlichen Altersvorsorge.
    c) Beschreiben Sie das Dreischichtenmodell der Altersvorsorge.

14. Unter welchen Voraussetzungen können die Leistungen der gesetzlichen Unfallversicherung in Anspruch genommen werden?

15. Worin unterscheiden sich Sozial- und Individualversicherung?

16. Wann zahlt der Arbeitgeber die Sozialversicherungsbeiträge allein?

17. Was versteht man unter Selbstverwaltung?

18. Welcher Versicherungsträger erbringt in folgenden Fällen welche Leistung?
    a) Der Angestellte Schlotter bleibt wegen Schüttelfrost auf ärztlichen Rat hin fünf Tage zu Hause.
    b) Ein 50-jähriger Prokurist, der eine Frau und drei Kinder hinterlässt, stirbt.
    c) Der 55-jährige Angestellte Hupf tritt auf dem Heimweg von der Arbeit in einen Pferdeapfel, fällt und bricht sich dabei drei Finger und das Nasenbein. Er nimmt ärztliche Behandlung in Anspruch.
    d) Ein Angestellter kann nach einem privaten Autounfall seinen Beruf nicht mehr ausüben.
    e) Ein Arbeiter kann nach einem privaten Autounfall seinen Beruf nicht mehr ausüben.
    f) Ein 65-jähriger Angestellter begibt sich in den Ruhestand.
    g) Die 25-jährige Arbeiterin Nina Friedlein kündigt fristlos, weil sie die ständigen Beleidigungen ihres Chefs nicht länger hinnehmen will.
    h) Ein Angestellter erkrankt schwer und ist zukünftig in keiner Weise mehr arbeitsfähig.

19. Nennen Sie die wesentlichen Probleme der gesetzlichen Sozialversicherung.

Test → Sozialversicherung

Punkte

1 Nennen Sie die fünf Zweige der Sozialversicherung und deren Träger. — 5

2 Wer bezahlt die Beiträge zu den einzelnen Versicherungen? — 1

3 Nennen Sie für jeden Zweig der Sozialversicherung je zwei wesentliche Leistungen. — 5

4 Erläutern Sie die Bedeutung der Beitragsbemessungsgrenze für die einzelnen Zweige der Sozialversicherung. — 4

5 Erklären Sie den Begriff „Generationenvertrag". — 1

6 Unterscheiden Sie die Begriffe Arbeitslosengeld I und Arbeitslosengeld II. — 4

Punktesumme → 20

Notenermittlung: Kreuzen Sie Ihr Ergebnis an (Korrekturanleitung: siehe Lösung).

Punkte:	20	19	18	17	16	15	14	13	12	11	10	9	8	7	6	5	4	3
Note:	1,0	1,3	1,6	1,9	2,2	2,5	2,7	3,0	3,3	3,6	3,9	4,2	4,5	4,8	5,1	5,4	5,7	6,0
1. Versuch:																		
2. Versuch:																		
3. Versuch:																		

5.10 Exkurs: Die Gehaltsabrechnung: Fälle und Lösungen (Stand: 01/2019)

Stofftelegramm

Solidaritätszuschlag
- **5,5 % der Lohn- bzw. Einkommensteuer** • **s. u. „Annahmen“**

Kirchensteuer
- Bad.-Württ. und Bayern jeweils **8 %** der Lohn- bzw. Einkommensteuer
- restliche Länder jeweils **9 %** • **s. u. „Annahmen“**

Rentenversicherung
- **Beitragssatz 18,6 %** (Arbeitnehmeranteil 9,3 %)
- **Beitragsbemessungsgrenze 6.700,00 EUR/80.400,00 EUR (W)**
  6.150,00 EUR/73.800,00 EUR (O)

Arbeitslosenversicherung
- **Beitragssatz**: **2,5 %** (AN-Anteil 1,25 %)
- **Beitragsbemessungsgrenze** wie bei Rentenversicherung

Krankenversicherung
- Allgemeiner **Beitragssatz: 14,6 %** des sozialversicherungspflichtigen Gehalts; **kassenindividueller Zusatzbeitrag (Z)**
  →AN-Anteil = 7,3 % + ½ Z; AG-Anteil = 7,3 % + ½ Z
- **Beitragsbemessungsgrenze: 4.537,50 EUR/54.450,00 EUR (W + O)**
- **Versicherungspflichtgrenze: 5.062,50 EUR/60.750,00 EUR (W + O)**

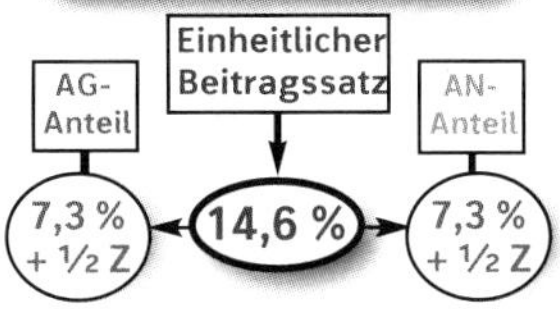

Pflegeversicherung
- **Beitragssatz: 3,05 %** des sozialvers.pflichtigen Gehalts, AN und AG je 1,525 % (Kinderlose ab 23 Jahre zahlen Zuschlag von 0,25 Prozentpunkten ohne Arbeitgeberanteil.); in Sachsen andere Sätze
- **Bemessungsgrenzen** wie bei der Krankenversicherung

Übungen zur Gehaltsabrechnung für Ost- und Westdeutschland in Euro:

Annahmen:
- Krankenversicherungssatz (inkl. Zusatzbeitrag): 15,6 %; alle Arbeitnehmer haben Kinder (also kein Kinderlosenzuschlag bei der Pflegeversicherung)
- Die Lohnsteuerbeträge wurden unterstellt; sie sind letztlich von der Lohnsteuerklasse abhängig.
- vermögenswirksames Sparen jeweils 40,00 EUR
- vermögenswirksame Leistung des Arbeitgebers jeweils 20,00 EUR
- Aus Vereinfachungsgründen wurde vernachlässigt, dass der **Solidaritätszuschlag** erst ab einer bestimmten Einkunftshöhe berechnet wird und der 5,5 %-Zuschlag erst ab höheren Einkünften voll zum Tragen kommt. Ähnliches gilt bei der **Kirchensteuer** . Anhand der Kopiervorlagen kann unter Anwendung der Lohnsteuertabellen und der Angabe von Steuerklassen auch mit exakten Zahlen gerechnet werden.
- **Pflegeversicherungssatz** (Arbeitnehmeranteil): 1,525 %

	Fall 1	Fall 2	Fall 3	Fall 4
Bruttogehalt:	2.500,00 EUR	3.000,00 EUR	5.000,00 EUR	6.800,00 EUR
Lohnsteuer (unterstellt):	250,00 EUR	400,00 EUR	800,00 EUR	1.600,00 EUR
Kirchensteuersatz:	8 % (Ost 9 %)	8 % (Ost 9 %)	8 % (Ost 9 %)	8 % (Ost 9 %)
Vorschussverrechnung:	–	–	500,00 EUR	–

Aufgabe: Erstellen Sie die Gehaltsabrechnungen jeweils für die alten und neuen Bundesländer.

Hinweis: Nur in Baden-Württemberg und Bayern beträgt der Kirchensteuersatz 8 %, ansonsten bundesweit 9 %.

Abkürzungen: **vL-AG** = vermögenswirksame Leistung des Arbeitgebers
SolZ = Solidaritätszuschlag
KiSt. = Kirchensteuer
RV, KV, PV, AV = Renten-, Kranken-, Pflege-, Arbeitslosenversicherung
vS = vermögenswirksames Sparen
st + sv Gehalt = steuer- und sozialversicherungspflichtiges Gehalt

Lösung Fall 1		West (in Euro)		Ost (in Euro)
Bruttogehalt		**2.500,00**		**2.500,00**
+ vL-AG		20,00		20,00
= st + sv Gehalt		2.520,00		2.520,00
– Lohnsteuer		250,00		250,00
– SolZ	(5,5 % v. 250,00)	13,75		13,75
– KiSt.	(8,0 % v. 250,00)	20,00	(9 % v. 250,00)	22,50
– KV	(7,8 % v. 2.520,00)	196,56		196,56
– RV	(9,3 % v. 2.520,00)	234,36		234,36
– AV	(1,25 % v. 2.520,00)	31,50		31,50
– PV	(1,525 % v. 2.520,00)	38,43		38,43
= Nettogehalt		1.735,40		1.732,90
– vS		40,00		40,00
= Überweisungsbetrag		**1.695,40**		**1.692,90**

Beim **KiSt.-Satz** von **9 %** (**West**) gelten in den **Fällen 1 und 2** die Abrechnungen **Ost.**

Lösung Fall 2		West (in Euro)		Ost (in Euro)
Bruttogehalt		**3.000,00**		**3.000,00**
+ vL-AG		20,00		20,00
= st + sv Gehalt		3.020,00		3.020,00
– Lohnsteuer		400,00		400,00
– SolZ	(5,5 % v. 400,00)	22,00		22,00
– KiSt.	(8,0 % v. 400,00)	32,00	(9 % v. 400,00)	36,00
– KV	(7,8 % v. 3.020,00)	235,56		235,56
– RV	(9,3 % v. 3.020,00)	280,86		280,86
– AV	(1,25 % v. 3.020,00)	37,75		37,75
– PV	(1,525 % v. 3.020,00)	46,06		46,06
= Nettogehalt		1.965,77		1.961,77
– vS		40,00		40,00
= Überweisungsbetrag		**1.925,77**		**1.921,77**

Lösung Fall 3		West (in Euro)		Ost (in Euro)
Bruttogehalt		**5.000,00**		**5.000,00**
+ vL-AG		20,00		20,00
= st + sv Gehalt		5.020,00		5.020,00
– Lohnsteuer		800,00		800,00
– SolZ	(5,5 % v. 800,00)	44,00		44,00
– KiSt.	(8,0 % v. 800,00)	64,00	(9 % v. 800,00)	72,00
– KV	(7,8 % v. 4.537,50)	353,93		353,93
– RV	(9,3 % v. 5.020,00)	466,86		466,86
– AV	(1,25 % v. 5.020,00)	62,75		62,75
– PV	(1,525 % v. 4.537,50)	69,20		69,20
= Nettogehalt		**3.159,26**		**3.151,26**
– vS		40,00		40,00
– Vorschuss		500,00		500,00
= Überweisungsbetrag		**2.619,26**		**2.611,26**

Beim **KiSt.-Satz** von 9 % (**West**) gilt im **Fall 3** die Abrechnung **Ost.**

Beim **KiSt.-Satz** von 9 % (**West**) ergäben sich im **Fall 4** folgende Werte:
- Kirchensteuer: 9 % von 1.600,00 EUR = 144,00 EUR
- Nettogehalt somit: 3.858,02 EUR
- Überweisungsbetrag somit: 3.818,02 EUR

Lösung Fall 4		West (in Euro)		Ost (in Euro)
Bruttogehalt		**6.800,00**		**6.800,00**
+ vL-AG		20,00		20,00
= st + sv Gehalt		6.820,00		6.820,00
– Lohnsteuer		1.600,00		1.600,00
– SolZ	(5,5 % v. 1.600,00)	88,00		88,00
– KiSt.	(8,0 % v. 1.600,00)	128,00	(9 % v. 1.600,00)	144,00
– KV	(7,8 % v. 4.537,50)	353,93		353,93
– RV	(9,3 % v. 6.700,00)	623,10	(9,3 % v. 6.150,00)	571,95
– AV	(1,25 % v. 6.700,00)	83,75	(1,25 % v. 6.150,00)	76,88
– PV	(1,525 % v. 4.537,50)	69,20		69,20
= Nettogehalt		**3.874,02**		**3.916,04**
– vS		40,00		40,00
= Überweisungsbetrag		**3.834,02**		**3.876,04**

6 Prüfungsaufgaben Kompetenzbereich I

Prüfungsaufgaben Winter 2014/2015 (Aufgabe 1, verändert)

Sie sind Mitarbeiter/-in bei der Steigmüller GmbH in Sinsheim und derzeit in der Personalabteilung eingesetzt.

1.1 Ihr Vorgesetzter Herr Remo hat gerade einige Vorstellungsgespräche mit Bewerbern für einen Ausbildungsplatz geführt. Sie erhalten von ihm folgende E-Mail:

Von:	richard.remo@steigmueller-gmbh.de
An:	mitarbeiter@steigmueller-gmbh.de
Betreff:	Fertigstellung Ausbildungsvertrag Felicitas Fleißig

Liebe/-r Mitarbeiter/-in,

zum 01.09.2015 wird Frau Felicitas Fleißig als neue Auszubildende eingestellt. Da keine Tarifbindung besteht, habe ich mit Frau Fleißig eine anfängliche Ausbildungsvergütung von 650,00 EUR vereinbart, die jedes Jahr um 20 % steigen soll. Eine Ausbildungszeitverkürzung ist nicht vorgesehen.

Anbei sende ich Ihnen den bereits teilweise ausgefüllten Ausbildungsvertrag für Frau Fleißig. Ergänzen Sie bitte die noch fehlenden Angaben (Ausbildungszeit, Probezeit, Ausbildungsvergütung und Urlaubstage). Wählen Sie dabei stets die für unser Unternehmen vorteilhafteste Regelung.

Mit freundlichen Grüßen

Richard Remo

(Personalleiter – Steigmüller GmbH)

Bearbeiten Sie den Arbeitsauftrag des Personalleiters Herrn Remo (siehe obige E-Mail). Nutzen Sie hierfür die **Anlagen 1** und **2**.

1.2 Da der Personalleiter Herr Remo zum Zeitpunkt der Vertragsunterzeichnung geschäftlich verreist ist, bittet er Sie, das entsprechende Einstellungsgespräch zu führen und die Vertragsunterzeichnung mit Frau Felicitas Fleißig vorzunehmen.

1.2.1 Zur Vorbereitung auf dieses Gespräch stellen Sie stichwortartig die Rechte und Pflichten der Auszubildenden während deren Ausbildung zusammen (je drei Angaben).

1.2.2 Nachdem alle Vertragsdetails und Fragen geklärt wurden, ist nun der Zeitpunkt der Vertragsunterzeichnung gekommen. Der inzwischen vollständig ausgefüllte Vertrag wurde zuvor bereits vom Ausbildungsleiter Herrn Remo unterschrieben. Frau Fleißig unterschreibt den Vertrag ebenfalls. Beurteilen Sie, ob damit ein gültiger Ausbildungsvertrag abgeschlossen wurde.

1.3 Zu Ihren Aufgaben in der Personalabteilung gehört auch die Beratung der Mitarbeiter in vielfältigen Bereichen. Per E-Mail wendet sich Felix Neumann, der auf dem Weg zur Arbeit mit seinem Roller stürzte und ärztlich behandelt werden musste, an Sie. Beantworten Sie die folgende E-Mail:

Von:	felix.neumann@wep.de
An:	personal@steigmueller-gmbh.de
Betreff:	Unfall auf dem Weg zur Arbeit

Sehr geehrte Mitarbeiter der Personalabteilung,

mein Name ist Felix Neumann. Ich bin Mitarbeiter in der Logistikabteilung der Steigmüller GmbH. Als ich gestern mit meinem Roller zur Arbeit fuhr, stürzte ich in einer Kurve, da die Fahrbahn mit Öl verschmutzt war. Ich erlitt mehrere Knochenbrüche, Prellungen und muss voraussichtlich noch zwei Wochen im Krankenhaus bleiben. Eventuell muss ich danach sogar zur Reha.

Frage 1: Wer kommt für die Behandlungskosten und die eventuell notwendigen Rehabilitationsmaßnahmen auf? Einer der Krankenpfleger meinte, dass ich als Arbeitnehmer automatisch versichert sei. Stimmt das? Zahle ich dafür Versicherungsbeiträge?

Frage 2: Von meinem Gehalt werden monatlich Abzüge für die Sozialversicherungen vorgenommen. Welche Arten der Sozialversicherung sind das und welche Leistungen (jeweils ein Beispiel) kann ich erwarten? Vielen Dank!

Mit freundlichen Grüßen

Felix Neumann

Anlage 1

Berufsausbildungsvertrag

(§§ 10, 11 Berufsbildungsgesetz – BBiG)

Zwischen dem/der Ausbildenden (Ausbildungsbetrieb)
Öffentlicher Dienst ☐

KNR	IHK-Firmenident-Nr.	Tel.-Nr.
	47110815	07261/555

Ausbildungsbetrieb und Anschrift des/der Ausbildenden
Steigmüller GmbH

Straße, Haus-Nr.
Holzstraße 1

PLZ	Ort
74889	Sinsheim

E-Mail-Adresse des/der Ausbildenden (Angabe freiwillig)
ausbildung@steigmueller-gmbh.de

Verantwortliche/r Ausbilder/in

und dem/der Auszubildenden
männlich ☐ **weiblich** ☒ **unbestimmt** ☐
Berufsausbildung im Rahmen eines dualen Studiums ☐

Name	Vorname
Fleißig	Felicitas

Straße, Haus-Nr.
Geraniengasse 23

PLZ	Ort
74889	Sinsheim

Geburtsdatum	Staatsangehörigkeit
15.03.1998	deutsch

E-Mail-Adresse (Angabe freiwillig)	Mobil-/Tel.-Nr. (Angabe freiwillig)

Gesetzlicher Vertreter[1]
Eltern

Namen, Vornamen der gesetzlichen Vertreter
Fleißig, Christiane und Bernd

Straße, Haus-Nr.
dto.

PLZ	Ort
	dto.

wird nachstehender Vertrag zur Ausbildung im Ausbildungsberuf	Kauffrau im Einzelhandel
mit der Fachrichtung / dem Schwerpunkt / der/den Wahlqualifikation/en / dem/den Wahlbaustein/en etc. **nach Maßgabe der Ausbildungsordnung[2] geschlossen.**	

Änderungen des wesentlichen Vertragsinhaltes sind vom/von der Ausbildenden unverzüglich zur Eintragung in das Verzeichnis der Berufsausbildungsverhältnisse bei der Industrie- und Handelskammer anzuzeigen.

Die beigefügten Angaben zur sachlichen und zeitlichen Gliederung des Ausbildungsablaufs (Ausbildungsplan) sowie die umseitigen Regelungen sind Bestandteil dieses Vertrages.

A Die Ausbildungszeit beträgt nach der Ausbildungsordnung
36 Monate.
☐ Es wird eine Verkürzung der Ausbildungszeit
um ____ Monate beantragt
Verkürzungsgrund:
Das Berufsausbildungsverhältnis
beginnt am ____ und endet am ____.

B Die Probezeit (Nr. 1.2) beträgt ____ Monate.[3]

C Die Ausbildung findet in [Name/ Anschrift der Ausbildungsstätte(n)]
Holzstraße 1
74889 Sinsheim
und den mit dem Betriebssitz für die Ausbildung üblicherweise zusammenhängenden Bau-, Montage- und sonstigen Arbeitsstellen statt.

D Ausbildungsmaßnahmen außerhalb der Ausbildungsstätte(n) sind für den folgenden Zeitraum in der/den folgenden Ausbildungsstätte(n) vorgesehen (hierzu zählen auch Auslandsaufenthalte) (Nr. 3.12):
Keine Angaben

E Der/Die Ausbildende zahlt dem/der Auszubildenden eine angemessene Vergütung (Nr. 5); diese beträgt zurzeit monatlich brutto

€				
im	ersten	zweiten	dritten	vierten

Ausbildungsjahr.

F Die regelmäßige Ausbildungszeit in Stunden beträgt
täglich[4] 8.00 und wöchentlich ____.
Teilzeitausbildung wird beantragt (Nr. 6.2): ja ☐ nein ☐

1) Vertretungsberechtigt sind beide Eltern gemeinsam, soweit nicht die Vertretungsberechtigung nur einem Elternteil zusteht. Ist ein Vormund bestellt, so bedarf dieser zum Abschluss des Ausbildungsvertrages der Genehmigung des Vormundschaftsgerichtes.
2) Solange die Ausbildungsordnung nicht erlassen ist, sind gem. § 104 Abs. 1 BBiG die bisherigen Ordnungsmittel anzuwenden.
3) Die Probezeit muss mindestens einen Monat und darf höchstens vier Monate betragen.
4) Das Jugendarbeitsschutzgesetz sowie für das Ausbildungsverhältnis geltende tarifvertragliche Regelungen und Betriebsvereinbarungen sind zu beachten.

G Es besteht ein Urlaubsanspruch

im Kalenderjahr	2015	2016	2017	2018	
Werktage					
Arbeitstage					

H Der Ausbildungsnachweis wird wie folgt geführt:
schriftlich ☒ elektronisch ☐

I Hinweise auf anzuwendende Tarifverträge und Betriebsvereinbarungen; sonstige Vereinbarungen (Nr. 11):
Keine Angaben

J Die umseitigen Bestimmungen sind Gegenstand dieses Vertrages und werden anerkannt.

Ort, Datum: Sinsheim, 01.06.2015

Der/Die Ausbildende:

Stempel und Unterschrift

Der/Die Auszubildende:

Vor- und Familienname

Der/Die gesetzlichen Vertreter/in des/der Auszubildenden:

Vater und Mutter/Vormund

Quelle: Abdruck mit freundlicher Genehmigung des Deutschen Industrie- und Handelskammertages e. V.

Anlage 2

Auszug aus dem Berufsbildungsgesetz (BBiG)

§ 11 Vertragsniederschrift[1]

(1) Ausbildende haben unverzüglich nach Abschluss des Berufsausbildungsvertrages, spätestens vor Beginn der Berufsausbildung, den wesentlichen Inhalt des Vertrages gemäß Satz 2 schriftlich niederzulegen; die elektronische Form ist ausgeschlossen. In die Niederschrift sind mindestens aufzunehmen

1. Art, sachliche und zeitliche Gliederung sowie Ziel der Berufsausbildung, insbesondere die Berufstätigkeit, für die ausgebildet werden soll,
2. Beginn und Dauer der Berufsausbildung,
3. Ausbildungsmaßnahmen außerhalb der Ausbildungsstätte,
4. Dauer der regelmäßigen täglichen Ausbildungszeit,
5. Dauer der Probezeit,
6. Zahlung und Höhe der Vergütung,
7. Dauer des Urlaubs,
8. Voraussetzungen, unter denen der Berufsausbildungsvertrag gekündigt werden kann,
9. ein in allgemeiner Form gehaltener Hinweis auf die Tarifvertrage, Betriebs- oder Dienstvereinbarungen, die auf das Berufsausbildungsverhältnis anzuwenden sind.

(2) Die Niederschrift ist von den Ausbildenden, den Auszubildenden und deren gesetzlichen Vertretern und Vertreterinnen zu unterzeichnen. [...]

§ 20 Probezeit

Das Berufsausbildungsverhältnis beginnt mit der Probezeit. Sie muss mindestens einen Monat und darf höchstens vier Monate betragen.

Auszug aus dem Jugendarbeitsschutzgesetz (JArbSchG)

§ 19 Urlaub

(1) Der Arbeitgeber hat Jugendlichen für jedes Kalenderjahr einen bezahlten Erholungsurlaub zu gewähren.

(2) Der Urlaub beträgt jährlich

1. mindestens 30 Werktage, wenn der Jugendliche zu Beginn des Kalenderjahrs noch nicht 16 Jahre alt ist,
2. mindestens 27 Werktage, wenn der Jugendliche zu Beginn des Kalenderjahrs noch nicht 17 Jahre alt ist,
3. mindestens 25 Werktage, wenn der Jugendliche zu Beginn des Kalenderjahrs noch nicht 18 Jahre alt ist.

Jugendliche, die im Bergbau unter Tage beschäftigt werden, erhalten in jeder Altersgruppe einen zusätzlichen Urlaub von drei Werktagen.

(3) Der Urlaub soll Berufsschülern in der Zeit der Berufsschulferien gegeben werden. [...]

(4) Im Übrigen gelten für den Urlaub der Jugendlichen § 3 Abs. 2, §§ 4 bis 12 und § 13 Abs. 3 des Bundesurlaubsgesetzes. [...]

[1] *Alte Fassung, seit 05.04.2017 neue Fassung.*

Auszug aus dem Bundesurlaubsgesetz (BUrlG)

§ 3 Dauer des Urlaubs
(1) Der Urlaub beträgt jährlich mindestens 24 Werktage.
(2) Als Werktage gelten alle Kalendertage, die nicht Sonn- oder gesetzliche Feiertage sind.

§ 4 Wartezeit
Der volle Urlaubsanspruch wird erstmalig nach sechsmonatigem Bestehen des Arbeitsverhältnisses erworben.

§ 5 Teilurlaub
(1) Anspruch auf ein Zwölftel des Jahresurlaubs für jeden vollen Monat des Bestehens des Arbeitsverhältnisses hat der Arbeitnehmer
a) für Zeiten eines Kalenderjahrs, für die er wegen Nichterfüllung der Wartezeit in diesem Kalenderjahr keinen vollen Urlaubsanspruch erwirbt;
b) wenn er vor erfüllter Wartezeit aus dem Arbeitsverhältnis ausscheidet;
c) wenn er nach erfüllter Wartezelt in der ersten Hälfte eines Kalenderjahrs aus dem Arbeitsverhältnis ausscheidet.
(2) Bruchteile von Urlaubstagen, die mindestens einen halben Tag ergeben, sind auf volle Urlaubstage aufzurunden. [...]

§ 6 Ausschluss von Doppelansprüchen
(1) Der Anspruch auf Urlaub besteht nicht, soweit dem Arbeitnehmer für das laufende Kalenderjahr bereits von einem früheren Arbeitgeber Urlaub gewährt worden ist.
(2) Der Arbeitgeber ist verpflichtet, bei Beendigung des Arbeitsverhältnisses dem Arbeitnehmer eine Bescheinigung über den im laufenden Kalenderjahr gewährten oder abgegoltenen Urlaub auszuhändigen.

Prüfungsaufgaben Winter 2014/2015 (Aufgabe 1)

1. Sie sind seit vier Jahren fest angestellt bei dem Speditionsunternehmen KONZEPT-Logistik GmbH und Mitglied des Betriebsrats.

   Die KONZEPT-Logistik GmbH ist ein mittelständisches Unternehmen mit Sitz in Tuttlingen und ist seit Jahren Mitglied im Arbeitgeberverband „Spedition und Logistik“. Der aktuelle Tarifvertrag läuft am 31.12.2014 aus. Aufgrund der schwierigen wirtschaftlichen Situation hat sie vor zwei Jahren eine Öffnungsklausel genutzt, die eine abweichende Entlohnung vom Tarifvertrag erlaubt. Deshalb wurde damals eine Betriebsvereinbarung abgeschlossen, in welcher sich Betriebsrat und Geschäftsführung auf Lohnzurückhaltung einigten.

   Der Unternehmenserfolg konnte im laufenden Geschäftsjahr deutlich gesteigert werden, weshalb der Betriebsrat die Betriebsvereinbarung zum 31.12.2014 kündigt. Auf der Betriebsversammlung wird der Betriebsrat von den Mitarbeitern aufgefordert, eine neue Betriebsvereinbarung mit folgenden Inhalten auszuhandeln.

   - zusätzlich zur tariflichen Entgeltsteigerung weitere 2 % mehr Entgelt
   - Einführung einer betrieblichen Altersvorsorge

1.1 Entwerfen Sie für das Gespräch mit der Geschäftsführung eine Gesprächsnotiz mit je zwei Argumenten für die Einführung einer Betriebsrente und den Entgeltzuschlag.

1.2 Die Geschäftsführung lehnt die Forderungen des Betriebsrats am 17.11.2014 ab. Einige Mitarbeiter machen den Vorschlag, den Forderungen sofort durch Streik noch mehr Ausdruck zu verleihen.

Nehmen Sie Stellung zu diesem Vorschlag.

1.3 Bei den Tarifverhandlungen zeichnet sich eine Erhöhung des Entgelts um lediglich 2,5 % ab, was bei einigen Mitarbeitern die Streikbereitschaft erhöht. Zudem beabsichtigt die Geschäftsführung, manchen Mitarbeitern die geplante tarifliche Entgelterhöhung nicht zu zahlen.

1.3.1 Zeigen Sie anhand eines Schaubildes den Ablauf von Tarifverhandlungen bis zur Möglichkeit des Streiks.

1.3.2 Erklären Sie, welchen Mitarbeitern die Entgelterhöhung vorenthalten werden kann.

1.3.3 Formulieren Sie zwei Argumente, mit denen Sie die Geschäftsführung davon überzeugen, die Erhöhung des tariflichen Entgelts für alle Mitarbeiter zu übernehmen.

1.4 Die Geschäftsführung der KONZEPT-Logistik GmbH überlegt, aus dem Arbeitgeberverband auszutreten. Erläutern Sie zwei mögliche Folgen des Austritts.

Prüfungsaufgaben Sommer 2015 (Aufgabe 1)

Die Barca Bau GmbH ist ein mittelständisches Bauunternehmen für ökologische Bauten. Nach Ihrer kaufmännischen Ausbildung sind Sie als Sachbearbeiter im Bereich Personal eingesetzt. Ihre Aufgaben umfassen neben der allgemeinen Personalverwaltung auch die Betreuung der Auszubildenden. Die Auszubildenden im ersten Ausbildungsjahr haben ihre erste Gehaltsabrechnung erhalten. Der Auszubildende Samuel Kraft wendet sich mit einer Beschwerde direkt an den Personalleiter Herrn Hummel. Von diesem erhalten Sie die folgende E-Mail.

Von: hummel@barca-bau.de
Betreff: AW: Beschwerde Gehaltsabrechnung

Sehr geehrte/r __________

ich erhielt die nachfolgende E-Mail. Offensichtlich liegt hier ein Defizit beim Verständnis der Sozialversicherungsabzüge vor. Ich habe die Abrechnung geprüft, es ist alles in Ordnung!

Bitte kümmern Sie sich um die Probleme von Samuel Kraft und der anderen Auszubildenden.

Mit freundlichen Grüßen

Berthold Hummel

Von: samuel.kraft@mail.de
An: hummel@barca-bau.de
CC: jav@barca-bau.de
Betr: Zu hohe Abzüge

Hallo Herr Hummel,

ich habe heute meine Gehaltsabrechnung bekommen. Statt der vereinbarten 558,00 EUR krieg ich nur 445,42 EUR! Mir ist nicht klar, warum ich so viele Abzüge habe. Die nützen mir doch nichts. Außerdem planen Sie ja auch noch eine betriebliche Altersabsicherung. Das bedeutet ja noch mal weniger Geld im Monat für mich. Dann kann ich mir ja fast gar nichts mehr leisten. Meinen Azubikollegen geht es genauso!

Können Sie sich das bitte mal anschauen?

DANKE

Ansonsten ist die Ausbildung echt super!!

Viele Grüße

Samuel Kraft

1.1 Sie schreiben Samuel Kraft eine Antwort-E-Mail.

Erklären Sie ihm die Finanzierung der gesetzlichen Sozialversicherung am Beispiel seiner Gehaltsabrechnung und beschreiben Sie den Nutzen dieser Sozialversicherungszweige anhand von je zwei Leistungen (**Anlage 1**).

1.2 Da vielen Auszubildenden die Vorteile einer zusätzlichen Altersversorgung offensichtlich nicht klar sind, haben Sie beschlossen, auf dieses Thema beim nächsten Azubi-Nachmittag einzugehen.

Entwerfen Sie zwei anschauliche Präsentationsfolien, aus denen drei Probleme der gesetzlichen Rentenversicherung mit ihren jeweiligen Auswirkungen und die Notwendigkeit der zusätzlichen Altersvorsorge hervorgehen.

1.3 Auf dem Azubi-Nachmittag weisen Sie außerdem auf unterschiedliche Möglichkeiten der privaten Altersvorsorge hin. Daraufhin meldet sich Sabine Helm und meint: „Mein Opa sagt, egal wie du dein Geld anlegst, private Altersvorsorge lohnt sich nicht, denn die Inflation frisst das Vermögen auf!“ Erörtern Sie diese Aussage.

Anlage 1

Lohn-/Gehaltsabrechnung 2014
(Ausbildungsvergütung)

Firmenadresse
Barca Bau GmbH
Gewerbegebiet 12
71032 Böblingen

Monat:	September			
Name:	Samuel Kraft			
Strasse:	Westpark 5			
PLZ/Ort:	71032 Böblingen			
Datum:	15.10.2014		Geburtsdatum:	15.07.1988
	Steuerklasse:	1	Eintrittsdatum:	01.09.2014
	Kinder (lt. Lohnsteuerkarte):	0		
	Krankenversicherung:	15,50 %		
		Stunden	Stundenlohn	
	Gehalt:	38,00	– =	558,00 EUR
		Lohnsteuer		– EUR
		0 % Kirchensteuer		– EUR
		Solidaritätszuschlag		– EUR
	Arbeitnehmer-anteil SV	KV		45,76 EUR
	Arbeitnehmer-anteil SV	AV		8,37 EUR
	Arbeitnehmer-anteil SV	Anwartschaft RV		52,73 EUR
	Arbeitnehmer-anteil SV	PV		5,72 EUR
		Vorschüsse		– EUR
	Summe Abzüge			**112,58 EUR**
	Auszahlungsbetrag			**445,42 EUR**
	Betrag wird überwiesen auf:	IBAN:	**DE85 3345 6675 4455 1212 0098 12**	
		BIC:	**POSDECHF**	
		Bank:	**Postkasse AG**	

Prüfungsaufgaben Sommer 2015 (Aufgabe 1)

Der Baumarkt Igele GmbH in Stuttgart bietet ein breites Sortiment für den privaten Heimwerkerbedarf an. Als Jugend- und Auszubildendenvertreter/-in beantworten Sie die Fragen einiger Auszubildender und begründen Ihre Antworten unter Berücksichtigung der Rechtslage (**Anlage 1 bei Sommer 2015 Aufgabe 2**).

1.1 Hugo (18 Jahre), seit fünf Monaten im Bereich Sanitär beschäftigt:
„Mir liegt das Verkaufen einfach nicht. Am liebsten würde ich eine Ausbildung zum Industriemechaniker beginnen. Was muss ich tun?"

1.2 Axel (geboren am 01.03.1998), Verkäufer im zweiten Ausbildungsjahr:
„Ich bekomme für das Jahr 2015 nur 27 Urlaubstage. Meine Freundin Tanja meint, ich hätte Anspruch auf mehr Urlaubstage. Hat sie recht?"

1.3 Martina (17 Jahre):
„Ich arbeite zurzeit an fünf Tagen in der Woche neun Stunden. Zudem bekomme ich täglich nur 30 Minuten Pause. Im letzten Jahr musste ich mehrfach noch vor Beginn der Berufsschule (07:30 Uhr) im Betrieb arbeiten. Entspricht das den gesetzlichen Regelungen?"

1.4 Murat (17 Jahre) hat seine Ausbildung zum Verkäufer beendet und wird nicht übernommen:
„Ich habe folgendes Ausbildungszeugnis bekommen, um mich zu bewerben. Ist das Zeugnis inhaltlich vollständig?"

> **Ausbildungszeugnis**
>
> Herr Murat Ersin, geboren am 18.05.1997 in Stuttgart, war in unserem Unternehmen in der Abteilung Sanitär als Auszubildender zum Verkäufer beschäftigt.
>
> Herr Ersin ist zum 30.04.2015 aus unserem Unternehmen ausgeschieden. Für seine Mitarbeit bedanken wir uns.
>
> Stuttgart, den 30.04.2015
>
> Erwin Schneider

1.5 Antonia (17 Jahre), erstes Ausbildungsjahr:
„Mir wurde gestern schriftlich gekündigt, obwohl ich mir nur einmal Geld aus der Kasse geliehen habe. Kann mein Chef das so einfach machen?"

1.6 Sandra (18 Jahre), zweites Ausbildungsjahr:
„Mein Ausbilder interessiert sich nicht für mein Berichtsheft. Muss ich dieses dann überhaupt führen?"

Prüfungsaufgaben Sommer 2015 (Aufgabe 2, verändert)

In Ihrer Funktion als Jugend- und Auszubildendenvertreter/-in planen Sie eine Schulung zum Thema Sozialversicherungen/Altersvorsorge.

2.1 Für die Schulung erstellen Sie zunächst eine Übersicht über die fünf Säulen der Sozialversicherung. Sie ergänzen die Vorlage **(Anlage 2)** um die jeweiligen Träger sowie jeweils eine Leistung.

2.2 Zur Veranschaulichung erstellen Sie eine Musterberechnung für einen Arbeitnehmer (mit einem Kind), der ein Bruttogehalt von 2.600,00 EUR erhält.

Gehen Sie von folgenden Beitragssätzen aus:

Beitragssatz (Arbeitnehmer + Arbeitgeber) zur gesetzlichen Krankenversicherung *Hinweis: Ein Zusatzbeitrag für AN wird nicht erhoben.*	14,6 %
Beitragssatz (Arbeitnehmer + Arbeitgeber) zur gesetzlichen Rentenversicherung	18,7 %
Beitragssatz (Arbeitnehmer + Arbeitgeber) zur gesetzlichen Arbeitslosenversicherung	3,0 %
Beitragssatz (Arbeitnehmer + Arbeitgeber) zur gesetzlichen Pflegeversicherung	2,35 %

2.3 Sie möchten die Problematik des Generationenvertrages in der Schulung erläutern. Sie machen sich entsprechende Notizen.

Anlage 1

Auszug aus dem Berufsbildungsgesetz (BBiG)

§ 14 Berufsausbildung[1]

(1) Ausbildende haben

1. dafür zu sorgen, dass den Auszubildenden die berufliche Handlungsfähigkeit vermittelt wird, die zum Erreichen des Ausbildungsziels erforderlich ist, und die Berufsausbildung in einer durch ihren Zweck gebotenen Form planmäßig, zeitlich und sachlich gegliedert so durchzuführen, dass das Ausbildungsziel in der vorgesehenen Ausbildungszeit erreicht werden kann,
2. selbst auszubilden oder einen Ausbilder oder eine Ausbilderin ausdrücklich damit zu beauftragen,
3. Auszubildenden kostenlos die Ausbildungsmittel, insbesondere Werkzeuge und Werkstoffe zur Verfügung zu stellen, die zur Berufsausbildung und zum Ablegen von Zwischen- und Abschlussprüfungen, auch soweit solche nach Beendigung des Berufsausbildungsverhältnisses stattfinden, erforderlich sind,
4. Auszubildende zum Besuch der Berufsschule sowie zum Führen von schriftlichen Ausbildungsnachweisen anzuhalten, soweit solche im Rahmen der Berufsausbildung verlangt werden, und diese durchzusehen,
5. dafür zu sorgen, dass Auszubildende charakterlich gefördert sowie sittlich und körperlich nicht gefährdet werden.

(2) Auszubildenden dürfen nur Aufgaben übertragen werden, die dem Ausbildungszweck dienen und ihren körperlichen Kräften angemessen sind.

§ 16 Zeugnis

(1) Ausbildende haben den Auszubildenden bei Beendigung des Berufsausbildungsverhältnisses ein schriftliches Zeugnis auszustellen. Die elektronische Form ist ausgeschlossen. Haben Ausbildende die Berufsausbildung nicht selbst durchgeführt, so soll auch der Ausbilder oder die Ausbilderin das Zeugnis unterschreiben.
(2) Das Zeugnis muss Angaben enthalten über Art, Dauer und Ziel der Berufsausbildung sowie über die erworbenen beruflichen Fertigkeiten, Kenntnisse und Fähigkeiten der Auszubildenden. Auf Verlangen Auszubildender sind auch Angaben über Verhalten und Leistung aufzunehmen.

---

[1] *Alte Fassung, seit 05.04.2017 neue Fassung.*

§ 22 Kündigung

(1) Während der Probezeit kann das Berufsausbildungsverhältnis jederzeit ohne Einhalten einer Kündigungsfrist gekündigt werden.
(2) Nach der Probezeit kann das Berufsausbildungsverhältnis nur gekündigt werden

1. aus einem wichtigen Grund ohne Einhalten einer Kündigungsfrist,
2. von Auszubildenden mit einer Kündigungsfrist von vier Wochen, wenn sie die Berufsausbildung aufgeben oder sich für eine andere Berufstätigkeit ausbilden lassen wollen,

(3) Die Kündigung muss schriftlich und in den Fällen des Absatzes 2 unter Angabe der Kündigungsgründe erfolgen.
(4) Eine Kündigung aus einem wichtigen Grund ist unwirksam, wenn die ihr zugrunde liegenden Tatsachen dem zur Kündigung Berechtigten länger als zwei Wochen bekannt sind. Ist ein vorgesehenes Güteverfahren vor einer außergerichtlichen Stelle eingeleitet, so wird bis zu dessen Beendigung der Lauf dieser Frist gehemmt.

Auszug aus dem Jugendarbeitsschutzgesetz (JArbSchG)

§ 8 Dauer der Arbeitszeit

(1) Jugendliche dürfen nicht mehr als acht Stunden täglich und nicht mehr als 40 Stunden wöchentlich beschäftigt werden.
(2) Wenn in Verbindung mit Feiertagen an Werktagen nicht gearbeitet wird, damit die Beschäftigten eine längere zusammenhängende Freizeit haben, so darf die ausfallende Arbeitszeit auf die Werktage von fünf zusammenhängenden, die Ausfalltage einschließenden Wochen nur dergestalt verteilt werden, dass die Wochenarbeitszeit im Durchschnitt dieser fünf Wochen 40 Stunden nicht überschreitet. Die tägliche Arbeitszeit darf hierbei achteinhalb Stunden nicht überschreiten.
(2a) Wenn an einzelnen Werktagen die Arbeitszeit auf weniger als acht Stunden verkürzt ist, können Jugendliche an den übrigen Werktagen derselben Woche achteinhalb Stunden beschäftigt werden.
(3) In der Landwirtschaft dürfen Jugendliche über 16 Jahre während der Erntezeit nicht mehr als neun Stunden täglich und nicht mehr als 85 Stunden in der Doppelwoche beschäftigt werden.

§ 9 Berufsschule

(1) Der Arbeitgeber hat den Jugendlichen für die Teilnahme am Berufsschulunterricht freizustellen. Er darf den Jugendlichen nicht beschäftigen

1. vor einem vor 9 Uhr beginnenden Unterricht; dies gilt auch für Personen, die über 18 Jahre alt und noch berufsschulpflichtig sind,
2. an einem Berufsschultag mit mehr als fünf Unterrichtsstunden von mindestens je 45 Minuten, einmal in der Woche,
3. in Berufsschulwochen mit einem planmäßigen Blockunterricht von mindestens 25 Stunden an mindestens fünf Tagen; zusätzliche betriebliche Ausbildungsveranstaltungen bis zu zwei Stunden wöchentlich sind zulässig.

(2) Auf die Arbeitszeit werden angerechnet

1. Berufsschultage nach Absatz 1 Nr. 2 mit acht Stunden,
2. Berufsschulwochen nach Absatz 1 Nr. 3 mit 40 Stunden,
3. im Übrigen die Unterrichtszeit einschließlich der Pausen.

(3) Ein Entgeltausfall darf durch den Besuch der Berufsschule nicht eintreten.
(4) (weggefallen)

§ 11 Ruhepausen, Aufenthaltsräume

(1) Jugendlichen müssen im voraus feststehende Ruhepausen von angemessener Dauer gewährt werden. Die Ruhepausen müssen mindestens betragen

1. 30 Minuten bei einer Arbeitszeit von mehr als viereinhalb bis zu sechs Stunden,
2. 60 Minuten bei einer Arbeitszeit von mehr als sechs Stunden.

Als Ruhepause gilt nur eine Arbeitsunterbrechung von mindestens 15 Minuten.

(2) Die Ruhepausen müssen in angemessener zeitlicher Lage gewährt werden, frühestens eine Stunde nach Beginn und spätestens eine Stunde vor Ende der Arbeitszeit. Länger als viereinhalb Stunden hintereinander dürfen Jugendliche nicht ohne Ruhepause beschäftigt werden.
(3) Der Aufenthalt während der Ruhepausen in Arbeitsräumen darf den Jugendlichen nur gestattet werden, wenn die Arbeit in diesen Räumen während dieser Zeit eingestellt ist und auch sonst die notwendige Erholung nicht beeinträchtigt wird.
(4) Absatz 3 gilt nicht für den Bergbau unter Tage.

§ 19 Urlaub

(1) Der Arbeitgeber hat Jugendlichen für jedes Kalenderjahr einen bezahlten Erholungsurlaub zu gewähren.
(2) Der Urlaub beträgt jährlich

1. mindestens 30 Werktage, wenn der Jugendliche zu Beginn des Kalenderjahrs noch nicht 16 Jahre alt ist,
2. mindestens 27 Werktage, wenn der Jugendliche zu Beginn des Kalenderjahrs noch nicht 17 Jahre alt ist,
3. mindestens 25 Werktage, wenn der Jugendliche zu Beginn des Kalenderjahrs noch nicht 18 Jahre alt ist.

Jugendliche, die im Bergbau unter Tage beschäftigt werden, erhalten in jeder Altersgruppe einen zusätzlichen Urlaub von drei Werktagen.

(3) Der Urlaub soll Berufsschülern in der Zeit der Berufsschulferien gegeben werden. Soweit er nicht in den Berufsschulferien gegeben wird, ist für jeden Berufsschultag, an dem die Berufsschule während des Urlaubs besucht wird, ein weiterer Urlaubstag zu gewähren.
(4) Im übrigen gelten für den Urlaub der Jugendlichen § 3 Abs. 2, §§ 4 bis 12 und § 13 Abs. 3 des Bundesurlaubsgesetzes. Der Auftraggeber oder Zwischenmeister hat jedoch abweichend von § 12 Nr. 1 des Bundesurlaubsgesetzes den jugendlichen Heimarbeitern für jedes

Kalenderjahr einen bezahlten Erholungsurlaub entsprechend Absatz 2 zu gewähren; das Urlaubsentgelt der jugendlichen Heimarbeiter beträgt bei einem Urlaub von 30 Werktagen 11,6 vom Hundert, bei einem Urlaub von 27 Werktagen 10,3 vom Hundert und bei einem Urlaub von 25 Werktagen 9,5 vom Hundert.

Anlage 2

Säule der Sozialversicherung	Träger	Leistungen
Krankenversicherung		
Rentenversicherung		
Arbeitslosenversicherung		
Pflegeversicherung		
Unfallversicherung		

Prüfungsaufgaben Winter 2015/2016 (Aufgabe 1)

Die Larcher Baustoffe GmbH in Bitz ist eine Großhandlung, die hochwertige Baustoffe anbietet. In einem Auszug aus der Ausbildungsbroschüre heißt es:

> Wir sind uns jederzeit bewusst, dass unser Erfolg auf unseren Mitarbeitem beruht. Daher fördem wir bereits unsere Auszubildenden durch betriebliche Schulungen und schützen sie durch hohe Arbeitsschutzstandards, u. a. garantieren wir ihnen eine tariflich festgelegte Arbeitszeit von wöchentlich 37,5 Stunden. Als starker Partner unterstützen wir das System der dualen Berufsausbildung.

1.1 Wie jedes Jahr erhält die Larcher Baustoffe GmbH ein Einladungsschreiben zum „Tag der Berufsorientierung" der Albert Schweitzer Berufsschule. Da die Ausbildungsleitung Ihr Engagement für die Ausbildung sehr schätzt, leitet sie Ihnen das Einladungsschreiben direkt weiter (**Anlage 1**).

Erstellen Sie für diese Informationsveranstaltung eine anschauliche Präsentation gemäß diesem Einladungsschreiben.

1.2 Sie sind Mitglied in der Jugend- und Auszubildendenvertretung des Unternehmens. In dieser Funktion klären Sie Probleme der Auszubildenden. In Ihrem Mail-Account ist eine Anfrage eines Auszubildenden eingegangen.

✉	
Von:	hofmann_benjamin@larcherbs.de
Datum:	05.09.2015 14:58 Uhr
An:	jav@larcherbs.de
Betreff:	Arbeitsplan

Hallo,
ich bin Benni, seit einer Woche im Unternehmen und gerade in der Fliesenabteilung eingesetzt. Meine Abteilungsleiterin Frau Waldner ist auch neu im Unternehmen und hat mir heute meinen unten dargestellten Arbeitsplan gegeben. Ich bin 16 Jahre alt und glaube, dass der Plan nicht stimmen kann. Ich bin zwar bereits Mitglied in der Gewerkschaft, aber ich möchte mich erst an dich wenden. Kannst du mir bitte helfen?

Viele Grüße

Benni

Arbeitszeit	Montag	Dienstag	Mittwoch	Donnerstag	Freitag
Arbeitsbeginn	08:00	10:00	Berufsschule von 07:30 bis 15:30 Uhr Mit sieben Stunden auf die Arbeitszeit angerechnet.	10:00	kurzer Schultag, Schulbeginn um 07:30 Uhr. Mit 6 Stunden auf die Arbeitszeit angerechnet.
Frühstücks-pause	10:30–10:45	keine		keine	
Mittagspause	12:45–13:30	13:30–14:30		13:30–14:30	
Arbeitsende	17:30	18:30		20:30	

Überprüfen Sie die Rechtmäßigkeit von Bennis Arbeitsplan (**Anlage 2**).

Anlage 1

Albert Schweitzer Berufsschule, In den Hecken 7, 72458 Albstadt

Larcher Baustoffe GmbH
Ausbildungsabteilung
Am Güterbahnhof 62
72475 Bitz

Name:	Matthias Höhne
Telefon:	+49 7432 39-00
Telefax:	+49 7432 39-20
E-Mail:	m_hoehne@asbs.de
Internet:	www.A-S-BS.de
Datum:	02.11.2015

Einladung „Tag der Berufsorientierung"

Sehr geehrte Damen und Herren,

heute wende ich mich mit einem wichtigen Anliegen an Sie und bitte Sie um Ihre Unterstützung.

Wie jedes Jahr veranstalten wir auch im kommenden Jahr einen „Tag der Berufsorientierung". Dieser findet am 07.02.2016 in den Räumen der Schule statt. Im Mittelpunkt steht das Duale System der Berufsausbildung.

Nun möchte ich Sie und einen Ihrer Auszubildenden recht herzlich bitten, unseren Schülerinnen und Schülern

- das System der dualen Berufsausbildung vorzustellen,
- vier Vorteile zu verdeutlichen, die eine duale Ausbildung den Schülerinnen und Schülern bietet sowie
- drei Gründe aufzuzeigen, warum die Larcher Baustoffe GmbH trotz erheblicher Kosten, die für die Ausbildung jährlich anfallen, weiterhin Ausbildungsplätze anbieten wird.

Wir stellen einen Raum mit Platz für ca. 30 Schüler, einen Overheadprojektor und zwei Stellwände sowie einen PC mit Beamer zur Verfügung.

Ich freue mich sehr auf Ihre Unterstützung.

Mit freundlichen Grüßen

Matthias Höhne

Matthias Höhne
Abteilungsleiter
Albert Schweitzer Berufsschule

Anlage 2

Auszug aus dem Jugendarbeitsschutzgesetz (JArbSchG)

§ 8 Dauer der Arbeitszeit

(1) Jugendliche dürfen nicht mehr als acht Stunden täglich und nicht mehr als 40 Stunden wöchentlich beschäftigt werden.
(2) Wenn in Verbindung mit Feiertagen an Werktagen nicht gearbeitet wird, damit die Beschäftigten eine längere zusammenhängende Freizeit haben, so darf die ausfallende Arbeitszeit auf die Werktage von fünf zusammenhängenden, die Ausfalltage einschließenden Wochen nur dergestalt geteilt werden, dass die Wochenarbeitszeit im Durchschnitt dieser fünf Wochen 40 Stunden nicht überschreitet. Die tägliche Arbeitszeit darf hierbei achteinhalb Stunden nicht überschreiten.
(2a) Wenn an einzelnen Werktagen die Arbeitszeit auf weniger als acht Stunden verkürzt ist, können Jugendliche an den übrigen Werktagen derselben Woche achteinhalb Stunden beschäftigt werden. [...]

§ 9 Berufsschule

(1) Der Arbeitgeber hat den Jugendlichen für die Teilnahme am Berufsschulunterricht freizustellen. Er darf den Jugendlichen nicht beschäftigen

1. vor einem vor 9 Uhr beginnenden Unterricht; dies gilt auch für Personen, die über 18 Jahre alt und noch berufsschulpflichtig sind,
2. an einem Berufsschultag mit mehr als fünf Unterrichtsstunden von mindestens je 45 Minuten, einmal in der Woche,
3. in Berufsschulwochen mit einem planmäßigen Blockunterricht von mindestens 25 Stunden an mindestens fünf Tagen; zusätzliche betriebliche Ausbildungsveranstaltungen bis zu zwei Stunden wöchentlich sind zulässig.

(2) Auf die Arbeitszeit werden angerechnet

1. Berufsschultage nach Absatz 1 Nr. 2 mit acht Stunden,
2. Berufsschulwochen nach Absatz 1 Nr. 3 mit 40 Stunden.
3. Im übrigen die Unterrichtszeit einschließlich der Pausen. [...]

§ 11 Ruhepausen, Aufenthaltsräume

(1) Jugendlichen müssen im voraus feststehende Ruhepausen von angemessener Dauer gewährt werden. Die Ruhepausen müssen mindestens betragen

1. 30 Minuten bei einer Arbeitszeit von mehr als viereinhalb bis zu sechs Stunden,
2. 60 Minuten bei einer Arbeitszeit von mehr als sechs Stunden.

Als Ruhepause gilt nur eine Arbeitsunterbrechung von mindestens 15 Minuten.

(2) Die Ruhepausen müssen in angemessener zeitlicher Lage gewährt werden, frühestens eine Stunde nach Beginn und spätestens eine Stunde vor Ende der Arbeitszeit. Länger als viereinhalb Stunden hintereinander dürfen Jugendliche nicht ohne Ruhepause beschäftigt werden.
(3) Der Aufenthalt während der Ruhepausen in Arbeitsräumen darf den Jugendlichen nur gestattet werden, wenn die Arbeit in diesem Räumen während dieser Zeit eingestellt ist und auch sonst die notwendige Erholung nicht beeinträchtigt wird. [...]

§ 13 Tägliche Freizeit

Nach Beendigung der täglichen Arbeitszeit dürfen Jugendliche nicht vor Ablauf einer ununterbrochenen Freizeit von mindestens 12 Stunden beschäftigt werden.

§ 14 Nachtruhe

(1) Jugendliche dürfen nur in der Zeit von 6 bis 20 Uhr beschäftigt werden.
(2) Jugendliche über 16 Jahre dürfen

1. im Gaststätten- und Schaustellergewerbe bis 22 Uhr,
2. in mehrschichtigen Betrieben bis 23 Uhr,
3. in der Landwirtschaft ab 5 Uhr oder bis 21 Uhr,
4. in Bäckereien und Konditoreien ab 5 Uhr

beschäftigt werden.
(3) Jugendliche über 17 Jahre dürfen in Bäckereien ab 4 Uhr beschäftigt werden.
(4) An dem einem Berufsschultag unmittelbar vorangehenden Tag dürfen Jugendliche auch nach Absatz 2 Nr. 1 bis 3 nicht nach 20 Uhr beschäftigt werden, wenn der Berufsschulunterricht am Berufsschultag vor 9 Uhr beginnt. [...]

Auszug aus dem Tarifvertragsgesetz (TVG)

§ 2 Tarifvertragsparteien

(1) Tarifvertragsparteien sind Gewerkschaften, einzelne Arbeitgeber sowie Vereinigungen von Arbeitgebern.
(2) Zusammenschlüsse von Gewerkschaften und von Vereinigungen von Arbeitgebern (Spitzenorganisationen) können im Namen der ihnen angeschlossenen Verbände Tarifverträge abschließen, wenn sie eine entsprechende Vollmacht haben.
(3) Spitzenorganisationen können selbst Parteien eines Tarifvertrags sein, wenn der Abschluss von Tarifverträgen zu ihren satzungsgemäßen Aufgaben gehört.
(4) In den Fällen der Absätze 2 und 3 haften sowohl die Spitzenorganisationen wie die ihnen angeschlossenen Verbände für die Erfüllung der gegenseitigen Verpflichtungen der Tarifvertragsparteien.

§ 3 Tarifgebundenheit

(1) Tarifgebunden sind die Mitglieder der Tarifvertragsparteien und der Arbeitgeber, der selbst Partei des Tarifvertrages ist.
(2) Rechtsnormen des Tarifvertrages über betriebliche und betriebsverfassungsrechtliche Fragen gelten für alle Betriebe, deren Arbeitgeber tarifgebunden ist.
(3) Die Tarifgebundenheit bleibt bestehen, bis der Tarifvertrag endet.

Auszug aus dem Berufsbildungsgesetz (BBiG)

§ 22 Kündigung

(1) Während der Probezeit kann das Berufsausbildungsverhältnis jederzeit ohne Einhalten einer Kündigungsfrist gekündigt werden.
(2) Nach der Probezeit kann das Berufsausbildungsverhältnis nur gekündigt werden

1. aus einem wichtigen Grund ohne Einhalten einer Kündigungsfrist,

2. von Auszubildenden mit einer Kündigungsfrist von vier Wochen, wenn sie die Berufsausbildung aufgeben oder sich für eine andere Berufstätigkeit ausbilden lassen wollen.

(3) Die Kündigung muss schriftlich und in den Fällen des Absatzes 2 unter Angabe der Kündigungsgründe erfolgen.
(4) Eine Kündigung aus einem wichtigen Grund ist unwirksam, wenn die ihr zugrunde liegenden Tatsachen dem zur Kündigung Berechtigten länger als zwei Wochen bekannt sind. Ist ein vorgesehenes Güteverfahren vor einer außergerichtlichen Stelle eingeleitet, so wird bis zu dessen Beendigung der Lauf dieser Frist gehemmt.

Prüfungsaufgaben Sommer 2016 (Aufgabe 1)

Die Brüderle GmbH mit Firmensitz in Esslingen produziert Werkzeuge für die Metall verarbeitende Industrie. Das mittelständische Unternehmen ist Mitglied im Arbeitgeberverband Metall. Sie sind nach Abschluss Ihrer kaufmännischen Ausbildung Mitglied im Betriebsrat der Brüderle GmbH. Die Betriebsratsvorsitzende hat Ihnen folgende Hausmitteilung zukommen lassen.

Brüderle GmbH

Hausmitteilung

von R. Schneider	*Datum* 25.04.2016	*Uhrzeit* 10:00 Uhr
Abteilung Betriebsrat	☎ *Nr.* – 437	*E-Mail* regine.schneider@bruederle-gmbh.de
☒ zur Erledigung	☐ zur Kenntnisnahme	☐ bitte zurückrufen

Vorbereitung der Betriebsversammlung

Unsere Kolleginnen und Kollegen haben einige Anliegen an uns gesendet.

a) Die Kollegen beklagen, dass die Inhalte des Manteltarifvertrages erst in drei Jahren neu verhandelt werden. Sie möchten die Regelung der Arbeitszeiten zu ihren Gunsten noch in diesem Jahr ändern. Wir wollen die Kollegen in ihrer Forderung unterstützen.

b) Mehrere Kolleginnen aus der Qualitätskontrolle engagieren sich in der Gewerkschaft und haben an Streiks teilgenommen. Die Abteilungsleiterin hat diese aufgefordert aus der Gewerkschaft auszutreten, da sie Unruhe in die Abteilung bringen.

c) Die kaufmännischen Auszubildenden, die nach ihrer bestandenen Prüfung übernommen werden, möchten wissen, ob der Tariflohn in Höhe von 2.007,00 EUR für sie gilt, obwohl Ihnen von der Personalabteilung ein Bruttogehalt in Höhe von 2.150,00 EUR zugesagt wurde.

d) Die Geschäftsleitung hat bereits angekündigt, dass eine Lohnerhöhung in Höhe von 4 % zu Konsequenzen führen wird, da aufgrund des Wettbewerbsdrucks die Kosten der Lohnerhöhung nicht an die Kunden weitergegeben werden können. Mehrere Mitarbeiter haben nachgefragt, welche Folgen gemeint sein könnten.

e) Die Kolleginnen und Kollegen aus der Fertigung hätten gern nähere Informationen, welche Möglichkeiten bestehen, ihren Forderungen nach einer Lohnsteigerung mehr Nachdruck zu verleihen.

1.1 Verfassen Sie für jedes Anliegen eine begründete Rückmeldung an die Kolleginnen und Kollegen. Nutzen Sie dazu ggf. die Auszüge aus den Gesetzestexten (**Anlage 1**).

1.2 Die Betriebsversammlung findet heute statt.

1.2.1 Während der Versammlung meldet sich der Mitarbeiter Herr Steinhaus zu Wort: „Warum sollte man sich überhaupt in einer Gewerkschaft engagieren? Der Gesetzgeber versetzt doch mit der Einführung des Mindestlohns der Tarifautonomie den Todesstoß. Da ist es doch überflüssig, selbst aktiv zu werden."

Nehmen Sie zu der Aussage von Herrn Steinhaus anhand von zwei Argumenten Stellung.

1.2.2 In einem weiteren Redebeitrag betont die Mitarbeiterin Frau Kammer, dass die Einführung des Mindestlohns notwendig war. Beschreiben Sie zwei Chancen, die sich durch die Einführung des Mindestlohns ergeben.

Anlage 1

Auszug aus dem Tarifvertragsgesetz (TVG)

§ 1 Inhalt und Form des Tarifvertrags

(1) Der Tarifvertrag regelt die Rechte und Pflichten der Tarifvertragsparteien und enthält Rechtsnormen, die den Inhalt, den Abschluss und die Beendigung von Arbeitsverhältnissen sowie betriebliche und betriebsverfassungsrechtliche Fragen ordnen können.
(2) Tarifverträge bedürfen der Schriftform.

§ 2 Tarifvertragsparteien

(1) Tarifvertragsparteien sind Gewerkschaften, einzelne Arbeitgeber sowie Vereinigungen von Arbeitgebern.
[...]

§ 3 Tarifgebundenheit

(1) Tarifgebunden sind die Mitglieder der Tarifvertragsparteien und der Arbeitgeber, der selbst Partei des Tarifvertrags ist.
(2) Rechtsnormen des Tarifvertrags über betriebliche und betriebsverfassungsrechtliche Fragen gelten für alle Betriebe, deren Arbeitgeber tarifgebunden ist.
(3) Die Tarifgebundenheit bleibt bestehen, bis der Tarifvertrag endet.

§ 4 Wirkung der Rechtsnormen

(1) Die Rechtsnormen des Tarifvertrags, die den Inhalt, den Abschluss oder die Beendigung von Arbeitsverhältnissen ordnen, gelten unmittelbar und zwingend zwischen den beiderseits Tarifgebundenen, die unter den Geltungsbereich des Tarifvertrags fallen. Diese Vorschrift gilt entsprechend für Rechtsnormen des Tarifvertrags über betriebliche und betriebsverfassungsrechtliche Fragen.
(2) Sind im Tarifvertrag gemeinsame Einrichtungen der Tarifvertragsparteien vorgesehen und geregelt (Lohnausgleichskassen, Urlaubskassen usw.), so gelten diese Regelungen auch unmittelbar und zwingend für die Satzung dieser Einrichtung und das Verhältnis der Einrichtung zu den tarifgebundenen Arbeitgebern und Arbeitnehmern.
(3) Abweichende Abmachungen sind nur zulässig, soweit sie durch den Tarifvertrag gestattet sind oder eine Änderung der Regelungen zugunsten des Arbeitnehmers enthalten.
(4) Ein Verzicht auf entstandene tarifliche Rechte ist nur in einem von den Tarifvertragsparteien gebilligten Vergleich zulässig. Die Verwirkung von tariflichen Rechten ist ausgeschlossen. Ausschlussfristen für die Geltendmachung tariflicher Rechte können nur im Tarifvertrag vereinbart werden.

(5) Nach Ablauf des Tarifvertrags gelten seine Rechtsnormen weiter, bis sie durch eine andere Abmachung ersetzt werden.

Auszug aus dem Grundgesetz (GG)

Art. 9

(1) Alle Deutschen haben das Recht, Vereine und Gesellschaften zu bilden.
(2) Vereinigungen, deren Zwecke oder deren Tätigkeit den Strafgesetzen zuwiderlaufen oder die sich gegen die verfassungsmäßige Ordnung oder gegen den Gedanken der Völkerverständigung richten, sind verboten.
(3) Das Recht, zur Wahrung und Förderung der Arbeits- und Wirtschaftsbedingungen Vereinigungen zu bilden, ist für jedermann und für alle Berufe gewährleistet. Abreden, die dieses Recht einschränken oder zu behindern suchen, sind nichtig, hierauf gerichtete Maßnahmen sind rechtswidrig. Maßnahmen nach den Artikeln 12a, 35 Abs. 2 und 3, Artikel 87a Abs. 4 und Artikel 91 dürfen sich nicht gegen Arbeitskämpfe richten, die zur Wahrung und Förderung der Arbeits- und Wirtschaftsbedingungen von Vereinigungen im Sinne des Satzes 1 geführt werden.

Prüfungsaufgaben Winter 2016/2017 (Aufgabe 1)

Sie sind Auszubildende/-r im zweiten Ausbildungsjahr als Verkäufer/Verkäuferin bei der Möbel Werner GmbH in Ulm. Da Ihr Unternehmen sehr viele Auszubildende betreut, gibt es eine Jugend- und Auszubildendenvertretung. Dieser gehören Sie seit einem Jahr an.

1.1 Ihre Freundin Sandra (18 Jahre) möchte ebenfalls eine Ausbildung bei der Möbel Werner GmbH beginnen. Den Ausbildungsvertrag zur Kauffrau im Einzelhandel hat sie bereits unterschrieben. Zu Beginn ihrer Ausbildung ergeben sich einige Fragen, bei denen Sandra Ihre Hilfe benötigt. Nutzen Sie hierfür die **Anlage 1.**

1.1.1 Sandras Eltern sind enttäuscht, als sie erfahren, dass sie sich ohne ihre Zustimmung für diese Ausbildung entschieden hat, anstatt zu studieren. Zudem behaupten sie, dass der Ausbildungsvertrag ohne ihre Unterschrift nicht gültig sei. Erklären Sie Sandra, wer den Ausbildungsvertrag unterschreiben muss.

1.1.2 Um ihre Eltern zu besänftigen, möchte Sandra sie von den Vorteilen einer Ausbildung überzeugen. Erläutern Sie Sandra drei Argumente, die für eine Ausbildung im dualen System sprechen.

1.1.3 Sandra beginnt schließlich ihre Ausbildung. Mittwochs hat sie immer sechs Stunden Berufsschulunterricht und muss danach noch zum Arbeiten in den Betrieb. Peter (17 Jahre), der mit ihr die gleiche Klasse besucht, muss mittwochs nach der Schule nicht mehr zum Arbeiten.

Sandra findet dies ungerecht und beschwert sich bei der Jugend- und Auszubildendenvertretung. Erklären Sie, warum Peter nicht ebenfalls noch zum Arbeiten in den Betrieb kommen muss.

1.1.4 Fünf Wochen nach Beginn ihrer Ausbildung kommt Sandra entsetzt zu Ihnen. Ihr wurde gekündigt. Als Begründung wurde ihr mehrfaches Zuspätkommen genannt.

Erklären Sie ihr, ob die Kündigung wirksam ist.

1.2 Alle drei Monate veranstaltet die Jugend- und Auszubildendenvertretung eine Informationsveranstaltung zu verschiedenen Themen der Berufsausbildung. Dieses Mal sind Sie für die Durchführung der Veranstaltung mit dem Thema „Tarifverträge" zuständig. Zu Beginn informieren Sie die Auszubildenden über die Grundlagen von Tarifverträgen. Danach können Ihre Zuhörer Fragen stellen.

1.2.1 Erklären Sie jeweils, welche Möglichkeiten die beiden Sozialpartner haben, um ihren Forderungen bei Tarifverhandlungen Nachdruck zu verleihen.

1.2.2 Erläutern Sie die Rolle des Staates bei Tarifverhandlungen.

1.2.3 Natalie möchte wissen: „Was bringen mir denn Lohnerhöhungen, die bei Tarifverhandlungen vereinbart werden? Ich bin doch gar nicht in der Gewerkschaft."
Erklären Sie Natalie den Sachverhalt.

1.2.4 Emre möchte wissen: „Mein Kumpel in Berlin, der im gleichen Ausbildungsjahr im Einzelhandel wie ich ist, verdient im Monat 100,00 EUR mehr als ich. Aber es muss doch überall im Einzelhandel der gleiche Tarifvertrag gelten, oder?"
Erklären Sie, wie es zu diesem Unterschied kommen kann.

1.3 Nach der Veranstaltung kommt der Auszubildende Philipp (1. Ausbildungsjahr) auf Sie zu. Ihm hat die Veranstaltung sehr gut gefallen und er möchte mehr über die Arbeit der Jugend- und Auszubildendenvertretung wissen.
Beschreiben Sie zwei Aufgaben der Jugend- und Auszubildendenvertretung.

Anlage 1

Auszug aus dem Berufsbildungsgesetz (BBiG)

§ 11 Vertragsniederschrift

(1) Ausbildende haben unverzüglich nach Abschluss des Berufsausbildungsvertrages, spätestens vor Beginn der Berufsausbildung, den wesentlichen Inhalt des Vertrages gemäß Satz 2 schriftlich niederzulegen; die elektronische Form ist ausgeschlossen. [...]
(2) Die Niederschrift ist von den Ausbildenden, den Auszubildenden und deren gesetzlichen Vertretern und Vertreterinnen zu unterzeichnen.
(3) Ausbildende haben den Auszubildenden und deren gesetzlichen Vertretern und Vertreterinnen eine Ausfertigung der unterzeichneten Niederschrift unverzüglich auszuhändigen. [...]

§ 20 Probezeit

Das Berufsausbildungsverhältnis beginnt mit der Probezeit. Sie muss mindestens einen Monat und darf höchstens vier Monate betragen.

§ 22 Kündigung

(1) Während der Probezeit kann das Berufsausbildungsverhältnis jederzeit ohne Einhalten einer Kündigungsfrist gekündigt werden.
(2) Nach der Probezeit kann das Berufsausbildungsverhältnis nur gekündigt werden

1. aus einem wichtigen Grund ohne Einhalten einer Kündigungsfrist,
2. von Auszubildenden mit einer Kündigungsfrist von vier Wochen, wenn sie die Berufsausbildung aufgeben oder sich für eine andere Berufstätigkeit ausbilden lassen wollen.

(3) Die Kündigung muss schriftlich und in den Fällen des Absatzes 2 unter Angabe der Kündigungsgründe erfolgen.
(4) Eine Kündigung aus einem wichtigen Grund ist unwirksam, wenn die ihr zugrunde liegenden Tatsachen dem zur Kündigung Berechtigten länger als zwei Wochen bekannt sind. Ist ein vorgesehenes Güteverfahren vor einer außergerichtlichen Stelle eingeleitet, so wird bis zu dessen Beendigung der Lauf dieser Frist gehemmt.

Auszug aus dem Jugendarbeitsschutzgesetz (JArbSchG)

§ 9 Berufsschule

(1) Der Arbeitgeber hat den Jugendlichen für die Teilnahme am Berufsschulunterricht freizustellen. Er darf den Jugendlichen nicht beschäftigen

1. vor einem vor 9 Uhr beginnenden Unterricht; dies gilt auch für Personen, die über 18 Jahre alt und noch berufsschulpflichtig sind,
2. an einem Berufsschultag mit mehr als fünf Unterrichtsstunden von mindestens je 45 Minuten, einmal in der Woche,
3. in Berufsschulwochen mit einem planmäßigen Blockunterricht von mindestens 25 Stunden an mindestens fünf Tagen; zusätzliche betriebliche Ausbildungsveranstaltungen bis zu zwei Stunden wöchentlich sind zulässig.

(2) Auf die Arbeitszeit werden angerechnet

1. Berufsschultage nach Absatz 1 Nr. 2 mit acht Stunden,
2. Berufsschulwochen nach Absatz 1 Nr. 3 mit 40 Stunden,
3. im übrigen die Unterrichtszeit einschließlich der Pausen.

[...]

Auszug aus dem Betriebsverfassungsgesetz (BetrVG)

§ 70 Allgemeine Aufgaben

(1) Die Jugend- und Auszubildendenvertretung hat folgende allgemeine Aufgaben:

1. Maßnahmen, die den in § 60 Abs. 1 genannten Arbeitnehmern dienen, insbesondere in Fragen der Berufsbildung und der Übernahme der zu ihrer Berufsausbildung Beschäftigten in ein Arbeitsverhältnis, beim Betriebsrat zu beantragen;

1a. Maßnahmen zur Durchsetzung der tatsächlichen Gleichstellung der in § 60 Abs. 1 genannten Arbeitnehmer entsprechend § 80 Abs. 1 Nr. 2a und 2b beim Betriebsrat zu beantragen;

2. darüber zu wachen, dass die zugunsten der in § 60 Abs. 1 genannten Arbeitnehmer geltenden Gesetze, Verordnungen, Unfallverhütungsvorschriften, Tarifverträge und Betriebsvereinbarungen durchgeführt werden;

3. Anregungen von in § 60 Abs. 1 genannten Arbeitnehmern, insbesondere in Fragen der Berufsbildung, entgegenzunehmen und, falls sie berechtigt erscheinen, beim Betriebsrat auf eine Erledigung hinzuwirken. Die Jugend- und Auszubildendenvertretung hat die betroffenen in § 60 Abs. 1 genannten Arbeitnehmer über den Stand und das Ergebnis der Verhandlungen zu informieren;

4. die Integration ausländischer, in § 60 Abs. 1 genannter Arbeitnehmer im Betrieb zu fördern und entsprechende Maßnahmen beim Betriebsrat zu beantragen.

[...]

Prüfungsaufgaben Winter 2016/2017 (Aufgabe 2)

Bei einer weiteren Informationsveranstaltung der Jugend- und Auszubildendenvertretung geht es schwerpunktmäßig um das Thema Sozialversicherung. Hierzu haben Sie ein Informationsblatt vorbereitet (**Anlage 2**).

Beantworten Sie folgende Fragen der Auszubildenden:

2.1 Markus, 17 Jahre: „Ich habe gehört, dass es fünf Arten der Sozialversicherung gibt. Auf deinem Informationsblatt stehen aber nur vier Arten."

2.1.1 „Nenne mir die fehlende Sozialversicherungsart."

2.1.2 „Erläutere den Grund, warum diese Sozialversicherungsart auf dem Informationsblatt fehlt."

2.2 Maria, 20 Jahre: „Ich hatte vor kurzem einen Unfall im Betrieb und musste ins Krankenhaus. Gestern bekam ich von meiner Krankenkasse einen Unfallbericht zugeschickt. Da soll ich genau beschreiben, wie es zu diesem Unfall gekommen ist. Begründe, warum die Krankenkasse dies von mir verlangt."

2.3 Sven, 18 Jahre: „Meine Ausbildungsvergütung beträgt 680,00 EUR und ich zahle bei meiner Krankenkasse einen Beitrag von 55,76 EUR.

Erkläre mir, wie dieser Beitrag berechnet wird."

2.4 Klaus, 17 Jahre: „Ich habe mal gehört, dass meine Beiträge zur Rentenversicherung nicht angespart werden, das liege am Generationenvertrag. Das habe ich nicht verstanden."

2.4.1 „Erläutere, was man unter dem Generationenvertrag versteht."

2.4.2 „Erkläre, warum der Generationenvertrag zunehmend problematisch wird."

2.5 Beate, 18 Jahre: „Ich mache mir Sorgen um meine Altersversorgung. Nenne mir drei weitere Möglichkeiten der Altersvorsorge – neben der gesetzlichen Rentenversicherung."

2.6 Annika, 21 Jahre: „Bei der Pflegeversicherung gibt es einen Zuschlag von 0,25 % für Kinderlose."

2.6.1 „Erläutere, warum ich den nicht zahlen muss, obwohl ich keine Kinder habe."

2.6.2 „Erkläre, warum dieser Zuschlag überhaupt verlangt wird."

Anlage 2

Informationsblatt

Beitragssätze der gesetzlichen Sozialversicherung	
Arten der Sozialversicherung	**Beitragssätze in %**
Rentenversicherung	18,7
Arbeitslosenversicherung	3,0
Krankenversicherung	14,6 + Zusatzbeitrag (hier 0,9)
Pflegeversicherung Zuschlag für Kinderlose über 23 Jahre	2,35 0,25

Prüfungsaufgaben Winter 2016/2017 (Aufgabe 1)

Die Elektronik Ernst GmbH fertigt Drucker und Fotokopierer in Deutschland. Sie sind Auszubildende/-r bei der Elektronik Ernst GmbH und Mitglied der Jugend- und Auszubildendenvertretung (JAV). Die Geschäftsführung legt Wert auf verantwortungsbewusstes Verhalten in allen Bereichen und schult ihre Mitarbeiterinnen und Mitarbeiter daher entsprechend.
Einmal im Jahr organisiert die JAV einen Workshop „Von Azubis für Azubis“. Dieses Jahr findet der Workshop am 21. November 2016 um 09:30 Uhr im Raum 007 statt. Das Thema lautet: „Unfall- und Jugendarbeitsschutz“. Als Mitglied der JAV sind Sie für diesen Workshop verantwortlich.

1.1 Entwerfen Sie einen Text für das Einladungsschreiben an die neuen Auszubildenden.
- Erläutern Sie in Ihrer Einladung anhand von jeweils drei Gesichtspunkten, warum der Elektronik Ernst GmbH der Unfallschutz und der Jugendarbeitsschutz wichtig sind.
- Formulieren Sie zwei Folgen, die für das Unternehmen bei Missachtung der Schutzbestimmungen eintreten könnten.

1.2 Im Workshop sollen Sie den Auszubildenden die gesetzliche Unfallversicherung vorstellen.

1.2.1 Beschreiben Sie zwei Fälle, in denen die Versicherung einspringt.

1.2.2 Erläutern Sie jeweils eine Leistung, die die Versicherung in den beschriebenen Fällen erbringt.

1.3 Im Rahmen des Workshops am 21. November 2016 findet ein „Marktplatz“ statt. Hier können die Auszubildenden zu verschiedenen Themen Fragen stellen. Sie betreuen den Stand „Rechtliche Fragen rund um die Ausbildung“.

1.3.1 Frank Schirmer (18 Jahre) ist Auszubildender seit dem 1. September 2016. Er möchte wissen, ob man ihm kündigen kann, weil er bereits zwei Mal zu spät gekommen ist. Von seinen Freunden hat er diesbezüglich widersprüchliche Auskünfte erhalten.
Erläutern Sie ihm die Rechtslage **(Anlage).**

1.3.2 Anastasia König (19 Jahre), Auszubildende im 2. Ausbildungsjahr, möchte nun doch lieber ein Soziales Jahr in Frankreich absolvieren und die Ausbildung sofort beenden, da sie bereits zum 1. Dezember 2016 ihre neue Stelle in Lyon antreten könnte.
Beraten Sie sie begründet hinsichtlich ihrer Möglichkeiten, das Ausbildungsverhältnis zu beenden (**Anlage**).

Anlage

Auszug aus dem Berufsbildungsgesetz (BBiG)

§ 20 Probezeit
Das Berufsausbildungsverhältnis beginnt mit der Probezeit. Sie muss mindestens einen Monat und darf höchstens vier Monate betragen.

§ 21 Beendigung
(1) Das Berufsausbildungsverhältnis endet mit dem Ablauf der Ausbildungszeit. Im Falle der Stufenausbildung endet es mit Ablauf der letzten Stufe.
(2) Bestehen Auszubildende vor Ablauf der Ausbildungszeit die Abschlussprüfung, so endet das Berufsausbildungsverhältnis mit Bekanntgabe des Ergebnisses durch den Prüfungsausschuss.

(3) Bestehen Auszubildende die Abschlussprüfung nicht, so verlängert sich das Berufsausbildungsverhältnis auf ihr Verlangen bis zur nächstmöglichen Wiederholungsprüfung, höchstens um ein Jahr.

§ 22 Kündigung

(1) Während der Probezeit kann das Berufsausbildungsverhältnis jederzeit ohne Einhalten einer Kündigungsfrist gekündigt werden.
(2) Nach der Probezeit kann das Berufsausbildungsverhältnis nur gekündigt werden

1. aus einem wichtigen Grund ohne Einhalten einer Kündigungsfrist,
2. von Auszubildenden mit einer Kündigungsfrist von vier Wochen, wenn sie die Berufsausbildung aufgeben oder sich für eine andere Berufstätigkeit ausbilden lassen wollen.

(3) Die Kündigung muss schriftlich und in den Fällen des Absatzes 2 unter Angabe der Kündigungsgründe erfolgen.
(4) Eine Kündigung aus einem wichtigen Grund ist unwirksam, wenn die ihr zugrunde liegenden Tatsachen dem zur Kündigung Berechtigten länger als zwei Wochen bekannt sind. Ist ein vorgesehenes Güteverfahren vor einer außergerichtlichen Stelle eingeleitet, so wird bis zu dessen Beendigung der Lauf dieser Frist gehemmt.

§ 23 Schadensersatz bei vorzeitiger Beendigung

(1) Wird das Berufsausbildungsverhältnis nach der Probezeit vorzeitig gelöst, so können Ausbildende oder Auszubildende Ersatz des Schadens verlangen, wenn die andere Person den Grund für die Auflösung zu vertreten hat. Dies gilt nicht im Falle des § 22 Abs. 2 Nr. 2.
(2) Der Anspruch erlischt, wenn er nicht innerhalb von drei Monaten nach Beendigung des Berufsausbildungsverhältnisses geltend gemacht wird.

§ 24 Weiterarbeit

Werden Auszubildende im Anschluss an das Berufsausbildungsverhältnis beschäftigt, ohne dass hierüber ausdrücklich etwas vereinbart worden ist, so gilt ein Arbeitsverhältnis auf unbestimmte Zeit als begründet.

§ 25 Unabdingbarkeit

Eine Vereinbarung, die zuungunsten Auszubildender von den Vorschriften dieses Teils des Gesetzes abweicht, ist nichtig.

Prüfungsaufgaben Sommer 2017 (Aufgabe 1, verändert)

Die Keller GmbH ist ein sehr erfolgreiches mittelständisches Unternehmen mit 150 Arbeitnehmern in Stuttgart, das Werkzeuge für die Möbelindustrie fertigt. Das Unternehmen ist Mitglied im Arbeitgeberverband. Arbeitnehmer, die Mitglied der Gewerkschaft sind, werden durch die Industriegewerkschaft Metall vertreten.

Sie sind kaufmännische/-r Auszubildende/-r bei der Keller GmbH und Mitglied der Jugend- und Auszubildendenvertretung (JAV). In der JAV-Sitzung werden die aktuellen Tarifverhandlungen thematisiert.

1.1 Der Entgelttarifvertrag lief am 28. Februar 2017 aus und wird aktuell neu verhandelt. Die Gewerkschaft fordert 6 % Entgelterhöhung. Der Arbeitgeberverband lehnt dies ab. Beschreiben Sie anhand von zwei Argumenten, wie die Gewerkschaft eine 6%ige Entgelterhöhung rechtfertigen kann.

1.2 Die von kurzen Warnstreiks begleiteten Verhandlungen führten bis Ende April zu keiner Annäherung der Tarifvertragsparteien. Auch im Schlichtungsverfahren konnte keine Einigung erzielt werden. Der Auszubildende Giuseppe Monza fragt Sie: „Können nicht einfach alle Mitarbeiter die Arbeit sofort niederlegen? Dies erhöht doch den Druck auf die Arbeitgeber."

- Nehmen Sie zu dieser Äußerung Stellung.
- Skizzieren Sie in diesem Zusammenhang den weiteren Ablauf der Tarifverhandlungen mit Arbeitskampfmaßnahmen bis zum Abschluss des Tarifvertrages in strukturierter Weise.

1.3 Die Auszubildende Sabrina Wohlfahrt ist der Meinung, dass die Entgelterhöhung für sie nicht gilt, weil sie kein Gewerkschaftsmitglied ist.

1.3.1 Begründen Sie mithilfe von Sabrinas Ausbildungsvertrag (**Anlage 1**), ob sie von der Entgelterhöhung profitieren wird.

1.3.2 Sabrina beschwert sich, dass ihr Urlaubsanspruch in den Jahren 2017 und 2018 geringer ist als im Jahr 2016.

Prüfen Sie, ob Sabrinas Beschwerde berechtigt ist. Gehen Sie davon aus, dass sich der geltende Tarifvertrag an den gesetzlichen Urlaubsregelungen orientiert (**Anlage 2**).

Anlage 1

Berufsausbildungsvertrag

(§§ 10, 11 Berufsbildungsgesetz – BBiG)

Zwischen dem/der Ausbildenden (Ausbildungsbetrieb)
Öffentlicher Dienst ☐

KNR	IHK-Firmenident-Nr.	Tel.-Nr.
206	256656	0711-172556-0

Ausbildungsbetrieb und Anschrift des/der Ausbildenden: Keller GmbH

Straße, Haus-Nr.: Seyfferstr. 199

PLZ: 70193 | Ort: Stuttgart

E-Mail-Adresse des/der Ausbildenden (Angabe freiwillig): mailto@keller-gmbh.com

Verantwortliche/r Ausbilder/in: Herr Günther Flaig

und dem/der Auszubildenden
männlich ☐ **weiblich** ☒ **unbestimmt** ☐
Berufsausbildung im Rahmen eines dualen Studiums ☐

Name	Vorname
Wohlfahrt	Sabrina

Straße, Haus-Nr.: Entengraben 12

PLZ: 73732 | Ort: Esslingen

Geburtsdatum: 22.04.1998 | Staatsangehörigkeit: deutsch

E-Mail-Adresse (Angabe freiwillig): | Mobil-/Tel.-Nr. (Angabe freiwillig):

Gesetzlicher Vertreter[1]: Eltern

Namen, Vornamen der gesetzlichen Vertreter: Wohlfahrt, Paul und Wohlfahrt, Anna

Straße, Haus-Nr.: Entengraben 12

PLZ: 73732 | Ort: Esslingen

wird nachstehender Vertrag zur Ausbildung im Ausbildungsberuf Industriekauffrau

mit der Fachrichtung / dem Schwerpunkt / der/den Wahlqualifikation/en / dem/den Wahlbaustein/en etc. **nach Maßgabe der Ausbildungsordnung[2] geschlossen.**

Änderungen des wesentlichen Vertragsinhaltes sind vom/von der Ausbildenden unverzüglich zur Eintragung in das Verzeichnis der Berufsausbildungsverhältnisse bei der Industrie- und Handelskammer anzuzeigen.

Die beigefügten Angaben zur sachlichen und zeitlichen Gliederung des Ausbildungsablaufs (Ausbildungsplan) sowie die umseitigen Regelungen sind Bestandteil dieses Vertrages.

A Die Ausbildungszeit beträgt nach der Ausbildungsordnung 36 Monate.

☐ Es wird eine Verkürzung der Ausbildungszeit um ___ Monate beantragt

Verkürzungsgrund:

Das Berufsausbildungsverhältnis beginnt am 01.09.2015 und endet am 31.08.2018.

B Die Probezeit (Nr. 1.2) beträgt 4 Monate.[3]

C Die Ausbildung findet in [Name/ Anschrift der Ausbildungsstätte(n)]

Stuttgart

und den mit dem Betriebssitz für die Ausbildung üblicherweise zusammenhängenden Bau-, Montage- und sonstigen Arbeitsstellen statt.

D Ausbildungsmaßnahmen außerhalb der Ausbildungsstätte(n) sind für den folgenden Zeitraum in der/den folgenden Ausbildungsstätte(n) vorgesehen (hierzu zählen auch Auslandsaufenthalte) (Nr. 3.12):

10.01.2016-27.02.2016 SAP-Schulung im Ausbildungszentrum Karlsruhe

E Der/Die Ausbildende zahlt dem/der Auszubildenden eine angemessene Vergütung (Nr. 5); diese beträgt zurzeit monatlich brutto

€	€ 880,00	€ 940,00	€ 1.020,00	
im	ersten	zweiten	dritten	vierten

Ausbildungsjahr.

F Die regelmäßige Ausbildungszeit in Stunden beträgt

täglich[4] 8,00 und wöchentlich ___ .

Teilzeitausbildung wird beantragt (Nr. 6.2): ja ☐ nein ☒

G Es besteht ein Urlaubsanspruch

im Kalenderjahr	2016	2016	2017	2018	
Werktage	9,0	25,0	24,0	24,0	
Arbeitstage					

H Der Ausbildungsnachweis wird wie folgt geführt:

schriftlich ☒ elektronisch ☐

I Hinweise auf anzuwendende Tarifverträge und Betriebsvereinbarungen; sonstige Vereinbarungen (Nr. 11):

Es gelten der Tarifvertrag sowie die Betriebsvereinbarungen.

J Die umseitigen Bestimmungen sind Gegenstand dieses Vertrages und werden anerkannt.

Ort, Datum: Stuttgart, 20.04.2015

Der/Die Ausbildende:

Stempel und Unterschrift

Der/Die Auszubildende:

Vor- und Familienname

Der/Die gesetzlichen Vertreter/in des/der Auszubildenden:

Vater und Mutter/Vormund

1) Vertretungsberechtigt sind beide Eltern gemeinsam, soweit nicht die Vertretungsberechtigung nur einem Elternteil zusteht. Ist ein Vormund bestellt, so bedarf dieser zum Abschluss des Ausbildungsvertrages der Genehmigung des Vormundschaftsgerichtes.
2) Solange die Ausbildungsordnung nicht erlassen ist, sind gem. § 104 Abs. 1 BBiG die bisherigen Ordnungsmittel anzuwenden.
3) Die Probezeit muss mindestens einen Monat und darf höchstens vier Monate betragen.
4) Das Jugendarbeitsschutzgesetz sowie für das Ausbildungsverhältnis geltende tarifvertragliche Regelungen und Betriebsvereinbarungen sind zu beachten.

Quelle: Abdruck mit freundlicher Genehmigung des Deutschen Industrie- und Handelskammertages e. V.

Anlage 2

Auszug aus dem Jugendarbeitsschutzgesetz (JArbSchG)

§ 17 Sonntagsruhe

(1) An Sonntagen dürfen Jugendliche nicht beschäftigt werden.
(2) Zulässig ist die Beschäftigung Jugendlicher an Sonntagen nur

1. in Krankenanstalten sowie in Alten-, Pflege- und Kinderheimen,
2. in der Landwirtschaft und Tierhaltung mit Arbeiten, die auch an Sonn- und Feiertagen naturnotwendig vorgenommen werden müssen,
3. im Familienhaushalt, wenn der Jugendliche in die häusliche Gemeinschaft aufgenommen ist,
4. im Schaustellergewerbe,
5. bei Musikaufführungen, Theatervorstellungen und anderen Aufführungen sowie bei Direktsendungen im Rundfunk (Hörfunk und Fernsehen),
6. beim Sport,
7. im ärztlichen Notdienst,
8. im Gaststättengewerbe.

Jeder zweite Sonntag soll, mindestens zwei Sonntage im Monat müssen beschäftigungsfrei bleiben.
(3) Werden Jugendliche am Sonntag beschäftigt, ist ihnen die Fünf-Tage-Woche (§ 15) durch Freistellung an einem anderen berufsschulfreien Arbeitstag derselben Woche sicherzustellen. In Betrieben mit einem Betriebsruhetag in der Woche kann die Freistellung auch an diesem Tag erfolgen, wenn die Jugendlichen an diesem Tag keinen Berufsschulunterricht haben.

§ 18 Feiertagsruhe

(1) Am 24. und 31. Dezember nach 14 Uhr und an gesetzlichen Feiertagen dürfen Jugendliche nicht beschäftigt werden.
(2) Zulässig ist die Beschäftigung Jugendlicher an gesetzlichen Feiertagen in den Fällen des § 17 Abs. 2, ausgenommen am 25. Dezember, am 1. Januar, am ersten Osterfeiertag und am 1. Mai.
(3) Für die Beschäftigung an einem gesetzlichen Feiertag, der auf einen Werktag fällt, ist der Jugendliche an einem anderen berufsschulfreien Arbeitstag derselben oder der folgenden Woche freizustellen. In Betrieben mit einem Betriebsruhetag in der Woche kann die Freistellung auch an diesem Tag erfolgen, wenn die Jugendlichen an diesem Tag keinen Berufsschulunterricht haben.

§ 19 Urlaub

(1) Der Arbeitgeber hat Jugendlichen für jedes Kalenderjahr einen bezahlten Erholungsurlaub zu gewähren.
(2) Der Urlaub beträgt jährlich

1. mindestens 30 Werktage, wenn der Jugendliche zu Beginn des Kalenderjahrs noch nicht 16 Jahre alt ist,
2. mindestens 27 Werktage, wenn der Jugendliche zu Beginn des Kalenderjahrs noch nicht 17 Jahre alt ist,
3. mindestens 25 Werktage, wenn der Jugendliche zu Beginn des Kalenderjahrs noch nicht 18 Jahre alt ist.

Jugendliche, die im Bergbau unter Tage beschäftigt werden, erhalten in jeder Altersgruppe einen zusätzlichen Urlaub von drei Werktagen.

(3) Der Urlaub soll Berufsschülern in der Zeit der Berufsschulferien gegeben werden. Soweit er nicht in den Berufsschulferien gegeben wird, ist für jeden Berufsschultag, an dem die Berufsschule während des Urlaubs besucht wird, ein weiterer Urlaubstag zu gewähren.
(4) Im übrigen gelten für den Urlaub der Jugendlichen § 3 Abs. 2, §§ 4 bis 12 und § 13 Abs. 3 des Bundesurlaubsgesetzes. Der Auftraggeber oder Zwischenmeister hat jedoch abweichend von § 12 Nr. 1 des Bundesurlaubsgesetzes den jugendlichen Heimarbeitern für jedes Kalenderjahr einen bezahlten Erholungsurlaub entsprechend Absatz 2 zu gewähren; das Urlaubsentgelt der jugendlichen Heimarbeiter beträgt bei einem Urlaub von 30 Werktagen 11,6 vom Hundert, bei einem Urlaub von 27 Werktagen 10,3 vom Hundert und bei einem Urlaub von 25 Werktagen 9,5 vom Hundert.

Auszug aus dem Bundesurlaubsgesetz (BUrlG)

§ 2 Geltungsbereich

Arbeitnehmer im Sinne des Gesetzes sind Arbeiter und Angestellte sowie die zu ihrer Berufsausbildung Beschäftigten. Als Arbeitnehmer gelten auch Personen, die wegen ihrer wirtschaftlichen Unselbständigkeit als arbeitnehmerähnliche Personen anzusehen sind; für den Bereich der Heimarbeit gilt § 12.

§ 3 Dauer des Urlaubs

(1) Der Urlaub beträgt jährlich mindestens 24 Werktage.
(2) Als Werktage gelten alle Kalendertage, die nicht Sonn- oder gesetzliche Feiertage sind.

§ 4 Wartezeit

Der volle Urlaubsanspruch wird erstmalig nach sechsmonatigem Bestehen des Arbeitsverhältnisses erworben.

§ 5 Teilurlaub

(1) Anspruch auf ein Zwölftel des Jahresurlaubs für jeden vollen Monat des Bestehens des Arbeitsverhältnisses hat der Arbeitnehmer

a) für Zeiten eines Kalenderjahrs, für die er wegen Nichterfüllung der Wartezeit in diesem Kalenderjahr keinen vollen Urlaubsanspruch erwirbt;
b) wenn er vor erfüllter Wartezeit aus dem Arbeitsverhältnis ausscheidet;
c) wenn er nach erfüllter Wartezeit in der ersten Hälfte eines Kalenderjahrs aus dem Arbeitsverhältnis ausscheidet.

(2) Bruchteile von Urlaubstagen, die mindestens einen halben Tag ergeben, sind auf volle Urlaubstage aufzurunden.
(3) Hat der Arbeitnehmer im Falle des Absatzes 1 Buchstabe c bereits Urlaub über den ihm zustehenden Umfang hinaus erhalten, so kann das dafür gezahlte Urlaubsentgelt nicht zurückgefordert werden.

Prüfungsaufgaben Winter 2017/2018 (Aufgabe 1)

Die Corbus GmbH ist ein mittelständisches Unternehmen mit Sitz in Böblingen, das Büromöbel aller Art herstellt.

Zuletzt gingen einige langjährige Mitarbeiter in den Ruhestand. Dadurch ist die Gesamtzahl der Betriebsratsmitglieder unter die vorgeschriebene Zahl gesunken. Deshalb muss außerhalb der regulären Wahlperiode ein neuer Betriebsrat gewählt werden.

In den letzten fünf Monaten wurden zwölf neue Mitarbeiter eingestellt. Von den aktuell 71 Mitarbeitern ohne Führungsverantwortung sind zehn minderjährig.

1.1 Sie sind volljährig und arbeiten seit einem Jahr nach dem Abschluss ihrer Ausbildung bei der Corbus GmbH. Sie beabsichtigen, sich bei der Betriebsratswahl zu engagieren. Der amtierende Betriebsrat bestellt Sie zusammen mit zwei weiteren Kollegen zum Wahlvorstand. Als Wahlvorstand bereiten Sie die Wahl vor und organisieren die Durchführung der Wahl (**Anlage 1**). Dazu treffen sich der Wahlvorstand und ein bisheriges Mitglied des Betriebsrates zu einer Besprechung (Ergebnisprotokoll in **Anlage 2**). Gestalten Sie entsprechend der im Protokoll getroffenen Absprachen ein sinnvoll gestaltetes Informationsblatt (z. B. Flyer, Plakat, Aushang, ...).

1.2 Ein neuer Betriebsrat wurde erfolgreich gewählt. Sie sind eines der neuen Betriebsratsmitglieder der Corbus GmbH, die im Arbeitgeberverband der holzverarbeitenden Industrie Mitglied ist. Sie erhalten die Anfrage eines Auszubildenden (**Anlage 3**). Prüfen Sie seine Anliegen und formulieren Sie die Antwort in Form einer E-Mail (**Anlage 6**). Nutzen Sie auch die **Anlagen 1, 4 und 5**.

Anlage 1

Auszug aus dem Betriebsverfassungsgesetz (BetrVG)

§ 2 Stellung der Gewerkschaften und Vereinigungen der Arbeitgeber
(1) Arbeitgeber und Betriebsrat arbeiten unter Beachtung der geltenden Tarifverträge vertrauensvoll und im Zusammenwirken mit den im Betrieb vertretenen Gewerkschaften und Arbeitgebervereinigungen zum Wohl der Arbeitnehmer und des Betriebs zusammen.
[...]

§ 7 Wahlberechtigung
Wahlberechtigt sind alle Arbeitnehmer des Betriebs, die das 18. Lebensjahr vollendet haben.
[...]

§ 8 Wählbarkeit
(1) Wählbar sind alle Wahlberechtigten, die sechs Monate dem Betrieb angehören oder als in Heimarbeit Beschäftigte in der Hauptsache für den Betrieb gearbeitet haben. [...]

§ 9 Zahl der Betriebsratsmitglieder
Der Betriebsrat besteht in Betrieben mit in der Regel
5 bis 20 wahlberechtigten Arbeitnehmern aus einer Person,
21 bis 50 wahlberechtigten Arbeitnehmern aus 3 Mitgliedern,
51 wahlberechtigten Arbeitnehmern bis 100 Arbeitnehmern aus 5 Mitgliedern,
101 bis 200 Arbeitnehmern aus 7 Mitgliedern,
201 bis 400 Arbeitnehmern aus 9 Mitgliedern, [...]

§ 60 Errichtung und Aufgabe
(1) In Betrieben mit in der Regel mindestens fünf Arbeitnehmern, die das 18. Lebensjahr noch nicht vollendet haben (jugendliche Arbeitnehmer) oder die zu ihrer Berufsausbildung beschäftigt sind und das 25. Lebensjahr noch nicht vollendet haben, werden Jugend- und Auszubildendenvertretungen gewählt.
(2) Die Jugend- und Auszubildendenvertretung nimmt nach Maßgabe der folgenden Vorschriften die besonderen Belange der in Absatz 1 genannten Arbeitnehmer wahr.

§ 61 Wahlberechtigung und Wählbarkeit

(1) Wahlberechtigt sind alle in § 60 Abs. 1 genannten Arbeitnehmer des Betriebs.

(2) Wählbar sind alle Arbeitnehmer des Betriebs, die das 25. Lebensjahr noch nicht vollendet haben; § 8 Abs. 1 Satz 3 findet Anwendung. Mitglieder des Betriebsrats können nicht zu Jugend- und Auszubildendenvertretern gewählt werden.

§ 62 Zahl der Jugend- und Auszubildendenvertreter, Zusammensetzung der Jugend- und Auszubildendenvertretung

(1) Die Jugend- und Auszubildendenvertretung besteht in Betrieben mit in der Regel
5 bis 20 der in § 60 Abs. 1 genannten Arbeitnehmer aus einer Person,
21 bis 50 der in § 60 Abs. 1 genannten Arbeitnehmer aus 3 Mitgliedern,
51 bis 150 der in § 60 Abs. 1 genannten Arbeitnehmer aus 5 Mitgliedern, [...]

§ 80 Allgemeine Aufgaben

(1) Der Betriebsrat hat folgende allgemeine Aufgaben:

1. darüber zu wachen, dass die zugunsten der Arbeitnehmer geltenden Gesetze, Verordnungen, Unfallverhütungsvorschriften, Tarifverträge und Betriebsvereinbarungen durchgeführt werden;
2. Maßnahmen, die dem Betrieb und der Belegschaft dienen, beim Arbeitgeber zu beantragen;

2a. die Durchsetzung der tatsächlichen Gleichstellung von Frauen und Männern, insbesondere bei der Einstellung, Beschäftigung, Aus-, Fort- und Weiterbildung und dem beruflichen Aufstieg, zu fördern;

2b. die Vereinbarkeit von Familie und Erwerbstätigkeit zu fördern;

3. Anregungen von Arbeitnehmern und der Jugend- und Auszubildendenvertretung entgegenzunehmen und, falls sie berechtigt erscheinen, durch Verhandlungen mit dem Arbeitgeber auf eine Erledigung hinzuwirken; er hat die betreffenden Arbeitnehmer über den Stand und das Ergebnis der Verhandlungen zu unterrichten;
4. die Eingliederung Schwerbehinderter und sonstiger besonders schutzbedürftiger Personen zu fördern;
5. die Wahl einer Jugend- und Auszubildendenvertretung vorzubereiten und durchzuführen und mit dieser zur Förderung der Belange der in § 60 Abs. 1 genannten Arbeitnehmer eng zusammenzuarbeiten; er kann von der Jugend- und Auszubildendenvertretung Vorschläge und Stellungnahmen anfordern;
6. die Beschäftigung älterer Arbeitnehmer im Betrieb zu fördern;
7. die Integration ausländischer Arbeitnehmer im Betrieb und das Verständnis zwischen ihnen und den deutschen Arbeitnehmern zu fördern, sowie Maßnahmen zur Bekämpfung von Rassismus und Fremdenfeindlichkeit im Betrieb zu beantragen;
8. die Beschäftigung im Betrieb zu fördern und zu sichern;
9. Maßnahmen des Arbeitsschutzes und des betrieblichen Umweltschutzes zu fördern.

(2) Zur Durchführung seiner Aufgaben nach diesem Gesetz ist der Betriebsrat rechtzeitig und umfassend vom Arbeitgeber zu unterrichten; die Unterrichtung erstreckt sich auch auf die Beschäftigung von Personen, die nicht in einem Arbeitsverhältnis zum Arbeitgeber stehen. Dem Betriebsrat sind auf Verlangen jederzeit die zur Durchführung seiner Aufgaben erforderlichen Unterlagen zur Verfügung zu stellen; [...] Soweit es zur ordnungsgemäßen Erfüllung der Aufgaben des Betriebsrats erforderlich ist, hat der Arbeitgeber ihm

sachkundige Arbeitnehmer als Auskunftspersonen zur Verfügung zu stellen; er hat hierbei die Vorschläge des Betriebsrats zu berücksichtigen, soweit betriebliche Notwendigkeiten nicht entgegenstehen.
[...]

Auszug aus dem Jugendarbeitsschutzgesetz (JArbSchG)

§ 19 Urlaub

(1) Der Arbeitgeber hat Jugendlichen für jedes Kalenderjahr einen bezahlten Erholungsurlaub zu gewähren.
(2) Der Urlaub beträgt jährlich

1. mindestens 30 Werktage, wenn der Jugendliche zu Beginn des Kalenderjahrs noch nicht 16 Jahre alt ist,
2. mindestens 27 Werktage, wenn der Jugendliche zu Beginn des Kalenderjahrs noch nicht 17 Jahre alt ist,
3. mindestens 25 Werktage, wenn der Jugendliche zu Beginn des Kalenderjahrs noch nicht 18 Jahre alt ist.

[...]

Auszug aus dem Berufsbildungsgesetz (BBiG)

§ 8 Abkürzung und Verlängerung der Ausbildungszeit

(1) Auf gemeinsamen Antrag der Auszubildenden und Ausbildenden hat die zuständige Stelle die Ausbildungszeit zu kürzen, wenn zu erwarten ist, dass das Ausbildungsziel in der gekürzten Zeit erreicht wird. [...]

§ 20 Probezeit

Das Berufsausbildungsverhältnis beginnt mit der Probezeit. Sie muss mindestens einen Monat und darf höchstens vier Monate betragen.

§ 45 Zulassung in besonderen Fällen

(1) Auszubildende können nach Anhörung der Ausbildenden und der Berufsschule vor Ablauf ihrer Ausbildungszeit zur Abschlussprüfung zugelassen werden, wenn ihre Leistungen dies rechtfertigen.
[...]

Auszug aus dem Bundesurlaubsgesetz (BUrlG)

§ 3 Dauer des Urlaubs

(1) Der Urlaub beträgt jährlich mindestens 24 Werktage.
(2) Als Werktage gelten alle Kalendertage, die nicht Sonn- oder gesetzliche Feiertage sind.

Anlage 2: Protokollauszug

<table>
<tr><th>Corbus GmbH</th><th colspan="2">Ergebnisprotokoll</th></tr>
<tr><td>Projekt</td><td colspan="2">Vorbereitung und Durchführung der Betriebsratswahl</td></tr>
<tr><td>Verteiler</td><td colspan="2">Wahlvorstand</td></tr>
<tr><th>Nr.</th><th>Tagesordnung (TOPs)</th><th>Dauer</th></tr>
<tr><td>1</td><td>Information der Belegschaft und Werbung für die Betriebsratswahl</td><td>30:00</td></tr>
<tr><td>2</td><td>Abstimmung weiterer Termine</td><td>15:00</td></tr>
<tr><th colspan="2">Mitschrift</th><th>Notizen</th></tr>
<tr><td colspan="2">Zu Top 1: Information der Belegschaft und Werbung für die Betriebsratswahl
• jeden Montag und Donnerstag in der Kantine von 12:00 bis 13:30 Uhr
• Informationsblattverteilen mit allen Infos über die Betriebsratswahl

Das Informationsblatt soll
• die Belegschaft über die bevorstehende Betriebsratswahl informieren,
• nachvollziehbar zeigen, wie viele Betriebsratsmitglieder zu wählen sind,
• aufzeigen, wer wählen darf und wer gewählt werden kann,
• über die Bedeutung des Betriebsrates anhand von drei wesentlichen Aufgaben informieren,
• über die Termine informieren
• und Helfer zur Durchführung der Wahl gewinnen.

Wichtig ist uns eine hohe Wahlbeteiligung.
Außerdem sollen sich geeignete Kandidaten zur Wahl aufstellen lassen.

Zu Top 2: Abstimmung weiterer Termine
Betriebsratswahlen finden am Donnerstag, 30. November 2017 während der Arbeitszeit im Seminarraum 101 statt.
Rückmeldung der Helfer bis spätestens Freitag, 17. November 2017.
Helferliste am Mittwoch, 22. November 2017 an alle Wahlhelfer senden.</td><td>Informationsblatt erstellen bis Donnerstag 09.11</td></tr>
</table>

Anlage 3

Von ...	**Michael Schlotter** <michael.schlotter@corbus.de>
An ...	**Betriebsrat** <betriebsrat@corbus.de>
Cc ...	
Betreff:	Jugend- und Auszubildendenvertretung

Sehr geehrte Mitglieder des Betriebsrats,

ich habe meine Ausbildung diesen Herbst begonnen. Ich bin mir nicht sicher, ob in meinem Ausbildungsvertrag (**Anlage 5**) alles stimmt. Könnten Sie bitte überprüfen, ob das Gehalt, die Probezeit und der verkürzte Urlaubsanspruch im ersten Jahr richtig sind?

Über eine Antwort freue ich mich sehr.

Vielen Dank.

Mit freundlichen Grüßen
Michael Schlotter

Anlage: Kopie meines Ausbildungsvertrages

Anlage 4: Auszug aus dem Tarifvertrag der Holz und Kunststoff verarbeitenden Industrie

Holz und Kunststoff verarbeitende Industrie
Ausbildungsvergütungen (in Euro), Arbeitszeit und Urlaubstage

Tarifgebiet	Gültig ab	In den Ausbildungsjahren			Wöchentliche tarifliche Arbeitszeit	Urlaubsdauer
		1	2	3		
Baden-Württemberg	01.05.2016	850,00	886,00	927,00	35 Stunden	30 Arbeitstage
Bayern	01.05.2016	650,00	700,00	750,00	35 Stunden	30 Arbeitstage
Berlin-Brandenburg	01.10.2016	673,00	719,00	765,00	38,5 Stunden	30 Arbeitstage
Hamburg	01.02.2016	775,00	803,00	898,00	35 Stunden	27–30 Arbeitstage*
Hessen	01.05.2016	780,00	819,00	894,00	35 Stunden	30 Arbeitstage
Niedersachsen/ Bremen	01.05.2016	775,00	825,00	880,00	35 Stunden	30 Arbeitstage
Rheinland-Pfalz	01.06.2016	760,00	800,00	875,00	35 Stunden	30 Arbeitstage
Sachsen	01.09.2016	674,00	717,00	760,00	35 Stunden	28 Arbeitstage
Sachsen-Anhalt	01.05.2016	757,00	788,00	850,00	35 Stunden	28–30 Arbeitstage*
Thüringen	01.05.2016	650,00	700,00	750,00	35 Stunden	30 Arbeitstage
Westfalen-Lippe	01.05.2016	766,82	825,16	900,18	35 Stunden	30 Arbeitstage

* gestaffelt nach Betriebszugehörigkeit

Anlage 5: Ausbildungsvertrag von Michael Schlotter

Berufsausbildungsvertrag

(§§ 10, 11 Berufsbildungsgesetz – BBiG)

Zwischen dem/der Ausbildenden (Ausbildungsbetrieb)
Öffentlicher Dienst ☐

KNR	IHK-Firmenident-Nr.	Tel.-Nr.
		07031/123456-0

Ausbildungsbetrieb und Anschrift des/der Ausbildenden
Corbus GmbH

Straße, Haus-Nr.
Industriestraße 20

PLZ	Ort
71032	Böblingen

E-Mail-Adresse des/der Ausbildenden (Angabe freiwillig)
claudia.hubert@corbus.de

Verantwortliche/r Ausbilder/in
Claudia Hubert

und dem/der Auszubildenden
männlich ☒ **weiblich** ☐ **unbestimmt** ☐
Berufsausbildung im Rahmen eines dualen Studiums ☐

Name	Vorname
Schlotter	Michael

Straße, Haus-Nr.
Siemensstraße 3

PLZ	Ort
71032	Böblingen

Geburtsdatum	Staatsangehörigkeit
15.04.2000	deutsch

E-Mail-Adresse (Angabe freiwillig)	Mobil-/Tel.-Nr. (Angabe freiwillig)

Gesetzlicher Vertreter[1)]
Eltern

Namen, Vornamen der gesetzlichen Vertreter
Schlotter, Nicole und Uwe

Straße, Haus-Nr.
Siemensstraße 3

PLZ	Ort
71032	Böblingen

wird nachstehender Vertrag zur Ausbildung im Ausbildungsberuf Kaufmann für Büromanagement

mit der Fachrichtung / dem Schwerpunkt / der/den Wahlqualifikation/en / dem/den Wahlbaustein/en etc. **nach Maßgabe der Ausbildungsordnung[2)] geschlossen.**

Änderungen des wesentlichen Vertragsinhaltes sind vom/von der Ausbildenden unverzüglich zur Eintragung in das Verzeichnis der Berufsausbildungsverhältnisse bei der Industrie- und Handelskammer anzuzeigen.

Die beigefügten Angaben zur sachlichen und zeitlichen Gliederung des Ausbildungsablaufs (Ausbildungsplan) sowie die umseitigen Regelungen sind Bestandteil dieses Vertrages.

A Die Ausbildungszeit beträgt nach der Ausbildungsordnung
36 Monate.
☐ Es wird eine Verkürzung der Ausbildungszeit um ___ Monate beantragt
Verkürzungsgrund:

Das Berufsausbildungsverhältnis
beginnt am 01.09.2017 und endet am 31.08.2020.

B Die Probezeit (Nr. 1.2) beträgt 3 Monate.[3)]

C Die Ausbildung findet in [Name/ Anschrift der Ausbildungsstätte(n)]
Industriestraße 20
71032 Böblingen
und den mit dem Betriebssitz für die Ausbildung üblicherweise zusammenhängenden Bau-, Montage- und sonstigen Arbeitsstellen statt.

D Ausbildungsmaßnahmen außerhalb der Ausbildungsstätte(n) sind für den folgenden Zeitraum in der/den folgenden Ausbildungsstätte(n) vorgesehen (hierzu zählen auch Auslandsaufenthalte) (Nr. 3.12):

E Der/Die Ausbildende zahlt dem/der Auszubildenden eine angemessene Vergütung (Nr. 5); diese beträgt zurzeit monatlich brutto

€	€ 850,00	€ 870,00	€ 910,00	
im	ersten	zweiten	dritten	vierten

Ausbildungsjahr.

F Die regelmäßige Ausbildungszeit in Stunden beträgt
täglich[4)] 7,00 und wöchentlich 35,00.
Teilzeitausbildung wird beantragt (Nr. 6.2): ja ☐ nein ☒

G Es besteht ein Urlaubsanspruch

im Kalenderjahr	2017	2018	2019	2020	
Werktage					
Arbeitstage	8,0	30,0	30,0	30,0	

H Der Ausbildungsnachweis wird wie folgt geführt:
schriftlich ☒ elektronisch ☐

I Hinweise auf anzuwendende Tarifverträge und Betriebsvereinbarungen; sonstige Vereinbarungen (Nr. 11):
Es gilt der Tarifvertrag der holzverarbeitenden Industrie.

J Die umseitigen Bestimmungen sind Gegenstand dieses Vertrages und werden anerkannt.

Ort, Datum: Böblingen, 03.11.2016

Der/Die Ausbildende:

Stempel und Unterschrift

Der/Die Auszubildende:

Vor- und Familienname

Der/Die gesetzlichen Vertreter/in des/der Auszubildenden:

Vater und Mutter/Vormund

1) Vertretungsberechtigt sind beide Eltern gemeinsam, soweit nicht die Vertretungsberechtigung nur einem Elternteil zusteht. Ist ein Vormund bestellt, so bedarf dieser zum Abschluss des Ausbildungsvertrages der Genehmigung des Vormundschaftsgerichtes.
2) Solange die Ausbildungsordnung nicht erlassen ist, sind gem. § 104 Abs. 1 BBiG die bisherigen Ordnungsmittel anzuwenden.
3) Die Probezeit muss mindestens einen Monat und darf höchstens vier Monate betragen.
4) Das Jugendarbeitsschutzgesetz sowie für das Ausbildungsverhältnis geltende tarifvertragliche Regelungen und Betriebsvereinbarungen sind zu beachten.

Quelle: Abdruck mit freundlicher Genehmigung des Deutschen Industrie- und Handelskammertages e. V.

Anlage 6: E-Mail-Vorlage

Von ...	**Betriebsrat** <betriebsrat@corbus.de>
An ...	**Michael Schlotter** <michael.schlotter@corbus.de>
Cc ...	
Betreff:	

Prüfungsaufgaben Sommer 2018 (Aufgabe 1, verändert)

Die Papierwerke Häperle GmbH in Heilbronn ist ein mittelständisches Unternehmen welches Papier, Pappe und Büroartikel aller Art herstellt. Das Unternehmen beschäftigt derzeit 400 Mitarbeiter. Alle Beschäftigten haben eine Fünftagewoche. Die Papierwerke Häperle GmbH ist nicht tarifgebunden. Der Wettbewerb auf dem Papiermarkt hat sich verschärft und es drängen zunehmend ausländische Wettbewerber auf den Markt. Sie sind nach Ihrer kaufmännischen Ausbildung als Sachbearbeiter/-in in der Personalabteilung beschäftigt.

1.1 Die Personalleiterin, Frau Vogt, legt Ihnen einen Ausbildungsvertrag zur Überprüfung vor unter der Maßgabe, dass der Ausbildungsvertrag möglichst vorteilhaft für die Papierwerke Häperle GmbH gestaltet sein soll. Außerdem gibt Sie Ihnen zusätzlich die Information über die geltenden tariflichen Ausbildungsvergütungen der Papier erzeugenden Industrie, die von nicht tarifgebundenen Unternehmen maximal um 20 Prozent unterschritten werden dürfen: 947,00 EUR im ersten, 1.013,00 EUR im zweiten und 1072,00 EUR im dritten Lehrjahr.

Nehmen Sie gegebenenfalls Korrekturen vor und begründen Sie diese (**Anlagen 1 und 3**).

1.2 Frau Vogt legt Ihnen zur Bearbeitung eine E-Mail vor.

Formulieren Sie unter Anwendung der rechtlichen Grundlagen eine begründete Antwortmail (**Anlagen 3–5**).

1.3 Heute leiten Sie das Treffen der Auszubildenden. Dort wird über folgenden Fall diskutiert: Herr Strasser, Auszubildender im 3. Lehrjahr, trifft sich nach Arbeitsende noch mit einem Freund aus der Berufsschule in der Stadtbibliothek Heilbronn. Beide wollen dort die anstehende Projektpräsentation für die Berufsschule fertigstellen. Nachdem die beiden die Präsentation fertiggestellt haben, essen sie noch eine Pizza und laufen anschließend zum Parkhaus. Auf der Treppe des Parkhauses rutscht Herr Strasser aus und bricht sich das Bein.

Begründen Sie, welcher Versicherungszweig in diesem Fall zuständig ist, und geben Sie zwei Beispiele, welche Leistungen Herr Strasser erhält.

1.4 Geschäftsführer Häperle kommt in Ihrem Büro vorbei und möchte wissen, welche Aufgaben Sie gerade erledigen. Als Sie ihm berichten, dass Sie sich im Rahmen der Lohnabrechnung mit den Sozialversicherungsbeiträgen beschäftigen, äußert sich Herr Häperle folgendermaßen: „Die hohen Sozialversicherungsbeiträge sind eine unzumutbare Belastung für die Unternehmen!“

Nehmen Sie mithilfe von zwei Argumenten kritisch zu dieser Aussage Stellung.

Anlage 1

Berufsausbildungsvertrag

(§§ 10, 11 Berufsbildungsgesetz – BBiG)

Zwischen dem/der Ausbildenden (Ausbildungsbetrieb)
Öffentlicher Dienst ☐

KNR	IHK-Firmenident-Nr.	Tel.-Nr. 07131/5561-0
Ausbildungsbetrieb und Anschrift des/der Ausbildenden: Papierwerke Häperle GmbH		
Straße, Haus-Nr.: Robert Bosch Straße 3		
PLZ: 74080	Ort: Heilbronn	
E-Mail-Adresse des/der Ausbildenden (Angabe freiwillig): thea.vogt@papierwerke_haeperle.com		
Verantwortliche/r Ausbilder/in: Thea Vogt		

und dem/der Auszubildenden
männlich ☐ **weiblich** ☒ **unbestimmt** ☐
Berufsausbildung im Rahmen eines dualen Studiums ☐

Name: Maier	Vorname: Pia
Straße, Haus-Nr.: Hauptstraße 53	
PLZ: 74177	Ort: Bad Friedrichshall
Geburtsdatum: 26.12.2001	Staatsangehörigkeit: deutsch
E-Mail-Adresse (Angabe freiwillig)	Mobil-/Tel.-Nr. (Angabe freiwillig)
Gesetzlicher Vertreter[1)]: Mutter	
Namen, Vornamen der gesetzlichen Vertreter: Maier, Klara	
Straße, Haus-Nr.: Hauptstraße 53	
PLZ: 74177	Ort: Bad Friedrichshall

wird nachstehender Vertrag zur Ausbildung im Ausbildungsberuf	Kauffrau für Büromanagement
mit der Fachrichtung / dem Schwerpunkt / der/den Wahlqualifikation/en / dem/den Wahlbaustein/en etc. **nach Maßgabe der Ausbildungsordnung[2)] geschlossen.**	

Änderungen des wesentlichen Vertragsinhaltes sind vom/von der Ausbildenden unverzüglich zur Eintragung in das Verzeichnis der Berufsausbildungsverhältnisse bei der Industrie- und Handelskammer anzuzeigen.

Die beigefügten Angaben zur sachlichen und zeitlichen Gliederung des Ausbildungsablaufs (Ausbildungsplan) sowie die umseitigen Regelungen sind Bestandteil dieses Vertrages.

A Die Ausbildungszeit beträgt nach der Ausbildungsordnung 36 Monate.

☐ Es wird eine Verkürzung der Ausbildungszeit um ____ Monate beantragt

Verkürzungsgrund:

Das Berufsausbildungsverhältnis beginnt am 01.09.2018 und endet am 31.08.2021.

B Die Probezeit (Nr. 1.2) beträgt ____ Monate.[3)]

C Die Ausbildung findet in [Name/ Anschrift der Ausbildungsstätte(n)]

Robert Bosch Straße 3
74080 Heilbronn

und den mit dem Betriebssitz für die Ausbildung üblicherweise zusammenhängenden Bau-, Montage- und sonstigen Arbeitsstellen statt.

D Ausbildungsmaßnahmen außerhalb der Ausbildungsstätte(n) sind für den folgenden Zeitraum in der/den folgenden Ausbildungsstätte(n) vorgesehen (hierzu zählen auch Auslandsaufenthalte) (Nr. 3.12):

E Der/Die Ausbildende zahlt dem/der Auszubildenden eine angemessene Vergütung (Nr. 5); diese beträgt zurzeit monatlich brutto

€	€ 695,00	€ 651,00	€ 651,00	
im	ersten	zweiten	dritten	vierten

Ausbildungsjahr.

F Die regelmäßige Ausbildungszeit in Stunden beträgt täglich[4)] 9.00 und wöchentlich 45.00.

Teilzeitausbildung wird beantragt (Nr. 6.2): ja ☐ nein ☒

1) Vertretungsberechtigt sind beide Eltern gemeinsam, soweit nicht die Vertretungsberechtigung nur einem Elternteil zusteht. Ist ein Vormund bestellt, so bedarf dieser zum Abschluss des Ausbildungsvertrages der Genehmigung des Vormundschaftsgerichtes.
2) Solange die Ausbildungsordnung nicht erlassen ist, sind gem. § 104 Abs. 1 BBiG die bisherigen Ordnungsmittel anzuwenden.
3) Die Probezeit muss mindestens einen Monat und darf höchstens vier Monate betragen.
4) Das Jugendarbeitsschutzgesetz sowie für das Ausbildungsverhältnis geltende tarifvertragliche Regelungen und Betriebsvereinbarungen sind zu beachten.

G Es besteht ein Urlaubsanspruch

im Kalenderjahr	2018	2019	2020	2021	
Werktage					
Arbeitstage	7,0	20,0	20,0	20,0	

H Der Ausbildungsnachweis wird wie folgt geführt:
schriftlich ☒ elektronisch ☐

I Hinweise auf anzuwendende Tarifverträge und Betriebsvereinbarungen; sonstige Vereinbarungen (Nr. 11):

Es gilt der Tarifvertrag der holzverarbeitenden Industrie.

J Die umseitigen Bestimmungen sind Gegenstand dieses Vertrages und werden anerkannt.

Ort, Datum: Heilbronn, 01.06.2018

Der/Die Ausbildende:

Stempel und Unterschrift

Der/Die Auszubildende:

Vor- und Familienname

Der/Die gesetzlichen Vertreter/in des/der Auszubildenden:

Vater und Mutter/Vormund

Quelle: Abdruck mit freundlicher Genehmigung des Deutschen Industrie- und Handelskammertages e. V.

Anlage 3

Auszug aus dem Jugendarbeitsschutzgesetz (JArbSchG)

§ 8 Dauer der Arbeitszeit

(1) Jugendliche dürfen nicht mehr als acht Stunden täglich und nicht mehr als 40 Stunden wöchentlich beschäftigt werden.

(2) Wenn in Verbindung mit Feiertagen an Werktagen nicht gearbeitet wird, damit die Beschäftigten eine längere zusammenhängende Freizeit haben, so darf die ausfallende Arbeitszeit auf die Werktage von fünf zusammenhängenden, die Ausfalltage einschließenden Wochen nur dergestalt verteilt werden, dass die Wochenarbeitszeit im Durchschnitt dieser fünf Wochen 40 Stunden nicht überschreitet. Die tägliche Arbeitszeit darf hierbei achteinhalb Stunden nicht überschreiten.

(2a) Wenn an einzelnen Werktagen die Arbeitszeit auf weniger als acht Stunden verkürzt ist, können Jugendliche an den übrigen Werktagen derselben Woche achteinhalb Stunden beschäftigt werden.

[...]

§ 19 Urlaub

(1) Der Arbeitgeber hat Jugendlichen für jedes Kalenderjahr einen bezahlten Erholungsurlaub zu gewähren.

(2) Der Urlaub beträgt jährlich

1. mindestens 30 Werktage, wenn der Jugendliche zu Beginn des Kalenderjahrs noch nicht 16 Jahre alt ist,
2. mindestens 27 Werktage, wenn der Jugendliche zu Beginn des Kalenderjahrs noch nicht 17 Jahre alt ist,
3. mindestens 25 Werktage, wenn der Jugendliche zu Beginn des Kalenderjahrs noch nicht 18 Jahre alt ist.

Jugendliche, die im Bergbau unter Tage beschäftigt werden, erhalten in jeder Altersgruppe einen zusätzlichen Urlaub von drei Werktagen.

[...]

Auszug aus dem Berufsbildungsgesetz (BBiG)

§ 11 Vertragsniederschrift[1]

(1) Ausbildende haben unverzüglich nach Abschluss des Berufsausbildungsvertrages, spätestens vor Beginn der Berufsausbildung, den wesentlichen Inhalt des Vertrages gemäß Satz 2 schriftlich niederzulegen; die elektronische Form ist ausgeschlossen. In die Niederschrift sind mindestens aufzunehmen

1. Art, sachliche und zeitliche Gliederung sowie Ziel der Berufsausbildung, insbesondere die Berufstätigkeit, für die ausgebildet werden soll,
2. Beginn und Dauer der Berufsausbildung,
3. Ausbildungsmaßnahmen außerhalb der Ausbildungsstätte,

---

[1] *Alte Fassung, seit 05.04.2017 neue Fassung.*

4. Dauer der regelmäßigen täglichen Ausbildungszeit,
5. Dauer der Probezeit,
6. Zahlung und Höhe der Vergütung,
7. Dauer des Urlaubs,
8. Voraussetzungen, unter denen der Berufsausbildungsvertrag gekündigt werden kann,
9. ein in allgemeiner Form gehaltener Hinweis auf die Tarifverträge, Betriebs- oder Dienstvereinbarungen, die auf das Berufsausbildungsverhältnis anzuwenden sind.

(2) Die Niederschrift ist von den Ausbildenden, den Auszubildenden und deren gesetzlichen Vertretern und Vertreterinnen zu unterzeichnen.

(3) Ausbildende haben den Auszubildenden und deren gesetzlichen Vertretern und Vertreterinnen eine Ausfertigung der unterzeichneten Niederschrift unverzüglich auszuhändigen.

(4) Bei Änderungen des Berufsausbildungsvertrages gelten die Absätze 1 bis 3 entsprechend.

§ 17 Vergütungsanspruch

(1) Ausbildende haben Auszubildenden eine angemessene Vergütung zu gewähren. Sie ist nach dem Lebensalter der Auszubildenden so zu bemessen, dass sie mit fortschreitender Berufsausbildung, mindestens jährlich, ansteigt.

[...]

§ 20 Probezeit

Das Berufsausbildungsverhältnis beginnt mit der Probezeit. Sie muss mindestens einen Monat und darf höchstens vier Monate betragen.

§ 21 Beendigung

(1) Das Berufsausbildungsverhältnis endet mit dem Ablauf der Ausbildungszeit. Im Falle der Stufenausbildung endet es mit Ablauf der letzten Stufe.

(2) Bestehen Auszubildende vor Ablauf der Ausbildungszeit die Abschlussprüfung, so endet das Berufsausbildungsverhältnis mit Bckanntgabe des Ergebnisses durch den Prüfungsausschuss.

(3) Bestehen Auszubildende die Abschlussprüfung nicht, so verlängert sich das Berufsausbildungsverhältnis auf ihr Verlangen bis zur nächstmöglichen Wiederholungsprüfung, höchstens um ein Jahr.

§ 22 Kündigung

(1) Während der Probezeit kann das Berufsausbildungsverhältnis jederzeit ohne Einhalten einer Kündigungsfrist gekündigt werden.

(2) Nach der Probezeit kann das Berufsausbildungsverhältnis nur gekündigt werden

1. aus einem wichtigen Grund ohne Einhalten einer Kündigungsfrist,
2. von Auszubildenden mit einer Kündigungsfrist von vier Wochen, wenn sie die Berufsausbildung aufgeben oder sich für eine andere Berufstätigkeit ausbilden lassen wollen.

(3) Die Kündigung muss schriftlich und in den Fällen des Absatzes 2 unter Angabe der Kündigungsgründe erfolgen.
(4) Eine Kündigung aus einem wichtigen Grund ist unwirksam, wenn die ihr zugrundeliegenden Tatsachen dem zur Kündigung Berechtigten länger als zwei Wochen bekannt sind. Ist ein vorgesehenes Güteverfahren vor einer außergerichtlichen Stelle eingeleitet, so wird bis zu dessen Beendigung der Lauf dieser Frist gehemmt.

Auszug aus dem Bundesurlaubsgesetz (BUrlG)

§ 3 Dauer des Urlaubs

(1) Der Urlaub beträgt jährlich mindestens 24 Werktage.
(2) Als Werktage gelten alle Kalendertage, die nicht Sonn- oder gesetzliche Feiertage sind.

Anlage 4

Am 02.05.2018 erreichte uns folgende E-Mail:

Von: johanna.frank@papierwerke_haeperle.com

An: thea.vogt@papierwerke_haeperle.com

Betreff: Konsequenz bei Nichtbestehen der Abschlussprüfung

Sehr geehrte Frau Vogt,

wie Sie wissen, stehe ich kurz vor meiner Berufsschulabschlussprüfung zur Fachkraft für Lagerlogistik. Ich habe panische Angst vor der Abschlussprüfung. Ich kann nachts nicht mehr schlafen! Wenn ich durch die Prüfung falle, stehe ich doch mit nichts da. Kann ich diese wiederholen und werde ich dann überhaupt weiterbeschäftigt?

Für Ihre Antwort danke ich Ihnen im Voraus.

Mit freundlichen Grüßen

Johanna Frank
Papierwerke Häperle GmbH
Tel.: 07131/5561-112
Fax: 07131/55611-113
E-Mail: johanna.frank@papierwerke_haeperle.com

Anlage 5

Von: Name des Schülers@papierwerke_haeperle.com

An: johanna.frank@papierwerke_haeperle.com

Betreff:

Mit freundlichen Grüßen

Papierwerke Häperle GmbH
Tel.: 07131/5561-125
Fax: 07131/55611426
E-Mail: Name des Schülers@papierwerke_haeperle.com

Kompetenzbereich II: Wirtschaftliches Handeln in der Sozialen Marktwirtschaft analysieren

1 Wechselseitige Beziehungen der Wirtschaftssubjekte

1.1 Wirtschaftskreislauf

Stofftelegramm

Aufgaben der volkswirtschaftlichen Gesamtrechnung (VGR)

- Die VGR hat das Ziel, ein möglichst umfassendes, übersichtliches, quantitatives Gesamtbild des wirtschaftlichen Geschehens einer Volkswirtschaft zu geben.
- Ermittlung Inlandsprodukt (Wachstum?)
- Erfassung aller volkswirtschaftlich bedeutenden Zahlen
- Informationslieferant für Politiker, Wirtschaftsforschung, Gewerkschaften ...
- Nationaler und internationaler Wohlstandsvergleich wird ermöglicht.

Im Folgenden verwendete Abkürzungen:

E	= Volkseinkommen (= NNEh)	IP	= Inlandsprodukt
C_{pr}	= privater Konsum	NE	= Nationaleinkommen
C_{st}	= Staatskonsum		
I_{br}	= Bruttoinvestitionen		
Ab	= Abschreibungen		
I_n	= Nettoinvestitionen		
T_i	= indirekte Steuern		
Z	= Subventionen		
S_{pr}	= private Ersparnis		
S_{st}	= Staatsersparnis		
Ex	= Exporterlöse		
Im	= Importausgaben		
E_{nu}	= Nichtunternehmereinkommen		
E_u	= Unternehmens- und Vermögenseinkommen		
NIP_h	= Nettoinlandsprodukt zu Herstellungspreisen		
NIP_m	= Nettoinlandsprodukt zu Marktpreisen		
BIP_m	= Bruttoinlandsprodukt zu Marktpreisen		
NNE_h	= Nettonationaleinkommen zu Herstellungspreisen = Volkseinkommen		
NNE_m	= Nettonationaleinkommen zu Marktpreisen		
BNE_m	= Bruttonationaleinkommen zu Marktpreisen		
NPK	= nationales Produktionskonto		
S	**= Saldo der Erwerbs- und Vermögenseinkommen zwischen In- und Ausland**		
	= Einkommen Inländer im Ausland – Einkommen Ausländer im Inland		

Einfacher Wirtschaftskreislauf = stationäre Wirtschaft

Skizze:

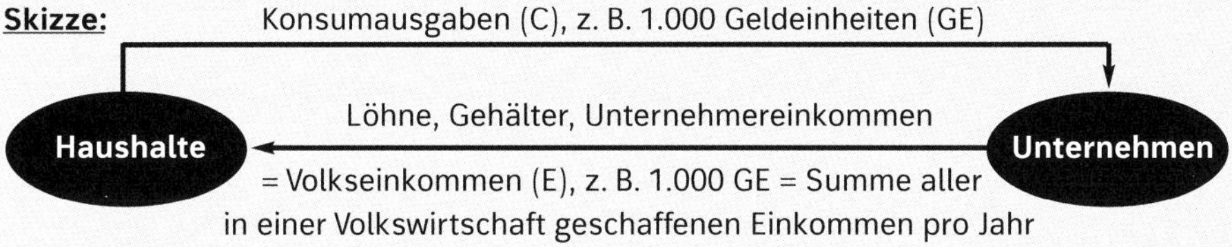

Merkmale stationäre Wirtschaft:
- lediglich Reinvestitionen
- kein Wachstum (keine Nettoinvestit. – keine Kapitalbild.)

Gleichung: **Volkseinkommen E = Konsum C**

Erweiterter Wirtschaftskreislauf = evolutorische Wirtschaft

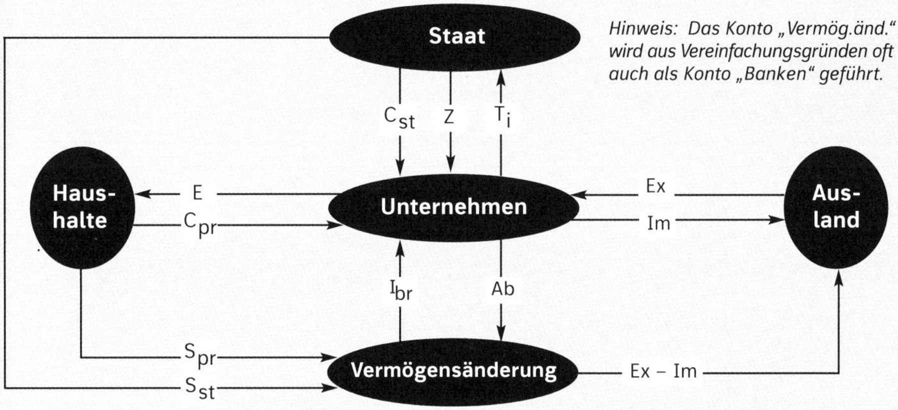

Hinweis: Das Konto „Vermög.änd." wird aus Vereinfachungsgründen oft auch als Konto „Banken" geführt.

Das **nationale Produktionskonto (NPK = Sektor Unternehmen)**

= Zusammenfassung aller GuVs aller Unternehmen eines Landes (vereinfacht formuliert)

Vorleistungen = Verkäufe und Käufe zwischen Unternehmen (Ausnahme: Investitionsgüter = I_{br}); die Summe aller Verkäufe von Vorleistungen entspricht der Summe aller Käufe von Vorleistungen.

A	NPK E
Vorleistungen	Vorleistungen
Ab	I_{br}
$T_i - Z$	C_{pr}
E_{nu}	C_{st}
E_u	$Ex - Im$

Umsatzerlöse
- → der Investitionsgüterindustrie (I_{br})
- → aus Verkäufen an private Haushalte (C_{pr})
- → aus Verkäufen an den Staat (C_{st})
- → aus Exportüberschüssen ($Ex - Im$)

1.2 Bruttoinlandsprodukt als Maß für wirtschaftliche Leistung

Stofftelegramm

Inlandsproduktbegriffe

Begriffe	**Verteilungsrechnung**	**Verwendungsrechnung**
Volkseinkommen = NIP_h	$E_u + E_{nu}$	$I_n + C + (Ex - Im) - (T_i - Z)$
NIP_m	$E_u + E_{nu} + (T_i - Z)$	$I_n + C + (Ex - Im)$
Bruttoinlandsprodukt = BIP_m	$E_u + E_{nu} + (T_i - Z) + Ab$	$I_{br} + C + (Ex - Im)$

Nationaleinkommensbegriffe

Begriffe	**Verteilungsrechnung**	**Verwendungsrechnung**
NNE_h	$E_u + E_{nu}$ **+ S**	$I_n + C + (Ex - Im) - (T_i - Z)$ **+ S**
NNE_m	$E_u + E_{nu} + (T_i - Z)$ **+ S**	$I_n + C + (Ex - Im)$ **+ S**
BNE_m	$E_u + E_{nu} + (T_i - Z) + Ab$ **+ S**	$I_{br} + C + (Ex - Im)$ **+ S**

Bruttoproduktionswert = Summe des Nationalen Produktionskontos = BIP_m + Vorleistungen

Hinweis: Aus dem oben dargestellten NPK können verschiedene volkswirtschaftliche Größen abgeleitet werden. Linke Seite (Ausgaben/Geldabfluss) für die Verteilungsrechnung, rechte Seite (Einnahmen/Geldzufluss) für die Verwendungsrechnung.

Fragestellungen bei der

- **Entstehung des Volkseinkommens: Wo** ist das Volkseinkommen entstanden?

  Antwort: In einzelnen Wirtschaftsbereichen/ Auskunft über den Anteil der einzelnen Wirtschaftsbereiche am Bruttoinlandsprodukt
  → Land- und Forstwirtschaft, Fischerei
  → Produzierendes Gewerbe
  → Dienstleistungsbereiche

- **Verteilung des Volkseinkommens:** An wen wird das Volkseinkommen **verteilt**?

  Antwort: an Nichtunternehmer (E_{nu}) und Unternehmer (E_u)

  (E_u = Unternehmens- und Vermögenseinkommen)

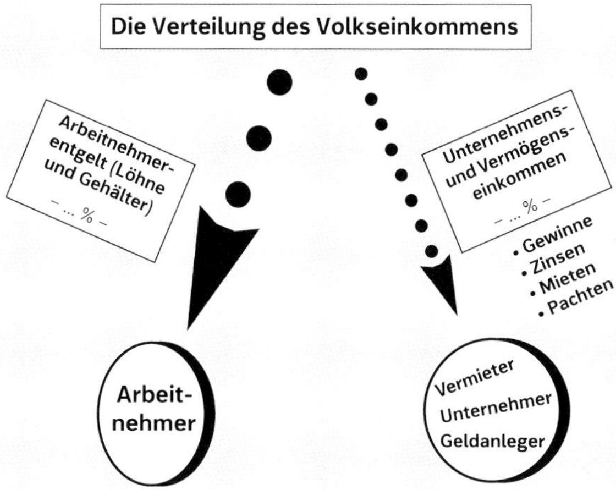

Lohnquote = prozentualer Anteil der Arbeitnehmerentgelte am Volkseinkommen

$$= \frac{\text{Arbeitnehmerentgelt} \cdot 100}{\text{Volkseinkommen}}$$

Gewinnquote = prozentualer Anteil des Unternehmens- und Vermögenseinkommens am Volkseinkommen

$$= \frac{\text{Unternehmens- und Vermögenseinkommen} \cdot 100}{\text{Volkseinkommen}}$$

- **Verwendung des Volkseinkommens: Wie** wird das Volkseinkommen **verwendet**?

Antwort: u. a. für Investitionszwecke (I) und Konsumzwecke (C)

Inlandsprodukt: Wert aller in einem Jahr produzierten entgeltlichen Güter und Dienste einer Volkswirtschaft

Reales IP: Inlandsprodukt nach Herausrechnung der Preissteigerungen. Eine rein rechnerische Erhöhung des IP durch Inflation wird so verhindert.

Nominales IP: Inlandsprodukt – zu tatsächl. Preisen bewertet, also evtl. inflationsverfälscht

Reales Wirtschaftswachstum: Das reale IP ist gestiegen. Es wurde eine tatsächliche Mehrleistung erwirtschaftet.

Nationaleinkommen und Inlandsprodukt (vgl. auch nächste Seite)

Wichtig: Saldo der Primäreinkommen aus der übrigen Welt (S):

S = Einkommen Inländer im Ausland – Einkommen Ausländer im Inland

Nationaleinkommen
= Inlandsprodukt
+ Saldo der Primäreinkommen aus der übrigen Welt

NE = IP + S

Inlandsprodukt
= Nationaleinkommen
– Saldo der Primäreinkommen aus der übrigen Welt

IP = NE – S

NATIONALEINKOMMEN (NE) ↔ INLANDSPRODUKT (IP)

In der Statistik wird seit geraumer Zeit der Begriff **Nationaleinkommen** anstelle des Begriffes **Sozialprodukt** verwendet. Im Folgenden erfolgt eine Gegenüberstellung der Begriffe NE und IP in anschaulicher Form.

Anstelle des Begriffes **Nationaleinkommen** können die Begriffe **Nettonationaleinkommen** bzw. **Bruttonationaleinkommen**, anstelle des Begriffes **Inlandsprodukt** die Begriffe **Nettoinlandsprodukt** bzw. **Bruttoinlandsprodukt** analog verwendet werden.

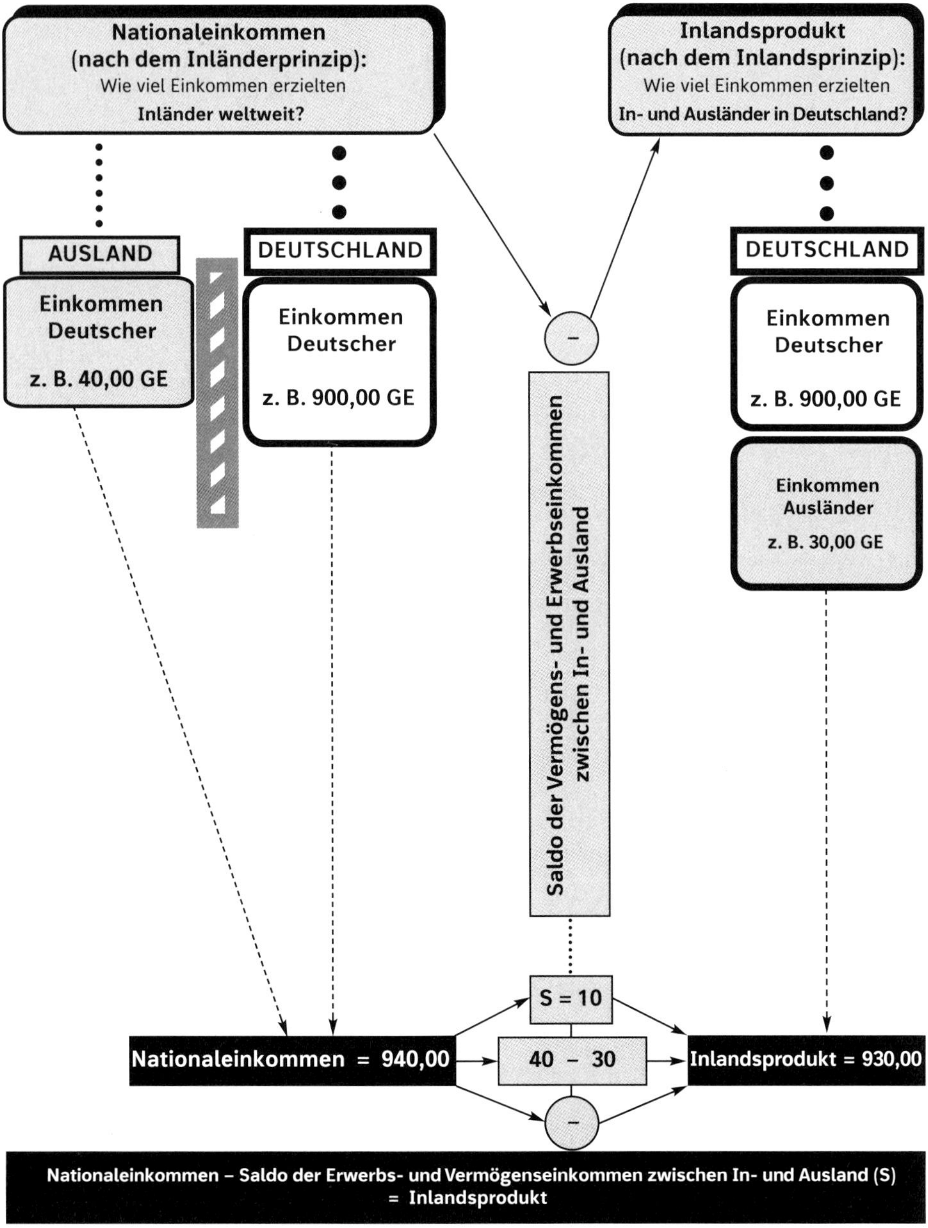

Nationaleinkommen – Saldo der Erwerbs- und Vermögenseinkommen zwischen In- und Ausland (S) = Inlandsprodukt

Bruttonationaleinkommen (BNE) bzw. Bruttoinlandsprodukt (BIP) als
Wohlstandsmaßstab?

BNE bzw. BIP

– soziale Kosten → Müssen von der Gesellschaft getragen werden (Rohstoffabbau, Umweltzerstörung, Krankheiten durch Industrialisierung ...).

– Unfallfolgekosten

+ soziale Leistungen → der Gesellschaft zugutekommende Nutzeffekte (Ausbildungsleistungen der Unternehmen, Nutzung der Infrastruktur ...)

+ sonst. Leistungen → Hausfrauentätigkeiten (Kindererziehung ...), Leistungen der Kleingärtner ...

= korrigiertes BNE bzw. BIP

↓ ↓ ↓ ↓ ↓

Rein **quantitative** Größen! Problem: **Qualitative** Größen (Lebensqualität, Umweltsituation, Einhaltung der Menschenrechte ...) nicht erfassbar!

Alternative Wohlstandsindikatoren (Beispiele)

Der **Human Development Index (HDI = Index der menschlichen Entwicklung)** versucht, den Wohlstand eines Landes oder Gebietes anhand umfassenderer Kriterien zu bemessen. So werden neben dem BIP pro Kopf (Kaufkraft) auch die Lebenserwartung und der Bildungsgrad berücksichtigt.

Der **Index of Sustainable Economic Welfare (ISEW)** berücksichtigt über das BIP hinaus Faktoren wie Einkommensverteilung, unbezahlte Hausarbeit, öffentliche Ausgaben für das Gesundheitswesen, Bildung, Umweltverschmutzung, Ressourcenverbrauch und Kosten des Klimawandels. Der ISEW wurde zum Genuine Progress Indicator (GPI) weiterentwickelt.

1.3 Aufgaben zu den Kapiteln 1.1 und 1.2

1. Unterscheiden Sie zwischen **Brutto-, Netto-** und **Reinvestitionen.**

2. Welche Investitionsart führt zu volkswirtschaftlichem **Wachstum?**

3. Unterscheiden Sie die Begriffe **Anlage-** und **Vorratsinvestition.**

4. Was versteht man unter **einfachem Wirtschaftskreislauf?**

5. Erklären Sie die Begriffe
   a) **Volkseinkommen,**
   b) **Inlandsprodukt,**
   c) **Nationaleinkommen.**

6. Was versteht man unter **Nationalem Produktionskonto?**

7. Welche Sektoren umfasst der **erweiterte Wirtschaftskreislauf?**

8. Welche volkswirtschaftliche Funktion erfüllen die **Banken?**

9. Welcher Unterschied besteht zwischen **stationärer** und **evolutorischer** Wirtschaft?

10. Unterscheiden Sie zwischen **offener** und **geschlossener** Wirtschaft.

11. Was bedeuten folgende Pfeile des Wirtschaftskreislaufs:
    a) den Haushalten zulaufend
    b) von den Haushalten weglaufend
    c) den Unternehmen zulaufend
    d) dem Staat zulaufend
    e) vom Staat weglaufend

12. Skizzieren Sie eine Kreislaufgrafik mit den Sektoren Haushalte, Unternehmen, Staat, Ausland und Vermögensänderung (Banken).

13. a) Worin unterscheiden sich **reales** und **nominales** Inlandsprodukt?
    b) Warum ist es korrekter, die volkswirtschaftliche Entwicklung anhand des realen Inlandsprodukts zu betrachten?

14. Was versteht man unter **Entstehung, Verteilung** und **Verwendung** des Inlandsprodukts?

15. Folgende Zahlen sind gegeben (in Millionen Geldeinheiten):

• Indirekte Steuern:	300
• Bruttoinvestitionen:	282
• Abschreibungen:	145
• Subventionen:	160
• Exporte – Importe:	35
• Unternehmereinkommen:	500
• Privater Konsum:	710
• Staatskonsum:	256
• Nichtunternehmereinkommen:	498

    a) Erstellen Sie eine Kreislaufskizze.
    b) Beurteilen Sie den Sektor Staat.
    c) Ermitteln Sie das Volkseinkommen, Brutto- und Nettoinlandsprodukt zu Marktpreisen nach der Verteilung und Verwendung.

16. Welche **Aufgaben** hat die volkswirtschaftliche Gesamtrechnung?

17. A behauptet, das Volkseinkommen sei um 1 % gestiegen, B spricht von einer Senkung um 2 %. Wieso können beide recht haben?

18. Welche volkswirtschaftliche Situation liegt jeweils vor? Begründung.

    a) Bruttoinvestitionen = 177,00 GE; Abschreibungen = 182,00 GE
    b) Bruttoinvestitionen = 200,00 GE; Abschreibungen = 140,00 GE
    c) Bruttoinvestitionen = 200,00 GE; Abschreibungen = 200,00 GE

19. Das Bruttoinlandsprodukt wird oft als **Wohlstandsindikator** bezeichnet. Nehmen Sie kritisch Stellung.

Test → Volkswirtschaftliche Gesamtrechnung

Punkte

1 Erklären Sie die Begriffe Volkseinkommen und Inlandsprodukt. **2**

2 Welcher grundlegende Unterschied besteht zwischen stationärer und evolutorischer Wirtschaft? **1**

3 Skizzieren Sie eine Kreislaufgrafik mit den Sektoren Haushalte, Unternehmen, Staat, Ausland und Vermögensänderung (Banken). **5**

Abkürzungen:		
E = Volkseinkommen	Ex = Exporterlöse	I_{br} = Bruttoinvestitionen
C_{pr} = privater Konsum	T_i = indirekte Steuern	Im = Importausgaben
C_{st} = Staatskonsum	Z = Subventionen	E_{nu} = Nichtunternehmereinkommen
S_{pr} = private Ersparnis	Ab = Abschreibungen	E_u = Eink. aus Unternehmertätigkeit und Vermögen
S_{st} = Staatsersparnis	I_n = Nettoinvestitionen	NIP_m = Nettoinlandsprodukt zu Marktpreisen
NIP_h = Nettoinlandsprodukt zu Faktorkosten		BIP_m = Bruttoinlandsprodukt zu Marktpreisen

4 Worin unterscheiden sich reales und nominales Inlandsprodukt? **2**

5 Folgende Zahlen sind gegeben (in Millionen Geldeinheiten): **6**

- Indirekte Steuern (T_i): 300
- Abschreibungen (Ab): 145
- Exporte – Importe (Ex-Im): 35
- Privater Konsum (C): 710
- Nichtu'ereinkommen (E_{nu}): 498
- Bruttoinvestitionen (I_{br}): 282
- Subventionen (Z): 160
- Unternehmereinkommen (E_u): 500
- Staatskonsum (C): 256
- Nettoinvestitionen = I_n

Ermitteln Sie das
- Volkseinkommen = Nettoinlandsprodukt zu Faktorkosten (NIP_h),
- Brutto- (BIP_m) und Nettoinlandsprodukt zu Marktpreisen (NIP_m)

nach der Verteilung und Verwendung.

6 Das Bruttoinlandsprodukt wird oft als Wohlstandsindikator bezeichnet. Nehmen Sie kritisch dazu Stellung. **4**

Punktesumme → 20

Notenermittlung: Kreuzen Sie Ihr Ergebnis an (Korrekturanleitung: siehe Lösung).

Punkte:	20	19	18	17	16	15	14	13	12	11	10	9	8	7	6	5	4	3	
Note:	1,0	1,3	1,6	1,9	2,2	2,5	2,7	3,0	3,3	3,6	3,9	4,2	4,5	4,8	5,1	5,4	5,7	6,0	
1. Versuch:																			
2. Versuch:																			
3. Versuch:																			

2 Ordnungsmerkmale der Sozialen Marktwirtschaft

Stofftelegramm

Soziale Marktwirtschaft = Marktwirtschaft unter Verhinderung unsozialer Auswirkungen

Grundgesetz:
- schreibt keine bestimmte Wirtschaftsordnung vor
- enthält einige freiheitliche und soziale Ordnungsvorstellungen, z. B.:
  - Art. 2 Abs. 1: Recht auf freie Entfaltung der Persönlichkeit
  - Art. 12 Abs. 1: freie Berufs- und Arbeitsplatzwahl
  - Art. 14 Abs. 1: Gewährleistung von Eigentum und Erbrecht
  - Art. 14 Abs. 2: Eigentum verpflichtet (Gebrauch i. S. des Gemeinwohls).
  - Art. 20 Abs. 1: Die Bundesrepublik Deutschland ist ein demokratischer und sozialer Bundesstaat.
  - Art. 28 Abs. 1: Verfassungsmäßige Ordnung der Länder muss den Grundsätzen des sozialen Rechtsstaates i. S. des Grundgesetzes entsprechen.

Ordnungsmerkmale der Freien Marktwirtschaft	Einschränkungen der Ordnungsmerkmale in der Sozialen Marktwirtschaft (= Realtyp)
1. Privateigentum an Produktionsmitteln	• Mitbestimmung • z. T. öffentliches Eigentum • Art. 14 GG: Eigentum verpflichtet
2. Vertragsfreiheit	• nichtige und anfechtbare Rechtsgeschäfte • Verbraucherschutz • GWB
3. Gewerbefreiheit	Umwelt- und Verbraucherschutz, Zulassungsvorschriften ...
4. freie Berufswahl	Befähigungsnachweise in bestimmten Berufen
5. Konsumfreiheit	Verbot bestimmter Güter (z. B. Rauschgift)
6. Freihandel	z. B. Verbot von Waffenexporten
7. freie Lohn- und Preisbildung	• marktkonträre Maßnahmen des Staates • Mindestlöhne laut Gesetz (9,19 EUR) und Tarifverträgen
8. keine staatlichen Eingriffe in die Wirtschaft	Eingriffe des Staates (Verhinderung sozialer Härten oder Förderung wirtschaftspolitischer Ziele)

Aufgaben

1. Welcher allgemeine Zusammenhang besteht zwischen den Ordnungsrahmen der freien und jenen der sozialen Marktwirtschaft?

2. Zeigen Sie anhand von je drei Beispielen, wie in einer sozialen Marktwirtschaft folgende Ordnungsmerkmale einer freien Marktwirtschaft eingeschränkt werden:
   a) Privateigentum
   b) Vertragsfreiheit
   c) Gewerbefreiheit

3. Inwiefern unterscheidet sich die Rolle des Staates in der sozialen Marktwirtschaft von jener in der freien Marktwirtschaft?

4. a) Nennen Sie drei Ordnungsmerkmale einer Marktwirtschaft.
   b) Welche Rolle spielt der Staat in einer freien Marktwirtschaft?

5. Im Art. 20 Grundgesetz heißt es:

   „Die Bundesrepublik Deutschland ist ein demokratischer und sozialer Bundesstaat."

   Warum wurde der Begriff sozial in das Grundgesetz ausdrücklich mit aufgenommen?

6. Entscheiden und begründen Sie, ob folgende Maßnahmen dem sozialen Anspruch des Grundgesetzes entsprechen:
   - Wohngeldgewährung
   - Arbeitsbeschaffungsmaßnahmen

7. Wie beurteilen Sie die Forderung nach gesetzlichen Regeln, welche die Unterschreitung der im Tarifvertrag vereinbarten Bedingungen (z. B. Arbeitsentgelte) zulasten der organisierten Arbeitnehmer ermöglichen?

8. Da der Markt allein soziale Sicherheit und Gerechtigkeit nicht herstellen kann, greift der Staat in die Wirtschaftsprozesse ein.
   a) Er will negative soziale Auswirkungen verhindern oder mildern. Nennen Sie vier solcher Maßnahmen.
   b) Ebenso können im Rahmen des Tarifrechts die Sozialpartner autonom Entscheidungen treffen.
      Geben Sie je zwei Beispiele dafür an, dass die Tarifautonomie positive Auswirkungen für die Arbeitnehmer, aber auch negative Folgen für die Gesamtwirtschaft haben kann.
   c) Untersuchen Sie, inwiefern folgende Maßnahmen des Staates mit den Prinzipien der sozialen Marktwirtschaft vereinbar sind.
      ca) Eine Gemeinde möchte das vorhandene Krankenhaus erweitern. Die angrenzenden Grundstückseigentümer sind nicht zum Verkauf bereit und werden enteignet.
      cb) Innerhalb der EU erhalten die Erzeuger bestimmter landwirtschaftlicher Produkte Mindestpreise.
      cc) Mithilfe von Steuertarifen werden Einkommen unterschiedlich besteuert.
      cd) Der Staat stärkt durch Stiftungen den Verbraucherschutz.

3 Kooperation und Konzentration

3.1 Grundlagen

Stofftelegramm

Gesetzliche Grundlagen
- Gesetz gegen Wettbewerbsbeschränkungen (GWB)
- Gesetz gegen den unlauteren Wettbewerb (UWG)

Kooperation
- wirtschaftliche Selbstständigkeit teilweise erhalten
- vertragliche Zusammenarbeit
- Beispiel: Kartelle

Konzentration
- wirtschaftliche Selbstständigkeit aufgegeben
- einheitliche Leitung
- Beispiel: Konzern, Trust (= Fusion = Verschmelzung)

Verbundene Unternehmen
- Mehrheitsbeteiligung (§ 16 AktG)
- Abhängigkeitsverhältnis (§ 17 AktG)
- **Konzerne** (§ 18 AktG)
  - Zusammenschluss von Unternehmen, die **rechtlich selbstständig** bleiben, **wirtschaftlich** jedoch **unselbstständig** sind durch **einheitliche Leitung.**
- wechselseitig beteiligte Unternehmen (§ 19 AktG)

Trust (= Verschmelzung = Fusion): Zusammenschluss von Unternehmen, die **rechtlich und wirtschaftlich unselbstständig** werden.

Es entsteht ein einziges Unternehmen.

Ziele der Kooperation und Konzentration

- Wettbewerbsausschaltung
- Sicherung von Beschaffung und Absatz
- gemeinsame Werbung
- Verbesserung der Konkurrenzfähigkeit gegenüber ausländischen Großunternehmen
- Finanzierungserleichterung für Großprojekte, Forschungs- und Entwicklungsarbeiten
- Kostensenkung (Massenproduktion, Rationalisierung)

Probleme der Kooperation und Konzentration

- Wettbewerbsbeschränkung bzw. Wettbewerbsausschaltung
- überhöhte Preise (Ausschaltung der Preisfunktionen)
- evtl. Angebotsverknappung (verschlechterte Marktversorgung)
- Gefahr des Missbrauchs wirtschaftlicher Macht

• **Horizontaler Zusammenschluss:**	gleiche Produktionsstufe; Bsp.: Kaufhaus – Kaufhaus
• **Vertikaler Zusammenschluss:**	aufeinanderfolgende Produktionsstufen; Bsp.: Autofabrik – Autohandel
• **Anorganischer Zusammenschluss:**	branchenfremder Zusammenschluss; Bsp.: Kaufhaus – Autofabrik

3.2 Kartell und Kartellverbot

Stofftelegramm

Ein Kartell liegt vor, wenn die Zusammenarbeit rechtlich selbstständig bleibender Unternehmen zur Einschränkung des Wettbewerbs führt.

Gesetzliche Grundlage: Gesetz gegen Wettbewerbsbeschränkungen – GWB (7. GWB-Novelle)

Kartellarten

Preiskartell	Einheitspreis oder Mindestpreis Spezialfall: **Submissionskartell** (s. u.)
Submissionskartell	Vereinbarung von Preisuntergrenzen bzw. Festlegung des zum Zuge kommenden Kartellmitglieds bei öffentlichen Ausschreibungen
Kalkulationskartell	einheitliche Kalkulationssätze
Kontingentierungskartell	(„Kontingent“ = Auflage) • **Gebietskartell:** Aufteilung der Absatzgebiete • **Quotenkartell:** Zuteilung von Produktionsquoten
Konditionenkartell	einheitliche Geschäfts-, Liefer- und Zahlungsbedingungen
Rabattkartell	einheitliche Verkaufsrabatte
Rationalisierungskartell	• **Normenkartell:** einheitliche Normung • **Typenkartell:** einheitliche Typung • **Spezialisierungskartell:** Firmen spezialisieren sich. • **Einkaufssyndikat:** gemeinsamer Einkauf • **Verkaufssyndikat:** gemeinsamer Verkauf
Import- bzw. Exportkartell	Zusammenschluss zwecks gemeinsamer Ein- bzw. Ausfuhr

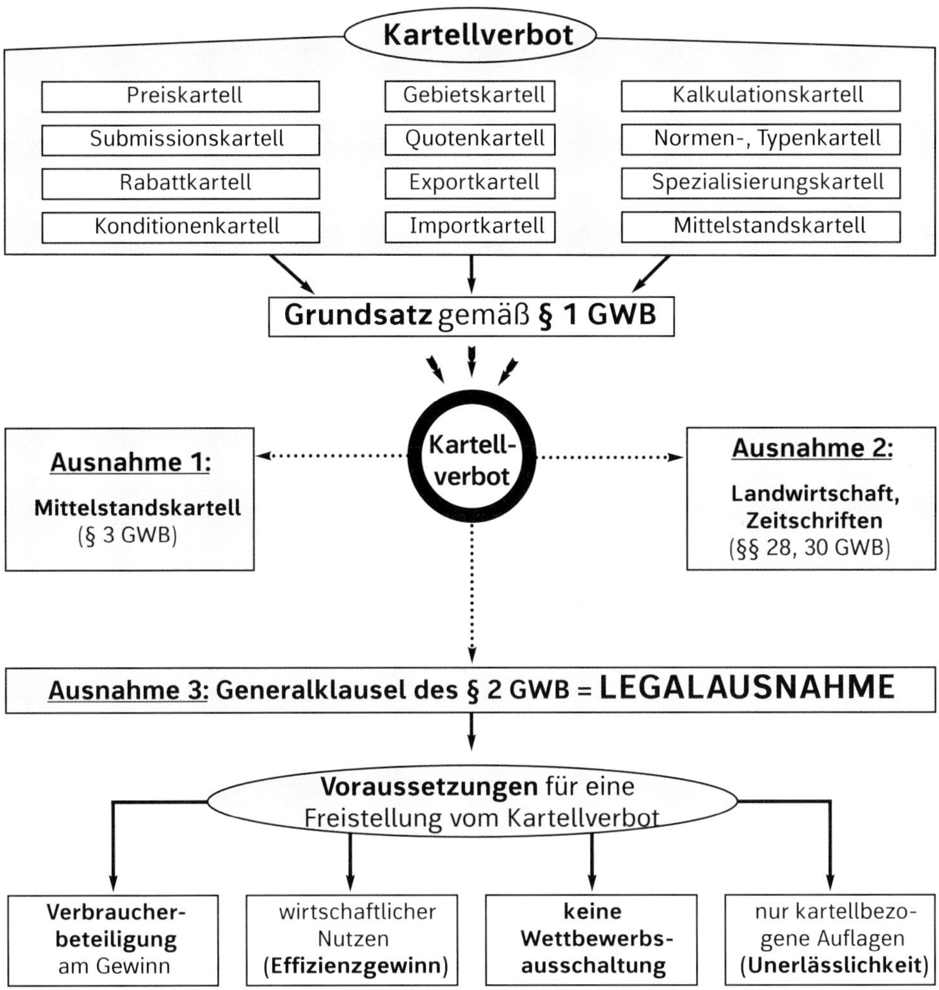

Kartellverbot
Preiskartell
Gebietskartell
Kalkulationskartell
Submissionskartell
Quotenkartell
Normen-, Typenkartell
Rabattkartell
Exportkartell
Spezialisierungskartell
Konditionenkartell
Importkartell
Mittelstandskartell
Grundsatz gemäß § 1 GWB
Kartell-verbot
Ausnahme 1:
Mittelstandskartell
(§ 3 GWB)
Ausnahme 2:
Landwirtschaft, Zeitschriften
(§§ 28, 30 GWB)
Ausnahme 3: Generalklausel des § 2 GWB = LEGALAUSNAHME
Voraussetzungen für eine Freistellung vom Kartellverbot
Verbraucherbeteiligung am Gewinn
wirtschaftlicher Nutzen (Effizienzgewinn)
keine Wettbewerbsausschaltung
nur kartellbezogene Auflagen (Unerlässlichkeit)

Kartelle: Betr. § 2 GWB

Im Zusammenhang mit der
Prüfung der Voraussetzungen für eine Freistellung vom Kartellverbot gemäß § 2 GWB
ist folgende **Frage** zu beantworten:

Sind die positiven Wirkungen für die kooperierenden Unternehmen, für den Wettbewerb insgesamt und damit für die Verbraucher größer als die wettbewerbsbeschränkenden Wirkungen?

in Kurzform

Verbrauchervorteil > Kooperationsvorteil?

JA → **„gutes Kartell“**

Voraussetzungen des § 2 GWB erfüllt → erlaubt ohne Genehmigung

= Ausnahmetatbestand des § 2 GWB

= **LEGALAUSNAHME**

NEIN → **„böses Kartell“**

→ = verboten (nichtig)

3.3 Staatliche Wettbewerbspolitik

Stofftelegramm

Ordnung spolitische Maßnahmen

Staatliche Wettbewerbspolitik

- Gesetzliche Grundlage: GWB
- Kartellrecht (Kartelle grundsätzlich verboten; Legalausnahme: s. o.)
- Fusionskontrolle (s. u.)
- Missbrauchsaufsicht (s. u.)

Verbraucherschutz

Gesetzliche Grundlagen:

- UWG
- Abzahlungsgesetz
- AGB (vgl. §§ 305–310 BGB)
- BGB (Gewährleistungen ...)
- Widerruf von Haustürgeschäften (§ 312 BGB)
- Verbraucherkredite (§§ 488–507 BGB)

Dem **Bundeskartellamt** obliegen die Missbrauchsaufsicht und Fusionskontrolle.

Missbrauchsaufsicht:
Verhinderung des Missbrauchs einer bestehenden marktbeherrschenden Stellung. Zum Beispiel: Monopolist verlangt völlig überhöhte Preise, zwingt andere zu nachteiligen Geschäftsbedingungen etc. Eine marktbeherrschende Stellung liegt vor, wenn ein Unternehmen einen Marktanteil von mehr als 40 % hat.

Fusionskontrolle (Zusammenschlusskontrolle):
Zum Beispiel: Erwerb eines kompletten anderen Unternehmens oder eines großen Teils der Anteile. Anzeigepflicht von Unternehmenszusammenschlüssen (§ 39 GWB) vor der Durchführung. Falls im letzten Geschäftsjahr die Unternehmen zusammen weltweit 500 Millionen EUR und mind. ein beteiligtes Unternehmen im Inland 25 Millionen EUR Umsatzerlöse erzielten, gilt das GWB: Kartellamt untersagt Fusion, wenn marktbeherrschende Stellung entsteht oder verstärkt wird; Ausnahmen gemäß § 36 Abs. 1 GWB sind dann möglich, wenn die durch den Zusammenschluss eintretenden Wettbewerbsbedingungen die Nachteile der Marktbeherrschung überwiegen.
Auch möglich (bei überragendem Interesse der Allgemeinheit): Auf Antrag kann der Bundesminister für Wirtschaft ein Verbot „überstimmen“ und die Erlaubnis erteilen.

3.4 Aufgaben zu den Kapiteln 3.1–3.3

1. Unterscheiden Sie die Begriffe Kooperation und Konzentration. Nennen Sie je ein Beispiel.

2. Nennen Sie fünf Ziele der Kooperation und Konzentration.

3. Welche Probleme resultieren aus Konzentrationstendenzen?

4. Erklären Sie die Begriffe horizontaler, vertikaler und anorganischer Zusammenschluss. Notieren Sie je ein Beispiel.

5. Definieren Sie den Begriff Kartell.

6. Beschreiben Sie kurz folgende Kartellarten: Preiskartell, Submissionskartell.

7. a) Welche grundsätzliche Regelung gilt für Kartelle?
   b) Erklären Sie den Begriff „Legalausnahme".

8. Welche Hauptaufgaben hat das Bundeskartellamt?

9. a) Was versteht man unter einem Konzern?
   b) Welche Voraussetzung ist hier von entscheidender Bedeutung?

10. Was versteht man unter einem Trust? Welche weiteren Begriffe sind hierfür üblich?

11. Beschreiben Sie zwei Möglichkeiten des Kartellamts, die zunehmende Kooperation und Konzentration zu überwachen.

12. „Strategische Allianzen (zunehmende Konzentrationsprozesse) werden in einigen Branchen als betriebswirtschaftlich notwendig angesehen." Schildern Sie zwei mögliche positive Auswirkungen aus volkswirtschaftlicher Sicht.

4 Markt und Preis

4.1 Markt und Marktformen

Stofftelegramm

Marktarten → Unterteilung nach der:

- „Vollkommenheit" des Marktes: vollkommener, unvollkommener Markt (s. u.)
- **Zahl der Marktteilnehmer**

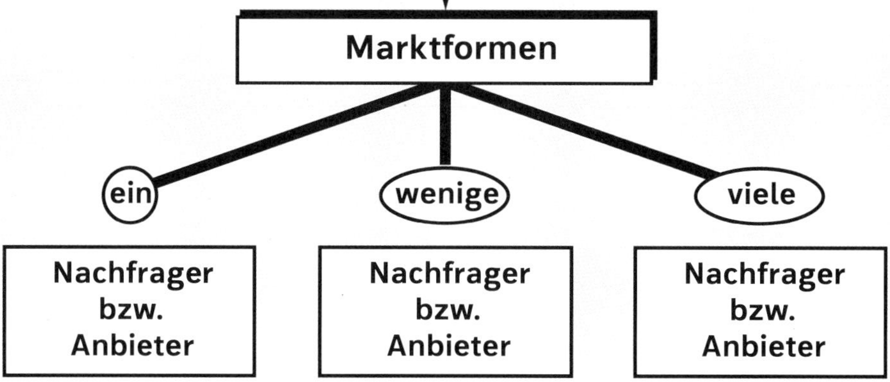

Vereinfachtes Marktformenschema

Nachfrager / Anbieter	**viele**
einer	Angebots**monopol**
wenige	Angebots**oligopol**
viele	**Polypol** (vollständige Konkurrenz)

Das (ausführliche) Marktformenschema

		NACHFRAGER		
		einer	wenige	viele
ANBIETER	einer	zweiseitiges Monopol	Angebotsmonopol mit oligopolistischer Nachfrage	Angebotsmonopol
	wenige	Nachfragemonopol mit oligopolistischem Angebot	zweiseitiges Oligopol	Angebotsoligopol
	viele	Nachfragemonopol	Nachfrageoligopol	zweiseitiges Polypol

Aufgaben

1. Was ist ein Markt?
2. Welche Hauptfunktion (Hauptaufgabe) hat der Markt?
3. Erklären Sie kurz die Begriffe: a) Polypol b) Oligopol c) Monopol
4. Ordnen Sie nachfolgend aufgeführte Produkte den einzelnen Marktformen zu.
   a) Kleidung b) patentierter Vergaser c) Autos d) Möbel e) Benzin
5. Erklären Sie den Zusammenhang zwischen Marktteilnehmerzahl und Marktstärke.
6. Ordnen Sie die Anbieter folgender Marktformen nach ihrer Marktmacht (der „Stärkste" ist an erster Stelle zu nennen): Polypol, Angebotsmonopol, Angebotsoligopol
7. Zeitungsnotiz: „Zunehmende Konzentration in der deutschen Wirtschaft." Erklären Sie den Sachverhalt.
8. Nennen Sie je zwei typische Beispiele für ein
   a) Angebotsmonopol,
   b) Angebotsoligopol,
   c) Polypol.

Test → **Preisbildung: Die Marktformen**

Punkte

1 Erklären Sie kurz die Begriffe a) Polypol,
b) Oligopol,
c) Monopol.
— 3

2 Nennen Sie je zwei typische Beispiele aus der Praxis für folgende Marktformen:

a) Angebotsmonopol

b) Angebotsoligopol

c) Polypol (vollständige Konkurrenz)
— 6

3 Erklären Sie den Zusammenhang zwischen

- **Marktteilnehmerzahl** und
- **Marktstärke.**

— 3

Punktesumme → 12

Notenermittlung: Kreuzen Sie Ihr Ergebnis an (Korrekturanleitung: siehe Lösung).

Punkte ➤	12	11	10	9	8	7	6	5	4	3	2	1
Note ➤	1,0	1,5	2,0	2,5	3,0	3,5	4,0	4,5	5,0	5,5	6,0	6,0
1. Versuch ➤												
2. Versuch ➤												
3. Versuch ➤												

4.2 Bestimmungsgründe: Nachfrage und Angebot

Stofftelegramm

Bestimmungsfaktoren

Nachfrage

- **Preis**
- Bedürfnisse
- Nachfragerzahl
- Preise anderer Güter
- Einkommen
- Vermögen
- Zukunftserwartungen

Angebot

- **Preis**
- Kosten
- Kapazitäten
- Anbieterzahl
- Konkurrenz
- Konjunktur
- Zukunftserwartungen

Kurvenverläufe

Vereinfachende Annahmen:

- Nachfrage- und Angebotsmenge hängen allein vom **Preis** ab.
- Alle anderen Bestimmungsfaktoren bleiben (zunächst) konstant.

Nachfragekurve

Preis

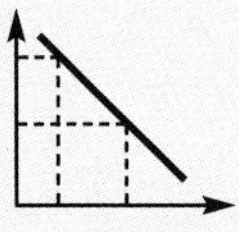

Nachfragemenge

Bewegungen auf der Kurve

Angebotskurve

Preis

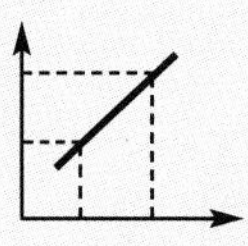

Angebotsmenge

Gesetz der Nachfrage:

Preis sinkt – N'menge steigt

Preis steigt – N'menge sinkt

Gesetz des Angebots:

Preis steigt – A'menge steigt

Preis sinkt – A'menge sinkt

Kurvenverschiebungen

Wenn sich eine der oben konstant gesetzten Bestimmungsfaktoren ändert (z. B. Zukunftserwartungen).

↓ **Nachfragekurve** ↓ **Angebotskurve**

Unelastische(s) Nachfrage (Angebot):

↓

Eine Preisänderung bewirkt nur eine verhältnismäßig geringe Nachfrage- bzw. Angebotsmengenänderung (z. B. Nachfrage bei Gütern auf die kaum verzichtet werden kann wie Strom, Insulin etc.).

Elastische(s) Nachfrage (Angebot):

↓

Eine Preisänderung bewirkt eine verhältnismäßig große Nachfrage- bzw. Angebotsmengenänderung.

Substitutionsgüter: Güter, die sich durch andere ersetzen lassen (austauschbar);
Bsp.: Butter – Margarine, Holz – Kunststoff ...
Preis Gut **A** sinkt, Nachfrage nach Gut **B** sinkt; (Nachfr. nach A steigt).

Komplementärgüter: sich ergänzende Güter (nur gleichzeitig nutzbar);
Bsp.: Lampe – Birne, Auto – Reifen ...
Preis Gut **A** sinkt, Nachfrage nach Gut **B** (und A) steigt.

Aufgaben

1. Erklären Sie die Begriffe individuelle Nachfrage und Marktnachfrage.

2. Wovon hängt die Nachfrage nach einem Gut ab? Nennen Sie mindestens vier Bestimmungsgründe.

3. Welche vereinfachende Unterstellung wird bei der Betrachtung der Nachfragekurve (ohne Verschiebungen) vorgenommen?

4. Wie lautet die Fragestellung, die zum Verlauf der Nachfragekurve führt?

5. a) Formulieren Sie das Gesetz der Nachfrage.
   b) Skizzieren Sie die Nachfragekurve.

6. a) Wie kann man den Verlauf der Marktnachfragekurve für ein bestimmtes Gut ermitteln?
   b) Sind die Ermittlungsergebnisse eindeutig? Begründung.

7. Wann verschiebt sich die Nachfragekurve allgemein?

8. Wann verschiebt sich die Nachfragekurve nach rechts (mindestens drei Beispiele)?

9. Wann verschiebt sich die Nachfragekurve nach links (mindestens drei Beispiele)?

10. Was versteht man unter
    a) Komplementärgütern,
    b) Substitutionsgütern (je zwei Beispiele)?

11. Wie reagiert die Nachfrage nach Butter, wenn
    a) der Butterpreis sinkt,
    b) der Margarinepreis steigt?

12. Wie reagiert die Nachfrage nach Autoreifen, wenn die Autopreise erheblich steigen?

13. Wie reagiert die Nachfrage nach Gut A, wenn der Preis des Komplementärgutes B
    a) steigt,
    b) fällt?

14. Wie reagiert die Nachfrage nach Gut A, wenn der Preis des Substitutionsgutes B
    a) steigt,
    b) fällt?

15. a) Wie wirken pessimistische Zukunftserwartungen (Angst vor Arbeitslosigkeit, Einkommenssenkungen) auf die Nachfrage?
    b) Skizzieren Sie den Sachverhalt in einem Koordinatensystem.

16. a) Wie wirkt die Erwartung erheblich steigender Preise auf die gegenwärtige Nachfrage?
    b) Skizzieren Sie den Sachverhalt in einem Koordinatensystem.

17. Wie entwickelt sich die Nachfrage nach Insulin (Medikament für Zuckerkranke) bei steigendem Preis? (Begründung und Skizze)

18. Erklären Sie den Ausnahmefall, dass ein höherer Preis eines Gutes eine höhere Nachfrage nach sich zieht.

19. Nennen Sie die vier Nachfragergruppen einer Volkswirtschaft. Wie wird deren Nachfrage jeweils bezeichnet?

20. Erklären Sie die volkswirtschaftliche Bedeutung der Gesamtnachfrage eines Landes.

21. Erklären Sie rückblickend folgende Zeitungsnotiz:
    „Die deutsche Wirtschaft erwartet Impulse in Form von kräftigen Nachfrageschüben, ausgelöst durch die Erweiterung der EU."

22. Erklären Sie die Begriffe individuelles Angebot und Marktangebot.

23. Wovon hängt das Angebot eines Gutes ab? Nennen Sie mindestens vier Bestimmungsgründe.

24. Welche vereinfachende Unterstellung wird bei der Betrachtung der Angebotskurve (ohne Kurvenverschiebungen) vorgenommen?

25. Wie lautet die Fragestellung, die zum Verlauf der Angebotskurve führt?

26. a) Formulieren Sie das Gesetz des Angebots.
    b) Skizzieren Sie die Angebotskurve.

27. Wann verschiebt sich die Angebotskurve allgemein?

28. Wann verschiebt sich die Marktangebotskurve nach rechts? Nennen Sie mindestens drei Beispiele.

29. Wann verschiebt sich die Marktangebotskurve nach links? Nennen Sie mindestens drei Beispiele.

30. a) Welchen Einfluss haben steigende Kosten auf das Gesamtangebot?
    b) Skizzieren Sie den Sachverhalt in einem Koordinatensystem.

31. Ein Anbieter rationalisiert. Welchen Einfluss hat dies auf den Verlauf seiner Angebotskurve?

32. Welche Güter wird ein Unternehmer, der nach dem erwerbswirtschaftlichen Prinzip handelt, bevorzugt anbieten?

33. Erklären Sie folgendes Zitat: „In marktwirtschaftlich orientierten Wirtschaftssystemen herrscht Konsumentensouveränität."

34. a) Skizzieren Sie den Verlauf der Angebotskurve eines Anbieters, der seine Produkte zu jedem Preis anbietet (vollkommen unelastisches Angebot).
    b) Nennen Sie ein praktisches Beispiel für die genannte Situation.

Test → Preisbildung: Die Nachfrage

Punkte

1 Wovon hängt die Nachfrage nach einem Gut ab?
Nennen Sie vier Bestimmungsfaktoren. — 2

2 Welche vereinfachende Unterstellung wird bei der Betrachtung der Nachfragekurve (ohne Kurvenverschiebungen) vorgenommen? — 2

3 a) Formulieren Sie das Gesetz der Nachfrage.

b) Skizzieren Sie die Nachfragekurve. — 2

4 Wann verschiebt sich die Nachfragekurve allgemein? — 2

5 Wann verschiebt sich die Nachfragekurve nach rechts?

Nennen Sie drei Beispiele. — 3

6 In einer Volkswirtschaft verbreiten sich pessimistische Zukunftserwartungen (Angst vor Arbeitslosigkeit und Einkommenssenkungen).

Skizzieren Sie die Auswirkungen auf die Nachfrage in einem Koordinatensystem. — 1

Punktesumme → 12

Notenermittlung: Kreuzen Sie Ihr Ergebnis an (Korrekturanleitung: siehe Lösung).

Punkte ➤	12	11	10	9	8	7	6	5	4	3	2	1
Note ➤	1,0	1,5	2,0	2,5	3,0	3,5	4,0	4,5	5,0	5,5	6,0	6,0
1. Versuch ➤												
2. Versuch ➤												
3. Versuch ➤												

Test ➤ Preisbildung: Das Angebot

Punkte

1 Wovon hängt das Angebot eines Gutes ab?
Nennen Sie vier Bestimmungsfaktoren. — 2

2 Welche vereinfachende Unterstellung wird bei der Betrachtung der Angebotskurve (ohne Kurvenverschiebungen) vorgenommen? — 2

3 a) Formulieren Sie das Gesetz des Angebots.

b) Skizzieren Sie die Angebotskurve. — 2

4 Wann verschiebt sich die Angebotskurve allgemein? — 2

5 Wann verschiebt sich die Marktangebotskurve nach rechts?
Nennen Sie zwei Beispiele. — 2

6 a) Welchen Einfluss haben steigende Kosten auf das Gesamtangebot?

b) Skizzieren Sie den Sachverhalt in einem Koordinatensystem. — 2

Punktesumme → 12

Notenermittlung: Kreuzen Sie Ihr Ergebnis an (Korrekturanleitung: siehe Lösung).

Punkte ➤	12	11	10	9	8	7	6	5	4	3	2	1
Note ➤	1,0	1,5	2,0	2,5	3,0	3,5	4,0	4,5	5,0	5,5	6,0	6,0
1. Versuch ➤												
2. Versuch ➤												
3. Versuch ➤												

4.3 Die Marktpreisbildung

4.3.1 Vollkommener und unvollkommener Markt

Stofftelegramm

Vollkommener Markt — **Bedingungen** — **Unvollkommener Markt**

Vollkommener Markt:

- keine räumlichen Unterschiede (Punktmarkt)
- keine sachlichen Unterschiede (homogene Güter)
- keine persönlichen Unterschiede (keine Präferenzen)
- keine zeitlichen Unterschiede (gleiche Lieferfristen)
- vollkommene Markttransparenz (Marktübersicht), somit unendlich schnelle Reaktionsgeschwindigkeit der Marktteilnehmer bei Änderungen

Folge: Einheitspreis für ein Gut (Bsp. Börse)

Unvollkommener Markt:

Mindestens eine der Bedingungen des vollkommenen Marktes ist nicht erfüllt.

Folge: verschiedene Preise für ein Gut

Aufgaben

1. Nennen Sie die Bedingungen des vollkommenen Marktes.
2. Wann liegt ein unvollkommener Markt vor?
3. Welche Folge hat das Vorliegen eines vollkommenen Marktes für die Preise? Begründung.
4. Erklären Sie kurz folgende Begriffe:
   a) Homogenität der Güter
   b) transparenter Markt
   c) Punktmarkt
   d) Präferenzen
5. Ein bestimmter unvollkommener Markt unterscheidet sich vom vollkommenen Markt lediglich durch das Fehlen der Markttransparenz. Wie wird sich dieser Markt im Zeitverlauf entwickeln?
6. Der vollkommene Markt ist ein seltener Ausnahmefall. Warum wird er dennoch in der Volkswirtschaftslehre intensiv analysiert?
7. Welcher Markt kommt in der Wirklichkeit dem vollkommenen Markt am nächsten?

8. Begründen Sie, ob folgende Güter auf einem vollkommenen oder unvollkommenen Markt angeboten werden.
   a) Käse (Käsebörse Kempten)
   b) Benzin an Tankstellen
   c) Wein in einem Weinlokal
   d) Äpfel auf dem Wochenmarkt
   e) Wertpapiere an der Frankfurter Wertpapierbörse

9. Welche Bedingungen des vollkommenen Marktes sind in folgenden Fällen nicht erfüllt?
   a) Sepp Herzlieb kauft für seine Freundin Frieda Flitter die Pralinenschachtel „Rotes Herz".
   b) Die Lahm GmbH liefert Draht innerhalb von acht Wochen, die Flott & Co. innerhalb von 14 Tagen.
   c) Franz Dusel bietet seine Bratwürste an einem Würschtlstand in der belebten Fußgängerzone von Stuttgart an, während Mizzi Dämel ihre Würstchen in einer Nebengasse am Stadtrand feilbietet.
   d) Ignazius Wild trinkt regelmäßig sein Bier in der Gastwirtschaft „Rote Rose", um mit der hübschen Bedienung Lollo ins Gespräch zu kommen.

10. Warum ist die Wertpapierbörse ein (nahezu) vollkommener Markt?

11. Welche der folgenden Aussagen sind richtig?
   a) Bei Fehlen von persönlichen, räumlichen, sachlichen und zeitlichen Unterschieden liegt ein vollkommener Markt vor.
   b) Bei unvollkommener Markttransparenz liegt ein zeitweise (temporär) unvollkommener Markt vor.
   c) Ein vollkommener Markt liegt nur vor, wenn alle 5 Bedingungen gleichzeitig erfüllt sind.
   d) Ein unvollkommener Markt liegt nur vor, wenn alle Bedingungen des vollkommenen Marktes nicht erfüllt sind.
   e) Bei Vorliegen eines Punktmarktes ist stets ein vollkommener Markt gegeben.
   f) Beim vollkommenen Markt sind die Preise der Anbieter gleich.
   g) Vollkommene Märkte gibt es in der Realität nur annäherungsweise.

Test

Preisbildung: Vollkommener und unvollkommener Markt

Punkte

1 Nennen Sie die Bedingungen des vollkommenen Marktes. — 2,5

2 Wann liegt ein unvollkommener Markt vor? — 1

3 Welche Folge hat das Vorliegen eines vollkommenen Marktes für die Preise? Begründung. — 3

4 Der vollkommene Markt ist ein seltener Ausnahmefall. Warum wird er dennoch in der Volkswirtschaftslehre intensiv analysiert? — 2

5 Welcher Markt kommt in der Wirklichkeit dem vollkommenen Markt am nächsten? — 1

6 Werden folgende Güter auf einem vollkommenen oder unvollkommenen Markt angeboten? — 2,5

a) Käse an der Käsebörse
b) Benzin an Tankstellen
c) Wein in einem Weinlokal
d) Äpfel auf dem Wochenmarkt
e) Wertpapiere an der Frankfurter Wertpapierbörse

Punktesumme → 12

Notenermittlung: Kreuzen Sie Ihr Ergebnis an (Korrekturanleitung: siehe Lösung).

Punkte ➤	12	11	10	9	8	7	6	5	4	3	2	1
Note ➤	1,0	1,5	2,0	2,5	3,0	3,5	4,0	4,5	5,0	5,5	6,0	6,0
1. Versuch ➤												
2. Versuch ➤												
3. Versuch ➤												

4.3.2 Polypol – vollkommener Markt

Stofftelegramm

Ermittlung von Gesamtnachfrage und Gesamtangebot

Kaufaufträge:	**A**bold	10 Stück zu	20,00 EUR höchstens
	Beiler	5 Stück zu	25,00 EUR höchstens
	Christ	13 Stück zu	30,00 EUR höchstens
	Damm	6 Stück zu	35,00 EUR höchstens
Verkaufsaufträge:	**E**rl	7 Stück zu	20,00 EUR mindestens
	Frick	7 Stück zu	25,00 EUR mindestens
	Galle	5 Stück zu	30,00 EUR mindestens
	Hotz	15 Stück zu	35,00 EUR mindestens

Preis (in Euro)	Nachfrage	Angebot
20,00	A, B, C, D 34	E 7
25,00	B, C, D 24	E, F 14
30,00	C, D 19	E, F, G 19
35,00	D 6	E, F, G, H 34

Nachfrage: **sinkt mit steigendem Preis**

Angebot: **steigt mit steigendem Preis**

Preisbildungsmodell

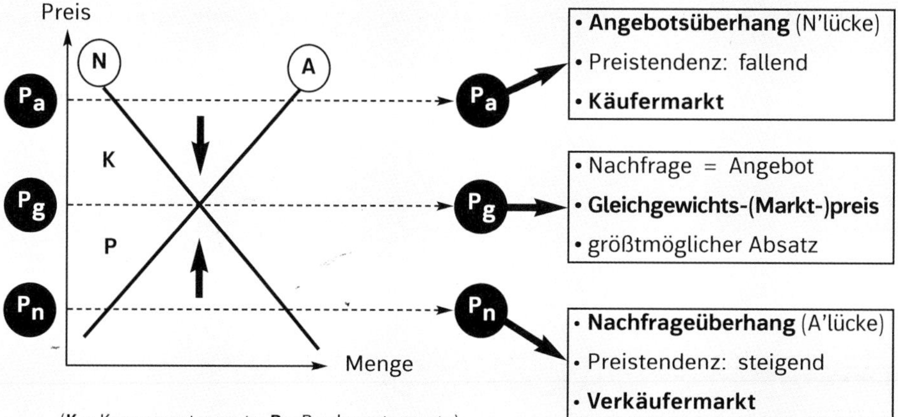

(**K** = Konsumentenrente; **P** = Produzentenrente)

Verhalten des Polypolisten:

- keine Preispolitik möglich; Gleichgewichtspreis gilt für alle! Preis = „Datum" (für alle Marktteilnehmer vorgegeben)
- Zum festen Gleichgewichtspreis wird die Menge angeboten, bei der er sein Gewinnmaximum erzielt (Kapazitätsgrenze).

Der Preismechanismus

Nachfrage steigt

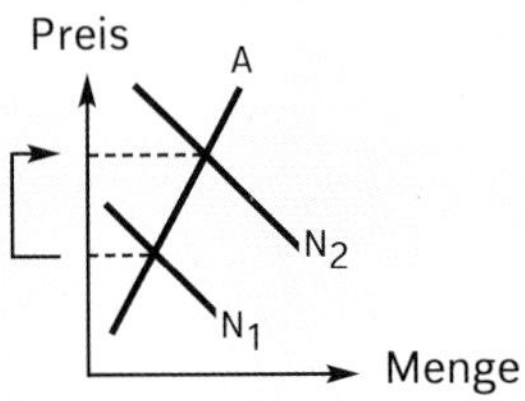

Angebot steigt

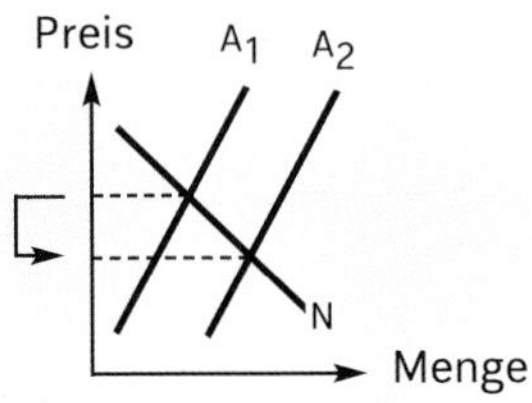

A + N steigen im gleichen Umfang.

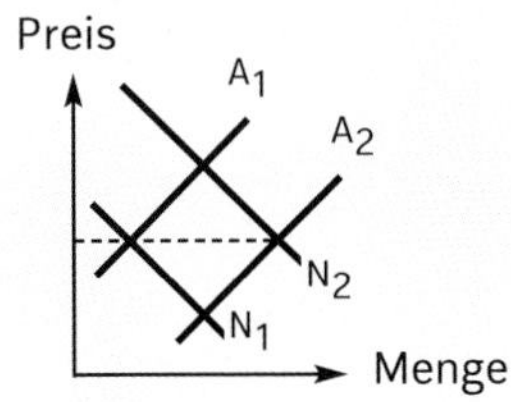

Funktionen (= Aufgaben) des Preises

Ausgleichsfunktion
- → Ausgleich von Angebot und Nachfrage
- → Der Preis „räumt den Markt".

Signalfunktion
- → Preissteigerungen signalisieren:

  Das Gut ist relativ knapper geworden (weniger Angebot bei gleicher Nachfrage oder mehr Nachfrage bei gleichem Angebot).
- → Preissenkungen signalisieren:

  Das Gut ist relativ weniger knapp geworden (mehr Angebot bei gleicher Nachfrage oder weniger Nachfrage bei gleichem Angebot).

Lenkungsfunktion
- → Der Preis lenkt die Produktionsfaktoren in Bereiche mit hohen Preisen, also hohen Gewinnen.

Erziehungsfunktion
- → Der Gleichgewichtspreis zwingt die Anbieter zur Kostensenkung.
- → Die Nachfrager suchen preisgünstigste Einkaufsmöglichkeiten.

Aufgaben

1. Zeigen Sie mithilfe einer Grafik, wie sich der Polypolpreis (**Gleichgewichtspreis**) im Modell bildet.

2. Erklären Sie anhand einer Skizze und verbal folgende Begriffe und Marktsituationen:
   a) **Angebotsüberhang** b) **Nachfrageüberhang**

3. Erklären und begründen Sie die Begriffe
   a) **Käufermarkt,** b) **Verkäufermarkt.**

4. Zeigen Sie anhand einer Skizze, warum beim **Gleichgewichtspreis** der höchstmögliche Absatz erzielt wird.

5. Folgende Daten bezüglich eines Gutes sind gegeben:

Preis (in Euro)	10,00	12,00	14,00	16,00	18,00	20,00	22,00
Nachfrage (in Stück)	40	35	30	25	20	15	10
Angebot (in Stück)	16	19	22	25	28	31	34

   a) Wie viel Euro beträgt der **Gleichgewichtspreis?**
   b) Nennen Sie möglichst viele Begriffe für die Marktsituation bei Preisen von 10,00 EUR, 16,00 EUR und 20,00 EUR.
   c) Skizzieren Sie die Preisbildung in einem Koordinatensystem.
   d) Wie viel Euro Umsatz werden beim Marktpreis erzielt?
   e) Wie hoch wäre der Umsatz bei Preisen von 10,00, 12,00, 20,00 und 22,00 EUR?

6. a) Ermitteln Sie aus den gegebenen Kaufaufträgen für die möglichen Preise 19,00 EUR, 18,00 EUR, 17,00 EUR und 16,00 EUR die Gesamtnachfrage.
   - Hirsch: 10 Stück zu maximal 18,00 EUR
   - Feige: 8 Stück zu maximal 17,00 EUR
   - Degger: 9 Stück zu maximal 16,00 EUR

   b) Erklären Sie anhand einer Skizze sowie verbal die Begriffe **Konsumentenrente** (Nachfragerrente) und **Produzentenrente** (Anbieterrente).

7. Erklären Sie, warum sich beim vollkommenen Polypol ein **Gleichgewichtspreis** bildet.

8. Kommen beim **Gleichgewichtspreis** alle Anbieter und Nachfrager zum Zuge? Begründung.

9. Erklären Sie die Preis- und Mengenpolitik eines **Polypolisten** (vollkommener Markt).

10. Erklären Sie folgende Aussage: „Der **Gleichgewichtspreis** räumt den Markt."

11. Welche Marktlage ist für a) einen Käufer, b) einen Verkäufer, c) die Gesamtwirtschaft optimal?

12. Welche Marktpreiswirkungen haben folgende Marktänderungen?
    a) Nachfrageerhöhung
    b) Angebotssenkung
    c) Nachfragesenkung
    d) Angebotserhöhung

13. Zeigen Sie jeweils anhand einer Skizze, wie sich der **Gleichgewichtspreis** in folgenden Fällen ändert.
    a) Einkommenssteigerungen
    b) Rekordernte
    c) zunehmender Pessimismus bei Anbietern
    d) Einkommenssenkungen
    e) Erwartung stark steigender Konsumgüterpreise
    f) steigende Rohstoffkosten
    g) Die Nachfrageerhöhung ist größer als die Angebotserhöhung.
    h) Die Angebotserhöhung ist größer als die Nachfrageerhöhung.
    i) Einkommens- und Kostensenkungen

14. Wie ändert sich der **Gleichgewichtspreis,** wenn die Einkommen und die Anbieterzahl gleichzeitig ansteigen? Begründen Sie verbal und anhand einer Skizze.

15. Begründen Sie verbal und anhand einer Skizze folgende Aussage: „Der Preis ist gestiegen, obwohl im Vergleich zum Vorjahr das Angebot erheblich zugenommen hat."

16. Welchen Einfluss haben hohe Lohn- und Einkommensteuererhöhungen auf die Preis-Mengen-Verhältnisse des Preisbildungsmodells?

17. Erklären Sie die **Funktionen** (= Aufgaben) des Preises.

18. Für Holz- und Kunststofffenster einer genormten Größe gelten folgende Nachfrage- und Angebotssituationen:

Holzfenster

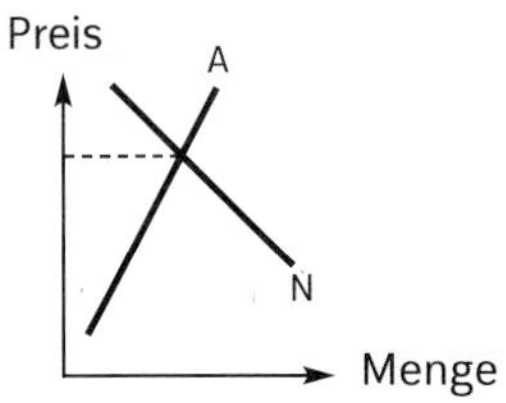

Kunststofffenster

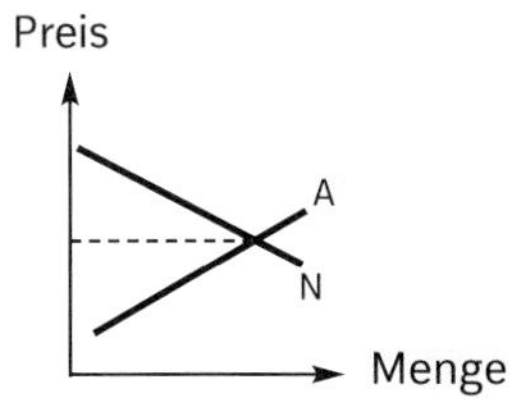

    a) Welche Güterart liegt vor?
    b) Immer mehr Nachfrager steigen aufgrund der relativ preisgünstigen Kunststoffproduktion auf diese Produktart um. Erklären Sie verbal und skizzenhaft die veränderten Marktsituationen.
    c) Erklären Sie anhand dieses Beispiels die Preisfunktionen.

19. Warum wird der Polypolist auf dem vollkommenen Markt als „Mengenanpasser" bezeichnet?

Test ➤ **Preisbildung: Polypol I**

Punkte

1 Erklären Sie anhand einer Skizze und verbal folgende Marktsituationen: **6**

a) Angebotsüberhang

b) Nachfrageüberhang

2 Ordnen Sie den Begriffen Angebotsüberhang und Nachfrageüberhang die Begriffe „Verkäufermarkt“ und „Käufermarkt“ zu. **1**

3 Folgende Daten bezüglich eines Gutes sind gegeben: **2**

Preis (in EUR)	10,00	12,00	14,00	16,00	18,00	20,00	22,00
Nachfrage (in Stück)	40	35	30	25	20	15	10
Angebot (in Stück)	16	19	22	25	28	31	34

Wie viel Euro beträgt der Gleichgewichtspreis? Begründung.

4 Erklären Sie, warum sich beim vollkommenen Polypol ein Gleichgewichtspreis bildet. **3**

Punktesumme ➤ **12**

Notenermittlung: Kreuzen Sie Ihr Ergebnis an (Korrekturanleitung: siehe Lösung).

Punkte ➤	12	11	10	9	8	7	6	5	4	3	2	1
Note ➤	1,0	1,5	2,0	2,5	3,0	3,5	4,0	4,5	5,0	5,5	6,0	6,0
1. Versuch ➤												
2. Versuch ➤												
3. Versuch ➤												

Test → **Preisbildung: Polypol II**

Punkte

1 Erklären Sie anhand einer Skizze sowie verbal die Begriffe „Konsumentenrente" und „Produzentenrente". — 5

2 Erklären Sie die Preis- und Mengenpolitik eines Polypolisten auf dem vollkommenen Markt. — 5

3 Zeigen Sie jeweils anhand einer Skizze, wie sich der **Gleichgewichtspreis** in folgenden Fällen ändert. — 4

a) Einkommenssteigerungen

b) Rekordernte

c) Einkommenssenkungen

d) Erwartung stark steigender Konsumgüterpreise

4 Erklären Sie die Funktionen (= Aufgaben) des Preises. — 6

Punktesumme → 20

Notenermittlung: Kreuzen Sie Ihr Ergebnis an (Korrekturanleitung: siehe Lösung).

Punkte:	20	19	18	17	16	15	14	13	12	11	10	9	8	7	6	5	4	3
Note:	1,0	1,3	1,6	1,9	2,2	2,5	2,7	3,0	3,3	3,6	3,9	4,2	4,5	4,8	5,1	5,4	5,7	6,0
1. Versuch:																		
2. Versuch:																		
3. Versuch:																		

4.3.3 Markteingriffe des Staates

Stofftelegramm

Marktkonforme Eingriffe

- Staat beeinflusst Nachfrage- oder Angebotsseite: indirekte (mittelbare) Preisbeeinflussung
- Marktmechanismen (Preisfunktionen bleiben erhalten.

Beispiele

1. Beeinflussung der **Nachfrage**:

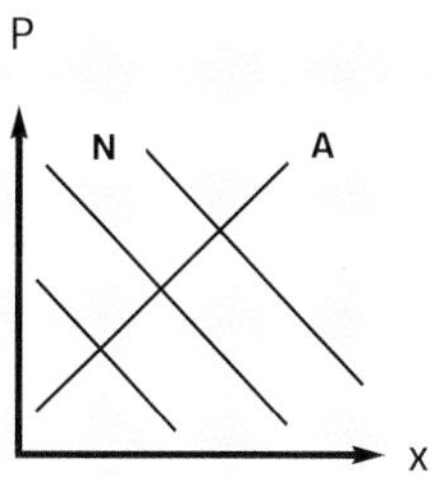

- Nachfr.senkung (weniger staatliche Aufträge): P sinkt
- Nachfr.erhöhung (mehr staatl. Aufträge): P steigt

2. Beeinflussung des **Angebots**:

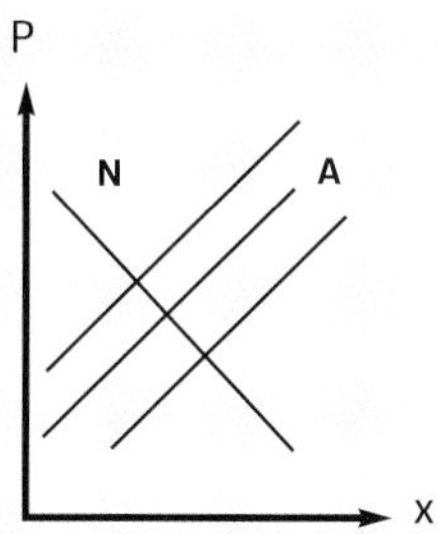

- Angebotssenkung (Importbeschränkungen): Preis steigt
- Angebotserhöhung (Abbau der Importbeschränkung): Preis sinkt

Marktkonträre Eingriffe

- Preisfixierung durch den Staat (Höchst- und Mindestpreise): direkte(unmittelbare)Preisbeeinflussung
- Marktmechanismen (Preisfunktionen) werden ausgeschaltet.

Beispiele

1. **Höchstpreis**:

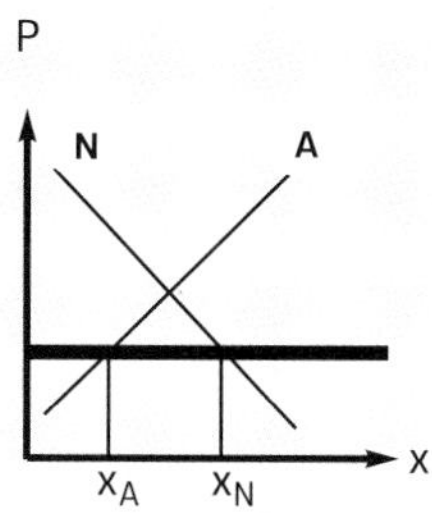

- Zweck: Schutz des Verbrauchers
- Folgen: N'überhang; Schwarzmarkt
- Staatsmaßnahmen: Rationalisierung, Zwang zur A'erhöh.

2. **Mindestpreis**:

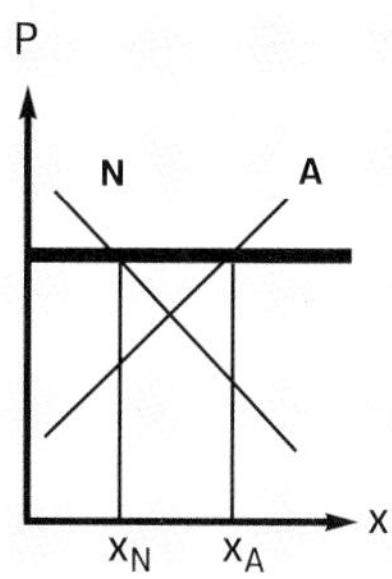

- Zweck: Schutz des Produzenten
- Folge: Angebotsüberhang
- Staatsmaßnahmen: Produktionsbeschränkungen oder Überschussaufkauf + lagern, vernichten, zweckentfremden, Verkauf ins Ausland; hohe Kosten (Lager ...)!

Aufgaben

1. Was sind marktkonforme bzw. marktkonträre Maßnahmen des Staates?

2. a) Zeigen Sie in einer Skizze die Fixierung eines Höchstpreises.
   b) Begründen Sie die staatliche Festlegung eines Höchstpreises.
   c) Welche Folgen und Probleme können sich hieraus ergeben?

3. a) Zeigen Sie skizzenhaft die Fixierung eines Mindestpreises.
   b) Begründen Sie die staatliche Festlegung von Mindestpreisen.
   c) Welche Folgen und Probleme können sich hieraus ergeben?

4. Welche marktkonträre Maßnahme des Staates ist in folgenden Fällen jeweils denkbar?
   a) Der Gleichgewichtspreis eines lebensnotwendigen Gutes deckt nicht die Kosten.
   b) Der Gleichgewichtspreis eines lebensnotwendigen Gutes ist für den Großteil der Nachfrager nicht erschwinglich.

5. Welche marktkonformen Maßnahmen führen zu Preissenkungen?

6. Entscheiden Sie in folgenden Fällen, ob marktkonträre oder marktkonforme Maßnahmen des Staates vorliegen:
   a) Investitionszulage
   b) Subventionen
   c) Mindestpreis
   d) Bauvorhaben zurückstellen
   e) Festpreis
   f) Zollerhöhung
   g) Steuererhöhung
   h) Höchstpreis
   i) Höchstmieten

7. Mit welchen marktkonformen und -konträren Maßnahmen könnte der Staat extremen Mietsteigerungen entgegenwirken?

Test → **Marktkonforme und marktkonträre Eingriffe des Staates**

Punkte

1 Unterscheiden Sie die Begriffe marktkonforme und marktkonträre Maßnahmen des Staates. — 6

2 — 5

a) Zeigen Sie in einer Skizze die Fixierung eines Höchstpreises.

b) Begründen Sie die staatliche Festlegung eines Höchstpreises.

c) Welche Folgen und Probleme können sich hieraus ergeben?

3 — 5

a) Zeigen Sie in einer Skizze die Fixierung eines Mindestpreises.

b) Begründen Sie die staatliche Festlegung eines Mindestpreises.

c) Welche Folgen und Probleme können sich hieraus ergeben?

4 Welche marktkonträre Maßnahme des Staates ist in folgenden Fällen jeweils denkbar? — 2

a) Der Gleichgewichtspreis eines lebensnotwendigen Gutes deckt nicht die Kosten.

b) Der Gleichgewichtspreis eines lebensnotwendigen Gutes ist für den Großteil der Nachfrager nicht erschwinglich.

5 Mit welchen marktkonformen und marktkonträren Maßnahmen könnte der Staat extremen Mietsteigerungen entgegenwirken? — 2

Punktesumme → 20

Notenermittlung: Kreuzen Sie Ihr Ergebnis an (Korrekturanleitung: siehe Lösung).

Punkte:	20	19	18	17	16	15	14	13	12	11	10	9	8	7	6	5	4	3	
Note:	1,0	1,3	1,6	1,9	2,2	2,5	2,7	3,0	3,3	3,6	3,9	4,2	4,5	4,8	5,1	5,4	5,7	6,0	
1. Versuch:																			
2. Versuch:																			
3. Versuch:																			

4.3.4 Angebotsmonopol

Stofftelegramm

Der Monopolist ist abhängig von seinen Kosten und der Nachfrage.

Verhalten eines Monopolisten (vollkommener Markt)

Preispolitik — **Mengenpolitik**

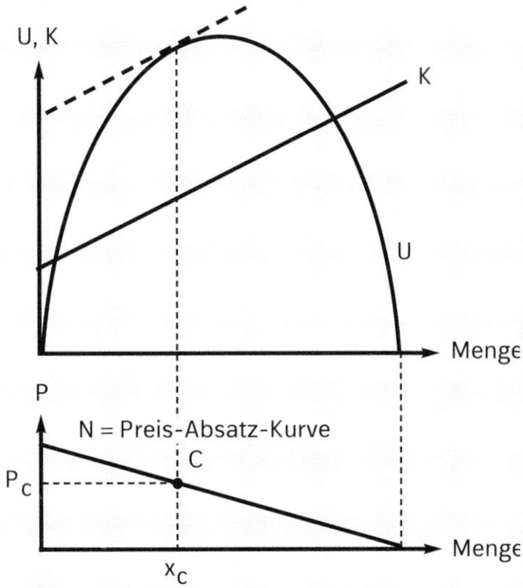

Verwirklichung der gewinnmaximalen Preis-Mengen-Kombination (= sog. **Cournotscher Punkt**) P_C / x_C.

Hier ist die Differenz zwischen Umsatz und Gesamtkosten am größten **(Gewinnmaximum).**

C = Cournotscher Punkt N = Nachfrage
U = Umsatzerlöse K = Kosten

Tabellarische und grafische Ermittlung und Darstellung von Erlös, Kosten, Gewinn und wichtigen Punkten (Stückzahlen)

Gegeben: fixe Kosten 100,00 EUR, variable Kosten pro Stück 5,00 EUR

Berechnungswege: $E = x \cdot p$ $K = x \cdot k_v + K_{fix}$ $G = E - K$

Preis e/p	Absetzbare Menge x	Erlös E/U	Variable Kosten K_v	Fixe Kosten K_{fix}	Gesamtkosten K	Gewinn G	Besondere Punkte
25,00	0	0,00	0,00	100,00	100,00	−100,00	
22,50	5	112,50	25,00	100,00	125,00	−12,50	$G_{schwelle}$
20,00	10	200,00	50,00	100,00	150,00	50,00	zwischen 5 u. 10 St.
17,50	15	262,50	75,00	100,00	175,00	87,50	
15,00	20	300,00	100,00	100,00	200,00	100,00	**Gewinnmaximum**
12,50	25	312,50	125,00	100,00	225,00	87,50	**Umsatzmaximum**
10,00	30	300,00	150,00	100,00	250,00	50,00	G_{grenze}
7,50	35	262,50	175,00	100,00	275,00	−12,50	zwischen 30 u. 35 St.
5,00	40	200,00	200,00	100,00	300,00	−100,00	
2,50	45	112,50	225,00	100,00	325,00	−212,50	
0,00	50	0,00	250,00	100,00	350,00	−350,00	

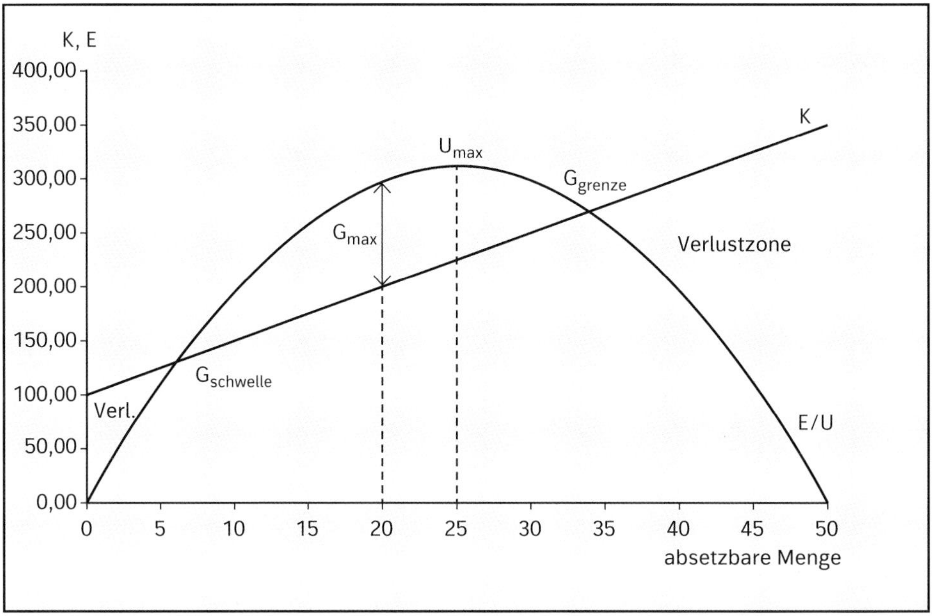

Aufgaben

1. Erklären Sie kurz den Begriff Angebotsmonopol.
2. Nennen Sie zwei Möglichkeiten, wie Monopole entstehen können.
3. Erklären Sie die Begriffe Individual- und Kollektivmonopole.
4. Nennen Sie fünf Gründe, die Unternehmen dazu veranlassen, sich zusammenzuschließen.
5. Unterscheiden Sie die Begriffe Bedarfsdeckungs- und Gewinnmaximierungsmonopole.
6. Welche Daten hat ein Monopolist zu beachten?
7. Erklären Sie die Preis- und Mengenpolitik eines Monopolisten.
8. Skizzieren Sie die Monopolpreisbildung in zwei untereinanderstehenden Koordinatensystemen. Schraffieren Sie die Gewinnzone.
9. Ein Monopolist verwirklicht seine gewinnmaximale Preis-Mengen-Kombination. Wie könnte er seinen Gewinn weiter erhöhen?
10. Die AUMO-GMBH in Stuttgart produziert seit Kurzem Spezialautos. Für diese sensationelle Erfindung sicherte sie sich durch Patente das alleinige Produktions- und Vertriebsrecht. Nachdem die Preis-Nachfrage-Situation durch Marktforschung erkundet wurde, stehen die Geschäftsführer nun vor dem Problem, einen Preis für das Auto zu fixieren. Die Fixkosten betragen 20.000,00 EUR, die variablen Kosten je Stück 1.000,00 EUR.

a) Ergänzen Sie die Tabelle. Bestimmen Sie die gewinnmaximale Preis-Mengen-Kombination.

Preis (in Euro)	Nachfrage (in Stück)	Umsatz (Erlöse)	Fix-kosten	Variable Kosten	Gesamt-kosten	Gewinn Verlust
3.500,00	0					
3.250,00	5					
3.000,00	10					
2.750,00	15					
2.500,00	20					
2.250,00	25					
2.000,00	30					
1.750,00	35					
1.500,00	40					
1.250,00	45					
1.000,00	50					

b) Welche Preis-Mengen-Kombination würde die AUMO-GMBH realisieren, wenn sie als vorübergehendes Ziel Umsatzmaximierung anstreben würde?

c) Zeichnen Sie ins obere Koordinatensystem die Umsatz- und Gesamtkostenfunktion und bestimmen Sie grafisch das Gewinnmaximum (10.000,00 EUR = 2 cm; 10 St. = 2 cm).

d) Zeichnen Sie ins untere Koordinatensystem die Nachfragefunktion und die gewinnmaximale Preis-Mengen-Kombination (500,00 EUR = 2 cm; 10 Stück = 2 cm).

11. Nennen Sie Gründe, warum ein Monopolist unter bestimmten Voraussetzungen für sein Gut einen Preis verlangt, der unter dem gewinnmaximalen Preis liegt.

12. Warum kann ein Monopolist nicht völlig willkürlich seine Preise festlegen?

13. Nennen Sie Argumente für und gegen Monopole.

14. Gelten die Preisfunktionen auch bei Monopolen? Begründung.

15. a) Wann liegt ein unvollkommenes Monopol vor?
    b) Welche Konsequenz hat die Unvollkommenheit des Marktes für die Preispolitik des Monopolisten?

Test → Preisbildung: Monopol I

Punkte

1 Erklären Sie kurz den Begriff Angebotsmonopol. — 1

2 Nennen Sie zwei Möglichkeiten, wie Monopole entstehen können. — 2

3 Nennen Sie vier Gründe, die Unternehmen dazu veranlassen, sich zusammenzuschließen. — 4

4 Welche Daten hat ein Monopolist zu beachten? — 2

5 Erklären Sie die Preis- und Mengenpolitik eines Monopolisten. — 3

Punktesumme → 12

Notenermittlung: Kreuzen Sie Ihr Ergebnis an (Korrekturanleitung: siehe Lösung).

Punkte ➤	12	11	10	9	8	7	6	5	4	3	2	1
Note ➤	1,0	1,5	2,0	2,5	3,0	3,5	4,0	4,5	5,0	5,5	6,0	6,0
1. Versuch ➤												
2. Versuch ➤												
3. Versuch ➤												

Test → **Preisbildung: Monopol II**

Punkte

1 Eine Automobilfirma produziert seit Kurzem Spezialautos. Für diese sensationelle Erfindung sicherte sie sich durch Patente das alleinige Produktions- und Vertriebsrecht. Nachdem die Preis-Nachfrage-Situation durch Marktforschung erkundet wurde, stehen die Geschäftsführer nun vor dem Problem, einen Preis für das Auto zu fixieren. **10**

Fixkosten: 20.000,00 EUR; variable Kosten je Stück 1.000,00 EUR

Ergänzen Sie die Tabelle und bestimmen Sie die gewinnmaximale Preis-Mengen-Kombination.

Preis (in Euro)	Nachfr. (in Stück)	Umsatz (Erlöse)	Fix-kosten	Variable Kosten	Gesamt-kosten	Gewinn Verlust
3.500,00	0					
3.250,00	5					
3.000,00	10					
2.750,00	15					
2.500,00	20					
2.250,00	25					
2.000,00	30					
1.750,00	35					
1.500,00	40					
1.250,00	45					
1.000,00	50					

2 Nennen Sie zwei Gründe, warum ein Monopolist unter bestimmten Voraussetzungen für sein Gut einen Preis verlangt, der unter dem gewinnmaximalen Preis liegt. **2**

3 Nennen Sie je zwei Argumente für und gegen Monopole. **4**

4 Gelten die Preisfunktionen auch bei Monopolen? Begründung. **4**

Punktesumme → **20**

Notenermittlung: Kreuzen Sie Ihr Ergebnis an (Korrekturanleitung: siehe Lösung).

Punkte:	20	19	18	17	16	15	14	13	12	11	10	9	8	7	6	5	4	3	
Note:	1,0	1,3	1,6	1,9	2,2	2,5	2,7	3,0	3,3	3,6	3,9	4,2	4,5	4,8	5,1	5,4	5,7	6,0	
1. Versuch:																			
2. Versuch:																			
3. Versuch:																			

4.3.5 Angebotsoligopol

Stofftelegramm

Verhalten eines Oligopolisten (vollkommener Markt)

Verhalten wird beeinflusst durch:
- Produktionskosten
- Nachfrageverhalten
- erwartetes Konkurrenzverhalten
- vergangenes Konkurrenzverhalten

Verhalten	**kooperativ (friedlich)**			**nicht kooperativ**
Strategie	Preis-starrheit	Preis-führerschaft	Preis-absprachen	Vendrängungs-wettbewerb
Wettbewerbs-mittel	Werbung, Qualität, Service			Preis
Beispiele	Tabakwaren, Strommarkt	Benzinmarkt	Kaffeemarkt	Discounter

Infobox

- **Preisstarrhelt**: Preispolitische Maßnahmen gehen mit erheblichen Risiken für einen Oligopolisten einher, weswegen es häufig vorkommt, dass die Preise auf oligopolistischen Märkten auffallend lange stabil bleiben.
- **Preisführerschaft**: Ein Anbieter verändert den Preis und gibt damit den übrigen Anbietem das Signal, ihrerseits ebenfalls die Preise zu verändern. Bei dem Anbieter, von dem das Preissignal ausgeht, handelt es sich zumeist um denjenigen mit dem größten Marktanteil.
- **Preisabsprache**: Um die Konkurrenz zwischen den Anbietern zu mindern, können abgestimmte Verhaltensweisen erfolgen. Dabei können Preise und/ oder Mengen entweder vertraglich oder ohne vertragliche Vereinbarung (Frühstückskartell) festgelegt werden. Allerdings sind dies schwere Formen der Wettbewerbsbeschränkung und daher nach deutschem und europäischem Recht untersagt.
- **Verdrängungswettbewerb**: Versucht ein Oligopolist, seinen Marktanteil auszudehnen, erfolgt dies über eine Preissenkung unter die Konkurrenzpreise, woraufhin die Konkurrenten ebenfalls mit Preissenkungen reagieren.
Es entsteht ein Preisunterbietungsprozess, welcher so weit führen kann, dass die Anbieter unter ihren Selbstkosten verkaufen und somit zeitweilig Verluste in Kauf nehmen.

Quelle: Vgl. Marktformen, veröffentlicht am 21.12.2005 unter: www.gymbase.de/index/themeng12/vwl/marktformen_06.php.

Verhalten eines Oligopolisten (unvollkommener Markt)

↓

Verlagerung des Wettbewerbs auf „Nicht-Preis-Wettbewerbsformen“
(Qualität, Werbung, Zahlungsbedingungen ...)

Aufgaben

1. Erklären Sie kurz den Begriff Angebotsoligopol.
2. Nennen Sie drei typische Oligopolmärkte.
3. Wovon ist das Preisverhalten eines Oligopolisten abhängig?
4. Erklären Sie die möglichen Verhaltensweisen eines Oligopolisten.
5. Welche Verhaltensweise ist realistisch für den Oligopolmarkt?
6. Was heißt „Bumerang-Charakter" oligopolistischer Konkurrenz?
7. Warum tendieren Oligopolisten zur friedlichen Verhaltensweise?
8. Wovon hängt das Ende eines Preiskampfes (Oligopolkrieges) ab?
9. Die Mutig AG bietet ihr Produkt auf einem unvollkommenen oligopolistischen Markt an. Um weitere Nachfrager zu gewinnen, senkt sie ihre Preise. Wie könnten die beiden anderen Oligopolisten Sauer AG und Krieger AG reagieren?
10. In welcher Situation werden möglicherweise alle Oligopolisten gemeinsam erhebliche Preissenkungen vornehmen?
11. Erklären und begründen Sie das preispolitische Verhalten eines Anbieters auf dem unvollkommenen Oligopol.
12. Gelten die Preisfunktionen auch auf oligopolistischen Märkten?

Test ➤ **Preisbildung: Oligopol**

Punkte

1 Erklären Sie kurz den Begriff Angebotsoligopol. — 1

2 Nennen Sie drei typische Oligopolmärkte. — 3

3 Wovon ist das Preisverhalten eines Oligopolisten abhängig? — 3

4 Erklären Sie die möglichen Verhaltensweisen eines Oligopolisten. — 4

5 Welche Verhaltensweise ist realistisch für den Oligopolmarkt? — 1

Punktesumme ➤ 12

Notenermittlung: Kreuzen Sie Ihr Ergebnis an (Korrekturanleitung: siehe Lösung).

Punkte ➤	12	11	10	9	8	7	6	5	4	3	2	1
Note ➤	1,0	1,5	2,0	2,5	3,0	3,5	4,0	4,5	5,0	5,5	6,0	6,0
1. Versuch ➤												
2. Versuch ➤												
3. Versuch ➤												

5 Prüfungsaufgaben Kompetenzbereich II

Prüfungsaufgabe A

Die Pommes-Fix GmbH ist bislang einziger Hersteller von Pommes-Automaten. Von Experten wird eine stark steigende Nachfrage erwartet.

1. Begründen Sie, welche Marktform hier vorliegt, und beurteilen Sie diese Marktform aus volkswirtschaftlicher Sicht (je zwei Vor- und zwei Nachteile).

2. Aufgrund eigener Marktuntersuchungen ergeben sich für die Pommes-Fix GmbH die Daten in **Anlage 1**.

   Zu welchem Preis soll die Pommes-Fix GmbH einen Automaten verkaufen, wenn folgende Zielsetzungen verfolgt werden:

2.1 Umsatzmaximierung?

2.2 Gewinnmaximierung?

3. Stellen Sie die Umsatz- sowie die Gesamtkostenkurve im angegebenen Koordinatensystem grafisch dar (vgl. **Anlage 2**).

   Verwenden Sie folgende Maßeinheiten: x-Achse: 1 cm = 10 Automaten/y-Achse: 1 cm = 20.000,00 EUR.

4. Begründen Sie anhand der Grafik die Entwicklung des Unternehmenserfolges in Abhängigkeit von der Absatzmenge.

5. Nach Ablauf des Patents haben sich zwei weitere Unternehmen dazu entschlossen, vergleichbare Pommes-Automaten auf den Markt zu bringen.

   Begründen Sie, welche Marktform jetzt entstanden ist, und erläutern Sie eine mögliche Verhaltensweise der Anbieter bei dieser Marktform.

Anlage 1

Aufgrund einer internen Kalkulation muss mit 90.000,00 EUR Fixkosten und mit variablen Stückkosten in Höhe von 2.000,00 EUR je Automat gerechnet werden.

Auswertungstabelle						
Preis (in Euro)	**Menge**	**Umsatz**	**Fixkosten**	**Variable Kosten**	**Gesamtkosten**	**Gewinn bzw. Verlust**
10.000,00	0					
9.000,00	10					
8.000,00	20					
7.000,00	30					
6.000,00	40					
5.000,00	50					
4.000,00	60					
3.000,00	70					
2.000,00	80					
1.000,00	90					

Anlage 2

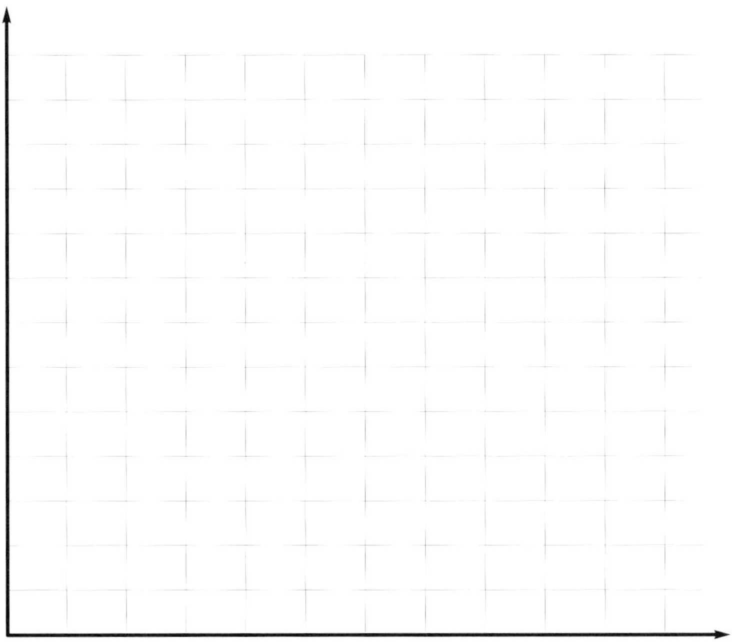

Prüfungsaufgabe B

1. Ihre Geschäfte laufen gut. Es ist Ihnen auch gelungen, mit einem völlig neuen Rezept Süßigkeiten für Allergiker zu entwickeln. Somit haben Sie bei diesen Süßigkeiten ein Monopol und stehen vor der Entscheidung, den Preis für 100 g Süßigkeiten festzulegen.

1.1 Bestimmen Sie mithilfe der Lösungstabelle den Preis für 100 g, zu dem Sie Ihren Gewinn maximieren. Füllen Sie dazu die Tabelle (**Anlage 2**) aus.

1.2 Erläutern Sie für das vorliegende Monopol einen Vorteil und einen Nachteil aus der Sicht der Kunden.

2. Hat Ihr Handeln eine Auswirkung auf die Höhe des Bruttoinlandsprodukts? Begründen Sie Ihre Antwort.

3. Nach einem Jahr haben zwei Konkurrenten in der Region vergleichbare Süßigkeiten für Allergiker auf den Markt gebracht.

3.1 Nennen und beschreiben Sie diese Marktform.

3.2 Sie rechnen nicht mit einem Preiskrieg Ihrer Mitbewerber. Sie erwarten vielmehr, dass relative Preisstarrheit herrschen wird. Argumentieren Sie, warum Sie mit Ihrer Einschätzung richtig liegen (zwei Argumente).

4. Nach einem weiteren Jahr vereinbaren Sie mit den zwei anderen Anbietern, in folgenden Punkten zusammenzuarbeiten:

   (1) Gemeinsame Werbung, um stärker auf Süßigkeiten für Allergiker aufmerksam zu machen.
   (2) Jedes Jahr sollen die Preise um 5 % erhöht werden.

   Prüfen Sie unter Angabe einer Begründung, ob die beiden Vereinbarungen (1) und (2) gesetzlich zulässig sind.

Anlage 2

Preis je 100 g (in Euro)	Menge je 100 g	Erlös (in Euro)	Fixe Kosten (in Euro)	Variable Kosten (in Euro)	Gesamtkosten (in Euro)	Ergebnis (in Euro)
6,00	0		1.000,00	0,00		
5,50	1.000		1.000,00	3.000,00		
5,00	2.000		1.000,00	6.000,00		
4,50	3.000		1.000,00	9.000,00		
4,00	4.000			12.000,00		
3,50	5.000	17.500,00		15.000,00	16.000,00	
3,00	6.000	18.000,00		18.000,00	19.000,00	

Prüfungsaufgabe C

Das Wirtschaftsgeschehen in unserer Volkswirtschaft findet auf dem sogenannten Markt statt. Wichtige Sektoren sind der Staat, die Unternehmen, die Haushalte und die Banken.
Die ökonomischen Beziehungen der einzelnen Sektoren ergeben sich aus folgenden Geldströmen (Geldeinheiten = GE):

- Einkommen der privaten Haushalte aus Lohnzahlungen der Unternehmen 900 GE
- Steuerzahlungen der privaten Haushalte 200 GE
- Sparrate der privaten Haushalte 100 GE
- vom Staat gezahlte Löhne, Gehälter und Sozialleistungen 400 GE
- Unternehmenssteuern 350 GE
- Erlöse der Unternehmen aus Staatsaufträgen 150 GE
- Kreditaufnahme der Unternehmen für Investitionen 100 GE

1. Zeichnen Sie in das Wirtschaftskreislaufschema (**Anlage**) die oben angegebenen Geldströme ein.

2. Vervollständigen Sie das Kreislaufschema durch die Konsumausgaben der privaten Haushalte.

Anlage

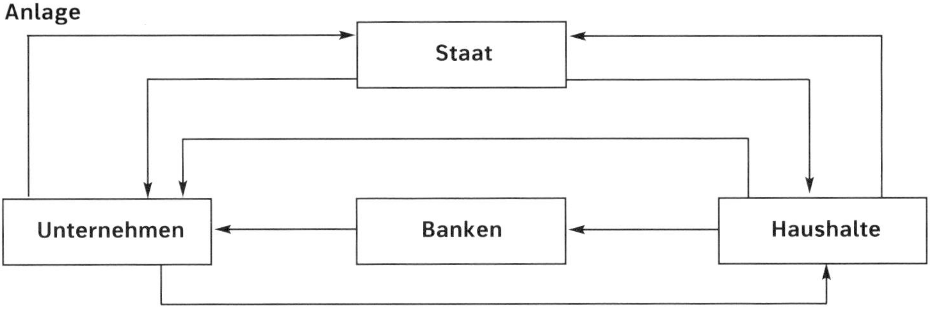

Prüfungsaufgaben Sommer 2014 (Aufgabe 2, verändert)

Sie haben Ihre kaufmännische Ausbildung bei der Evolux GmbH mit Sitz in Münsingen auf der Schwäbischen Alb erfolgreich absolviert. Sie erhalten die Chance in der neuen Stuttgarter Niederlassung übernommen zu werden, da nur dort entsprechende Beschäftigungsmöglichkeiten bestehen.

Einer Ihrer Kollegen meint: „Na, ob sich ein Umzug bei deinem Sachbearbeitergehalt lohnt? Ich habe gelesen, dass immer mehr Menschen in die Städte ziehen. Bei der Wohnungsnachfrage wird daher ein Anstieg um 20 Prozent prognostiziert. Deswegen sind die Mieten in den Städten sehr hoch und werden wohl weiter steigen! “

Sie haben sich entschlossen, das Angebot Ihres Betriebes anzunehmen, und überlegen, nach Stuttgart zu ziehen. Dort beabsichtigen Sie, eine Dreizimmerwohnung zu mieten. Die aktuelle Situation auf dem Markt für Dreizimmerwohnungen in Stuttgart liegt Ihnen in vereinfachter Form als Modell des vollkommenen Polypols vor (**Anlage 5**).

2.1 Erläutern Sie den jeweiligen Verlauf der Angebots- und der Nachfragekurve unter Berücksichtigung der unterschiedlichen Zielsetzungen von Mietern und Vermietern.

2.2 Zeigen Sie mithilfe der **Anlage 5** grafisch, wie sich die von Ihrem Kollegen geschilderte Zunahme der Wohnungsnachfrage auf den Markt für Dreizimmerwohnungen auswirkt und erläutern Sie Ihr Ergebnis.

2.3 Bei der Durchsicht verschiedener Wohnungsanzeigen stellen Sie fest, dass die tatsächlichen Mietpreise pro Quadratmeter vom Gleichgewichtspreis des Modells des vollkommenen Marktes abweichen. Begründen Sie dies mithilfe von drei Beispielen.

Anlage 5

Dreizimmerwohnungen in Stuttgart

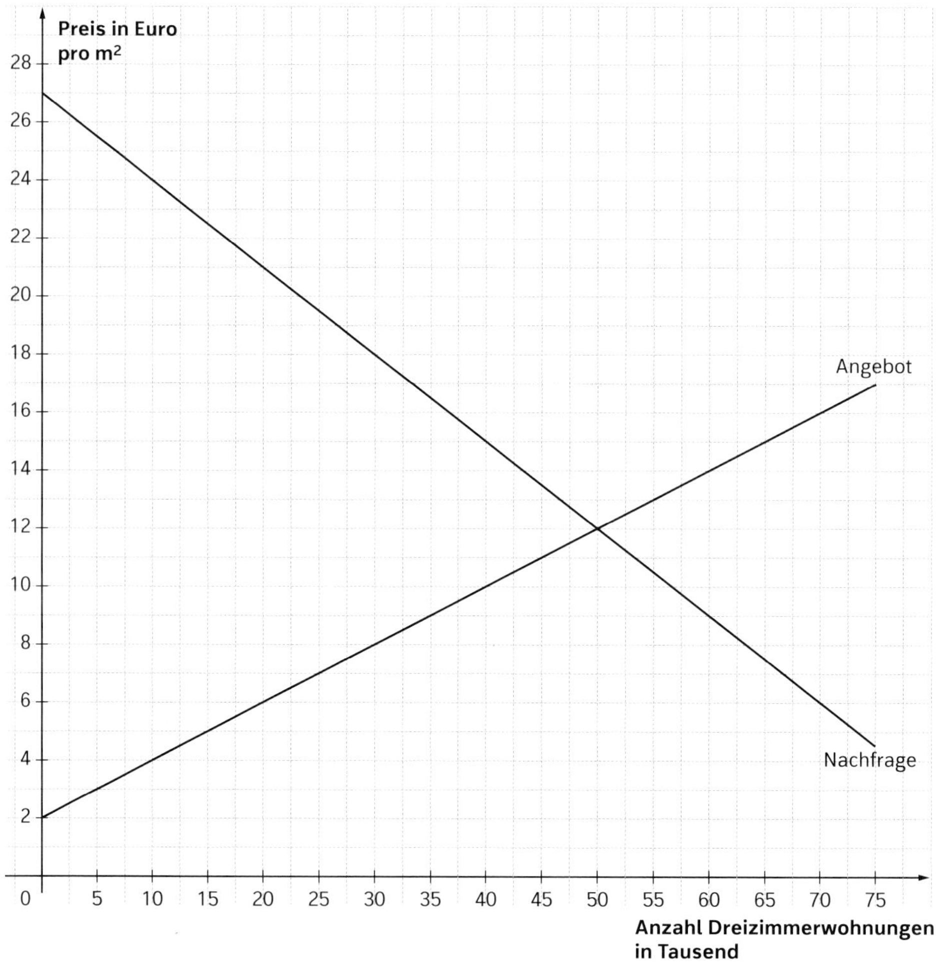

Prüfungsaufgaben Sommer 2015 (Aufgabe 2, verändert)

Sie sind kaufmännischer Sachbearbeiter in der Personalabteilung der M.E.A.T. GmbH, einem mittelständischen Unternehmen der Fleischindustrie. In der Produktion wird ausschließlich Rindfleisch aus Massentierhaltung verarbeitet.

Die Fleischindustrie hat in der Vergangenheit durch Niedriglöhne und die Verarbeitung minderwertigen Fleischs („Gammelfleisch") negative Schlagzeilen gemacht. Nun erfahren Sie, dass in einem neuen Tarifvertrag der Fleischindustrie ein Mindestlohn von zunächst 7,75 EUR – danach schrittweise ansteigend auf 8,75 EUR – vereinbart wurde. Der Tarifvertrag soll allgemeinverbindlich gemacht werden.

Sie machen sich Sorgen um Ihr Unternehmen bzw. Ihren Arbeitsplatz, zumal die Geschäftsleitung eine Standortverlagerung ins osteuropäische Ausland in Erwägung zieht. Deshalb beschäftigen Sie sich näher mit der Situation.

2.1 Erläutern Sie zwei Konsequenzen für Ihr Unternehmen, die sich aus dem neuen Tarifvertrag ergeben.

2.2 Allgemein verbindliche tarifliche Mindestlöhne in der Fleischindustrie werden u.a. damit begründet, dass die Regeln der sozialen Marktwirtschaft für alle Bereiche und Branchen innerhalb der deutschen Wirtschaft gelten müssen.

In der sozialen Marktwirtschaft können individuelle Freiheitsrechte eingeschränkt werden. Zeigen Sie dies am Beispiel der Fleischindustrie mithilfe von zwei Ordnungsmerkmalen. Führen Sie je ein Argument an, das eine solche Einschränkung rechtfertigt.

2.3 Die angesprochenen Gammelfleisch-Skandale sowie der Trend zu vegetarischem Essen haben Folgen für den Rindfleischmarkt.

Stellen Sie diese Folgen auf dem Markt für Rindfleisch aus Massentierhaltung und auf dem Markt für Bio-Rindfleisch grafisch dar (**Anlage 2**). Zur Vereinfachung gelten die Annahmen des vollkommenen Polypols. Begründen Sie Ihre Darstellungen.

2.4 Ihre Arbeitskollegen und Sie sind gegen eine Standortverlagerung.

Verfassen Sie hierzu eine auf drei Argumente gestützte Stellungnahme an die Geschäftsleitung.

Anlage 2

Marktmodell (Zur Vereinfachung gelten die Bedingungen des vollkommenen Polypols.)

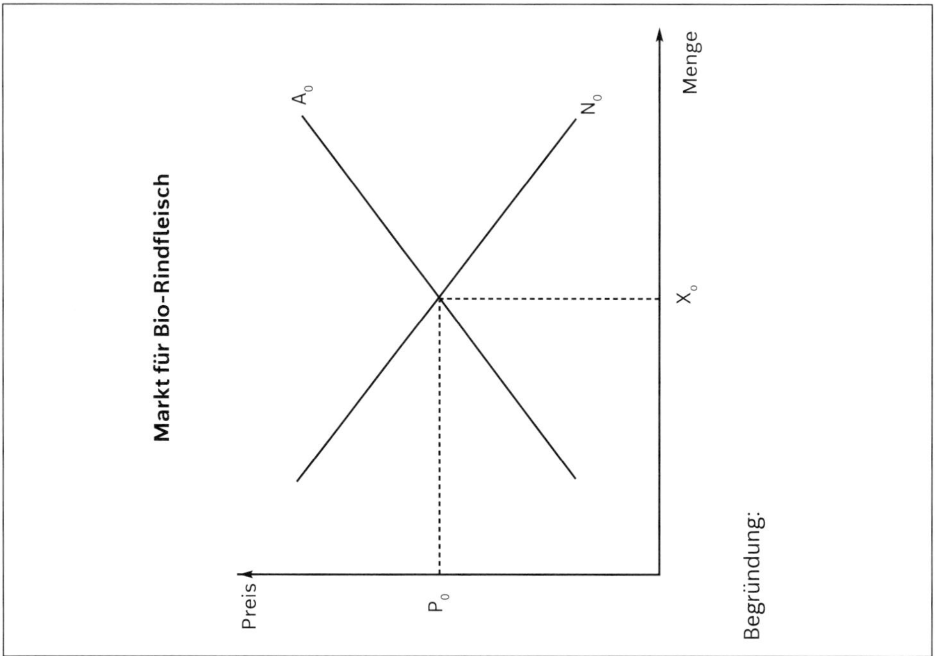

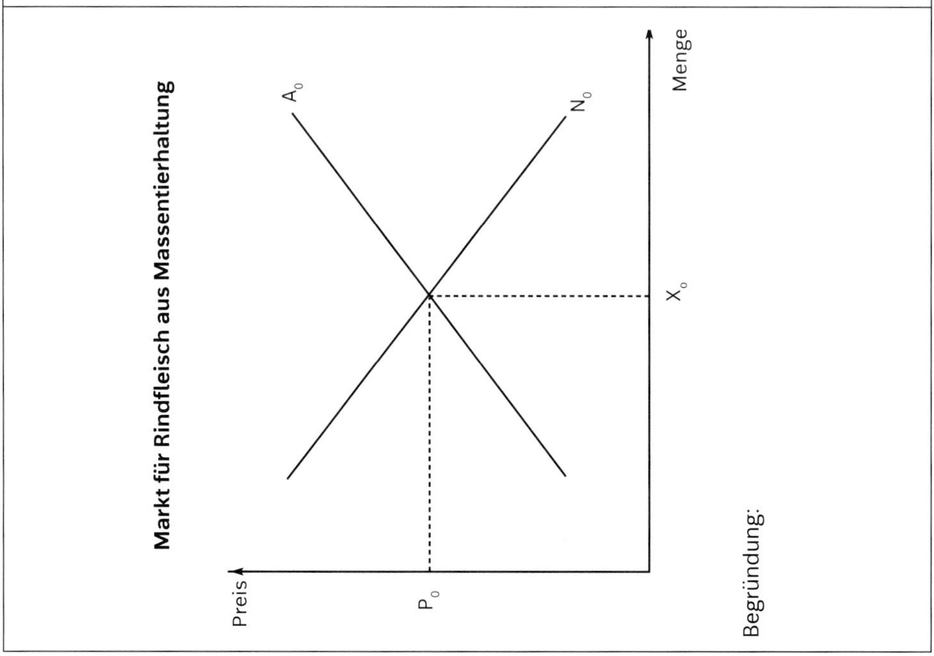

Prüfungsaufgaben Sommer 2016 (Aufgabe 2, verändert)

Die Kraftfutterwerke Heilbronn GmbH stellt hochwertiges Spezialkraftfutter her und beliefert Viehzuchtbetriebe im süddeutschen Raum. Hauptbestandteil der Produkte ist Futtermais, der an der Warenbörse gehandelt wird.

Sie sind Auszubildender bei der Kraftfutterwerke Heilbronn GmbH und zurzeit im Rechnungswesen eingesetzt. Zu Ihren Aufgaben gehört auch die Preiskalkulation. Im Rahmen Ihrer Arbeit stellen Sie fest, dass die Einkaufspreise für Futtermais zum Teil erheblich schwanken.

2.1 Für die Analyse der Preisbildung an einer Warenbörse für Futtermais liegt Ihnen das nachstehende vereinfachte Zahlenmaterial vor. Es gelten die Bedingungen eines Polypols auf dem vollkommenen Markt.

Kaufaufträge	**Verkaufsaufträge**
Käufergruppe A: 10.000 Tonnen zu höchstens 250,00 EUR pro Tonne	Verkäufergruppe F: 15.000 Tonnen zu mindestens 250,00 EUR pro Tonne
Käufergruppe B: 20.000 Tonnen zu höchstens 150,00 EUR pro Tonne	Verkäufergruppe G: 20.000 Tonnen zu mindestens 150,00 EUR pro Tonne
Käufergruppe C: 25.000 Tonnen zu höchstens 50,00 EUR pro Tonne	Verkäufergruppe H: 20.000 Tonnen zu mindestens 50,00 EUR pro Tonne
Käufergruppe D: 25.000 Tonnen zu höchstens 200,00 EUR pro Tonne	Verkäufergruppe I: 10.000 Tonnen zu mindestens 200,00 EUR pro Tonne
Käufergruppe E: 15.000 Tonnen zu höchstens 100,00 EUR pro Tonne	Verkäufergruppe J: 15.000 Tonnen zu mindestens 100,00 EUR pro Tonne

2.1.1 Bestimmen Sie mithilfe der **Anlage 2**, welcher Marktpreis sich aufgrund der vorliegenden Kauf- und Verkaufsaufträge einstellen wird.

Begründen Sie Ihr Ergebnis.

2.1.2 Stellen Sie die Marktsituation aus Aufgabe 2.1.1 grafisch dar (**Anlage 3**).

2.1.3 Aus den aktuellen Börsennachrichten erfahren Sie, dass wegen zunehmender Anbauflächen Rekordernten bei Futtermais zu erwarten sind. Problematisch sei, dass gleichzeitig vermehrt Weizen Mais als Tierfutter ersetze.

Erläutern Sie, wie sich diese Entwicklungen voraussichtlich auf die Marktsituation auswirken.

2.2 Auf die Frage, ob die regelmäßig auftretenden Preisschwankungen an der Warenbörse unmittelbar an die eigenen Kunden weitergegeben werden, antwortet Ihr Abteilungsleiter:

„Wir können solche Preisschwankungen nicht ohne Weiteres weitergeben. Unser Absatzmarkt funktioniert etwas anders. Hier müssen wir bei der Preisgestaltung das Verhalten von zwei Konkurrenten berücksichtigen, die ein vergleichbares Spezialprodukt anbieten. Das ist typisch für die Marktform des Oligopols!“

2.2.1 Diskutieren Sie mithilfe von zwei Überlegungen die Aussage Ihres Abteilungsleiters.

2.2.2 Neben der Preisgestaltung gibt es für die Kraftfutterwerke Heilbronn GmbH weitere Möglichkeiten, sich von ihren Konkurrenten abzuheben.

Unterbreiten Sie hierzu zwei Vorschläge.

Anlage 2

Bestimmung des Marktpreises

Preis (in Euro je Tonne)	Gesamtangebot (in Tonnen)	Gesamtnachfrage (in Tonnen)	Handelbare Menge (in Tonnen)

Anlage 3

Grafische Darstellung

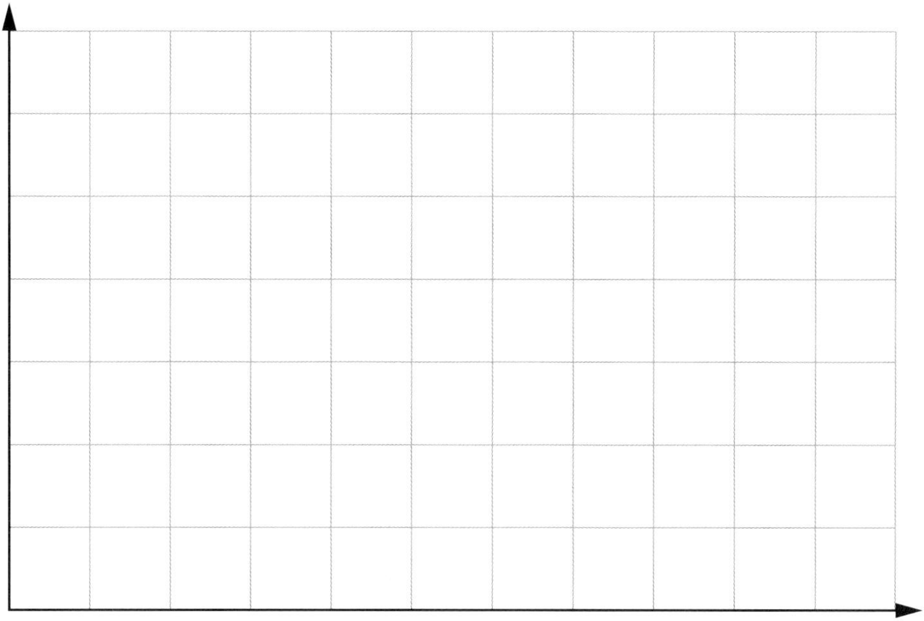

Prüfungsaufgaben Sommer 2017 (Aufgabe 2)

Die XPed Sport GmbH stellt Produkte für den Bereich „Outdoor-Sport" her. Vor Kurzem gelang die Entwicklung eines völlig neuartigen Zeltstoffs für Trekking-Zelte. Zunächst sollen Einmannzelte für den Freizeitsport mit diesem Zeltstoff ausgestattet werden. Es ist davon auszugehen, dass andere Hersteller frühestens in einem Jahr vergleichbare Produkte auf den Markt bringen können.

Sie sind Mitglied einer Arbeitsgruppe, die sich unter anderem mit der Preisfestsetzung für die neuen Einmannzelte beschäftigt. Folgende Informationen liegen Ihnen vor:

Interne Marktstudie – Kundenbefragung:

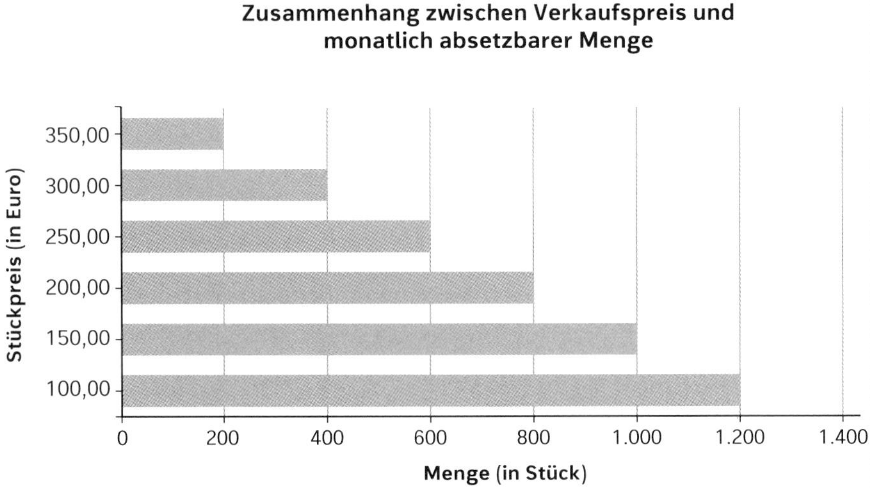

Die Kapazitätsgrenze liegt bei 1.200 Stück pro Monat.

Informationen aus der Kosten- und Leistungsrechnung:

- Monatliche Fixkosten: 50.000,00 EUR
- Variable Kosten pro Stück: 100,00 EUR

2.1 In Ihrer Arbeitsgruppe wird über folgende Vorschläge zur Preisfestsetzung diskutiert:

Herr Gunter: „Ich empfehle, den Verkaufspreis so anzusetzen, dass ein höchstmöglicher Gewinn erwirtschaftet wird."

Frau Doll: „Ich schlage vor, den Verkaufspreis so festzulegen, dass eine möglichst große Absatzmenge erzielt wird, auch wenn nur noch ein geringerer Gewinn übrig bleibt."

2.1.1 Die Diskussion zeigt, dass die XPed Sport GmbH bei der Preisfestsetzung für die neuen Zelte einen großen Gestaltungsspielraum hat.

Erläutern Sie in diesem Zusammenhang die besondere Marktstellung der XPed Sport GmbH.

2.1.2 Ermitteln Sie mithilfe der Tabelle in **Anlage 3**, zu welcher Preisfestsetzung der Vorschlag von Herrn Gunter führen würde.

2.1.3 Führen Sie zwei Argumente an, die für den Vorschlag von Frau Doll sprechen.

2.1.4 Ihre Arbeitsgruppe hat sich nach eingehender Diskussion für den gewinnmaximalen Preis entschieden. Sie erhalten den Auftrag, das Ergebnis in der nächsten Abteilungsleitersitzung vorzustellen.

Stellen Sie Ihre Tabellenwerte hierzu in **Anlage 4** grafisch dar. Berücksichtigen Sie dabei folgende Angaben und ergänzen Sie Ihre Abbildung entsprechend:

- Entwicklung der Erlöse und der Gesamtkosten bis zu einer Produktions- bzw. Absatzmenge in Höhe von 1.200 Stück,
- die Gewinnzone einschließlich Gewinnschwelle und Gewinngrenze sowie
- die gewinnmaximale Menge.

Hinweis: Sollten Sie in Aufgabe 2.1.2 keine Zahlen ermittelt haben, erstellen Sie eine anschauliche Skizze.

2.2 Nach dem Besuch der Sportmesse ISPO steht die XPed Sport GmbH vor einer neuen Herausforderung. Der Hauptkonkurrent Trek-Tec GmbH hat technisch aufgeholt und bringt ein vergleichbares Zelt auf den Markt.
Ihre Arbeitsgruppe diskutiert deshalb über die zukünftige Preisgestaltung:

Frau Öger: „Wir sollten in einen Preiswettbewerb eintreten. Wir brauchen uns auch nicht vor einem längeren Preiskampf zu fürchten!"

Herr Cicek: „Ich halte einen langen Preiskampf mit dem Konkurrenten Trek-Tec GmbH für gefährlich. Es gibt bestimmt noch andere Möglichkeiten."

2.2.1 Beschreiben Sie eine Bedingung, unter der Frau Ögers Strategie Erfolg versprechend ist.

2.2.2
- Erläutern Sie, auf welche Gefahr Herr Cicek anspielt.
- Beschreiben Sie eine weitere legale Strategie der Preisgestaltung, die für die XPed Sport GmbH infrage kommt.

Anlage 3

Preis (in Euro)	Absetzbare Menge (in Stück)	Erlös (in Euro)	Gesamtkosten (in Euro)	Gewinn (in Euro)
400,00				
350,00				
300,00				
250,00				
200,00				
150,00				
100,00				

Anlage 4

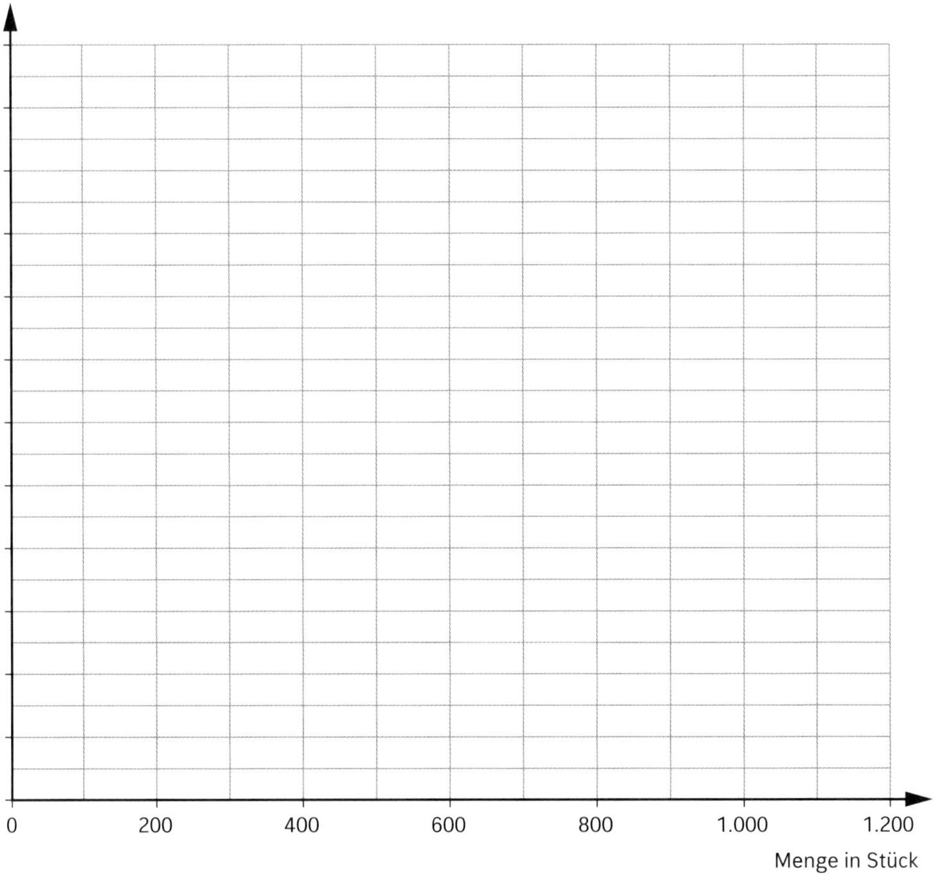

Prüfungsaufgaben Winter 2017/2018 (Aufgabe 2, verändert)

Sie sind kaufmännische/-r Auszubildende/-r der Fahrschule DeinFlitzer GmbH, die mehrere Niederlassungen im Stuttgarter Raum hat.

2.1 In der DeinFlitzer GmbH diskutieren die Mitarbeiter, ob die Fahrstundenpreise auf dem jetzigen Niveau beibehalten werden können. Ein Mitarbeiter hatte in den Fernsehnachrichten gehört, dass die Organisation Erdöl exportierender Länder (OPEC-Kartell) durch Reduzierung der Fördermengen den niedrigen Ölpreis wieder nach oben treiben wolle.

2.1.1 Erläutern Sie, was man unter einem Kartell versteht.

2.1.2 Charakterisieren Sie die Rolle der OPEC als Kartell für seine Mitglieder und für den Wettbewerb auf dem Ölmarkt.

2.1.3 Begründen Sie, welche Auswirkungen der Beschluss der OPEC auf den Marktpreis und die angebotene Menge hat.

2.1.4 Beurteilen Sie jeweils die Folgen des Beschlusses der OPEC für die Kalkulation der Fahrstundenpreise und die Wettbewerbsfähigkeit der Fahrschule DeinFlitzer GmbH.

2.2 Die DeinFlitzer GmbH möchte drei neue kreditfinanzierte Fahrschulautos entweder noch in diesem Jahr oder erst im nächsten Jahr beschaffen. In diesem Zusammenhang hören Sie häufig die Begriffe „Zinsniveau" und „Leitzinsen". Deshalb verschaffen Sie sich Klarheit über die Situation. Sie erfahren, dass seit 2008 die Leitzinsen gesunken sind und seit März 2016 bei 0,00 % liegen.

Erklären Sie die möglichen Auswirkungen der Leitzinsentwicklung auf die Konditionen für Unternehmenskredite mit einer schlüssigen Wirkungskette.

2.3 Für die Geschäftsleitung der DeinFlitzer GmbH ist umweltbewusstes Verhalten wichtig. Sie verfolgt deshalb die Entwicklung bei der Förderung der Elektromobilität durch die Bundesregierung mit besonderem Interesse.

Unterscheiden Sie marktkonforme bzw. marktkonträre staatliche Maßnahmen zur Förderung von Elektrofahrzeugen anhand je eines Beispiels.

Kompetenzbereich III: Wirtschaftspolitische Einflüsse auf den Ausbildungsbetrieb, das Lebensumfeld und die Volkswirtschaft einschätzen

1 Wirtschaftspolitische Ziele

1.1 Grundlagen

Stofftelegramm

Träger der Wirtschaftspolitik: Parlament + Regierung, Europäische Zentralbank, Tarifpartner, Verbände, internationale Organisationen

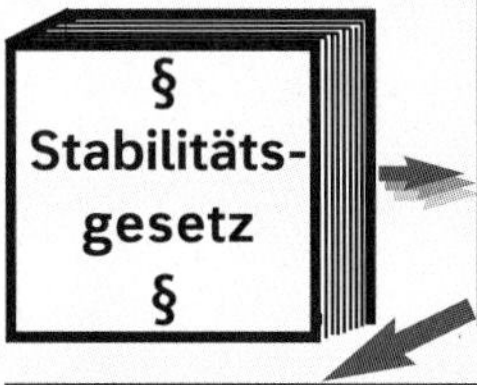

„Bund und Länder haben bei ihren wirtschafts- und finanzpolitischen Maßnahmen die Erfordernisse des gesamtwirtschaftlichen Gleichgewichts zu beachten. Die Maßnahmen sind so zu treffen, dass sie im Rahmen der marktwirtschaftlichen Ordnung gleichzeitig zur Stabilität des Preisniveaus, zu einem hohen Beschäftigungsstand und außenwirtschaftlichem Gleichgewicht bei stetigem und angemessenem Wirtschaftswachstum beitragen."

Oberziel: **gesamtwirtschaftliches Gleichgewicht**

Unterziele: **das magische Viereck**

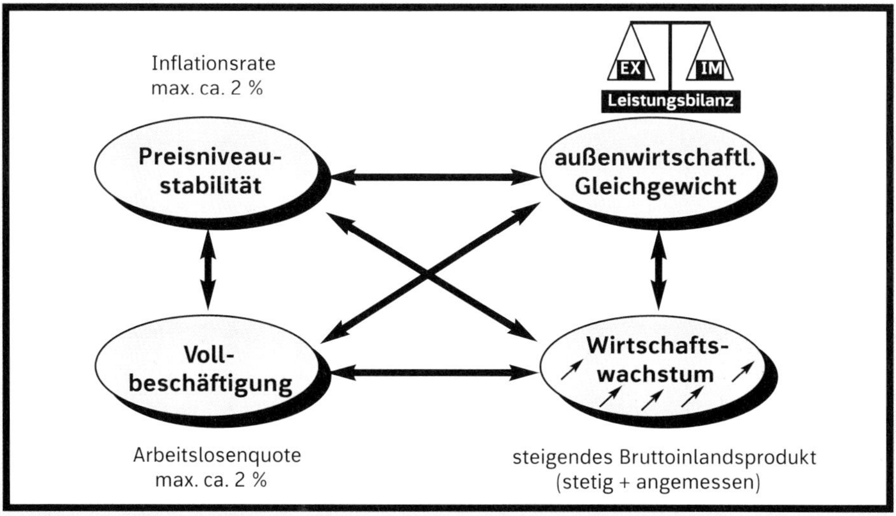

Weitere Ziele:
- **gerechte Einkommens- und Vermögensverteilung**
- **Erhaltung einer lebenswerten Umwelt**

Zielkonflikt: Das Anstreben eines Zieles beeinträchtigt das Erreichen anderer Ziele.
Zielharmonie: Das Anstreben eines Zieles fördert gleichzeitig das Erreichen anderer Ziele.
Zielindifferenz: Das Anstreben eines Zieles beeinflusst das andere Ziel in keiner Weise.

1.2 Wirtschaftspolitische Zielkonflikte

Stofftelegramm

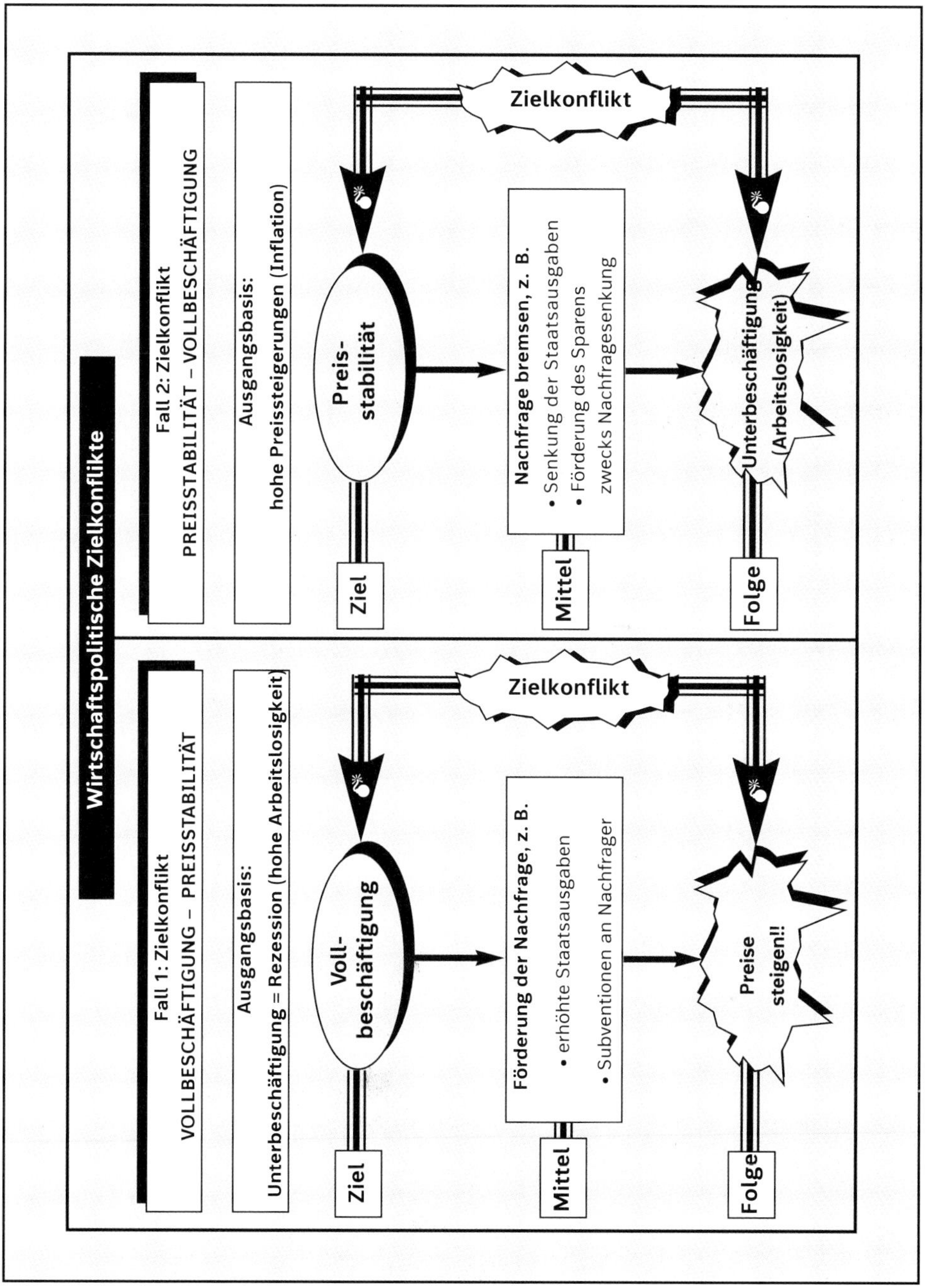

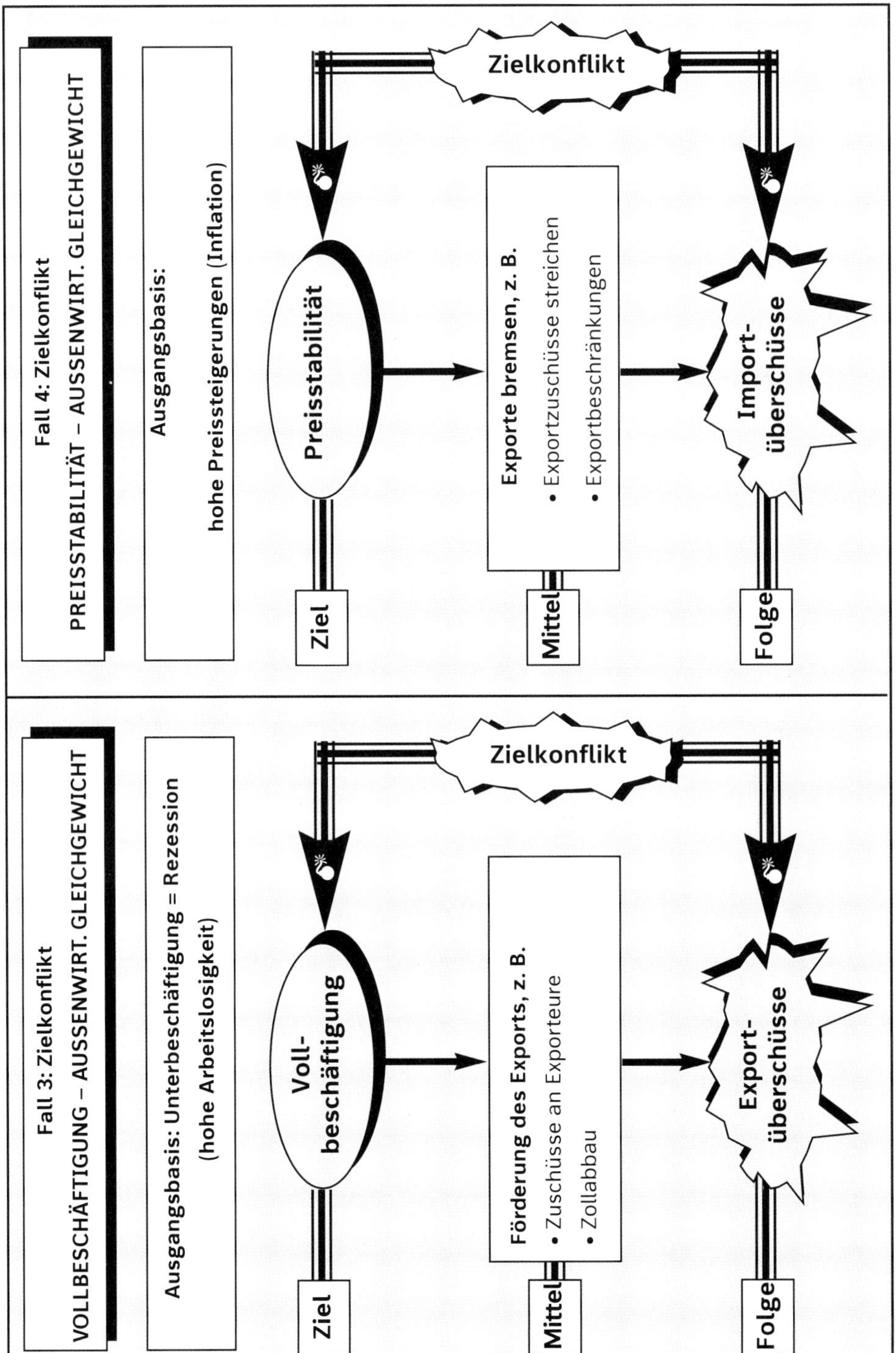
Fall 3: Zielkonflikt
VOLLBESCHÄFTIGUNG – AUSSENWIRT. GLEICHGEWICHT
Ausgangsbasis: Unterbeschäftigung = Rezession
(hohe Arbeitslosigkeit)
Zielkonflikt
Ziel
Voll-
beschäftigung
Mittel
Förderung des Exports, z. B.
• Zuschüsse an Exporteure
• Zollabbau
Folge
Export-
überschüsse
Fall 4: Zielkonflikt
PREISSTABILITÄT – AUSSENWIRT. GLEICHGEWICHT
Ausgangsbasis:
hohe Preissteigerungen (Inflation)
Zielkonflikt
Ziel
Preisstabilität
Mittel
Exporte bremsen, z. B.
• Exportzuschüsse streichen
• Exportbeschränkungen
Folge
Import-
überschüsse

1.3 Wirtschaftliche Grundprobleme der modernen Industriegesellschaft

Stofftelegramm

Quantitatives Wachstum: rein zahlenmäßiges Wachstum

Grenzen:
- Abbau von Rohstoff- und Energiequellen (Gegenmaßnahme: Einsatz alternativer Energien)
- Abfallproblematik (Gegenmaßnahme: z. B. Recycling)
- Erwerbstätigenzahl
- volkswirtschaftliche Kapazität
- Zerstörung der Umwelt

Qualitatives Wachstum: Wachstum bei gleichzeitiger Förderung qualitativer Ziele (Umwelt ...)

- Alternativenergien
- Recycling
- verkehrspolitische Maßnahmen

Strukturelle Arbeitslosigkeit: Arbeitslosigkeit in bestimmten Regionen, Branchen oder Berufen durch strukturellen Wandel (langfristige Diskrepanz zwischen Nachfrage und Kapazität einer Branche, z. B. der Landwirtschaft)

Einkommens- und Vermögensverteilung:

Ungleichheiten durch

- Leistungsfähigkeit
- Marktmacht
- Vermögensbasis (Erbe ...)

- **„Gerechte" Einkommens- und Vermögensverteilung:** subjektiv zu beantworten

  Stichworte: Leistungsfähigkeit, Unternehmerrisiko, Kinderzahl ...

- **Instrumente der Verteilungspolitik:**
  - Steuerpolitik (Progression, Erbschaft-/Vermögensteuer ...)
  - Sozialpolitik
  - Bildungspolitik

1.4 Aufgaben

1. In welchem **Gesetz** sind die von Bund und Ländern zu beachtenden grundlegenden wirtschaftspolitischen Ziele formuliert?
2. Welches **Oberziel** ist seitens des Staates bei wirtschaftspolitischen Maßnahmen zu beachten?
3. Nennen und beschreiben Sie die Ziele des **magischen Vierecks.**
4. Warum signalisiert eine Arbeitslosigkeit von 1,5 % immer noch eine vollbeschäftigte Wirtschaft?
5. Nennen Sie zwei gesetzlich nicht fixierte wirtschaftspolitische Ziele.
6. Erläutern Sie drei mögliche **Zielkonflikte.**
7. Nennen Sie fünf volkswirtschaftliche Folgen hoher **Arbeitslosigkeit.**
8. Nennen Sie Ursachen hoher **Preissteigerungsraten.**
9. Nennen Sie – abgesehen von Wechselkursänderungen – fünf Ursachen für **Exportüberschüsse.**
10. Nennen Sie vier **Grundprobleme** der modernen Industriegesellschaft.
11. Was versteht man unter quantitativem und qualitativem **Wachstum?**
12. Nennen Sie Grenzen des quantitativen Wachstums.
13. Welche Gefahren sind mit quantitativem Wachstum verbunden?
14. Welchen wirtschaftspolitischen Zielkonflikt versucht das qualitative Wachstumsziel zu beseitigen bzw. zu mildern?
15. Nennen Sie fünf Maßnahmen, die die Gefahren des **quantitativen Wachstums** mindern.
16. Wie wirken Umweltschutzmaßnahmen auf das quantitative Wachstum?
17. Nennen Sie Bereiche der Wirtschaft, in denen ein strukturelles Ungleichgewicht in der Form von Überkapazitäten vorherrscht.
18. Nennen Sie Ursachen ungleicher **Einkommens- und Vermögensverteilung.**
19. Welcher Zusammenhang besteht zwischen Einkommens- und Vermögensverteilung?
20. Wäre eine gleiche Einkommensverteilung Ihrer Ansicht nach eine gerechte Einkommensverteilung? Welche Prinzipien sollten Ihrer Ansicht nach beachtet werden?
21. Im innerbetrieblichen Unterricht werden auch die Inhalte des Stabilitätsgesetzes (StabG) behandelt. Dabei sollen Maßnehmen zur Erreichung der Ziele des Stabilitätsgesetzes diskutiert werden.

    Frau Fröhlich stellt fest, dass als Folge der Rezession das Ziel „hoher Beschäftigungsgrad" in weite Ferne gerückt ist.
    a) Erklären Sie, was man unter einer Rezession versteht.
    b) Der Beschäftigungsstand in einer Volkswirtschaft wird durch die Arbeitslosenquote ausgedrückt. Geben Sie an, wie die Arbeitslosenquote ermittelt wird und bis zu welcher Höhe man von einem „hohen Beschäftigungsgrad" spricht.
    c) Beschreiben Sie zwei Maßnahmen des Staates zur Bekämpfung der Arbeitslosigkeit.

d) Nennen Sie die weiteren Unterziele des Stabilitätsgesetzes.

e) Erläutern Sie an einem Beispiel Ihrer Wahl, wie wirtschaftspolitische Maßnahmen zu einem Zielkonflikt führen können.

1.5 Prüfungsaufgaben

Prüfungsaufgaben Winter 2015/2016 (Aufgabe 2, teilweise, verändert)

Die TEC GmbH ist ein mittelständisches Maschinenbauunternehmen mit Sitz in Stuttgart. Neben dem deutschen Markt sind Russland und China zentrale Absatzgebiete. Die wirtschaftliche Situation des Unternehmens hat sich durch den Einbruch der Auslandsnachfrage und durch die insgesamt schwächer werdende Konjunktur in Deutschland spürbar verschlechtert.

Sie sind kaufmännische(r) Auszubildende(r) bei der TEC GmbH. Wie viele andere Auszubildende sorgen Sie sich um die wirtschaftliche Zukunft des Unternehmens und damit auch um Ihre Beschäftigungschancen. Sie werden von Ihrem Ausbildungsleiter gebeten, die nachstehenden Informationen für die nächste innerbetriebliche Schulung aufzubereiten.

Im Frühjahr 2014 wurde ein Wirtschaftswachstum von 1,8 % vorhergesagt, welches aktuell nach unten korrigiert wurde auf 1,2 %, ebenso die Prognose von 2015: Hier wurde das Wirtschaftswachstum von 2,0 % auf 1,0 % reduziert. Gründe dafür dürften die Russland-Sanktionen und die schwache Nachfrage sein. Indikatoren sind insbesondere die Auftragseingänge, die tendenziell zurückgehen, und die nicht steigende Investitionstätigkeit der Unternehmen. Dies hat jedoch noch keine Auswirkungen auf den Arbeitsmarkt, der stabil bleibt. Auch der Anstieg der Verbraucherpreise verlief gedämpft, es wird ein Preisanstieg von 0,8 % erwartet.

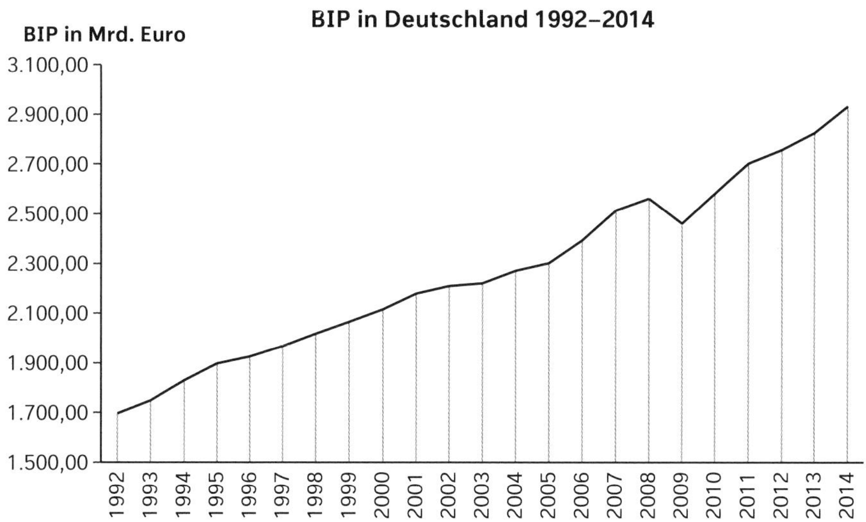

Quelle: Vgl. Institut der deutschen Wirtschaft Köln e. V.: Tabelle Bruttoinlandsprodukt je Einwohner – Euro je Einwohner, online verfügbar unter: https://www.deutschlandinzahlen.de/tab/bundeslaender/volkswirtschaft0/bruttoinlandsprodukt/bruttoinlandsprodukt-je-einwohner [Zugriff: 04.02.2019].

2.1 Ermitteln Sie alle im Informationstext angesprochenen Konjunkturindikatoren und begründen Sie für jeden Indikator, auf welche Konjunkturphase dessen jeweilige Entwicklung hindeutet.

2.2 Notieren Sie zwei Gemeinsamkeiten und zwei Unterschiede zwischen der tatsächlichen wirtschaftlichen Entwicklung und dem idealtypischen Verlauf des Konjunkturzyklus.

2.3 Begründen Sie aus Sicht der TEC GmbH die im Text angesprochene zurückhaltende Investitionstätigkeit der Unternehmen.

2.4 Einige Auszubildende sind der Meinung, dass die TEC GmbH zu stark auf Exporte setzt. Nehmen Sie hierzu kritisch Stellung.

Prüfungsaufgaben Sommer 2018 (Aufgabe 2, verändert)

Die Papierwerke Häperle GmbH in Heilbronn ist ein mittelständisches Unternehmen, welches Papier, Pappe und Büroartikel aller Art herstellt. Das Unternehmen beschäftigt derzeit 400 Mitarbeiter. Der Wettbewerb auf dem Papiermarkt hat sich verschärft und es drängen zunehmend ausländische Wettbewerber auf den Markt. Die Papierwerke Häperle GmbH überlegt, die Produktionshalle zu erweitern. Hierzu wäre ein Kredit in Höhe von 2.000.000,00 EUR notwendig. Für die Entscheidung sollen auch die volkswirtschaftlichen Rahmenbedingungen herangezogen werden. Sie lesen in diesem Zusammenhang den Zeitungsartikel (**Anlage 6**).

2.1 Erläutern Sie, inwieweit die aktuelle Geldpolitik der EZB für die Investitionsentscheidung der Papierwerke Häperle GmbH von Bedeutung ist.

2.2 Beurteilen Sie anhand von drei weiteren Konjunkturindikatoren die Erfolgsaussichten der geplanten Investition.

2.3 Die Papierwerke Häperle GmbH steht vor der Entscheidung, entweder die Produktionshalle in Heilbronn zu erweitern oder einen Teil der Produktion nach Osteuropa zu verlagern.

Erläutern Sie zwei staatliche Maßnahmen, die dazu führen können, dass die Papierwerke Häperle GmbH in Deutschland investiert.

2.4 Begründen Sie anhand des Zeitungsartikels eine Zielbeziehung, welche sich zwischen den wirtschaftspolitischen Zielen des Stabilitätsgesetzes durch die investitionsfördernden Maßnahmen der Bundesregierung ergeben kann.

2.5 Beschreiben Sie, wie sich die erhöhte Investitionstätigkeit in Deutschland auf die Sektoren Staat und Haushalte auswirken kann.

Anlage 6

Es wird ein Wirtschaftswachstum für dieses Jahr von 1,4 %, für das folgende Jahr von 1,6 % erwartet. Die Weltkonjunktur scheint sich sehr positiv zu entwickeln, wie auch der Arbeitsmarkt, die Arbeitslosenquote wird auf 6 % sinken. Dazu trägt u. a. die expansive Geldpolitik der EZB bei. Die Preise steigen im laufenden Jahr um 2,2 %, im folgenden Jahr sinkt der Anstieg auf 1,6 %.

Quelle: Vgl. Sachverständigenrat zur Begutachtung der gesamtwirtschaftlichen Entwicklung: Konjunkturprognose 2017 und 2018, veröffentlicht am 20.03.2017 unter: https://www.sachverstaendigenrat-wirtschaft.de/fileadmin/dateiablage/Konjunkturprognosen/2017/17-03-19_Pressemitteilung.pdf.

2 Konjunktur und Konjunkturpolitik

2.1 Der Konjunkturzyklus

Stofftelegramm

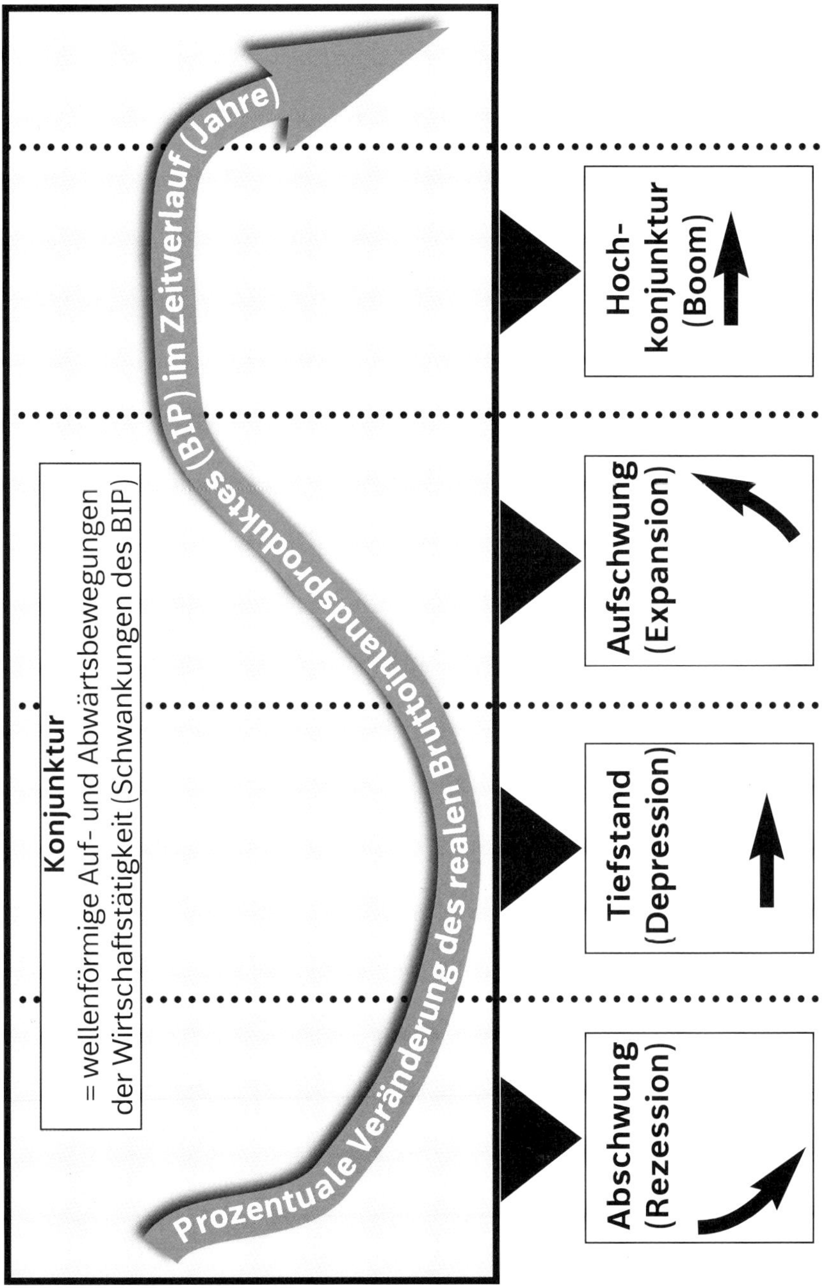

Der Konjunkturzyklus (Merkmale)

Konjunkturzyklus / Merkmale	Abschwung (Rezession)	Tiefstand (Depression)	Aufschwung (Expansion)	Hochkonjunktur (Boom)
Beschäftigungsstand	zunehmende Unterbeschäftigung (Kurzarbeit + Entlassungen)	Unterbeschäftigung	Tendenz zur Vollbeschäftigung	Voll- bzw. Überbeschäftigung (Konjunkturüberhitzung)
Arbeitslosenzahl	steigend	hoch	sinkend	minimal
Nachfrage	sinkend	niedrig	steigend	hoch
Investitionsbereitschaft	sinkend	niedrig	steigend	hoch
„Stimmung“	pessimistisch	pessimistisch	optimistisch	optimistisch
Preissteigerungsrate	mäßig, evtl. negativ	evtl. negativ	konstant (Kostenvorteil)	hoch
Löhne	mäßig steigend bzw. konstant	konstant, evtl. sinkend	mäßig steigend	stark steigend
Zinsen	sinkend	niedrig	mäßig steigend	stark steigend
Gewinne	sinkend	niedrig, evtl. Verluste	steigend	hoch
Wachstum	minimal	negativ	steigend	stark steigend
Aktienkurse	sinkend	sinkend	steigend	steigend

2.2 Konjunkturindikatoren

Stofftelegramm

Konjunkturindikatoren

= Anzeiger für den Konjunkturverlauf;

Konjunkturindikatoren charakterisieren Zustand + Entwicklung der Konjunktur.

2.3 Aufgaben

1. Erklären Sie den Begriff Konjunktur.

2. Was versteht man unter Beschäftigung im volkswirtschaftlichen Sinn? Wie wird sie üblicherweise gemessen?

3. Wie wird die Arbeitslosenquote ermittelt?

4. Erklären Sie die drei möglichen Beschäftigungslagen einer Volkswirtschaft.

5. Warum signalisiert eine Arbeitslosenquote von 1,5 % bis 2 % immer noch eine vollbeschäftigte Wirtschaft?

6. Was versteht man unter Konjunkturzyklen?

7. Kennzeichnen Sie stichpunktartig die einzelnen Konjunkturphasen hinsichtlich:
   a) Beschäftigungsstand
   b) Arbeitslosenzahl
   c) Nachfrage
   d) Investitionsbereitschaft
   e) „Stimmung" der Marktteilnehmer
   f) Preissteigerungsrate
   g) Löhne
   h) Zinsen
   i) Gewinne
   j) Wachstum

8. Welche Ursachen führen zu einem a) Konjunkturabschwung, b) Konjunkturaufschwung?

9. Zeigen Sie den Konjunkturzyklus anhand einer Skizze.

10. Nennen Sie mögliche negative Auswirkungen der Hochkonjunktur.

11. a) Definieren Sie den Begriff Konjunkturindikatoren.
    b) Nennen Sie fünf Konjunkturindikatoren.

12. Warum ist das reale Bruttosozialprodukt (Bruttoinlandsprodukt) zur Messung des Wirtschaftswachstums besser geeignet als das nominale Bruttosozialprodukt (Bruttoinlandsprodukt)?

13. Unterscheiden Sie saisonale und konjunkturelle Schwankungen.

14. Welche Konjunkturphase ist in folgenden Situationen anzunehmen?
    a) hohe Preissteigerungsraten
    b) hohe Arbeitslosenquote
    c) stark steigendes Sozialprodukt
    d) sinkende Arbeitslosigkeit
    e) pessimistische Zukunftserwartungen
    f) stark steigende Löhne
    g) stark steigende Zinsen

15. Erklären Sie die Begriffe saisonale, strukturelle, konjunkturelle, friktionelle Arbeitslosigkeit.

16. Wie beeinflusst eine Rezessionsphase die Staatskasse?

17. Ein Auszubildender legt Ihnen ein Informationsblatt (**Anlage**) vor, das er teilweise nicht versteht.
    a) Sie erläutern der Gruppe den Begriff Konjunktur und beschreiben den für die Messung der Wirtschaftslage wichtigsten Indikator.
    b) Sie skizzieren den Konjunkturverlauf und legen besonderen Wert auf eine vollständige Beschriftung Ihrer Skizze.

c) Die Auszubildenden sind sich nicht einig, in welcher Konjunkturlage sich Deutschland gegenwärtig befindet. Sie beschreiben anhand von zwei Merkmalen die derzeitige Konjunkturphase.
d) Sie erklären anhand des Artikels die beabsichtigte Wirkung eines niedrigen Leitzinssatzes und erläutern das Ziel, das damit verfolgt wird.
e) Sie begründen, weshalb die gewünschte Wirkung trotz des niedrigen Leitzinses nicht immer eintreten muss.

Anlage

Informationsblatt

- schwächelnde Konjunktur
- geringe Investitionstätigkeit der Unternehmen
- geringes Wirtschaftswachstum

Expansive Leitzinspolitik der EZB, d. h., die Leitzinsen werden nicht erhöht, sie bleiben auf dem niedrigen Niveau. Der maßgebliche Zinssatz im Euroraum bleibt bei 1,0 %.

Quelle: Vgl. manager magazin new media GmbH/reuters/dpa: Zentralbanken halten Pulver trocken, veröffentlicht am 04.03.2010 unter: www.manager-magazin.de/finanzen/artikel/a-681741.html.

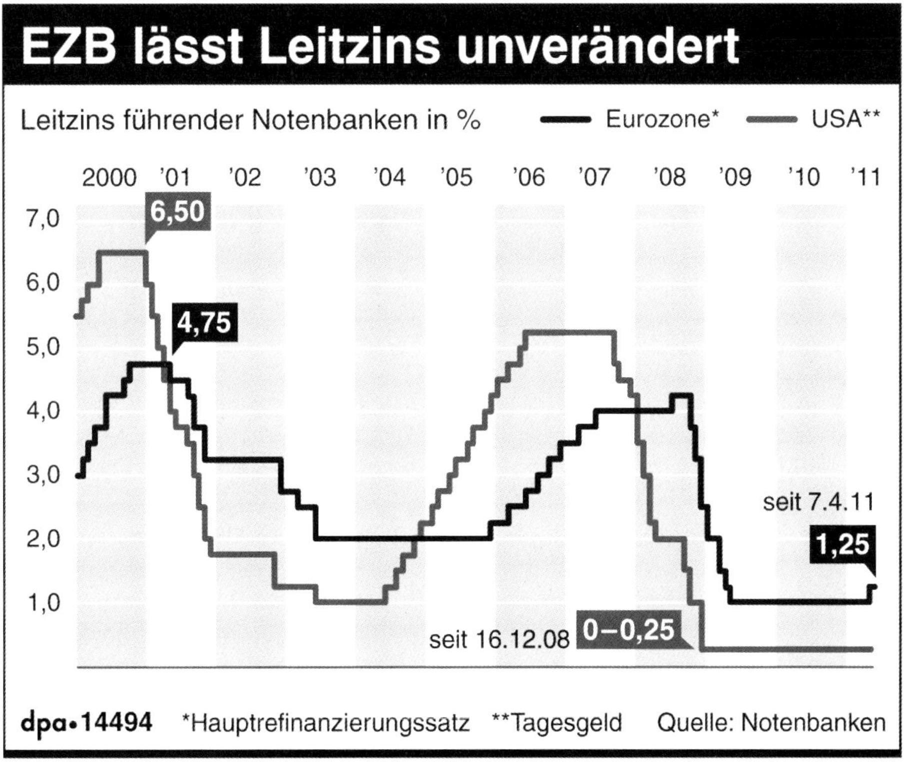

2.4 Konjunkturpolitik (allgemein)

Stofftelegramm

Möglichkeiten staatlicher Konjunkturpolitik (= Fiskalpolitik)	
Bekämpfung der Unterbeschäftigung (Arbeitslosigkeit)	**Bekämpfung der Überbeschäftigung (Inflation)**
Ausgabenpolitik: Ausgaben erhöhen! • Staatsnachfrage erhöhen • Subventionen erhöhen • Konjunkturausgleichsrücklage auflösen **Einnahmenpolitik:** Einnahmen senken! • Steuern senken • Abschreibungsvergünstigungen • Kreditaufnahmen zur Finanzierung der Ausgaben („Deficit-Spending“)	**Ausgabenpolitik:** Ausgaben senken! • Staatsnachfrage senken • Subventionen senken • Konjunkturausgleichsrücklage bilden **Einnahmenpolitik:** Einnahmen erhöhen! • Steuern erhöhen • Abschreibungsvergünstigungen streichen • Kreditaufnahmen senken

Antizyklische Finanzpolitik: Dem Konjunkturverlauf entgegengesetzte Fiskalpolitik:

- Hochkonjunktur: Ausgaben senken!
- Rezession: Ausgaben erhöhen!

Ordnungspolitik: v. a. Wettbewerbspolitik (Erhaltung oder Schaffung von Institutionen, die Wettbewerb ermöglichen und fördern)
Beispiel: Bekämpfung von Wettbewerbsbeschränkungen (Monopolen) durch das Gesetz gegen Wettbewerbsbeschränkungen

Prozesspolitik: wirtschaftspolitische Maßnahmen zur Konjunktursteuerung

Aufgaben (Grundwissen)

1. Was versteht man unter Fiskalpolitik?

2. Nennen Sie je drei einnahmen- und ausgabenpolitische Maßnahmen des Staates zur
   a) Bekämpfung einer Rezession,
   b) Dämpfung einer Hochkonjunktur mit hoher Inflationsrate.

3. a) Erklären Sie den Begriff „Deficit-Spending“.
   b) In welchen Konjunkturphasen ist Deficit-Spending sinnvoll?

4. a) Was versteht man unter antizyklischer Finanzpolitik?
   b) Veranschaulichen Sie den Sachverhalt in einer Skizze.

5. In welcher Konjunkturphase sollte der Staat die Einnahmen
   a) erhöhen, b) senken? Begründung.

6. In welcher Konjunkturphase ist es sinnvoll, eine Konjunkturausgleichsrücklage zu bilden? Wann sollte sie aufgelöst werden?

7. Wie wirken folgende Maßnahmen der Fiskalpolitik?
   a) Investitionszulagen
   b) Subventionssenkung
   c) Deficitspending
   d) Steuern senken
   e) Abschreibungserleichterungen streichen
   f) Konjunkturausgleichsrücklage bilden
   g) Staatsnachfrage senken
   h) Abschreibungsvergünstigungen gewähren

8. Inwiefern kann das Bestreben der Gewerkschaften nach einer Umverteilung der Einkommen zugunsten der Lohnquote sowohl im Boom als auch in der Rezession mit der antizyklischen Konjunkturpolitik kollidieren?

9. Vollbeschäftigung ist eines der wichtigsten Ziele der Wirtschaftspolitik. Als Indikatoren der Beschäftigungssituation verwendet man im Allgemeinen die Arbeitslosenquote und die Zahl der offenen Stellen. Warum ist bei der Interpretation dieser Zahlen Vorsicht geboten?

10. Um Vollbeschäftigung mit wirtschaftspolitischen Maßnahmen erreichen zu können, muss man die Art der Arbeitslosigkeit kennen. Zeigen Sie an einem Beispiel auf, warum eine konjunkturelle Arbeitslosigkeit den Wirtschaftspolitiker vor größere Probleme stellt als eine strukturelle.

11. Der Staat kann durch gesetzliche Maßnahmen die Investitionsbereitschaft der Unternehmen fördern.
    a) Nennen Sie mindestens zwei solcher Maßnahmen.
    b) Wie beurteilen Sie die Wirksamkeit dieser Art von Konjunkturförderung?

2.5 Wirtschaftspolitische Konzeptionen

Stofftelegramm

Angebotsorientierte Wirtschaftspolitik

Kernthese:

Angebot = entscheidend für wirtschaftlichen Erfolg

Konsequenz bei Rezession:

Erhöhung des **Angebots**

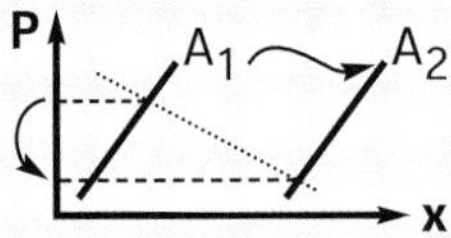

Verbesserung der Rahmenbedingungen der Unternehmen:

- Steuererleichterungen
- Senkung Lohnnebenkosten
- Abbau Bürokratismus
- Abschreibungserleichterungen

Erhoffte Folgen:

Gewinne steigen
→ **Angebot** steigt
→ Investitionen steigen
→ vermehrt Einstellungen
→ Arbeitslosigkeit sinkt
→ **Konjunkturbelebung, Wachstum**

Monetarismus (vgl. auch Kapitel EZB)

Kernthese:

Geldmenge = wichtigster Faktor zur Wirtschaftssteuerung

Konsequenz bei Rezession:

Erhöhung der **Geldmenge** durch **Zentralbankpolitik,**

z. B. Senkung der Leitzinsen

(Staatliche Eingriffe in die Wirtschaft zur Steuerung der Konjunktur lehnen die Monetaristen grundsätzlich ab.)

Erhoffte Folgen:

Zinsen sinken
→ **Kreditnachfrage** steigt
→ Konsum + Investitionen steigen
→ vermehrt Einstellungen
→ Arbeitslosigkeit sinkt
→ **Konjunkturbelebung, Wachstum**

Nachfrageorientierte Wirtschaftspolitik = Fiskalismus

Kernthese:

Nachfrage= entscheidend für wirtschaftlichen Erfolg

Konsequenz bei **Rezession:**

Erhöhung der **Nachfrage** mittels Ein- und Ausgabenpolitik der Regierung (Fiskalpolitik)

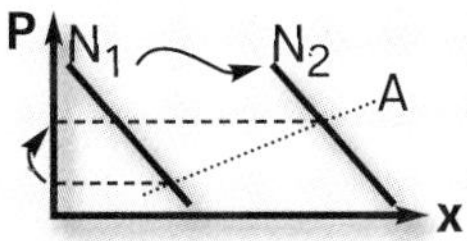

- Steuersenkungen
- Staatsnachfrage erhöhen (z. B. Baumaßnahmen des Staates)

evtl. finanziert über höhere Schulden („**Deficit-Spending**“)

Konsequenz bei **Boom:**

Senkung der **Nachfrage** mittels Ein- und Ausgabenpolitik der Regierung (Fiskalpolitik)

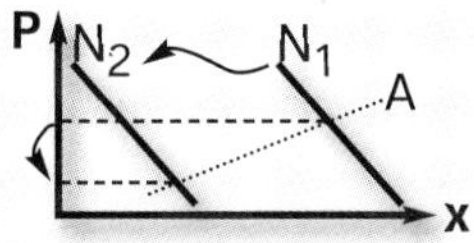

- Steuererhöhungen
- Staatsnachfrage senken (z. B. weniger staatliche Baumaßnahmen)

= antizyklische Fiskalpolitik

Erhoffte Folgen:

Einkommen steigen

→ **Nachfrage steigt**

→ Gewinne steigen

→ Investitionen steigen

→ vermehrt Einstellungen

→ Arbeitslosigkeit sinkt

→ **Konjunkturbelebung, Wachstum**

Erhoffte Folgen:

Einkommen sinken

→ **Nachfrage sinkt**

→ Gewinne sinken

→ Investitionen sinken

→ **Konjunkturdämpfung (Konjunkturstabilisierung)**

2.6 Prüfungsaufgaben

Prüfungsaufgaben Winter 2013/2014 (Aufgabe 2, teilweise, verändert)

2.5 Im Februar 2013 ist die Arbeitslosenzahl geringfügig angestiegen. Die Arbeitslosenquote bleibt unverändert. Für den geringen Anstieg sind wohl saisonale Gründe verantwortlich.

2.5.1 Erläutern Sie die oben erwähnte Art der Arbeitslosigkeit anhand eines eigenen Beispiels.

2.5.2 Beschreiben Sie zwei negative Auswirkungen hoher Arbeitslosigkeit für den Staat.

2.5.3 Erklären Sie zwei Maßnahmen, die der Staat ergreifen könnte, um eine bestehende konjunkturelle Arbeitslosigkeit zu verringern.

2.5.4 Unterbreiten Sie zwei Vorschläge, wie sich Arbeitnehmer vor Arbeitslosigkeit schützen können.

Prüfungsaufgaben Winter 2014/2015 (Aufgabe 2, teilweise, verändert)

2. Bei der Lektüre Ihrer Tageszeitung erfahren Sie, dass die deutsche Wirtschaft im Jahr 2014 um 1,8 % steigen werde. Verantwortlich seien stark steigende Investitionen, die zu einem konjunkturellen Aufschwung führten. Ursache hierfür sei eine weiterhin starke Binnennachfrage. Trotz des Konjunkturanstieges bleibe die Situation von Langzeitarbeitslosen kritisch, obwohl ein Fachkräftemangel herrsche. Negativ verändere sich die Wettbewerbsfähigkeit der deutschen Unternehmen aufgrund steigender Preise in 2014 (Preissteigerungsrate +1,9 %). Die EZB senke weiterhin den Leitzins von 0,5 % auf 0,25 %.

2.1 In Ihrer Tageszeitung wird das wirtschaftspolitische Ziel „stetiges und angemessenes Wirtschaftswachstum“ angesprochen.

Prüfen Sie die Zielerreichung für die Jahre 2013 und 2014.

2.2 Die in der Zeitung angesprochene gesamtwirtschaftliche Entwicklung beeinflusst die Situation auf dem Arbeitsmarkt.

2.2.1 Erklären Sie die Zielbeziehung, die im Allgemeinen in diesem Zusammenhang unterstellt wird.

2.2.2 Beschreiben Sie die Art der Arbeitslosigkeit, die in 2.2.1 angesprochen wird.

2.2.3 Begründen Sie anhand von drei Argumenten, warum die Vermittlung der Langzeitarbeitslosen trotz eines Fachkräftemangels schwierig ist.

Prüfungsaufgaben Winter 2015/2016 (Aufgabe 2, teilweise, verändert)

2.2 In der folgenden Teambesprechung wollen Sie den unbefriedigenden Absatz der Möbel thematisieren. Sie haben sich eine Vorlage mit Informationen erstellt.

Vorlage

- günstige Rahmenbedingungen
- Konsumfreude
- Rekordbeschäftigung in Deutschland
- steigende Einkommen
- Mindestlohn
- Sicherheit

Sie erstellen eine Tischvorlage, in der Sie auf folgende Fragen eingehen:

2.2.1 In welcher konjunkturellen Phase befindet sich Deutschland angesichts der Stichpunkte aus der Vorlage?

2.2.2 An welchen vier Konjunkturindikatoren ist dies erkennbar und wie entwickeln sich diese?

2.2.3 Sie erläutern zwei Ursachen, die diese Phase kennzeichnen.

3 Beschäftigungs- und Arbeitsmarktpolitik

3.1 Die Beschäftigung in einer Volkswirtschaft

Stofftelegramm

Beschäftigung →

- Grad der Kapazitätsauslastung einer Volkswirtschaft
- Messung insbesondere anhand der **Arbeitslosenquote**

$$\textbf{Arbeitslosenquote} = \frac{\textbf{registrierte Arbeitslose} \cdot 100}{\textbf{zivile Erwerbstätige + registrierte Arbeitslose}}$$

- sozialversicherungspflichtig Beschäftigte
- Auszubildende
- geringfügig Beschäftigte
- Beamte
- Selbstständige
- mithelfende Familienangehörige

Beschäftigungsstand der Volkswirtschaft

Vollbeschäftigung →

- Arbeitslosenquote bis ca. 4 % („Sockelarbeitslosigkeit“)
- volle Auslastung der Produktionskapazitäten

Unterbeschäftigung →

- Arbeitslosenquote über 4 %
- nur teilweise Auslastung der Produktionskapazitäten

Überbeschäftigung →

- offene Stellen > Arbeitslose
- Überstunden, Sonderschichten, Überbeanspruchungen ...

3.2 Arten und Ursachen der Arbeitslosigkeit

Stofftelegramm

- **Saisonale Arbeitslosigkeit:**
  Folge saisonaler Produktionsschwankungen (z. B. Landwirtschaft, Bauwirtschaft); kaum bekämpfbar
- **Strukturelle Arbeitslosigkeit (= „Mismatch-Arbeitslosigkeit"):**
  Arbeitslosigkeit in bestimmten Regionen, Branchen oder Berufen durch strukturellen Wandel auf diesen Teilarbeitsmärkten (z. B. Landwirtschaft, Stahlbranche, Uhrenindustrie)

  „Mismatch-Arbeitslosigkeit": Arbeitsangebot und Arbeitsnachfrage weichen in regionaler oder qualifikatorischer Hinsicht voneinander ab → auf dem gesamten Arbeitsmarkt existieren gleichzeitig Arbeitslosigkeit und offene Stellen.
  - Gründe für regionales Mismatch: familiäre Bindungen, fehlende Transparenz, fehlende Wohnungen, unterschiedliche Schulsysteme
  - Gründe für qualifikatorisches Mismatch: Qualifikative Ansprüche der Arbeitsstellen stimmen nicht mit den Qualifikationen der Arbeitslosen überein (z. B. Facharbeitermangel).
- **Technologische Arbeitslosigkeit:**
  Arbeitslosigkeit durch Rationalisierung (Maschinen ersetzen Menschen)
- **Konjunkturelle Arbeitslosigkeit:**
  durch gesamtwirtschaftlichen Beschäftigungsrückgang (sinkende Nachfrage) hervorgerufene Arbeitslosigkeit (Rezessions- bzw. Depressionsphase)
- **Friktionelle Arbeitslosigkeit:**
  Sie tritt auf, wenn Arbeitskräfte kündigen bzw. entlassen werden und kurzfristig bis zum Antritt der neuen Stelle nicht beschäftigt sind („Sucharbeitslosigkeit" bzw. „Fluktuationsarbeitslosigkeit"). Ebenso wie die saisonale Arbeitslosigkeit zählt sie zur sog. „**Sockelarbeitslosigkeit**", die auch in Zeiten guter Konjunktur nicht unterschritten werden kann.

3.3 Bekämpfung und Probleme der Arbeitslosigkeit

Stofftelegramm

Bekämpfung der Arbeitslosigkeit (Arbeitsmarktpolitik):
- Möglichkeiten für Arbeitslose schaffen, sich selbstständig zu machen (Existenzgründungszuschüsse)
- Personal-Service-Agenturen errichten, die Arbeitslose in Zeitarbeit beschäftigen
- Arbeitszeitverkürzungen
- Senkung der Arbeitskosten
- Maßnahmen zur Steigerung der Nachfrage (Lohn-, Gehaltserhöhungen, Steuersenkungen ...)
- staatliche Beschäftigungsprogramme (Straßenbau ...)
- Investitionszulagen an Unternehmen
- Senkung der Unternehmenssteuern
- Verhinderung der Abwanderung deutscher Unternehmen ins Ausland
- Förderung der Berufsbildung

Probleme der Arbeitslosigkeit:
- materielle, psychische, soziale Probleme
- Probleme der Finanzierung (Arbeitslosengelder)

Lohnpolitik der Tarifparteien:	• **Expansive Lohnpolitik:** Gewerkschaften fordern Lohnerhöhungen, die über der Erhöhung der Arbeitsproduktivität + Inflationsrate liegen. • **Produktivitätsorientierte Lohnpolitik:** Gewerkschaften fordern Lohnerhöhungen entsprechend dem Anstieg der Arbeitsproduktivität.

3.4 Aufgaben (Grundwissen)

1. Was versteht man unter Beschäftigung im volkswirtschaftlichen Sinn? Wie wird sie üblicherweise gemessen?
2. Wie wird die Arbeitslosenquote ermittelt?
3. Erklären Sie die drei möglichen Beschäftigungslagen einer Volkswirtschaft.
4. Warum signalisiert eine Arbeitslosenquote von 1,5 % bis 2 % immer noch eine vollbeschäftigte Wirtschaft?
5. Erklären Sie die fünf Arten der Arbeitslosigkeit.
6. Wie kann die Arbeitslosigkeit bekämpft werden?
7. Der Geschäftsführer der „Mode im Quadrat GmbH“ in Mannheim ist der Meinung, dass die Auszubildenden auch gesamtwirtschaftliche Zusammenhänge und deren Auswirkungen auf den Einzelhandel kennenlernen sollen.

   Sie sind Ausbilder/Ausbilderin bei „Mode im Quadrat GmbH“ und erhalten den Auftrag, im Rahmen einer Schulung mit den Auszubildenden Aspekte der Gesamtwirtschaft zu thematisieren.

   Gemeinsam mit den Auszubildenden lesen Sie einen Artikel (**Anlage**) und sprechen zunächst über Arbeitslosigkeit.
   a) Sie erklären, wie die Arbeitslosenquote berechnet wird, und berechnen anhand der im Text genannten Zahlen die Zahl der Erwerbspersonen.
   b) Sie erklären den Auszubildenden jeweils zwei Auswirkungen einer hohen Arbeitslosenquote auf den Staat und die Unternehmen.
   c) Sie erläutern vier Maßnahmen, mit denen der Staat versucht, die Arbeitslosigkeit zu bekämpfen.
   d) Während der Schulung diskutieren Sie mit den Auszubildenden Auswirkungen der Arbeitslosigkeit auf einen Langzeitarbeitslosen. Sie notieren zwei Auswirkungen mit Begründung.

Anlage

Starker Rückgang der Arbeitslosenzahl

3,568 Millionen Arbeitslose sind registriert, das sind 75.000 weniger als im Vormonat und 18.000 weniger als vor einem Jahr. Die Arbeitslosenquote beträgt nun 8,5 %.

3.5 Prüfungsaufgaben

Prüfungsaufgaben Winter 2010/2011 (Aufgabe 2, teilweise)

2.3 Der Beitrag der einzelnen Sektoren zur Wirtschaftsleistung hat sich im Laufe der Zeit stark gewandelt. Dies zeigt sich auch in den Veränderungen der Beschäftigungszahlen. Folgende Tabelle zeigt, wie viel Prozent der Erwerbstätigen in den verschiedenen Wirtschaftsbereichen 1991 und 2009 arbeiteten:

	1991	**2009**
Dienstleistungen	60 %	72 %
Industrie	29 %	20 %
Bau	7 %	6 %
Landwirtschaft	4 %	2 %

2.3.1 Beschreiben Sie den oben dargestellten Wandel in der Arbeitswelt.

2.3.2 Erläutern Sie zwei mögliche Ursachen für diese Veränderungen.

2.3.3 Beurteilen Sie vor dem Hintergrund dieser Entwicklung die zukünftigen Beschäftigungschancen in der Branche Ihres Ausbildungsbetriebes.

2.3.4 Eine negative Begleiterscheinung dieses Wandels ist die strukturelle Arbeitslosigkeit. Wie können Sie selbst strukturell bedingter Arbeitslosigkeit vorbeugen? Führen Sie zwei Möglichkeiten an.

4 Der Wert des Geldes und seine Messung

4.1 Preisniveau und Kaufkraft

Stofftelegramm

Tauschwert des Geldes

Kaufkraft (KK)	**Preisniveau (P)**
Wie viele Güter kann man für eine Geldeinh. kaufen?	Wie hoch ist der Preis für ein Gut?

Merke: Mit steigendem Preis sinkt die Kaufkraft und umgekehrt (reziprokes Verhältnis).

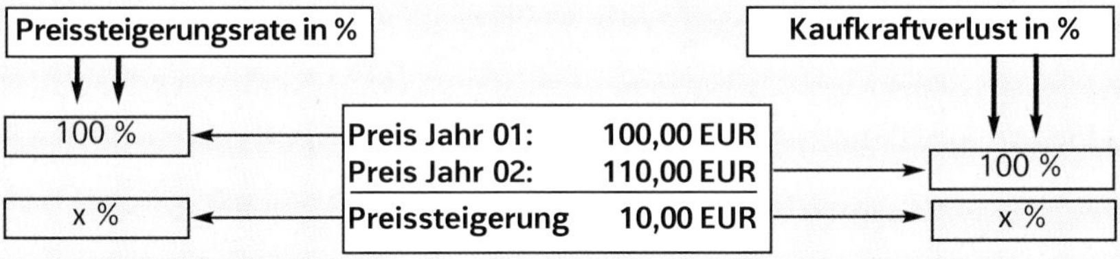

Messung der Geldwertschwankungen (Preis- und Kaufkraftänderungen) mittels

Preisindex für die Lebenshaltung aller privaten Haushalte (Lebenshaltungskostenindex)

4.2 Entstehung des Verbraucherpreisindex

Stofftelegramm

- Ermittlung durch Statistisches Bundesamt
- Lebenshaltungskostenindex zeigt, wie sich das Preisniveau für das von einem durchschnittlichen Haushalt gekaufte Gütersortiment (= **Warenkorb** mit ca. 600 Gütern) im Zeitablauf entwickelt. Ansatz des Kaufpreises des Warenkorbs in einem bestimmten Jahr (**Basisjahr**) mit 100 Punkten (%), Fortschreibung in den Folgejahren.
- Aktuelles Basisjahr: 2015 = 100
- Gewichtung der Güter und Dienstleistungen im Warenkorb (Wägungsschema; Stand: 2019)

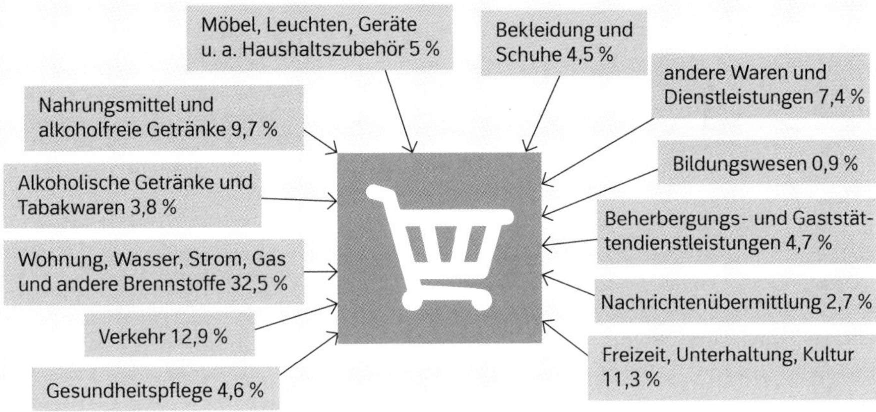

Der **harmonisierte Verbraucherpreisindex (HVPI)** ist ein Maßstab für die Wirtschaftspolitik, für die Unternehmen und das Verhalten der privaten Haushalte, z. B. bei Tarifverhandlungen.

Beispiel: Preisindex und Inflationsrate

Jahr	Preis des Warenkorbes in Euro	Preisindex (100 = Basis 2015)	Inflationsrate (in % ggü. Basisjahr)	Inflationsrate (in % ggü. Vorjahr)
2015	2.030,00	100,00	–	–
2016	2.056,39	101,30	1,30	1,30
2017	2.110,54	103,97	① 3,97	❷ 2,64
2018	2.183,67	107,57	7,57	3,46
2019	2.200,20	108,38	8,38	0,76
2020	2.268,35	111,74	11,74	3,10

① Preisindex Jahr 2017 – Preisindex Basisjahr = Inflationsrate ggü. Basisjahr
103,97 – 100 = 3,97 %

❷ Preisindex Jahr 2017 – Preisindex 2016 = Inflationsrate ggü. Vorjahr
103,97 – 101,30 = 2,67 Prozentpunkte

<u>**Berechnung der Inflationsrate:**</u> 101,30 = 100 %
2,67 = x %, x = 2,64 %

4.3 Ursachen von Inflation (Preisniveausteigerungen)

Stofftelegramm

Ursachen für Inflation

monetäre Ursachen

Überversorgung der Wirtschaft mit Geld
- übermäßige Kredite an die öffentlichen Haushalte
- übermäßige Kredite an die private Wirtschaft

nicht monetäre Ursachen

Von der Angebotsseite her:
- Kosteninflation durch z. B. höhere Löhne, steigende Energiekosten
- Gewinninflation

Von der Nachfrageseite her:
- Konsuminflation: Nachfrager sparen weniger
- Investitionsinflation: Unternehmen investieren mehr
- importierte Inflation durch z. B. erhöhte Exportüberschüsse

4.4 Auswirkungen von Inflation

Stofftelegramm

Auswirkungen von Inflation auf:

1. Löhne/Gehälter: Arbeitnehmer können sich von ihrem Einkommen weniger leisten.

- Preise der Lebensmittel steigen
- Mieten steigen
- Energiekosten steigen usw.

} = Kaufkraftverlust

Die Lohn-Preisspirale

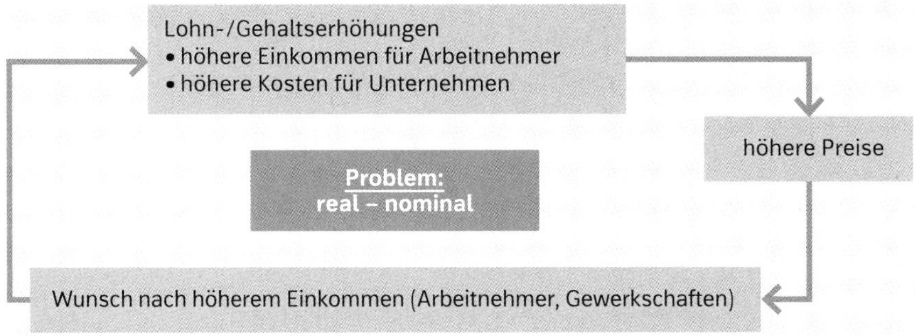

Nominallohn: dem Arbeitnehmer für Güterkäufe zur Verfügung stehender Nettolohn

Reallohn: die Menge an Gütern, die sich der Arbeitnehmer tatsächlich kaufen kann
→ Nominallohn – Preissteigerung = Reallohn

Beispiel:

Basisjahr 2010	**Nominal 2014**	**Real 2014**
100	110,2	103,4

2. Schulden

Schulden unterliegen dem Nominalwertprinzip, d. h., der geschuldete Betrag bleibt auch bei Inflation der Betrag, der zurückgezahlt werden muss.
→ Schuldner profitieren durch Inflation.

3. Ersparnisse

Ersparnisse wachsen durch Zinsen. Liegen diese unter der Inflationsrate, nehmen Geldvermögen **real** ab. → Sparer sind die Verlierer.

4. Sachwerte

Sachvermögen sind von Inflation kaum betroffen, da diese Vermögen durch Wertsteigerungen wachsen und diese meist über der Inflation liegen. Die Nachfrage nach Sachwerten steigt, deren Preise steigen somit auch.

4.5 Aufgaben (Grundwissen)

1. a) Unterscheiden Sie die Begriffe „Kaufkraft“ und „Preisniveau“.
   b) Wie verhalten sich Kaufkraft und Preisniveau zueinander?

2. Auf welche beiden grundsätzlichen Arten können Geldwertschwankungen berechnet werden?

3. Preis Jahr 01: 100,00 EUR — a) Preissteigerungsrate?
   Preis Jahr 02: 110,00 EUR — b) Kaufkraftverlust?

4. Preissteigerungsrate 8 %. Kaufkraftverlust?

5. Kaufkraftverlust: 6 %. Preissteigerungsrate?

6. Nennen Sie vier Bereiche, für die ein Preisindex berechnet wird.

7. Erklären Sie die Begriffe „Warenkorb“ und „Basisjahr“.

8. Was kann der Verbraucher aus dem Preisindex für die Lebenshaltung der Haushalte ablesen?

9. Warum müssen Warenkörbe regelmäßig „reformiert“ werden?

10. Ergänzen Sie die Tabelle (Aufrundung auf eine Kommastelle).

	Jahr 01	Jahr 02	Jahr 03	Jahr 04
Kosten für Warenkorb in Euro	2.000,00	2.040,00	2.101,00	2.206,00
Prozentuale Preissteigerung im Vergleich zum jeweiligen Vorjahr	–	a)	b)	c) ....
Preisindex: Basisjahr 01	d)	e)	f)	g) ....

11. Unterscheiden Sie die Begriffe „Nominallohn“ und „Reallohn“.

12. Wie hat sich in folgenden Fällen das Preisniveau entwickelt?
    a) Nominallohnsteigerung: 8 %; Reallohnsteigerung: 5 %
    b) Nominallohnsteigerung: 3 %; Reallohnsteigerung: 4 %
    c) Nominal- und Reallohnsteigerung je 4 %

13. Ermitteln Sie die Preisindizes bei folgenden Preissteigerungsraten (Basisjahr 01):

Jahr	01	02	03	04	05	06
Preissteigerungsrate	1,2 %	2,6 %	3,0 %	3,0 %	4,2 %	3,2 %

14. Nennen Sie die Faktoren, die den Geldwert beeinflussen können.

15. Für ein bestimmtes Jahr wurde in Deutschland eine Inflationsrate von 4,5 % vorausgesagt. Daher schlugen zu Jahresbeginn namhafte Wirtschaftswissenschaftler vor, für ein Jahr eine Lohnerhöhung auszusetzen.
    a) Nehmen Sie an, die Tarifpartner konnten sich auf eine solche Lohnpause einigen. Welche Auswirkungen hätte ein solcher Beschluss in der oben beschriebenen Situation auf den Reallohn? Begründung.
    b) Das Statistische Bundesamt ermittelt den jährlichen Preisindex für die Lebenshaltungskosten.

ba) Warum werden bei dieser Preisindexermittlung nicht alle Preise einer Volkswirtschaft addiert und durch ihre Anzahl dividiert?

bb) Wie ist es zu erklären, dass bei real steigenden verfügbaren Einkommen die Ausgaben eines Haushalts für Nahrungsmittel von 33,3 % des Einkommens im Jahre 10 auf 26,7 % des Einkommens im Jahre 16 gesunken sind?

bc) Wie haben sich Preisniveau und Kaufkraft vom Jahr 12 bis 13 prozentual bei einem Lebenshaltungskostenindex von 106,5 im Jahre 12 und 110,9 im Jahre 13 verändert?

c) Mit der vorgeschlagenen Lohnpause sollte nach Meinung der Wissenschaftler die lohnkostenbedingte Inflation eingedämmt werden. Nennen Sie zwei weitere Ursachen einer Geldentwertung und erklären Sie, wie sich daraus die jeweilige Inflation ergibt.

16. Was versteht man unter Inflation?

17. Nennen Sie mögliche Ursachen einer Inflation.

18. Erklären Sie den Begriff „importierte Inflation“.

19. Erklären Sie den Begriff „Lohn-Preis-Spirale“.

20. Welche Auswirkungen hat die Inflation?

5 Geldtheorie und Geldpolitik

5.1 Das Europäische System der Zentralbanken (ESZB)

Stofftelegramm

Stellung der EZB (Errichtung: 1998)

- ESZB = EZB + nationale Zentralbanken (NZB) der Mitglieder der Europäischen Wirtschafts- und Währungsunion (EWWU = „Euroland")

→ Föderalismus! Vergleichbar mit Deutscher Bundesbank und deren neun Hauptverwaltungen in Bundesländern

- Sitz der EZB in **Frankfurt/Main**
- EZB am **Modell der Deutschen Bundesbank** orientiert
- **unabhängig** (autonome Stellung) von Regierungen und EU-Organen
- keine Finanzierung staatlicher Ausgaben

Organe der EZB

- **Europäischer Zentralbankrat (Rat der EZB)** = oberstes Entscheidungsgremium, das i. d. R. zweimal im Monat zusammentritt

  Aufgaben: Leitlinien und Entscheidungen zur Festlegung der Geldpolitik erlassen (u. a.: geldpolitische Ziele und Höhe der Leitzinsen festlegen)

- **Direktorium:**
  - Leitung und Verwaltung der EZB
  - Vorbereitung der Sitzungen des EZB-Rats
  - Durchführung der Geldpolitik des Euroraums gemäß den Leitlinien und Entscheidungen des EZB-Rats, wobei es hierzu den nationalen Zentralbanken des Euroraums die notwendigen Weisungen erteilt
  - Führung der laufenden Geschäfte der EZB

- **ZB-Präsidenten aller Euroländer** **– Vgl. Übersicht nächste Seite –**

EU-Staaten, die bislang NICHT an der Währungsunion teilnehmen

↓ ↓ ↓ ↓ ↓ ↓

Schweden	**Dänemark**	**Großbrit.**	**Ungarn**	**Polen**	**Tschechien**
Rumänien	**Bulgarien**	**Kroatien**			

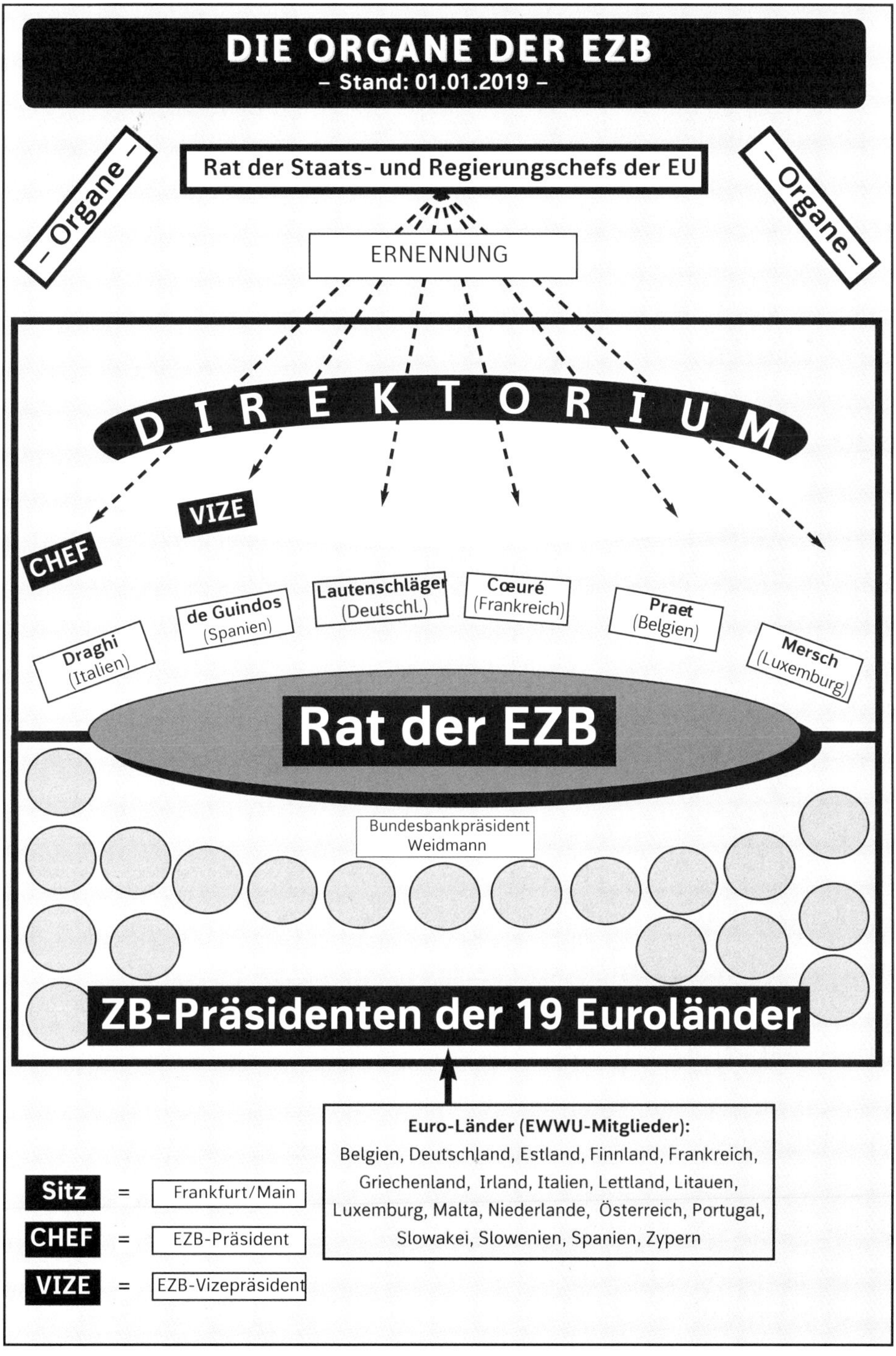
DIE ORGANE DER EZB
– Stand: 01.01.2019 –
– Organe –
Rat der Staats- und Regierungschefs der EU
– Organe –
ERNENNUNG
DIREKTORIUM
VIZE
CHEF
Lautenschläger (Deutschl.)
Cœuré (Frankreich)
de Guindos (Spanien)
Praet (Belgien)
Draghi (Italien)
Mersch (Luxemburg)
Rat der EZB
Bundesbankpräsident Weidmann
ZB-Präsidenten der 19 Euroländer
Euro-Länder (EWWU-Mitglieder):
Belgien, Deutschland, Estland, Finnland, Frankreich, Griechenland, Irland, Italien, Lettland, Litauen, Luxemburg, Malta, Niederlande, Österreich, Portugal, Slowakei, Slowenien, Spanien, Zypern
Sitz = Frankfurt/Main
CHEF = EZB-Präsident
VIZE = EZB-Vizepräsident

DIE BESCHLUSSORGANE DER EZB

EZB-DIREKTORIUM

- Präsident
- Vizepräsident
- vier weitere Mitglieder

Aufgaben

- Vorbereitung der Sitzungen des EZB-Rats
- Ausführung der Geldpolitik gemäß den Leitlinien und Entscheidungen des EZB-Rats + hierzu Weisungserteilung an NZBen
- Führung der laufenden Geschäfte der EZB
- Ausübung bestimmter, vom EZB-Rat übertragener Befugnisse

EZB-RAT

- Präsident
- Vizepräsident
- vier weitere Mitglieder des Direktoriums
- Präsidenten der NZBen des **Euro-Währungsgebiets** (19)

Aufgaben

- Erlässt Leitlinien und Entscheidungen, die notwendig sind, um die Erfüllung der dem Eurosystem übertragenen Aufgaben zu gewährleisten.
- Festlegung der Geldpolitik

ERWEITERTER EZB-RAT

- Präsident
- Vizepräsident
- Präsidenten der NZBen **aller EU-Mitgliedsstaaten** (28)

Aufgaben

Auflösung des Erweiterten EZB-Rats, wenn alle EU-Länder den Euro eingeführt haben; keine Verantwortung für geldpolitische Entscheidungen

Mitwirkung bei:

- Koordinierung der Geldpolitik „Nicht-Euro-EU-Staaten“ + EZB zwecks Aufrechterhaltung der Preisstabilität
- Erhebung statistischer Daten
- Berichtstätigkeiten der EZB
- Vorarbeit für Wechselkursfestlegung der „Nicht-Euro-EU-Staaten“

QUANTITATIVE EZB-DEFINITION VON PREISSTABILITÄT

Vorrangiges Ziel (vorrangige Aufgabe) der EZB: Gewährleistung der **Preisstabilität**

Definition der Preisstabilität durch die EZB:

Mittelfristiges Ziel des EZB-Rates beim Streben nach Preisstabilität:

Preissteigerungsrate unter, aber nahe der 2 %-Marke

- zur Vermeidung von **Inflationsrisiken**
- zur Vermeidung von **Deflationsrisiken**

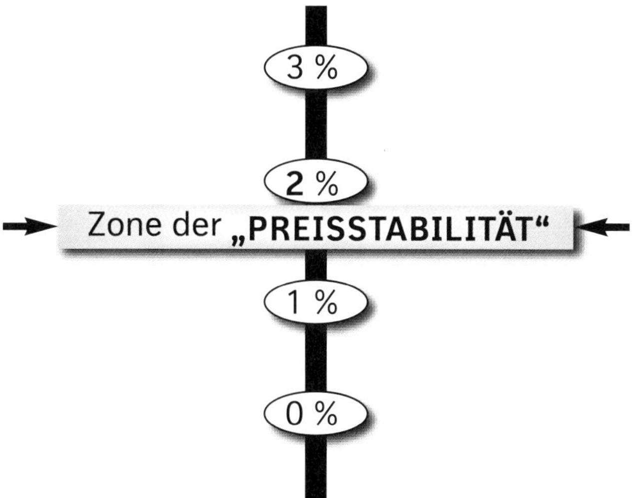

Weitere Aufgaben der EZB

- einheitliche **Währungs-(Geld-)Politik:** Leitzinsen festlegen, Geldmenge steuern ...
- **Devisengeschäfte** durchführen
- Verwaltung der **Währungsreserven** der Mitgliedsstaaten
- reibungslosen **Zahlungsverkehr** im Euroland organisieren
- **Banknotenausgabe** (Eurogeld)
- Höhe der **Münzausgabe** steuern
- **Überwachung** des Kreditwesens
- **Unterstützung der Wirtschaftspolitik** der Regierungen, sofern keine Gefährdung der Preisstabilität

Aufgaben

1. Was versteht man unter dem Europäischen Zentralbanksystem (ESZB)?
2. Nennen Sie die wesentlichen Aufgaben der Europäischen Zentralbank (EZB).
3. Wie definiert die EZB den quantitativen Begriff der Preisstabilität?
4. Was versteht man unter „Föderalismus" der Europäischen Zentralbank?
5. Die Europäische Zentralbank ist **unabhängig.** Wie ist dies zu verstehen?
6. Nennen Sie die Organe der Europäischen Zentralbank.

5.2 Inflation und Deflation (Geldwertschwankungen)

Stofftelegramm

Inflation

= anhaltendes Steigen des Preisniveaus = Geldentwertung

Ursachen	**Wirkungen**
• Nachfrageinflation • sinkendes Angebot • Kosteninflation • Lohn-Preis-Spirale • zunehmende Konzentration • Gewinninflation (Monopole, Oligopole erhöhen die Preise) • übermäßige Geldschöpfung der Kreditbanken und der Zentralbank	• sinkende Kaufkraft • Schuldner begünstigt • Gläubiger benachteiligt • Eigentümer von Sachvermögen erhalten ihren Vermögenswert im Gegensatz zu Geldeigentümern: Flucht in Sachwerte • Evtl. **Stagflation** (= Inflation bei Stagnation): evtl. Arbeitslosigkeit bei steigenden Preisen • sinkendes Vertrauen in die Währung

Deflation

= anhaltendes Sinken des Preisniveaus = steigende Kaufkraft

Ursachen	**Wirkungen**
• Kürzungen der Staatsausgaben (Nachfr. sinkt) • pessimistische Zukunftserwartungen: – geringe Nachfrage, hohes Sparen – geringe Investitionsneigung	• Schuldner benachteiligt • Gläubiger begünstigt • Flucht in die Geldwerte • Betriebsstilllegungen, Kurzarbeit, Arbeitslosigkeit wegen sinkender Nachfrage • sinkende Steuereinnahmen

Kriterien einer starken Deflationsgefahr →

- zu hoher **Wechselkurs**
- fallende Preise für **Immobilien**
- fallende **Aktienkurse**
- kollabierende **Konsumentennachfrage**
- sinkende **Kreditvergaben**
- restriktive Geldpolitik der **EZB**
- strenge **Fiskalpolitik**

Mögliche Folgen der Deflation

- Verbraucher verschieben Anschaffungen auf später. (Hoffnung, Waren später noch günstiger zu bekommen)
- Gefährliche Abwärtsspirale wird in Gang gesetzt.
- Absätze und Gewinne der Unternehmen sinken.
- Investitionen werden zurückgestellt.
- Löhne werden gekürzt bzw. Mitarbeiter entlassen. Folge: Verbrauch sinkt noch stärker.
- Möglicher Teufelskreis: Deflation nährt Rezession.

Aufgaben (Grundwissen)

1. Was versteht man unter Inflation?
2. Nennen Sie mögliche Ursachen einer Inflation.
3. Erklären Sie den Begriff importierte Inflation.
4. Erklären Sie den Begriff Lohn-Preis-Spirale.
5. Welche Auswirkungen hat die Inflation?
6. a) Was versteht man unter Stagflation?
   b) Warum ist die Stagflation wirtschaftspolitisch schwer zu bekämpfen?
7. Erklären Sie die Begriffe offene und verdeckte Inflation.
8. Unterscheiden Sie schleichende und galoppierende Inflation.
9. Was versteht man unter Deflation?
10. Nennen Sie mögliche Ursachen einer Deflation.
11. Welche Auswirkungen hat die Deflation?
12. a) Wie würden Sie die Geldwertschwankungen in der Bundesrepublik bezeichnen?
    b) Woher rühren Ihrer Ansicht nach diese Schwankungen?

5.3 Geldpolitik der EZB

Stofftelegramm

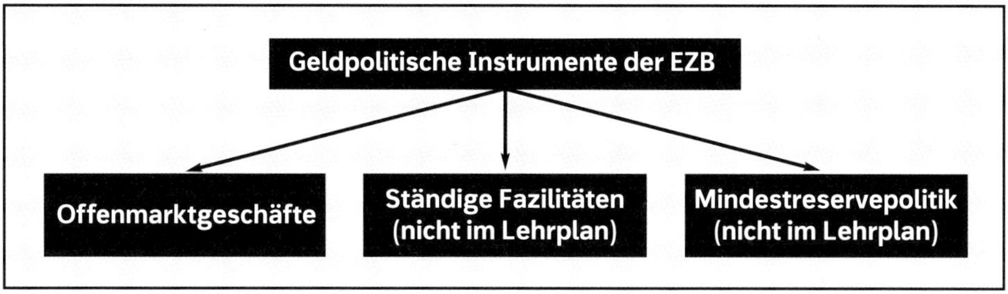

5.3.1 Offenmarktgeschäfte der EZB

Stofftelegramm

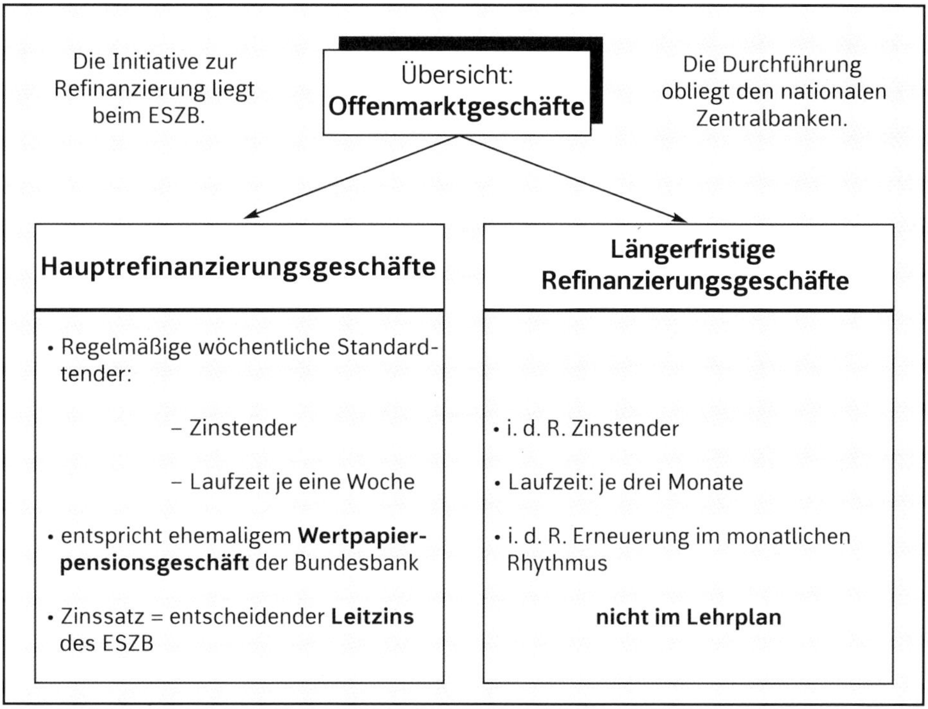

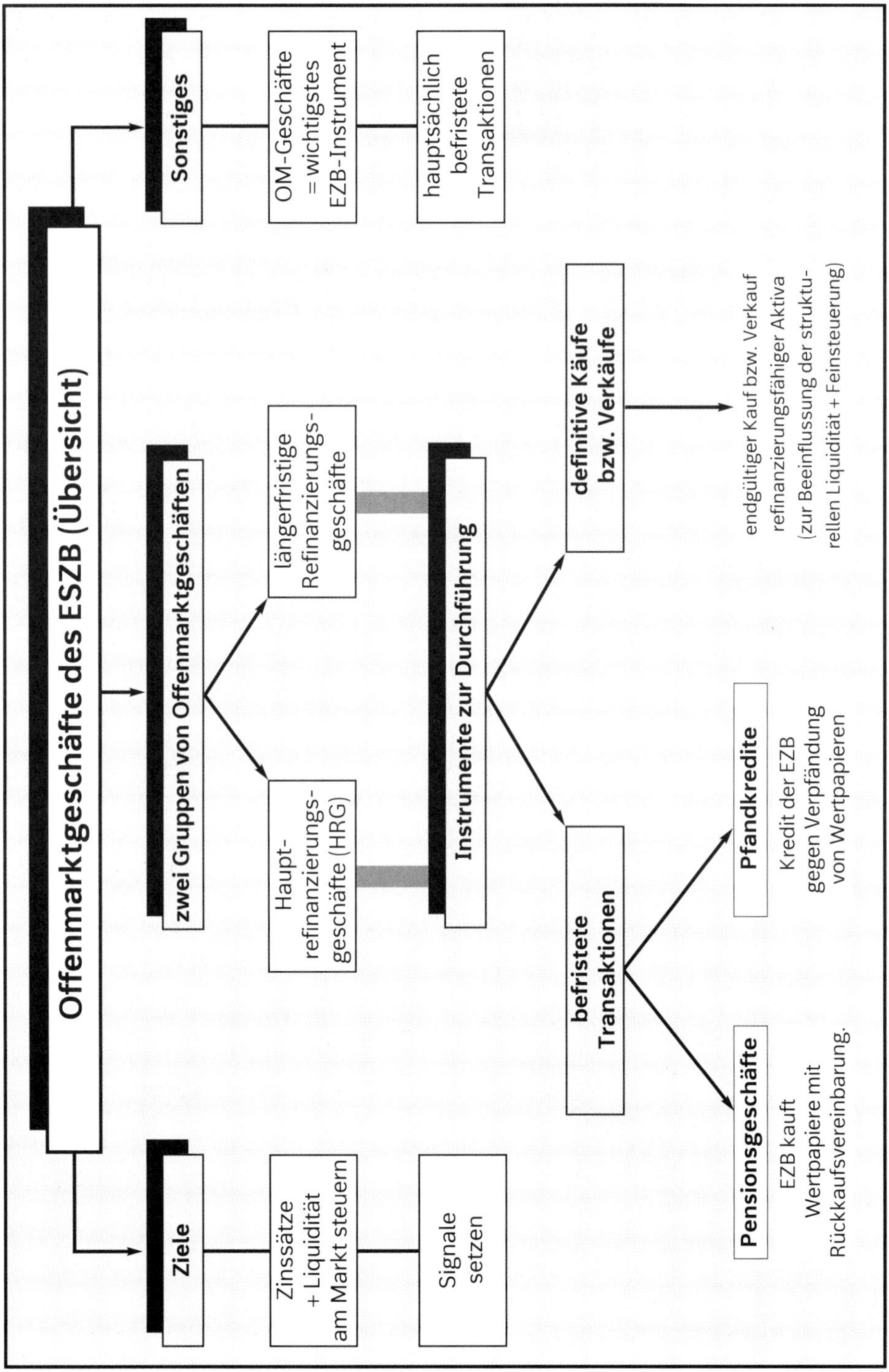
Offenmarktgeschäfte des ESZB (Übersicht)
Ziele
Zinssätze + Liquidität am Markt steuern
Signale setzen
zwei Gruppen von Offenmarktgeschäften
Haupt-refinanzierungs-geschäfte (HRG)
längerfristige Refinanzierungs-geschäfte
Instrumente zur Durchführung
befristete Transaktionen
Pensionsgeschäfte
EZB kauft Wertpapiere mit Rückkaufsvereinbarung.
Pfandkredite
Kredit der EZB gegen Verpfändung von Wertpapieren
definitive Käufe bzw. Verkäufe
endgültiger Kauf bzw. Verkauf refinanzierungsfähiger Aktiva (zur Beeinflussung der strukturellen Liquidität + Feinsteuerung)
Sonstiges
OM-Geschäfte = wichtigstes EZB-Instrument
hauptsächlich befristete Transaktionen

Offenmarktgeschäfte der EZB
(Beispiel: befristete Transaktion als Pensionsgeschäft)

Abkürz.: **ESZB** = Europäisches System der Zentralbanken; **NZB** = nationale Zentralbank; **GP** = Geschäftspartner; **WP** = Wertpapier

Wertpapierkauf durch ESZB

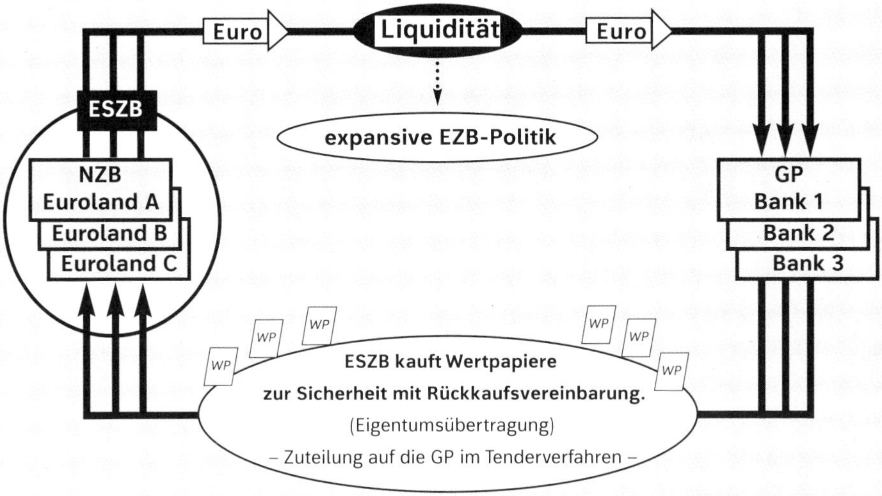

Rückkauf durch GP lt. Rückkaufsvereinbarung bei Fälligkeit

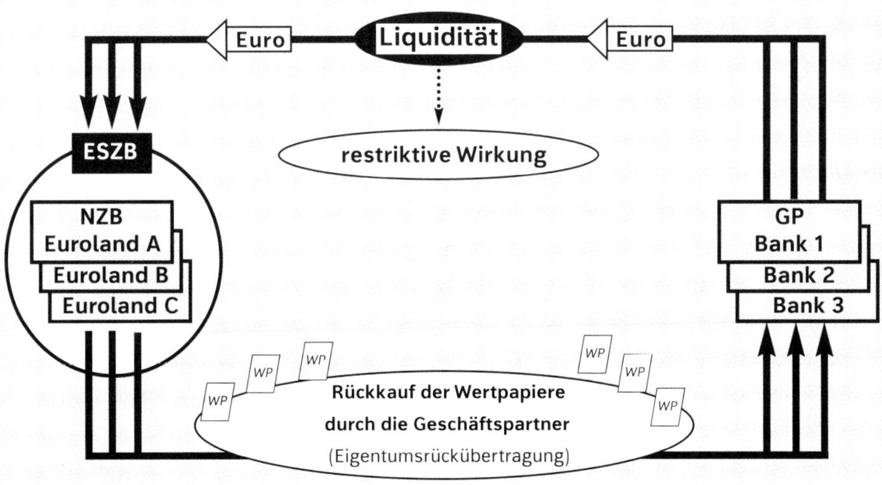

5.3.2 Wirkungsweise von Offenmarktgeschäften

Stofftelegramm

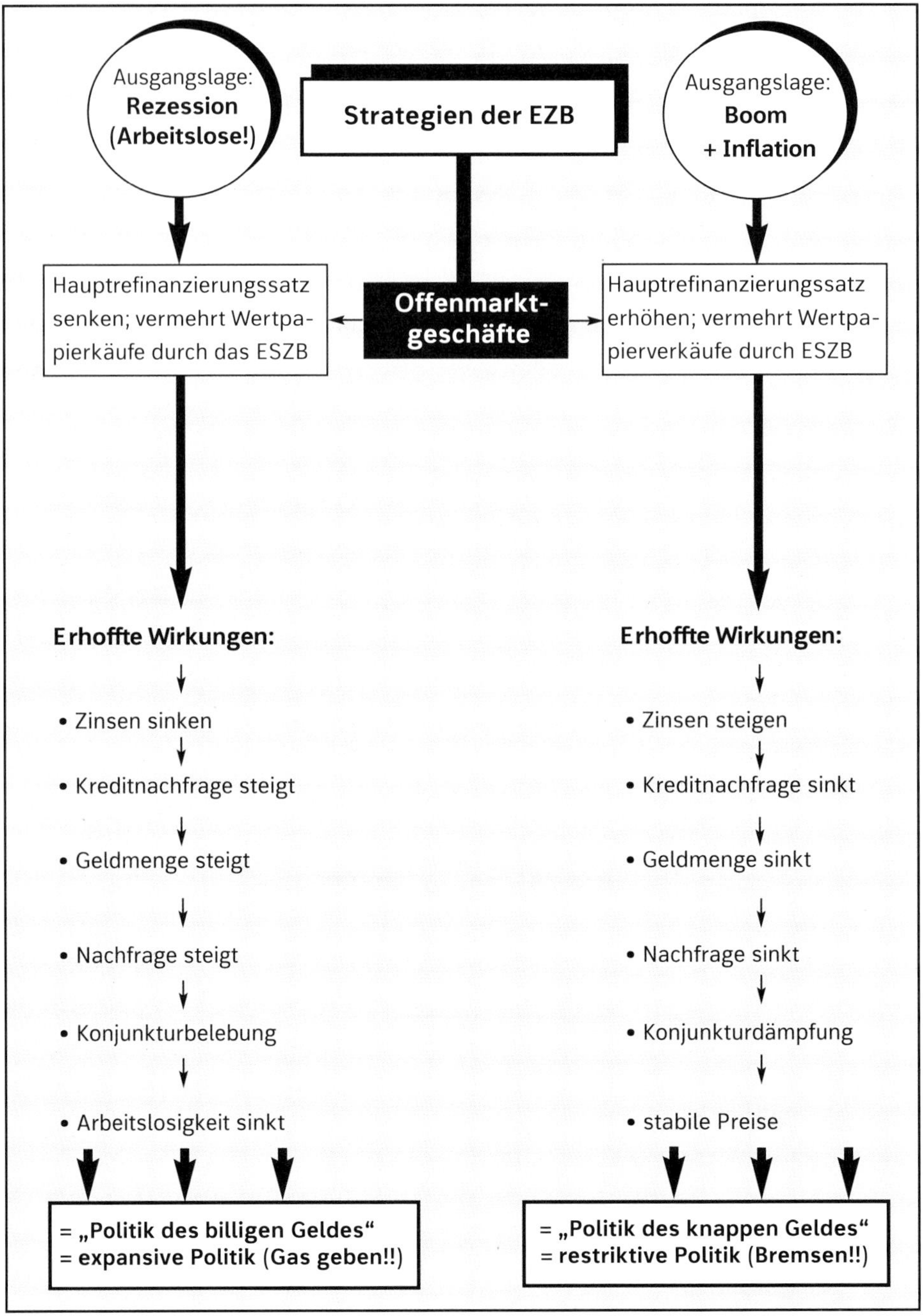

5.3.3 Leitzinspolitik der EZB (Übersicht)

Stofftelegramm

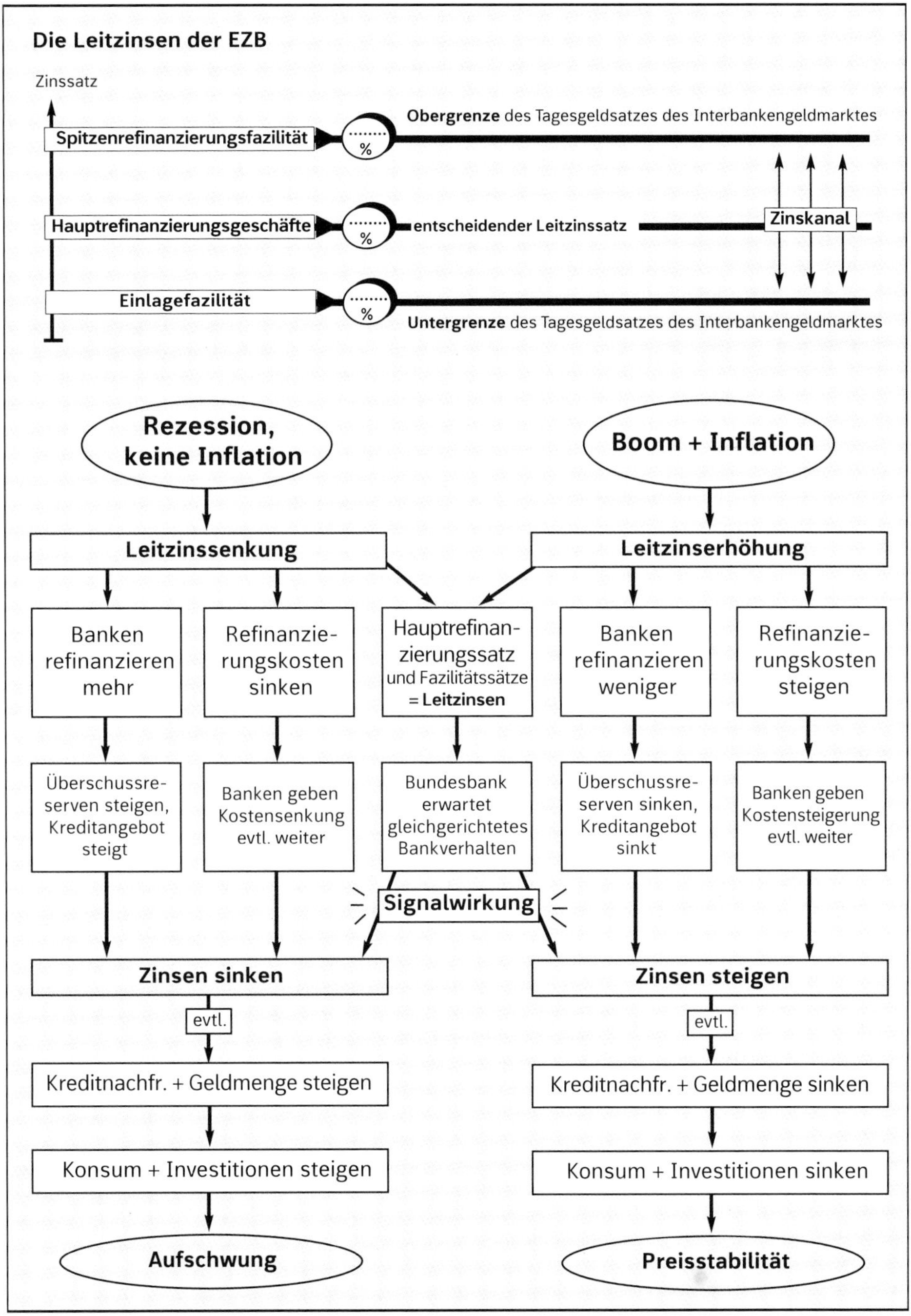

Störfaktoren bei der EZB-Politik ...

... bei Leitzinssenkung in der Rezessionsphase

(Ziel: Erhöhung der Geldmenge ...)

PESSIMISMUS!

Negative Zukunftserwartungen der Unternehmen:
trotz „billigen Geldes" keine Kreditaufnahmen – keine Investitionen

Folge: **Geldmenge steigt nicht!!**

AUSLAND!

evtl. Kapitalabfluss ins Ausland, falls $Zinssatz_{Ausland} > Zinssatz_{Inland}$

Folge: **Geldmenge sinkt!!**

Euroland

... bei Leitzinserhöhung in der Hochkonjunkturphase (Inflation!)

(Ziel: Senkung der Geldmenge ...)

OPTIMISMUS!

Positive Zukunftserwartungen der Unternehmen:
trotz „teuren Geldes" intensive Kreditaufnahmen

Folge: **Geldmenge steigt weiter!!**

AUSLAND!

evtl. Kapitalzufluss vom Ausland, falls $Zinssatz_{Inland} > Zinssatz_{Ausland}$

Folge: **Geldmenge steigt!!**

KOSTENDRUCK!

Zinsen steigen – Kosten steigen – Berücksichtigung bei Kalkulation: **Preise steigen!!**

ALTERNATIVEN!

Banken versorgen sich anderweitig mit Liquidität (z. B. im Ausland): **Geldmenge steigt!!**

5.3.4 Aufgaben

1. Welche allgemeinen Ziele verfolgt die EZB speziell mit ihren Offenmarktgeschäften?

2. Nennen und beschreiben Sie kurz die Instrumente zur Durchführung von Offenmarktgeschäften.

3. Erklären Sie folgende Begriffe:
   - **Leitzinsen**
   - **Signalwirkung**

4. Welche geldpolitischen Maßnahmen der EZB würden evtl. mithelfen, Boom und Inflation zu **bremsen?** Beschreiben Sie stichpunktartig die Wirkungen der Maßnahmen.

5. Welche geldpolitischen Maßnahmen der EZB würden evtl. mithelfen, die **Arbeitslosigkeit zu beseitigen?** Beschreiben Sie stichpunktartig die Wirkungen der Maßnahmen.

6. Welche **Störfaktoren** stellen die Erreichung der Ziele einer Leitzinserhöhung infrage?

7. **Geldpolitik der Europäischen Zentralbank (EZB)**

   Die EZB hat auf die derzeitige Konjunkturschwäche mit mehreren Leitzinssenkungen reagiert.
   a) Welches Organ der EZB hat diese Maßnahmen beschlossen?
   b) Im Mittelpunkt der geldpolitischen Möglichkeiten der EZB stehen die Hauptfinanzierungsgeschäfte. Beschreiben Sie kurz den Ablauf eines Hauptrefinanzierungsgeschäfts.
   c) Verdeutlichen Sie die Wirkungsweise dieser Leitzinssenkung in mindestens vier Schritten.

8. Beschreiben Sie
   a) eine staatliche Maßnahme,
   b) eine geldpolitische Maßnahme,
   mit denen die wirtschaftliche Position Deutschlands verbessert werden könnte.
   c) Zeigen Sie jeweils ein Problem auf, das durch die staatliche und die geldpolitische Maßnahme entstehen kann.

9. Eine in der Vergangenheit häufig angewandte Strategie zur Belebung der Wirtschaft war, die Zinssätze zu senken. Beschreiben Sie in vier Schritten die möglichen positiven wirtschaftlichen Auswirkungen einer Niedrigzinspolitik.

10. Nicht immer treten die in Aufgabe 10 beschriebenen Wirkungen einer Niedrigzinspolitik ein. Erläutern Sie zwei mögliche Ursachen.

11. Zahlreiche Wirtschaftsexperten fordern von der Europäischen Zentralbank (EZB) eine Geldpolitik, die den konjunkturellen Aufschwung unterstützt.
    a) Unter welcher Voraussetzung wird die EZB dieser Forderung nachkommen?
    b) Die EZB könnte den Konjunkturaufschwung u. a. mithilfe des Hauptfinanzierungsgeschäftes fördern. Beschreiben Sie die Wirkungsweise dieser Maßnahme in mindestens vier Schritten.

5.4 Prüfungsaufgaben

Prüfungsaufgaben Winter 2014/2015 (Aufgabe 2, teilweise)

2.3 Die EZB hat die Aufgabe, neben der Wahrung der Geldwertstabilität, die Wirtschaftspolitik in der EU zu unterstützen.

2.3.1 Begründen Sie anhand einer Wirkungskette in mindestens vier Schritten, wie sie dieses Ziel mit der Änderung des Leitzinssatzes erreichen will.

2.3.2 Die EZB sieht trotz der anziehenden Konjunktur in Deutschland durch die Leitzinsänderung keinen Zielkonflikt zu ihrem obersten Ziel. Erläutern Sie diese Aussage.

Prüfungsaufgaben Winter 2014/2015 (Aufgabe 2, teilweise, verändert)

Herr Doll beobachtet die Entwicklung des Einzelhandels in Pforzheim mit Sorge. Alteingesessene Einzelhandelsgeschäfte haben in den letzten Jahren geschlossen. In der regionalen Tageszeitung wird von dem Gespenst der tiefen Preise gesprochen. Gemeint ist damit eine Deflation.

2.1 Sie erklären im Rahmen des nächsten Mitarbeitermeetings den Teilnehmern die Begriffe Inflation und Deflation.

2.2 Während des Meetings werden folgende Fragen gestellt:
- Welche Auswirkungen hat eine Deflation?
- Welche Auswirkungen hat eine Inflation?
- Mit welchen Maßnahmen kann einer Inflation entgegengewirkt werden?

Sie beantworten die Fragen.

Prüfungsaufgaben Sommer 2015 (Aufgabe 2, teilweise)

2.4 Nach seiner Rückkehr aus Schweden beunruhigen Herrn Müller aktuelle Vorkommnisse in der europäischen Geldpolitik. Er bittet Sie daher um die Anfertigung einer Zusammenfassung zum Thema Europäische Zentralbank (EZB).

Die Zusammenfassung soll folgende Aspekte beinhalten:
- Hauptaufgabe der EZB
- Beschreibung eines Instrumentes der EZB
- Auswirkungen der aktuellen Zinssenkungen auf das Unternehmen Kletter Hans e. K.

6 Europäische Integration, Globalisierung, Freihandel, Protektionismus, WTO

6.1 Europäische Integration

Stofftelegramm

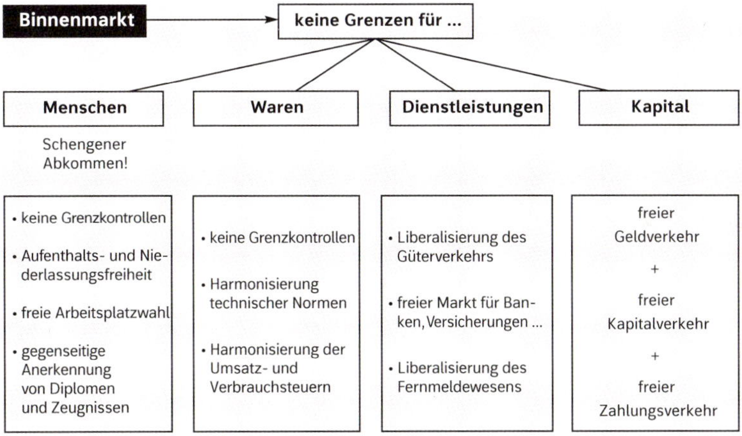

Die Entwicklung zum **Binnenmarkt** führte nicht gleichzeitig zur Angleichung der **Wirtschaftspolitik.**

Maastricht-Vertrag: Verpflichtung der EG-Staaten, ihre nationale Wirtschaftspolitik zu koordinieren. Letzteres ist entscheidend für eine **Wirtschafts- und Währungsunion (WWU).**

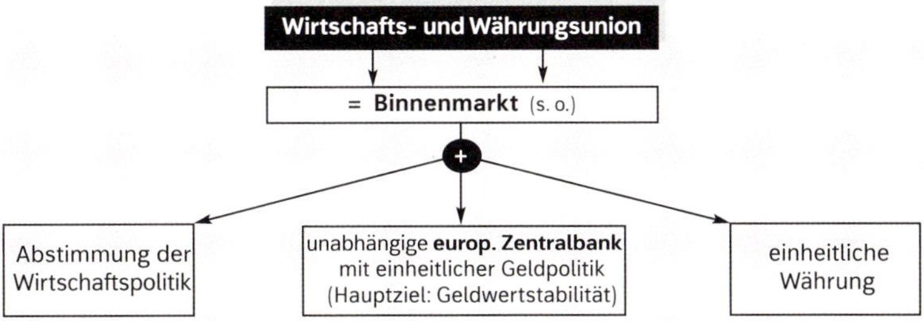

28 Mitgliedsländer der EU (Stand: Mai 2019):

- Deutschland
- Österreich
- Frankreich
- Großbritannien[1]
- Italien
- Estland
- Polen
- Ungarn
- Zypern (griech. Teil)
- Kroatien
- Spanien
- Portugal
- Griechenland
- Belgien
- Niederlande
- Lettland
- Tschechien
- Slowenien
- Rumänien
- Luxemburg
- Schweden
- Finnland
- Dänemark
- Irland
- Litauen
- Slowakei
- Malta
- Bulgarien

[1] *Bei Drucklegung war der avisierte Brexit noch nicht vollzogen und Großbritannien somit noch Mitglied der EU.*

Eurostaaten (Stand: Januar 2019):

- Deutschland
- Frankreich
- Italien
- Slowenien (2007)
- Estland (2011)
- Spanien
- Niederlande
- Belgien
- Malta (2008)
- Lettland (2014)
- Österreich
- Finnland
- Portugal
- Zypern (2008)
- Irland
- Luxemburg
- Griechenland (2001)
- Slowakei (2009)
- Litauen (2015)

Übersicht zur Europäischen Integration:

Der Weg zur Europäischen Wirtschafts- und Währungsunion (EWWU = WWU)

1951 — **EGKS**

Montanunion = Europ. Gemeinschaft für Kohle und Stahl **(EGKS)**

Mitglieder: Deutschland, Frankreich, Italien, Belgien, Luxemburg, Niederlande

Ziele:
- Bildung eines gemeinsamen Marktes für Kohle und Stahl
- Grundstein legen zur Errichtung einer wirtschaftl. Gemeinschaft

1957 — **EWG**

- Europäische Wirtschaftsgemeinschaft **(EWG)** (Mitglieder: s. o.)
- Europäische Atomgemeinschaft **(EURATOM)** (Mitglieder: s. o.)

EWG:
- Beschluss, auf Europ. **Binnenmarkt** hinzuarbeiten
- **Ausdehnung** der **gemeinsamen Politik** im Bereich Kohle/Stahl auf weitere Bereiche der **Wirtschaft,** z. B. Landwirtschaft, Fischerei, Verkehr, Wettbewerbsrecht, Außenhandel

1967 — **EG**

Zusammenlegung von EWG + EURATOM + EGKS
= **Europäische Gemeinschaft (EG)**

1968 — **Zollunion**

Zollunion vollendet

Ab jetzt: zollfreier Im- und Export von einem EWG-Staat in einen anderen
(Freihandel)

1972 — **Schlange**

Europäische „Währungsschlange"

relativ feste Wechselkurse unter den Partnerländern

1979 — **Europäisches Währungssystem (EWS)** — **EWS**

relativ feste Wechselkurse unter den Partnerländern ...

erste Direktwahl zum Europäischen Parlament

1987 — **einheitliche Europäische Akte** — **Eur. Akte**

- Schaffung von Voraussetzungen für Vollendung des Europ. **Binnenmarktes**
- Intensivierung der politischen Zusammenarbeit
- inzwischen zwölf Mitgliedsstaaten

1992 — **Maastrichter Vertrag** — **Maastricht**

- Beschluss EG-Länder: Gründung der Europäischen Union (**EU**)
- Europäische Gemeinschaften = „Europäische Union“ (**EU**)
- **Seit 01.01.1999** Europäische Wirtschafts- und Währungsunion (**EWWU**) – (s. u.)
- **Voraussetzungen** für **Aufnahme** in die EWWU (**Konvergenzkriterien**): siehe unten!

1993 — Beginn des **Europäischen Binnenmarktes (s. o.)** sowie der **EU** — **EU**

Die drei Säulen der EU

Europäische Gemeinschaften (**EG**) inkl. **EWWU**	gemeinsame Außen- und Sicherheitspolitik	Zusammenarbeit bei Innen- und Rechtspolitik

1994 — **Europäisches Währungsinstitut (EWI)** — **EWI**

Vorläufer der Europ. Zentralbank: Beginn 2. Stufe von Maastricht

1998 — **Entscheidung über EWWU-Beginn und Teilnehmer:** — **Wer?**

2004 — **EU-Osterweiterung** — **neue EU’ler**

2016 — In einer **Volksabstimmung** stimmt die Mehrheit für den **Austritt Großbritanniens aus der EU (Bis Mitte 2019 ist der Brexit noch nicht erfolgt.).** — **Brexit**

Der Stufenplan von Maastricht zur Errichtung der Europ. Währungsunion (WWU)

1. Stufe: 1990–93

- Liberalisierung des Kapitalverkehrs
- Realisierung des Europ. Binnenmarktes

2. Stufe: 1994–98

- Annäherung (**Konvergenz**) in der Wirtschafts-, Finanz- und Geldpolitik
- Jedes Land muss bestimmte Konvergenzkriterien erfüllen zwecks Aufnahme in die WWU:

Konvergenzkriterien

stabiles Preisniveau	gesunde Staatsfinanzen	stabile Wechselkurse	nicht zu hohes Zinsniveau
Inflationsrate max. **1,5 %** über Durchschnitt der drei stabilsten Länder	jährliche **Neuverschuldung** max. **3 %** des Bruttoinlandsprodukts (BIP) **Staatsschulden** insgesamt max. **60 %** des BIP	**EWS-Teilnahme** seit mindestens zwei Jahren ohne große Kursschwankungen	durchschnittl. lfr. **Zinssatz** im Jahr vor der Prüfung max. **2 %** über dem Satz der drei preisstabilsten Länder

- **Europäischer Stabilitäts- und Wachstumspakt:**

1996 verständigte sich der ECOFIN-Rat (Rat der Wirtschafts- und Finanzminister), einen „Stabilitäts- und Wachstumspakt" zu beschließen.

Bestimmungen:
- Verpflichtung der EU-Mitglieder zu **solider Haushaltspolitik**
- Mittelfristig: **ausgeglichener Haushalt** bzw. Haushaltsüberschuss
- **Annäherung** an das Haushaltsziel: jährliche Defizitsenkung um mindestens 0,5 % des Bruttoinlandsprodukts (BIP)
- Vorlage von **Stabilitäts- und Konvergenzprogrammen**
- **Frühwarnsystem** soll Defizit > 3 % des BIP verhindern; höhere Defizite nur ausnahmsweise erlaubt (z. B. starker Abschwung)
- **Sanktionen** bei Verfehlung der Bestimmungen

- Errichtung des **Europäischen Währungsinstituts (EWI)**
- Ausschluss der Finanzierung öffentlicher Haushalte durch Notenbanken
- Überführung der nationalen **Notenbanken** in die **Unabhängigkeit**
- **Entscheidung** über **Beginn** der WWU und die **Teilnehmer**
- Errichtung des **Europäischen Systems der Zentralbanken (ESZB)**

3. Stufe: 1999–02

- **Start** der Währungsunion am **01.01.1999**
- Festlegung der **Wechselkurse** der Teilnehmerwährungen
- einheitliche Geldpolitik durch das Europäische Zentralbanksystem (**ESZB**)
- Noten-, Münzausgabe in **Euro**, seit 2002 Ersatz nationaler Geldzeichen

seit Februar 2014

Einheitlicher Zahlungsverkehr in Europa: SEPA

EU-Länder, Euroland und EWS II

Deutschland
Österreich
Frankreich
Spanien
Portugal
Italien
Griechenland
Belgien
Niederlande
Luxemburg
Irland
Finnland
Slowenien
Malta
Zypern (griech.)
Slowakei (ab 2009)
Estland (ab 2011)
Lettland (ab 2014)
Litauen (ab 2015)

Euro-Währungsgebiet (EWWU)

=

EU-Mitgliedsstaaten, die den Euro eingeführt haben (kurz: **„Euroländer"**)

„Eurosystem"

=

EZB + Nationale Zentralbanken der Euroländer

↓

einheitliche Geldpolitik

Dänemark

EWS II

= „Wartezimmer" der Eurozone

Ziel: Euro-Einführung

Großbrit.[1]
Schweden
Ungarn
Polen
Tschechien
Rumänien
Bulgarien
Kroatien

EU-Länder

Europäisches System der Zentralbanken (= ESZB)

=

EZB

+

Nationale Zentralbanken aller EU-Mitglieder

[1] *Bei Drucklegung war der avisierte Brexit noch nicht vollzogen und Großbritannien somit noch Mitglied der EU.*

Vorteile einer Europäischen Währungsunion

- Keine **Wechselkursschwankungen** innerhalb der Währungsunion:
  - Wegfall des Wechselkursrisikos fördert den Außenhandel (mehr Planungssicherheit für die Wirtschaft)
  - keine Wechselkursspekulationen mehr mit negativen Auswirkungen auf den innergemeinschaftlichen Handel
- **Transaktionskosten** (Währungsumtauschkosten, Versicherungskosten ...) entfallen
- verbesserte Preisvergleiche **(Preistransparenz)** möglich
- **größeres Angebot** von Waren und Dienstleistungen, größere Finanzierungsmöglichkeiten ...
- Belebung des innergemeinschaftlichen Handels ... Folge: evtl. **Wachstumsschub**
- Entstehung eines **starken Währungsblocks** als Gegenstück zu Yen und US-Dollar
- **Stabilität** der Gemeinschaftswährung evtl. höher als durchschnittliche Stabilität der EU-Mitgliedsstaaten
- Verstärkung des **Zusammengehörigkeitsgefühls** durch gemeinsame Währung (europäische Identität = positiv für die Völkerverständigung)
- Einhaltung von **Stabilitätskriterien** (Konvergenzkriterien) führte zu positiven Wirkungen bereits im Vorfeld der Währungsunion, aber auch danach (Sanktionen gegen Länder, die die Stabilitätskriterien nicht erfüllen). Folge: Schaffung einer europäischen **Stabilitätsgemeinschaft**
- Konkurrenzvergrößerung bei Unternehmen und Gewerkschaften führt zu **Preis- und Lohndisziplin**
- Fortsetzung des europäischen **Einigungsprozesses**; Vorarbeiten für politische + soziale Integration
- Verhinderung nationaler Alleingänge und **Rivalitäten** in Europa
- Stärkung der **Wettbewerbsfähigkeit** gegenüber anderen Regionen der Welt
- Strenge + glaubwürdige **Antiinflationspolitik** der **EZB** führt zu Preisstabilität und langfristig niedrigen Zinsen. Die Zinsen sinken zudem aufgrund der wegfallenden Wechselkursgebühren sowie größerer Liquidität eines europäischen Finanzeinheitsmarktes. Folge: Investitionen + Wachstum werden gefördert.

Nachteile (Probleme) einer Europäischen Währungsunion

- Nicht alle EU-Staaten wurden aufgrund mangelnder Konvergenz von Anfang an in die Währungsunion aufgenommen. → Start mit nur kleinerer Gruppierung → Gefahr: Spaltung Europas in **„Ins“** und **„Outs“** (Europa mit mehreren Geschwindigkeiten)
- Währungsunion evtl. **verfrüht** (Währungsunion ohne vorherige Schaffung einer politischen Union)
- Währungsunion evtl. zum **falschen Zeitpunkt:** In Zeiten einer **Konjunkturflaute** (hohe Arbeitslosenzahlen) bewirkt das Anstreben der Konvergenzkriterien eine Verschärfung der Situation. (Der Staat sollte in dieser Phase die Wirtschaft ankurbeln durch erhöhte Staatsinvestitionen, Steuersenkungen ... Das Gegenteil wird zwecks Erfüllung der Konvergenzkriterien momentan getan → man ist also weit entfernt von einer „antizyklischen Fiskalpolitik“.) Einige Wirtschaftswissenschaftler sind der Ansicht, die ehemals **schwache Konjunktur** resultiere zu einem Gutteil aus den europaweiten Ausgabenkürzungen zwecks Erfüllung des 3 %-Kriteriums von Maastricht.

  Stichwort: **„Wir sparen ... und machen damit den Aufschwung kaputt.“**
- Billiges **Arbeitskräfteangebot** aus anderen EU-Ländern drückt evtl. Löhne und Gehälter in Deutschland.
- Finanzpolitisches **Fehlverhalten** eines Mitgliedslandes wirkt evtl. negativ auf andere Länder.

6.2 Globalisierung

Stofftelegramm

- Globalisierung = zunehmende **Internationalisierung des** Wettbewerbs
- **Wirkungen:**
  - zunehmender Wettbewerbsdruck (ausländische Billiganbieter)
  - Verlagerung von Arbeitsplätzen und Produktionsstätten ins kostengünstigere Ausland = Diskussionsthema „**Wirtschaftsstandort Deutschland**"
  - zunehmend **multinationale (grenzüberschreitende) Unternehmen**
- **Ursachen**:
  - Trend in Richtung Liberalisierung des Welthandels
  - technische Innovationen (Produktions-, Verkehrs-, Kommunikationstechnik)
- **Vorteile der Globalisierung:**
  - weltweite Konkurrenz → günstige Einkaufspreise
  - kostengünstigere Produktion im Ausland
  - Förderung der Wirtschaft in Entwicklungsländern
  - Kulturaustausch, Verflechtung steigt → Kriegsgefahr sinkt
  - wachstumsfördernd → steigender Wohlstand
  - steigende Warenvielfalt
  - Produktionsfaktoren weltweit effizienter eingesetzt
  - Steigerung der weltweiten Produktivität und des Wohlstands der beteiligten Produzenten
  - Beschleunigung der technischen Entwicklung
- **Kritik an der Globalisierung:**
  - steigende Arbeitslosigkeit in Ländern mit hohem Lohnniveau
  - steigender Kostendruck in bisherigen Industrieländern
  - sinkender Lebensstandard in bisherigen Industrieländern
  - Konzentration auf Märkte und Geschäftsbeziehungen – die Globalisierung von Menschenrechten, ökologischen Standards usw. bleiben evtl. unberücksichtigt.
  - zunehmende Umweltzerstörung (Flugzeuge, Fabriken ...)

6.3 Freihandel – Protektionismus

Stofftelegramm

Freihandel → völlig unbehinderter internationaler Güteraustausch

Protektionismus → Der internationale Handel wird durch Eingriffe erschwert oder begünstigt.

Tarifäre Handelshemmnisse	Nichttarifäre Handelshemmnisse
= v. a. **zollpolitische** Maßnahmen (Import-/Exportzölle)	= sonstige Hemmnisse des freien internationalen Handels (z. B. Importquote = mengenmäßige Beschränkung des Imports)

6.4 WTO

Stofftelegramm

WTO = **W**orld **T**rade Organization (Welthandelsorganisation); seit 1995; Sitz: Genf

- Mitglieder: 164 Staaten (Stand: Januar 2019)
- Überwachung der Einhaltung der internationalen Handelsregeln
- Schlichtungsinstanz bei Rechtsstreitigkeiten zwischen den Mitgliedsländern

Wesentliche Bereiche: Handel mit Waren, Dienstleistungen, geistigen Eigentumsrechten:

Handel mit Waren: **G**eneral **A**greement on **T**ariffs and Trade (**GATT**= Allgemeines Zoll- und Handelsabkommen)

Ziele des GATT:

- Zollabbau
- Meistbegünstigungsklausel zur Verhinderung der Benachteiligung einzelner Länder: Alle ausgehandelten Zollzugeständnisse, die ein Land seinem Partnerland in einem sonstigen Handelsvertrag gewährt, gelten sofort und ohne Gegenleistung für alle anderen GATT-Mitglieder auch.
- Abschaffung der Diskriminierung einzelner Länder
- Abschaffung der Einfuhrkontingente (Einfuhrbeschränkungen)
- Verhinderung von Dumpingmethoden (Warenexporte zu Preisen, die niedriger als die Inlandspreise sind; Zweck: Verdrängung von Konkurrenz bzw. Verteidigung eigener Marktanteile)

Handel mit Dienstleistungen: Banken, Versicherungen, Tourismus

Geistige Eigentumsrechte: Patentrechte

6.5 Aufgaben

1. Was versteht man unter einem **Binnenmarkt**?
2. Wodurch unterscheidet sich der **Binnenmarkt** von einer **Wirtschafts-** und **Währungsunion?**
3. Nennen Sie kurz die einzelnen **Stationen** auf dem Weg zur Europäischen Union **(EU).**
4. Welche wesentlichen wirtschaftspolitischen Punkte beinhaltet der **Maastrichter Vertrag?**
5. Welche wesentlichen Inhalte hat der **Drei-Stufen-Plan** von Maastricht?
6. Was versteht man unter **„Konvergenz"**?
7. Nennen Sie die im Maastricht-Vertrag fixierten **Konvergenzkriterien.**
8. „Bedeutender als die einmalige Konvergenz ist die nachhaltige Konvergenz."
   a) Erklären Sie diese Aussage.
   b) Wie wird erreicht, dass sich die EWWU-Staaten um nachhaltige Konvergenz bemühen?
9. Welche wirtschaftspolitischen **Chancen** und **Risiken** könnten aus der Errichtung einer Europäischen Wirtschafts- und Währungsunion **(EWWU)** resultieren?
10. Nennen Sie Vor- und Nachteile einer an **Konvergenzkriterien** orientierten Wirtschafts- und Finanzpolitik des Staates.
11. Erklären Sie die Aussage: „Wir sparen für die Konvergenz und machen den Aufschwung kaputt."
12. Nennen Sie kurz die Bestimmungen des **Europäischen Stabilitäts- und Wachstumspakts.**
13. Verfolgen Sie die aktuelle Entwicklung in der **Tagespresse.**

6.6 Prüfungsaufgaben

Prüfungsaufgaben Sommer 2014 (Aufgabe 2, teilweise)

2.4 Herr Gruber schickt Sie zu einer Veranstaltung des örtlichen Gewerbevereins zum Thema „Globalisierung – Handlungsbedarf für den regionalen Handel?" und gibt Ihnen den Auftrag, die wichtigsten Punkte in einem Ergebnisprotokoll festzuhalten.

Bei Ihrem Ergebnisprotokoll orientieren Sie sich an den Tagesordnungspunkten des Einladungsschreibens.

2.4.1 Was heißt Globalisierung?

2.4.2 Was bedeutet Globalisierung
- für den Verbraucher,
- für den Arbeitsmarkt,
- für den Einzelhandel?

Kompetenzbereich IV: Entscheidungen im Rahmen einer beruflichen Selbstständigkeit treffen

1 Berufliche Selbstständigkeit

1.1 Anforderungen

Stofftelegramm

Motive für die Selbstständigkeit:
- Unabhängigkeit von einem Arbeitgeber: eigener Chef sein
- Selbstverwirklichung: eigene Ideen umsetzen
- bessere Vereinbarkeit von Familie, Beruf, Freizeit
- zusätzliche Verdienstmöglichkeiten
- Rückkehr ins Arbeitsleben: Alternative zur Arbeitslosigkeit

Anforderungen an die Unternehmerpersönlichkeit:

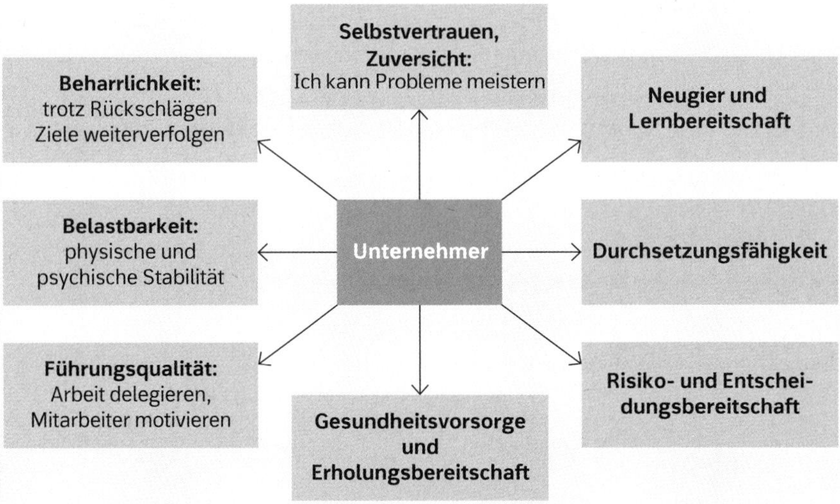

Kompetenzen eines Unternehmers:
- fachliche Qualifikation
- Marketingkompetenz (Marktkenntnisse, Kundenorientierung)
- kaufmännische Qualitäten (Kalkulation, Buchführung, wirtschaftliches Denken)
- Erfahrung (bei Gründungen achten Kapitalgeber auf die berufliche Erfahrung)

Vor- und Nachteile (Chancen und Risiken):

Selbstständigkeit

Vorteile	Nachteile
• Verwirklichung eigener Ideen und Ziele • Entscheidungen selbst treffen (keine Vorgesetzten) • gesellschaftliches Ansehen durch Erfolg • Hohes Einkommen möglich!! • Gewinn für eigene Leistung selbst ernten • hoher Grad an persönlicher Freiheit • Unabhängigkeit • höhere Motivation zu arbeiten • selbstgewählte Arbeitszeiten, dadurch sind Beruf und Privatleben besser verbindbar • Arbeitsumfeld wie Team, Ort etc. selbst gestaltbar	• Einkommen hängt von der Auftragslage ab (kein festes Einkommen) • finanzielles Risiko (oft haftet der Selbstständige mit Privatvermögen) • oft hohe Arbeitsbelastung (üblicherweise arbeiten Selbstständige 50–60 Stunden pro Woche) • keine soziale Absicherung (Rente, Arbeitsunfähigkeit, Krankenversicherung nur mit eigener Vorsorge) • eventuell Aufgabe eines guten Angestelltenverhältnisses

Aufgaben

1. Nennen Sie fünf Motive für den Wunsch nach einer möglichen Selbstständigkeit.
2. Beschreiben Sie die Anforderung an einen Unternehmer/eine Unternehmerin.
3. Welche Kompetenzen muss eine Unternehmerperson mitbringen?
4. Erklären Sie Vor- und Nachteile einer Selbstständigkeit.

1.2 Beratungs- und Förderangebote für Existenzgründungen

1.2.1 Beratung

Stofftelegramm

Anlaufstellen: Handwerkskammern, Industrie- und Handelskammern, Existenzgründungsinitiativen, Verbände, Steuerberater oder Unternehmensberater.

Vor-Gründungsphase: Unterstützung durch die Bundesländer, teilweise Übernahme der Beratungskosten durch den Bund mit dem Gründercoaching Deutschland (www.existenzgruender.de).

Beratungs- und Orientierungsangebote in Baden-Württemberg:
Beratungsgutscheine für eine kostengünstige Gründungsberatung durch einen Experten bzw. eine Expertin

- Zwei Phasen der Beratung:
  - Einstieg durch eine mehrstündige, in der Regel kostenlose Kompaktberatung
  - Für mehrtägige Intensivberatungen wird eine stark kostenreduzierte Eigenbeteiligung verlangt.
- Ziel:
  - Entwicklung eines tragfähigen Geschäftsmodells
  - Erstellung eines detaillierten Businessplans (siehe www.gruendung-bw.de).

Aufgaben

1. Zeigen Sie Beratungsmöglichkeiten für eine Selbstständigkeit in ihrer Wohnumgebung auf.
2. Was sind Beratungsgutscheine?

1.2.2 Förderung und Finanzhilfen

Stofftelegramm

- **Öffentliche Förderprogramme in Baden-Württemberg für Gründer:**
  durch Förderbanken (L-Bank, Bürgschaftsbank Baden-Württemberg, Mittelständische Beteiligungsgesellschaft)
- **Bundesweit geförderte Programme:**
  - Mikrofinanzierungsangebote
  - Darlehensprogramme über Bürgschaften
  - Bereitstellung von Wagniskapital
  - Innovationsförderprogramme
- **Spezielle Förderangebote:**
  - Gründungsvorhaben im ländlichen Raum
  - Gründung aus der Arbeitslosigkeit
  - innovative, technologieorientierte Vorhaben

Aufgaben

1. Welche öffentlichen Förderprogramme gibt es?
2. Erklären Sie die Begriffe „Mikrofinanzierung“, „Darlehen über Bürgschaften“ und „Wagniskapital“.

1.3 Businessplan

Stofftelegramm

Aufbau und Inhalt eines Businessplans

Deckblatt

Inhaltsverzeichnis

Geschäftsidee

Gründerprofil

Markteinschätzung

Standort

Wettbewerbssituation

Unternehmens-organisations- und Personalmanagement

Risikoanalyse

finanzwirtschaftliche Planungen

Anhang

Gründerperson:
Der Erfolg eines Unternehmens hängt vor allem von der Gründerpersönlichkeit ab. Diese sollte ausführlich beschrieben werden.

Kunden:
Wer und wo sind die Kunden? Alter, Geschlecht, Einkommen, Beruf, Privat- oder Geschäftskunden. Welchen Nutzen hat Ihr Angebot für potenzielle Kunden?

Konkurrenz:
Wer und wo sind die Konkurrenten? Stärken und Schwächen der Konkurrenz, Preise der Konkurrenz

- tabellarischer Lebenslauf
- Pachtvertrag
- Leasingvertrag
- Nachweis über eingetragene Schutzrechte
- Übersicht der Sicherheiten

Aufgaben

1. Erklären Sie den Aufbau eines Businessplans.
2. Welche Dokumente sind im Anhang eines Businessplans zu finden?
3. Wer sind die Adressaten eines Businessplans?

1.4 Amtliche Formalitäten für die berufliche Selbstständigkeit

Stofftelegramm

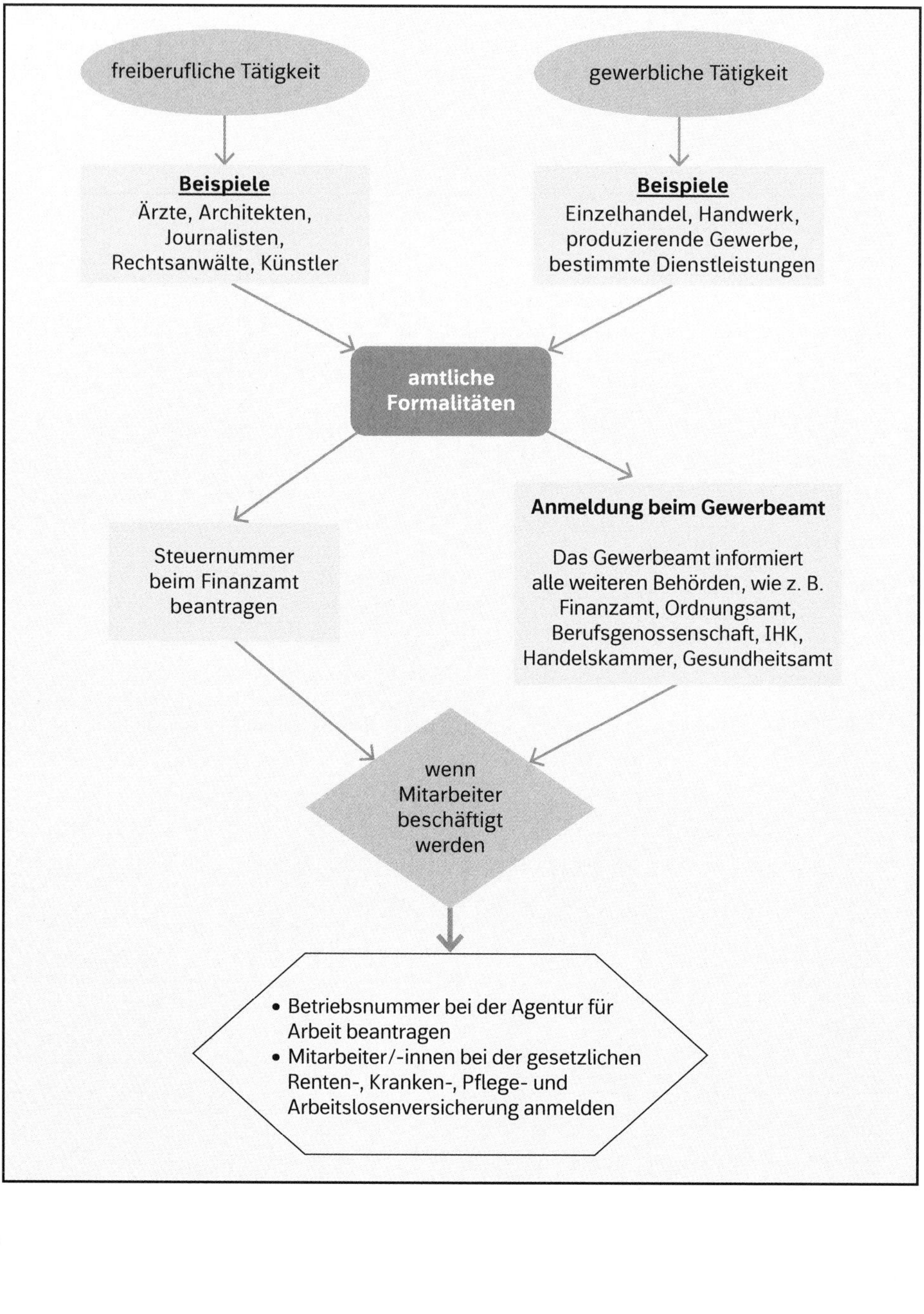

2 Standortfaktoren

2.1 Standortfaktoren und Standortwahl

Stofftelegramm

Standort: Ist der geografische Ort, an dem ein Betrieb z. B. Güter und Dienstleistungen herstellt.
- internationaler Standort
- nationaler Standort
- regionaler Standort
- lokaler Standort

Standortfaktoren = örtliche Produktionsvorteile

Input-Faktoren
- Grundstücke und Gebäude (Preise, Verfügbarkeit, Genehmigungen)
- Roh-, Hilfs-, Betriebsstoffe (Preise, Verfügbarkeit, Transportkosten)
- Arbeitskräfte (Qualifikation, Verfügbarkeit)
- Energie und Wasser (Verfügbarkeit, Kosten)
- Verkehrsinfrastruktur (Verfügbarkeit, Kosten)
- Informationsinfrastruktur (Verfügbarkeit, Kosten)

Durchlauf-Faktoren (Throughput)
- Lohnniveau der Arbeitskräfte
- Produktivität der Arbeitskräfte
- Gewerkschaften (Streikgefahr)
- soziale Bedingungen (Einstellung der Bevölkerung zur Arbeit)
- Umweltbedingungen (Klima, Boden)

Output-Faktoren
- Konkurrenz (Entfernung und Stärke)
- Absatzpotential (Kaufkraft, Kundennähe, Bevölkerungsstruktur)
- Absatzkontakte (Messen, Makler)
- Verkehrsinfrastruktur (Anbindung an Kunden, Transportwege zum Kunden, Transportkosten)

Staatliche Faktoren
- politische Stabilität
- Inflation
- Zölle, Außenhandelsgesetze
- Steuern
- staatliche Fördermaßnahmen (Subventionen)
- Wirtschaftsordnung (Wettbewerbsgesetz)
- Umweltschutzauflagen

Standortentscheidungen zu unterschiedlichen Unternehmensphasen:

Gründungsphase: Neugründung → Errichtung einer neuen Betriebsstätte

Umsatzphase:
- Standortexpansion → neue Standorte zum bisherigen dazu (z. B. Kapazitätsprobleme)
- Standortverlagerung → neue Standorte unter Aufgabe des bisherigen (z. B. Verlagerung ins Ausland)
- Standortzentralisation → Zusammenfassung bestehender Standorte (Nutzen von Synergieeffekten)
- Standortdezentralisation → räumliche Verteilung bestehender Standorte (z. B. bei großen Unterschieden im Produktprogramm)

2.2 Nutzwertanalyse

Stofftelegramm

Nutzwertananalyse = Entscheidungsbewertungstabelle, hilft bei der Auswahl von Alternativen.

Beispiel: Ein Unternehmen hat zwei mögliche Standorte für eine neue Produktionsstätte.

Kriterien	Gewichtung	Standort A		Standort B	
		Note	gew. Note	Note	gew. Note
Standort					
• Nähe zur Autobahn	10	7	70	10	100
• Nähe zur Spedition	15	5	75	1	15
• Nähe zum Lager	5	2	10	8	40
Kosten					
• Steuern	3	6	18	6	18
• Bau-/Mietkosten	16	9	144	4	64
• Energie	11	7	77	4	44
Gewinnpotential					
• Konkurrenznähe	7	8	56	5	35
• geringe Arbeitslosenquote	13	7	91	6	78
• hohe Bevölkerungsdichte	20	6	120	8	160
Gesamt	100	661		554	

↓

Standort A ist aufgrund der ausgewählten Kriterien und der vorgenommenen Gewichtung der bessere Standort.

Vorteile der Nutzwertanalyse:	• Die Entscheidungsfindung liegt schriftlich vor. • transparente Entscheidungen • dient als Diskussionsgrundlage
Nachteile der Nutzwertanalyse:	• subjektive Bewertung (z. B. Gewichtung) • zeitaufwendig, wenn viele Kriterien notwendig

2.3 Aufgaben

1. a) Definieren Sie den Begriff „Standort“.
   b) Nennen Sie fünf Standortfaktoren.

2. Erklären Sie den Begriff „Infrastruktur“ und dessen Bedeutung für die Standortwahl eines Betriebes.

3. Ein mittelständisches Unternehmen der Möbelbranche aus dem Schwarzwald fertigte bisher Schlafzimmer. Durch den Aufbau in den neuen Bundesländern glaubt die Geschäftsleitung, dass im Bereich Büromöbel noch erheblicher Bedarf besteht.
   Der derzeitige Standort lässt keine weiteren Industriebauten mehr zu. Der Unternehmensleitung werden passende Objekte in der Nähe von Saarbrücken, in einem Vorort von Prag (Tschechien) und in Pirna, einer Kleinstadt in der Nähe von Dresden, angeboten.
   a) Erläutern Sie vier Standortfaktoren, die bei der Auswahl einer besonderen Prüfung bedürfen.
   b) Gewichten Sie diese Faktoren und ermitteln Sie mit einer Entscheidungsmatrix den geeignetsten Standort für die Büromöbelproduktion. Dabei kann jeder Faktor mit maximal 10 Punkten pro Standort angesetzt werden. Begründen Sie Ihre Gewichtung der einzelnen Standortfaktoren.
   Entscheidungsmatrix:

Faktor ↘ Ort →	Prag	Pirna	Saarbrücken

3 Rechtsformen der Unternehmung

3.1 Kaufmann – Handelsregister – Firma

Stofftelegramm

Kaufmann im Sinne des HGB

- Für wen gilt das **HGB?** → Für **Kaufleute**
- Wer ist **Kaufmann nach HGB?**

  → jeder Gewerbetreibende mit kaufmänn. Organisation (mit kaufmännischem Geschäftsbetrieb)

  → jeder Gewerbetreibende ohne kfm. Organisation, sofern freiwillig im Handelsregister eingetragen

  = **Kannkaufmann** (Er **kann**, muss sich jedoch nicht im Handelsregister eintragen lassen.)

  → jede Kapitalgesellschaft (GmbH, AG) = **Formkaufmann**

  → jeder Land- und Forstwirt, sofern freiwillig im Handelsregister eingetragen = **Kannkaufmann**

- Wer im Handelsregister steht, ist **Kaufmann nach HGB.**

  (Bei deklaratorischer Wirkung besteht die Kaufmannseigenschaft evtl. schon vorher.)

- Alle **Kleingewerbetreibende**

  = Gewerbetreibende, deren Unternehmen einen in kaufm. Weise eingerichteten Geschäftsbetrieb nicht erfordert;

  Kurz: Gewerbetreibende ohne kaufmännische Organisation

  können freiwillig die **Kaufmannseigenschaft** erwerben, indem sie sich ins Handelsregister eintragen lassen („**Kannkaufleute**").

- Auch **Kleingewerbetreibende** können eine **OHG bzw. KG** gründen, sofern sie im Handelsregister eingetragen sind.

Vgl. Übersicht nächste Seite!

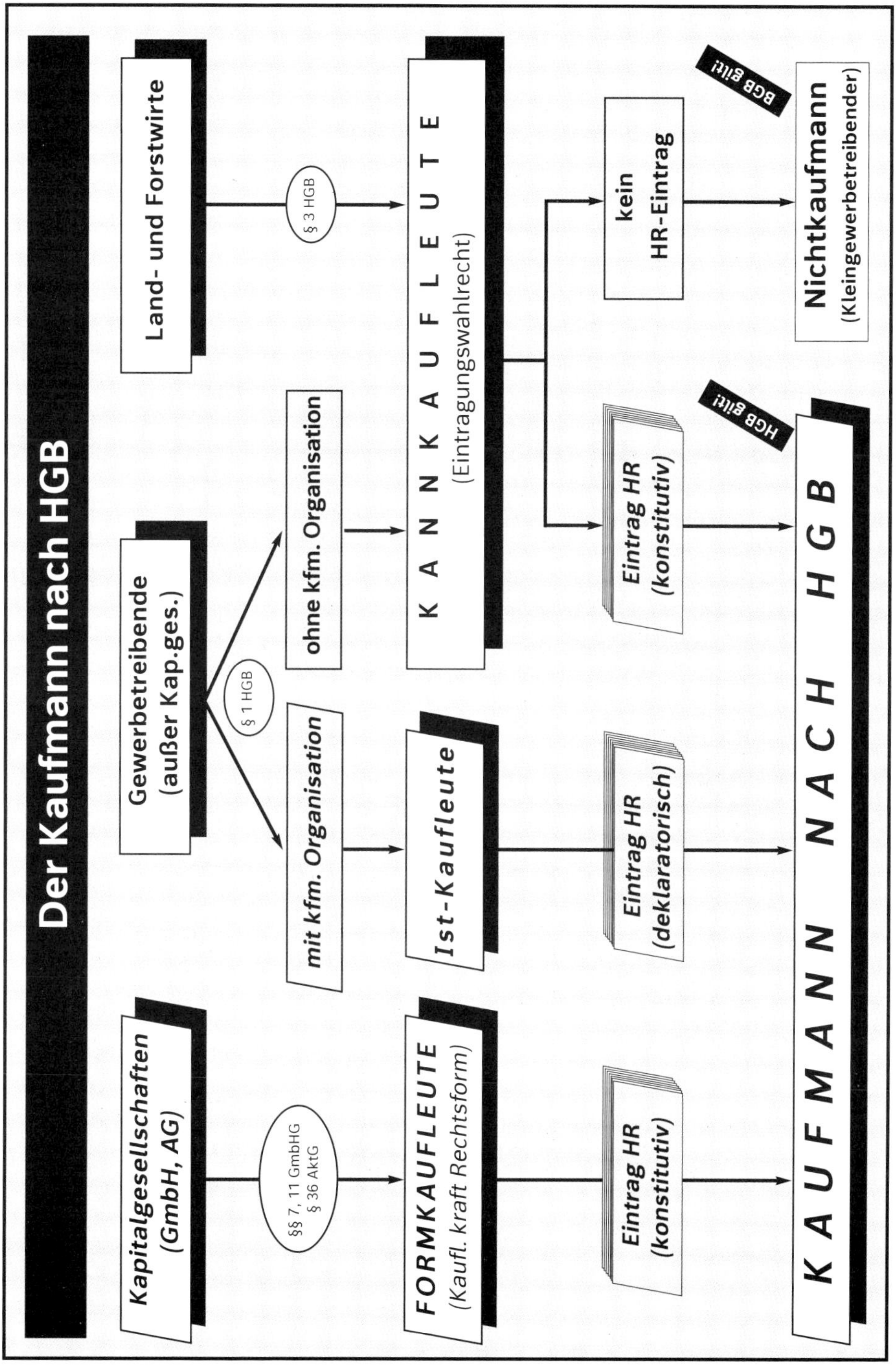
Der Kaufmann nach HGB
Kapitalgesellschaften (GmbH, AG)
Gewerbetreibende (außer Kap.ges.)
Land- und Forstwirte
§§ 7, 11 GmbHG § 36 AktG
§ 1 HGB
§ 3 HGB
mit kfm. Organisation
ohne kfm. Organisation
FORMKAUFLEUTE (Kaufl. kraft Rechtsform)
Ist-Kaufleute
KANNKAUFLEUTE (Eintragungswahlrecht)
Eintrag HR (konstitutiv)
Eintrag HR (deklaratorisch)
Eintrag HR (konstitutiv)
kein HR-Eintrag
HGB gilt!
BGB gilt!
KAUFMANN NACH HGB
Nichtkaufmann (Kleingewerbetreibender)

Aufgaben

1. Für wen gilt das HGB?
2. Unterscheiden Sie hinsichtlich Handelsregister-Eintrag:
   Gewerbetreibende mit bzw. ohne kaufmännischen Geschäftsbetrieb.
3. Welche Besonderheiten gelten für gewerbetreibende Nichtkaufleute?
4. Welche Kaufleute sind immer Kaufleute nach HGB?
5. Inwiefern unterscheidet sich die rechtliche Wirkung der Handelsregistereintragung bei Formkaufleuten von den sonstigen Gewerbetreibenden mit kaufmännischem Geschäftsbetrieb?
6. Nennen Sie vier Kriterien für die Beurteilung, ob ein Gewerbetreibender einen in kaufmännischer Weise eingerichteten Geschäftsbetrieb unterhält.
7. Unterscheiden Sie die Begriffe Kann- und Formkaufmann. Nennen Sie je zwei Beispiele.
8. Ingo Schopf ist alleiniger Gesellschafter und Geschäftsführer der Schopf GmbH.
   Ist er Kaufmann i. S. des HGB?
9. Welche Gewerbetreibenden können nicht Prokura erteilen?
10. Welche Nachteile haben eingetragene Kaufleute im Vergleich zu Nichtkaufleuten?
11. Welche Kaufmannsart(en) liegt (liegen) jeweils vor?
    a) Opf & Co. KG, Kunststoffverarbeitung, 70 Beschäftigte
    b) Großkino in Hamburg, 15 Beschäftigte, 2 Mio. EUR Jahresumsatz
    c) Rechtsanwaltspraxis Dr. Para
    d) Würstchenbude in der Innenstadt
    e) Handels-GmbH, ein Gesellschafter, keine Mitarbeiter
    f) Landwirtschaftlicher Großbetrieb des Bauern Gerster
    g) EDV-Beratungsbetrieb „Daty e. K." ohne Mitarbeiter; Jahresumsatz 70.000,00 EUR
    h) Poppe e. K.; 2-Mann-Betrieb; Jahresumsatz 30.000,00 EUR
    i) Ravensburger Spiele AG
    j) Industriekaufmann Sebastian Schaufel

Handelsregister → öfftl. Verzeichnis aller Kaufleute nach HGB des Amtsgerichtsbezirks

Inhalt:
- Firma
- Inhaber
- Kapital
- Prokura
- Geschäftssitz
- Gegenstand d. U.
- Geschäftsführer bzw. Vorstandsmitglieder

Öffentlichkeit des Handelsregisters:

- § 9 HGB: Einsicht für jeden
- § 10 HGB: Veröffentlichung aller Eintragungen und Löschungen (letztere erfolgen durch rotes Unterstreichen) im Bundesanzeiger und der örtl. Tageszeitung
- § 15 Abs. 2 HGB: öffentlicher Glaube (Eingetragene und bekanntgemachte Tatsachen muss jeder gegen sich gelten lassen.)

Abt. A: Einzelunternehmen und Personengesellschaften

Abt. B: Kapitalgesellschaften

Beginn der rechtlichen Wirkung der Eintragung:

1. **Deklaratorisch** (rechtsbezeugend): Die Rechtswirkung besteht schon vor Eintrag im Handelsregister.

   Bsp.: Einzeluntern., Personengesellschaften jeweils mit kaufmänn. Organisation

2. **Konstitutiv** (rechtserzeugend): Die Rechtswirkung besteht erst durch die Eintragung.

   Bsp.: Kapitalgesellschaft, Kannkaufmann

Firma → Name, unter dem der Kaufmann nach HGB seine Geschäfte betreibt und unterschreibt; er kann unter seiner Firma klagen und verklagt werden (§ 17 HGB).

Kurz: Handelsname

Arten:
- Personenfirma (Alf Moll)
- Sachfirma (Software Daten GmbH)
- Mischfirma (Bau Moll GmbH)
- Fantasiefirma (Softy OHG)

Firmengrundsätze:

- **Firmenöffentlichkeit:** Handelsregistereintrag → Jeder kann einsehen.
- **Firmenbeständigkeit:** Firmenbeibehaltungswahlrecht bei Inhaberwechsel, wenn bisheriger Inhaber einwilligt; Veräußerung der Firma ohne zugehörigen Geschäftsbetrieb nicht möglich

- **Unterscheidbarkeit:** (= Firmenausschließlichkeit) Unterscheidbarkeit von anderen Firmen muss bei Neugründungen beachtet werden.
- **Offenlegung der Haftungsverhältnisse:** durch Rechtsformzusätze (z. B. e. K.; OHG ...)
- **Offenlegung der Gesellschaftsverhältnisse:** durch Rechtsformzusätze
- **Irreführungsverbot:** Der Firmenname darf nicht über geschäftliche Verhältnisse, die für die Geschäftspartner maßgeblich sind, täuschen.

Aufgaben

1. Erklären Sie den Begriff Handelsregister.
2. Wo kann das Handelsregister eingesehen werden?
3. Nennen Sie acht wesentliche Eintragungen im Handelsregister.
4. Wer darf das Handelsregister einsehen?
5. Wie wird formal eine Handelsregistereintragung gelöscht?
6. Wie werden HR-Eintragungen bzw. -Änderungen bekanntgemacht?
7. Welche Bedeutung hat das Handelsregister?
8. Welche Personenkreise haben ein besonderes Interesse an HR-Eintragungen bzw. -Änderungen? Drei Nennungen mit Begründung.
9. Welche Rechtsformen werden in welchen Abteilungen des Handelsregisters geführt?
10. Erklären Sie den Begriff „öffentlicher Glaube“.
11. Erklären Sie anhand je eines Beispiels die unterschiedliche rechtliche Wirkung einer Handelsregistereintragung. Verwenden Sie die üblichen Fachbegriffe.
12. Welche der folgenden Aussagen sind richtig?
    a) Das Handelsregister ist ein öffentliches Verzeichnis aller Kaufleute.
    b) Das Handelsregister unterrichtet u. a. über Kapitalverhältnisse eines Unternehmens.
    c) GmbHs werden in Abteilung A des Handelsregisters geführt.
    d) Prokuristen werden nur in Abteilung B des Handelsregisters geführt.
    e) Alle Eintragungen und Änderungen im Handelsregister werden veröffentlicht.
    f) Deklaratorische Wirkung des Handelsregistereintrags bedeutet, dass die Rechtswirksamkeit mit der Eintragung im Handelsregister eintritt.
    g) Die Löschung einer Handelsregistereintragung erfolgt durch Unterstreichen.
    h) Handelsregistereintragungen kann jeder einsehen, der ein berechtigtes Interesse nachweist.
    i) Das Handelsregister informiert Außenstehende über die Gewinnsituation des Unternehmens.
    j) Anmeldungen zur Eintragung im Handelsregister müssen in notariell beglaubigter Form erfolgen.

13. Erklären Sie den Begriff „Firma".

14. Nennen und beschreiben Sie kurz sechs Firmengrundsätze.

15. Welche Firmenart liegt in folgenden Fällen jeweils vor?
    a) Sportgroßhandel KG
    b) Schneider-Video-GmbH
    c) Holzapfel OHG
    d) Biggy AG
    e) Müller e. Kffr.
    f) Schulbuchverlag Anne Pfeff KG

16. Anke Strupp, Inhaberin des Modegeschäfts „Anke Strupp e. Kffr." in Bonn, verkauft das Geschäft an Evi Pfau. Unter welchen Voraussetzungen darf die bisherige Firma beibehalten werden?

17. Franz Maier möchte in Wittenberg/Lutherstadt eine Firma mit der Bezeichnung „Franz Maier e. K." gründen, obwohl bereits eine andere gleichnamige Firma in Wittenberg existiert. Ist dies möglich? Begründung.

18. Die Firma „Schulbuchverlag Pfau GmbH" ändert den Unternehmensgegenstand und verkauft nur noch Videos an Videotheken. Darf die Firma beibehalten werden? Begründung.

3.2 Übersicht über die wesentlichen Rechtsformen

Stofftelegramm

Einzelunternehmung: ein Vollhafter (Alleinunternehmer)

Personengesellschaften:

• Offene Handelsgesellschaft (OHG):	mindestens 2 Vollhafter
• Kommanditgesellschaft (KG):	mindestens 1 Vollhafter (Komplementär) mindestens 1 Teilhafter (Kommanditist)
• GmbH & Co. KG:	KG, bei der GmbH Vollhafter ist

Kapitalgesellschaften:

• Gesellschaft mit beschränkter Haftung (GmbH):	mindestens 1 Teilhafter
• Aktiengesellschaft (AG):	mindestens 1 Teilhafter

3.3 Einzel- oder Gesellschaftsunternehmung

Stofftelegramm

Einzelunternehmung ⟶ Einzelunternehmer = alleiniger Eigentümer

Firma:	Zusatz „e. K." (eingetragener Kaufmann) bzw. „e. Kfm." bzw. „e. Kffr."
Haftung:	Privat- und Geschäftsvermögen (= unbeschränkte Haftung)
Vorteile:	• schnelle Entscheidungen (keine Abstimmungen) • keine Streitigkeiten in Unternehmensführung • keine Gewinnaufteilung
Nachteile:	• keine Risiko-(Haftungs-)teilung • begrenzte Kapitalbeschaffungsmöglichkeiten • einseitige Unternehmenspolitik • evtl. Arbeitsüberlastung
Bedeutung:	• häufigste Unternehmensform • geeignet für kleine bis mittelgroße Unternehmen • große Entfaltungsmöglichkeiten des Unternehmers

Gesellschaft → mindestens zwei Gesellschafter

Gründe für Gesellschaftsbildung	Nachteile einer Gesellschaft
• Kapitalvermehrung	• weniger Entscheidungsfreiheit (Geschäftsführung und Vertretung in verschiedenen Händen)
• Verteilung der Arbeitslast	• Entscheidungsverzögerungen durch Meinungsverschiedenheiten
• Aufteilung Unternehmerrisiko	• Gewinnaufteilung
• Erhöhung der Kreditwürdigkeit	
• Heranziehen von Fachleuten	

Aufgaben (Grundwissen)

1. Knut Säusel eröffnet eine Einzelunternehmung. Wie könnte die Firma lauten?
2. Wie haftet der Einzelunternehmer?
3. Nennen Sie je drei Vor- und Nachteile der Einzelunternehmung.
4. Welche Bedeutung hat die Einzelunternehmung?
5. Nennen Sie Vor- und Nachteile einer Gesellschaftsbildung.

3.4 Die Kommanditgesellschaft (KG)

Stofftelegramm

Gesellschaftsvertrag
- formfrei möglich, meist jedoch schriftlich
- notarielle Beurkundung bei Einbringung von Grundstücken

Gesellschafter → mind. 1 Komplementär (= Vollhafter) und 1 Kommanditist (= Teilhafter)

Firma → Rechtsformzusatz „KG"

Haftung Komplementäre → unbeschränkt – unmittelbar – solidarisch

Haftung Kommanditisten
- Nur Einlage laut Handelsregister (= Haftsumme) haftet.
- unmittelbare Haftung nur in Höhe einer nicht voll eingezahlten Einlage
- Haftung bei Neueintritt: bis zum Eintrag ins Handelsregister Haftung wie Vollhafter, erst nach HR-Eintrag Teilhafter
- vor Eintrag der KG ins Handelsregister, ebenfalls volle Haftung

Gesetzl. Gewinnverteilung
- 4 % des Kapitals, Rest in angemessenem Verhältnis
- andere Regelung im Gesellschaftsvertrag jedoch üblich

Gesetzl. Verlustverteilung
- Verteilung in angemessenem Verhältnis (Regelung im Gesellschaftsvertrag üblich)
- Kommanditist ist am Verlust nur bis zum Betrag seines Kapitalanteils und seiner noch ausstehenden Einlage beteiligt.

Privatentnahmen Komplementäre
bis zu 4 % des Kapitalanteils zu Geschäftsjahresbeginn (auch bei Verlusten) + (falls > 4 %) Gewinnanteil

Wettbewerbsverbot
Betr. nur Komplementäre: § 112 f. HGB

ohne Zustimmung der anderen Gesellschafter

1. keine eigenen Geschäfte im Handelsgewerbebereich der KG
2. keine Beteiligung an gleichartigem Unternehmen als persönl. haftender Ges'er

Rechte der KG bei Verstoß: Schadenersatz oder Selbsteintrittsrecht oder Herausgabe der Vergütung oder dgl.

Geschäftsführung (= Innenverhältnis)

§ 116 HGB: nur alle **Komplementäre!**
§ 164 HGB: Kommanditisten nicht!

- **Gewöhnliche Geschäfte:** Einzelgeschäftsführungsbefugnis
- **Außergewöhnl. Geschäfte:** Gesamtgeschäftsführungsbefugnis (Zustimmung aller Gesellschafter notwendig); **Widerspruchsrecht** des **Kommanditisten**
- **Ausschluss einzelner Gesellschafter von der Geschäftsführung:**

Bei außergewöhnlichen Geschäften ist dennoch Zustimmung notwendig.

Vertretung (= Außenverhältnis)

§§ 125, 126 HGB: alle **Komplementäre!**
(nicht: Kommanditisten!)

Einzelvertretungsbefugnis bei gewöhnlichen und außergewöhnlichen Geschäften (Zweck dieser Regelung: Schutz des Dritten)

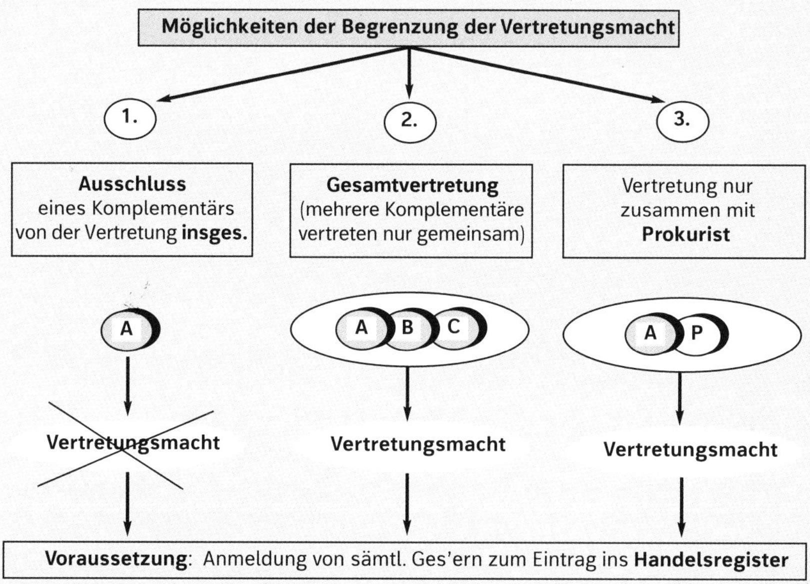

!!! Nicht wirksam gegenüber Dritten: Beschränkung des <u>Umfangs</u> der Vertretungsmacht !!!

Beginn der KG

- **Innenverhältnis:** laut Gesellschaftsvertrag
- **Außenverhältnis:** mit erstem Geschäft (Handelsregistereintrag ist **deklaratorisch**.)
  Ausnahme: Kannkaufleute (KG entsteht erst mit HR-Eintrag = konstitutiv.)

Aufnahme eines neuen Komplementärs N

- N haftet auch für Schulden, die bei seinem Eintritt bereits bestehen. Ein Ausschluss dieser Haftung ist nur im Innenverhältnis möglich (§ 128 HGB).
- Möglichkeit bei **Eintritt in eine bisherige Einzelunternehmung**: N kann die Haftung auch im Außenverhältnis ausschließen durch:

  1. Eintrag im Handelsregister und Bekanntmachung oder
  2. Mitteilung an alle Gläubiger

Ausscheiden eines Komplementärs

- **Kündigungsfrist:** sechs Monate auf Geschäftsjahresende (§ 132 HGB)
- **Haftung:** weitere fünf Jahre für die bei seinem Austritt vorhandenen Verbindlichkeiten der Gesellschaft (§ 159 HGB)

Wichtiger Vorteil der KG problemlose Erweiterung der Kapitalbasis durch Aufnahme weiterer Kommanditisten möglich

Aufgaben

1. Welcher **Form** bedarf der Gesellschaftsvertrag einer KG?

2. Welche der folgenden **Firmen** einer neu zu gründenden KG sind rechtsgültig? Begründung. *(Hinweis: namentlich genannt sind nur Komplementäre!)*
   a) Gerd Feger Nudelfabrik c) Gerd Feger e) Eddy Frosch KG
   b) Nufa KG d) Feger & Frosch KG f) Feger KG

3. a) Einzelunternehmer Walter Schnorr nimmt den Kommanditisten Schnuff zwecks Gründung einer KG auf. Darf die bisherige **Firma** („Walter Schnorr e. K.") beibehalten werden?
   b) Die KG firmiert mit „Schnorr und Schnuff KG". Darf die **Firma** beibehalten werden, wenn Schnuff wieder ausscheidet? Begründung.
   c) Aus der Firma „Schnorr, Schnuff & Schnauff KG" scheidet Schnuff aus. Darf die **Firma** beibehalten werden?
   d) An der „Schnorr KG" sind drei Gesellschafter beteiligt. Schnorr scheidet aus. Darf die **Firma** beibehalten werden?

4. a) Erläutern Sie kurz die drei für Komplementäre bedeutenden **Haftungsbegriffe**.
   b) Worin unterscheiden sich „**Haftung**" und „**Verlustbeteiligung**"?

5. Wie wird der **Gewinn (Verlust)** bei der KG laut Gesetz verteilt?

6. Erklären Sie das gesetzliche **Wettbewerbsverbot** für KG-Gesellschafter und nennen Sie je ein Beispiel.

7. Die ABC-KG (50 Mitarbeiter, jährliche Erlöse 3 Mio. EUR, Bilanzsumme 1 Mio. EUR) hat bezüglich **Vertretung** und **Geschäftsführung** keine gesellschaftsvertraglichen Regelungen getroffen. B unterzeichnet ohne Vorabsprache mit A und C einen äußerst günstigen Kaufvertrag über ein Fließband im Wert von 800.000,00 EUR.
   A und C sind nachträglich nicht einverstanden. Rechtslage?

8. Bei der ABC-KG haben die Gesellschafter vereinbart, dass Grundstücksverträge nur gemeinsam abgeschlossen werden dürfen. Der Verkäufer eines Grundstücks weiß dies.
   A schließt dennoch – ohne Rücksprache mit den anderen Gesellschaftern – einen notariellen Kaufvertrag ab. Ist dieser gültig?

9. Komplementär A soll von der **Vertretung** ausgeschlossen werden.
   a) Unter welcher Voraussetzung ist dies nur rechtswirksam?
   b) Welche sonstigen Vertretungsbeschränkungen wären denkbar?
   c) Welche Vertretungsbeschränkung ist stets unwirksam?

10. Gesellschaftsvertrag der ABC-KG vom 15.05. mit Beschluss, dass die KG am 20.05. **beginnen** soll. Handelsregistereintrag: 25.06.
    A unterschreibt am 30.05. einen Kaufvertrag.
    Beurteilen Sie den Sachverhalt im Außen- und Innenverhältnis.

11. a) Der Einzelunternehmer Ott nimmt den Vollhafter Neu und den Kommanditisten Felder auf. **Haftet** Neu auch für die alten Schulden der alten Firma?
    b) Welche Möglichkeit hat Neu?
    c) Wie wäre die Rechtslage, wenn Neu in eine bestehende KG eingetreten wäre?

12. Komplementär Sauer will **ausscheiden.** a) Kündigungsfrist? b) Haftung?

13. Komplementär Streiter fasst am 02.07.01 den Entschluss, aus der Moppel & Sting KG **auszuscheiden.**
    a) Wann ist er frühestens aus seinem Vertrag „befreit"? Begründung.
    b) Drei Jahre nach seinem Ausscheiden tritt ein Gläubiger der Moppel & Sting KG an Streiter heran und verlangt die Begleichung einer am 14.10.01 entstandenen und noch nicht verjährten Forderung. Muss Streiter zahlen?

14. Die Komplementäre Schinkel und Brosius sind an der Schinkel KG beteiligt. Brosius scheidet aus. Darf die bisherige **Firma** beibehalten werden? Begründung.

15. Nehmen Sie Stellung zur Rechtsgültigkeit der Vorschläge einzelner Gesellschafter der „ABC KG" betr. Ausgestaltung des Gesellschaftsvertrages der neu zu gründenden KG:
    Vorschlag A: „Die Gesellschafter B und C dürfen die KG nur gemeinsam **vertreten**."
    Vorschlag B: „Die Gesellschafter B und C sind nicht berechtigt, namens der Gesellschaft Grundstücke zu kaufen."

16. Der Gesellschaftsvertrag vom 10.06. setzt den Beginn der „DEF KG" auf den 01.10. fest, die Eintragung ins Handelsregister erfolgt am 15.10.
    Am 08.10. schließt Gesellschafter D eigenmächtig einen Kaufvertrag über eine Fertigungsanlage im Wert von 510.000,00 EUR ab, da er von einer geplanten Preiserhöhung erfahren hatte.
    Beurteilen Sie exakt die Rechtsgültigkeit dieser Handlung im Innen- und Außenverhältnis. Unterstellen Sie, dass diesbezügliche gesellschaftsvertragliche Regelungen fehlen.

17. Gesellschafter Mau ist an der Mau & Sauer KG beteiligt.
Kapitalanteil Mau 01.01.01: 300.000,00 EUR
Verlustanteil Mau im Jahr 01: 50.000,00 EUR
Privatentnahmen Mau im Jahr 01: 12.000,00 EUR
Sauer ist sauer über die seines Erachtens zu hohen **Privatentnahmen** von Mau. Zu Recht?

18. Der Kaufmann Alfons Storch betreibt seit 20 Jahren eine Einzelunternehmung. Für eine Betriebserweiterung soll in eine KG umgewandelt werden. Als neue Gesellschafter sollen sein Sohn Ewald als Kommanditist und der Mitarbeiter Sepp Eifer als Komplementär aufgenommen werden. Die Firma soll weiterhin die Bezeichnung „Alfons Storch e. Kfm." behalten. Herr Storch sen. bringt seine Unternehmung (Gebäude, sonst. Anlagevermögen, Umlaufvermögen) im Wert von 1,2 Mio. EUR ein, sein Sohn leistet eine Bareinlage von 200.000,00 EUR und Herr Eifer stellt seine Arbeitskraft zur Verfügung.

    Die KG beginnt laut Gesellschaftsvertrag vom 15.12.02 am 01.01.03; Eintragung im Handelsregister am 10.01.03.
    a) Welche **Form** muss der Gesellschaftsvertrag dieser KG haben?
    b) Kann die bisherige **Firma** beibehalten werden? Begründung.
    c) Kann Sepp Eifer ohne Kapitaleinlage Gesellschafter werden?
    d) Wann **entsteht** die KG?
    e) Ein Gläubiger der KG, Georg Nieselpriem, wendet sich direkt an Eifer und verlangt von ihm die Begleichung seiner im März 02 entstandenen Forderung über 60.000,00 EUR. Muss Eifer zahlen oder kann er Nieselpriem an die KG verweisen? Begründung.

19. Nennen Sie die **Rechte** und **Pflichten** der KG-Gesellschafter.

20. An der Moll & Co. sind die Komplementäre Moll und Stoll sowie die Kommanditisten Filz und Milz beteiligt. Moll kauft ohne Vorabsprache für die Gesellschaft Aktien für 390.000,00 EUR. Prüfen Sie die Rechtslage.

21. Am 13.05. tritt ein Kommanditist in eine bestehende KG **neu** ein. Der Handelsregistereintrag erfolgt am 30.05. Erklären Sie die zwischenzeitliche Situation bezüglich der Haftung.

22. Wann haften **alle** Kommanditisten einer KG ausnahmsweise voll?

23. Ein **Kommanditist** schließt namens der KG einen Kaufvertrag über 100,00 EUR. Ist der Vertrag für die KG bindend? Begründung.

24. Können **Kommanditisten** bei entsprechender Gesellschaftsvertragsgestaltung eine komplementärähnliche „Machtposition" ausüben (Innen- und Außenverhältnis berücksichtigen)?

25. Kommanditkapital des Kommanditisten K: 100.000,00 EUR (Haftsumme)
Davon wurden bereits eingezahlt: 70.000,00 EUR
Gläubiger G wendet sich an K zwecks Einziehung seiner Forderung gegenüber der KG in Höhe von 50.000,00 EUR. Muss K zahlen? Begründung.

26. Wie beeinflusst der **Gewinnanteil** eines Kommanditisten seinen Kapitalanteil?

27. Haftet ein **neuer Kommanditist** auch für alte Schulden der KG?

28. Einzelunternehmer Hans Motte will seine Produktionsanlagen erweitern. Die Finanzierung soll u. a. durch Aufnahme eines Gesellschafters und die Umwandlung in eine KG erfolgen.

    Mit Umwandlung der EU in eine KG tritt Fred Rist am 31.01. mit Unterzeichnung des Gesellschaftsvertrags als Kommanditist in das Unternehmen ein. Seine Einlage beträgt 100.000,00 EUR, wovon zunächst nur 50.000,00 EUR eingezahlt werden.

    Die Eintragung in das Handelsregister erfolgt am 15.02.

    a) Welche **Gründe** mögen Motte bewogen haben, eine KG als Gesellschaftsform zu wählen (drei Gründe)?
    b) Wie könnte die **Firma** der KG lauten (zwei Möglichkeiten nennen)?
    c) Zu welchem Zeitpunkt **entsteht** die KG im Innen- und Außenverhältnis? Begründung.
    d) Die KG kommt vorübergehend in Zahlungsschwierigkeiten. Gläubigerforderungen in Höhe von 120.000,00 EUR sind fällig. Die Verpflichtungen sind vor Eintritt des Gesellschafters Rist in die Unternehmung entstanden. Beurteilen Sie die **Haftungsgrundlage** des Gesellschafters Rist vor und nach der Handelsregistereintragung.
    e) Zwischen dem Komplementär Motte und dem Kommanditisten Rist ergeben sich in der Folgezeit Differenzen. Nehmen Sie zu folgenden Situationen Stellung:
        ea) Rist widersetzt sich der Absicht von Motte, eine Zweigniederlassung in der Schweiz zu gründen.
        eb) Rist tritt in ein neu gegründetes Konkurrenzunternehmen am Geschäftssitz der KG als Vollhafter ein.
        ec) Rist kündigt aus diesem Grund am 30.11. das Gesellschaftsverhältnis zum 31.12. desselben Jahres.

29. Bis zu welcher Höhe ist ein Kommanditist am **Verlust** beteiligt?

3.5 Die GmbH (einschließlich UG)

Stofftelegramm

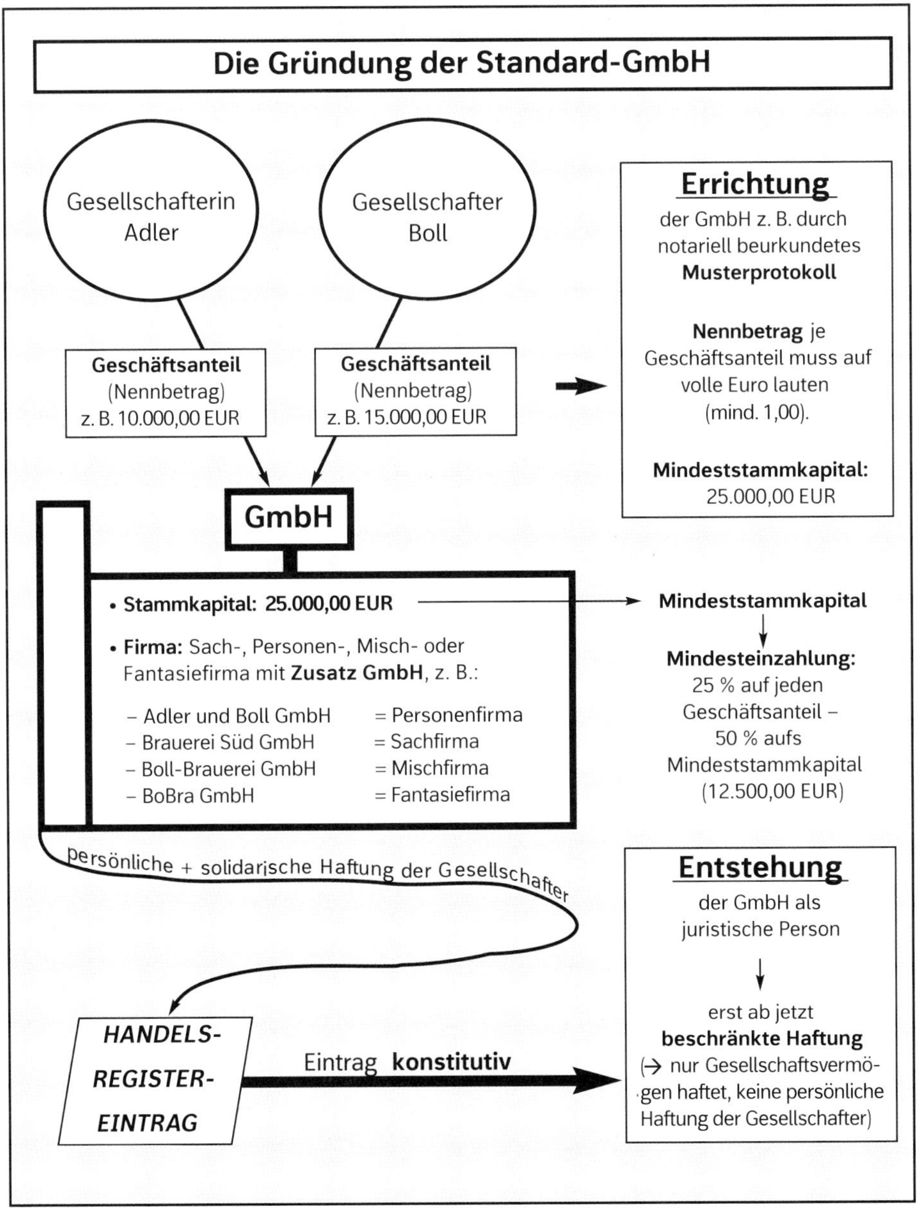

Gesellschaftsform

Standard-GmbH

= GmbH mit mindestens 25.000,00 EUR Stammkapital

Im Wesentlichen entspricht die Gründung einer Standard-GmbH der Gründung einer herkömmlichen GmbH.

Wann Standard-GmbH?

- „GmbH“ soll gegründet werden
- genügend Kapital vorhanden
- höheres Stammkapital für Fremdfinanzierung unverzichtbar
- „GmbH“ soll Firmenbestandteil sein

Vorteile

- höhere Kreditwürdigkeit →
- leichtere Fremdfinanzierung

Nachteile

- Gründung ist – komplizierter,
  – langsamer,
  – kostenintensiver.

Unternehmergesellschaft (haftungsbeschränkt) = Mini-GmbH

= GmbH mit einem Stammkapital zwischen 1,00 EUR und 24.999,00 EUR

- **Sachgründung verboten**
- **Firmenzusatz:** Unternehmergesellschaft [bzw. UG (haftungsbeschränkt)]
- **Zwangsthesaurierungspflicht:** Einstellung von jeweils 25 % des Jahresüberschusses in die **gesetzliche Rücklage**, bis Stammkapital durch Kapitalerhöhung aus Gesellschaftsmitteln 25.000,00 EUR beträgt; dann Umfirmierung möglich

Wann Mini-GmbH?

- nicht genügend Kapital für Standardgründung vorhanden
- Kapitalbedarf gering
- genügend persönliche Sicherheiten für Fremdfinanzierung vorhanden
- „GmbH“ in Firma uninteressant

Vorteile

- Gründung ist – einfacher,
  – schneller,
  – kostengünstiger.

Nachteile

- geringere Kreditwürdigkeit →
- schwierigere Fremdfinanzierung

Die haftungsbeschränkte Unternehmergesellschaft (UG)

Die Gründung der UG

UG (umgangssprachlich): **Mini-GmbH**

Gesellschafterin Adler

Gesellschafter Boll

Geschäftsanteil (Nennbetrag): 1,00 EUR

Geschäftsanteil (Nennbetrag): 1,00 EUR

→ **„Errichtung“** der UG z. B. durch **notariell beurkundetes Musterprotokoll**

Mindestnennbetrag je Geschäftsanteil: 1,00 EUR (volle Euro)

Mindeststammkapital: 1,00 EUR

UG (haftungsbeschränkt)

- **Gezeichnetes Kapital (Stammkapital): 2,00 EUR**
- **Firma:** Sach-, Personen-, Misch- oder Fantasiefirma mit **Zusatz**:

  „Unternehmergesellschaft (haftungsbeschränkt)“ oder
  „UG (haftungsbeschränkt)“

  z. B.: – Adler und Boll UG (haftungsbeschränkt)
  – Brauerei ABO Unternehmergesellschaft (haftungsbeschränkt)

persönliche + solidarische Haftung der Gesellschafter

HANDELS-REGISTER-EINTRAG

Eintrag **konstitutiv** →

„Entstehung“ der UG als juristische Person:

erst ab jetzt

beschränkte Haftung

(nur Gesellschaftsvermögen haftet – keine persönliche Haftung der Gesellschafter)

Die Organe der GmbH

Geschäftsführer

Vertretung = Außenverh.

- alle gewöhnl. + außergewöhnl. Geschäfte
- Beschränkungen gegenüber Dritten unwirksam
- mehrere Geschäftsführer: Gesamtvertretung

Geschäftsführung = Innenverhältnis

Eintritt durch:

Bestellung

+

Anstellungsvertrag

Ausscheiden durch:

Abberufung

+

Kündigung

Haftung: § 43 Abs. 2 GmbHG

solidarische Haftung für den entstandenen Schaden bei Verletzung ihrer Obliegenheiten

Personenkreis:

Gesellschafter- oder Fremdgeschäftsführer

Aufsichtsrat

GmbH mit maximal 500 Arbeitnehmern:

kein Aufsichtsrat notwend.

GmbH zwischen 501 und 2.000 Arbeitnehmern:

- Bildung Aufsichtsrat nach BetrVG
- Zusammensetzung:
  $\frac{2}{3}$ Ges'ervertreter
  $\frac{1}{3}$ Arbeitn.vertreter
- Mindestzahl der Aufsichtsratsmitglieder: 3

GmbH > 2.000 Arbeitn.:

- Bildung Aufsichtsrat nach Mitbest.gesetz
- Zusammensetzung:
  $\frac{1}{2}$ Ges'ervertreter
  $\frac{1}{2}$ Arbeitn.vertreter
- AR-Vorsitzender = Gesellschaftervertreter (hat bei Pattsituationen eine **zweite Stimme**)
- Mindestzahl der Aufsichtsratsmitglieder: 12

Aufgaben (z. B.):

Bestellung, Überwachung und Abberufung des Geschäftsführers ...

Gesellschafterversammlung

- oberstes Organ mit erheblich mehr Rechten als die vergleichbare Hauptversammlung bei der AG
- Bestellt den Geschäftsführer, sofern die GmbH max. 500 Arbeitn. hat (vgl. Aufsichtsrat!).
- jeder Euro eines Geschäftsanteils = 1 Stimme

  (Abweichungen laut Satzung möglich)
- Zwingende Rechte der Gesellschafter:
  - Satzungsänderungen
  - Auflösung der GmbH
- Rechte der Gesellschafter, sofern keine andere Satzungsregelung vorliegt (vgl. § 46 GmbHG):
  - Feststellung Jahresabschluss und Gewinnverwendung
  - Bestellung + Abberufung des Geschäftsführers
  - Bestellung von Prokuristen und allg. Handlungsbevollmächtigten

  ....

Aufgaben

1. a) Wann entsteht die GmbH?
   b) Wie ist die Haftung vor und nach Entstehung geregelt?
   c) Welche Organe hat die GmbH?

2. Bei einer GmbH sind am Stammkapital von 50.000,00 EUR die Gesellschafter A mit 20.000,00 EUR, B mit 15.000,00 EUR und C mit 15.000,00 EUR beteiligt.
   a) Wie viele Stimmen haben A, B und C jeweils bei Abstimmungen?
   b) Wie hoch sind die Geschäftsanteile der Gesellschafter?
   c) Besteht die Möglichkeit, dass B Geschäftsführer wird?
   d) Geschäftsführer B kauft eine Fabrikhalle für 150.000,00 EUR, ohne vorher A und C zu fragen. Rechtsgültig? Begründung.
   e) Wie ist d zu beantworten, wenn A und B Geschäftsführer wären?
   f) Geschäftsführer A ernennt den Angestellten D zum Prokuristen. Rechtsgültig? Begründung.
   g) Geschäftsführer A möchte einen Teil des Gewinnes in die Rücklage einstellen. Können B und C dies verhindern? Begründung.
   h) Gesellschafter C vereinbart mit M schriftlich, dass er ihm seinen Geschäftsanteil veräußert. Rechtsgültig? Begründung.

3. Unterscheiden Sie die Begriffe Stammkapital und Geschäftsanteil.

4. a) Die Geschäftsführer einer GmbH sind laut Gesellschaftsvertrag zur Gesamtvertretung befugt. Erklären Sie diesen Begriff und nennen Sie je zwei Gründe für und gegen eine derartige Regelung.
   b) Nach der Ansicht eines Gesellschafters sollte man die GmbH in eine KG umwandeln. Formulieren Sie je drei Argumente für und gegen diesen Vorschlag.

5. a) Erklären Sie den Begriff Musterprotokoll.
   b) Unter welchen Voraussetzungen ist die Gründung mit Musterprotokoll möglich?
   c) Nennen Sie je einen Vor- und Nachteil der Gründung per Musterprotokoll.

6. Wie muss die Firma der
   a) Standard-GmbH,
   b) Mini-GmbH lauten?

7. Welche Einschränkung ist bei der Mini-GmbH hinsichtlich der Gewinnverwendung zu beachten?

8. Nennen Sie je einen Vor- und Nachteil der Mini-GmbH.

3.6 Die GmbH & Co. KG

Hinweis: Die GmbH & Co. KG ist im Lehrplan nicht erwähnt, sodass die Thematik möglicherweise nicht prüfungsrelevant ist.

Stofftelegramm

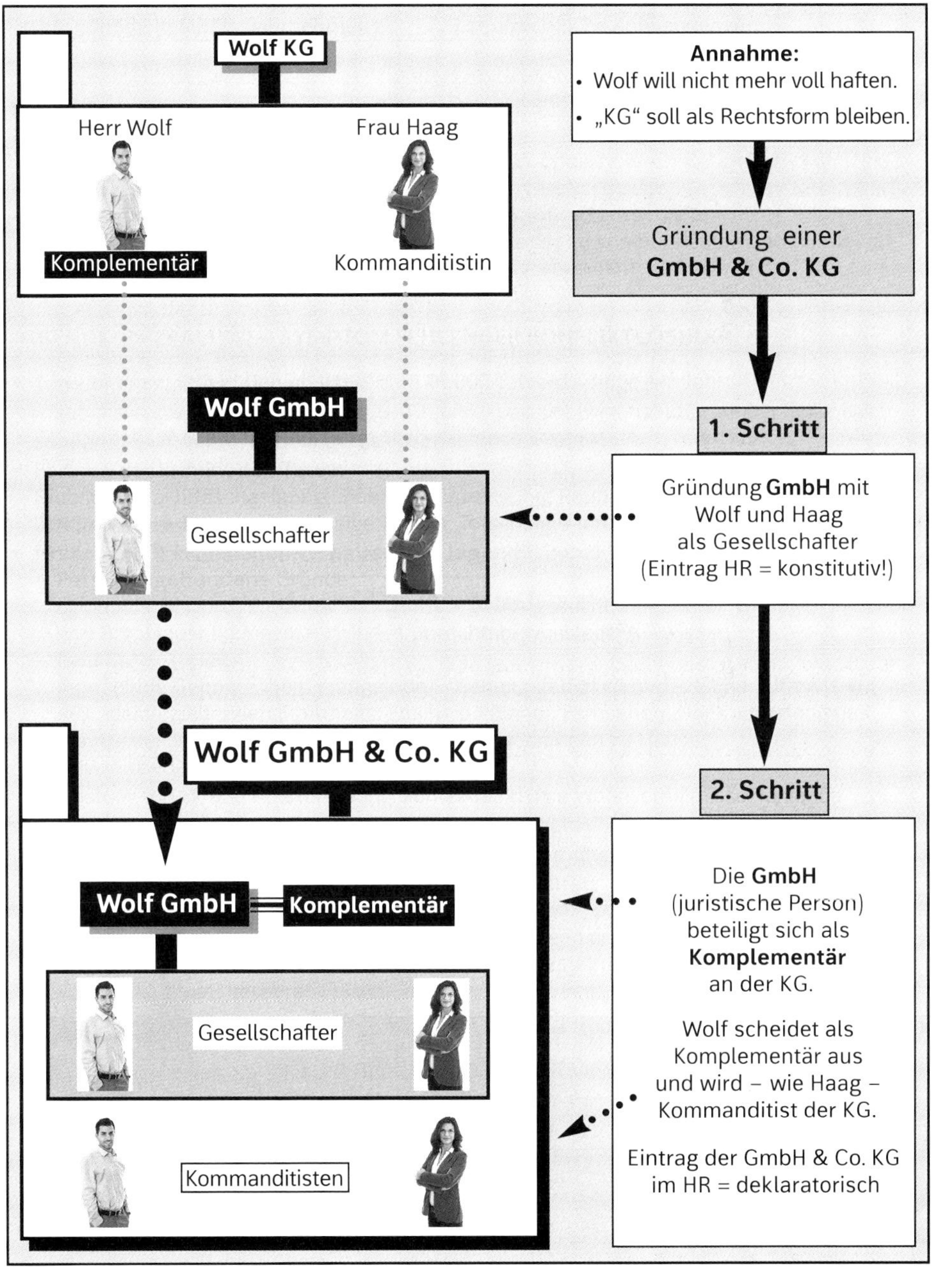

Gründung:
- Gründung einer **GmbH**/Eintrag im Handelsregister (Eintrag = konstitutiv)
- Gründung der **GmbH & Co. KG**, bei der sich die GmbH als Komplementär beteiligt; Kommanditisten = natürliche Personen. (In der Regel sind Kommanditisten gleichzeitig Gesellschafter der GmbH.)

  Eintrag der GmbH & Co. KG im Handelsregister = deklaratorisch

  Ein-Mann-GmbH & Co. KG möglich; Beispiel:

Ein-Mann-GmbH & Co. KG

Komplementär – GmbH (Ges'er A = Geschäftsführer) | **Kommanditist A**

Firma: Name der GmbH (= Komplementär) + Zusatz „Co. KG“

Geschäftsführung: Komplementär-GmbH, vertreten durch ihren Geschäftsführer

Vorteile i. Vgl. zur KG:
- Haftungsbeschränkung (nur GmbH haftet voll!)
- Geschäftsführer als Nachfolger (z. B. Erbfall) leichter zu finden, da keine persönliche Haftung

Vorteile i. Vgl. zur GmbH:
- flexiblere Eigenkapitalbeschaffung über Kommanditeinlagen
- evtl. Mitbestimmungsvorteile (bei kleingehaltener GmbH kein Aufsichtsrat notwendig)

Nachteile:
- Erstellung von zwei Jahresabschlüssen notwendig (Kosten!)
- evtl. eingeschränkte Kreditwürdigkeit

Aufgaben (Grundwissen)

1. Erklären Sie die Beteiligungs- und Haftungsverhältnisse bei der GmbH & Co. KG.
2. Welche Überlegungen könnten die Gesellschafter einer a) KG, b) GmbH dazu veranlassen, eine GmbH & Co. KG zu gründen?
3. Wem obliegt bei einer GmbH & Co. KG die Geschäftsführung?
4. Nennen Sie Nachteile der GmbH & Co. KG.
5. Der Einzelunternehmer Jörn Schmiedel will eine GmbH & Co. KG gründen.
   a) Ist die Gründung einer Ein-Mann-GmbH & Co. KG möglich?
   b) Wer ist Komplementär, Kommanditist, Geschäftsführer?
   c) Die GmbH soll mit „Sportartikel GmbH“ firmieren. Wie müsste dann die Firma der GmbH & Co. KG lauten?

3.7 Prüfungsaufgaben

Hinweis: Bei den Prüfungsaufgaben A, B, C ... handelt es sich vor allem um Auszüge aus früheren Prüfungsaufgaben, die der Abrundung und Vervollständigung des Gesamt-Themenkomplexes dienen.

Prüfungsaufgabe A

Hinweis: Gesetzestexte lagen als Anlage bei.

1. Der **Einzelunternehmer** Klaus Heuer betreibt einen Großhandel mit Wasserbetten in Albstadt-Ebingen. Der gelernte Großhandelskaufmann hat in den letzten Jahren ein gutgehendes Unternehmen aufgebaut. Er verkauft die Wasserbetten an Möbelhäuser und Gesundheitseinrichtungen im süddeutschen Raum. Seine Ware, die er aus Amerika bezieht, wird in einem angemieteten Lager für den Verkauf vorbereitet. Arbeitnehmer beschäftigt Herr Heuer nicht, lediglich sein Bruder hilft ihm gelegentlich aus, wenn es einmal hoch hergeht.

1.1 Begründen Sie, ob Klaus Heuer Kaufmann gemäß HGB ist (vgl. Gesetzestexte).

1.2 Wie ist die Haftung und Geschäftsführung in diesem Unternehmen gesetzlich geregelt?

2. Die Geschäfte von Klaus Heuer laufen so gut, dass er über eine Erweiterung des Unternehmens nachdenkt. Der Vermieter des Lagers hat ihm das Lager zum Kauf angeboten. Für diese Investition benötigt Herr Heuer zusätzliches Kapital. Seine Hausbank würde ihm einen Kredit in der benötigten Höhe (ca. 120.000,00 EUR) zur Verfügung stellen. In einem Gespräch mit seiner Frau und deren Schwester, Frau Kaufhold, wird die Möglichkeit einer Unternehmensbeteiligung diskutiert. Die Schwester regt an, als **Teilhaberin** in das Unternehmen einzusteigen. Da sie selbst als kaufmännische Angestellte beschäftigt ist und ihre Stellung nicht aufgeben möchte, wäre sie bereit, das Kapital in das Unternehmen einzubringen. Eine Mitarbeit käme für sie im Augenblick nicht infrage.

2.1 Welche **Unternehmensformen** kommen hier infrage? Vergleichen Sie in einer Tabelle zwei Unternehmensformen hinsichtlich der Haftung, Geschäftsführung, Kapitaleinlage.

2.2 Entscheiden Sie sich begründet für eine der beiden Unternehmensformen.

3. Herr Heuer beteiligt Frau Kaufhold an seinem Unternehmen und wandelt seine Einzelunternehmung in eine **Kommanditgesellschaft** um. Er wird Komplementär mit einer Kapitaleinlage von 250.000,00 EUR; die Schwägerin wird Kommanditistin mit einer Kapitaleinlage von 120.000,00 EUR.
   Die KG beginnt laut Gesellschaftsvertrag vom 15.08.1999 am 01.09.1999. Am 26.09.1999 wird die neue Unternehmung in das Handelsregister eingetragen.

3.1 Am 16.09.1999 kauft Herr Heuer 200 Wasserbetten im Gesamtwert von 90.000,00 EUR im Namen der neuen Unternehmung.
Beurteilen Sie die Rechtsgültigkeit des Kaufvertrages im Innen- und Außenverhältnis.

3.2 Am 30.09.1999 kauft Frau Kaufhold im Namen der KG Büromaterial im Wert von 600,00 EUR.
Herr Heuer ist mit dem Kauf nicht einverstanden.
Ist die KG an den Kaufvertrag gebunden? Begründung.

3.3 Im Gesellschaftsvertrag wurde u. a. die Gewinnverteilung geregelt:

> Vom Gewinn erhält Herr Heuer vorweg 5.000,00 EUR für seine Arbeitsleistung im Unternehmen. Jeder Gesellschafter erhält sodann 6 % seiner Kapitaleinlage, bezogen auf die Kapitalhöhe zu Beginn des Geschäftsjahres. Bei einem geringeren Gewinn verringert sich der Prozentsatz entsprechend. Ein möglicher Restgewinn wird im Verhältnis 3 : 1 auf die Gesellschafter aufgeteilt.

Das Geschäftsjahr wird am 31.08.2000 mit einem Gewinn in Höhe von 48.000,00 EUR abgeschlossen. Berechnen Sie die Gewinnanteile der Gesellschafter sowie die Höhe der Kapitalanteile nach durchgeführter Gewinnverteilung, wenn Heuer zusätzliche Privatentnahmen von 24.000,00 EUR tätigt. (Die Besteuerung mit Einkommensteuer bleibt unberücksichtigt.)

4. Herr Heuer will sein Unternehmen weiter ausbauen und denkt an die Gründung einer Niederlassung in Frankfurt/Oder, um von dort aus osteuropäische Länder zu beliefern. Aufgrund des ständig steigenden Risikos beschließt er mit Frau Kaufhold die Gründung einer **Gesellschaft mit beschränkter Haftung**. Seine Frau Anke Heuer soll als Gesellschafterin in das Unternehmen aufgenommen werden. Der Gesellschaftsvertrag wird am 10.07.2000 von den Gesellschaftern unterzeichnet.

Auszug aus dem Gesellschaftsvertrag:

> § 1 Die Firma soll unter dem Namen „AQUATERRA Wasserbetten und Schlafsysteme" geführt werden.
>
> § 2 Gegenstand des Unternehmens ist der Handel mit Wasserbetten und sonstigen Schlafsystemen.
>
> § 3 Sitz des Unternehmens ist Frankfurt/Oder.
>
> § 4 Stammkapital: 50.000,00 EUR. Nennwerte der Geschäftsanteile der Gesellschafter sowie Art und Zeitpunkt der Leistung:
>
> - Klaus Heuer 20.000,00 EUR als Bareinlage, davon sind 12.500,00 EUR sofort zu leisten, der Rest bis zum 15.10.2000.
> - Marion Kaufhold 20.000,00 EUR als Bareinlage, davon sind 12.500,00 EUR sofort zu leisten, der Rest bis zum 15.10.2000.
> - Anke Heuer 10.000,00 EUR als Bareinlage, davon sind 2.000,00 EUR sofort zu leisten, der Rest am 02.08.2000.
>
> § 6 Klaus Heuer und Marion Kaufhold werden zu Geschäftsführern bestellt.

4.1 Prüfen Sie, ob der Gesellschaftsvertrag zum Zeitpunkt der Unterzeichnung in folgenden Punkten den gesetzlichen Vorschriften entspricht:

- Firmierung
- Kapitalaufbringung

4.2 Am 06.09.2000 erfolgt der Eintrag in das Handelsregister, die Veröffentlichung der Eintragung zwei Tage später. Klaus Heuer kaufte am 12.08.2000 ohne Rücksprache mit Frau Kaufhold im Namen der GmbH einen Lkw zum Preis von 70.000,00 EUR.

4.2.1 Bei der Auslieferung des Lkw am 20.09.2000 verlangte der Lieferer von Frau Kaufhold die volle Bezahlung des fälligen Kaufpreises. Kann der Verkäufer die Forderung durchsetzen? Begründung.

4.2.2 Könnte der Lieferer seinen Anspruch gegenüber Frau Kaufhold durchsetzen, wenn der Kaufvertrag erst am 28.09.2000 abgeschlossen und die Zahlung sofort fällig gewesen wäre? Begründung.

4.2.3 Könnte der Lieferer seinen Anspruch gegenüber der GmbH durchsetzen, wenn der Kaufvertrag erst am 28.09.2000 abgeschlossen und die Zahlung sofort fällig gewesen wäre? Begründung.

4.3 Zum 20.02.2001 wird die Gesellschafterversammlung angesetzt. Die Tagesordnung enthält folgende Beschlussanträge:
- Frau Helene Peters, Potsdam, wird zur Prokuristin bestellt.
- Der Sitz des Unternehmens wird von Frankfurt/Oder nach Potsdam verlegt.

Frau Marion Kaufhold stimmt gegen beide Tagesordnungspunkte. Die Mitgesellschafter stimmen zu. Welche Wirkung hat jeweils das Stimmverhalten von Frau Kaufhold? Begründung.

Prüfungsaufgabe B

1. Herr Berg, Gründer der Einzelunternehmung Roland Berg e. K., Sportswear, Straubenhardt, führt diese bisher mit großem Erfolg. Um der steigenden Nachfrage gerecht werden zu können, sind Investitionen in Höhe von 1.000.000,00 EUR erforderlich. Das Finanzierungskonzept sieht vor, dass 400.000,00 EUR im Wege der Selbstfinanzierung aufgebracht werden. Für die noch fehlenden 600.000,00 EUR liegt ein Kreditangebot der Volksbank Straubenhardt vor. Herr Berg überlegt darüber hinaus, ob er seiner Prokuristin, Frau Maren Kahn, eine Teilhaberschaft anbieten soll. Frau Kahn ist grundsätzlich bereit, die Finanzierungslücke zu schließen, möchte aber die Haftung auf ihre Einlage beschränkt wissen.

Nach reiflichen Überlegungen entschließen sich Frau Kahn und Herr Berg dazu, die Einzelunternehmung in eine Kommanditgesellschaft umzuwandeln. Herr Berg bringt sein Einzelunternehmen in die KG ein. Am 13.03. wird der Gesellschaftsvertrag geschlossen (**Anlage 1**). Der Eintrag ins Handelsregister erfolgt am 30.03.

Verwenden Sie zur Lösung den Auszug aus dem HGB (**Anlage 2**).

1.1 Erläutern Sie, weshalb sich Herr Berg letztlich zur Aufnahme einer Gesellschafterin entschlossen und nicht das Angebot seiner Bank angenommen hat (vier Argumente).

1.2 Begründen Sie, ob die bisherige Firma fortgeführt werden kann.

1.3 Am 10.04. erhält Frau Kahn ein Schreiben eines Lieferanten der KG, in dem sie aufgefordert wird, eine längst fällige Rechnung über 200.000,00 EUR bis zum 20.0.4 zu begleichen. Begründen Sie, ob Frau Kahn dieser Zahlungsaufforderung Folge leisten muss.

1.4 Herr Berg hatte in den vergangenen Jahren immer wieder großen Erfolg beim Spekulieren mit Aktien. Aus Informationen des Handelsblattes entnimmt er, dass die Continental AG einen neuartigen Reifen entwickelt hat. Er beabsichtigt, für die KG 10.000 Conti-Aktien zu kaufen. Frau Kahn erfährt zufällig davon und widerspricht diesem Vorhaben. Herr Berg setzt sich darüber hinweg. Nach anfänglichem Kursanstieg kommt es zu Kursverlusten dieser Aktien. Der Gesellschaft entsteht dadurch ein Schaden in Höhe von 60.000,00 EUR. Erläutern Sie die Rechtslage.

1.5 Zum Ende des zweiten Geschäftsjahres weist die GuV-Rechnung einen Gewinn in Höhe von 264.000,00 EUR aus. Verteilen Sie diesen Gewinn entsprechend der Maßgabe des Gesellschaftsvertrages.

Anlage 1

Auszug aus dem Gesellschaftsvertrag
zwischen Roland Berg und Maren Kahn vom 13.03.20..

§ 1 Allgemeine Angaben

1 Die Firma soll unter dem Namen Roland Berg e. K., Sportswear, fortgeführt werden.

2 Beginn der Gesellschaft ist der 13.03.2000.

3 Roland Berg tritt als Komplementär ein. Maren Kahn wird Kommanditistin.

§ 2 Pflichten der Gesellschafter

1 Roland Berg bringt zum Gesellschaftsbeginn sein Einzelunternehmen im Wert von 1.800.000,00 EUR ein.

2 Maren Kahn übernimmt eine Kommanditeinlage in Höhe von 600.000,00 EUR. Zum Gesellschaftsbeginn bringt Frau Kahn 300.000,00 EUR ein. Frau Kahn verpflichtet sich, die ausstehende Einlage zum 31.12. des laufenden Jahres zu leisten.

§ 3 Rechte der Gesellschafter

1 ....

2 ....

3 Gewinnverteilung

3.1 Die Gesellschafter erhalten eine Eigenkapitalverzinsung von 6 % des Anfangskapitals.

3.2 Der verbleibende Restgewinn wird im Verhältnis der zu Beginn des Geschäftsjahres vorhandenen Kapitalanteile verteilt.

4 Verlustverteilung
Die Verteilung des Verlusts erfolgt im Verhältnis der Kapitalanteile.

Anlage 2

HGB-Auszug: §§ 17–24 (Handelsfirma)
§§ 123–127 (Rechtsverhältnis der Gesellschafter zu Dritten)
§§ 161–172 (Kommanditgesellschaft)

Auf den Abdruck dieser Gesetzestexte wird an dieser Stelle aus Platzgründen verzichtet.

Prüfungsaufgabe C

Vor einigen Jahren hat der Kaufmann Franz Schulze eine Einzelunternehmung für den Vertrieb von Fitnessgeräten unter der Bezeichnung „Franz Schulze e. K." gegründet. Da die Geschäfte sehr gut laufen, möchte Schulze seine Firma vergrößern. Nach seinen Berechnungen würde der Kapitalbedarf für die Erweiterung ca. 500.000,00 EUR betragen. Schulze ist nicht in der Lage, die Finanzierung allein zu bestreiten. Er will deshalb seine Einzelunternehmung in eine Kommanditgesellschaft umwandeln und zu seiner Unterstützung, insbesondere im kaufmännischen Bereich, den Diplom-Kaufmann Werner Bernhuber als Komplementär in die Firma aufnehmen. Als weiteren Gesellschafter kann er Dr. Karl Lengenfeld als Kommanditisten gewinnen.

Am 15.01.2002 wird der Gesellschaftsvertrag geschlossen (**Anlage 1**). Die Handelsregistereintragung erfolgt am 15.02.2002.

1. Erläutern Sie, welche Gründe Herrn Schulze bewogen haben, eine KG als Gesellschaftsform zu wählen (drei Gründe).

2. Welche Form würden Sie für den am 15.03.2002 abgeschlossenen Gesellschaftsvertrag vorschlagen (Begründung)?

3. Bei der Diskussion um die Firmierung schlägt der bisherige Einzelunternehmer vor, als Firmenname „Franz Schulze KG" zu wählen. Bernhuber ist eher für eine Mischfirma, während Dr. Lengenfeld für eine Fantasiefirma plädiert.

3.1 Machen Sie jeweils einen Firmierungsvorschlag im Sinne der beiden Gesellschafter.

3.2 Erklären Sie, warum sich die Gesellschafter schließlich doch auf den Vorschlag von Franz Schulze geeinigt haben.

4. Entwerfen Sie für das Unternehmen die Eintragung im Handelsregister.

5. Kann Werner Bernhuber ohne Kapitaleinlage Gesellschafter werden (Begründung)?

6. Vergleichen Sie die §§ 3, 4 und 6 des Gesellschaftsvertrages (**Anlage 1**) mit den gesetzlichen Regelungen.

Anlage 1

Gesellschaftsvertrag

Franz Schulze, Stuttgarter Straße 7 in 71032 Böblingen,
Diplom-Kaufmann Werner Bernhuber, Calwer Straße in 71032 Böblingen, und
Dr. Karl Lengenfeld, Leonberger Straße in 70111 Stuttgart, schließen folgenden Gesellschaftsvertrag:

§ 1

Firma
Wir errichten eine Kommanditgesellschaft zum Vertrieb von Fitnessgeräten mit Sitz in 71000 Böblingen unter der Firma „Franz Schulze KG".

1. Franz Schulze und Werner Bernhuber sind persönlich haftende Gesellschafter.
2. Dr. Karl Lengenfeld ist Teilhafter der Unternehmung.

§ 2

Einlagen der Gesellschafter

Franz Schulze	1.200.000,00 EUR (in Form des Vermögens der Firma Franz Schulze e. K.)
Dr. Karl Lengenfeld	500.000,00 EUR

§ 3

Gewinn-und-Verlust-Verteilung

Vom erzielten Gewinn erhält jeder Gesellschafter 8 % auf seinen Kapitalanteil. Der Restgewinn wird im Verhältnis 2 : 2 : 1 zwischen den Komplementären und dem Kommanditisten aufgeteilt. An einem Verlust nimmt jeder Komplementär zur Hälfte teil.

§ 4

Geschäftsführung und Vertretung

Franz Schulze und Werner Bernhuber sind als persönlich haftende Gesellschafter zur Geschäftsführung verpflichtet. Sie dürfen die Gesellschaft nur gemeinsam vertreten.

§ 5

Beginn und Ende der Gesellschaft

Die Gesellschaft beginnt am 01.02.2002. Sie endet am 31.12.2009. Sie gilt jedes Mal um weitere 3 Jahre als verlängert, wenn nicht ein halbes Jahr vor Ablauf gekündigt wird.

§ 6

Kündigungsfrist

Die Kündigungsfrist für alle Gesellschafter beträgt 12 Monate auf Geschäftsjahresende.

§ 7

Kosten

Die Kosten des Vertrages und seiner Durchführung trägt die Gesellschaft.

Böblingen, 15.01.2002 Drei Unterschriften

7. Am 25.02.2002 kauft Bernhuber eine Verpackungsmaschine für 50.000,00 EUR. Beurteilen Sie die Rechtsgültigkeit dieser Handlung im Innen- und Außenverhältnis.

8. Im Geschäftsjahr 2002 erwirtschaftet die KG einen Gesamtgewinn von 200.000,00 EUR.

8.1 Nehmen Sie die Gewinnverteilung lt. Gewinnverteilungstabelle (**Anlage 2**) vor.

8.2 Wie groß sind die Kapitalanteile der Gesellschafter am Jahresende, wenn die Privatentnahme von Schulze 30.000,00 EUR beträgt?

8.3 Ermitteln Sie die Höhe der Selbstfinanzierung der KG in diesem Geschäftsjahr.

9. Zwischen den Komplementären Schulze/Bernhuber und dem Kommanditisten Dr. Lengenfeld kommt es im Laufe des zweiten Geschäftsjahres zu Problemen.
Nehmen Sie zu folgenden Situationen Stellung:

9.1 Lengenfeld widersetzt sich der Absicht der Komplementäre, eine Zweigniederlassung in der Schweiz zu gründen.

9.2 Lengenfeld tritt am 01.09. in ein anderes Unternehmen am Geschäftssitz der KG als Vollhafter ein.

9.3 Lengenfeld kündigt aus diesem Grund am 30.09. das Gesellschaftsverhältnis zum 31.12. desselben Jahres.

Anlage 2

Gewinnverteilungstabelle

				8.1		8.2
Gesell-schafter	**Anfangs-kapital**	**Verzinsung**	**Rest-gewinn**	**Gewinne insgesamt**	**Privatent-nahmen**	**Endkapital**
Schulze Bernhuber Lengenfeld						

Prüfungsaufgaben Winter 2018/2019 (Aufgabe 1)

Sabrina Berger, gelernte Industriekauffrau, fertigt seit 2014 für den privaten Bereich Seifen, Cremes, Badezusätze und weitere Kosmetika. Dabei legt sie Wert auf biologisch hergestellte Zutaten. Das Unternehmenskonzept erweist sich als voller Erfolg. Der Umsatz betrug im letzten Geschäftsjahr 105.000,00 EUR, der Gewinn belief sich dabei auf 35.000,00 EUR. Daher entschließt sie sich, im Jahr 2015 zwei Mitarbeiter einzustellen und ein Grundstück mit Produktions- und Bürogebäude in Brackenheim zu erwerben.

Das Unternehmen von Frau Berger wirtschaftet mittlerweile sehr erfolgreich unter dem Namen BioBeauty e. Kfr. Für eine Betriebserweiterung benötigt sie zusätzliches Kapital. Auch im täglichen Geschäft benötigt sie weitere Unterstützung.

Ihre Freundin Annika Wenzel, staatlich geprüfte Kosmetikerin, möchte sich beruflich verändern. Sie bietet Frau Berger an, mit ihr das Unternehmen zu leiten und voll zu haften.

Steffen Berger, der Bruder von Frau Berger, ist aufgrund seiner eigenen Selbstständigkeit lediglich an einer finanziellen Beteiligung interessiert.

1.1 Sabrina Berger, Steffen Berger und Annika Wenzel beschließen deshalb die Gründung einer Kommanditgesellschaft.

1.1.1 Sie einigen sich auf den beigefügten Vertragsentwurf (**Anlage 1**). Sabrina Berger ist daran gelegen, die Firma soweit möglich beizubehalten.
Vervollständigen Sie § 1 im Vertragsentwurf.

1.1.2 Steffen Berger ist mit dem Verhältnis der Gewinnverteilung nicht einverstanden (**Anlage 1**).
Begründen Sie anhand zweier Argumente, ob die Verteilung angemessen ist.

1.2 Annika Wenzel möchte eine neue Creme mit Lavendelextrakt ins Sortiment aufnehmen. Deshalb bestellt sie eine größere Menge dieses Rohstoffes im Wert von 15.000,00 EUR netto für die Rezeptur. Sabrina und Steffen Berger sind der Meinung, dass eine Sortimentserweiterung zum derzeitigen Zeitpunkt unnötig wäre, und widersprechen dem Kauf. Die Geschwister Berger fragen Sie als Freundin der Familie um Rat.

Begründen Sie, welche Wirkung der Widerspruch der Geschwister Berger im Innen- und Außenverhältnis hat (**Anlage 3**).

1.3 Nach der Gewinnverteilung 2017 ergaben sich folgende Gewinnanteile:
Sabrina Berger erhielt 20.000,00 EUR und Annika Wenzel 10.000,00 EUR, die einbehalten und den jeweiligen Kapitalanteilen zugeschlagen wurden. Am Ende des Geschäftsjahres 2018 beträgt der Gewinn des Unternehmens 75.000,00 EUR.

Führen Sie die Gewinnverteilung durch (**Anlagen 2 und 3**).

Anlage 1: Auszug aus dem Gesellschaftsvertrag

§ 1 ALLGEMEINES

1. Das Unternehmen wird unter der Firma ____________________ geführt.
2. Gesellschafter:

   Komplementäre: ____________________

   Kommanditisten: ____________________
3. Gegenstand des Unternehmens ist die Herstellung und der Vertrieb von ökologisch hergestellten Kosmetikartikeln.
4. Sitz des Unternehmens ist Brackenheim.
5. Beginn des Unternehmens ist der 02.01.2017.

§ 2 PFLICHTEN DER GESELLSCHAFTER

1. Sabrina Berger bringt ihr Einzelunternehmen mit einem Eigenkapital von 305.000,00 EUR ein.
2. Annika Wenzel verpflichtet sich zu einer Bareinlage von 200.000,00 EUR.
   Steffen Berger verpflichtet sich zu einer Beteiligung von 50.000,00 EUR.
3. Alle übrigen Pflichten der Gesellschafter regeln sich nach den gesetzlichen Bestimmungen.

§ 3 RECHTE DER GESELLSCHAFTER

1. Gewinnverteilung

   a) Die Vollhafter erhalten im Voraus eine Tätigkeitsvergütung in Höhe von jeweils 2.000,00 EUR monatlich.

   b) Jeder Gesellschafter erhält eine Kapitalverzinsung nach den gesetzlichen Bestimmungen.

   c) Der verbleibende Restgewinn wird wie folgt aufgeteilt:
   Sabrina Berger erhält 3 Teile, Annika Wenzel 2 Teile, Steffen Berger 1 Teil.
2. Alle übrigen Rechte der Gesellschaft regeln sich nach den gesetzlichen Vorschriften.

Anlage 2

Gesellschafter	Kapitalanteil	____ % Verzinsung	Tätigkeitsvergütung	Restgewinn	Gesamtgewinn
Sabrina Berger					
Annika Wenzel					
Steffen Berger					
Summe					

Anlage 3: Auszug aus dem Handelsgesetzbuch

2. Buch 1. Abschnitt: Offene Handelsgesellschaft

§ 114 Geschäftsführung

(1) Zur Führung der Geschäfte der Gesellschaft sind alle Gesellschafter berechtigt und verpflichtet.

(2) Ist im Gesellschaftsvertrage die Geschäftsführung einem Gesellschafter oder mehreren Gesellschaftern übertragen, so sind die übrigen Gesellschafter von der Geschäftsführung ausgeschlossen.

§ 115 Geschäftsführung durch mehrere Gesellschafter

(1) Steht die Geschäftsführung allen oder mehreren Gesellschaftern zu, so ist jeder von ihnen allein zu handeln berechtigt; widerspricht jedoch ein anderer geschäftsführender Gesellschafter der Vornahme einer Handlung, so muß diese unterbleiben.

(2) Ist im Gesellschaftsvertrage bestimmt, daß die Gesellschafter, denen die Geschäftsführung zusteht, nur zusammen handeln können, so bedarf es für jedes Geschäft der Zustimmung aller geschäftsführenden Gesellschafter, es sei denn, daß Gefahr im Verzug ist.

§ 116 Umfang der Geschäftsführungsbefugnis

(1) Die Befugnis zur Geschäftsführung erstreckt sich auf alle Handlungen, die der gewöhnliche Betrieb des Handelsgewerbes der Gesellschaft mit sich bringt.

(2) Zur Vornahme von Handlungen, die darüber hinausgehen, ist ein Beschluß sämtlicher Gesellschafter erforderlich.

(3) Zur Bestellung eines Prokuristen bedarf es der Zustimmung aller geschäftsführenden Gesellschafter, es sei denn, daß Gefahr im Verzug ist. Der Widerruf der Prokura kann von jedem der zur Erteilung oder zur Mitwirkung bei der Erteilung befugten Gesellschafter erfolgen.

§ 121 Verteilung von Gewinn und Verlust

(1) Von dem Jahresgewinne gebührt jedem Gesellschafter zunächst ein Anteil in Höhe von vier vom Hundert seines Kapitalanteils. Reicht der Jahresgewinn hierzu nicht aus, so bestimmen sich die Anteile nach einem entsprechend niedrigeren Satz.

(2) Bei der Berechnung des nach Absatz 1 einem Gesellschafter zukommenden Gewinnanteils werden Leistungen, die der Gesellschafter im Laufe des Geschäftsjahrs als Einlage gemacht hat, nach dem Verhältnisse der seit der Leistung abgelaufenen Zeit berücksichtigt. Hat der Gesellschafter im Laufe des Geschäftsjahrs Geld auf seinen Kapitalanteil entnommen, so werden die entnommenen Beträge nach dem Verhältnisse der bis zur Entnahme abgelaufenen Zeit berücksichtigt.

(3) Derjenige Teil des Jahresgewinns, welcher die nach den Absätzen 1 und 2 zu berechnenden Gewinnanteile übersteigt, sowie der Verlust eines Geschäftsjahrs wird unter die Gesellschafter nach Köpfen verteilt.

§ 125 Vertretung der Gesellschaft

(1) Zur Vertretung der Gesellschaft ist jeder Gesellschafter ermächtigt, wenn er nicht durch den Gesellschaftsvertrag von der Vertretung ausgeschlossen ist.
(2) Im Gesellschaftsvertrage kann bestimmt werden, daß alle oder mehrere Gesellschafter nur in Gemeinschaft zur Vertretung der Gesellschaft ermächtigt sein sollen (Gesamtvertretung). Die zur Gesamtvertretung berechtigten Gesellschafter können einzelne von ihnen zur Vornahme bestimmter Geschäfte oder bestimmter Arten von Geschäften ermächtigen. Ist der Gesellschaft gegenüber eine Willenserklärung abzugeben, so genügt die Abgabe gegenüber einem der zur Mitwirkung bei der Vertretung befugten Gesellschafter.
(3) Im Gesellschaftsvertrage kann bestimmt werden, daß die Gesellschafter, wenn nicht mehrere zusammen handeln, nur in Gemeinschaft mit einem Prokuristen zur Vertretung der Gesellschaft ermächtigt sein sollen. Die Vorschriften des Absatzes 2 Satz 2 und 3 finden in diesem Falle entsprechende Anwendung.

§ 126 Umfang der Vertretungsmacht

(1) Die Vertretungsmacht der Gesellschafter erstreckt sich auf alle gerichtlichen und außergerichtlichen Geschäfte und Rechtshandlungen einschließlich der Veräußerung und Belastung von Grundstücken sowie der Erteilung und des Widerrufs einer Prokura.
(2) Eine Beschränkung des Umfanges der Vertretungsmacht ist Dritten gegenüber unwirksam; dies gilt insbesondere von der Beschränkung, daß sich die Vertretung nur auf gewisse Geschäfte oder Arten von Geschäften erstrecken oder daß sie nur unter gewissen Umständen oder für eine gewisse Zeit oder an einzelnen Orten stattfinden soll.
(3) In betreff der Beschränkung auf den Betrieb einer von mehreren Niederlassungen der Gesellschaft finden die Vorschriften des § 50 Abs. 3 entsprechende Anwendung.

2. Buch 2. Abschnitt: Kommanditgesellschaft

§ 163 Rechtsverhältnis der Gesellschafter untereinander

Für das Verhältnis der Gesellschafter untereinander gelten in Ermangelung abweichender Bestimmungen des Gesellschaftsvertrags die besonderen Vorschriften der §§ 164 bis 169.

§ 164 Geschäftsführung

Die Kommanditisten sind von der Führung der Geschäfte der Gesellschaft ausgeschlossen; sie können einer Handlung der persönlich haftenden Gesellschafter nicht widersprechen, es sei denn, daß die Handlung über den gewöhnlichen Betrieb des Handelsgewerbes der Gesellschaft hinausgeht. Die Vorschriften des § 116 Abs. 3 bleiben unberührt.

§ 165 Wettbewerbsverbot

Die §§ 112 und 113 finden auf die Kommanditisten keine Anwendung.

§ 166 Kontrollrecht

(1) Der Kommanditist ist berechtigt, die abschriftliche Mitteilung des Jahresabschlusses zu verlangen und dessen Richtigkeit unter Einsicht der Bücher und Papiere zu prüfen.
(2) Die in § 118 dem von der Geschäftsführung ausgeschlossenen Gesellschafter eingeräumten weiteren Rechte stehen dem Kommanditisten nicht zu.

(3) Auf Antrag eines Kommanditisten kann das Gericht, wenn wichtige Gründe vorliegen, die Mitteilung einer Bilanz und eines Jahresabschlusses oder sonstiger Aufklärungen sowie die Vorlegung der Bücher und Papiere jederzeit anordnen.

§ 167 Gewinn und Verlust

(1) Die Vorschriften des § 120 über die Berechnung des Gewinns oder Verlustes gelten auch für den Kommanditisten.
(2) Jedoch wird der einem Kommanditisten zukommende Gewinn seinem Kapitalanteil nur so lange zugeschrieben, als dieser den Betrag der bedungenen Einlage nicht erreicht.
(3) An dem Verluste nimmt der Kommanditist nur bis zum Betrage seines Kapitalanteils und seiner noch rückständigen Einlage teil.

§ 168 Verteilung von Gewinn und Verlust

(1) Die Anteile der Gesellschafter am Gewinne bestimmen sich, soweit der Gewinn den Betrag von vier vom Hundert der Kapitalanteile nicht übersteigt, nach den Vorschriften des § 121 Abs. 1 und 2.
(2) In Ansehung des Gewinns, welcher diesen Betrag übersteigt, sowie in Ansehung des Verlustes gilt, soweit nicht ein anderes vereinbart ist, ein den Umständen nach angemessenes Verhältnis der Anteile als bedungen.

4 Unternehmensziele und Unternehmensleitbild

4.1 Unternehmensziele

Stofftelegramm

Oberziel erwerbswirtschaftlicher Unternehmen: langfristige **Gewinnmaximierung** (ebenso häufig genanntes Oberziel: „**Überleben des Unternehmens sichern**")

Komplementäre Ziele: Das Anstreben eines Zieles fördert gleichzeitig das Erreichen des anderen Zieles = **Zielharmonie.**

Beispiel: Kostensenkung in Produktion → gleichzeitig Gewinnerhöhung

Konkurrierende Ziele: Das Anstreben eines Zieles beeinträchtigt die Erreichung des anderen Zieles = **Zielkonflikt**.

Beispiel: Umweltschutzinvestitionen ⇔ Gewinnmaximierung

Indifferente Ziele: Das Anstreben des einen Zieles hat keinerlei Wirkungen auf das Erreichen des anderen Zieles = **Zielindifferenz**.

Beispiel: Das Anstreben von höherer Liquidität hat normalerweise nichts zu tun mit dem Anstreben von Mitbestimmungszielen.

Ökonomische Ziele:
- Gewinnmaximierung
- Marktbeherrschung
- Umsatzmaximierung
- hohe Wirtschaftlichkeit
- Kostenminimierung ...

Ökologische Ziele:
- umweltorientierte Unternehmensführung
- von der bisherigen Durchlaufwirtschaft (Einkauf – Produktion – Verkauf – Entsorgung) zur Kreislaufwirtschaft (Recycling, Entsorgung und Vermeidung von Abfällen auf allen Stufen ...)

Soziale Ziele:
- Arbeitsplatzsicherung
- gerechte Entlohnung
- Humanisierung der Arbeit
- Mitbestimmung ...

Zielhierarchie: **Oberziel:** z. B. Gewinnmaximierung

Unterziele: z. B.
- Vergrößerung des Marktanteils
- Umsatzerhöhung
- Arbeitsplatzerhaltung
- Umweltschutzförderung

Umweltpolitische Ziele

alle Maßnahmen zur Umwelterhaltung und Umweltverbesserung

- Beseitigung von Umweltschäden
- Minimierung von Umweltrisiken
- Abwehr von Schäden für Mensch + Umwelt
- **Schutz künftiger Generationen**

⇩

„Nachhaltigkeit“

= Handeln mit Blick in die Zukunft

→ künftigen Generationen lebenswerte Umwelt sichern

Das „magische Dreieck“ der Nachhaltigkeit (Agenda 21)

Alle Nationen sollen langfristige Konzepte erstellen,
die folgende Gesichtspunkte beachten:

Magisches Dreieck: Ökologie – Ökonomie – **Soziales**

ökologisches Gleichgewicht

- umweltfreundliche Produkte
- Recycling
- Verpackungen reduzieren
- Abfallverwertung, -vermeidung
- Energie einsparen

ökonomische Sicherheit

- Arbeitsplatzsicherung
- verantwortungsvoller Umgang mit Energie und Rohstoffen

soziale Gerechtigkeit

- Gleichheitsgrundsatz (z. B. Mann/Frau) beachten
- leistungsgerechte Bezahlung
- Angebot von Ausbildungsplätzen ...

Aufgaben

1. Nennen Sie je drei ökonomische, ökologische und soziale Ziele.
2. Welche Oberziele streben üblicherweise erwerbswirtschaftliche Unternehmen an?
3. Entscheiden Sie jeweils, ob es sich um ökonomische, ökologische oder soziale Ziele handelt und ob die Zielpaare konkurrierend, komplementär oder indifferent sind:
   a) Gewinnmaximierung – Umsatzmaximierung
   b) Gewinnmaximierung – Umweltschutzinvestitionen
   c) Gewinnmaximierung – Kostensenkung
   d) gute Liquiditätslage – Mitbestimmungsverbesserung
   e) Verbesserung der Abfallverwertung – Humanisierung der Arbeit
   f) Rationalisierung – Arbeitsplatzerhaltung
   g) Überleben des Unternehmens sichern – Arbeitsplatzerhaltung

4.2 Unternehmensleitbild

Stofftelegramm

Unternehmensleitbild:

- schiftliche Fixierung wesentlicher unternehmenspolitischer Grundsätze
- Betonung der Berücksichtigung gesellschaftlicher und sozialer Aspekte
- Zweck: Identifizierung der Mitarbeiter mit Unternehmen
- Ein einheitliches Bild nach innen und außen entsteht.
- Unterschied zur „**Öffentlichkeitsarbeit**" („**Public Relations**"): Das Unternehmensleitbild ist v. a. auch nach innen gerichtet – die Öffentlichkeitsarbeit zielt nur auf die Außenwirkung.

Ziele eines Leitbildes:

- Rahmen für das tägliche Handeln im Unternehmen
- Identität mit dem Unternehmen
- Imagepflege
- motivierte Mitarbeiter
- Entscheidungshilfe für die Führungskräfte
- vereinfachte Personalauswahl
- Grundlage für Unternehmensziele und Strategien

Beispiel Unternehmensleitbild:

1. Wir handeln kundenorientiert in allen Unternehmensbereichen.
2. Wir sind besser als die Konkurrenz.
3. Wir schaffen Leistung durch Engagement und Kompetenz.
4. Wir handeln konsequent und verlässlich.
5. Fairness, Respekt und Vertrauen sind der Maßstab unserer Zusammenarbeit.
6. Wir fordern und fördern unsere Mitarbeiter.
7. Wir sichern unseren Erfolg durch ständige Innovation.
8. Wir sind Vordenker und Wegbereiter für innovatives Handeln in unserer Branche.
9. ...

usw.

Aufgaben

1. Was versteht man unter einem Unternehmensleitbild?
2. Aus welchen Gründen werden Unternehmensleitbilder formuliert?
3. Was soll mit einem Unternehmensleitbild erreicht werden?

4.3 Prüfungsaufgaben

Prüfungsaufgaben Sommer 2013 (Aufgabe 1, teilweise)

1.3 Die Fun & Sport GmbH besitzt bislang noch kein Leitbild. Nun soll eines erstellt werden, wobei das Team zur Erstellung Ihren Geschäftsführer, zwei Abteilungsleiter, mehrere Angestellte und Sie als Auszubildende/-r beinhaltet.

1.3.1 Erklären Sie, warum es sinnvoll ist, das Team zur Erstellung des Leitbilds mit Personen aus verschiedenen Ebenen des Unternehmens zu besetzen.

1.3.2 Ihre Kollegin Frau Schmid fragt Sie, warum ein Leitbild wichtig für ein Unternehmen ist. Erklären Sie es ihr, indem Sie je ein konkret ausformuliertes ökonomisches, soziales und ökologisches Ziel aufführen und jeweils dazu erklären, warum dieses Ziel wichtig für die Fun & Sport GmbH ist (**Anlage 2**).

Anlage 2

	Konkretisiertes Ziel	Wichtig für Fun & Sport GmbH, weil:
ökonomisch		
sozial		
ökologisch		

Prüfungsaufgaben Winter 2013/2014 (Aufgabe 2)

Nach Abschluss Ihrer Berufsausbildung möchten Sie ein kleines Fachgeschäft für Kaffee-, Tee- und Schokospezialitäten eröffnen, eventuell auch mit Kaffee- und Teeausschank. Es liegen Ihnen bereits drei Angebote für Ladengeschäfte an ganz unterschiedlichen Standorten mit unterschiedlichen Merkmalen vor:

„Dorfladen": ehemaliger Bäckerladen, viele kostenlose Parkmöglichkeiten, Fläche 80 m^2, Miete 500,00 EUR, keine Konkurrenz, Kunden: hauptsächlich Bewohner des Dorfes und der näheren Umgebung, ungefähr 9.000 Einwohner.

Stadtrand: Neubau, öffentliche kostenpflichtige Parkplätze in der direkten Umgebung, Fläche 80 m^2, Miete 1.000,00 EUR, Kunden: nahegelegenes großes neues Wohngebiet sowie in direkter Nachbarschaft ein älteres gewachsenes Wohngebiet, geplant ist in naher Zukunft eine Seniorenwohnanlage in direkter Nachbarschaft, direkte Konkurrenz: einer, er bietet ähnliches Sortiment, in unmittelbarer Nachbarschaft drei Lebensmitteldiscounter.

Innenstadt: Fußgängerzone, Erdgeschoss Altbau, Bushaltestelle direkt daneben, keinerlei Parkmöglichkeiten, reine Ladenfläche 55 m^2, Miete 1.800,00 EUR, viele Laufkunden, drei Konkurrenten mit ähnlicher Geschäftsidee in der Fußgängerzone verteilt.

2.1 Sie notieren für jeden Standort jeweils zwei Vorteile und zwei Nachteile.

2.2 Sie entscheiden sich begründet für einen Standort.

2.3 Für ein stimmiges Geschäftskonzept beschäftigen Sie sich mit Ihren Unternehmenszielen.

2.3.1 Ein wichtiges Unternehmensziel soll die Nachhaltigkeit sein.
Sie überlegen sich drei konkrete Maßnahmen, mit denen Sie im Geschäftsalltag das Thema Nachhaltigkeit verfolgen können.

2.3.2 Sie notieren vier weitere Unternehmensziele für Ihr Fachgeschäft.

2.4 Durch Ihre Selbstständigkeit hat auch das Thema private Altersvorsorge an Bedeutung gewonnen.
Sie überlegen sich vier Möglichkeiten der privaten Altersvorsorge.

Prüfungsaufgaben Winter 2014/2015 (Aufgabe 2)

Sie arbeiten als Verkaufsleiter/-in bei der Kinderparadies GmbH in Sinsheim, einem der größten Fachgeschäfte für Babyartikel und Spielwaren im Kraichgau. Traditionell steht Ihr Unternehmen für qualitativ hochwertige Produkte, einen erstklassigen Service und zufriedene Mitarbeiter. Seit wenigen Wochen verfügt Ihr Unternehmen über eine neue Geschäftsführung, die das bislang familiengeführte Unternehmen modernisieren und neu ausrichten möchte.

2.1 Eine der ersten Maßnahmen der neuen Geschäftsführung ist die Durchführung eines Wettbewerbs. Die Mitarbeiter können Vorschläge zur Weiterentwicklung und Modernisierung des Unternehmens machen. Sie möchten an diesem Wettbewerb teilnehmen.

2.1.1 Sie schlagen der Geschäftsleitung in einer E-Mail die Entwicklung eines Unternehmensleitbildes vor. Sie gehen dabei auf drei Vorteile eines Leitbildes für die Kinderparadies GmbH ein.

2.1.2. Die Geschäftsleitung ist von Ihrer Idee begeistert und bittet Sie, jeweils ein konkretes ökonomisches, soziales und ökologisches Ziel für das Leitbild der Kinderparadies GmbH zu formulieren.

2.2 Die Neuausrichtung und die Modernisierung des Unternehmens haben sich ausgezahlt und es gibt Pläne für die Eröffnung einer Filiale in einer weiteren Region in Baden-Württemberg.

2.2.1 Ihr Chef beauftragt Sie, eine Liste mit vier wichtigen Faktoren zu erstellen, die bei der Standortauswahl für ein Ladenlokal von Bedeutung sind.

2.2.2 Die Geschäftsführung hat beschlossen, die neue Filiale in Tübingen zu eröffnen. Ihnen liegen drei Angebote für mögliche Verkaufsflächen vor.

Angebot 1:
Innenstadt: Übernahme eines Ladens direkt in der Fußgängerzone. Die Verkaufsfläche beträgt 80 m². Zusätzlich steht ein Lagerraum mit 30 m² zur Verfügung. Der 50 m entfernte Drogeriemarkt bietet ebenfalls ein Spielwarensortiment an. Die Miete beträgt 3.300,00 EUR pro Monat (kalt). Die nächste Parkmöglichkeit liegt 800 m entfernt.

Angebot 2:

In einem demnächst öffnenden Fachmarktzentrum im Randbereich des Stadtzentrums steht noch ein 120 m^2 großer Verkaufsraum mit weiteren 80 m^2 Lagerraum zur Verfügung. Die Miete beträgt 4.000,00 EUR pro Monat (kalt). Kostenpflichtige Parkmöglichkeiten stehen im Parkhaus des Fachmarktzentrums zur Verfügung. Eine Bushaltestelle befindet sich unmittelbar vor dem Eingangsbereich des Fachmarktzentrums. Der nächste Konkurrent ist fünf Gehminuten entfernt.

Angebot 3:

150 m^2 Verkaufsfläche und zusätzlich 100 m^2 Lagerfläche für 2.500,00 EUR pro Monat (kalt) in einem Gewerbegebiet am Rande der Stadt. In unmittelbarer Umgebung gibt es zwei Lebensmitteldiscounter, einen Baumarkt, ein Recycling-Unternehmen und einen großen Autohändler. Kostenfreie Parkplätze stehen in großer Anzahl zur Verfügung.

Beurteilen Sie die Eignung der drei Ladenlokale als Standort für Ihre Filiale. Erstellen Sie dazu in übersichtlicher Form (Tabelle) eine Entscheidungshilfe für die Standortauswahl anhand von vier Kriterien und geben Sie eine begründete Empfehlung für einen der drei Standorte ab.

1 Junge Menschen in Beruf, Familie und Gesellschaft

1.1 Auszubildende und ihre Lebenswelt

1.1.1 Herausforderung Beruf

Stofftelegramm

GESICHTSPUNKTE FÜR DIE AUSBILDUNGSPLATZ- UND BERUFSWAHL

Persönliche Eignung ⟷	Wirtschaftliche Situation
• Spaß an praktischen und/oder theoretischen Tätigkeiten • eigene Vorbildung, Fertigkeiten • Vorstellung von einem „Traumberuf" • Einfluss von Eltern und Freunden	• Angebot an Ausbildungsplätzen regional sehr unterschiedlich, in „Traumberufen" zu gering • Verdienstmöglichkeiten in Lehre/danach • Zukunftsaussichten

→ Es bestehen große regionale Unterschiede bei den Lehrstellenangeboten, z. B. für Einzelhandels-, Bank-, Industriekaufleute.
→ Flexibilität und Mobilität bei der Auswahl der Ausbildungsstätte gefordert.
→ Berufsausbildung erfolgt meist im dualen System.

ANFORDERUNGEN VON BETRIEB UND BERUFSSCHULE

FORMEN BERUFLICHER TÄTIGKEIT

Produktionstätigkeiten	Primäre Dienstleistungen	Sekundäre Dienstleistungen
Rohstoffe gewinnen, Güter herstellen, Maschinen, Anlagen steuern und reparieren	allgemeine Dienstleistungen, Transport und Verkaufen, Bürotätigkeiten, Kundenbetreuung, Qualitätskontrolle	Organisation, Management, Ausbilden, Beraten, Informieren, Recht anwenden, Forschung und Entwicklung

Weltweiter Trend bei modernen Gesellschaften:
- weniger Arbeitsplätze in der Produktion
- immer mehr Dienstleistungen (z. B. Service bei teuren Industrieprodukten)

ERWARTUNGEN VON JUGENDLICHEN AM AUSBILDUNGSPLATZ

- Erfüllung des Ausbildungsplans mittels qualifizierter Ausbilder
- Ausbildungsvergütung nach Tarifvertrag
- Bereitstellung aller Arbeitsmittel (i. d. R. kostenlos)
- Bestmöglicher Arbeitsschutz
- Kollegialität
- Sozialleistungen

ZIEL DER AUSBILDUNG: ERWERB VON SCHLÜSSELQUALIFIKATIONEN

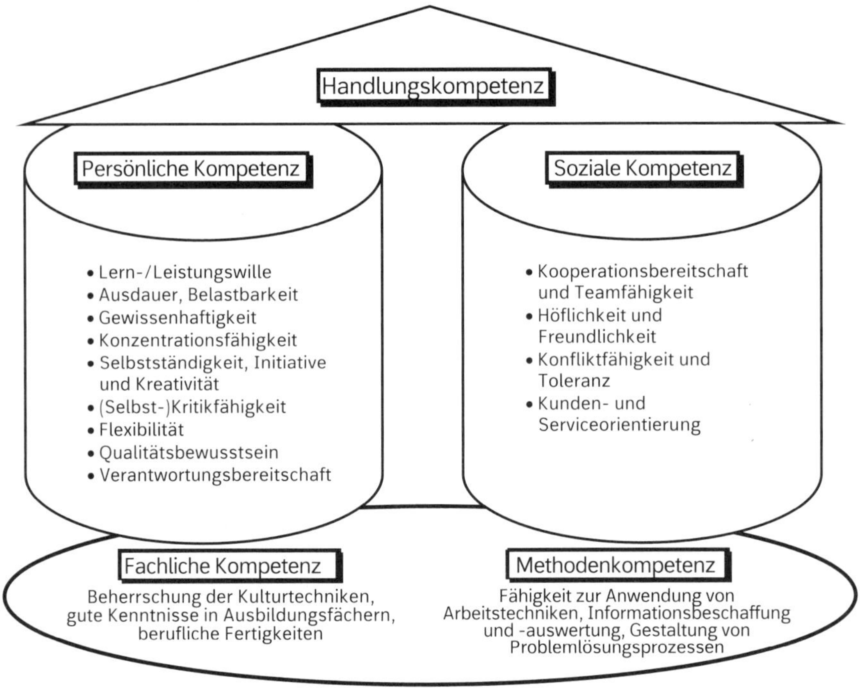

ERWARTUNGEN IN DER BERUFSSCHULE

Erwartungen **des** Jugendlichen (d. h., das darf er/sie von der Schule erwarten):
- theoretische und praktische Ausbildung (nötige Kenntnisse, Fähigkeiten, Fertigkeiten)
- Hilfe bei der Persönlichkeitsentwicklung und Krisen
- Erziehung zu selbstständigem Denken und Handeln

Erwartungen **an den** Jugendlichen (d. h., das erwarten die meisten Lehrkräfte):
- Einhaltung der Schulordnung
- Lernbereitschaft, um die Prüfungen zu bestehen
- Teilnahme an besonderen schulischen Aktivitäten und der SMV

AUSBILDUNG ALS HERAUSFORDERUNG

- **Berufsbilder mit höheren Anforderungen** (→ Schlüsselqualifikationen) entstehen, manche traditionelle Berufe sterben aus, ohne Berufsausbildung Arbeitslosigkeit wahrscheinlich, Facharbeiter und Spezialisten gesucht
- Wer – wie $\frac{1}{4}$ aller Auszubildenden – eine Berufsausbildung abbricht, muss lernen, Konflikte besser zu lösen und anderweitig eine Qualifikation für die Zukunft zu erhalten.

KONFLIKTE IN BETRIEB UND SCHULE

Ursachen

- **Entwicklungsprozess des Jugendlichen:** Gefühle der Unsicherheit auf dem Weg des Erwachsenwerdens, Ausbruch in Übermut oder Aggression
- **Generationenkonflikt:** Jugendliche unterscheiden sich oft stark in ihrem Benehmen, Erscheinungsbild und ihren Wertvorstellungen von den (älteren) Erwachsenen.
- **Autoritätskonflikt:** Da Jugendliche gegen Ende der Ausbildungszeit möglichst selbstständig arbeiten wollen und sollen, erscheint ihnen die Anpassung an betriebliche und schulische Zwänge (Betriebsordnung, Schulordnung) oft sinnwidrig, insbesondere die Beschäftigung mit Hilfs- und Nebenarbeiten ungerecht.
- **Ausbildungskrisenkonflikt:** Anwendung des erworbenen Wissens nach der Lehre ist ungewiss. (Nur ca. die Hälfte der jungen Ausgebildeten ist in den ersten Jahren nach Berufsabschluss im erlernten Beruf tätig, viele sind nur befristet beschäftigt.)

Lösungsmöglichkeiten

In der Berufsschule:

- Gespräch mit dem Klassenlehrer (zusammen mit Klassensprecher) außerhalb der regulären Unterrichtszeit
- Einbeziehung des Vertrauenslehrers, evtl. mit SMV-Vertretung

Im Betrieb:

- sachliches **Gespräch** mit Kollegen und Ausbilder über die Streitpunkte
- Interessenvertretung durch **Jugendvertretung** und Betriebsrat
- Besprechung mit dem Ausbildungsberater der zuständigen Kammer als **Schlichtungsstelle**
- notfalls bei schweren Verstößen gegen den Ausbildungsvertrag Klage vor dem **Arbeitsgericht!**

BERUFLICHE PERSPEKTIVEN

ERFÜLLUNG IM BERUF AUS MITARBEITERSICHT

ERWARTUNGEN AN DIE MITARBEITER AUS UNTERNEHMERSICHT

- Jeder Mitarbeiter muss so arbeiten, dass seine Leistung beim Kunden höchste Zufriedenheit auslöst.
- Gute Leistungen sind nur bei Team- und Kommunikationsfähigkeit aller möglich.
- Entscheidungen müssen an gute Mitarbeiter delegiert werden können, jeder soll eigenverantwortlich und kreativ für die gemeinsamen Unternehmensziele arbeiten.

LEBENSLANGES LERNEN – FÜR ARBEITSPLATZERHALT UND KARRIERE

- neue Tätigkeitsmerkmale vieler Berufe fordern zunehmend verantwortungsvolle geistige Tätigkeit, Fortbildung (z. B. DV ist notwendig zum Erhalt des Arbeitsplatzes)
- Aufstiegsmöglichkeiten in Industrie, bei Banken und im Handel nach Weiterbildung (z. B. von der Verkäuferin zur Filialleiterin)
- fachliche Weiterbildungsmöglichkeiten
  - betriebsintern, z. B. Handelsassistentin
  - extern, z. B. Handelsfachwirt, Bankbetriebswirt, Techniker, Meister
- Erweiterung der Allgemeinbildung, Stärkung der Schlüsselqualifikationen: Vertiefung der Fremdsprachenkenntnisse, Kennenlernen fremder Kulturen als Voraussetzung für erfolgreiche internationale Wirtschaftsbeziehungen im Globalisierungsprozess, Moderations- und Konfliktmanagementtraining

1.1.2 Herausforderung Familienleben

Stofftelegramm

BEDEUTUNG DER FAMILIE

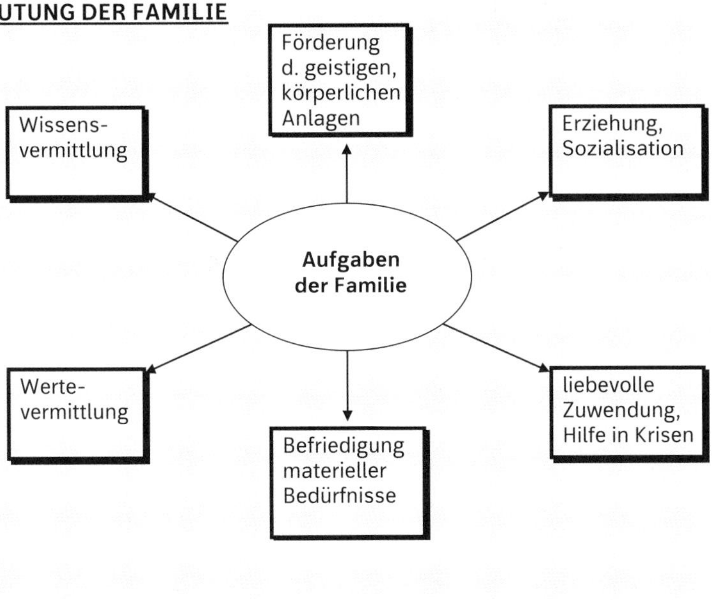

- Die Familie spielt bei der Eingliederung (Sozialisation) der jungen Menschen in die Gesellschaft eine zentrale Rolle.
- Verhalten der Eltern prägt Wertvorstellungen der Kinder und Jugendlichen, d. h. die Einschätzung und Beurteilung von sittlichen und pragmatischen Werten:
  - „klassische Tugenden" wie Ehrlichkeit, Fleiß, Höflichkeit, Zuverlässigkeit
  - Schlüsselqualifikationen wie Gesprächsfähigkeit, Teamfähigkeit, Toleranz, Kreativität
- Die Gesellschaft benötigt ausreichend Nachwuchs zum Erhalt des Bevölkerungsbestandes, zur Altersversorgung und für den Erhalt wirtschaftlicher Dynamik.

DIE FAMILIE – RECHTLICHE SITUATION IN DEUTSCHLAND

Artikel 6 GG → Ehe und Familie stehen unter besonderem Schutz des Staates.

§ 1626 BGB → Kinder haben (bis 18., evtl. 27. Lebensjahr) ein Recht auf

- **Pflege** [körperliches, geistiges, seelisches Wohlergehen (d. h. Sorge um Kleidung, Nahrung, Hygiene, Aufsicht und Bestimmung des Aufenthaltsortes sowie Unterhalt)],
- **Erziehung** zu altersangemessenem selbstständigem und verantwortlichem Handeln,
- Verwaltung des Vermögens nicht geschäftsfähiger Kinder.

Die **elterliche Sorge** wird **von beiden Elternteilen gleichberechtigt** ausgeübt.

Die Eltern können staatliche Einrichtungen wie das **Jugendamt** in Anspruch nehmen, wenn sie Hilfe bei der Ausübung ihrer Pflichten benötigen.
Der **Staat muss** in die Freiheit der elterlichen Erziehung **eingreifen** bei

- Misshandlung (schwerer körperlicher Züchtigung, sexuellem Missbrauch),
- Vernachlässigung des Kindes,
- unverschuldetem Versagen der Eltern (geistiger Unfähigkeit).

STAATLICHE FÖRDERUNG DER FAMILIEN

Finanzielle Hilfen:

- **Mutterschaftsgeld** (Mutterschaftsleistungen der Krankenkassen)
- **Kindergeld**
- **Elterngeld** (einkommensabhängig) für **Elternzeit** (Kinderbetreuung zu Hause)
- Steuerersparnis durch „Erziehungsfreibetrag“
- höherer Betrag bei Arbeitslosengeld I und II im Bedarfsfall, Wohngeld
- Anrechnung der Kindererziehungszeit bei der Rentenversicherung (3 Jahre/Kind)
- BAföG-Darlehen und finanzielle Zuschüsse für (Hoch-)Schüler
- Zuschüsse bei Riester-Renten-Sparplan

Rechtliche Vorteile auf dem Arbeitsmarkt:

- **Elternzeit**: drei Jahre Freistellung für Väter oder Mütter, auch im Wechsel/parallel
- **Sonderurlaub** zur Betreuung kranker Kinder, zehn Tage im Jahr

Beratungsangebote:

- Schwangerschafts- und Familienberatung/Erziehungsberatung
- Schuldnerberatung

Soziale Einrichtungen:

- Kindertagesstätten (Rechtsanspruch nach 1. Lebensjahr), Kindergarten
- Ganztagsschulen
- Sozialstationen/soziale Dienste

DIE EHE

Eheschließung ist eine persönliche, gleichzeitige, öffentliche Erklärung von zwei Personen verschiedenen oder gleichen Geschlechts, die Ehe auf Lebenszeit miteinander eingehen zu wollen. Erklärung erfolgt vor einem Standesbeamten/einer Standesbeamtin und zwei Trauzeugen.

Voraussetzungen:
- Partner sind **volljährig** (oder ein mindestens 16-jähriger Partner hat die Zustimmung des gesetzlichen Vertreters, notfalls des Jugendamtes/Vormundschaftsgerichts) **und geschäftsfähig**.
- Partner sind keine Geschwister, nicht in gerader Linie verwandt und nicht bereits mit einem anderen Partner verheiratet.

Die Rechtsstellung der Ehepartner

Das **Grundgesetz, Artikel 3** stellt die Gleichberechtigung fest.
Details regelt das **BGB:**

1) Namensrecht

Ehe-/Familienname		
Ehe-/Familienname wählbar: Geburtsname eines Ehepartners	← oder →	Partner behalten alte Namen

Nachname der Kinder aus dieser Ehe: nur einer der beiden Namen!

Der Partner, dessen Name nicht Familienname wird, kann seinen Namen dazusetzen, also voranstellen oder hintansetzen (und damit einen Doppelnamen tragen).

2) Berufstätigkeit

Beide dürfen **erwerbstätig** sein und den Haushalt führen.
Jeder kann notwendige Alltagsgeschäfte abschließen (z. B. einkaufen), die auch den Partner zur Zahlung verpflichten.

3) Vermögensverhältnisse

Standardsituation **gesetzliches Güterrecht**: **Zugewinngemeinschaft**.
Jeder verwaltet und nutzt sein Vermögen selbst, aber bei einer Scheidung (oder neuen Güterstandsvereinbarung) wird das in der Ehe dazu erworbene Vermögen auf die Partner verteilt – ausgenommen davon nur persönliche Schenkungen und Erbschaften.

Bei der Heirat oder während der Ehe kann auch **mit einem notariell beurkundeten Vertrag** wahlweise Folgendes vereinbart werden (→ vertragliches Güterrecht):
- **Gütertrennung:** Jeder verwaltet sein Vermögen selbst und haftet nur für eigene Schulden.
- **Gütergemeinschaft:** gemeinsame Verwaltung des Vermögens und Halbierung im Falle der Scheidung

DIE EHESCHEIDUNG

- Die Scheidung ist ein gerichtliches Verfahren zur Beendigung der Ehe. Zuständig ist der **Familienrichter** beim **Amtsgericht.**
- Rechtsanwälte müssen **Scheidungsantrag** für ihre scheidungswilligen Mandanten stellen (**Anwaltszwang!**).
- Einzig möglicher **Scheidungsgrund** ist die **Zerrüttung,** d. h., die eheliche Lebensgemeinschaft besteht nicht mehr, ihre Wiederherstellung ist nicht zu erwarten.
  Erkennbar ist dies an der Zeit des **Getrenntlebens** (Expartner sind „von Tisch und Bett getrennt"). Für die Scheidungsmöglichkeit gelten die **Trennungsfristen:**
  - weniger als ein Jahr, wenn die Fortsetzung der Ehe für den Antragsteller unzumutbar ist und eine soziale Härte darstellen würde
  - 1 bis maximal 3 Jahre, wenn beide Ehepartner die Scheidung wollen
  - mindestens 3 Jahre, wenn nur ein Ehepartner die Scheidung will

FOLGEN EINER EHESCHEIDUNG

Gerichtsurteil – Folgen am Ende eines Scheidungsprozesses:
- **Vermögensaufteilung** inkl. Aufteilung des Hausrates, **Zugewinnausgleich** bei Verheirateten mit gesetzlichem Güterstand
- Ein Partner – im Regelfall der Partner, welcher die Kinder versorgt – behält die bisherige Wohnung (Mietwohnung, Eigentumswohnung oder Haus), der andere zieht aus.
- Höhe der **Unterhaltszahlungen** für den **Einkommensschwächeren** wird festgelegt.
- **Versorgungsausgleich** (Aufteilung der in der Ehezeit entstandenen Rentenansprüche)

Zusätzliche Folgen für Ehepaare mit unterhaltsberechtigten Kindern:
- **Unterhaltszahlungen** für vorhandene (sorgeberechtigte) **Kinder**
- Festlegung, ob statt des seit 1998 im Regelfall auch nach der Scheidung geltenden **gemeinsamen Sorgerechts** einem Expartner das **alleinige Sorgerecht** übertragen wird zum Wohle des Kindes (bzw. der Kinder). Außerdem entscheidet das Familiengericht, bei wem das Kind (die Kinder) leben soll (sollen).

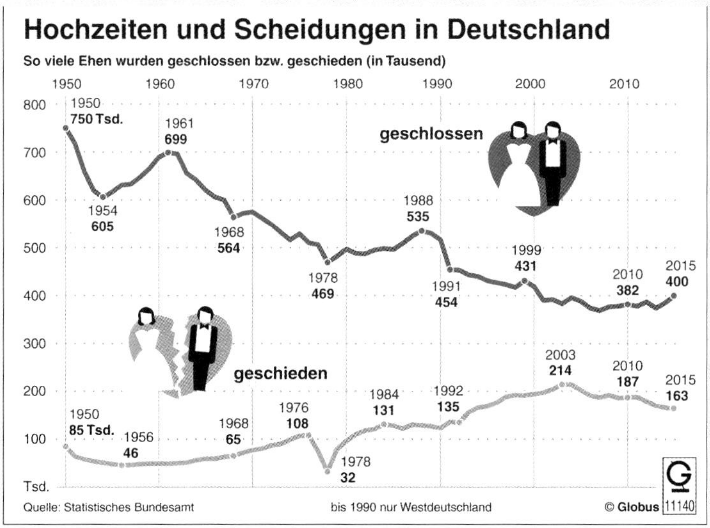

Mehr als ein Drittel aller geschlossenen Ehen wird innerhalb von 25 Jahren geschieden. Die Hälfte der Geschiedenen hat Kinder unter 18 Jahren. Die Zahl der Eheschließungen nimmt seit 2007 wieder zu, während die Zahl der Scheidungen seit 2011 kontinuierlich zurückgeht.

EHE UND FAMILIE IM WANDEL

Merkmal	Früher (bis ca. 1900)	Heute (= Trend seit 1970er-Jahre)
Ehe als anerkannte Lebensform	selbstverständliches Ziel ohne Alternative	ca. 40 % Singles und nicht eheliche Lebensgemeinschaften
Rollenverteilung	Frau: Mutter und Hausfrau Mann: absolutes Oberhaupt	Frau: Berufsausbildung üblich, Berufstätigkeit insgesamt 65 %
Kinderzahl	meist 4 Kinder (1965 noch 2,5 Kinder)	meist nur 1 Kind; Durchschnitt: 1,4 Kinder je Frau
Kindererziehung	Kinder wurden autoritär erzogen mit körperlichen Strafen.	zunehmend liberal-partnerschaftliche Erziehung
Ehedauer	Lebenszeit (vor dem 20. Jh. oft nur 15–20 Ehejahre!)	„Erträglichkeit“ ist entscheidend. Jede 3. Ehe wird geschieden!
außereheliche sexuelle Beziehungen	Tabu; Frauen wurden schnell als „Huren“ missachtet. Uneheliche Kinder waren eine Schande und benachteiligt.	Sex vor und außerhalb der Ehe kaum noch ein Tabu. Nichteheliche Kinder werden akzeptiert und sind rechtlich gleichgestellt.

Gründe für den Verzicht auf ein Kind/mehrere Kinder

- Empfängnisverhütung (v. a. Antibabypille), Geburtenplanung
- Individualisierung, Scheu vor langfristigen Bindungen
- längere Ausbildungszeiten, veränderte Arbeitsverhältnisse (befristet, Teilzeit)
- Gehaltseinbußen, Angst vor Verarmung, Wohnsituation
- Empfindung von Kindern als Last, Konkurrenz oder Störung in Zweierbeziehung
- Erziehungsunsicherheiten wegen gestiegener Ansprüche an Elternrolle
- zunehmendes Zerbrechen von Beziehungen/Ehen
- gesellschaftliche Akzeptanz von Kinderlosigkeit
- zunehmende Unfruchtbarkeit
- Emanzipation mit zunehmender Frauenberufstätigkeit und Karrierestreben

Moderne Familien-Vielfalt (durch Mix verschiedener Merkmale)

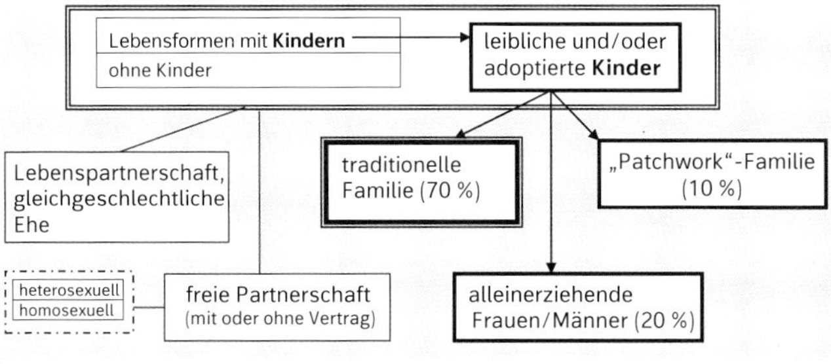

Die Hälfte aller Lebensgemeinschaften ist bzw. bleibt kinderlos, die Zahl der Geburten ist niedrig, steigt jedoch seit 2011 deutlich an (2017: 785.000), die Zahl der nichtehelich Geborenen hat sich in sechs Jahrzehnten von 10 % auf 35 % erhöht.

BEDEUTUNG DER NEUEREN LEBENSFORMEN

Alleinerziehende Mütter und Väter

- Die Zahl der „unvollständigen Familien“ ist kontinuierlich auf ca. 20 % gestiegen.
- Ursachen: „Flucht“ oder Tod des Partners, Scheidung, Scheitern einer nicht ehelichen Beziehung
- Bedingt durch Sorgepflicht und mangelnde Gelegenheiten zu ausreichender Erwerbstätigkeit sind viele Alleinerziehende, sechs Mal mehr Frauen, auf Sozialhilfe angewiesen.

Gleichgeschlechtliche Lebensgemeinschaft

Das Gesetz über die Eingetragene Lebenspartnerschaft (LPartG) regelte seit 2004 Namensrecht, Güterstand, Unterhaltspflicht, Sorgerecht, Angehörigenstatus, Erbrecht, Steuerrecht weitgehend wie bei heterosexuellen Ehen. Seit dem 01.10.2017 gilt das durch das „Gesetz zur Einführung des Rechts auf Eheschließung für Personen gleichen Geschlechts“ präzisierte BGB-Eherecht.

Patchwork-Familien

Diese Familienform entsteht häufig als Folge von Scheidungen, weil ca. die Hälfte aller geschiedenen Mütter und Väter nach einem Jahr wieder einen Partner hat. Es gibt viele Variationen, aber immer ist mindestens ein Elternteil nicht der leibliche Elternteil eines Kindes. Immer mehr Jugendliche wachsen in einer Patchwork-Familie auf. Das Hinzukommen des neuen Elternteils bringt oft Konflikte, da die Erwartungen der bisherigen Familienmitglieder an das neue Mitglied (Stiefvater oder Stiefmutter) sehr unterschiedlich sein können. Versagensängste und Außenseitergefühle können die Stiefeltern belasten. Toleranz und Geduld sind für Konfliktbewältigung wichtige Voraussetzungen. Dieses Familienmodell kann Flexibiliät und Verantwortungsbewusstsein fördern.

Nicht eheliche Lebensgemeinschaft für Paare

In der Altersgruppe zwischen 25 und 35 leben in der Bundesrepublik etwa 10 % in nicht ehelichen Lebensgemeinschaften.

Die wichtigsten Merkmale:

- **keine gegenseitigen Verpflichtungen,** wie sie in einer Ehe (lt. BGB) sonst üblich sind
- **Sorgerecht für Kinder** hat **meist** die **Mutter;** gemeinsames Sorgerecht ist seit 1998 möglich, aber nur mit Zustimmung der Mutter
- „Kinder, deren Eltern nicht miteinander verheiratet sind“, sind seit 1998 rechtlich völlig den ehelichen Kindern gleichgestellt. (Begriff „uneheliches Kind“ entfällt!)
- Für viele Angelegenheiten, z. B. Erbe, Vertretungsrecht, braucht man extra Verträge.

Nachteile:

- keine Steuervorteile wie Ehegattensplittingtarif bei der Lohn- und Einkommensteuer
- eingeschränkte Rechtsansprüche des finanziell Schwächeren → i. d. R. keine Rentenansprüche oder Unterhaltszahlungen für den Fall der Trennung oder des Todes eines Partners
- keine automatische Familienmitversicherung in der gesetzlichen Krankenkasse
- kein Auskunftsrecht bzw. besonderes Besuchsrecht in Notfällen (z. B. in Krankenhäusern auf der Intensivstation, bei der Geburt eines Kindes)
- kein Erbrecht; bei Erbschaft vom Expartner hohe Erbschaftsteuer fällig
- Rechtliche Behandlung bei ALG II/Hartz IV erfolgt aber wie bei einem Ehepaar, d. h., Einkommen und Vermögen des Partners werden angerechnet.

DIE „ROLLE DER FRAU“ IN UNSERER GESELLSCHAFT

Lebensbereich	Häufige Situation	So könnte es sein
Ehe	Frau ist allein für Haushalt und Kindererziehung zuständig.	Mann und Frau kümmern sich gleich viel um das „Zuhause“.
Beruf	Teilzeitjobs, die weniger einbringen, werden v. a. von Frauen ausgeübt.	Männer arbeiten auch in Teilzeit, um ihren Ehefrauen gleichermaßen Erwerbstätigkeit zu ermöglichen.
Gesellschaft	Frauen sind in wirtschaftlichen und politischen Führungspositionen unterrepräsentiert.	Durch vermehrte Berufstätigkeit hätten Frauen auch mehr Karrierechancen.

Modelle der Vereinbarkeit von Beruf und Familie

- Klassisches Ein-Karriere-Modell → Frau übernimmt Familienarbeit, Mann bleibt voll erwerbstätig.
- Umgekehrtes Karriere-Modell → Mann wird Hausmann/Hausvater, Frau macht Karriere.
- Klassisches Teilzeitmodell → Frau kehrt nach Erziehungsurlaub bzw. verlängerter Familienpause teilzeitbeschäftigt ins Berufsleben zurück.
- Zwei-Karrieren-Modell → Frau unterbricht Erwerbstätigkeit nur für die gesetzliche Mutterschutzfrist (sechs Wochen vor + acht Wochen nach der Entbindung), das Kleinkind wird von „Tagesmutter“, in einer Kindertagesstätte oder von Verwandten betreut.
- Partnerschaftsmodell → Beide Elternteile reduzieren ihre Berufstätigkeit nach der Geburt eines Kindes oder wechseln sich mit „Elternzeit“ (Erziehungsurlaub) in den ersten drei Jahren und danach mit Teilzeitarbeit phasenweise ab.

Familienfreundliche Unternehmenspolitik

Ziele:
- Mitarbeitern die bessere Vereinbarkeit von Beruf und Privatleben (Work-Life-Balance) ermöglichen
- Alleinerziehenden die Berufstätigkeit besser ermöglichen
- Frauen/Männern mit Kindern (nach Elternzeit) die Rückkehr in den Beruf erleichtern

Wichtigste Maßnahmen:
- flexible Arbeitszeiten, gute Teilzeitangebote
- Betreuungsangebote für die Kinder oder älteren Angehörigen der Mitarbeiter
- alternierende Telearbeit

Voraussetzungen:
- familienfreundliche Arbeitsorganisation mit verlässlichen Terminabsprachen, Flexibilität der Mitarbeiter/-innen, Vertretungsregelungen, geeignete Planung von Arbeitsabläufen
- Verständnis bei Kollegen/-innen und Führungskräften

Bedeutung für Unternehmen:
Personalkosten langfristig nicht höher, wenn gute Mitarbeiter/-innen gewonnen werden können, die Fluktuation sinkt, Motivation und Arbeitszufriedenheit steigen

1.1.3 Herausforderung soziale Integration

Stofftelegramm

VERANTWORTUNG FÜR SICH SELBST UND ANDERE

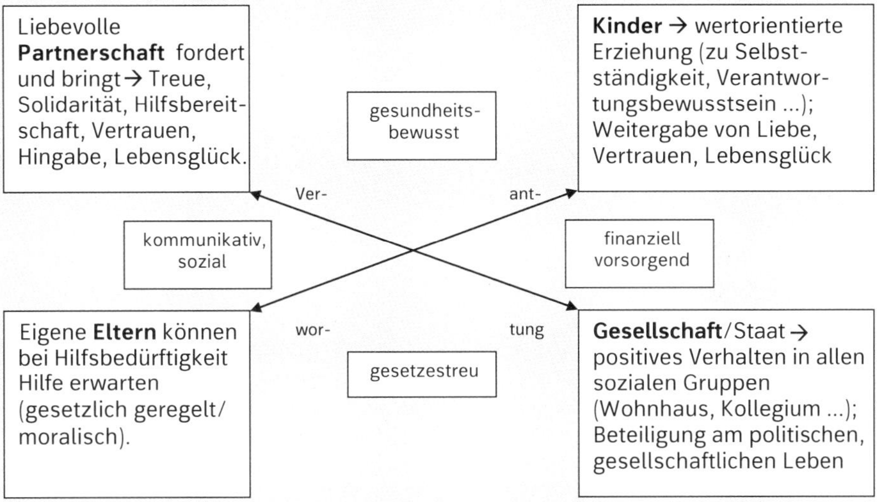

SOZIALE UNGLEICHHEIT

- Neben der **Vermögens- und Einkommensverteilungsungleichheit** ist auch die **Chancenungleichheit** Bestandteil der sozialen Ungleichheit: Gesellschaftliche Bedingungen behindern den sozialen Aufstieg.
- Die 10 % Bestverdiener erhalten ca. 30 % aller Einkommen, die Schere zwischen Armen und Reichen geht beim Vermögen immer weiter auseinander.
- Die Zahl der Superreichen in Deutschland (Vermögen mehr als 50 Mio. USD) ist auf über 7.000 gestiegen.
- Knapp 10 % aller Haushalte können nur durch die Unterstützung der sozialen Sicherungssysteme (wie Arbeitslosengeld, Grundsicherung) einen gerichtlich zugesicherten Mindeststandard erreichen.
- Rund 60 % der durchschnittlichen Einkommen sind netto nicht viel höher als die Grundsicherung.
- Für 16 Mio. Singles gibt es nur 5 Mio. passende, kleinere Wohnungen.
- Mehr als 800.000 Menschen (unter ihnen die Hälfte anerkannte Flüchtlinge) sind wohnungslos, mehr als 50.000 leben und schlafen „auf der Straße".

Kinder als Armutsrisiko

- Familien mit mehreren Kindern und Alleinerziehende sind gegenüber Singles und Kleinfamilien häufiger von Armut und sozialer Ausgrenzung betroffen.

- Weil es an passenden preiswerten Wohnungen für größere Familien in Städten mangelt, sind die Mietausgaben relativ hoch und es fehlt oft an Geld für die üblichen Freizeitaktivitäten, Urlaub sowie die Nutzung kostenpflichtiger Bildungsangebote.
- Aufgrund unzureichender Kleinkinder-Betreuungsmöglichkeiten ist häufig die Mutter nicht oder nur in Teilzeit beschäftigt, was zu weniger Einkommen (und im Alter weniger Rente) führt und den Weg in die Armut bedeuten kann.

Armutsgefährdung

- Mindestens jede sechste Person in Deutschland ist betroffen.
- Ein Drittel aller Alleinerziehenden, jedes fünfte Kind, 70 % der Arbeitslosen sind arm.

Folgen

- Sozial Benachteiligte leiden überdurchschnittlich oft an feuchten Wohnungen, Lärm und Schulden.
- Trotz guter Konjunktur ist die Zahl der überschuldeten Bundesbürger auf 10 % gestiegen (Baden-Württemberg: 7 %).
- Kinder aus sozial benachteiligten Familien haben vermehrt Entwicklungsdefizite und Gesundheitsstörungen, der Schulerfolg ist meist unterdurchschnittlich.
- Jugendliche aus sozial benachteiligten Familien haben öfter psychosomatische Beschwerden, zeigen mehr Verhaltensauffälligkeiten und haben es schwerer, Berufsausbildung oder Studium erfolgreich zu beenden.

HERAUSFORDERUNGEN DER JUGENDPHASE

- Das Erwachsenwerden ist geprägt von Verunsicherungen, Veränderungen und Suchprozessen, Konflikte sind vielfältig: mit der Familie, Mitschülern, Kollegen, Lehrkräften.
- Konfliktfelder sind z. B. Streben nach Autonomie, Gewinn von Statuskämpfen, Anerkennung, Gesehen-Werden, Behauptung des eigenen Glaubens- bzw. Lebensstils.
- Auseinandersetzungen kann es geben zwischen einzelnen und mehreren Jugendlichen sowie zwischen verschiedenen Gruppen, Cliquen oder Ethnien untereinander.

Gefährdungen

Hauptursachen von Fehlverhalten:

Langeweile und Einsamkeit	Rollenunsicherheit (beim Erwachsenwerden)
Leistungsdruck im Alltag	Konflikthäufungen in Schule und Betrieb
Geldmangel (im Vergleich zu Reicheren)	unerträgliche Streitigkeiten zu Hause

↓

Gefährliche/schädliche Verhaltensweisen:

Konsum um jeden Preis als Lebenszweck	übermäßiger Disco- und Partybesuch
Flucht in legale und illegale Drogen	aggressives Verhalten, Vandalismus
Anschluss bei radikalen Gruppen und Sekten	zwanghafter Medienkonsum, Spielsucht

Mögliche Folgen für die Einzelnen:

Abhängigkeit/Psychische Probleme	finanzielle Probleme
Gesundheitsschäden	sozialer Abstieg
schwindende Realitätswahrnehmung	strafrechtliche Konsequenzen

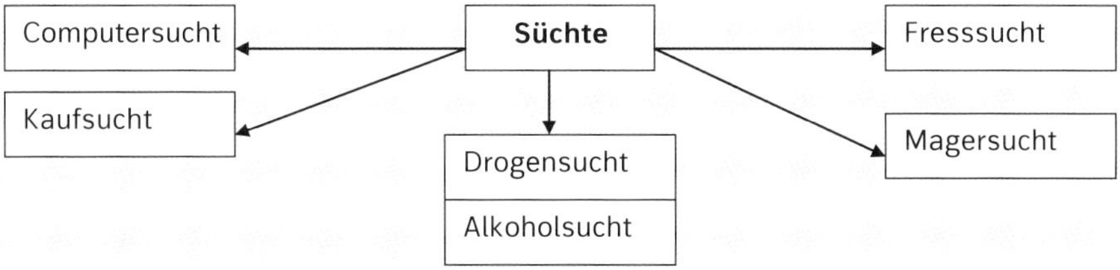

JUGENDKRIMINALITÄT – SYMPTOM FEHLENDER KONFLIKTLÖSUNG

- Jugendkriminalität in Deutschland: ca. 140.000 Tatverdächtige pro Jahr
- Anwachsen der Kinderkriminalität (8–13 Jahre) und der Kriminalitätsrate bei Heranwachsenden (18–20 Jahre) und Jungerwachsenen (bis 24 Jahre)
- **Formen der kriminellen Taten:**
  Diebstahl, Sachbeschädigung, Einbruch, Erpressung, Raub, Verkehrsdelikte, Rauschgiftdelikte, Körperverletzung, fahrlässige Tötung, Totschlag, Mord
- **Ursachen für kriminelles Verhalten von Jugendlichen:**
  - **Personengebundene** Gründe:
    Egoismus, Mutprobe, Nachahmungstrieb, Geltungssucht, Angeberei, Versagen in Schul- und Berufsausbildung, mangelndes Unrechtsbewusstsein (Gewissen)
  - **Familiäre** Gründe:
    mangelnde Geborgenheit, mangelnde Erziehungsfähigkeit und -zeit der Eltern bzw. des alleinerziehenden Elternteils, Flucht in Alkohol, Fernsehen, Überbewertung des materiellen Wohlstands, brutale Auseinandersetzungen zu Hause
  - **Umweltbedingte** Gründe:
    Leistungsdruck und Überforderung, kontaktfeindliche Wohnverhältnisse, fehlende Freizeiteinrichtungen, keine Integration in gesellschaftliche Gruppen (Vereine), Bandenbildung, Verherrlichung von Prestigekonsum in der Werbung und Gewalt in vielen Medien
- **Maßnahmen zur Verringerung der Jugendkriminalität:**
  - In der Familie: positives Vorbild der Eltern, Vermittlung positiver Wertvorstellungen, Zeit füreinander haben, Konfliktlösungen ohne Drohungen und Gewaltausübung
  - Durch den Jugendlichen selbst: sinnvolle Freizeitgestaltung, Distanz zu Jugendgangs
  - Durch den Staat: besseres Freizeitangebot, Einsatz von „Streetworkern", Abschreckung

INTEGRATION DURCH EHRENAMT

Mitwirkungsmöglichkeiten für Jugendliche und junge Erwachsene

Rund ein Viertel der unter 25-Jährigen engagieren sich für andere ihrer Altersklasse, z. B. als

- Klassensprecher, SMV-Vertreter, Schülerzeitungsredakteur,
- Jugendvertreter im Betrieb,
- Mitglied in der Jugendorganisation einer Partei,
- Abgeordnete in Parlamenten sowie speziellen Beratungsgremien für Jugendliche (z. B. in einem Jugendforum oder einem Jugendbeirat),
- Träger von Ehrenämtern in Vereinen/Verbänden (z. B. Übungsleiter in Sportvereinen),
- Mitarbeiter in Institutionen oder locker organisierten Aktionsgemeinschaften.

Außerdem engagieren sich jährlich ca. 30.000 Jugendliche zwischen 17 und 27 im Bundesfreiwilligendienst sozial, ökologisch,integrativ, kulturell etc.

Bedeutung der ehrenamtlichen gesellschaftlichen Arbeit

- Lernfeld für das Organisieren von Veranstaltungen, Abstimmungsregeln, Versammlungsrituale und Interessenkämpfe
- Sprechen vor größerem Publikum und Übernahme von Verantwortung bringt Lebenserfahrung
- Fünf Millionen 16- bis 25-Jährige sind in rund 250 Jugendverbänden organisiert.
- Viele soziale Dienstleistungen in unserer Gesellschaft wären ohne ehrenamtliches Engagement nicht vorhanden, weil nicht bezahlbar (z. B. DLRG, Freiwillige Feuerwehr).

Aufgaben

1. Welche Form beruflicher Tätigkeit gewinnt immer mehr an Bedeutung?
2. Welche Bedeutung haben Flexibilität und Mobilität bei der Suche nach einem Ausbildungsplatz bzw. Arbeitsplatz?
3. Erläutern Sie die Bedeutung von Schlüsselqualifikationen, welche moderne Unternehmen als Handlungskompetenz von ihren Mitarbeitern erwarten.
4. Nennen Sie drei Erwartungen, die Sie als Auszubildender gegenüber Ihrem Betrieb und den Mitarbeitern haben dürfen.
5. Welche Bedeutung hat die Familie noch in unserer Gesellschaft?
6. Nennen Sie sechs Leistungen, mit denen der Staat das Erziehen und den Unterhalt von Kindern unterstützt.
7. Welche Eherechtsbestimmungen sorgen dafür, dass Frau und Mann gleichberechtigt sind?
8. Durch welche Gesetzesänderungen hat sich 1998 die Situation für Kinder, deren Eltern nicht miteinander verheiratet sind, wesentlich verändert?
9. Welche typischen Nachteile haben ungeregelte, nicht eheliche Lebensgemeinschaften?

10. Welche vorhandenen und erwünschten Maßnahmen der Familienpolitik können die Bereitschaft erhöhen, Kinder zu haben, und gleichzeitig der beruflichen Chancengleichheit für Frauen dienen?

11. Wie hat sich das Familienbild in den letzten Jahrzehnten verändert?

12. Was ist soziale Ungleichheit? Woran ist sie in Deutschland erkennbar?

13. Welche Argumente sprechen für eine Frauenquote bei der Besetzung höherwertiger Arbeitsplätze, welche Argumente gibt es dagegen?

14. Frauen übernehmen fast zwei Drittel der Hausarbeit und Kinderbetreuung, ca. 40 % aller Mütter arbeiten in Teilzeit. Formulieren Sie drei Argumente, warum viele Frauen gern mehr arbeiten würden, und warum dies auch für den Arbeitsmarkt sehr vorteilhaft wäre.

1.2 Strukturwandel der Gesellschaft

1.2.1 Demografischer Wandel

Stofftelegramm

Wie zeigt sich der demografische Wandel in Deutschland?

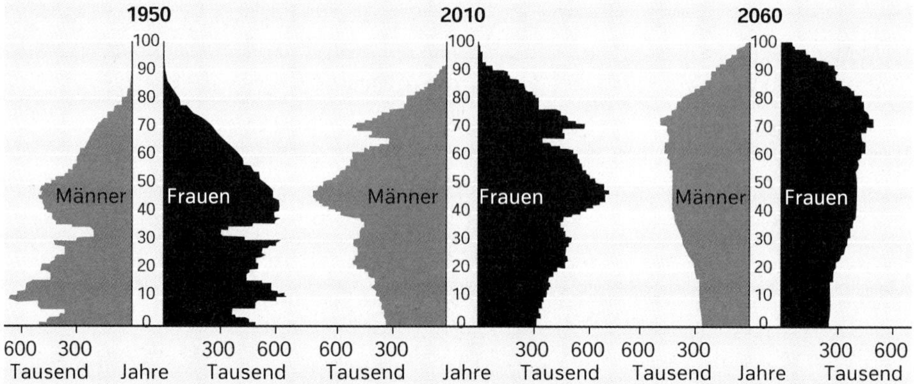

Der Altersaufbau der Bevölkerung hat sich extrem verändert: 1910 glich er einer Pyramide, jedes Jahr wurden ca. 1,5 Mio. Kinder geboren, die Lebenserwartung lag unter 50 Jahren. 100 Jahre später liegt das Durchschnittsalter der Bevölkerung bei ca. 50 Jahren und die Lebenserwartung steigt jedes Jahr weiter an (über die 80 hinaus).

Wahrscheinlich bringen die nächsten Jahrzehnte eine fortgesetzte Alterung der Gesellschaft, das Verhältnis Jüngere (bis 19 Jahre) zu Älteren verschiebt sich zugunsten der Älteren (ab 65):

Aktuell	31 : 35	jeweils bezogen auf 100 Einwohner; Annahme: Geburtenrate 1,4 Kinder pro Frau; Zuzug (Einwanderung/Migration) 100.000 pro Jahr
2040 (Prognose)	31 : 58	
2060 (Prognose)	32 : 65	

Welche Ursachen gibt es für Alterung und erwartbaren Bevölkerungsrückgang?

- **Kriegslücken**: Nach den beiden Weltkriegen wurden weniger Kinder geboren, zudem kamen vor allem Männer als Soldaten ums Leben.
- **Babyboomer**: Besonders geburtenstark waren die Jahrgänge Mitte der 1960er-Jahre. In beiden Teilen Deutschlands werden je Frau durchschnittlich 2,5 Kinder geboren.
- **Geburtenknick:** Seit dem Ende der 1960er-Jahre sinkt die Zahl der Geburten, in Ostdeutschland bricht sie nach der Wende deutlich ein.

- **Höheres Alter der Frauen bei Beginn der Mutterschaft:** Das Alter bei der Geburt eines Kindes ist seit Jahrzehnten kontinuierlich gestiegen und lag 2016 bei 29,4 Jahren.
- Die Zahl der Frauen im gebärfähigen Alter ist zurückgegangen.

Wie wirken sich Zuwanderung und Geburtenziffern auf die Bevölkerungsentwicklung aus?

Die Gesamtbevölkerungszahl ist v. a. durch Zuwanderung auf 82,5 Mio. Einwohner gestiegen, die Zahl der Geburten auf einen neuen Höchststand von 785.000 (Stand: 2017). Aber es gab auch 932.000 Sterbefälle (Stand: 2017). Die Geburtenziffer hier lebender Frauen mit ausländischem Pass erhöhte sich auf 2,28 Kinder je Frau (Stand: 2016). Bei einer langfristigen Geburtenziffer von 1,4 würde die Bevölkerungszahl auf etwa 73 Mio. sinken, ohne Zuwanderung sogar auf etwa 65 Millionen. Bei einer Geburtenrate von 1,6 gäbe es im Jahr 2060 etwa 77 Mio. Menschen in Deutschland. Selbst dann gäbe es 9 Mio. weniger Menschen im Alter zwischen 20 und 67 Jahren als heute.

Welche Auswirkungen hat der demografische Wandel auf verschiedene Gesellschaftsbereiche?

Auswirkungen auf den Arbeitsmarkt generell

- **Erwerbstätigenstruktur:**
  Der Anteil der Erwerbstätigen in allen Altersgruppen ist seit dem Jahr 2000 ständig gestiegen,
  bei den 15 bis 64-Jährigen von ca. 65 % auf 74 %,
  bei den 60 bis 65-Jährigen von ca. 20 % auf 53 %.
  Grund: Bei trendmäßig schrumpfender Bevölkerung und gleichzeitigem Wirtschaftswachstum stehen für die erwerbsfähige Bevölkerung mehr Arbeitsplätze zur Verfügung.
- **Fachkräftemangel:**
  Ohne Zuwanderung wird die Zahl der Menschen im erwerbsfähigen Alter (ca. 20–67 Jahre) schon in den nächsten 15 Jahren um mehr als 4 Mio. sinken. Vor allem kleinere Betriebe werden immer mehr Probleme haben, Ausbildungsplätze zu besetzen und Fachkräfte zu gewinnen. Fachkräfte werden auf dem Arbeitsmarkt immer größere Chancen haben (höheres Gehalt, geringere Arbeitslosigkeitsgefahr).

Auswirkungen auf Angebot und Nachfrage

- Die wohlhabenden Älteren geben i. d. R. nicht weniger Geld aus, aber anders. Die Nachfrage nach bestimmten Immobilien wie altersgerechten Häusern und Eigentumswohnungen, Pflegeheimen sowie generell Konsumgütern mit hohem Bedienungskomfort (z. B. selbstfahrende Autos und Hausroboter) wird steigen. Außerdem erhöht sich der Bedarf im Gesundheitsdienstleistungsbereich. Die ärmeren Rentner werden allerdings ihre Konsumausgaben einschränken, was zu verminderten Einnahmen bei der Umsatzsteuer führen wird.
- Für eine kleinere Kinderzahl sind weniger Kindertagesstätten-, Kindergartenplätze und Schulen nötig.

Auswirkungen auf staatliche Leistungen

- Eine schrumpfende Zahl von Arbeitnehmern und eine größere Rentnerzahl bedeutet Verminderung der Einnahmen bei den Sozialversicherungen und weniger Lohnsteueraufkommen. Gleichzeitig brauchen Menschen über 60 Jahren meist mehr Leistungen der Kranken- und Pflegeversicherungen.
- Wenn die Integration der Zugewanderten nicht gelingt, erhöhen sich die Ausgaben des Staates für soziale Leistungen (z. B. Hartz IV).

Auswirkungen auf Bundesländer und Regionen

- Der Trend zum Wohnen in (größeren) Städten wird verstärkt und macht das Wohnen dort weiter teurer.
- Wenn in den ländlichen Räumen Westdeutschlands und v. a. Ostdeutschlands weniger Menschen leben werden, weil sowohl die Jüngeren als auch die Senioren in Ballungsräume ziehen, kann das zu Abwärtsspiralen führen, wenn ein privatwirtschaftliches wie öffentliches Angebot nach dem anderen aus Nachfrage- und Kostengründen wegfällt.

Wie kann negativen Folgen des demografischen Wandels begegnet werden?

- familienpolitische Maßnahmen verstärken (z. B. durch mehr Ganztagesschulen, Kita-Plätze)
- Verlängerung der Lebensarbeitszeit
- nachhaltiges Gesundheitsmanagement der Unternehmen sowie Förderung der Vereinbarkeit von Beruf und Familie
- Förderung der Zuwanderung von Fach-Arbeitskräften aus dem Ausland (v. a. außerhalb der EU)
- Förderung der lebenslangen Bildung (v. a. älterer Arbeitskräfte)
- berufliche Integration bislang nicht erwerbstätiger Ausländer
- Modelle für variableren Rentenbeginn mit größerer Flexibilität bei Erwerbstätigkeit in der Rente

1.2.2 Migration

Stofftelegramm

Einzelne Menschen oder Gruppen bewegen sich zu anderen Lebensorten, um dort für längere Zeit oder dauerhaft ihren neuen Lebensmittelpunkt zu finden. Deutschland war seit Mitte der 1970er-Jahre nicht direkt als Einwanderungsland erkennbar, da Zuwanderung und Abwanderung oft ähnlich hoch waren. Seit 2010 überwiegt jedes Jahr die **Zuwanderung (= Immigration)**, 2013 z. B. kamen auf 1,2 Mio. Zuwanderer 800.000 Auswanderer. In Deutschland leben zzt. fast 10 Mio. Menschen mit ausländischem Pass, davon mehr als 4 Mio. aus EU-Staaten. 17 Mio. von 82 Mio. Einwohnern haben einen „Migrationshintergrund“ (z. B. waren die Eltern Immigranten). Weltweit gibt es vermutlich 200–300 Mio. Immigranten.

Für Deutschland lassen sich die Einwanderer v. a. in folgende Gruppen unterteilen:

- Bürger der Europäischen Union
- Spätaussiedler (aus deutschen Siedlungsgebieten in Osteuropa wie Polen und Russland)
- Asylsuchende
- Familienangehörige Deutscher und hier lebender Ausländer (Ehepartner, minderjährige Kinder)
- Studenten
- Arbeitsmigranten aus Nicht-EU-Staaten
- Personen, die aus humanitären, politischen oder völkerrechtlichen Gründen ein Aufenthaltsrecht (z. B. Bürgerkriegsflüchtlinge) erhalten
- illegale Einwanderer

Welche Ursachen gibt es für die Immigration?

- **Push**-Faktoren (die Menschen aus ihrer alten Heimat vertreiben):
  - Krieg, Bürgerkrieg
  - Armut, Unterernährung, wirtschaftliche Perspektivlosigkeit
  - Umweltzerstörungen, Folgen der Klimaerwärmung (z. B. anhaltende Dürreperioden)
  - Unterdrückung (bestimmte ethnische, religiöse, politische Gruppen)
  - Zerstörung der menschlichen Würde (z. B. Folter)
  - Willkürherrschaft der Staatsorgane und korrupten Eliten
  - Unfähigkeit der politischen Entscheidungsträger
- **Pull**-Faktoren (die Menschen zur neuen Heimat hinziehen):
  - Schutz vor Verfolgung und Demütigung
  - politische Stabilität, Demokratie
  - Region ohne aktuelle oder erwartbare kriegerische Konflikte
  - materieller Wohlstand für viele Bürger
  - Hoffnung auf Arbeitsplatz (angesichts niedriger Arbeitslosenquote)
  - Willkommenskultur
  - bekanntermaßen hohes Sozialleistungsniveau

Welche Phasen der Immigration gab es nach 1945 in Deutschland?

- Mindestens 12 Mio. Deutsche fliehen bei Kriegsende 1945 vor der Sowjetarmee nach Westen oder werden nach Kriegsende vertrieben (z. B. aus Schlesien).
- Fast 4 Mio. DDR-Bürger fliehen von 1952–1989 in die BRD.
  Seit 1989 gab es ca. 2 Mio. Übersiedler von Ost- nach Westdeutschland.
- Von 1955–1973 kamen mehrere Mio. „Gastarbeiter" zur Bewältigung des Wirtschafts-aufschwungs (v. a. aus Italien, Spanien, Griechenland, Jugoslawien und der Türkei).
- Seit Mitte der 1980er-Jahre kamen 5 Mio. Spätaussiedler.
- In den 1990er-Jahren kamen Bürgerkriegsflüchtlinge aus (Ex-)Jugoslawien.
- Seit 2014 kamen ca. 2 Mio. Flüchtlinge als Folge der Kriege in Nah-Ost (v. a. Syrien) und der Armut in Afrika.

Welche Probleme können durch Immigration entstehen?

Die meisten Immigranten unterscheiden sich von den alteingesessenen Einwohnern in den Merkmalen Muttersprache, Kultur/Traditionen, Mentalität, Religion, Aussehen/Erscheinung. Probleme und Spannungen zwischen Immigranten und den deutschen Landesbewohnern können entstehen, wenn Letztere sich im eigenen Land nicht mehr heimisch fühlen, weil sie in bestimmten Stadtteilen größerer Städte auf viele Ausländer treffen und Angst vor „Überfremdung" haben oder bei der Suche nach bezahlbaren Wohnungen und nach Arbeitsplätzen neue Konkurrenz fürchten. Die Spannungen können durch tendenziöse Berichte in der Boulevardpresse sowie durch Propaganda populistischer Parteien und Gruppierungen verschärft werden. Schon bisher sind Menschen ausländischer Herkunft doppelt so häufig wie Deutsche erwerbslos und Sozialleistungsempfänger. Zu viele haben keinen Schulabschluss und keine Berufsausbildung.

Welche Aufgaben stellen sich der Gesellschaft und den politischen Entscheidern?

- Beschleunigung der Asylverfahren
- Schaffung von Wohnraum
- medizinische Versorgung (und bei Bedarf psychologische Betreuung)
- Aufbau und Förderung der Deutsch-Kenntnisse für alle Zuwanderer
- Erleichterung der Aufnahme einer Ausbildung bzw. Annahme eines Arbeitsplatzes
- Unterstützung bei allen Maßnahmen zur Steigerung des Qualifikationsniveaus
- Förderung des demokratischen Bewusstseins
- Toleranz vorzuleben und zu fördern, aufeinander zuzugehen
- Verhinderung des Entstehens/Fortbestehens von „Parallelgesellschaften"
- Vermeidung der weiteren Benachteiligung bisher schon armer Familien und Rentner
- Kosten der Integration müssen möglichst gerecht auf die Steuerzahler verteilt werden
- unkontrollierbare und illegale Zuwanderung ist zu vermeiden, zumal dies den Rechtsradikalismus fördert
- Fachkräfte-Zuwanderung muss gefördert werden (durch geeignetes Zuwanderungsgesetz)

Welche Chancen bietet die Zuwanderung?

- Verjüngung der Gesellschaft (bzw. Hinausschieben der Alterung)
- Aufgabenbewältigung schafft zusätzliche Nachfrage nach Konsumgütern und Dienstleistungen.
- Erfolgreiche Ausbildung unqualifizierter Zuwanderer kann den Arbeitskräftemangel vermindern (v. a. bei Facharbeitern).
- Erfolgreiche Integration kann das Sozialversicherungssystem stabilisieren, insbesondere die erwartbaren Probleme der Rentenversicherung mindern.
- kulturelle Bereicherung
- Vermehrung von Talenten (z. B. im Sport)

1.2.3 Wirtschaft im Wandel

Stofftelegramm

ASPEKTE DES SOZIALSTAATS

Sozialer Frieden ↔ soziales Elend in Deutschland

- **System der sozialen Sicherung** im Kaiserreich aufgebaut mit der Krankenversicherung 1883, Unfallversicherung 1884, Alters- und Invalidenversicherung 1889
  - Ergänzungen: 1927 Arbeitslosenversicherung, 1995 Pflegeversicherung
  - 1957 „**Dynamische Rente**" mit überproportionalen Rentenzuwächsen in den „Wirtschaftswunderjahren"
  - Seit Mitte der 1990er-Jahre Leistungsabbau, z. B. durch mehrere „**Gesundheitsreformgesetze**", welche die Krankenkassen entlasten und den **Missbrauch von Sozialleistungen eindämmen** sollten. Seit 1993 erhalten Asylbewerber Leistungen nach dem Asylbewerbergesetz anstatt Sozialhilfe.
- Deutschland hat im Vergleich mit vielen anderen Industriestaaten nur einen **geringen Verlust an Arbeitstagen durch Streiks**, was als Zeichen für sozialen Frieden gilt.
- Andererseits leben Hunderttausende auf der Straße und in Notunterkünften. Nach Ansicht des Paritätischen Wohlfahrtsverbandes lebt jeder zehnte Bürger in **Armut**. Beim Kampf um den „Wohlstandskuchen" scheinen die Nichtorganisierten, Mütter mit Kindern, Arbeitslose und nicht mehr Erwerbsfähige zu unterliegen. Es stellt sich die „Neue Soziale Frage". Die Hilfsbedürftigkeit bei Erwerbsfähigen reicht von einem Anteil von 4 % in Baden-Württemberg bis zu 17 % in ostdeutschen Bundesländern.

SOZIALE SICHERHEIT DES EINZELNEN

Fragen zur Ermittlung der eigenen Absicherung

Wovon lebe ich zurzeit?

- Ausbildungsvergütung
- Elterliche Unterstützung, Kindergeld
- Hinzuverdienst durch Nebenjob ...
- BAföG
- Arbeitslosengeld I, Arbeitslosengeld II (Hartz IV; Sozialhilfe, Wohngeld ...)

Welche Risiken könnten auf mich zukommen?

- Unfälle und Krankheiten
- Verlust der Gesundheit und/oder Erwerbsfähigkeit
- Einschränkung der Unterstützung durch Eltern
- Verlust des Ausbildungsplatzes, Arbeitsplatzes
- Verpflichtung zur Beseitigung von selbst verursachten Schäden
- Verschuldung durch zu hohe Konsumausgaben, Verlust von Wertgegenständen ...

Gegen welche Risiken bin ich gesichert, wogegen muss ich mich absichern?

Schutz durch Pflichtversicherungen	**Freiwilliger Risikoschutz** (Beispiele)
beruflicher Unfall → Unfallversicherung	private Unfälle → Privatunfallversicherung
Krankheit → Krankenversicherung Arbeitslosigkeit → Arbeitslosenversicherung	wegen Lohnausfall bei längerer Krankheit, Krankheit im Ausland, GKV-Leistungskürzungen → Zusatzkrankenversicherung
Altersarmut → Rentenversicherung	zu geringe Rente → Zusatzrentenvers.
Hilflosigkeit → Pflegeversicherung	Schadenverursachung → Haftpflichtvers.
Schadenverursachung durch Kfz am Körper oder Vermögen anderer → Fahrzeug-Haftpflichtversicherung	Schäden am eigenen Fahrzeug → Vollkaskoversicherung

ABSICHERUNG DURCH DEN STAAT

Rechtliche Grundlage des Sozialstaates

- **Grundgesetz**, Artikel 20: BRD ist ein demokratischer und **sozialer** Bundesstaat.
- **Sozialgesetzbuch** und **Sozialgesetze** (z. B. Mutterschutzgesetz)
- **Bundesverfassungsgerichtsurteil**: Staat hat die Pflicht, für einen **Ausgleich der sozialen Gegensätze** und damit für eine **gerechte Sozialordnung** zu sorgen.

Aufgabenfelder der Sozialpolitik

- **Sozialversicherung** (z. B. Altersrentenversicherung, Arbeitslosenversicherung, seit 1995 auch Pflegeversicherung)
- soziale **Fürsorge** (z. B. Sozialhilfe, Arbeitslosengeld II)
- **Familienförderung** (z. B. Kindergeld, geringere Lohn-/Einkommensteuer)
- Ausbildungsförderung (z. B. BAföG)
- Förderung der **Eigentumsbildung** (z. B. Prämien für vermögenswirksames Sparen)
- **Schutz am Arbeitsplatz** (z. B. Arbeitszeitschutz, Mitbestimmung)

Fünf Versicherungsarten sind die „**Säulen der sozialen Sicherung**".

Krankenversicherung	**Unfall**versicherung	**Pflege**versicherung	**Arbeitslosen**versicherung	**Renten**versicherung
Schutz vor überfordernden Krankheitsbehandlungskosten	finanzielle und medizinische Hilfe bei Arbeitsunfällen und „Wegeunfällen"	finanzielle Leistungen für ambulante und stationäre Pflege	finanzielle Unterstützung bei Arbeitslosigkeit; Vermittlung von Arbeitsplätzen	Grundabsicherung im Alter durch Rentenzahlung

Wer finanziert das „soziale Netz"?

- **Arbeitgeber** und **Arbeitnehmer** mit ihren **Sozialversicherungsabgaben**
- **Privatversicherte mit Beiträgen** zu Kranken-, Unfall-, Renten-, Pflegeversicherungen
- **Bund, Länder und Gemeinden** (aus Steuern und Krediten finanziert → ca. 40 %)

PROBLEME DER STAATLICH ORGANISIERTEN RENTENVERSICHERUNG

Der Generationenvertrag (d. h. das „Umlageverfahren") wird infrage gestellt:

Als **Rentner** erhalten wir **Altersruhegeld.**
→ z. B. von 2057 bis 2077

Als **Erwerbstätige finanzieren** wir den Unterhalt der Kinder + Renten über Lohn, Sozialversich.-Beiträge und Steuern. → z. B. 2020 bis 2057

Als **Kinder/Jugendliche** erhalten wir Unterhalt und Pflege durch die Eltern.
→ z. B. von1990 bis 2020

Die Lebenserwartung und damit Rentenbezugsdauer ist gestiegen.

Die Zahl der Sozialversicherungspflichtigen und ihrer Berufstätigkeitsjahre ist tendenziell gesunken.

Die Berufstätigkeit beginnt wegen längerer Schulzeit i. d. R. später.

Problematik

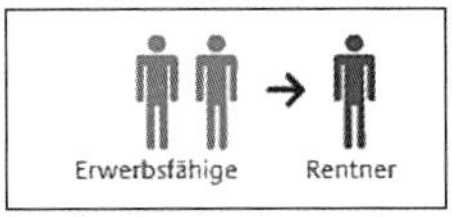

Situation 2030–2060?

?

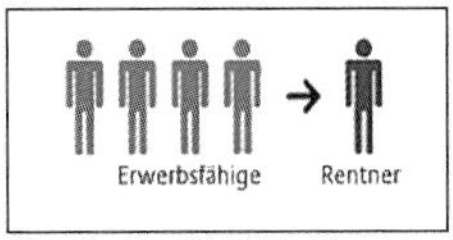

Situation 1990

Die Finanzierung der Altersversorgung wird bei zunehmender Rentnerzahl immer schwieriger!

Diskutierte Lösungsansätze für die Probleme des Rentenversicherungssystems

Fortsetzung der Reform für die jetzige Rentenversicherung	**Alternativ-Modell:** staatliche Grundsicherung + private Absicherung
• „frühzeitige Rente" nur mit Rentenkürzung • Senkung der regulären Rentenansprüche • Kürzung der Hinterbliebenenrenten • verringerte Anrechnung von Ausbildungszeiten • Erhöhung der Lebensarbeitszeit • keine Belastung der Rentenkassen durch versicherungsfremde Leistungen (wie Anrechnung von Kindererziehungszeiten)	• Grundrente/Bürgergeld zur Sicherung des Existenzminimums • Finanzierung dieser Grundsicherung aus Steuermitteln (schon jetzt betragen die Zuschüsse zur Rentenversicherung mindestens 80 Mrd. EUR jährlich) • Versicherungspflicht für zusätzliche private Absicherung und dadurch Aufbau eines privaten Vermögens • freie Wahl des privaten Rentenversicherers • Beteiligung an Unternehmensvermögen

Entwicklung der Rentenpolitik zu Beginn des 21. Jahrhunderts

- 2001 wurde das **Altersvermögensgesetz** geschaffen und das Rentensystem reformiert: mit einer Mischung einiger der oben genannten Vorschläge → „**Riester-Rente**": Aufbau einer privaten Altersrente, staatlich gefördert mit Zuschüssen, zu versteuern im Alter
- Grundsicherung auf Sozialhilfeniveau eingeführt
- Rentenanpassung mit „Nachhaltigkeitsfaktor" seit 01.07.2005
- Standardrentenniveau (für „Eckrenten") soll nie unter 43 % des Nettolohns sinken.
- Anstieg des Beitragssatzes zur Rentenversicherung soll längerfristig auf 22 % begrenzt bleiben.
- Aufbau betrieblicher Altersvorsorgesysteme wird staatlich gefördert und ausgedehnt.
- Altersrente ohne Abschlag ab dem Jahr 2029 i. d. R. erst ab Lebensalter 67, aber Frühverrentung zzt. nach 45 Arbeitsjahren möglich

Konflikt sozialpolitischer Zielvorstellungen/Streitpunkt zwischen den Parteien

Marktwirtschaft ist der Garant für hohe Sozialleistungen und hat Vorrang ← →	**Soziale Gerechtigkeit, Armutsbekämpfung hat Vorrang**
Leistungsfähigkeit der deutschen Wirtschaft, Wirtschaftsstandort Deutschland darf nicht gefährdet werden. → Unternehmen müssen vor zu hohen Personalzusatzkosten geschützt werden, Beiträge zur Sozialversicherung müssten eher sinken als steigen, um EU-weit und weltweit konkurrenzfähig produzieren zu können und damit Arbeitsplätze zu sichern. Nur dann gibt es genug Steuerzahler und Beitragszahler für die Sozialversicherungen. **Der Staat soll Sozialleistungen verringern**.	Recht auf menschenwürdiges Leben hat Vorrang vor Wirtschaftsinteressen und ist nur zu verwirklichen, indem die Armut weitgehend beseitigt oder wenigstens die Kluft zwischen Reichen und Armen durch staatlich organisierte Einkommensübertragungen von den Reichen auf die Armen verringert wird. Ohne staatliche Hilfe haben die ärmeren Gesellschaftsschichten keine Chance zur Wohlstandsmehrung, d. h., **der Staat muss vermehrt soziale Dienstleistungen anbieten**.

Soziale Selbsthilfe – millionenfaches bürgerschaftliches Engagement

- Wo der Staat nicht (genug) helfen kann, braucht man die „**Mitmachgesellschaft**" → Selbsthilfe durch **Familie** und **Nachbarschaft**, aber v. a. durch das Ehrenamt in Vereinen, Projekten, Initiativen (wie die Tafel-Läden), bei DRK, Freiwilliger Feuerwehr ...
- 50.000 **Selbsthilfegruppen** (z. B. Müttergruppen, Anonyme Alkoholiker) wollen bestimmte Probleme oder Leiden selbstständig und gemeinsam bewältigen.
- **Verbraucherschutzorganisationen** versuchen durch Veröffentlichungen oder Musterprozesse Bürger vor möglichen materiellen oder gesundheitlichen Schäden beim Konsum von Waren oder Dienstleistungen zu bewahren.

Problematik der Selbsthilfe

Je stärker die Selbsthilfe ist, desto mehr wird der Sozialstaat von der Verantwortung entbunden. Beispielsweise macht die „Mitleidsökonomie" der Tafelläden – die Ausgabe von Sachleistungen, die lange Zeit nur als Nothilfe galt – die Armut akzeptabler und verfestigt sie dadurch.

ALTERSVORSORGE

Offene Frage: Wie sieht die Zukunft des Sozialstaats aus?

- Der Staat sollte zur Finanzierung von Sozialleistungen angesichts von 2 Bio. EUR Gesamtschulden der öffentlichen Haushalte keine weiteren **Schulden** machen, zumal die Währungsunion von den „Eurostaaten" sparsame Haushaltsführung verlangt. (Deutschland überschritt trotzdem mehrfach die 3 %-Neuverschuldungsobergrenze!)
- Die **Belastung der Bürger mit Steuern und Sozialabgaben** verringert den verfügbaren Lohn (die wirkliche Kaufkraft) auf fast die Hälfte. Eine weitere Belastung würde die Arbeitsmotivation zerstören und der Wirtschaftsentwicklung schaden.

- Die Zahl der Sozialhilfeempfänger bleibt auf hohem Niveau und fast 5 Mio. Menschen erhalten Arbeitslosengeld II, die Zahl geflüchteter Menschen steigt.
- Der technische Fortschritt ermöglicht in der medizinischen Behandlung immer neue Behandlungs- und Operationsmethoden, „Apparatemedizin" treibt aber die **Kosten im Gesundheitswesen** weiter in die Höhe. Das **Lebensalter wird weiter zunehmen**.
- Wenn der Anteil der über 65-Jährigen wie erwartet bis zum Jahr 2040 auf 30 % steigt, müssten beim jetzigen Rentenversicherungssystem zwei Erwerbstätige einen Rentner finanziell versorgen. „Riester-Rente" und „Rürup-Rente" bringen Zusatzrenten im Alter, gleichen „nachhaltige" (schrumpfende) Rentenerhöhungen aber nur teilweise aus. Weitere Reformen des Sozialversicherungssystems sind notwendig!

Politische Maßnahmen gegen das weitere Absinken des Netto-Rentenniveaus

Das Netto-Rentenniveau vor Steuern ist von ca. 55 % im Jahr 1990 auf aktuell ca. 48 % des Durchschnittslohns kontinuierlich gesunken, soll aber stabil bleiben.

Wenn das heutige Sicherungsniveau bleiben soll, müsste der zu zahlenden Rentenversicherungsbeitrag von heute 18,6 % vom Bruttolohn auf 26,4 % im Jahr 2045 steigen, er soll aber auf 22 % begrenzt bleiben (politisch gewollte „Haltelinie").

Ideen zur Sicherung eines akzeptablen Rentenniveaus bei akzeptabler Beitragsbelastung:

1. Anpassung des Renteneintrittsalters an die steigende Lebenserwartung (Rentnerjahre)
2. Renteneintrittsalter generell flexibler regeln, auch längeres Arbeiten möglich machen
3. Stärkung des Betriebsrentensystems (Teile des Lohns steuer- und abgabenfrei einzahlbar)
4. Rentenanrechnungssystem flexibler machen, z. B. bei Wechsel zwischen Festanstellung und Selbstständigkeit
5. Freibeträge für die private Vorsorge in der staatlichen Grundsicherung einführen
6. Zuschüsse des Staates aus Steuermitteln erhöhen

Herausforderung für die Generation der heute jungen Erwachsenen:

- Information über aktuelle rentenpolitische Konzepte
- politisches Engagement (innerhalb und außerhalb von Parteien)

Private Vorsorgemöglichkeiten fürs 21. Jahrhundert

- An die Stelle des „Wohlfahrtsstaates" wird voraussichtlich stärker der „aktivierende Sozialstaat" treten, der eine neue Form von sozialer Gerechtigkeit herstellen will, mit Forderung und Förderung von Eigenverantwortung, Leistung und Gemeinsinn.
- Basis des Lebensunterhalts sollte eigenes Einkommen sein. Gute Chancen auf dem Arbeitsmarkt sind abhängig von Ausbildung, Schlüsselqualifikationen sowie großer Mobilität und Flexibilität bezüglich der Arbeitsaufgaben.

- Für die große Mehrheit der heutigen und zukünftigen Rentenversicherungsbeitragszahler wird die Altersrente keine zufriedenstellende Höhe erreichen. Deshalb sollte jeder schon in jungen Jahren mit dem Aufbau von Vermögen beginnen, z. B. über staatlich geförderte Vermögensbildung Bausparen, Investmentfonds, Pensionsfonds, direkte Unternehmensbeteiligungen.
- Da es keinen sozialen „Vollkaskoschutz" mehr geben wird, ist Absicherung über private Versicherungen (für Berufsunfähigkeit, Unfall, Zusatzrente ...) nötig. Dazu kann noch der Immobilienbesitz kommen mit dem Ziel kostengünstigeren Wohnens im Alter.

TECHNOLOGISCHER WANDEL

- Wandel der bestehenden Wirtschaftsstrukturen durch technologischen Fortschritt, bedingt v. a. durch Mikroelektronik
- flexible Automatisierung in Produktion und computergestützter Dienstleistung
- Entwicklung und massenhafte Verbreitung neuer Werkstoffe, Produkte, Ideen weltweit
- Verteuerung und/oder umweltpolitische Ächtung einzelner Energieträger

Die Zukunftstechnologien:
- Informations- und Kommunikationstechnologien
- Lasertechnik
- Nano-Technik, neue Werkstoffe
- Biotechnologie mit dem Spezialgebiet Gentechnik

Der Einsatz der Mikroelektronik in der Informationstechnik prägt alle Lebensbereiche:

- Kommunikation → Satellitenkommunikation, Mobilfunkgeräte, Internet ...
- Handel und Büro → Verkaufsterminals, Geldausgabeautomaten, Electronic Banking
- Industrie → Industrieroboter, CIM (Computer Integrated Manufactoring) ...
- Verkehr → Telematik (Elektron. Steuerung von Verkehrssystemen), Autopilot
- Medizin → Ultraschall-Diagnosesystem, Teleoperation ...
- Haushalt → Multimedia-PC, Videospiele, Hausüberwachung ...
- Bildung → modernste Präsentationstechnik ...

HERAUSFORDERUNGEN DES TECHNOLOGISCHEN WANDELS

NEUE BERUFE/VERÄNDERUNGEN IN DER ARBEITSWELT

- Anforderungen in der Wirtschaft ändern sich ständig.
- Neue Tätigkeitsfelder entstehen im Dienstleistungsbereich (inkl. Handel und Verkehr) für mindestens 30 von 43 Mio. Erwerbstätigen.
- Entwicklung neuer Ausbildungsberufe:
  z. B. Fachangestellte für Medien- und Informationsdienste, Fachkräfte für Veranstaltungstechnik, Elektroniker, Kaufleute für audiovisuelle Medien, Mechatroniker, Mikrotechnologen, Mediengestalter

AUSWIRKUNGEN DER NEUEN TECHNOLOGIEN IM BETRIEBLICHEN BEREICH

Verbesserung der Fertigungstechnologien → Produktivitätssteigerung mit Einsparung an Arbeitszeit
Verbesserung der Fertigungstechnologien → Arbeitsplatzabbau (falls keine Produktionsausweitung/Innovation stattfindet)

Komplexe PC-gestützte Arbeit → Wegfall von Routinearbeiten, v. a. von Fließbandarbeit
Komplexe PC-gestützte Arbeit → Entwertung traditioneller Arbeitsinhalte, beschleunigte Lernprozesse

Hauptmerkmale der Informationsgesellschaft im Kontrast zur Industriegesellschaft:

Früher	Heute
Hardware im Vordergrund des Wirtschaftens ↔	Software
Nachfrage vorrangig nach traditionellen Konsumgütern ↔	Nachfrage v. a. für informationelle Produkte und Dienste
Investitionen v. a. für Maschinen und Bauten ↔	informationstechnische Systeme
zentrale, hierarchische Führung ↔	Dezentralisierung, weniger Führungsebenen, mehr Mehrheitsentscheidungen
Informationsmacht der Unternehmensleitung ↔	intensiver Informationsaustausch auf allen und zw. den Unternehmensebenen
Taylorismus (totale Arbeitsschrittezerlegung, Spezialisierung der Arbeiter auf Handgriffe) ↔	Lean Production und Gruppenarbeit, Arbeitsintegration, Mitarbeitereinfluss
Muskelkraft und handwerkliche Fähigkeiten sind von großer Bedeutung.	Theoretische und technisch-praktische Kenntnisse sowie soziale und kommunikative Kompetenz sind am wichtigsten.

AUSWIRKUNGEN DER DIGITALISIERUNG AUF DIE GESAMTE ARBEITSWELT

- Die Zahl der Erwerbstätigen ist im Juni 2018 mit 44,7 Mio. auf einem Höchststand, sozialversichert sind aber nur 32,9 Mio. Beschäftigte und die Zahl der sozialversicherungspflichtigen Jobs wird vermutlich in Zukunft abnehmen.
- Die Digitalisierung dämpft den positiven Beschäftigungstrend und schafft außerdem vermehrt atypische Beschäftigungsverhältnisse (z. B. Zeitarbeit, Beschäftigung für einzelne Projekte).
- In Zeiten des Wirtschaftswachstums wie von 2012 bis 2015 stieg die Beschäftigung in Berufen mit niedrigerer Automatisierbarkeit um ca. 11 %, in den anderen nur um ca. 4 %.
- Mindestens 12 % aller Arbeitnehmer üben Tätigkeiten aus, die automatisiert werden könnten.
- In absehbarer Zeit können Roboter ganze Berufe verschwinden lassen (z. B. durch 3D-Drucker, selbstfahrende Autos/Lkw, Drohnen als Paketzusteller) und Berufstätigkeiten verändern.
- Minicomputer übernehmen zunehmend Aufgaben (z. B. Arbeitsanweisungen per Datenbrille).
- Die „Industrie 4.0" wird neue, eher hochqualifizierte Arbeitsplätze entstehen lassen, aber gering Qualifizierte werden immer weniger Chancen haben. Seit 2016 gibt es über 700.000 offene Stellen bei den Arbeitsagenturen, aber mehr als 2 Mio. Arbeitslose. Unterbeschäftigte (inkl. Maßnahmen-Teilnehmer) gibt es ca. 3,5 Mio., davon ca. 400.000 geflüchtete Menschen.

ÖKONOMISCHER WANDEL IM VERBUND MIT DEM TECHNOLOGISCHEN WANDEL

- **Unternehmenskonzentration** findet national und multinational statt.
- **Globalisierung**: zur Erschließung neuer Märkte, Behauptung im internationalen Konkurrenzkampf. Arbeit kann – v. a. per Internet – in lohnkostengünstigere Länder verlagert werden oder Entwicklungsarbeit kann gemeinsam von Mitarbeitern in europäischen, amerikanischen und asiatischen Tochterfirmen und Werken rund um die Uhr geleistet werden. Technologisch möglich und ökonomisch optimal erfolgen Zulieferungen für Industriebetriebe „just in time" anstelle teurer Einkaufslagerhaltung.
- Outsourcing: Dienstleistungs- und Fertigungsprozesse werden ausgelagert, um Kosten zu sparen und flexibler auf Nachfrageschwankungen reagieren zu können.
- Einzelfertigung und Produktzusammenstellung nach Kundenwunsch durch computerunterstützte Betriebs- und Ablauforganisation gewinnt immer mehr an Bedeutung.
- Im Gegenzug zum Konzentrationsprozess gibt es durch **Marktöffnungen** neue Konkurrenz:
  - 1998 Liberalisierung des bundesdeutschen Telekommunikationsmarktes
  - 1999 Liberalisierung des Strommarktes
  - 2006 Liberalisierung des Erdgasmarktes
  - 2011 Liberalisierung des Fernbusmarktes

NEUE ARBEITSZEITEN-REGELUNGEN

- flexible Arbeitszeiten mit Kernarbeitszeit auch bei mittelständischen und kleinen Unternehmen
- Großfirmen fahren **Zwei**- oder **Drei-Schicht-Produktion** (Früh-, Spät- und Nachtschicht), um mit möglichst hohen Maschinenlaufzeiten die Stückkosten zu minimieren.
- vermehrt **Nacht- und Wochenendschichten** (fast 30 % aller Berufstätigen)
- Immer mehr Arbeitnehmer müssen ihre Arbeitskraft – zumindest gelegentlich – zeitlich flexibel zur Verfügung stellen (ca. 17 Mio. Erwerbstätige).
- **Arbeitszeitkonten** ermöglichen das Anhäufen von Überstunden bei Hochkonjunktur und das „Abfeiern" bei schlechterer Auftragslage.
- Trend zu **Teilzeit-Arbeitsplätzen** und 400-Euro-Jobs; 450-Euro-Jobs seit 2013
- zunehmende Beschäftigung von „Zeit-Arbeitskräften"
- zunehmende Beschäftigung „freier Mitarbeiter" (deren Arbeitszeit unbegrenzt ist)
- teilweise Verlagerung ins „Homeoffice" der Mitarbeiter

ARBEITSLOSIGKEIT UND GESELLSCHAFT

Internationalisierung/Globalisierung

- Am „Wirtschaftsstandort Deutschland" muss trotz hoher Löhne, Steuern und Sozialabgaben kostengünstig produziert werden – um gegen internationale Konkurrenz zu bestehen.
- Wo dies nicht gelingt, erfolgt eine Verlagerung von Produktionsbereichen – vor allem nach Osteuropa und Fernost (so z. B. bei der Textilindustrie).
- zum Teil Import billiger Arbeitskräfte nach Deutschland (z. B. Erntehelfer, Bauarbeiter, Dienstleistungskräfte im Reinigungs- und Gaststättengewerbe)

Finanzielle und psychosoziale Folgen der Arbeitslosigkeit

- Abhängigkeit von Arbeitsamtbesuchen und -zahlungen (die meist mit Verzug erfolgen)
  → Lebensunterhalt kann nicht selbst verdient werden!
- Lebensgewohnheiten müssen geändert werden (z. B. Verzicht auf liebgewordene kostenintensive Hobbys, da Arbeitslosengeld meist nicht einmal $\frac{2}{3}$ des vorherigen Lohns beträgt).
- Auszug aus schöner, aber teurer Wohnung (weil nicht mehr bezahlbar)

- Wegfall des Kontaktes zu anderen Menschen (z. B. Arbeitskollegen)
- mangelnde soziale Anerkennung, z. T. Missachtung durch Nachbarn und Freunde
- weniger Chancen zur beruflichen Karriere oder gar Selbstverwirklichung
- zunehmende Gereiztheit, Aggressionsbereitschaft und erhöhte familiäre Spannungen
- seelische Schäden (Depression, Selbstzweifel, Selbstmordgefahr)

Folgen für die Wirtschaft, Gesellschaft und Staatsordnung

- Nachfrage nach Gütern sinkt (wegen geringerer Einkommen/Kaufkraft der Arbeitslosen).
- Ausfall von Steuereinnahmen und Sozialversicherungsbeitragszahlungen
- erhöhte Ausgaben der Bundesagentur für Arbeit/Arbeitsämter
- erhöhte Ausgaben der Sozialämter (Kosten belasten die Städte und Gemeinden)
- politische Radikalisierung (Wählerzulauf bei radikalen Parteien ist wahrscheinlich)

Maßnahmen gegen Arbeitslosigkeit

- **Persönliche:** geistige Mobilität > Fortbildung oder Umschulung (Anpassung an den Strukturwandel!) und örtliche Mobilität (d. h. Bereitschaft zum Umzug wegen neuem Arbeitsplatz)
- **Tarifpolitische:** Tarifverträge, die Arbeitszeitverkürzung oder Lohnerhöhungen möglich machen, weil aus Produktivitätsfortschritt und Gewinnen finanzierbar
- **Unternehmerische:** vermehrtes Angebot an Teilzeitarbeitsplätzen („Jobsharing“, bei dem sich zwei Mitarbeiter einen Arbeitsplatz teilen), Angebot an Niedriglohn-Jobs für einfache Arbeiten
- **Staatliche:** „Verschiedene Beschäftigungsprogramme“ mit Lohnkostenzuschüssen und Steuervorteile bei Investitionen, Senkung der Lohnnebenkosten (also auch der Sozialversicherungsbeitragssätze)

Aufgaben

1. Was versteht man unter dem Begriff „demografischer Wandel“?
2. Erläutern Sie zwei Ursachen für den demografischen Wandel in Deutschland.
3. Beschreiben Sie zwei negative Folgen dieses Wandels.
4. Nennen Sie die fünf „Säulen der sozialen Sicherung“.
5. Nennen Sie vier Leistungen, die der Staat nach dem Fürsorgeprinzip aus Steuermitteln zur Sicherung einer menschenwürdigen Existenz für Bedürftige erbringt.
6. Der ehemalige Bundespräsident Roman Herzog sagte 1995, wir bräuchten eine „Mitmachgesellschaft und keine Zuschauerkulisse.“ Warum forderte er soziales Engagement?
7. Welche Gedanken sind für den aktivierenden Sozialstaat im Kontrast zur Idee des klassischen Wohlfahrtsstaats typisch?
8. Erklären Sie, was unter dem „Generationenvertrag“ verstanden wird.
9. Warum sollte das Rentenversicherungssystem weiter reformiert werden? Nennen Sie drei Gründe.

10. Ökonomen und Politiker fordern zunehmend den „Umbau des Sozialstaates“ hin zu vermehrter Eigenvorsorge. Wie würde das Sozialsystem dadurch entlastet?
11. Nennen Sie vier Zukunftstechnologien.
12. Welche Faktoren bestimmen den aktuellen „revolutionären Wandel“ in der Wirtschaft?
13. Welche Folgen hat eine anhaltend hohe Arbeitslosenzahl für Staat und Gesellschaft?
14. Nennen Sie typische Merkmale der heutigen Informationsgesellschaft.
15. Welchen auffallenden – für die Arbeitnehmer häufig ungünstigen – Wandel gibt es bei neueren Arbeitsverträgen/Arbeitsverhältnissen?
16. Welche wesentlichen Gründe für die Migration nach Deutschland gibt es zurzeit?
17. Wovon hängt eine erfolgreiche Integration der Immigranten ab?

1.3 Medien und Mediennutzung

1.3.1 Nutzungsverhalten bei digitalen Medien und Printmedien

Stofftelegramm

- Entwicklung und Anwendung der Schriftsprache machte **zeitunabhängige** Kommunikation möglich. Zusätzliche technische Hilfsmittel machen auch **raumunabhängige** Kommunikation möglich (Telekommunikation).
- Die Art des Mediums (wie Papier, Telefon, Faxgerät, Computer) bestimmt den Kommunikationsprozess immer mit.
- Als **neuere Medien** gelten Hardware und Software von digitalem Radio und TV, internetfähige PCs, Notebooks, Tablets, Smartphones.
- Die Medien-Inhalte richten sich entweder an eine große Zahl von Menschen (Massenmedien) oder an ausgewählte gesellschaftliche Gruppen.
- Jugendliche und junge Erwachsene sind im Schnitt 200 Min. täglich online, zu 40 % für Kommunikation, 25 % zur Unterhaltung, 20 % für Spiele und nur zu 15 % für die Informationssuche.
- Die Kommunikation im Internet findet bei der jüngeren Generation zunehmend über die sozialen Netzwerke statt.
- Die klassischen Medien Radio, Fernsehen und Bücher werden von vielen wie früher genutzt. Nur jede/-r Dritte liest regelmäßig Tageszeitung und Bücher.

Wie vielfältig kann das Internet genutzt werden?

- **Post (E-Mails)** weltweit versenden und empfangen (Text, Bild und Ton), telefonieren
- in **Diskussionsforen** und Social Networks (Instant Messenger, Online-Communities, Foto-Communities, Kurzinfo-Plattformen) weltweit mit Gleichgesinnten kommunizieren
- aktuellste **Nachrichten** lesen, hören
- **Bankkonten** führen
- Preis- und Qualitätsrecherchen
- **Einkauf und Verkauf** von Waren und Dienstleistungen, u. a. bei Auktionen
- **Ausbildung** und Fortbildung (E-Learning)
- **Datenbanken** mit aktuellen und historischen Texten, Bildern, Tönen nutzen
- **Computerspiele**
- Musik hören und downloaden
- Videos sehen und downloaden
- Podcasts hören und downloaden
- eigenes Leben organisieren (z. B. mit Kalenderfunktionen)
- Fahrtenplanung und Navigation
- Behördengänge ersetzen (z. B. mit ELSTER)

1.3.2 Chancen und Risiken der Mediennutzung

Stofftelegramm

Chancen — **Beurteilung des INTERNETS** — **Risiken**

Chancen	Risiken
Zugang zu einer bisher nicht gekannten „unbegrenzten" Informationsfülle	Überflutung mit Daten → Datenmüll
Jeder Nutzer wählt selbst aus, was für ihn wissenswert/interessant ist. > Autonomie statt Abhängigkeit von Wissensmonopolen	Gefahr des „gläsernen Menschen", über den alle Daten, die in irgendwelchen Computern gespeichert sind, bekannt werden können
größtmögliche Aktualität bei der Verbreitung von Neuigkeiten und Angeboten	Gefahr des Süchtigwerdens, zwanghaftes „Computerspielen"
Viele Tätigkeiten können bequem von zu Hause aus oder unterwegs erledigt werden (Banking, Bestellungen, Heimarbeit am PC für die Firma > Telearbeit).	Verlust zwischenmenschlicher Kontakte, Vereinsamungsgefahr
Interaktivität = Rückfragemöglichkeiten mit „hypertext links" und Zugriff auf Hilfe bietendes Datenmaterial	Verschuldung durch starke Nutzung verschiedenster kostenpflichtiger Angebote
weltweite Kommunikationspartner	kriminelle Missbrauchsmöglichkeiten

Missbrauch und Datenschutz

- **Hauptprobleme im Internet:**
  - Computerviren, Betrug und Diebstahl durch Hacking
  - Preisgabe sensibler persönlicher Daten
  - Ausstattung von Facebook, Google u. a. mit imperialer Informationsmacht
  - Fälschung von Informationen und Verbreitung von Lügen, Volksverhetzung
  - mangelnder Schutz der Jugend und Cybermobbing
  - Anstiftung zu Radikalismus und Terrorismus (v. a. über Social Networks)
- **Bundes**datenschutzgesetz und **Landes**datenschutzgesetz wollen den einzelnen **Bürger vor** eventuellen **Nachteilen** durch Datenverarbeitung **schützen**. Datenverarbeitung ist nur zulässig, wenn Datenschutzgesetze sie erlauben bzw. die Betroffenen zustimmen.
- **Datenschutzgesetze regeln**
  - die Zulässigkeit von Datenverarbeitung,
  - die Einräumung von Rechten für die Betroffenen,
  - die Überwachung durch Kontrollinstanzen (wie Datenschutzbeauftragte),
  - die Ahndung von Gesetzesverletzungen (Bußgeldvorschriften und Strafbestimmungen).

  Aber: Deutsches Recht greift nicht bei Missbrauch aus dem Ausland heraus.

Chancen und Gefahren in der zukünftigen „Internetgesellschaft"

- Information ist der wichtigste „Rohstoff" für die Zukunft von Gesellschaft und Wirtschaft.
- Multimediale Serviceangebote werden immer größer, aber auch teurer.
- Über das Internet könnten Volksbefragungen und Volksabstimmungen schnell und preiswert durchgeführt werden.
- „**Teledemokratie**" könnte den politischen Willensbildungsprozess beschleunigen, die „Volksherrschaft" stärken.

- Veränderung der Lernsituation in Schulen und Hochschulen (E-Learning) mit interaktiven Lernprogrammen, Projekten mit anderen Schulen und das weltweit, meist in englischer Sprache
- Der globale Wissensaustausch macht Welt zum „**Global Village**".
- Verständnis für fremde Länder und Kulturen könnte wachsen, Bildung wirklich weltumfassend werden.

Aber je individueller die Menschen die neuen Medien nutzen, zum Amüsieren oder zum Weiterbilden, umso mehr gehen **Gemeinschaft und Gemeinsinn verloren**:
- Gefahr einer **Zweiklassengesellschaft**: Medienexperten ⟷ Multimedia-Analphabeten
- → **neue Oberschicht** kann Informationen beruflich wie privat gezielt und schnell verarbeiten
- → **neues Proletariat** geht in **Informationsflut** unter, weil es wichtige Informationen von „Daten-Müll" nicht unterscheiden kann
- → Abnahme der Chancengleichheit in unserer Gesellschaft
- je höher Bildung und berufliche Position der Bürger, desto mehr beteiligen sie sich auch digital am politischen Prozess und versuchen, ihren Interessen Gehör zu verschaffen

1.3.3 Medien und Demokratie

Stofftelegramm

Das **Grundgesetz** betont die **Meinungsfreiheit** als hohen Wert im **Artikel 5:**
- Recht auf
  - **freie Meinungsäußerung,**
  - **ungehinderte Unterrichtung** aus allgemein zugänglichen Quellen
- **Freiheit der Berichterstattung** in Presse, Hörfunk und Film, d. h. **keine Zensur**
- Beschränkung der Meinungsfreiheit nach Art. 5, Abs. 2 nur möglich wegen Verletzung der Grundrechte anderer Menschen (daraus abgeleitet liegt eine Grenze im „Recht der persönlichen Ehre") und Verletzung allgemeiner Gesetze (z. B. Jugendschutzgesetz)

Welche Arten von Massenmedien lassen sich unterscheiden?
- private Druckmedien (Zeitungen, Zeitschriften, z. T. Sachbücher)
- private Bild- und Tonmedien (Privatfernsehen, Privathörfunk)
- öffentlich-rechtliche Bild- und Tonmedien (ARD, ZDF, Regionalsender, Phoenix, Arte, 3sat ...)
- Internetangebote als Text-, Bild- und Tonmedium sowohl von privaten (kommerziellen) als auch öffentlich-rechtlichen Anbietern, zunehmend mit Apps für Smartphones
- Über Twitter können (Mio.) angemeldete Nutzer telegrammartige Kurznachrichten verbreiten und sich umgekehrt von anderen informieren und mit Meinungen zu speziellen Themen versehen lassen (Fake News finden so massenhaft Verbreitung, auch mittels Social Bots).

Welche Medien eignen sich zur Information über politische Sachverhalte besonders?
- seriöse Tageszeitungen und Wochenzeitungen
- Wochenzeitschriften mit großem Politikanteil
- Hörfunknachrichten und aktuelle Reportagen, Magazine
- Fernsehnachrichten und -reportagen, -dokumentationen, -magazine

} analog und digital

Wie verläuft der Informations- und Meinungsbildungsprozess über die Medien?

Ereignisse, Vorgänge, Erklärungen von Personen, Institutionen auf der ganzen Welt

Filter 1 — *Korrespondenten, Reporter wählen aus und geben Information weiter.*

Ausgewählte Informationen über Ereignisse ...

Filter 2 — *Nachrichtenagenturen (dpa, ddp, upi, ap, rtr ...) wählen Meldungen aus und bearbeiten sie redaktionell.*

Ausgewählte Informationen

Filter 3 — *Redakteure bei Presse, Rundfunk- und Fernsehanstalten wählen je nach verfügbarem Seiten- oder Sendezeitumfang die eingegangenen Meldungen (oft mit Bild und Ton) aus, redigieren sie und bereiten Druck und Sendung vor. Außerdem werden Kommentare verfasst.*

„Rest-Informationen"

Filter 4 — *Der Empfänger (Leser, Hörer, Zuschauer) wählt je nach Vorlieben, Vorurteilen oder unvoreingenommen Informationen aus und sucht Meinungsbestätigung oder lässt sich auf Meinungsänderung ein.*

Mit welchen Methoden können die Medien manipulieren?

- Weglassen von wichtigen Informationen (die bei Nachrichtenagenturen vorliegen)
- Hervorhebung oder absichtlich schlechte Platzierung von Meldungen/Nachrichten
- Art und Inhalt der Schlagzeilen
- einseitige Darstellung
- bewusste Nachrichtenfälschung (Verbreitung von Unwahrheiten)

Wie kann man sich vor Manipulation schützen und zum „mündigen Bürger" machen?

- verschiedene Medienangebote nutzen
- kritisches Vergleichen, Beachten unterschiedlicher Darstellungen in Zeitungen, Zeitschriften, Radio- und Fernsehberichten, Internetquellen
- Diskussionen mit anderen Menschen über empfangene Informationen
- Gespräche im Familien- und Freundeskreis
- Besuch politischer Veranstaltungen mit Diskussionsmöglichkeit

Welche Aufgaben haben die Medien bei der politischen Meinungsbildung?

Das Bundesverfassungsgericht hat 1961 die Medien als unentbehrlich für die öffentliche Meinungsbildung charakterisiert.
Die Medien haben dementsprechend folgende Aufgaben:

- objektive **Information** durch Berichterstattung über innen- und weltpolitisch wichtige Tatsachen sowie Entscheidungen von Politikern
- **Mitwirkung an der Meinungsbildung der Bürger** durch Auswahl, Analyse und **Kommentierung** (persönliche Bewertung) von Nachrichten

- Beitrag zum Pluralismus, aber auch zur Integration der Gesellschaft durch bundesweite Verbreitung vielfältiger Angebote, Spiegelung möglichst aller weltanschaulichen und politischen Positionen, die verfassungskonform sind
- **Kritik** und damit **Kontrolle** der Politiker (Volksvertreter) in den Parlamenten und Regierungen (Medien sind somit eine Art „4. Gewalt im Staat“, Politiker brauchen eine „gute Presse“)

Welche Merkmale sind charakteristisch für die privaten Sendeanstalten?

- Finanzierung nur über **Werbeeinnahmen**
- **keine Kontrolle** durch ein demokratisch gewähltes Gremium (wie z. B. Rundfunkrat), sondern nur lockere Überwachung (Jugendschutz, Werberahmen) durch Landesmedienanstalten
- **keine Verpflichtung zu ausgewogenem** und bildendem **Programm**

Welche Gefahren gibt es für die Möglichkeit zu pluralistischer Meinungsbildung?

- Abhängigkeit der Zeitungen von wichtigen Anzeigenkunden
- Abhängigkeit der Journalisten von kapitalstarken Verlegern
- Einschränkung der Meinungsvielfalt durch
  - **Pressekonzentration** (Zusammenschluss oder Aufkauf konkurrierender Zeitungen und Zeitschriften) und
  - **intermediale Medienkonzentration** (wachsende Beteiligung von Zeitungsverlagen an privaten Rundfunk- und Fernsehanstalten)
- Tendenz zu Doppelmonopolen (bei regionaler Zeitung und Lokalfunk)
- Einfluss von Parteipolitikern in Rundfunk-Aufsichtsgremien beim öffentlich-rechtlichen Rundf.
- Abhängigkeit des Privatfunks von Werbeeinnahmen und deshalb Ausdehnung von Unterhaltungssendungen (denn höhere Einschaltquote sichert größere Werbeeinnahmen)

Aufgaben

1. Was versteht man unter „neuen Medien“?
2. Nennen Sie drei persönliche Vorteile, die mit dem Zugang zum Internet verbunden sind.
3. Warum wird Datenschutz in unserer modernen Gesellschaft immer wichtiger?
4. Was versteht man unter öffentlicher Meinung?
5. Wodurch unterscheiden sich Meinungsbildung und Manipulation?
6. Warum ist es oftmals so schwer, sich objektiv und ausreichend zu informieren?

2 Demokratie in Deutschland

2.1 Partizipation und politischer Entscheidungsprozess

2.1.1 Junge Menschen und Politik

Stofftelegramm

JUGEND – BEGRIFF

JUGENDVERSTÄNDNIS IN DER GESELLSCHAFT

- Sozialgruppe Jugend = Lebensaltersgruppe zwischen Kindheit und Erwachsensein, Phasen der Pubertät und Ablösung von der Herkunftsfamilie
- Jugend als eigene Lebensphase ohne Arbeitszwang, jahrhundertelang Privileg des Bürgertums im Gegensatz zur Arbeiterschaft
- Hauptzweck heute: Hineinwachsen in das Leben als Erwachsener, Aufbau einer stabilen Persönlichkeit, Qualifizieren für erfolgreiche Berufstätigkeit, Erwerb umfassender sozialer Kompetenzen

JUNGE MENSCHEN – SELBSTVERSTÄNDNIS UND ENGAGEMENT

WERTE UND LEBENSEINSTELLUNG

- Zielorientierung, Flexibilität, Einsatzbereitschaft
- Wunsch nach Mitbestimmung, aber nur, wenn Ziele des Engagements selbst festgelegt werden können
- Hohe Werte: Zivilcourage und Ehrlichkeit
- Hang zur Individualisierung
- Verpflichtungen sollten möglichst gleichzeitig auch Spaß machen
- Als unverzichtbar für ein Leben in Deutschland gelten:
  - demokratische Wahlen
  - Meinungsfreiheit
  - Soziale Marktwirtschaft

Einstellungen Jugendlicher zum Politik-Betrieb:

- **Politikinteresse** → maximal 40 % (im Vergleich aller Altersgruppen gering)
- **Wahlbeteiligung** → Die jungen Erstwähler (18 bis 25) wählen am seltensten. Ihr Glaube an gute Interessenvertretung und Veränderungen durch Wahlen scheint gering.

Engagementmöglichkeiten für politisch Interessierte, die genutzt werden:

- Parteimitglied, Delegierte/-r
- Jugendgemeinderat
- Gemeinderat
- Landtagsabgeordnete/-r
- Bundestagsabgeordnete/-r

2.1.2 Leben im pluralistischen Staat

Stofftelegramm

Welche Arten von Massenmedien lassen sich unterscheiden?

- Bürger, die etwas in der Gesellschaft verändern (oder für sie Gutes erhalten) wollen, schließen sich **Interessengemeinschaften** an.
- **Viele verschiedenartige Interessengruppen** konkurrieren miteinander und versuchen, in der Gesellschaft (Öffentlichkeit) und bei der Gesetzgebung (als „Lobby“) **Einfluss** zu **erlangen.**
- **Parteien, Verbände, Vereine, Bürgerinitiativen, Kirchen** u. a. nutzen für die Information der Bürger eine Vielzahl von **Massenmedien.**

Welche Ursachen gibt es für Konflikte in unserer Gesellschaft?

- **Vorurteile:** negative, fehlerhafte, gefühlsgesteuerte Verallgemeinerungen über Gruppen von Menschen (z. B. Ausländer, Arbeitslose)
- **Interessengegensätze** verschiedener Gruppen (z. B. zwischen Arbeitgebern und Arbeitnehmern über Tariflohnerhöhung und Wochenarbeitszeiten)
- unterschiedliche religiöse oder gesellschaftspolitische **Wertvorstellungen** (z. B. bei gesellschaftlichen Werten: Leistung, Freizeitverhalten, Sexualmoral, Alkoholkonsum ...)

Welche Gefahren drohen Minderheiten bei Gesellschaftskonflikten?

- Erleiden von Abneigung, Hass, Benachteiligungen in Beruf (z. B. Teilzeit statt Vollzeit) und Privatleben (z. B. bei der Wohnungssuche)
- Erleiden von Vermögensschäden durch Sachbeschädigung
- im Extremfall Körperverletzung oder Mord

Unter welchen Bedingungen ist eine friedliche Lösung von Konflikten möglich?

- Beachtung der Grundrechte (z. B. Freiheit der Meinungsäußerung und -verbreitung)
- Toleranz gegenüber anderen Meinungen
- Bereitschaft zum Kompromiss
- Verantwortungsbewusstsein der Konfliktbeteiligten und Entscheidungen treffenden Politiker für das Gemeinwohl (Nutzen für möglichst viele Bürger)
- Respektierung von Mehrheitsbeschlüssen
- Zumutbarkeit der Entscheidungen für Minderheiten ohne Lobby

Welche Leistungen muss der Staat für das Gelingen pluralistischen Lebens erbringen?

- Die Staatsorgane müssen **verhindern,** dass private **Gewalt** zu einem **Mittel der Konfliktlösung** wird.
- Der demokratische Rechtsstaat hat das legale Gewaltmonopol, er braucht **zeitgemäßes Gesetzesrecht** (beschlossen von **Bundestag, Bundesrat** und **Landtagen**) und **Richterrecht (Rechtsprechung oberster Gerichte),** das von den allermeisten Bürgern als „**gerecht**“ empfunden und beachtet wird.
- **Grundrechte** müssen im Bewusstsein verankert sein, sodass die Gefährdung einzelner Grundrechte – für einzelne Betroffene, aber auch für große gesellschaftliche Gruppen – zu öffentlichen Diskussionen führt und eine zentrale Rolle bei politischen Auseinandersetzungen spielt.

2.1.3 Entscheidungswege in der deutschen Demokratie

Stofftelegramm

Politische Organe, für die wir unsere Repräsentanten wählen können:

Gemeindeebene	Kreisebene	Landesebene	Bundesebene	Europaebene
Gemeinderat, Bürgermeister	Kreistag	Landtag	Bundestag	Europäisches Parlament
Circa 60 Millionen Bürger (für Bundestag und Europaparlament) sind wahlberechtigt. Bei Kommunalwahlen sind auch EU-Bürger der anderen Staaten wahlberechtigt.				

Die deutschen Staatsorgane in der Übersicht:

GG, Artikel 20: Staatliche Gewaltenteilung ist unantastbar! → Die Macht/Gewalt muss auf einzelne Staatsorgane aufgeteilt sein. Das Recht zur Machtausübung kommt vom wahlberechtigten Volk.

	Gesetzgebende Gewalt **= Legislative**	Vollziehende Gewalt **= Exekutive**	Rechtsprechende Gewalt **= Judikative**
auf **Bund**esebene	Bundestag Bundesrat	Bundesregierung Bundesverwaltung	Bundesverfassungsgericht; Oberste Gerichtshöfe (z. B. Bundesgerichtshof)
auf **Land**esebene	Landtag von Baden-Württemberg	Landesregierungen Landesverwaltungen	Staatsgerichtshof; Landesgerichte (z. B. Oberlandesgericht)
auf **Gemeinde**ebene	Kreistag Gemeinderat mit Bürgermeister	Landrat + Kreisverwaltung Bürgermeister + Gemeindeverwaltung	Amtsgerichte

Wahlberechtigte Bürgerinnen und Bürger (= Wahlvolk)

Die Staatsgewalt geht vom Volk aus durch **Wahlen** zu den gesetzgebenden Organen.
Durch den föderativen Staatsaufbau besteht in der Bundesrepublik **doppelte Gewaltenteilung:**
- **horizontal** (Legislative, Exekutive, Judikative),
- **vertikal** (Bund, Länder, eingeschränkt auch die Gemeinden).

Die **Judikative** hat besondere Bedeutung in der Parteiendemokratie, da die jeweils amtierende Regierung durch Parlamentsmehrheit (von einer Partei oder einer Koalition) gewählt wird und am Machterhalt interessiert ist, sodass wirkliche und öffentlichkeitswirksame **Regierungskontrolle** meist nur **durch** die **Minderheit im Parlament = Opposition** erfolgt.

Modell der Abhängigkeiten und gegenseitigen Kontrolle der deutschen Staatsorgane

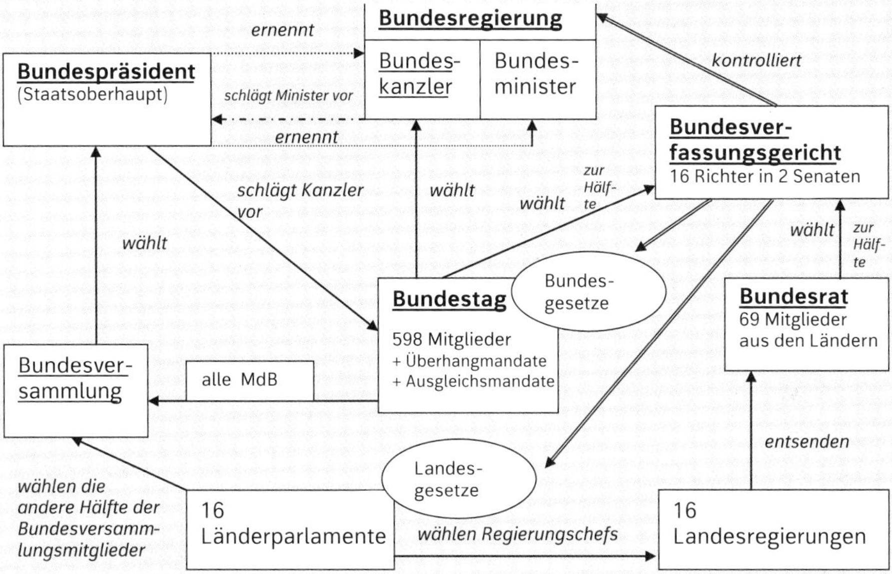

Entscheidungen auf Gemeindeebene

Rechtsgrundlage: Grundgesetz, Artikel 28: „... In den Ländern, Kreisen und Gemeinden muss das Volk eine Vertretung haben, die aus allgemeinen, unmittelbaren, freien, gleichen und geheimen Wahlen hervorgegangen ist ... Den Gemeinden muss das Recht gewährleistet sein, alle Angelegenheiten der örtlichen Gemeinschaft im Rahmen der Gesetze in eigener Verantwortung zu regeln ...“
Die Gemeinden haben zwar im Rahmen der Selbstverwaltung eigene Zuständigkeiten, gehören aber zur Ebene der Länder. Die Landtage bestimmen die Kommunalverfassungen und die Gemeindegrenzen.

Gemeindeverfassung in Baden-Württemberg

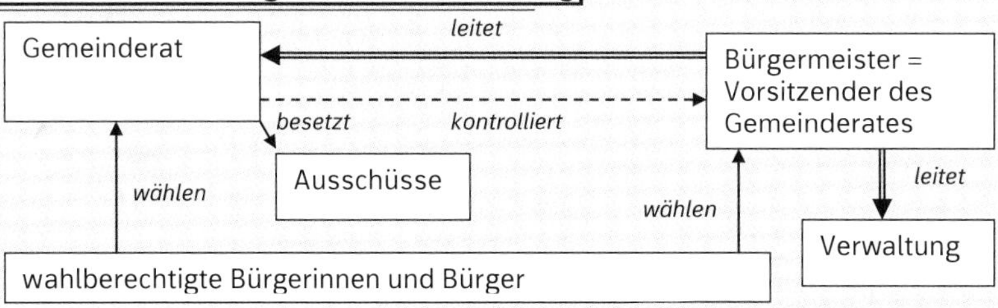

Haushalt einer Gemeinde

Ausgabenseite	**Einnahmenseite**
Verwaltung, Soziales, öffentliche Ordnung, Schulen, Gesundheit und Sport, Bauwesen, öffentliche Einrichtungen, Wirtschaftsförderung	Steuern (z. B. Grundsteuer), Gebühren (z. B. Müllabfuhr, Kanalisation), Erschließungsbeiträge (Straßen), Zuschüsse von Bund und Ländern (z. B. für Schulbau)

Entscheidungen auf Länderebene – **Landtag** von Baden-Württemberg

Landesregierung
(Koalitionsregierung)

Ministerpräsident
(Kretschmann/ Grüne)
+ Minister/-innen
(z. B. Strobl/CDU)

Landtag
(in Stuttgart) → Landes-gesetze

	CDU	Grüne	SPD	FPD	AfD
2006	69	17	38	15	0
2011	60	36	35	7	0
2016	42	47	19	12	23

Staatsgerichtshof
(9 Mitglieder)

wählt
auf 9 Jahre

wählen alle 5 Jahre

7 Millionen wahlberechtigte Bürger/-innen

Gemeindeverfassung in Baden-Württemberg

- Mit der absoluten Abgeordnetenmehrheit (50 % + mindestens 1 Stimme) wird der Ministerpräsident gewählt.
- Zwei Drittel der Abgeordneten können die Verfassung ändern.
- Die Mehrheit der Abgeordneten kann Gesetze beschließen.
- Ein Viertel der Abgeordneten kann verlangen, dass ein Untersuchungsausschuss eingesetzt wird.

Wie wird der Landtag gewählt?

Zur Wahl der (mindestens) 120 Landtagsabgeordneten hat der Wähler **nur eine Stimme,** die aber **doppelt gezählt** wird, und zwar in zwei Verfahren:

1. Mehrheitswahl

Aus jedem der 70 Wahlkreise des Landes kommt der Kandidat mit der höchsten Stimmenzahl in den Landtag (**Erstauszählung**).

2. Verhältniswahl

Aus der Gesamtzahl der Stimmen für eine Partei (**Zweitauszählung**) wird errechnet, wie viele Sitze jede Partei insgesamt im Landtag erhält. Davon werden erhaltene Direktmandate abgezogen und die restlichen Sitze an die übrigen Parteikandidaten mit den absolut höchsten Stimmenzahlen vergeben.

Da eine Partei (wie z. B. 2016 die Grünen) die meisten Wahlkreise (46) direkt gewinnen kann und damit mehr Sitze (**Überhangmandate**) erhält, als ihr nach dem prozentualen Ergebnis der Zweitauszählung zustünden, erhalten die anderen Parteien entsprechende **Ausgleichsmandate**, sodass die Abgeordnetenzahl i. d. R. weit mehr als 120 beträgt, zzt. 143 Mandate!

Entscheidungen auf Bundesebene – der **Deutsche Bundestag** (seit 1999 Sitz in Berlin)

Bedeutung des Bundestages

→ **höchstes Verfassungsorgan** mit Befugnis, andere oberste Bundesorgane zu bestellen
→ wichtigstes **Organ** der **Legislative** (weil höchste Instanz auf der deutschen Gesetzgebungsebene!)

Wahltermin	CDU/CSU	FDP	SPD	Grüne	Die Linke	AfD	Σ Mandate
2005 →	**226**	61	**222**	51	54	–	**614**
2009 →	**239**	**93**	146	68	76	–	**622**
2013 →	**311**	0	**193**	63	64	0	**631**
2017 →	**246**	80	**153**	67	69	94	**709**

Regierungskoalitionen (Regierungswechsel) ergeben sich durch (neue) Abgeordneten-Mehrheiten! Zum Bundestagswahlsystem vgl. Seite 310 f.

Welche **Aufgaben** hat der Bundestag?

- Wahlfunktionen:
  - **Wahl** des **Bundeskanzlers** (+ indirekte Mitwirkung bei der Auswahl der Regierungsmitglieder)
  - **Wahl** des **Wehrbeauftragten**
  - **Wahl** der Hälfte der Mitglieder des **Bundesverfassungsgerichts**
  - Mitwirkung bei der **Wahl des Bundespräsidenten** über die **Bundesversammlung**
- **Gesetzgebung**sfunktionen:
  - **Gesetzesinitiative**
  - **Beschlussfassung** über Bundesgesetze, evtl. Einberufung des Vermittlungsausschusses
- **Regierungskontrolle**:
  - Herbeirufung eines Regierungsmitglieds vor das Bundestagsplenum (= Zitierrecht)
  - Verlangen von Regierungsauskünften, Untersuchungsausschüsse
  - **Genehmigung** des **Bundeshaushalts** nach vorheriger Beratung, Rechnungskontrolle
  - **Konstruktives Misstrauensvotum** gegenüber dem Bundeskanzler
- **Ratifizierung** völkerrechtlicher Verträge (= verbindliche Zustimmung zu Verträgen, welche die Regierung mit anderen Staaten geschlossen hat)

Welche Rolle spielen die **Fraktionen** im Bundestag?

Fraktionen sind i. d. R. **Vereinigungen von Abgeordneten derselben Partei.** Im Bundestag gab es in der Legislaturperiode 2009–2013 **Fraktionen** von **CDU/CSU** sowie **SPD, Bündnis 90/Die Grünen, FDP und „Die Linke“** (vgl. Seite 312).
(PDS/Linke Liste hatte von 2002 bis 2005 wegen zu geringer Abgeordnetenzahl, nämlich weniger als 5 % aller Mandate, nur Gruppenstatus.)

- Fraktionen **entscheiden über Bildung von Regierungskoalitionen.**
- Initiativen im Bundestag (z. B. **Gesetzentwürfe**) oder Stimmrecht in Ausschüssen sind abhängig vom Fraktionsstatus.
- Abgeordnete können sich auf bestimmte Politikfelder spezialisieren und in **Arbeitskreisen** Entscheidungen der Fraktion bei aktuellen Gesetzgebungsverfahren vorbereiten.
- Fraktionen entscheiden, wer für sie im Parlament debattiert.
- **Fraktionen legen vor wichtigen Entscheidungen** (bis auf wenige Ausnahmen) **das Abstimmungsverhalten ihrer Mitglieder fest** (d. h., es herrscht „**Fraktionszwang**!“). Das funktioniert trotz der Gewissensfreiheit der Abgeordneten (nach Art. 38 GG), weil sowohl Regierungs- als auch Oppositionsfraktionen ihre Einigkeit und damit Handlungsfähigkeit demonstrieren wollen. Außerdem verdanken Abgeordnete ihr Mandat der Kandidatur für eine Partei und erhoffen meist eine Wiederempfehlung ihrer Fraktion bei der nächsten Wahl.

Welche Rechtsposition haben die Abgeordneten des Deutschen Bundestags?

Abgeordnete sind Vertreter des ganzen Volkes.
Sie sind nur ihrem Gewissen unterworfen,

an **keinen Wählerauftrag gebunden** = haben **kein imperatives Mandat** = sie sind an **keine** Parteianweisung gebunden

↓ Wähler können Abgeordnete nicht absetzen, wenn diese nicht wunschgemäß abstimmen.

↓ Abgeordnete können aus ihrer Partei austreten, aber trotzdem ihr Mandat behalten, aber

Abgeordnete halten sich meist an **Fraktionsdisziplin**.

Sonderrechte der Abgeordneten:

- Zweck: Parlament soll funktionsfähig bleiben.
  - Immunität = Schutz vor Strafverfolgung, Unverletzlichkeit der persönlichen Freiheit (Aufhebung der Immunität ist jedoch mit Parlamentsmehrheitsbeschluss möglich)
  - Indemnität = keine Bestrafbarkeit für beleidigende Äußerungen im Parlament

Für welche Gesetze ist der Bundestag in unserem Bundesstaat zuständig?

Grundgesetz, Art. 20 → Bundesrepublik ist ein **Bundesstaat.**
Grundgesetz, Art. 30 → **Staatliche Aufgabenerfüllung ist Sache der Länder,** sofern das Grundgesetz keine andere Regelung kennt.

Merkmale des Bundesstaates:
- Teilung der Staatsgewalt zwischen Bund und Gliedstaaten
- Beteiligung der Gliedstaaten an der Willensbildung des Bundes
- Souveränität liegt beim Bund

Verteilung der Gesetzgebungsbefugnisse (seit der Föderalismusreform 2006):

BUND

Ausschließliche Gesetzgebung für:
- auswärtige Angelegenheiten
- Verteidigung, Terrorismusabwehr
- Staatsangehörigkeit, Passwesen
- Währungs- und Geldwesen
- Zölle und Außenhandel
- Bundesbahn und Luftverkehr
- Post- und Fernmeldewesen
- Atomenergie
- Bundeskriminalamt

LÄNDER

Ausschließliche Gesetzgebung für:
- Kultur
- Polizeiwesen (aber nicht Bundeskriminalamt!)
- Bildungswesen
- Gesundheitswesen
- Gaststättenrecht
- Ladenschluss
- Versammlungsrecht
- Strafvollzug

Konkurrierende Gesetzgebung bei
- Strafrecht,
- Ausländerrecht,
- Umweltschutz ...

Bundesrecht bricht Landesrecht.

Vor der Föderalismusreform waren ca. 60 %, jetzt sind maximal 40 % der Bundesgesetze im Bundesrat zustimmungspflichtig. Die Zustimmung ist nur noch erforderlich, wenn die Länder in den Gesetzen zu Leistungen gegenüber Dritten verpflichtet werden. Gesamtziel der Reform: weniger Blockademöglichkeit bei der Gesetzgebung!

Bundestag ist demnach zuständig für,
- ausschließliche Bundesgesetzgebung,
- konkurrierende Gesetzgebung.

BEURTEILUNG DES FÖDERALISMUS

Vorteile	Nachteile
Machtverteilung (vertikale Gewaltenteilung)	uneinheitliche Lebensverhältnisse z. B. bei Wohlstand und Infrastruktur
Demokratiestärkung durch zusätzliche Wahlen, mehr Möglichkeiten für politisches Engagement der Bürger	Zuständigkeitsstreit zwischen Bund und Ländern bei Entscheidungen und deren Finanzierung (z. B. Kindergärten ab 3. Lebensjahr)
Führungsalternativen (durch überzeugendes Handeln auf Länderebene Chancen für Partei- und Kanzlerkandidaten-Profilierung)	zeitraubende Entscheidungsprozesse mit Blockademöglichkeiten (Situation durch Reform von 2006 allerdings verbessert!)
Bürgernähe (Ansprechpartner in politischen Gremien und Behörden sind leichter erreichbar und meist vertrauter)	16-fache Regierung und Verwaltung bringen durch vervielfachte Behörden und politische Ämter auch ein Vielfaches an Kosten.
Interessenausgleich (Schutz vor extremen politischen Entscheidungen)	

Wie ist die Macht in den Bundesländern und im **Bundesrat** verteilt? (Stand: Januar 2019)

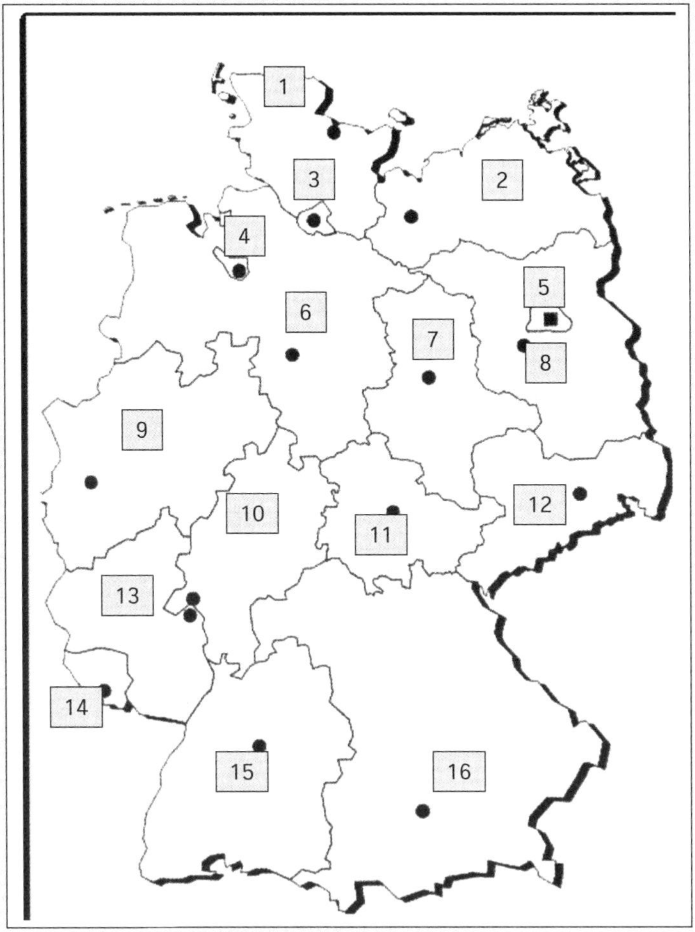

1 Schleswig-Holstein
CDU/Grüne/FDP
4 Stimmen

2 Mecklenburg-Vorpommern
SPD/CDU
3 Stimmen

3 Hamburg
SPD/Grüne
3 Stimmen

4 Bremen
SPD/Grüne
3 Stimmen

5 Berlin
SPD/Linke/Grüne
4 Stimmen

6 Niedersachsen
SPD/CDU
6 Stimmen

7 Sachsen-Anhalt
CDU/SPD/Grüne
4 Stimmen

8 Brandenburg
SPD/Die Linke
4 Stimmen

9 Nordrhein-Westfalen
CDU/FDP
6 Stimmen

11 Thüringen
Die Linke/SPD/Grüne
4 Stimmen

13 Rheinland-Pfalz
SPD/Grüne/FDP
4 Stimmen

15 Baden-Württemberg
Grüne/CDU
6 Stimmen

10 Hessen
CDU/Grüne
5 Stimmen

12 Sachsen
CDU/SPD
4 Stimmen

14 Saarland
CDU/SPD
3 Stimmen

16 Bayern
CSU/FW
6 Stimmen

Gesamtstimmen im Bundesrat: 69, Absolute Mehrheit: 35, Zweidrittel-Mehrheit: 46
Die Stimmen eines Landes können nur einheitlich abgegeben werden. Beschlüsse werden stets mit der Stimmenmehrheit gefasst. Enthaltungen, die wegen den verschiedenartigen Koalitionen in den Ländern immer wieder angewandt werden, können daher wie Gegenstimmen wirken.

Wie ist die Macht in den Bundesländern und im Bundesrat verteilt?

Einspruchsgesetze

Bundestag kann sie allein verabschieden bzw. Einspruch des Bundesrates überstimmen in einer nochmaligen „3. Lesung“.

Zustimmungsgesetze des **Bundesrates** kommen nur mit **Zustimmung** zustande:

Föderative Gesetze
betreffen Bund-Länder-angelegenheiten (z. B. USt.-Verteilung), neben einer Bundestagsmehrheit ist noch eine **Stimmenmehrheit** im **Bundesrat** nötig (35 Stim.)

Verfassungsändernde Gesetze
müssen **Bundestag und Bundesrat** jeweils mit **Zweidrittel-Mehrheit** der Mitglieder beschließen, wobei Bundesländerprinzip und GG-Artikel 1 und 20 unantastbar (= nicht änderungsfähig) sind!

Auf welchem Weg kommt ein Bundesgesetz zustande?

- **Gesetzentwurf** (meistens durch Bundesregierung, aber auch von Bundestag oder Bundesrat)
- 1. **Lesung** im **Bundestag** (Begründung und Aussprache oder Überweisung an Fachausschüsse wie z. B. Verteidigungsausschuss)
- 2. + 3. Lesung = Abstimmung (Zustimmung mit einfacher oder qualifizierter Mehrheit)
- **Beteiligung des Bundesrates** (evtl. Einberufung des Vermittlungsausschusses, der Konflikte zwischen Bundestag und Bundesrat lösen soll, meist über einen Kompromiss)
- Unterschrift von **Bundeskanzler** und zuständigem Minister
- Ausfertigung durch **Bundespräsidenten** (wenn nach seiner persönlichen Prüfung das Gesetz verfassungsgemäß ist)
- Verkündigung im **Bundesgesetzblatt**

Welche Rolle übernimmt die **Opposition** im Bundestag und bei der Gesetzgebung?

Abgeordnete der Partei(en), die in der **Minderheitsposition** sind (= Oppositionsfraktionen),
- **kritisieren Fehler** und Unzulänglichkeiten **der Regierung,**
- versuchen (über die Ausschüsse) Gesetzgebung zu beeinflussen,
- entwerfen alternative Handlungskonzepte (= **Gesetzentwürfe!**),
- **verhindern Machtmissbrauch der Regierung,**
- **demonstrieren ihre Bereitschaft zur Regierungsübernahme** (z. B. vor Wahlen).

Wie kann der Bundestag die Regierung kontrollieren?

Plenum des Parlaments (= Vollversammlung des Bundestags)

In der 19. Legislaturperiode ab 2017:

Regierungsfraktionen
CDU/CSU + SPD („Große Koalition“)

Oppositionsfraktionen
AfD, FDP, Linke, Grüne

Ständig einsetzbare **Kontrollmittel** des Parlaments (v. a. der Opposition)				
Zitierrecht	Fragestunde	Aktuelle Stunde	Große Anfrage	Kleine Anfrage

Die ständigen Kontrollmittel zwingen die Regierung, in bestimmten Politikbereichen
- Auskünfte über ihre Handlungen und eventuelle Unterlassungen zu geben,
- ihre Entscheidungen zu begründen und öffentlich zur Diskussion zu stellen.

Weitere **außergewöhnliche Kontrollmittel** sind:
- **Untersuchungsausschüsse** (Antrag durch $\frac{1}{4}$ der Abgeordneten = MdBs)
- Verweigerung des vom Bundeskanzler geforderten Vertrauens (bei einer Vertrauensfrage)
- **Konstruktives Misstrauensvotum** (Kanzlerwahl mit Mehrheit der MdBs)
- **Verfassungsklage** (Klage gegen Bundesregierung wegen verfassungswidrigen Handelns, Antrag durch ein Drittel der MdBs möglich)

Der Bundesrat – die „Länderkammer"

Welche Rolle spielt der Bundesrat als „2. Kammer"?

- **Mitwirkung der Bundesländer bei Gesetzgebung** und Verwaltung **des Bundes**
- politisches Gegengewicht zu Bundestag und. Bundesregierung
- **Bundesratspräsident** (jeweils **Regierungschef** eines **Bundeslandes** – mit jährlichem Wechsel) ist **Stellvertreter des Bundespräsidenten.**

Welche Hauptfunktionen hat der Bundesrat bei der Gesetzgebung?

- **Gesetzentwürfe** in den Bundestag einbringen (wenn Länder Veränderungen wollen)
- **Stellungnahme zu allen Gesetzentwürfen der Bundesregierung abgeben**
- **Beschluss über vom Bundestag** mit der 3. Lesung **verabschiedete Gesetze (= G.-entwürfe)**
- **Zustimmung zu Rechtsverordnungen** und **Verwaltungsvorschriften**
- Arbeit im **Vermittlungsausschuss** (gemeinsames Organ von Bundestag und Bundesrat, welche jeweils 16 Mitglieder in diesen Ausschuss entsenden)

Wie setzt sich der Bundesrat zusammen?

(Vgl. Karte auf Seite 305.)

69 Stimmen für die **Mitglieder** aus 16 Landesregierungen: Ministerpräsidenten und Minister der Länder (Bürgermeister und Senatoren bei den Stadtstaaten Berlin, Bremen, Hamburg)
Stimmenverteilung ist (unproportional!) bevölkerungsgrößenabhängig: Zurzeit gibt es je

- 3 Stimmen für **Bremen, Hamburg, Mecklenburg-Vorpommern, Saarland,**
- 4 Stimmen für **Berlin, Brandenburg, Rheinland-Pfalz, Sachsen, Sachsen-Anhalt, Thüringen, Schleswig-Holstein,**
- 5 Stimmen für **Hessen,**
- 6 Stimmen für **Baden-Württemberg, Bayern, Niedersachsen, Nordrhein-Westfalen.**

Wie werden die Stimmen im Bundesrat abgegeben?

Stimmen eines Landes können nur einheitlich, entsprechend den Beschlüssen der einzelnen Landesregierungen **abgegeben werden**, die Bundesratsmitglieder haben also ein „imperatives Mandat". → Baden-Württemberg kann also einem Gesetz mit sechs Stimmen (von insgesamt 69) entweder zustimmen oder es ablehnen oder sich der Stimme enthalten. Probleme für die bundespolitische Entscheidungsfähigkeit entstehen, wenn die jeweiligen Oppositionsparteien des Bundestages gleichzeitig im Bundesrat über eine Stimmenmehrheit verfügen. → Gefahr, dass Parteiinteressen insbesondere in Wahlkampfzeiten über Länderinteressen gestellt werden: sogenannte „Blockade-Politik" im Bundesrat zur Bekämpfung der politisch anders orientierten Bundesregierung (1994–1998 gegen Kohl, 2003–2005 gegen Schröder)

Die Bundesregierung – unsere politische Führung

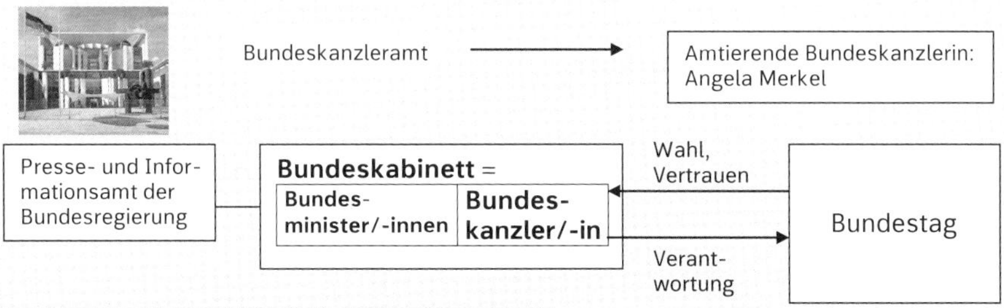

Welche Hauptaufgaben hat die Bundesregierung?

- politischen Willen der Bundestagsmehrheit in Taten/Entscheidungen umsetzen (Exekutive!)
- gesellschaftliche Verhältnisse und auswärtige Beziehungen gestalten (Führung!)
- Verantwortung für die Ausführung von Gesetzen durch die Bundesbehörden

Wie kommt eine neue Regierung ins Amt?

1) Kanzlerkandidatenbenennung durch Parteien bereits vor einer Bundestagswahl
2) Wahlergebnis bringt eine absolute Mehrheit für eine Partei oder für eine Koalition.
3) **Bundespräsident** führt Gespräche mit Parteien und **schlägt** daraufhin **dem Bundestag einen aussichtsreichen (= mehrheitsfähigen) Kanzlerkandidaten vor.**
4) **Wahl durch den Bundestag mit absoluter Mehrheit** (sonst Wahlwiederholungen, bei Scheitern Auflösung des Bundestags durch den Bundespräsidenten innerhalb drei Wochen)
5) **Eidesleistung des gewählten Kanzlers vor dem Bundestag**
6) **Kanzler schlägt** dem Bundespräsidenten **Minister zur Ernennung vor** (meist nach Vereinbarungen zwischen den koalitionswilligen Fraktionen über Regierungsprogramm und Ministerposten).

Nach welchen Prinzipien ist die Regierungsarbeit aufgeteilt?

- **Kanzlerprinzip: Bundeskanzler bestimmt die Richtlinien der Politik** und trägt Verantwortung gegenüber dem Parlament (Parlament kann ihn stürzen mit Konstruktivem Misstrauensvotum).
- **Ressortprinzip:** Innerhalb der Richtlinien handeln Minister selbstständig.
- **Kollegialprinzip:** gemeinsame Beratung von Gesetzentwürfen und bei schwerwiegenden Meinungsverschiedenheiten zwischen Ministerien

Woran ist die Regierungsarbeit erkennbar?

- Einbringung von **Gesetzesvorlagen** in den Bundestag **(→ Gesetzesinitiative)**
- Erlass von **Rechtsverordnungen** (die gesetzähnliche Wirkung haben)
- Erlass von Verwaltungsvorschriften, **Ausführung von Bundesgesetzen**
- **Abschluss und Durchführung von Verträgen mit anderen Staaten** (z. B. auch Ministerratstätigkeit in der Europäischen Union)

Welche verschiedenen Wege gibt es zu einem Regierungswechsel?

1) Bundestagswahl ergibt eine Mehrheit (nötig mindestens 50 % + 1 Sitz) für bisherige Opposition. → Bsp.: 2009 bleibt CDU Regierungspartei, Merkel (CDU) bleibt Kanzlerin einer Koalition aus einer bisherigen Regierungspartei und einer bisherigen Oppositionspartei (FDP), da CDU/CSU + FDP 332 von 622 Mandaten = 53,4 % erhielten. (Vgl. Seite 302)

2) Konstruktives Misstrauensvotum:

Bundestag → Aussprache des Misstrauens an → bisherigen Bundeskanzler
durch die gleichzeitige **Wahl des** → **neuen Bundeskanzlers mit absoluter Mehrheit**

(Beispiel: Kohl/CDU wurde durch dieses Verfahren im Oktober 1982 Nachfolger von Schmidt/SPD als Kanzler.)

3) Scheitern eines Bundeskanzlers an der von ihm gestellten Vertrauensfrage:

Bundeskanzler — stellt Antrag ihm das Vertrauen auszusprechen — an → Bundestag
stimmt nicht mit absoluter Mehrheit zu und wählt → **neuen Bundeskanzler**
oder
der Bundestag wird selbst aufgelöst und **auf Kanzlervorschlag durch den Bundespräsidenten Bundestagsneuwahl angesetzt (spätestens nach 60 Tagen)**

Anwendung der **Vertrauensfrage** in der Geschichte der BRD:

1972 durch Bundeskanzler **Brandt** (nach Übertritt von SPD-Abgeordneten zu anderen Parteien besaßen die Regierungsparteien keine Mehrheit im Bundestag mehr, Zweck der Vertrauensfrage war eine Bundestagsneuwahl); 1982 durch Bundeskanzler **Schmidt** (Parlament sprach ihm das Vertrauen aus, er konnte trotz Krise weiterregieren); 1982 durch Bundeskanzler **Kohl** (Ziel: Niederlage bei Abstimmung, Parlamentsauflösung wegen angestrebter Bundestagsneuwahl 1983, um die 1982 durch *Konstruktives Misstrauensvotum* erreichte Regierungsübernahme nachträglich vom Volk mit einem Wahlsieg bestätigen zu lassen); 2001 durch Bundeskanzler

Schröder (um rot-grüne Mehrheit für Bundeswehr-Anti-Terror-Auslandseinsatz zu sichern); 2005 durch Bundeskanzler **Schröder** (Ziel: Niederlage bei Abstimmung, Parlamentsauflösung, Bundestagsneuwahlen)

2.1.4 Beteiligungsmöglichkeiten in einer repräsentativen Demokratie

Stofftelegramm

Politische Willensäußerung durch Beteiligung an Wahlen

Welchen Nutzen hat die Beteiligung an demokratischen Wahlen?

- Vertretung der unterschiedlichen Interessen bei der Wahlbevölkerung durch die Wahlprogramme der Parteien und Auswahl der Personen, die politisch handeln sollen
- Entscheidung über die zukünftige Regierungspartei (oder Regierungskoalition) und die Opposition
- Kontrolle der bisher Regierenden („Wahltag ist Zahltag")

Welche Arten des Wahlrechts stehen dem Staatsbürger zur Verfügung?

Das staatsbürgerliche Grundrecht gibt es in zwei Formen:

aktives Wahlrecht	**passives** Wahlrecht
= **man darf wählen**	= **man ist wählbar**

Wichtigste Voraussetzungen für beide Formen:
- deutsche Staatsangehörigkeit
- **18. Lebensjahr vollendet**

Welche **Wahlrechtsgrundsätze** gehören zu den demokratischen Wahlen in Deutschland?

Die Wahlen müssen nach Artikel 38 GG sein:
- **allgemein**, d. h., alle (wahlberechtigten) Bürger dürfen wählen, nicht nur bestimmte Personengruppen (z. B. Männer),
- **unmittelbar**, d. h., Wähler bestimmen **direkt** über ihre Stimmzettel, wer ein Mandat erhält,
- **frei**, d. h., Bürger wählen (oder verzichten auf die Ausübung des Wahlrechts) ohne staatliche Beeinflussung bei ihrer Entscheidung,
- **gleich**, d. h., jede abgegebene Wählerstimme hat gleichen Zählwert,
- **geheim**, d. h., welche Partei und Kandidaten der einzelne Bürger gewählt hat, bleibt geheim.

Welche **Wahlsysteme** werden in Demokratien praktiziert?

Mehrheitswahl

Persönlichkeitswahl: In jedem Wahlkreis ist der Kandidat gewählt, der – je nach Regelung – die einfache oder absolute **Mehrheit der Stimmen** erhalten hat. Alle anderen Stimmen bleiben wirkungslos.

Verhältniswahl

Parteilistenwahl: Nach dem Verhältnis der auf die einzelnen Parteilisten abgegebenen Stimmen (%-Sätze) werden die Parlamentssitze verteilt. (Zur genauen Sitzberechnung werden Rundungsverfahren angewandt.)

Vorteile

- meist klare Mehrheiten für eine Partei und deshalb schnelle Regierungsbildung
- Bürgernähe der Abgeordneten

- alle abgegebenen Stimmen wirken sich aus und deshalb gerechte Sitzverteilung
- Regierungskoalitionen sorgen für kontinuierliche Politik.

Nachteile

- Begünstigung großer Parteien, da Wählerstimmen für kleinere Parteien „verloren" gehen
- Kandidaten müssen Wähler mit Äußerlichkeiten beeinflussen, um Stimmenmehrheiten zu erzielen.
- neue Parteien fast chancenlos

- mögliche Aufspaltung des Parlaments in viele kleine Parteien (Parteienzersplitterung)
- schwierige Regierungsbildung meist mittels einer kleineren Partei oder mehreren
- Kandidaten brauchen keinen Wählerkontakt.

Zur **Landtagswahl** in Baden-Württemberg wird eine **modifizierte Mehrheitswahl** angewandt.

Bei der **Bundestagswahl** gilt eine **modifizierte Verhältniswahl** mit zwei Stimmen.

Zur **Europawahl** wird in Deutschland die **Verhältniswahl** angewandt.

Das Wahlsystem für Bundestagswahlen

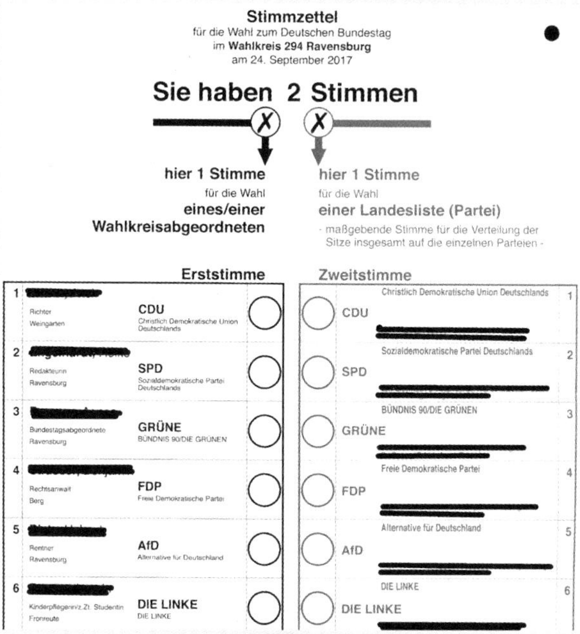

Seit der Bundestagswahl 2002 gibt es **598 Mandate** (= Abgeordnetensitze) als Regelfall.

Die Mandate werden unter die Wahlsieger wie folgt verteilt:

Jede/-r Wähler/-in hat zwei Stimmen:

Erststimme ←——→ **Zweit**stimme

Erststimme für eine/-n **Wahlkreisbewerber/-in**

In den **299** Wahlkreisen ist als **Direktkandidat** gewählt, wer die meisten Erststimmen erhält. (→ relative **Mehrheitswahl**)

Zweitstimme für die **Liste einer Partei** und die dort Aufgelisteten

Nach der Anzahl erhaltener Zweitstimmen werden 598 Sitze (Mandate) auf die Parteien proportional verteilt. (→ **Verhältniswahl**)
Jede Partei zieht von der so ermittelten Gesamtzahl der gewonnenen Sitze die Direktmandate ab, die restlichen **299** Sitze bekommen die weiteren **Kandidaten auf den Landeslisten.**

Über die **Gesamtzahl der Mandate** für eine Partei **entscheiden** folglich die **Zweitstimmen**.

Überhangmandate gab es bis zur Wahl 2009, wenn eine Partei in einem Bundesland mehr Direktmandate erhält, als ihr nach dem Anteil an Zweitstimmen insgesamt zustünden. Seit der Wahlrechtsänderung 2013 wird der Vorteil, den Parteien durch hohe Erststimmenanteile erzielen, durch Ausgleichsmandate beseitigt.
→ 2009: 24 Überhangmandate, sodass der 17. Deutsche Bundestag 622 Abgeordnete hat.
→ 2017: 46 Überhangmandate (43 CDU, 3 SPD) und 65 Ausgleichsmandate sorgen für die Übergröße des 19. Bundestages mit 709 Sitzen.

Jeder der Kandidaten brauchte vor Beginn des Wahlkampfes für seine Kandidatur die relative Mehrheit in einer Mitglieder- oder Delegiertenversammlung einer Partei im Wahlkreis oder für die günstige Platzierung auf der Landesliste einer Partei die Mehrheit bei Landesdelegiertenkonferenz oder gar Landesparteitag.

Bei den Wahlen können sich auch parteiunabhängige Kandidatinnen und Kandidaten bewerben, wenn sie 200 Unterschriften von Wahlberechtigten zur Unterstützung ihrer Kandidatur dem Wahlprüfungsausschuss vorlegen können. Ihre Wahlchancen sind aber minimal.

Wer darf das aktive Wahlrecht bei der Bundestagswahl ausüben?

- Wahlberechtigte: volljährige Bürger mit deutschem Pass
- Von rund 82 Mio. Einwohnern waren 2017 31,7 Mio. Frauen und 28,8 Mio. Männer wahlberechtigt, davon 3 Mio. erstmals wahlberechtigte junge Erwachsene.

Wie viele Bürger nutzen ihr Wahlrecht seit Bestehen der Bundesrepublik?

Wahlbeteiligung in % bei den **Bundestagswahlen**

Jahr	1949	1953–1983	1987	1990	1994	1998	2002	2005	2009	2013	2017
Zweitstimmen in %	78,5	Ø 88,3	84,3	77,8	79,1	82,3	79,1	77,7	**70,8**	71,5	76,2

- Wahlbeteiligung ist nach 1983 gesunken, 2009 am niedrigsten in der BRD-Geschichte
- Wahlbeteiligung bei **Landtagswahlen** in den 1980er-Jahren noch bei Ø 77 %, nach 2000 Ø 65 % → Wahlbeteiligung ist auch bei Landtagswahlen tendenziell gesunken!

Welche Bedeutung hat die Fünfprozentklausel?

Parteien, die weniger als 5 % der Zweitstimmen erreicht haben, erhalten keine Mandate aus der Auszählung von Zweitstimmen = Listenmandate!
Viele kleinere Parteien erzielten bei Bundestagswahlen zusammen meist bis zu 10 % aller abgegebenen gültigen Zweitstimmen, erhalten dafür aber keine Mandate.

So ergab sich die **Sitzverteilung** nach den letzten vier Bundestagswahlen:

	CDU/CSU	SPD	Grüne	FDP	Linke	AfD	∑ Mandate
2005	226	222	51	61	54	–	614
	35,2 %	*34,2 %*	*7,4 %*	*9,8 %*	*8,7 %*		
2009	239	146	68	93	76	–	622
	33,8 %	*23,0 %*	*10,7 %*	*14,6 %*	*11,9 %*		
2013	311	193	63	0	64	0	631
	41,5 %	*25,7 %*	*6,3 %*	*4,8 %*	*8,6 %*	*4,7 %*	
2017	246	153	67	80	69	94	709
	33,0 %	*20,5 %*	*8,9 %*	*10,7 %*	*9,2 %*	*12,6 %*	

Welche Vorteile bietet das Zwei-Stimmen-Bundestagswahlverfahren?

- Die Bedeutung der Erststimmen sorgt für nötigen **Kandidatenkontakt zum Wahlkreis.**
- Zweitstimmenanrechnung sorgt für **gerechte Sitzverteilung.**
- **5 %-Sperrklausel wirkt einer Parteienzersplitterung entgegen** (max. 6 Parteien im BT).
- **Stimmensplitting** kann vom Wähler bewusst eingesetzt werden, um Koalitionsregierungen zu unterstützen oder erst zu ermöglichen, z. B. bei Wahlen von 1983–1998 sowie 2009 Erststimme für CDU-Wahlkreisbewerber (in Bayern CSU), Zweitstimme für FDP-Liste.

Welche Nachteile hat die Fünfprozentklausel?

- Chancengleichheit für kleinere Parteien ist nicht gewährleistet.
- Das Wahlverhalten wird zulasten der kleinen Parteien beeinflusst, wenn potenzielle Wähler nicht an einen 5 %-Erfolg glauben.
- Wenn so viele Wählerstimmen wie 2013 nicht berücksichtigt werden, entspricht die Sitzverteilung nicht mehr dem Wählerwillen. (Schon bei einer Dreiprozentklausel wären die konservativen Parteien in der Mehrheit gewesen, weil 6 Mio. Stimmen zusätzlich gezählt hätten)

Warum sind Wahlkämpfe nötig?

Wahlkampf ist Kampf der Parteien um Wählerstimmen mit drei vorrangigen Zielen:
- eigene Stammwählerschaft zu mobilisieren, d. h. zur Stimmabgabe zu bewegen
- Wechselwähler zu gewinnen
- „Stammwählerschaft" des politischen Gegners zu verunsichern (→ dort mehr Nichtwähler)

Wahlkampf ist wegen gesunkener Wahlbeteiligung (Richtung 70 %) und geringerer Stimmenkonzentration auf die „Volksparteien" CDU/CSU + SPD (bei der Bundestagswahl 2017 zusammen unter 54 %!) in den vergangenen 20 Jahren für Parteien noch wichtiger geworden.

Wie viele Nicht-Wähler und „Vergeblich-Wähler" gab es bei der Bundestagswahl 2017?

46,9 Mio. Wähler	14,7 Mio. Nichtwähler
davon → 44,1 Mio. gültige + wirksame Zweitstimmen	
→ 0,5 Mio. ungültige Zweitstimmen → 2,3 Mio. unwirksame Zweitstimmen (wegen Fünfprozentklausel) ↓	14,7 Mio. „verschenkte" Stimmen ↓
17,5 Mio. Stimmen blieben ohne Wirkung auf die Zusammensetzung des Bundestages.	

Welche Motive können Nichtwähler haben?

- allgemeine Unzufriedenheit mit den etablierten Parteien (→ „Parteienverdrossenheit")
- politische Interesselosigkeit (oder gar „Ahnungslosigkeit")
- Bequemlichkeit
- Unzufriedenheit mit Wahlverfahren (Namen, Listen statt konkreter Programmpunkte-Wahl)
- Überzeugung, dass Wahlen nichts verändern (z. B. an Wirtschaftslage)
- unzureichende Übereinstimmung mit den aktuellen Parteiprogrammen (denn man ist nicht mit allen wichtigen politischen Forderungen der „Stamm-Partei" oder irgendeiner anderen Partei einverstanden)
- Glaube, dass der Wahlsieger im Voraus feststeht
- Protest (z. B. Ablehnung der Wahlkampfkostenerstattung)

Politische Willensäußerung durch Mitarbeit in Parteien

Welche zentrale **Rolle** übernehmen **Parteien** in unserer Demokratie?

Eine repräsentative parlamentarische Demokratie kann ohne Parteien nicht funktionieren. Parteien sind **politische Vereinigungen**, deren Mitglieder aufgrund **gleichgerichteter politischer Ideen und Interessen** Einfluss auf öffentliche Meinung und Staatsgestaltung anstreben. Ihre besondere Bedeutung ergibt sich aus dem Grundgesetz Artikel 21 sowie Parteiengesetz und Bundesverfassungsgerichtsurteilen.

Aufgaben der Parteien nach dem Parteiengesetz:

- **Einflussnahme** auf Gestaltung der **öffentlichen Meinung**
- politische Bildung anregen und vertiefen
- **aktive politische Teilnahme der Bürger fördern**
- Beteiligung mit Kandidaten an politischen **Wahlen**
- **Einflussnahme auf politische Entwicklung in Parlament und Regierung**
- Sorge für lebendige Verbindung zwischen Volk und Staatsorganen

Welche **Funktionen** haben die Parteien in der BRD wahrgenommen?

- Parteien haben **Programme** und beschließen (bei Parlamentsmehrheiten!) Gesetze → Angebot zur Orientierung und von **alternativen Handlungsmöglichkeiten!**
- Parteien **bündeln** die vielfältigen **Interessen,** sodass sie politisch wirksam werden.
- Parteien haben eine **Elitebildungsfunktion** (innerhalb der Parteien und für Wahlen).
- Parteien ermöglichen den Bürgern eine Teilnahme an der **politischen Willensbildung** und lassen über die Beteiligung an Wahlen dem Volk die Auswahl, wer berechtigt sein soll, den Staat bzw. die einzelnen Bundesländer zu regieren. Auf den Internetseiten der Parteien kann sich der politisch Interessierte schnell mit gewünschten Informationen versorgen.
  Der Wähler kann sich z. B. an Programmschwerpunkten der etablierten Parteien orientieren:
  - **CDU/CSU:** Stärkung der Privatentscheidungen in der sozialen Marktwirtschaft, erst an zweiter Stelle staatliche (Hilfs-)Leistungen
  - **FDP:** persönliche Freiheit und wirtschaftliche Selbstständigkeit
  - „**Grüne**" Parteien: radikaler Umweltschutz und Rüstungsabbau
  - **SPD:** soziale Gerechtigkeit durch staatliche Hilfen innerhalb der sozialen Marktwirtschaft

Welche Entscheidungen verdeutlichen die **Macht** der Parteien in Deutschland?

- **Auswahl der Kandidaten** bei Wahlen
- **Bildung von (Koalitions-)Regierungen, Wahl der Regierungschefs**
- Verteilung hoher politischer Ämter (je nach Wahlergebnis)
- **Umsetzung von Parteiprogrammen in praktische Politik**

- Wahl des Bundespräsidenten und der Bundesrichter
- Wahl von Rundfunkratsmitgliedern

Wie wird die **Demokratieförderung** durch die Parteien in Deutschland erreicht?

- **Gesetzliche** Sicherung:
  - **Parteien müssen nach GG, Art. 21 demokratisch aufgebaut sein:** demokratische Wahlen von Orts-, Kreis-, Landes- und Bundesvorstand
  - **Parteien, die** durch Programm oder Mitgliederverhalten die freiheitlich demokratische **Grundordnung gefährden**, sind **verfassungswidrig** und **können** auf Antrag (z. B. der Bundesregierung) **vom Bundesverfassungsgericht verboten werden.**
- **Freiwillige** Maßnahmen der Parteien zur Stärkung der innerparteilichen Demokratie:
  - Mitgliederbefragung zur Wahl des geeignetsten Kanzlerkandidaten aus der eigenen Partei
  - offene Mitgliederversammlungen zur Auswahl der Wahlkreiskandidaten
  - Mitgliederentscheide über Gesetzesvorhaben

Wie **finanzieren** die Parteien ihre Ausgaben?

- Parteien brauchen für die Erfüllung ihrer gesetzlich vorgeschriebenen Aufgaben (politische Bildungsarbeit, Wahlkampf) Geldmittel.
- **Einnahmequellen** sind: **Mitgliederbeiträge,** Vermögenserträge, Kredite, **Spenden** und **Staatsmittel:** 1,00 EUR für die ersten 4 Mio. Stimmen einer Partei bei Bundestags-, Landtags- und Europawahlen seit 2016, 0,70 EUR für weitere Wählerstimmen. Außerdem gibt es Zuschüsse in Höhe von 0,38 EUR je 1,00 EUR auf alle Privatspenden (Höhe max. 3.300,00 EUR pro Jahr und Person). Da die Spender Steuern sparen, bedeutet dieser Teil eine indirekte staatliche Finanzierung. Die Obergrenze direkter Staatszuschüsse legt der Bundestag fest, zzt. 190 Mio. EUR.

Zweck der staatlichen Mitfinanzierung (maximal erlaubt 50 % staatlicher Anteil): Mögliche Einflussnahme finanz- und spendenstarker Interessengruppen auf politische Entscheidung, v. a. auf Gesetzgebung soll verhindert werden.

Nachteile der staatlichen Förderung: Verschwendung von Steuergeldern, Benachteiligung von Parteineugründungen beim Wahlkampf (denn Staatsmittel gibt es erst ab Stimmenanteil von 0,5 % bei letzter Bundestagswahl oder Europawahl, 1 % bei Landtagswahl)

Politische Willensäußerung durch Mitgliedschaft und Mitarbeit in **Verbänden**

Welche **Rolle** spielen **Verbände** in unserer Demokratie?

- Verbände gehören nach Art. 9 GG zur demokratischen Gesellschaft. Ein Verband ist eine **Interessengruppe,** deren Mitglieder **gleiche Ziele** haben und diese in der Öffentlichkeit bekannt machen und vertreten. Verbände organisieren die Interessensvertretung.
- Vom Bundestag werden ca. 1.500 Interessengruppen registriert, die als **Lobby Einfluss auf das staatliche Handeln nehmen wollen** zum Nutzen ihrer Mitglieder.

Welche **Arten** von **Verbänden** sind in Deutschland aktiv?

Nach Bereichen des öffentlichen Lebens lassen sich unterscheiden:

- **ökonomische** Verbände (z. B. Bundesverband der Deutschen Industrie – BDI, Deutscher Gewerkschaftsbund – DGB)
- **soziale** Verbände (z. B. Wohlfahrtsverbände, Kriegsopferverband)
- **kulturelle** Verbände (z. B. Sportverbände, Kirchen, Automobilclubs)
- **ökologische** Verbände (z. B. Bund für Umwelt und Naturschutz)
- **politische** Verbände (z. B. staatsbürgerliche Vereinigungen)

Die Mitgliedschaft ist oft abhängig von bestimmten Voraussetzungen, z. B. Berufszugehörigkeit. Die Finanzierung erfolgt über die **Mitgliedsbeiträge**, z. T. auch Spenden.

Wie nehmen die Verbände Einfluss auf den politischen Willensbildungsprozess?

- **Meinung** der Verbandsmitglieder wird **öffentlich gemacht** durch **Pressekonferenzen** für die Massenmedien, **Kundgebungen** und **Demonstrationen**, Anzeigenkampagnen sowie Verbandszeitschriften
- **Information von Parlamentsmitgliedern und Verwaltungsorganen**, um Abhilfe für Probleme der Gruppenmitglieder zu erreichen
- **Stellungnahme im Anhörungsverfahren (Hearing) bei der Gesetzgebung**
- Bestreben, **Mitglieder in wichtige Parteifunktionen** und **Abgeordnetenpositionen** zu bringen
- Aufforderung an die Mitglieder, nur bestimmte Parteien zu wählen, welche die Verbandsinteressen vertreten („**Stimmenpakete**")
- Unterstützung bestimmter Parteien mit **Großspenden** (für Wahlkampf)

Die Verbände sind umso erfolgreicher, je mehr Mitglieder sie vertreten (z. B. ADAC 20 Mio., DGB 6 Mio. Mitglieder) und je unentbehrlicher als Informationslieferant sie durch ihr Fachwissen sind für die politischen Entscheider im Parlament und in der Verwaltung.

Gefährden Verbände die Demokratie?

- Verbände können so großen **Druck auf Verwaltung, Parlament und Regierung** ausüben, dass Parteien und Politiker in Abhängigkeit geraten.
- Wer eine starke **Lobby** hat, kann seine Gruppen-Sonderinteressen im Gesetzgebungsverfahren leichter durchsetzen und **schadet** damit **dem Gemeinwohl.**
- Benachteiligung von Minderheiten, sozialen Randgruppen und Bürgern ohne Lobby kann zu gesellschaftlichen Spannungen, politischem Radikalismus und in besonderen Situationen zu größeren Unruhen führen.

Politische Willensäußerung durch **Bürgerinitiativen**

Welche typischen Merkmale weisen Bürgerinitiativen auf?

- **Vereinigung von Bürgern** (formlos oder in Vereinsform)
- **spontane Entstehung,** meist wegen örtlich begrenzter Probleme
- **Selbsthilfeaktionen**, meist gegen eine unerwünschte staatliche Planung, Entscheidung (z. B. Straßenbau) oder aber Tatenlosigkeit von Behörden
- **Beeinflussung der öffentlichen Meinung** und möglicherweise der Willensbildung bei Politikern und anderen Entscheidungsträgern

Auf welchen Problemfeldern werden örtliche Bürgerinitiativen besonders häufig aktiv?

- **Umweltschutz** (z. B. Bau eines Atomkraftwerks, einer Mülldeponie)
- Stadtentwicklung (z. B. Bebauungsplan für einen Ortsteil)
- **Verkehr** (z. B. Bau einer Umgehungsstraße)
- Jugendfragen (z. B. Planung eines Jugendzentrums)

Die Aktivitäten werden medienwirksam begleitet durch

- Zeitungsanzeigen, Flugblätter, Demonstrationen,
- Briefe an Stadtratsfraktionen, Ausschüsse; Anträge an Stadtverwaltung; Unterschriftslisten.

Welche gesellschaftlichen Vorteile bringt die Arbeit der Bürgerinitiativen?

- **Probleme** mehrerer oder vieler Bürger, welche die Verwaltung nicht sieht oder wahrhaben will, werden **öffentlich gemacht.**
- **Vorgehensweise von Behörden wird kontrolliert.**
- Bürger haben Gelegenheit, vor Ort an einem demokratischen Willensbildungs- und Entscheidungsprozess mitzuwirken.

- **Einüben demokratischer Spielregeln** statt gewalttätiger Konfliktlösung
- „Mitarbeit" bei staatlichen Planungen sorgt für größere Akzeptanz der Entscheidungen bei den Bürgern.

Welche gesellschaftlichen Nachteile bringt die Arbeit der Bürgerinitiativen?

- Ziel ist oft nur das **Wohl eines relativ kleinen Personenkreises**, aber nicht das Gemeinwohl der großen Mehrheit.
- **Verzögerung oder Verhinderung überregional wichtiger Vorhaben** (z. B. Autobahn)
- Einflussmöglichkeiten für politische Extremisten
- Gefahr der **Frustration**, wenn Bürgerinitiativen ohne Erfolg bleiben (Folgen: politische Resignation, Wut auf vorhandene Staatsordnung)

Politische Willensäußerung durch **Demonstrationen**

- **Rechtsgrundlagen:**
  - Art. 5 GG: Freie Meinungsäußerung und Art. 8 GG: Versammlungsfreiheit
  - Gesetz über befriedete Bezirke für Verfassungsorgane (Bundestag, Bundesrat, Bundesverfassungsgericht)
- **Demonstrationsformen:**
  - **Kundgebungen, Versammlungen** auf öffentlichen Plätzen und in Gebäuden
  - **Demonstrations-Märsche** (auch mit Fahrzeugen wie Traktoren oder Lkws)
- **Einschränkungen des Demonstrationsrechts:**
  nur **Verbot gewalttätiger und nötigender Demonstrationen** gemäß Strafgesetzbuch, Gesetz über Versammlungen und Aufzüge, Straßenverkehrsordnung, Strafrecht (z. B. ein Paragraf zum Schutz der Würde von Opfern des Nationalsozialismus)

Welche Ziele werden mit Demonstrationen verfolgt?

- Aufmerksamkeit vor Ort und in den Medien erreichen
- **Öffentlichkeit auf** reale oder vermutete **Gefahren hinweisen** (z. B. Umweltgefährdungen)
- **Öffentlichkeit auf soziale Missstände hinweisen** (z. B. baldige Massenentlassungen, Schließungen von Firmen oder Bundeswehrstandorten)
- **Protest gegen politische Entscheidungen** (z. B. Landwirte gegen oder für „Milchquoten")
- Bekanntmachung der eigenen Forderungen (öffentlicher Druck auf Abgeordnete)

Politische Willensäußerung durch **Leserbriefe und offene Briefe**

- **Veröffentlichungsart:**
  - Viele Zeitungen und Zeitschriften haben extra eine Rubrik „Leserbriefe" eingerichtet.
  - Die Veröffentlichung von Leserbriefen ist allerdings nicht erzwingbar.
  - Kritische Briefe an Politiker werden gleichzeitig als Anzeigen oder Leserbriefe veröffentlicht.
  - Im Internet richten immer mehr Programmanbieter „Feedback-Ecken" ein.
- **Anlässe:**
  - Unzufriedenheit einzelner Bürger mit aktuellen politischen Entscheidungen oder Planungen
  - längerfristig ungelöste Probleme (z. B. Gesundheitsreform, Rentenfinanzierung)
  - aktuelle Berichte in den Massenmedien
- **Ziele:**
  - **Beeinflussung der öffentlichen Meinung** durch Bekanntgabe wichtiger **Informationen** sowie **Bewertung** des Verhaltens und der Entscheidungen **von bestimmten Personen oder Gruppen** und Einrichtungen (z. B. Behörden oder Wirtschaftsverbände)
  - Anregung zu öffentlichem **Meinungsaustausch**
  - **Beseitigung bekannt gewordener Missstände** aufgrund des öffentlichen Drucks

Politische Willensäußerung durch **Petitionen**

Art. 17 GG garantiert jedem Bürger das Recht, sich mit Bitten oder Beschwerden an Behörden oder die Parlamente zu wenden (z. B. auch über das Onlineportal des Bundestages).

Politische Willensäußerung durch **Abstimmungen des Volkes (Volksentscheide)**

- **Rechtsgrundlagen:**
  - Art. 20 Abs. 2 GG: „Alle Staatsgewalt geht vom Volke aus. Sie wird vom Volke in Wahlen und Abstimmungen [...] ausgeübt."
  - Verfassungen der Länder, z. B. Art. 60 der Landesverfassung Baden-Württemberg: „Bei der Volksabstimmung entscheidet die Mehrheit der abgegebenen gültigen Stimmen. Das Gesetz ist beschlossen, wenn mindestens ein Drittel der Stimmberechtigten zustimmt."
  - Gemeindeordnung der Länder, z. B. für B.-W.: Bürgerentscheide in B.-W. sind gültig, wenn mindestens 25 % aller Wahlberechtigten abstimmen.
- **Zweck:**
  Sachentscheidungen der gewählten Organe (z. B. Gemeinderat, Landtag)
  - verändern oder verhindern,
  - herbeiführen.
- **Reihenfolge der Willensäußerungen:**
  - Volksinitiative: Vorschlag an gewählte Organe zur Entscheidung bzw. Gesetzgebung
  - Volksbegehren: Zur Herbeiführung eines Volksentscheids wird die Zustimmung einer bestimmte Zahl von Wahlberechtigten benötigt (Quorum 1).
  - Volksentscheid: Abstimmungsberechtigte entscheiden über den Sachverhalt des Volksbegehrens bzw. eine Gesetzesänderung (Quorum 2 muss erfüllt sein.).
- **Beispiel für eine Abstimmung aus Baden-Württemberg:**
  - Landesregierung und Landtag von Baden-Württemberg lassen 2011 das Volk über einen Gesetzesvorschlag zum Ausstieg des Landes aus der Projektfinanzierung des Tiefbahnhofs Stuttgart 21 abstimmen.
  - Wahlbeteiligung 3,68 Mio. = 48,3 % (zum Vgl.: Landtagswahl 2011, 66,3 %)
  - Für den Ausstieg stimmten 1,5 Mio. statt der nötigen 2,5 Mio. Bürger.
  - Die Landesregierung muss seither die Umsetzung des Projekts (kritisch) begleiten.
  - Erkenntnis: Die Protestbewegung gegen Stuttgart 21 (bis 2011) hat offensichtlich nicht den Mehrheitswillen der Bürger repräsentiert.
- **Volksentscheidungen auf Bundesebene:**
  - Das Grundgesetz erlaubt seit 1949 bzw. 1990 nur Volksabstimmungen für die Neugliederung des Bundesgebietes.
  - Eine große Mehrheit der Bürger und der Parteien befürwortet eine Änderung des GG.
  - 2002 fand sich zwar eine einfache, aber keine Zweidrittelmehrheit im Bundestag dafür.
- **Argumente pro Volksentscheid, auch auf Bundesebene:**
  - Im Gegensatz zur Stimmabgabe bei Wahlen alle vier oder fünf Jahre kann bei Sachthemen die Meinung differenziert zum Ausdruck gebracht werden.
  - Die Vorbereitung führt zu besserer Information und aufklärend wirkenden Diskussionen.
  - Langfristig wirkende Entscheidungen brauchen eine breitere Willensbasis als eine Bundestagsmehrheit.
  - Bürger identifizieren sich stärker mit Staat und Politik, wenn sie etwas direkt bewegen können. Politik- und Parteienverdrossenheit kann dadurch abgebaut werden.
  - Die Akzeptanz politischer Entscheidungen steigt.

- **Argumente kontra Volksentscheid, auch auf Bundesebene:**
  - Volksentscheide sind verglichen mit repräsentativen Entscheidungen zeitaufwendiger und mit höheren Kosten verbunden.
  - Demagogiegefahr: Stimmungsmache gegen Minderheiten ist grundsätzlich möglich.
  - Komplexe Themen überfordern evtl. die breite Mehrheit aufgrund des hohen Informationsaufwands.
  - Die Beteiligung an Abstimmungen variiert nach Bildung, Alter und sozialer Integration, ist also genauso wenig repräsentativ wie die Zusammensetzung der Parlamente.
  - Einfache Ja/Nein-Abstimmungen, von Regierungsseite initiiert, führen häufig entweder zu „Abstrafungen" der Regierenden anstelle der notwendigen Sachentscheidung oder sie sind reine Akklamationsveranstaltungen.
- **Voraussetzungen für sinnvolle Volksentscheide:**
  - Die Verfassungsgemäßheit wird vorab vom höchsten zuständigen Gericht geprüft.
  - ausreichende Fristen für das Sammeln der Unterschriften zum Volksbegehren
  - ausgewogene, sachliche Informationen sowie Bewertung der Pro- und Kontra-Seiten
  - Im „Abstimmungswahlkampf" können Parteien, Verbände, Bürgerinitiativen u. a. sich positionieren und für ihre Position werben.
  - Die Kommunikation zwischen Gewählten und Wählerschaft wird gefördert und es können statt einfacher Ja/Nein-Entscheidungen auch Alternativ-Vorlagen entstehen.
  - Die „direkte Demokratie" ergänzt die Parlamentsarbeit, da Volksentscheide, die auf ein Volksbegehren folgen, nur bei besonders wichtigen Themen und relativ selten eingesetzt werden.

2.1.5 Herausforderung Umwelt- und Energiepolitik

Stofftelegramm

Was mutet das reichste Menschheitszehntel der Umwelt auf diesem Globus zu?

Geschätzte Daten: Pro Sekunde blasen wir rund 1.000 Tonnen Treibhausgase in die Luft, lassen den Waldbestand der Erde um 3.000 km^2 schrumpfen, lassen 1.000 Tonnen Erdreich abtragen oder wegschwemmen; so sterben pro Tag mindestens zehn Tier- oder Pflanzenarten.

Was ist Ökologie?

→ Lehre von der **Umwelt** = Erde (Boden), Wasser, Luft, Lebewesen in ihren vielfältigen Wechselbeziehungen

→ **Umweltgefährdung** und -**verschmutzung** = **Störung des ökologischen Gleichgewichts** mit erkennbaren **Folgen**: Beeinträchtigung der Lebensprozesse bei Menschen, Tieren und Pflanzen durch **Krankheiten** (z. B. „Waldsterben"!) oder **Ausrottung**.

Welche Ursachen gibt es für die Umweltzerstörung?

→ Umwelt ist Grundlage für alle Produktion, aber natürliche Ökokreisläufe werden zerstört durch die Wünsche vieler Menschen nach immer größerem materiellen **Wohlstand**, durch ständiges Streben nach Neuerungen („Wegwerfgesellschaft") und deshalb **Steigerung** der **Güterproduktion** (des Bruttoinlandsprodukts) und des **Energieverbrauchs**.

→ Mengensteigerung bei Produktion und Konsum verhindert durch die **Abgase**, **Abwässer**, **Abfälle und Müllablagerungen** (darunter viele giftige, biologisch nicht abbaubare Chemikalien) die Regeneration der Natur.

Welche Umweltverschmutzergruppen gibt es?

- private **Haushalte** (v. a. Heizungs- und Pkw-Abgase → Luftverschmutzung)
- **Industrie**betriebe (z. B. Störfälle bei Chemikalienproduktion → Luft- und Wasserbelastung)
- **Transport**betriebe (z. B. Öltransport per Schiff und Lkw → Wasser- und Bodenverschmutzung)
- **Landwirtschaft** (z. B. Überdüngung der Böden wegen Massentierhaltung)
- **Kraftwerke** (z. B. Kohlekraftwerke ohne neue Filtertechnologie → Luftverschmutzung)
- **Mülldeponien** (Sickerwässer aus unerkannt gelagertem Giftmüll → Grundwasserschäden)

Gefährdete Umweltfaktoren	Hauptursachen für Umweltschäden und → *Folgen*
• **Ruhe** in der Natur, am Wohn- und Arbeitsort	ständig zunehmender Straßen- und Luftverkehr → *Gesundheitsstörungen durch Lärmbelästigung*
• **Klima** (Atmosphäre)	**Treibhauseffekt** durch Abgase wie CO_2 (durch Verbrennung von Kohle, Öl, Gas [Deutschland ist fünftgrößter Energieverbraucher in der Welt]), Methan, Ozon, N_2O, FCKW → *Ansteigen des Meeresspiegels, Verschiebung der Klimazonen, Artensterben, Zunahme von Überschwemmungen und Wirbelstürmen, andererseits in südlichen Ländern Ausbreitung der Wüsten → Millionen „Umweltflüchtlinge“*
• **Ozonschicht** in der Stratosphäre	FCKW (Fluorchlorkohlenwasserstoffe), aus Spraydosen, Schaumstoffen, Kühlschränken, Klimaanlagen freigesetzt → *Pflanzenschädigung und Hautkrebs durch UV-Strahlung*
• **Luft**	Belastung durch giftigen Staub und Ruß, Schwefeldioxid, Stickoxide, Kohlenwasserstoffe, Ozon in der Atemluft → *Smog; Atemwegserkrankungen, Krebs und andere Krankheiten*
• **Wasser**	Organische und anorganische Abwässer mit Schwermetallen: Zink, Kupfer, Blei, Quecksilber, Cadmium, Phosphate; Mineralöle; Überwärmung der Gewässer durch Kühlwasser; Sickerwasser aus Mülldeponien; Übersäuerung → *Grund- und Trinkwasserbelastung, Fischsterben, steigende Radioaktivität*
• **Boden**	Bodenvergiftung durch Überdüngung, Herbizide, Pestizide, Schwermetalle und „Sauren Regen“; „Altlasten“ aus Giftmüllablagerungen auf ungesicherten Deponien und früheren Fabrikstandorten; Humusvernichtung und Bodenerosion durch Abholzung und Asphaltierung/Betonierung → *Pflanzensterben („Waldsterben“)*

Umweltbewusstsein

- Ertragreicher Boden, gesunde Luft und sauberes Trinkwasser sind nicht mehr überall ausreichend verfügbar. Kurzfristige Umweltkatastrophen und langfristige Umweltschädigungen (wie die Klimaerwärmung) nehmen zu.

- Knapper werdende Ressourcen erhöhen den „Gesunde-Umwelt-Wert".
- Die **ökologisch verträgliche,** die Umwelt schonende **Produktion wird** langfristig **zur einzig verantwortbaren Produktionsweise – ökonomisch.**

Entwicklung von Bruttoinlandsprodukt und Lebensqualität bei unökologischer Wirtschaftsweise

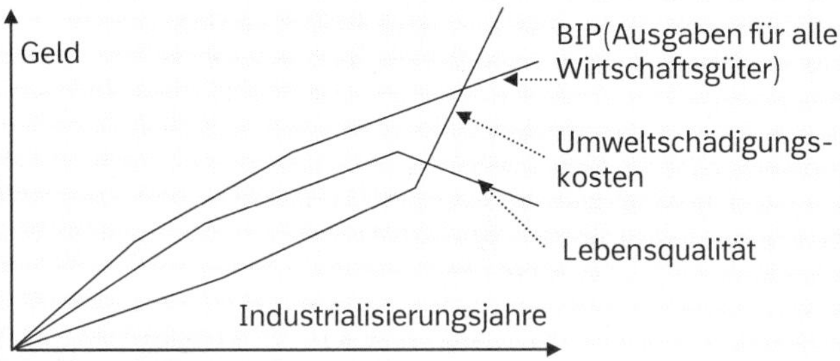

Begründung für ökologisch-ökonomisches Handeln

- **Wirtschaftlich:** Die jährlichen Umweltschäden (nötige „Reparaturen" und Wertverlust an Produkten und Natur) allein in Deutschland werden auf 150 Mrd. EUR geschätzt, aber die realen Umweltschutzausgaben liegen bei max. 1,5 % vom Bruttoinlandsprodukt ≅ 30 Mrd. EUR p. a.
- **Ethisch:** Ohne wirksame Umweltpolitik ist Überlebensfähigkeit der Menschheit bedroht.

Welche ökologischen Ziele gibt es?

- Erhaltung einer möglichst großen Vielfalt von Pflanzen und Tieren (z. B. durch Biotope, Nationalparks, Verbot giftiger Stoffe)
- Verminderung aller Arten von Umweltbelastung und -verschmutzung
- Verringerung klimaschädlichen Energieverbrauchs (v. a. Reduktion von CO_2)
- Zurückgewinnung neuer Rohstoffe aus Abfallstoffen (Recycling)
- Verminderung und Verhinderung von (Gift-)Müllexport

Mit welchen Maßnahmen kann der Staat die ökologischen Ziele verfolgen?

Wenn Umwelt-Verschmutzer nicht zu identifizieren sind und zur Risikovorsorge wird gehandelt nach dem **Gemeinlastprinzip:**

- Schaffung von **Entsorgungseinrichtungen** (z. B. Recycling-Anlagen)
- **Beseitigung der Schäden** (z. B. Reparatur von öffentlichen Gebäuden, Bau und Verbesserung von Klärwerken zur Trinkwasseraufbereitung, Bodenrekultivierung)
- **Finanzierungsanreize** für umweltschonende Investitionen (Zuschüsse oder Steuerrückerstattung, z. B. für neue Heizungsanlagen, Photovoltaik)
- staatliche (geförderte) Umweltforschung, Informations- und Beratungsleistungen

Wenn Umweltverschmutzer – Unternehmen oder Privatleute – zu identifizieren sind, greift das **Verursacherprinzip:**

- **Gebote** für Unternehmen und Privathaushalte (Vorschriften über Einsatz von Schadstoffbeseitigungstechniken wie Entschwefelungsanlagen, Katalysatoren)
- **Verbote** für stark umweltbelastende Produktionsverfahren, bei Nichtbeachtung **Bußgelder**
- Steuern auf Energieverbrauch (z. B. Mineralölsteuer)
- **Abgabenerhöhung** für Müllproduzenten (z. B. Gebühren für Rücknahme und Verwertung von Kunststoffverpackungen: → Duales System „Der Grüne Punkt")
- **Abgabenzwang** für Schadstoffproduktion oder anfallenden „Sondermüll" (z. B. Abwasserabgabe für Einleitung von Phosphor, Stickstoff)

Seit der UN-Konferenz 1992 in Rio de Janeiro mit der **Agenda 21** für das 21. Jahrhundert soll Politik ausgerichtet werden auf „nachhaltige Entwicklung" (= **sustainable development**):
→ Ressourcenverbrauch nur entsprechend der Leistungsfähigkeit der Natur
→ Umweltschutz soll aber auch wirtschaftlich und sozial verträglich sein.

Wer kann beim Umweltschutz durch Gesetze und Taten handeln?

Handlungsmöglichkeiten	
Bund	Bundesumweltgesetzgebung: **Abfall**gesetz, **Abwasser**abgabengesetz, Bundes**immission**sschutzgesetz, **Umwelthaftung**sgesetz, Gesetz zur **Umweltverträglichkeitsprüfung**, **Umweltstrafrecht**, **Verpackungsverordnungen, Ökosteuer ...**
Länder	Landesrecht: Landeswassergesetz, Smogverordnung ...
Landkreise	Organisation von Müllabfuhr, Mülldeponien, Recycling ...
Unternehmen	umweltgerechte Produktentwicklung, Energieeffizienz, Öko-Audits ...
Bürger	• **sparsam Energie verbrauchen** (beim Autofahren, Heizen, Waschen ...) • **umweltbewusst einkaufen** (Mehrwegprodukte, Nachfüllpackungen, Produkte mit „Umweltengel", aus Recyclingstoffen, ohne Verpackung ...) • **Hausmüll trennen** in kompostierfähigen Abfall sowie recyclingfähige Wertstoffe (Glas, Metall ...) und Sondermüll • **sich umweltpolitisch** innerhalb und außerhalb von Parteien **engagieren**

Vor welchen Problemen steht die Energie-Politik?

- In den vergangenen Jahrzehnten ist der Verbrauch der fossilen Energieträger Kohle, Erdöl, Erdgas weltweit (v. a. in China, Indien) immer stärker gestiegen (85 % des Energieverbrauchs).
- Extreme Preisschwankungen bei Rohöl sind nicht vorherseh- oder kalkulierbar.
- In den vergangenen Jahrzehnten wurde in den Industriestaaten im Hinblick auf Rohstoff- und Energieverbrauch zwar effizienter gewirtschaftet, aber die absoluten jährlichen Umweltbelastungen, speziell die CO_2-Emissionen, nahmen – weltweit – zu.
- Die globalen Vorräte an fossiler Energie reichen voraussichtlich nur noch Jahrzehnte: Erdöl 45 Jahre, Erdgas 65 Jahre, Steinkohle 175 Jahre.
- Ziele: Primärenergieverbrauch in Deutschland soll möglichst stetig sinken. Die „Energiewende"-Politik der Regierung soll unabhängiger von Öl- und Gasimporten machen und das Abschalten aller Atomkraftwerke bis 2022 ermöglichen.
- Energieträger-Bedeutung in Deutschland (ca.-Werte für das Jahr 2017):

Mineralöl	Erdgas	Steinkohle	Braunkohle	Atomenergie	Erneuerbare
35 %	24 %	11 %	11 %	6 %	13 %

- Alternative, erneuerbare Energie (v. a. Solar, Wind) soll weiter ausgebaut werden, um im Jahr 2050 mind. 80 % des Stroms erzeugen zu können (Wert im Jahr 2017: 36 %).

Magisches Energie-Viereck als Aufgabenstellung für Politik und Wirtschaft:

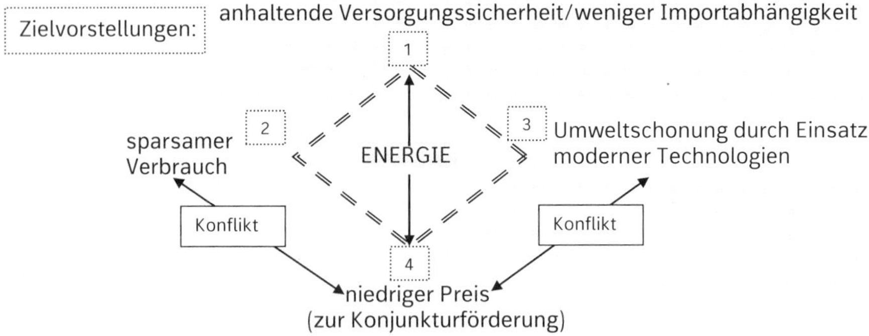

Welches (kaum noch erreichbare) Klimaschutz-Ziel hat Deutschland für das Jahr 2020?

Einsparung von mindestens 20 % der 2006 ausgestoßenen Treibhausgase, v. a. des CO_2 durch
- Ausbau erneuerbarer Energien für Strom und Wärme
- Energieeinsparung in Gebäuden
- Reduzierung der Abgase im Straßenverkehr
- Ausbau der Kraft-Wärme-Kopplung

Auswirkungen der Umweltschutzpolitik auf Arbeitsplätze in Deutschland

Jobkiller-Wirkung

- Umweltkostenintensive Branchen wie Energieversorgung, Mineralölverarbeitung, Chemische Industrie, Eisenschaffende Industrie stehen vor dem Problem, dass ihre Produktionskosten durch staatlich vorgeschriebene Umweltschutzmaßnahmen/Abgaben (z. B. für Abwasser) höher sind als in den meisten anderen Staaten – v. a. außerhalb der Europäischen Union.
- Wenn die Kosten nicht durch entsprechend höhere Preise beim Verkauf der Produkte aufgefangen werden können, weil der internationale Wettbewerb dies verhindert, droht **Produktionsverlagerung** ins Ausland, weil die Betriebe dort i. d. R. geringeren umwelttechnischen Standard aufweisen und die Produktion weniger kostet, mehr Gewinn bringt.

Jobknüller-Wirkung

- Umweltschonende Produkte werden vermehrt nachgefragt.
- Die Umweltpolitik hat Innovationsprozesse bei der Produktion ausgelöst, sodass die international modernste Technik in den umweltintensiven Branchen angewendet wird.
- Deutsche Hersteller von Umweltschutzgütern exportieren jährlich Technologie (z. B. Windkraft- und Solartechnik) im Wert von zig Mrd. Euro und sind mit rund 20 % Welthandelsanteil an der Weltspitze.
- Durch Umweltschutz sind mind. 1,5 Mio. Arbeitsplätze entstanden, z. B. bei den Herstellern von Umweltschutzgütern wie Katalysatoren, Abwasser- und Abfalltechnik, Messgeräten. Außerdem gibt es Arbeitsplätze im Dienstleistungsbereich, z. B. Photovoltaik-Montagen.
- Zukunftsmarkt Umweltschutz-Technologie: Jährliche Wachstumsraten bis zu 8 % sind möglich.

2.1.6 Freiheitlich-demokratische Grundordnung

Stofftelegramm

Welche Prinzipien sind unverzichtbar für die **freiheitlich-demokratische Grundordnung?**

Demokratie
- Volkssouveränität mit freien Wahlen und Abstimmungen
- Mehrparteiensystem
- Chancengleichheit für alle demokratischen Parteien
- Opposition in den Parlamenten als Korrektiv zur Regierung

Rechtsstaat
- Schutz der Grundrechte
- Bindung des Gesetzgebers an die Verfassung und Bindung der Verwaltung an die Gesetze
- Unabhängigkeit der Gerichte
- Verantwortlichkeit der Regierung gegenüber dem Parlament
- Verpflichtung auf den Sozialstaat

Gewaltenteilung
- Exekutive (Regierung)
- Legislative (Parlament) → Herrschaftskontrolle
- Judikative (Rechtsprechung) → Herrschaftskontrolle

Föderalstaat
- Deutschland besteht aus Bundesländern, deren Gebiet und Anzahl nur durch Volksabstimmung geändert werden kann.
- Länder wirken an Bundesgesetzgebung mit.
- Bei verfassungsändernden Gesetzen muss der **Wortlaut** des **Grundgesetzes** ausdrücklich geändert oder ergänzt werden (→ Veränderungen müssen sichtbar werden).
- Voraussetzung: **Zweidrittelmehrheit** der **Bundestags**- und **Bundesrats**mitglieder
  → **Nicht geändert** werden dürfen: Gliederung der Bundesrepublik in Länder, grundsätzliche **Mitwirkung der Länder** bei der Bundesgesetzgebung, die in **Art. 1** und **20 GG** festgelegten Grundsätze

Warum ist 1990 die **Präambel** (die Zielangabe) des Grundgesetzes geändert worden?

- 23.05.1949: nur Geltung für die westdeutschen Länder inkl. West-Berlin = „alte“ BRD
- 03.10.1990: jetzt Geltung für das gesamte deutsche Volk in 16 Bundesländern, nachdem die Einheit Deutschlands als wiederhergestellt/vollendet gilt

Aufgaben

1. Nennen Sie drei Arten von Interessengruppen, die typisch für unsere pluralistische Gesellschaft sind, und geben Sie für jede Art den Namen einer (Ihnen bekannten) einzelnen Gruppe an.
2. Nennen Sie vier Möglichkeiten, wie Bürger ihren politischen Willen äußern können.
3. Nennen Sie drei wichtige Aufgaben, welche die Parteien wahrnehmen.
4. Welches sind die wichtigsten „Quellen", aus denen die Parteien ihre Arbeit finanzieren?
5. Welchen Zweck hat die 1953 eingeführte Fünfprozentklausel?
6. Beschreiben Sie vier Möglichkeiten, wie Sie als Wähler Ihre Wahlentscheidung vorbereiten können.
7. Welches Wahlsystem gilt für die Bundestagswahlen, und welche Nachteile der Mehrheitswahl werden dadurch vermieden?
8. Welche staatliche Einrichtung entscheidet über das Verbot einer Partei?
9. Zeigen Sie an vier Merkmalen, wie sich Bürgerinitiativen von Parteien unterscheiden.
10. Warum engagieren sich mehr Bürger in Bürgerinitiativen als in Parteien?
11. Zählen Sie vier Methoden auf, mit denen Verbände versuchen, politischen Einfluss zu gewinnen.
12. Warum sind für das Funktionieren eines demokratischen Staates mehrere Parteien nötig?
13. Welche politischen Grundrichtungen sind zurzeit in den meisten europäischen Nationalstaaten und im Europa-Parlament vertreten?
14. Geben Sie drei Voraussetzungen für die Durchführung öffentlicher Demonstrationen an.
15. Welchen Zweck hat die staatliche Gewaltenteilung?
16. Was versteht man unter horizontaler und was unter vertikaler Gewaltenteilung?
17. Nennen Sie die drei grundlegenden Funktionen des Bundestages.
18. Ist ein Bundestag ohne eine Opposition denkbar?
19. Welche Rolle spielen Fraktionen und Arbeitskreise bei der Gesetzgebung?
20. Warum ist das Plenum bei Bundestagsdebatten oft schlecht besetzt?
21. Was versteht man unter dem „imperativen Mandat"?
22. Welchen Konflikt kann es für Bundestagsabgeordnete bei Abstimmungen geben?
23. Im Bundestag und Bundesrat gibt es das „Zitierrecht". Was bedeutet es und welchem Zweck dient es?
24. Der Bundesrat wird manchmal als „Länderparlament" bezeichnet. Ist diese Bezeichnung gerechtfertigt?
25. Welche Bedeutung haben Änderungen der Mehrheitsverhältnisse im Bundesrat?
26. Warum darf der Bundesrat bei EU-Vorhaben ein größeres Mitspracherecht beanspruchen?

27. In den 14 Jahren der Weimarer Republik gab es insgesamt 20 Regierungen, in der Bundesrepublik dagegen genau so viele in 68 Jahren. Worauf ist die politische Stabilität seit 1949 zurückzuführen?
28. Woran kann man erkennen, dass die BRD ein föderativer Staat ist?
29. Beschreiben Sie die gegenseitige Machtkontrolle der Bundesorgane.
30. Formulieren Sie je zwei Argumente, die für und gegen Volksentscheide sprechen.
31. Nehmen Sie Stellung zu der Behauptung „Umweltverschmutzung ist eine Folge der Industrialisierung".
32. Geben Sie je zwei Beispiele, wie Staat, Unternehmen und Bürger zum Umweltschutz beitragen können.
33. Welche Ziele und Zielkonflikte gibt es in der Energie- und Umweltpolitik der nächsten Jahre bzw. Jahrzehnte?
34. Welche Bedeutung kann die „Energieknappheit" für politische Entscheidungen haben?

2.2 Entwicklung der Demokratie in Deutschland und ihre Gefährdungen

2.2.1 Vorgeschichte der Teilung Deutschlands

Stofftelegramm

Vorgeschichte der nationalsozialistischen Diktatur

Belastungen der Weimarer Republik (1919–1933) als Fundament des NS-Staates
- Kapitulation nach vier Jahren Krieg, Ende des „imperialen" Kaiserreichs (1871–1918)
- Demütigung durch Friedensvertrag von Versailles
- Anfälligkeit der demokratischen **Weimarer Verfassung** für diktatorischen Missbrauch:

Verfassungsregelung	Auswirkung
Reichspräsident mit zu viel **Macht:**	
Wahl für 7 Jahre durch das Volk	Monarchist und Militarist Hindenburg 1925 und 1932 gewählt (als nationale Symbolfigur: „Ersatzkaiser")
eigenmächtige Ernennung und Entlassung des Reichskanzlers	Kanzlerschaft von Launen und Ratgebern des Reichspräsidenten abhängig
eigenes Recht der **Parlamentsauflösung**	häufige Auflösung des Reichstages, Lahmlegung der Parlamentsarbeit
Ausrufung des Ausnahmezustands → **Notverordnungsrecht**	Regierung ohne parlamentarische Kontrolle, Außerkraftsetzung von Grundrechten
Oberbefehl über Reichswehr	Zusammenarbeit mit dem Militär gegen Parlament und Regierung
Reichstag und **Reichsregierung**	
reines **Verhältniswahl**system	Parteienzersplitterung (bis zu 39 Parteien) verhindert stabile Koalitionen; Regierungen ohne Parlamentsmehrheit

einfaches Misstrauensvotum	häufiger Sturz von Ministern und Kanzlern → 20 Regierungen in 14 Jahren
Grundrechtsveränderung	
Verfassungsänderung leicht möglich	demokratische Verfassung stückweise beseitigbar, Übergang zur Diktatur unauffällig (1933 Hitlers Ermächtigungsgesetz!)
Verbot von Organisationen nur bei Verstoß gegen Strafgesetze möglich	Bekämpfung der Demokratie durch die Rechtsextremen und Linksextremen

Die nationalsozialistische Diktatur – Hitlers „III. Reich“ 1933–1945

Wie schnell errichtete Hitler die **NS-Diktatur**?

Hitlers Ziele waren:

- Ausschaltung konkurrierender politischer Meinungen, Parteien und Staatsorgane
- Gleichschaltung durch **totale Erfassung** der privaten, beruflichen und politischen Lebensbereiche **aller Menschen**

Diese **Gleichschaltung** führte er konsequent nach dem 30.01.1933 als Reichskanzler durch.

1933

- **„Reichstagsbrandverordnung“: Grundrechte** werden **beseitigt**, NSDAP kann willkürlich gegen jeden politischen Gegner vorgehen und die bevorstehende Reichstagswahl zu ihren Gunsten beeinflussen.
- **„Gesetz zur Gleichschaltung der Länder** mit dem Reich“: Anstelle der gewählten Regierungen treten „Reichsstatthalter“. Bald darauf **Beseitigung der Länderparlamente!**
- „**Ermächtigungsgesetz**“: Reichsregierung, d. h. **Hitler,** wird **ermächtigt, Gesetze ohne Zustimmung des Parlaments** (Reichstags) zu erlassen, **Gewaltenteilung** in Exekutive (= ausführende Gewalt) und Legislative (= gesetzgebende Gewalt) ist damit **aufgehoben;** Gesetze können außerdem von der Reichsverfassung abweichen.
- **Verbot von Gewerkschaften**, Zusammenfassung von Berufsgruppen in NS-Berufsverbänden (z. B. „Arbeitsfront“, Bauern im „Reichsnährstand“)
- **Verbot** der Arbeiterparteien **KPD** und **SPD**, anschließend erfolgt unter massiver Drohung „**Selbstauflösung**“ der übrigen **Konkurrenzparteien.**
- „**Gesetz gegen die Neubildung von Parteien**“ → Einparteienherrschaft
- „Gesetz zur Sicherung der Einheit von Partei und Staat“ **→ NSDAP** wird **Staatsorgan!**

1934

- „Gesetz über die Maßnahmen der **Staatsnotwehr**“: **Ermordung politischer Gegner** (und auch bisheriger „Kameraden“ wie SA-Führer Ernst Röhm und langjähriger Freunde) **wird nachträglich für rechtmäßig erklärt** – wegen angeblicher „Röhm-Putsch“-Gefahr.
- „Gesetz über das Staatsoberhaupt“: **Befugnisse des Reichspräsidenten gehen** mit dem Tod Hindenburgs **auf Hitler über**, er wird damit auch **Oberbefehlshaber** der Reichswehr.
- **Vereidigung der Wehrmacht auf Hitler persönlich** mit der Verpflichtung, Hitler bedingungslosen Gehorsam zu leisten

- Die Gerichte müssen sich bei Urteilen an „Anordnungen des Führers“ orientieren, ein **„Volksgerichtshof“ wird politisches Sondergericht.**

⇨ In $1\frac{1}{2}$ Jahren hat Hitler die Demokratie der Weimarer Republik vernichtet!

Deutschland am Ende – 1945, Chance zum Neubeginn

Wie sah das Ende des II. Weltkrieges für Deutschland aus?

- **Deutschlands Städte** sind durch Bomben der Alliierten **zerstört.**
- Truppen von **USA, GB** und **F besetzen** von Westen aus, die **UdSSR** von Osten aus Deutschland. (Die Rote Armee hatte bei ihrem Vormarsch Ostdeutschland und Polen militärisch besetzt und unter sowjetische Verwaltung genommen. Schon 1943 hatten sich die Alliierten darauf geeinigt, dass **Stalins** Beanspruchung ostpolnischer Gebiete durch eine „Westverschiebung Polens“ auf Kosten Deutschlands ausgeglichen werden sollte.)
- Bedingungslose **Kapitulation der deutschen Wehrmacht am 08.05.1945** und damit auch **Ende der deutschen Staatsgewalt:**
  - **totale Macht für** Militärregierungen (Oberbefehlshaber) der vier Besatzungsmächte
  - „Alliierter Kontrollrat“ für die Kontrolle ganz Deutschlands
  - „Alliierte Kommandantur“ für die Verwaltung von Groß-Berlin

Welche Beschlüsse fasste die **Potsdamer Konferenz** im Sommer 1945?

- **Hauptziel der Siegermächte:**
  - Sicherung des Weltfriedens durch langfristige Entmachtung Deutschlands
  - dauerhafte Beseitigung der nationalsozialistischen Ideologie

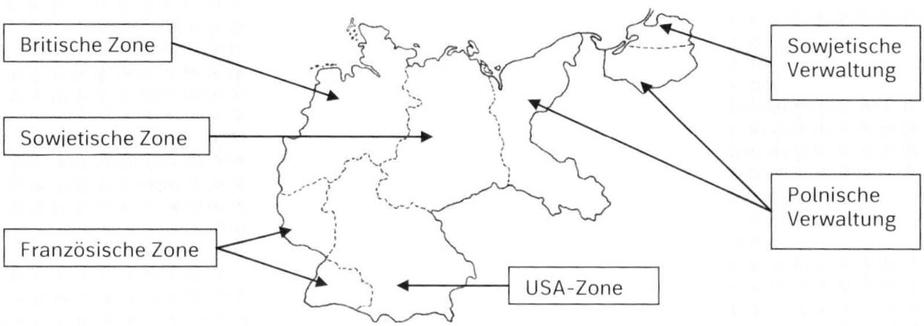

- **Vereinbarungen:**
  - Gebietsabtretungen: Ostpreußen + Königsberg an UdSSR; Ostdeutschland bis zur Oder-Neiße-Linie an Polen (eigenmächtige Besetzung von UdSSR/Stalin im Voraus durchgeführt)
  - Ausweisung der Deutschen aus Polen, Tschechoslowakei, Ungarn
  - Dezentralisierung = Bestätigung der Aufteilung Deutschlands in **vier** Besatzungszonen (auch extra für Berlin) mit getrennter Regierungsgewalt sowie Dezentralisierung der Wirtschaft
  - Demilitarisierung = Vernichtung bzw. Abtransport aller deutschen Kriegswaffen
  - Denazifizierung = Beseitigung aller nationalsozialistischen Organisationen, Aufklärung von NS-Verbrechen, Verurteilung der Kriegsverbrecher
  - Demontage = Abbau von Industrieanlagen als Reparationen für Kriegsschäden: UdSSR v. a. aus der Sowjetischen Besatzungszone („SBZ“)
  - Demokratisierung = Wiederaufbau deutscher Selbstverwaltungsorgane (zuerst Behörden) auf demokratischer Grundlage mit demokratischen Parteien (nach sowjetischer Vorstellung allerdings → Führung durch eine kommunistische Partei)

Vor welchen **Problemen** standen die Deutschen seit dem Frühjahr 1945?

- Mindestens 6 Mio. Wohnungen waren zerstört, aber **12 Mio. Vertriebene und geflüchtete Menschen** aus den „abgetretenen" Ost-Gebieten mussten untergebracht werden.
- Großteil der Industrieanlagen und des Transportwesens war zerstört.
- **Millionen Deutsche waren vom Hungertod und/oder Erfrieren bedroht.**
- **Schwarzmarkt** mit „Zigarettenwährung" statt **wertloser Reichsmark**

Welche verschiedenartigen Ziele hatten die vier **Besatzungsmächte?**

- **Frankreich:** v. a. zukünftige Sicherheit vor deutscher Bedrohung, Zerstückelung Deutschlands, deshalb auch Abtrennung des Saarlands (wegen Kohle und Stahlindustrie)
- **England:** Stopp des sowjetischen Expansionsdrangs, keine wirtschaftliche Vernichtung Deutschlands
- **USA:** erst Morgenthau-Plan zur Umwandlung Dtlds. in ein Agrarland, ab 1946 aber Plan zum wirtschaftlichen Wiederaufbau Deutschlands, und zwar als Prellbock gegen das sowjetische Expansionsstreben (Aufbau von „Satellitenstaaten" in Osteuropa und Südosteuropa)
- **UdSSR:** Ausplünderung der SBZ, Erweiterung ihres Einflussbereichs

2.2.2 Besatzungspolitik 1945–1949, Entstehung von BRD und DDR

Stofftelegramm

Westliche Besatzungszonen	Ostzone (SBZ)
1945	
• Zulassung antifaschistischer Parteien zur Demokratisierung in ganz Deutschland:	
SPD, CDU, CSU, KPD	KPD, SPD, CDU, LDPD (in einer „antifaschistischen Einheitsfront"!)
• Bildung von **elf Ländern**	Bildung von **fünf Ländern** unter kommunistischer Zentralverwaltung!
• **Einsetzung von Ministerpräsidenten ohne NS-Vergangenheit** Beginn der Pressefreiheit	Sowjetische Militäradministration plant SBZ nach UdSSR-Vorbild. → **Einsetzung von KPD-Funktionären**
1946	
• erste demokratische **Wahlen zu Gemeindeparlamenten**	„Zwangsvereinigung" KPD und SPD zur **SED** (Sozialistische Einheitspartei Deutschlands)
• Ausarbeitung von Länderverfassungen	Gemeinde- und Landtagswahlen
• **Beendigung der Demontagen in der amerikanischen Zone**	**radikale Demontagen, Enteignung** und Verteilung **von Großgrundbesitz, Verstaatlichung** (v. a. **VEB**)

1947	
• **Marshall**(= US-Außenminister)**plan** zum Wiederaufbau (Güter und Geld), **Care**-Pakete • wirtschaftliche Vereinigung von US-Zone und britischer Zone zur **Bizone**	sowjetisch gesteuerte „Volkskongressbewegung" zur Sicherung der SED-Vorherrschaft und Verdrängung parlamentarischer Organe Propagierung der marxistisch-leninistischen Ideologie über Presse und Rundfunk
• **Bizonen-Organe: Gesetzgebungs- und Verwaltungsbefugnisse**	
• **Wirtschaftsrat** baut **Marktwirtschaft auf.**	Vorbereitung einer **zentralen Wirtschaftsplanung**
1948	
• **Währungsreform** (100 Reichsmark = 6,50 **D**eutsche **M**ark, 40 DM „Kopfgeld") in den **Westzonen,** 4 Tage später als Reaktion auf Währungsreform in der SBZ auch in **West-Berlin**	Sowjets verweigern Mitarbeit im Alliierten Kontrollrat, dann **Währungsreform** mit dem Versuch, die **Ost-Mark auch in West-Berlin** einzuführen.
• West-Alliierte bevollmächtigen die Ministerpräsidenten in der **Trizone** (Beitritt der französ. Zone, 06.07.1948) zur **Ausarbeitung einer Verfassung** durch einen **„Parlamentarischen Rat"** aus 65 Landtagsabgeordneten (Vorsitz: Konrad Adenauer, CDU), der das **Grundgesetz** am 08.05.1949 mit 53 : 12 Stimmen verabschiedet.	**Blockade der Land- und Wasserwege nach West-Berlin** Spaltung der Berliner Stadtverwaltung **SED wird stalinistisch-kommunistische Partei** mit absolutem **Führungsanspruch.** **„Volksrat"** nimmt einstimmig einen Verfassungsentwurf an.
1949	
Westdeutschland → BRD	Ostdeutschland → DDR
• 12.05.: Militärgouverneure genehmigen das ausgearbeitete „Grundgesetz". • 23.05.: **Grundgesetz** als „provisorische Verfassung" tritt in Kraft (= **Gründung der BRD**).	12.05.: Ende der Blockade West-Berlins durch die sowjetische Militärverwaltung
• 14.08.1949: **Wahlen zum Deutschen Bundestag**	07.10.1949: „Provisorische Volkskammer" nimmt **DDR-Verfassung** an.

2.2.3 Zeit des Kalten Krieges in Deutschland

Stofftelegramm

Berlinblockade 1948/49 – Beginn der Westintegration Westdeutschlands

- **Politische Ausgangslage:**
  - Berlin, im Mai 1945 von der Sowjetarmee erobert, wurde (im Ausgleich für eine Erweiterung der SBZ auf das Gebiet der späteren DDR) in einen **sowjetischen, amerikanischen, britischen und französischen Sektor aufgeteilt →** „4-Mächte-Status von Berlin".
  - Berlin ist Brennpunkt des entstehenden Ost-West-Konfliktes wegen des unmittelbaren Aufeinanderprallens von **sowjetisch-kommunistischer und westlich-demokratisch-kapitalistischer Ideologie.**
  - **Sowjets wollen Entstehung eines selbstständigen westdeutschen Staates verhindern,** auf den sie keinen Einfluss mehr hätten.
  - Seit Jahresanfang sowjetische Behinderung des Güter- und Personenverkehrs zwischen West-Zonen Deutschlands (Trizone) und West-Berlin.
- **Konfliktverschärfung und Blockade-Beginn:**
  - **18.06.1948: Währungsreform in den Westzonen** ohne Zustimmung der Sowjets (deren Vertreter im Alliierten Kontrollrat die Mitarbeit durch Nichtanwesenheit verweigerte)
  - 19.06. **Blockade des Straßenverkehrs nach West-Berlin** durch sowjetisches Militär
  - 23.06. **Abschaltung der Stromlieferungen nach** West-Berlin durch Sowjets
  - 24.06. (06:00 Uhr morgens) **Blockade des Zugverkehrs** nach West-Berlin
  - 24.06. **Währungsreform (DM-Ost)** von sowjetischer Militärverwaltung für alle vier Sektoren angeordnet, **Einstellung von Lebensmittellieferungen** aus Ostzone in Westsektoren, Ziel: **West-Berlin „auszuhungern"** und **Westmächte aus Berlin zu vertreiben**
  - 01.07. **Sowjets beenden Viermächteverwaltung von Berlin.**
  - 08.07. Blockade der Wasserwege nach West-Berlin
- **Reaktionen: Gegenblockade und Luftbrücke**
  - Gegenblockade: Westmächte verhindern Kohle- und Stahllieferungen, die bis dahin als Reparationen aus den Westzonen an die UdSSR gingen.
  - Bewaffnete Gegenwehr würde nun Krieg zwischen den Großmächten bedeuten.
  - USA und GB organisieren eine **„Luftbrücke"** zur Versorgung von 2,2 Mio. West-Berlinern (v. a. mit Lebensmitteln und Kohle): Ab Juli 1948 gibt es **250.000 Landungen der Versorgungsflugzeuge = „Rosinenbomber"** auf drei „Luftkorridoren" (wie 1945 vereinbart).

- **Ergebnisse dieses ersten Kalten Kriegs:**
  - Verhältnis zwischen West-Berliner Bevölkerung und westlichen Besatzungssoldaten bzw. Einstellung zu den westlichen Siegermächten wird freundschaftlich.

- **Verwaltung Gesamt-Berlins** (Alliierte Kommandantur, Magistrat) **zerbricht**.
- **Aufbau eines Weststaates** durch West-Alliierte vorangetrieben: elf Tage nach Ende der Blockade, am 23.05.1949, wird die **Bundesrepublik** Deutschland gegründet.

Arbeiteraufstand in der DDR – 17.06.1953

- **Ausgangslage:**
  - 1952: Ulbricht verkündet „Aufbau des Sozialismus".
  - **Verschlechterte wirtschaftliche Situation der Bevölkerung:** Unterversorgung (z. B. Fett, Fleisch, Zucker rationiert), hohe Preise
  - SED-Führungsbeschluss zur **Erhöhung der Arbeitsnormen (= Lohnkürzung)** führt zum Streik und Demonstrationsmarsch von 10.000 Bauarbeitern am 16.06.1953 in Ost-Berlin.
  - Verbreitung dieser Nachricht über RIAS/West in Ost- und West-Dtld.
- **Arbeiteraufstand am 17.06.1953:**
  - Ausbreitung von Massendemonstrationen: Circa 370.000 Beteiligte in 270 Städten verlangen zuerst **Rücknahme der Arbeitsnormenerhöhungen**, dann folgen politische **Forderungen: freie Wahlen** wie in Westdeutschland, **Rücktritt der SED-Regierung, Abschaffung der Zonengrenzsicherung** (1.390 km Metallgitter-, Grenzsperrzäune mit Stacheldrahtbewehrung), damit auch indirekt die **Wiedervereinigung** Deutschlands.
  - Kasernierte Volkspolizei knüppelt Demonstranten nieder, daraufhin Straßenschlachten, Befreiung politischer Gefangener, SED erscheint hilflos.
- **Niederschlagung:**
  - Verhängung des **Ausnahmezustands** in Ost-Berlin (und über 160 Kreisen) durch sowjetische Besatzungsmacht
  - **Sowjet-Panzer** fahren zu den Streikzentren, **schießen** auf versammelte und flüchtende Arbeiter: mindestens 25 Tote und 378 Verletzte.
  - **Volkspolizei und Staatssicherheitsdienst verhaften mindestens 1.000 Arbeiter**.
  - vermutlich 20 Erschießungen nach Todesurteilen durch sowjetische Militärtribunale
- **Folgen des missglückten Aufstands:**
  - DDR-Bevölkerung erkannte, dass gegen den Willen der UdSSR keine politischen Veränderungen möglich waren.
  - **Anpassung** an DDR-Sozialismus oder verbotene, gefährliche **Flucht** als Alternative
  - kurzfristige Zugeständnisse der SED-Führung; langfristig Stärkung der stalinistischen Position des SED-Generalsekretärs Ulbricht
  - CDU-Bundeskanzler Adenauer lehnt jeden Kontakt mit SED-Regime ab.
  - Von **1954 bis 1990 war der 17.06. als „Tag der deutschen Einheit" in der Bundesrepublik und West-Berlin nationaler Feiertag** (als Gedenktag).
  - Die Bundesregierung mit Kanzler Adenauer verstärkt durch **Eintritt der BRD in die NATO** und Aufbau der **Bundeswehr** ab 1955 die Spaltung Deutschlands für viele Jahre.

Mauerbau quer durch Berlin ab 13.08.1961

- **Ausgangslage:**
  - **Seit 1955** nutzten **1,5 Mio. Flüchtende** das „Schlupfloch" Berlin.
  - Rücksichtslose Kollektivierung der Landwirtschaft und ständig fortgesetzte Verstaatlichung von Handel und Gewerbe führten zu neuen **Versorgungskrisen**.
  - **Zugang nach West-Berlin** („Schaufenster des westlichen Wohlstands") war eine ständige **ideologische Bedrohung für das SED-Regime**.
  - **Anfang August 1961 fliehen über 47.000 Menschen** („Abstimmung mit den Füßen"): **Massenabwanderung von Arbeitskräften bedroht die wirtschaftliche Existenz der DDR**.

- **Errichtung der Mauer:**
  - US-Präsident **Kennedy** hatte Ende Juli 1961 drei Fakten als **unantastbar** für Berlin-Status erklärt: Stationierung westlicher Truppen im Westsektor, freier Zugang nach West-Berlin, **politische Freiheit der West-Berliner**.
  - 05.08.1961: **sowjetische Zustimmung (Warschauer Pakt) zur völligen Abgrenzung des Ost-Sektors**
  - Nacht vom 12. auf 13.08.1961: Einheiten der Nationalen Volksarmee (NVA) errichten auf **Anweisungen Honeckers** entlang der innerstädtischen Sektorengrenze Straßensperren, **Stacheldrahtverhaue, Stein- und Betonwälle**.
  - U-Bahn- und S-Bahnverkehr von Ost- nach West-Berlin wird eingestellt.
  - Westmächte reagieren nur mit Protesterklärung.
- **Folgen:**
  - Ulbrichts Begründung des Mauerbaus als **antifaschistischer Schutzwall** war für die Mehrheit der DDR-Bevölkerung eine klare Lüge.
  - Mauerbau ermöglichte durch erzwungenes Dableiben von Arbeitskräften eine **wirtschaftliche Stabilisierung** der DDR und eine längerfristige Erhöhung des Lebensstandards.
  - DDR-Bürger mussten mit SED-Diktatur leben lernen, suchten innerhalb des Systems den eigenen Vorteil; wenige leisteten Widerstand.
  - **Mauer** schien Spaltung Deutschlands zu zementieren, war aber auch ein **weltweit sichtbares Zeichen für brutale Verhinderung der deutschen Einheit**.
- **Abgrenzungspolitik der DDR nach dem Mauerbau:**
  - Ausbau der Grenzbefestigungen, Todesstreifen, Schießbefehl
  - West-Berliner Senat musste sich für jeden begrenzten Besuch von West-Berlinern im Osten um **Passierscheinabkommen** bemühen (ab Weihnachten 1963).
  - **Zwangsumtausch** von DM (seit 1964) pro Person/Tag, steigender Zwangsumtauschbetrag
  - **schikanöse Grenzabfertigung** (bis zu 18 Stunden Wartezeit)
  - Reisen in den Westen waren für DDR-Bürger i. d. R. erst ab dem Rentenalter möglich.

2.2.4 Der Ost-West-Konflikt in Europa nach 1945

Stofftelegramm

- **Ursachen:**

  Die westlichen Siegermächte **USA, GB** und **Frankreich** einerseits, die **UdSSR** andererseits hatten **verschiedene politische und wirtschaftliche Interessen** an der Nachkriegsentwicklung **in Europa.**
- **Positionskonflikt zwischen Ost und West bezüglich Deutschland:**

USA:	**UdSSR:**
– Demokratisierung	– Errichtung einer Volksdemokratie
– Aufbau e. westdeutschen Bundesstaates	– Kontrolle über ganz Deutschland
– wirtschaftliche Überlebensfähigkeit durch wirtschaftliche Starthilfe	– radikale Schwächung durch Demontagen bzw. Reparationen
– Vorläufigkeit der Oder-Neiße-Grenze	– Endgültigkeit der Oder-Neiße-Grenze

- **Entwicklung des Ost-West-Konflikts in Europa:**
  - **UdSSR sichert sich ab 1946 Einfluss in Osteuropa** durch Einsetzung kommunistischer Einheitsregierungen und Truppenstationierung in der SBZ, Polen, Tschechoslowakei, Ungarn, Rumänien, Bulgarien.

→ Niederschlagung des Arbeiteraufstands am 17.06.1953 in der DDR durch UdSSR
→ Niederschlagung des Ungarnaufstands 1956 durch UdSSR

- **USA reagieren mit „Eindämmungspolitik": Marshallplanhilfe** ab 1947 zum Aufbau der kriegszerstörten Wirtschaft, Unterstützung von Regierungen, welche die kommunistischen Aufstände im Inland bekämpfen („Truman-Doktrin"), Hilfe nur **für westliche Staaten** realisiert.
- **UdSSR** verbietet den zwangsverbündeten Regierungen die Annahme der Marshallplanhilfe, **unterstützt weltweit** Regierungsstürze zum **Aufbau sozialistisch-kommunistischer Regierungen** (z. B. „Bürgerkrieg" in Griechenland 1947–1949 mit Unterstützung der Kommunisten durch UdSSR).
- USA betreiben Antikommunismus, unterstützen weltweit Stalin-Gegner.
- **UdSSR sperrt von Juni 1948 bis Mai 1949 alle Land- und Wasserwege zwischen den Westsektoren Berlins und der Trizone** (aus der 1949 die BRD wird), ganz Berlin soll nach Stalins und Ulbrichts Willen zur SBZ gehören.
- USA, Kanada und WEU-Staaten planen nach Blockadebeginn nordatlantisches **Verteidigungsbündnis (NATO) zur Verhinderung der kommunistischen Machtausdehnung.**

Militärbündnisse der Supermächte – Abschreckungspolitik

NORDATLANTIKPAKT-ORGANISATION (NATO)

- **Gründung 1949** durch Kanada, USA sowie Belgien, Dänemark, Frankreich, Großbritannien, Island, Italien, Luxemburg, Niederlande, Norwegen, Portugal
- **Ziele:** Verpflichtung zu gegenseitigem Beistand bei bewaffnetem Angriff auf einen oder mehrere Mitgliedsstaaten; wirtschaftlich-politische Zusammenarbeit
- **Sicherheitsstrategie** 1949–1967 **Kriegsverhinderung durch abschreckende Wirkung** der **atomaren Massenvernichtungswaffen**, Doppel-Strategie seit 1967:

gesicherte Verteidigungsfähigkeit durch **militärische Stärke,** **Kriegsverhinderung durch Abschreckung**	+	**Abbau von Spannungen,** Aufbau fester Beziehungen zwischen Ost-Block und West-Mächten (v. a. USA)

WARSCHAUER PAKT

- **Gründung 1955** durch UdSSR mit DDR, Bulgarien, ČSSR, Polen, Ungarn, Rumänien, Albanien (Mitglied bis 1968) als **Reaktion auf Wiederbewaffnung der BRD und deren NATO-Beitritt 1955**
- **Ziel:** Verteidigungsbündnis gegen einen (aus UdSSR-Sicht) denkbaren Angriff von **NATO-** Staaten
- **Strategie** bis Ende der 1980er-Jahre: absolute Sicherheit vor Angriff auf das eigene Staats- gebiet durch **außergewöhnliche konventionelle Militärstärke (v. a. Panzer)**, „**Vorwärtsverteidigung**" und „**Präventivschlag**" mit stärksten Atomwaffen

Wie funktionierte die Abschreckungspolitik?

- Möglicher Angreifer soll davor **zurückschrecken**, Territorium militärisch zu erobern, weil das angegriffene Land militärisch stark ist und ein Angriff mehr Schaden als Nutzen brächte.
- „**Gegenschlag**" muss **glaubwürdig angedroht werden.**
- Glaubwürdigkeitsproblem hat bei beiden Militärblöcken zur ständigen Ausweitung der (Atom-)Waffenarsenale und technischen Verbesserungen („**Rüstungsspirale**" beim „**Gleichgewicht des Schreckens**") geführt – aber „heißer Krieg" blieb in Europa aus.

2.2.5 Westintegration und Wirtschaftswunder

Stofftelegramm

Streit um die Gestaltung der Bonner Deutschlandpolitik ab 1949:

Gegensätzliche Positionen

Vorrang für das Wiedervereinigungsgebot der Präambel des Grundgesetzes mit dem Ziel → neutrales wiedervereinigtes Deutschland als Brücke zwischen Ost und West	Politik der Stärke zur **Bewahrung der politischen Freiheit**, d. h. einer repräsentativen Demokratie nach westlichen Vorbildern, bei Inkaufnahme der Teilung Deutschlands → langfristig Wiedervereinigung über Anziehungskraft der wirtschaftlich erstarkten Bundesrepublik
Souveränität über Neutralität zu erreichen	Souveränität Deutschlands nur über eine Einbindung in ein **westliches Wirtschaftssystem und Militärbündnis** zu erreichen
Kriegsmüdigkeit, mehrheitliche Ablehnung von Waffen und Militär	Verkörperung des Freiheitswillens nur über Wiederbewaffnung, eigenen Verteidigungsbeitrag → Bundeswehr, NATO
	Position von **Adenauer** ↑ (Bundeskanzler 1949–1963) setzte sich durch!

Wirtschaftswunderjahre in Westdeutschland 1950–1965

Daten zum „**Wirtschaftswunder**":

Wirtschaftswachstum	1950 → 16,4 %	1955 → 11,8 %	1960 → 8 %	Durchschnitt: → 9 %
durchschnittliche Jahresnettolöhne und Kaufkraft (DM)	1949 → 2.365,00 → 2.365,00		1969 → 9.495,00 → 6.744,00	*Zum Vergleich:* 1989 *Nettolohn → 26.763,00* *Kaufkraft → 9.089,00*

- **Ursachen des Wirtschaftsaufschwungs:**
  - Fleiß und Aufbauwillen bei Arbeitnehmern und Unternehmern, Marshallplanhilfe, System der sozialen Marktwirtschaft, Gewerkschaften mit maßvoller Tarifpolitik und wenig Streiks
  - Fortschrittsglaube, erstaunliche Leistungen der Wissenschaft und Technik
  - Unterbewertung der DM, Exportboom durch Koreakrieg
- **Ungelöste Probleme:**
  - beträchtliche soziale Unterschiede, z. B. 1955 bereits 350.000 Pkws für Wohlhabende, aber unzureichende Wohnraumversorgung für die Mehrheit
  - soziales Netz schwach ausgeprägt

2.2.6 Ende der 1960er-Jahre – Umbruchzeit und Reformbewegungen

Stofftelegramm

- **Politischer Wandel in Bonn:**
  - Rücktritt der Regierung Erhard (CDU) am 30.11.1966 (Folge der ersten Wirtschaftskrise)
  - Beginn einer **Großen Koalition** (Kanzler Kiesinger, Vizekanzler Brandt) aus CDU/CSU und SPD. Im Bundestag stehen der Regierungskoalition, unterstützt von 447 Abgeordneten, **nur 49 Abgeordnete der FDP** als **parlamentarische Opposition** gegenüber.
- **Studentenbewegung – APO (Außerparlamentarische Opposition):**
  Antriebskräfte für die öffentlichkeitswirksamen und provokativen Protestformen (Blockade von Lehrveranstaltungen, Sit-ins, Massendemonstrationen, „Besetzungen" von Gebäuden) waren vor allem:
  - **Unbehagen am politischen und gesellschaftlichen System** der Ära Adenauer und Erhard wurde erstmals und lautstark öffentlich in Demonstrationen geäußert: Kritik richtete sich gegen die Leistungs- und Konsumverehrung der „Wiederaufbaugeneration", die sich nach den Erfahrungen der NS-Zeit und der Entnazifizierung überwiegend unpolitisch verhielt.
  - **Das Fehlen einer wirkungsvollen parlamentarischen Opposition 1966 bis 1969** wurde von der politisch stärker engagierten Jugend nicht nur als Funktionsverlust des Parlaments erfasst, sondern als Beweis für Unrechtsherrschaft interpretiert. Hinzu kam die Wut über die NS-Vergangenheit vieler Prominenter in Politik (z. B. Kiesinger) und Wirtschaft.
  - **Angst vor einer Stärkung der Staatsmacht** durch die umstrittenen Notstandsgesetze
  - Ohnmachtsgefühl gegenüber dem Axel-Springer-Presseimperium mit seiner einseitigen studentenfeindlichen Berichterstattung
  - Bürgerrechtsbewegung in den USA
  - Sympathie der Jugendlichen für die leidende vietnamesische Zivilbevölkerung und Wut auf die verlogen erscheinende USA-Kriegspolitik („Kampf für demokratische Werte")
  - Hoffnung auf einen freiheitlichen Sozialismus nach dem Experiment „Prager Frühling" 1968
  - Notwendigkeit einer Reform der Hochschulen (in Bezug auf Lehrinhalte und Mitbestimmung)

Welche – meist noch heute wirksamen – Folgen hatte die Protestbewegung?

- **Freiheitliche Veränderung der Alltagskultur:**
  - Kleidung und Frisuren der Jugendlichen werden unangepasster, vielfältiger.
  - Neue Wohnformen wie Kommunen und Wohngemeinschaften entstehen.
  - Antiautoritäre Erziehungsformen werden erprobt, die Ehe als Lebensform infrage gestellt.
- **Verbreiterung des politischen Engagements:**
  - Reformen demokratisieren das Leben an Universitäten und Schulen.
  - Bildung von Bürgerinitiativen
  - Entstehung der Partei „Die Grünen" aus der Bürgerinitiativen-Bewegung
  - Friedensbewegung (mit Auswirkung auf kirchliche Basisgruppen in der DDR)
- Erstmals **SPD in Regierungsverantwortung:** Ära der sozialliberalen Koalition (bis 1982) beginnt mit Bundeskanzler Brandt (SPD) und Außenminister Scheel (FDP), Regierungsmotto „Mehr Demokratie wagen" führt zu **innenpolitischen Reformen:**
  - Volljährigkeit ab 18. Lebensjahr (auch das aktive Wahlalter von 21 auf 18 herabgesetzt)
  - Ehe- und Familienrecht (z. B. Rolle der Frau, Zerrüttungsprinzip bei Scheidung)
  - Strafrecht (z. B. Reform des § 218)
  - soziale Sicherung (z. B. Rentenreformgesetz zur flexiblen Altersrente, Hausfrauenrente)
  - Mitbestimmungsregelungen (neues Betriebsverfassungsgesetz 1972 und Mitbestimmung auf Unternehmensebene 1976 – nach jahrelanger Kompromisssuche zw. allen Bundestagsfraktionen)

- Beginn einer außenpolitischen Reformpolitik → **Neue Deutschland- und Ost-Politik:** Aussöhnung mit den Staaten Osteuropas als Ergänzung zu Adenauers Westintegration mit der Hoffnung auf Entspannung und „Wandel (der DDR) durch Annäherung“:

  Moskauer Vertrag (mit der UdSSR) und **Warschauer Vertrag** (mit Polen) 1970
  - Gewaltverzichtserklärung/Friedliche Regelung aller Streitfragen
  - Anerkennung der osteuropäischen Staatsgrenzen als unverletzlich
  - Anerkennung der Oder-Neiße-Linie als West-Grenze Polens

2.2.7 Der Weg zur Wiedervereinigung 1971–1990

Stofftelegramm

Neue Berlin-Politik der Supermächte – Entspannungspolitik von USA und UdSSR

- **Viermächteabkommen über Berlin 1971:**
  - **Bestätigung der entstandenen Bindungen West-Berlins an die BRD** durch die vier Besatzungsmächte (ehemaligen Siegermächte) in Berlin
  - Fortbestand der 4-Mächte-Verantwortung (gültig bis 02.10.1990)
  - **Verpflichtung zur Beseitigung von Spannungen, Gewaltverzicht**
  - **UdSSR sichert unbehinderten Zugang nach West-Berlin**, klare Regelung für schnellere Grenzabfertigung.
- **Folgevereinbarungen zwischen BRD und DDR:**
  Transitabkommen und **Verkehrsabkommen erleichtern deutsch-deutsche Kontakte**, z. B. West-Berliner können (unabhängig von Verwandtschaft) nach Ost-Berlin und in DDR reisen.

Grundlagenvertrag zwischen BRD und DDR 1972

- **Zielkonflikte:**
  - DDR: **völkerrechtliche Anerkennung eines eigenen (sozialistischen) Staates** und damit **Bestätigung der deutschen Teilung = Erledigung der deutschen Frage**
  - BRD: Normalisierung der Beziehungen, um über zwischenmenschliche Kontakte ein **weiteres Auseinanderleben der deutschen Nation** zu **verhindern**; Konfliktherd in Europas Mitte soll ungefährlicher werden.
- **Hauptinhalte:**
  - Entwicklung **gutnachbarlicher Beziehungen** auf Grundlage der **Gleichberechtigung**
  - **Unverletzlichkeit der Grenzen, Gewaltverzicht**
  - **Internationale Vertretung nur für jeweils eigenes Staatsgebiet**
  - „**Ständige Vertretungen**“ (statt Botschaften) in Bonn und Ost-Berlin zur Förderung der Beziehungen und Interessenvertretung für die jeweils eigenen Staatsbürger
  - Förderung der Zusammenarbeit und Abrüstung in Europa
- **Wichtige Nebeninhalte in Zusatzdokumenten:**
  - **Arbeitsmöglichkeiten für westliche Journalisten:** Berichterstattung live aus der DDR
  - „Brief zur deutschen Einheit“ betont Selbstbestimmungsrecht aller Deutschen und verhindert völkerrechtliche Anerkennung der DDR durch die BRD.
  - Verbesserungen im Reiseverkehr

- **Folgen des deutsch-deutschen Grundlagenvertrages:**
  - **DDR** konnte sich aus internationaler Isolierung lösen, **völkerrechtliche Anerkennung** erfolgt **durch über 130 Staaten; 1973** werden **DDR und BRD in** die **UNO** aufgenommen.
  - **Reiseverkehr nahm** (v. a. in die DDR) trotz wiederkehrender Schikanen **zu**.
  - Vielzahl weiterer Abkommen (z. B. Telefonverkehr, Sport, Kultur) **förderte Kontakte und Zusammenarbeit**.
  - **Berichte westdeutscher Korrespondenten aus der DDR informierten** DDR-Bürger **über** (bisher verschwiegene) **Missstände** in ihrem Staat (z. B. Umweltverschmutzung).

Reformprozesse in Osteuropa – Annäherung der Supermächte

- **Auswirkungen der KSZE-Schlussakte von Helsinki 1975:**
  - „Korb 3" verpflichtete Unterzeichnerstaaten zur Achtung der Menschenrechte und Grundfreiheiten.
  - In **Osteuropa** entstanden **„Helsinki-Gruppen"**, die trotz Verfolgung immer wieder Rechte wie Reise- und Informationsfreiheit einforderten.
  - Ende der 1980er-Jahre größere **Oppositionsbewegung**, v. a. in **Polen** und **Ungarn**

- **Verbesserung des USA-UdSSR-Verhältnisses ab 1985:**
  - gemeinsames Interesse an Abrüstungsverträgen
  - **Gorbatschow** (neuer KPdSU- und Staatschef) erhoffte sich wirtschaftliche Hilfe vom Westen, v. a. von den USA zur Bewältigung der schweren Krise in der UdSSR.
  - **Aufhebung der „Breschnew-Doktrin"**, nach der Reformprozesse im „Ostblock" von der UdSSR notfalls gewaltsam verhindert werden konnten (wie 1956 in Ungarn, 1968 in ČSSR).

Was waren die Hauptziele von **Gorbatschows Reformpolitik?**

Perestroika +	**Glasnost**
= **Umbau von Wirtschaft und Gesellschaft**	= **Offenheit, Durchschaubarkeit**
Verringerung der Funktionärsmacht bei Behörden und Abbau der zentralen Wirtschaftsplanung, Beginn von Marktwirtschaft	• Enttabuisierung, freie Diskussionen in Öffentlichkeit, Medien und Staatsorganen • Kritik und Selbstkritik

= **Versuch der Demokratisierung des sozialistischen Gesellschaftssystems**

Friedliche Revolution in der DDR

- **40 Jahre Unzufriedenheit der DDR-Bürger: Hauptgründe der Revolution**
  - Nichterfüllung der kommunistischen Verheißungen: statt Freiheit und Wohlstand für die Arbeiterklasse **Parteidiktatur mit Privilegien für die Funktionärsklasse** (**= Verrat an** sozialistischer **Gleichheitsidee**)
  - **Versagen der Planwirtschaft:** schlechte Versorgungslage, bei vielen Gütern Warteschlangen, längere Arbeitszeiten bei geringerem Lohn als in Westdeutschland, geringe internationale Wettbewerbsfähigkeit, Zerfall der Bausubstanz, Mangel an Umweltschutzinvestitionen
  - **Einschränkung wichtigster Grundrechte:** eingeschränkte Freizügigkeit selbst innerhalb der DDR, **fehlende Reisefreiheit** (außer in einige Ostblock-Staaten), **fehlende Meinungs- und Versammlungsfreiheit**
  - **Allmachtanspruch des SED-Staatsapparats** mit ständiger Überwachung von Millionen Bürgern durch **„Stasi"-Spitzel** und **Behördenwillkür**, Unterdrückung jeglicher Opposition

1989 **Revolutionärer Wandel**

März: • Demonstrationen von Ausreisewilligen, daraufhin Verhaftungen

Mai: • erster **Abbau von Grenzsicherungsanlagen** zwischen **Ungarn** und Österreich
• **Kommunalwahl:** öffentliche Auszählung entlarvt **Wahlergebnisfälschung**

Juli: • **Tausende DDR-Bürger flüchten sich in die BRD-Botschaften in Budapest, Prag, Warschau** und in die **„Ständige Vertretung"** in **Ost-Berlin**.

Aug.: • Beginn von Oppositionspartei-Neugründungen, z. B. SDP (SPD)

Sept.: • **Öffnung der ungarischen Grenze nach Westen für alle DDR-Bürger**
• Täglich flüchten Tausende über Österreich in die BRD.
• **Demonstrationen gegen die SED** in Leipzig; Volkspolizei prügelt und verhaftet

Okt.: • Gefahr einer Bürgerkriegssituation (Bürger gegen Volkspolizei und Soldaten)
• **ständiges Anwachsen der Proteste** und **Demonstrantenzahlen**
• **SED setzt Honecker als Parteichef und Staatsoberhaupt ab**.

Nov.: • **größte Demonstration in der DDR-Geschichte (fast 1 Mio. Bürger in Ost-Berlin)**
• **SED-Politbüro tritt geschlossen zurück**.

09.11.: • **DDR öffnet ihre Grenzen nach West-Berlin und zur Bundesrepublik**.
• Fall der Mauer; „Volksfest" auf der Mauer am Brandenburger Tor

Dez.: • **Volkskammer streicht SED-Führungsrolle aus der DDR-Verfassung**.
• Mehrzahl der Parteien will die Wiederherstellung der staatlichen Einheit.
• **„Runder Tisch"** aus **Vertretern** der (nicht demokratisch gewählten) **Volkskammer** und (noch nicht wählbaren) **Opposition berät wichtige Maßnahmen für den Demokratisierungsprozess** in der DDR und **vereinbart Volkskammerwahlen** für den 18.03.1990.

Erste Schritte zur deutschen Einheit

- **Erste freie Wahlen in der DDR am 18.03.1990:**
  - **Positionen vor der Wahl:**
    Allianz für Deutschland (mit **CDU**, DSU, DA): schnelle Einheit (nach GG Art. 23 Beitritt zur BRD wie 1957 das Saarland nach dortiger Volksabstimmung) **B**und **F**reier **D**emokraten (darin **FDP**): Position weitgehend wie CDU
    SPD: Vereinigung erst nach Schaffung einer gesamtdeutschen Verfassung
    PDS (SED-Nachfolgepartei): Staatenbund, Bewahrung der „sozialistischen Errungenschaften"
  - Wahlbeteiligung: 93,4 %, zehn Parteien erhalten Sitze in Volkskammer
  - Ergebnisse: CDU 40,6 %, SPD 21,8 %, PDS 16,3 %, DSU 6,3 %, BFD 5,3 %
  - **Wahlanalyse: SED hat gegen den Willen der Bevölkerungsmehrheit regiert,** eigenes DDR-Nationalbewusstsein kaum vorhanden, **Mehrheit für schnellen Beitritt zur BRD**

- **Letzte Regierung der DDR** (ab 12.04.1990):
  - Bildung einer **großen Koalition** aus **CDU**, DSU, DA, BFD, **SPD**, um zielstrebig den Demokratisierungsprozess voranzutreiben und die deutsche Einheit herzustellen
  - **Ziele der Regierung** des Ministerpräsidenten **de Maizière** (CDU): Währungs-, Wirtschafts- und Sozialgemeinschaft mit der BRD, dazu Umstellung der Planwirtschaft auf eine **soziale Marktwirtschaft** mit ökologischer Verantwortung, **Sicherung der sozialen Rechte, Schaffung** eines **gesamteuropäischen Sicherheitssystem**s, völkerrechtlich verbindliche Anerkennung der Grenze zu Polen (Oder-Neiße-Linie), Wiederherstellung der **Länder**hoheit in der DDR und **Beitritt zum deutschen Bundesstaat**

Staatsvertrag zur Wirtschafts-, Währungs- und Sozialunion ab 01.07.1990

- **Zweck der Währungsunion:**
  - **Einheitliches Währungsgebiet** mit **DM** ab Juli 1990 (Dt. Bundesbank als Währungshüter!), **Umtausch**kurse **DM : DDR-Mark 1 : 1 für Löhne, Renten, Mieten**, kleinere Bankguthaben, 1 : 2 **für** höhere Guthaben und **Schulden** von DDR-Bürgern und Betrieben
  - Währungsreform für **Wirtschaftsaufschwung** (wie 1948 in West-Zonen) durch erhöhte Kaufkraft → Stopp des Übersiedlungsdrangs
- **Zweck der Wirtschaftsunion:**
  - **Einführung der** sozialen **Marktwirtschaft** mit **Privateigentum** an Unternehmen, Gewerbefreiheit, weitgehend **freie Preisbildung**; Schaffung konkurrenzfähiger Klein- und Mittelbetriebe mit modernen Arbeitsplätzen; **freie Wahl des Arbeitsplatzes**; Anpassung an EG-Agrarmarkt
  - **Treuhandanstalt** unter Aufsicht des Bundesfinanzministers sorgt durch **Verkauf** der (staatlichen) **VEB-Betriebe an Privatunternehmer** sowie **Sanierung**/zeitweilige Verwaltung bis 1994 für möglichst viele überlebensfähige Betriebe im marktwirtschaftlichen Wettbewerb.
- **Zweck der Sozialunion:**
  - Aufbau eines Systems der **Sozialversicherung** (z. B. Arbeitslosenversicherung) und **sozialen Fürsorge** (z. B. Sozialhilfe, Wohngeld) wie in der BRD
  - neu entstehende Arbeitsämter sollen auch der Arbeitsförderung dienen
  - Anpassung der Arbeitsrechtsordnung (z. B. Streikrecht, Mitbestimmung)

Ratifizierung des Vertrags am 21./22.06.90 durch **Volkskammer, Bundestag** und **Bundesrat**

Außenpolitische Probleme auf dem Weg zur Wiedervereinigung

- **Ängste im Ausland vor der Wiedervereinigung Deutschlands:**
  - **Frankreich, Großbritannien befürchten:**
    Deutschland mit 80 Mio. Einwohnern übernimmt **politische und wirtschaftliche Vorherrschaft in Europa,** hat zu große Vorteile bei der Erschließung der neuen osteuropäischen Märkte.
  - **UdSSR, Polen:** Aus Angst vor einem 3. Weltkrieg mit Deutschland im 20. Jahrhundert war nach 1955 die DDR wichtigster Partner der Russen im **Warschauer Pakt;** NATO-Truppen mit Atomwaffen an der Grenze zu Polen schienen deshalb äußerst bedrohlich.
- **Weitere außenpolitische Probleme:**
  - **GG-Präambel von 1949** könnte weitere Deutsche im Reichsgebiet von 1937 zu BRD-Beitrittswünschen veranlassen.
  - **vertragliche (wirtschaftliche und militärische) Bindungen der DDR an die UdSSR**
  - **Besatzungsrechte** für Gesamtdeutschland nach Potsdamer Abkommen (1945) und für Berlin nach **Viermächteabkommen** (1970)
  - Westmächte sind für, **UdSSR gegen eine NATO-Mitgliedschaft Gesamtdeutschlands.**
- **Problemlösung durch Verhandlungen zwischen BRD und UdSSR:**
  - ständige Gespräche über den Weg zur Wiedervereinigung, die Rolle der Bundeswehr in einer veränderten NATO und Vorteile der Einheit für die UdSSR
  - **Vereinbarungen** zwischen Kohl und Gorbatschow im Kaukasus, Juli 1990:

• UdSSR akzeptiert volle deutsche **Souveränität** und **NATO-Mitgliedschaft.** • Truppenabzug aus dem Gebiet der **DDR bis Ende 1994**	• BRD leistet **Finanzhilfe** für geplanten sowjetischen Truppenabzug. • Bundeswehr wird auf 370.000 Mann bis Ende 1994 reduziert.

+ Vorbereitung eines Vertrages über Partnerschaft und Zusammenarbeit

- **Problemlösung durch „2 + 4"-Konferenzen** ab Mai 1990:

  Teilnehmer: Außenminister und Regierungschefs von:

2 deutschen Staaten:
BRD, DDR

4 Siegermächten des II. Weltkrieges:
UdSSR, USA, F, GB

Vertrag über die abschließende Regelung in Bezug auf Deutschland
12.09.1990

Volle Souveränität

NATO-Mitgliedschaft

Verzicht auf ABC-Waffen

Deutschland hat **endgültig keine weiteren Gebietsansprüche** im Osten.

Oder-Neiße-Linie = Ostgrenze der BRD

Einigungsvertrag – Vertrag zur Wiedervereinigung von West- und Ostdeutschland

1990

- **Zustandekommen des Einigungsvertrages:**
  - ab 06.07. Verhandlungen zwischen BRD und DDR über **gemeinsam geltendes Recht** (z. B. Strafrecht, Verwaltungsrecht, Umweltschutz) ab dem Tag der Vereinigung
  - 23.08. **Volkskammer beschließt** mit 294 (von 400) Stimmen den **Beitritt** zur BRD.
  - 31.08. Unterzeichnung des Vertrags durch zuständige Regierungsmitglieder
  - 20.09. **Volkskammer** und **Bundestag** stimmen zu.
  - 21.09. **Bundesrat** stimmt zu (einstimmig).

- **Besondere Inhalte:**
  - **Beitritt der DDR zur Bundesrepublik Deutschland am 03.10.1990**
  - **Neue Bundesländer: Brandenburg, Mecklenburg-Vorpommern, Sachsen, Sachsen-Anhalt, Thüringen** (außerdem Gesamt-Berlin statt West-Berlin)
  - **GG-Präambel-**Änderung: Deutschlands Einheit vollendet
  - **einheitliches Rechtssystem** (Übergangsregelungen bis Ende 1992)
  - **Berlin** ist neue **Hauptstadt** der Bundesrepublik Deutschland.
  - Neuregelung der Stimmenverteilung im **Bundesrat:** 19 Stimmen mehr
  - **03.10.** als **„Tag der Deutschen Einheit"** neuer jährlicher Nationalfeiertagstermin

2.2.8 Auswirkungen der Wiedervereinigung

Stofftelegramm

1990 bis heute

Welche **Folgen** für das **Staatswesen** und die **Staatsfinanzen** hat die deutsche Einheit?

- **Negativ:**
  - **Staatshaushalt** wird wegen Investitionen in den **Ausbau der Infrastruktur** (z. B. Verkehrsnetz) und **Umweltsanierung in Ost-D. belastet.** → Transfer über 1.400 Mrd. EUR → Anwachsen der gesamten Staatsschulden (von Bund und Ländern) auf Rekordwerte
  - **Steuer-** und **Gebührenerhöhungen,** z. B. Solidaritätszuschlag (zzt. 5,5 %) zur Lohnsteuer als Folge der Finanzierungsprobleme
  - **Sozialversicherungssystem** für Übergangszeit v. a. durch den Verlust von ca. 3 Millionen Arbeitsplätzen in Ost-Deutschland **belastet: → Beitragserhöhungen** oder Leistungskürzungen sind nötig (daraufhin Parteien-**Streit um „Solidarpakt"**).
  - **Justiz** braucht viele Jahre zur Bewältigung von SED-Unrechtsentscheidungen (bis 2005).

- **Positiv:**
  - **Wegfall der militärischen Konfrontation auf deutschem Gebiet,** neue **Sicherheit**
  - **Souveränität** (Aufhebung aller seit 1945 geltenden Besatzungsrechte)
  - **Bevölkerungs- und Staatsgebietsvergrößerung** verändern außenpolitische Rolle, z. B. **Deutschland als Mittler zwischen Ost und West, gewachsene politische Bedeutung** → Verantwortung in EG/EU, OSZE, WEU, NATO und UNO

Welche **Folgen** hat die Einheit für die **Volkswirtschaft** der BRD?

- **Negativ:**
  - **In Ost-D.** Verlust von 3 Mio. Arbeitsplätzen, Währungsreform zerstörte bisherige gesicherte Exportmöglichkeiten in Staatshandelsländer (UdSSR, Polen ...).
  - Konjunkturbelebung durch Investitionen in Ostdeutschland wird teilweise durch unklare Eigentumsverhältnisse an Grundstücken und Gebäuden verhindert.
  - nach Vereinigungsboom auch Konjunktureinbruch in Westdeutschland, in ganz Deutschland höhere Arbeitslosigkeit (Folgewirkung bis 2005)

- **Positiv:**
  - **Westdeutsche Unternehmen** haben seit der Währungsreform **höhere Umsätze** und **Gewinne** durch den **neu entstandenen Absatzmarkt.**
  - Großer **Bedarf an Privatinvestitionen** (Hausbau, Handwerk, Industrie, Dienstleistung) bietet langfristig große Chancen für (auch ökologisch sinnvolles) Wirtschaftswachstum.

Welche Belastungen brachte die Einheit für die Gesellschaft?

- **„Mauer in den Köpfen"** (Vorurteile von „Ossis" und „Wessis") kann verhindern, dass sich die Deutschen wieder wirklich als eine Nation verstehen und **politische Radikalisierung** (Links- oder Rechtsextremismus innerhalb des Parteienspektrums und außerparlamentarisch) begünstigen.
- **SED-Karrieristen und Mitläufer in Verwaltungen und Betrieben** verhindern (als „Wendehälse"/„Seilschaften") demokratische, marktwirtschaftliche Erneuerung Ost-Deutschlands.

- Offenlegung der Akten des Staatssicherheitsdienstes der DDR („**STASI**") zeigte die millionenfach betriebene Bespitzelung und Denunziation, oft unter Beteiligung von Verwandten und Bekannten → Zerbrechen vieler Beziehungen und anhaltendes Misstrauen.
- Die Aufarbeitung der DDR-Vergangenheit kann – je nach persönlicher Vergangenheit – als überflüssig und bei strafrechtlicher Verfolgung ungerecht („Siegerjustiz") erscheinen oder aber gar nicht sorgfältig genug sein, um alle Verantwortlichen für das Unrecht in der DDR moralisch bzw. juristisch zu belangen.

2.2.9 Gefährdungen für die Demokratie

Stofftelegramm

Es gibt zzt. zwar keine konkrete Gefahr für die freiheitlich-demokratische Ordnung der BRD, aber mehrere Gefährdungen, deren Ausbreitung wahrgenommen und eingedämmt werden muss.

Verlust des Vertrauens in Staat und Politiker

- **Politikverdrossenheit:**
  Politikverdrossenheit (Unzufriedenheit mit Politikern und/oder Parteien) ist seit Jahren deutlich erkennbar: Desinteresse an politischen Vorgängen, Rückgang des politischen Engagements (Zahl aller Parteimitglieder hat sich seit 1990 halbiert) und der Wahlbeteiligung, andererseits Aufkommen von Protestbewegungen und Parteien (wie Pegida, AfD).

  Hauptgründe:
  - Politische Prozesse sind sehr differenziert, vielschichtig und für die meisten damit unüberschaubar geworden, v. a. in Verbindung mit der EU, was zu resignativer Haltung führen kann.
  - Die Ergebnisse der politischen Diskussion werden nicht mehr akzeptiert, da sie als „von oben" verordnet erscheinen.
  - Skandalöse Praktiken (wie Parteispenden- und Korruptionsaffären) zerstören das Ansehen von Politikern besonders, weil von ihnen Vorbildfunktion und Ehrenhaftigkeit erwartet wird.
  - mangelnder Erfolg der Politik bei der Bekämpfung der organisierten Kriminalität
- **Soziale Ungleichheit:**
  - Seit der deutschen Wiedervereinigung hat das Armutsrisiko zugenommen, die Gewinne sind stärker gestiegen als die Löhne, die Löhne und Einkommen haben sich auseinander entwickelt. Auch die Vermögen sind sehr ungleich verteilt, die oberen 10 % besitzen ca. 60 %. Ohne entsprechende politische Maßnahmen droht eine weitere Zunahme der Ungleichheit.
  - Mit Zunahme prekärer Arbeitsverhältnisse ist vermehrt mit Altersarmut zu rechnen.
  - Die wachsende Ungleichheit bedroht den sozialen Zusammenhalt, mindert die Beteiligung der Ärmeren am politischen Prozess, fördert andererseits die Verbreitung demokratie- und menschenfeindlicher Ideologien.
  - Mangelnde Integration in Gesellschaft und Wirtschaft kann die Probleme verstärken.

Rechtspopulismus

- **Merkmale:**
  - Populismus ist die Verteidigung des Eigenen, von Heimatverbundenheit und Patriotismus bis zum Nationalismus.
  - Moralisierung: Volk ist gut, Eliten sind schlecht. Das gute Volk wird von volksfernen, korrupten, eigennützigen, heuchlerischen Eliten bevormundet.
  - Populisten ignorieren Meinungen von Minderheiten, kritisieren Eliten und „Parteien-Kartell“.
  - Volksabstimmungen (Plebiszite, Referenden) als einzige wahre Zeichen der Volkssouveränität sind der „Parteienherrschaft“ entgegenzusetzen.
  - Populismus ist immer ein Bündnis einer Mittelschicht, die Angst vor dem sozialen Abstieg hat, mit dem sogenannten Prekariat, das sich gar keine Hoffnung auf Verbesserung der Lage macht.
  - Bildungsferne, unpolitische Teile der Bevölkerung werden mobilisiert mit einfacher, emotionaler Sprache (über Interviews und Talkshows in den Massenmedien, Presseerklärungen, Sprüchen in den Social Networks, im Wahlkampf, auf Wahlplakaten).
  - Die Wählergruppen eint das Bedrohungsgefühl in Bezug auf Sicherheit, Immigration, EU sowie die Islamophobie.
  - Ein politischer Neuanfang wird angestrebt mit einfach strukturierten Lösungsvorschlägen, beruhend auf dem „common sense“, dem „gesunden Menschenverstand“.
  - Es gibt keine eigenständige Ideologie, sondern nur eine Anlehnung an eine „Wirtsideologie“ wie den Neoliberalismus.
- **Gründe für Wahlerfolge populistischer Parteien:**
  In der Unterschicht und einem Teil der Mittelschicht herrscht große Verdrossenheit. Folge: Wahlerfolge für Populisten, wenn längere Zeit oder immer wieder Große Koalitionen regieren und die Mittelschicht Angst vor sozialem Abstieg hat.
- **Gefahr für die Demokratie:**
  Die unteren Schichten beteiligen sich nicht mehr an der Politik, sie gehen nicht mehr zur Wahl oder wenden sich denjenigen zu, die ihnen Versprechungen machen. Diese Versprechen liegen weniger im sozialpolitischen als vielmehr im identitären Bereich. Sie betonen ein neues Zusammengehörigkeitsgefühl bis hin zu einem eben auch radikalen Nationalismus, weshalb sich z. B. der AfD auch Leute aus dem rechtsextremen, völkischen Lager anschließen. Dabei greifen die Populisten brisante Themen auf, für welche Regierung und Parlament keine (schnelle) Lösung anbieten (können) wie beispielweise die Finanzkrise (seit 2008, verdeckt anhaltend) oder Flüchtlingskrise (seit 2015). Sie kritisieren, teilweise zurecht, die etablierte Politik. Wenn die etablierten Parteien nur mit der Brandmarkung „Rechtsradikalismus“ reagieren und eine inhaltliche Auseinandersetzung meiden, verstärkt das Trotzreaktionen und fördert weitere Wahlerfolge. Wenn diese Haltung in der Folge dann Regierungsbildungen (wie in der Weimarer Republik) erschwert, droht eine Demokratiegefährdungsspirale.
- **Gegenwehr:**
  - Durch politische Entscheidungsträger:
    ungelöste Probleme benennen; Risiken von Entscheidungsalternativen darlegen; Entscheidungsprozesse offenlegen, um Verschwörungstheorien zu vermeiden
  - Durch jeden Bürger:
    sich im persönlichen Umfeld (Familie, Schule, Verein, Arbeitsplatz) gegen Hetze, Hass, Verschwörungstheorien mit Argumenten wehren; Fake News entlarven (Fakten-Check)

Rechtsextremismus

- **Parteien:**
  DVU, REP, NPD (Ein **Parteienverbot** ist nur durch das **Bundesverfassungsgericht** möglich, wie z. B. 1952 auf die Sozialistische Reichspartei/SRP oder 1956 auf die KPD angewandt.)
- **Neonazistische Kameradschaften und Freundeskreise, Skinhead-Gruppen:**
  Lockere Personenzusammenschlüsse traten anstelle verbotener Organisationen.
- **Beispiele für seit 1992 verbotene rechtsextreme Organisationen:**
  „Nationalistische Front", „Deutsche Alternative", „Wiking Jugend", „Freiheitliche Deutsche Arbeiterpartei", „Nationale Liste", „Verein Skinheads Allgäu e. V."
  (Bei Vereinigungen ist ein Verbot durch Innenminister der Länder oder des Bundes möglich!)

Ideologische Kennzeichen rechtsextremer Gruppen und Parteien	Politische Ziele und Aktivitäten der rechtsextremen Szene
Nationalismus (Verherrlichung der eigenen Nation/Chauvinismus)	militärisch und politisch starkes Deutschland gegen Völkergemeinschaften
Ausländerfeindlichkeit (Hass auf Ausländer)	Ausweisung aller Ausländer (Asylanten und Gastarbeiter)
Rassismus (Glaube an Herrenrasse); Antisemitismus	Demütigung und Verfolgung von Juden und Schwarzen
Demokratiebekämpfung (Hass auf Andersdenkende, Verleumdung demokratischer Institutionen und Repräsentanten)	Suche nach einem neuen „Führer", Aufhebung des NS-Verbots, Beseitigung allgemeingültiger Grundrechte
Gewaltbereitschaft	Sachbeschädigung (z. B. Friedhof- und Kirchenschändung), Einschüchterung oder Tötung der gehassten Opfer (NSU-Morde)

Welche äußeren Kennzeichen sind typisch für Rechtsextreme?

- **NS-Symbole** auf Fahnen, Jacken, Stickern, Flugblättern, in Zeitschriften und Internetseiten
- Parolen (wie „Deutschland den Deutschen!", „Rotfront verrecke!")
- uniformierte Kleidung (z. B. Arbeits-/Springerstiefel, Lederjacken)
- militärische Grußzeremonien
- kollektiver Alkoholkonsum mit Randaliererei, Gewalttätigkeiten

Welche Ursachen kann es für den neuen Rechtsradikalismus geben?

- modisches Mitläufertum bei orientierungslosen Jugendlichen und jungen Erwachsenen
- **Verlust von verbindenden Werten** in unserer Gesellschaft (Leistung und Konsum reichen nicht!)
- **Existenzangst** wegen schlechter Chancen auf dem Arbeitsmarkt bzw. Arbeitslosigkeit
- **rechtsradikale Propaganda** (auch von Musikgruppen und im Internet)

Welche Methoden und Kommunikationsmittel werden von Rechtsextremen eingesetzt?

- Demonstrationen, Flugblattaktionen, Aufkleber/-näher, Wahlkampfparolen, Gewalttaten
- Organisation von Treffen und Aktionen über Mobiltelefone, außerdem verstärkte Nutzung des Internets und von Mailboxen zum Informationsaustausch unter Mitgliedern sowie zur Propaganda und damit auch Erweiterung des Sympathisantenkreises

Islamismus, Terrorismus und dessen Abwehr

- Der „Islamismus“, dessen Vertreter im Namen des Islam die Errichtung einer religiös legitimierten Gesellschafts- und Staatsordnung anstreben und die Normen und Regeln des modernen demokratischen Verfassungsstaates bekämpfen, erscheint in den Medien als ständige Bedrohung und fördert dadurch Ausländerfeindlichkeit bzw. „Rassismus“, wodurch soziale Spannungen verstärkt werden.
- Der Staat kann in Überreaktion auf Verdächtigungen sowie nach Terrorakten verschiedene Freiheitsrechte zugunsten der Überwachung abbauen und damit dem Wesen der Demokratie schaden.

Sonstige verfassungsfeindliche Gruppierungen

- Linksextremismus: marxistisch-leninistische und autonom-anarchistische Gruppen
- extremistische Gruppen bestimmter ausländischer Organisationen
- Scientology-Organisation

Aufgaben

1. In welcher Situation befand sich die deutsche Bevölkerung im Frühjahr 1945?
2. Welche Bedeutung hat das Potsdamer Abkommen für die Grenzen Deutschlands bis heute gehabt?
3. Welches waren die grundlegenden Ursachen für die Spaltung Deutschlands nach 1945?
4. Wie und warum kam es zur Entstehung der SED (heutige Linke) in der SBZ?
5. Warum änderten die USA ab 1946 ihre Besatzungspolitik?
6. Beschreiben Sie in Kurzform die Entstehung der DDR.
7. Warum heißt die BRD-Verfassung seit 1949 Grund**gesetz** statt Verfassung?
8. Warum waren die Startbedingungen für den Wirtschaftsaufbau in Westdeutschland wesentlich günstiger als in Ostdeutschland?
9. Warum war ausgerechnet Berlin oftmals Austragungsort des Ost-West-Konfliktes?
10. Seit SED-Generalsekretär Ulbricht wurde in der DDR die Mauer als „antifaschistischer Schutzwall“ bezeichnet. Was sollte dieses Schlagwort der Bevölkerung einreden?
11. Was waren die wirklichen Gründe für den Bau der Mauer quer durch Berlin?
12. Welche Botschaft formulierte 1985 der damalige Bundespräsident Richard von Weizsäcker mit dem Satz: „Die Deutsche Frage ist so lange offen, wie das Brandenburger Tor zugemauert ist.“?
13. Erläutern Sie Adenauers Politik der „Westintegration“.
14. Warum wurde Mitte der 1950er-Jahre die Wehrpflicht ins Grundgesetz aufgenommen?
15. Welches waren die entscheidenden Ursachen des Ost-West-Konflikts?
16. Was verbirgt sich hinter dem westdeutschen Begriff „Wirtschaftswunder“?

17. Nennen Sie vier Ursachen für das Entstehen der APO.
18. Geben Sie drei Beispiele für bis heute anhaltende Nachwirkungen der Studentenbewegung.
19. Nennen Sie sechs wichtige Ereignisse aus den Jahren 1989 und 1990, die zur deutschen Einheit geführt haben.
20. War die Währungsreform in der DDR 1990 vergleichbar mit der 1949 in den Westzonen?
21. Warum verlangte die Vereinigung Deutschlands der UdSSR die meisten Zugeständnisse ab?
22. Welche vorteilhaften und nachteiligen Auswirkungen hat die deutsche Einigung mit sich gebracht?
23. Mit welchem Ereignis sind 45 Jahre deutsche Teilung beendet worden?
24. Wie änderte sich die Zusammensetzung von Bundestag und Bundesrat durch die Vereinigung der beiden deutschen Staaten?
25. Nennen Sie drei an Hitler orientierte ideologische Kennzeichen der Rechtsextremen.
26. Unterscheiden Sie mittels fünf Merkmalen eine Demokratie von einer Diktatur.
27. Erklären Sie, wieso die aktuellen Probleme des Regierens Ursache für die verbreitete Parteien- und Politikverdrossenheit sind.
28. Begründen Sie, warum der Rechtspopulismus wesentlich zur Spaltung der Gesellschaft beiträgt.
29. Welche Gefahren drohen der Demokratie, wenn die „etablierten" Politiker auf allen Ebenen die „besorgten Bürger" nicht repräsentieren?

2.3 Grund- und Menschenrechte

2.3.1 Grund- und Menschenrechte im Grundgesetz

Stofftelegramm

- **Menschenrechte** sind angeborene, unveräußerliche Rechte, die jedem Menschen unabhängig von staatlicher Verleihung zustehen (auch in UN-Charta von 1948 festgelegt).
- **Grundrechte** sind in unserer Verfassung verbürgte fundamentale Rechte mit folgenden besonderen Merkmalen:
  - Sie sind **unantastbar** durch den Staat (Einschränkungen sind nur im Interesse der Allgemeinheit möglich).
  - Sie **dürfen in ihrem Wesensgehalt nicht** durch Gesetze **geändert werden.**
  - **Gegen die Verletzung** der persönlichen Grundrechte **kann** bei ordentlichen Gerichten **geklagt werden** (bis zur **Verfassungsbeschwerde** vor dem Bundesverfassungsgericht).

Mit welchen Grundrechten schützt uns das **Grundgesetz** vor staatlichem Machtmissbrauch?

Zentrales Grundrecht Menschenwürde im Artikel 1:
„Die Würde des Menschen ist unantastbar. Sie zu achten und zu schützen ist Verpflichtung aller staatlichen Gewalt."

Freiheitsrechte	**Gleichheitsrechte**
• freie Entfaltung der Persönlichkeit (Art. 2) • Freiheit der Person (Art. 2) • Glaubens- und Gewissensfreiheit (Art. 4) • Meinungs-, Informations- und Pressefreiheit • Freiheit von Kunst, Wissenschaft, Forschung und Lehre (Art. 5) • Petitionsrecht (Art. 17)	• Gleichheit aller Menschen vor dem Gesetz (Art. 3) • Gleichberechtigung von Mann und Frau • Chancengleichheit
Unverletzlichkeitsrechte	**Sozialrechte**
• Recht auf Leben und körperliche Unversehrtheit (Art. 2) • Unverletzlichkeit des Brief-, Post- und Fernmeldegeheimnisses (Art. 10) • Unverletzlichkeit der Wohnung (Art. 13) • Gewährleistung von privatem Eigentum und Erbrecht (Art. 14)	• Schutz von Ehe und Familie, Erziehungsrecht der Eltern (Art. 6) • Versammlungsfreiheit (Art. 8) • Vereinigungsfreiheit (zum Zusammenschluss in Interessengruppen) (Art. 9) • Asylrecht (Art. 16a)

Einige Grundrechte sind **Bürgerrechte,** die als demokratisch-**politische Rechte** nur für deutsche Staatsbürger (Art. 33) und nur in Deutschland gelten. → Versammlungs- und Demonstrationsfreiheit, Freizügigkeit (Art. 11), freie Berufswahl (Art. 12), freie Wahl der Ausbildungsstätte und des Arbeitsplatzes

Grundrechtsähnliche Rechte: Wahlrecht (Art. 38), Freiheit der Parteiengründung (Art. 21), Gewährleistung rechtsstaatlicher Gerichtsverfahren, Widerstandsrecht bei Gefahr für die freiheitlich-demokratische Grundordnung

Welche **Grenzen** gibt es für den Anspruch jedes Einzelnen auf seine Grundrechte?

- gleichwertige Rechtsansprüche anderer Menschen
- verfassungsmäßige Ordnung (v. a. der Zusammenhang aller Rechtsnormen im Grundgesetz)
- „Sittengesetz" (anerkannte Wert- und Moralvorstellungen)

2.3.2 Menschenrechtsschutz durch die UNO

Stofftelegramm

1948 wurde die „Allgemeine Erklärung der Menschenrechte" mit ihren 30 Artikeln durch die UN-Generalversammlung verabschiedet. Sie geben den (demokratischen) Mitgliedsstaaten Orientierung, die konkrete gesetzliche Fixierung und Handhabung ist aber Aufgabe der UN-Mitgliedsstaaten.

Bindende Menschenrechte in allen Staaten, welche die Verträge ratifiziert haben, gibt es durch die UN-Verträge von 1976:

- **bürgerliche und politische Rechte**, wie Recht auf Leben, Verbot der Folter, Religions- und Meinungsfreiheit („**Zivilpakt**", Menschenrechte der ersten Generation)
- **wirtschaftliche, soziale und kulturelle Rechte**, z. B. auf Arbeit, Nahrung, Gesundheit, Bildung („**Sozialpakt**", Menschenrechte der zweiten Generation)

Neuer ist die Vorstellung von Idealen wie Recht auf Entwicklung, lebenswerte Umwelt, Frieden, Selbstbestimmung („**Menschenrechte der dritten Generation**").

Neben den Pakten von 1976 existiert eine Vielzahl von Konventionen, die den Schutz einzelner Menschenrechte eingehend regeln, so etwa die **Genfer Flüchtlingskonvention**, die **UN-Kinderrechtskonvention**, die **UN-Antifolterkonvention** und das **Übereinkommen zur Beseitigung jeder Form von Diskriminierung der Frau.** Diese Verträge werden von unabhängigen Ausschüssen überwacht, den sogenannten „Vertragsorganen", denen die Staaten Rechenschaft ablegen müssen. Gegen unrechtmäßig handelnde Staaten können Untersuchungen eingeleitet und Beschwerden vorgebracht werden. Am wirkungsvollsten sind meist politischer Druck sowie Kritik und Protest vor der Weltöffentlichkeit.

Seit 2006 gibt es den **Menschenrechtsrat** der UN (drei Tagungen pro Jahr, zehn Wochen) mit den Aufgaben:

- Berichterstattung über Menschenrechtssituation in den UN-Mitgliedsstaaten
- Unterstützung der UN-Mitglieder bei der Umsetzung ihrer Rechtsverpflichtungen
- Verurteilung von Menschenrechtsverletzungen

Das größte Hindernis für weltweiten Menschenrechtsschutz sind die völkerrechtlichen Prinzipien der Souveränität der Nationalstaaten und das Verbot der Einmischung in „innere Angelegenheiten".

2.3.3 Menschenrechtsverletzungen

Stofftelegramm

- Die einzelnen Menschenrechte werden von den Staaten sehr unterschiedlich bewertet und genauso die Verletzungen.
- Staaten, in denen es nie Menschenrechtsverletzungen gibt, sind sehr selten. Diktatorisch regierte Staaten kennen keine echte Gewaltenteilung und freien Wahlen, verletzen zwangsläufig die Menschenrechte.
- Menschenrechtsverletzungen sind Verbrechen des Staates an seinen Bürgern, die im Auftrage, mit Billigung bzw. Duldung oder im Schutz von Regierungen begangen werden.
- **Arten:** Kriegsverbrechen, Verletzungen des humanitären Völkerrechts, Todesstrafe (z. B. auch wegen Ehebruchs), Oppositionelle werden „politische Gefangene", willkürliche Einschränkungen der Meinungsfreiheit, unfaire Gerichtsverfahren, Folter und Misshandlung durch Staatsorgane, Genitalverstümmelung, Bestrafung gleichgeschlechtlicher Beziehungen
- Fakten für 2015/2016 zu 160 untersuchten Staaten (nach Amnesty International):
  - Folter und Misshandlung in 76 % der Staaten
  - fehlende Meinungs- und Pressefreiheit: 70 %
  - unfaire Gerichtsverfahren: 55 %
  - Menschenrechtsverstöße durch bewaffnete Gruppen: 22 %
  - Kriegsverbrechen/Verstöße gegen das humanitäre Völkerrecht: 12 %

2.3.4 Menschenrechtsorganisationen

Stofftelegramm

- **Bekannte Organisationen:**
  - Kinderhilfswerk der UN (UNICEF)
  - Nichtregierungsorganisationen (NGOs): Amnesty International, Human Rights Watch, Terre des Femmes, Reporter ohne Grenzen, Pro Asyl
  - alle in der Dritten Welt humanitäre Hilfe leistenden Organisationen, z. B. Brot für die Welt, Welthungerhilfe, Adveniat, Ärzte ohne Grenzen
- **Methoden der öffentlichkeitswirksamen Arbeit der NGOs:**
  Unterschriftenaktionen, Protestbriefe (auch elektronisch), Mahnwachen, weltweite Informationen per Facebook etc., um die verantwortlichen Behörden an den Pranger zu stellen und Opfern zu helfen
- **Direkte Unterstützung der Opfer:**
  - Rechtshilfe
  - materielle Leistungen (soziale Fürsorge)
- **Grenzen der Leistungsfähigkeit:**
  - NGOs werden in vielen Staaten geheimdienstlich überwacht und müssen deshalb aufpassen, dass die Hilfsbedürftigen nicht zusätzlich gefährdet werden.
  - NGOs werden von finanzieller Unterstützung aus dem Ausland abgeschnitten oder gar ganz verboten, weil sie angeblich Handlanger des politischen (ideologischen) Gegners seien.

2.3.5 Bundesverfassungsgericht

- Die Richterinnen und Richter am BVG sind **nur an das Grundgesetz gebunden,** sie unterstehen keiner Dienstaufsicht.
- Die aktuelle Auslegung des Grundgesetzes unter sich wandelnden gesellschaftlichen Verhältnissen, aber getreu den Zielen der „Verfassungsväter“ im Parlamentarischen Rat führte zu der Bezeichnung des BVG als **Hüter der Verfassung.**
- BVG ist oberstes Bundesgericht mit hervorgehobener Stellung vor den anderen Bundesgerichten Bundesgerichtshof, Bundesfinanzhof, Bundesverwaltungsgericht, Bundesarbeitsgericht, Bundessozialgericht.
- **Entscheidungen binden alle Verfassungsorgane** von Bund und Ländern.

Wie werden die Richter am Bundesverfassungsgericht in Karlsruhe gewählt?

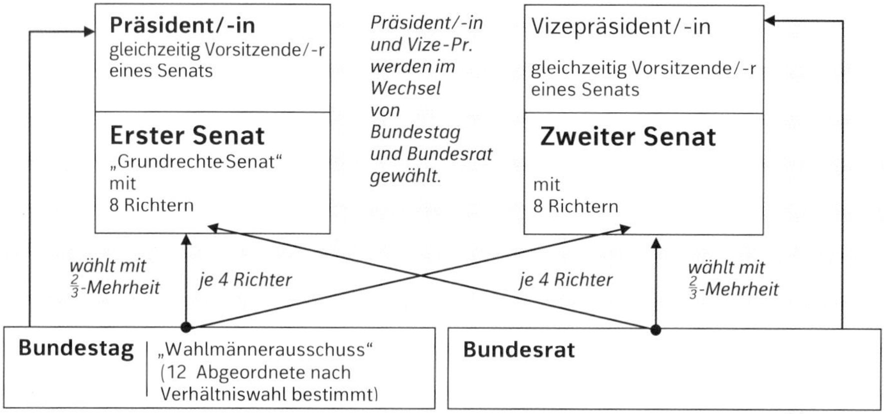

- Voraussetzungen für **Wählbarkeit** als Richter am Bundesverfassungsgericht: 40. Lebensjahr, Wählbarkeit zum Bundestag, Befähigung zum Richteramt (je 3 Richter im I. und II. Senat müssen mindestens 3 Jahre an einem obersten Bundesgericht tätig gewesen sein)
- **Wahl erfolgt für 12 Jahre,** maximal bis zum 68. Lebensjahr (Wiederwahl ist nicht möglich)

Wofür ist das Bundesverfassungsgericht zuständig?

Auslegung des Grundgesetzes, insbesondere von Grundrechten
Das Gericht wird nie von selbst tätig, sondern muss von einer Person oder Institution wegen Zweifeln an der Verfassungsmäßigkeit einer Handlung angerufen werden.
Das Gericht wird tätig bei

- **Verfassungsbeschwerden** für jedermann, der sich in einem seiner Grundrechte durch Staatsorgane/Behörden verletzt fühlt, egal ob Verwaltungsakt, Gerichtsentscheidung oder gar ein Gesetz. Verfassungsbeschwerde kann allerdings erst „eingelegt“ werden, wenn der Rechtsweg erschöpft ist → alle Instanzen des zuständigen Gerichts angerufen wurden.
- **Normenkontrollverfahren:**
  - Konkrete Normenkontrolle: Ein Gericht ist bei der Verhandlung eines konkreten Falles der Überzeugung, dass ein anzuwendendes Gesetz nicht mit dem GG vereinbar ist.
  - Abstrakte Normenkontrolle: Entscheidungen über **Vereinbarkeit von Bundes- und Landesgesetzen mit dem GG** auf Antrag der Bundesregierung oder einer Landesregierung oder $\frac{1}{3}$ der Bundestagsabgeordneten, Rechtsstreitigkeiten zwischen Staatsorganen (z. B. Bundesregierung und Landesregierung) (Politik-Problem: Bei schwierigen Entscheidungen → „Gang nach Karlsruhe“)
- **Verwirkung von Grundrechten**
- **Verbot von Parteien** bei Verfassungswidrigkeit
- Beschwerden zu Bundestagswahlangelegenheiten

2.3.6 Europäischer Gerichtshof für Menschenrechte

Stofftelegramm

Zu den Kernbereichen der Arbeit des 1949 gegründeten **Europarats** zählte von Beginn an der Schutz der Menschenrechte. 1950 verabschiedete er dazu die weitgehende **Europäische Menschenrechtskonvention.**

Der 1959 gegründete **Europäische Gerichtshof für Menschenrechte** (EGMR) in Straßburg ist ein wichtiges Organ des Europarats (neben Ministerkomitee und der Parlamentarischen Versammlung) und für die 47 Mitgliedsstaaten zuständig. Er fällt immer wieder wegweisende Entscheidungen im Bereich der Menschenrechte. Der EGMR ist die letzte mögliche Rechtsschutzinstanz, wenn der innerstaatliche Rechtsweg vollständig durchlaufen ist. Wer als Bürger oder nicht-staatliche Organisation bis zum Bundesverfassungsgericht alle Rechtsmittel ausgeschöpft hat, aber nicht Recht bekam, kann Beschwerde beim EGMR einreichen.

Jährlich werden mehrere Tausend Urteile gefällt, aber das mehr als Zehnfache davon an Beschwerden wird als unbegründet abgewiesen. Bis zu einem Urteil dauert es wegen der Klageflut meist mehrere Jahre.

Aufgaben

1. Wodurch unterscheiden sich die Grundrechtsartikel von anderen Gesetzen?
2. Welchen Schutz gibt es in der BRD vor staatlichem Machtmissbrauch?
3. Wann ist die Würde des Menschen verletzt?
4. Zeigen Sie an einem Beispiel, dass die freiheitlichen Grundrechte nicht grenzenlos sind, sondern Schranken im Wohl der Allgemeinheit oder der Freiheit anderer haben.
5. Welche Tatbestände und Entwicklungen gefährden das Grundrecht auf Informationsfreiheit?
6. Nehmen Sie dazu Stellung, dass das 70-jährige Jubiläum der Erklärung der Menschenrechte 2018 wenig Grund zum Feiern bot.
7. Kann es Staaten erlaubt sein, Menschenrechte einzuschränken?
8. Warum wird das Bundesverfassungsgericht als „Hüter der Verfassung" bezeichnet?
9. Wie wird die richterliche Unabhängigkeit der Verfassungsrichter/-innen gewährleistet, obwohl die meisten vor ihrer Wahl einer parteipolitischen Richtung zugeordnet werden können?

3 Internationale Zusammenarbeit

3.1 Europa im 20. und 21. Jahrhundert

3.1.1 Freiheiten und Einheit in der Europäischen Union

Stofftelegramm

Freizügigkeit/Reisefreiheit:
- drei Monate völlige Freizügigkeit, i. d. R. keine Grenzkontrollen und Formalitäten (Schengener Abkommen) (Vgl. Seite 359.)
- Wohnsitzwechsel in anderes EU-Land möglich, wenn der Lebensunterhalt selbst bestritten werden kann und eine ausreichende Krankenversicherung vorhanden ist

Gemeinsame Rechte und politische Teilhabe:
- Europäische Staatsbürgerschaft/Europapass
- Wahlen zum Europäischen Parlament, Klagemöglichkeit beim Europ. Gerichtshof
- EU-Führerschein, Europaflagge am Autokennzeichen, EU-Krankenversicherungskarte

Gemeinsame Währung:
- Euro zum Barzahlen beim Einkaufen in Deutschland und in 18 weiteren EU-Staaten
- Internationale Börsenkursnotierungen, Devisenreserven

Gemeinsamer Markt für EU-Kraftfahrzeuge:
In der EU produzierte Fahrzeuge erhalten eine EU-Kfz-Betriebserlaubnis, die „EG-Typengenehmigung", die von allen Zulassungsstellen in der EU anerkannt wird.

Gemeinsamer Markt für Lebensmittel:
- festgelegte Produktqualitätsmerkmale innerhalb der EU
- Verbraucherschutz auf Einzelstaatenstandard
- europäische Kochkunst und Küchentradition

Europäische Kultur:
- gemeinsame abendländische Geschichte
- europäische Musik, europäische Filme, Festivals

Bildung, Ausbildung, Berufstätigkeit:
- freie Wahl des Arbeitsplatzes
- Schüler- und Studentenaustausch, Förderprogramme „Sokrates", „Erasmus"
- gegenseitige Anerkennung der Berufsausbildungsabschlüsse und Hochschulzeugnisse (Bachelor, Master)

3.1.2 Motive und Etappen des europäischen Einigungsprozesses

Stofftelegramm

ZIELE DER INTEGRATIONSBESTREBUNGEN NACH 1945 IN EUROPA

- **Wiederaufbau des zerstörten Europa** mit gemeinsamer Hilfe
- **Abbau nationalistischer Bestrebungen**
- **Friedenserhaltung** und Schutz vor künftigen europäischen Kriegen
- **Verhinderung weiterer kommunistischer Machtausdehnung**
- **Entwicklung einer selbstständigen wirtschaftlich-politischen Rolle** neben den beiden Großmächten USA und UdSSR

EUROPÄISCHE WEGMARKEN

- 1949 **Europarat** (mit Ministerkomitee und Parlamentarischer Versammlung)
- 1951 Europäische Gemeinschaft für Kohle und Stahl (**Montanunion,** Vertrag für 50 Jahre)
- 1957 Gründung der **Europäischen Wirtschaftsgemeinschaft** (EWG) und **Euratom** durch **Belgien, BRD, Frankreich, Italien, Luxemburg, Niederlande**
- 1967 Einsetzung der **Organe** (Minister-)Rat und Kommission
- 1968 **Zollunion** erreicht (keine Zölle mehr zwischen EG-Staaten!)
- 1972 Beschluss über außenpolitische Zusammenarbeit (EPZ)/1999 entsteht daraus GASP.
- 1973 Beitritt von **Dänemark, Großbritannien, Irland**
- 1979 Europäisches Währungssystem, **erste Direktwahl** für Europäisches **Parlament**
- 1981 Beitritt von **Griechenland**
- 1986 Beitritt von **Portugal** und **Spanien** („12er-Gemeinschaft")
- 1990 Vergrößerung der EG durch Vereinigung Deutschlands (Ostdeutschland kommt dazu.)
- 1992 **Vertrag von Maastricht** über die Errichtung der **Europäischen Union** (**EU**)
- 1993 **EU-Binnenmarkt**
- 1995 Beitritt von **Finnland**, **Österreich**, **Schweden** zur EU (→ „15er-Gemeinschaft")
- 1998 Aufnahme von **Beitrittsverhandlungen** mit fünf osteuropäischen Staaten und Zypern
- 1999 Start der **Währungsunion** mit elf **Euro**ländern
  Europäischer Rat beschließt Beitrittsverhandlungen mit weiteren fünf osteuropäischen Staaten und Malta; Türkei erhält Status als Beitrittskandidat.
- 2001 „**Vertrag von Nizza**" zur EU-Zukunft (ersetzt Amsterdamer Vertrag, in Kraft ab 2003)
- 2002 **Eurobargeld** als gesetzliches Zahlungsmittel in anfangs zwölf EU-Staaten
- 2003 Vorstellung der vom EU-Konvent erarbeiteten „EU-Verfassung", Annahme gescheitert
- 2004 Aufnahme von **zehn neuen Mitgliedsstaaten** (Vgl. Seite 360.)
- 2005 16 EU-Staaten stimmen per Parlamentsbeschluss oder Referendum dem Entwurf einer „EU-Verfassung" zu; Ablehnung in Frankreich und Niederlande in Volksabstimmungen; (Okt.) Aufnahme der Verhandlungen mit Türkei und Kroatien über Mitgliedschaft, (Dez.) Mazedonien offizieller Beitrittskandidat
- 2007 Beitritt von Bulgarien und Rumänien → 27 EU-Staaten
  EU-Gipfel beschließt Regierungskonferenz zur Erarbeitung eines „EU-Vertrags"
- 2009 Wahl des EU-Parlaments in 27 EU-Staaten
- 2009 Inkrafttreten des Lissabon-Vertrages „über die Arbeitsweise der Europäischen Union"
- 2013 EU-Beitritt von Kroatien
- 2014 Beitritt von Lettland zur Eurowährungsunion als 18. Staat
- 2014 Wahlen zum Europäischen Parlament in 28 Staaten (mit Stärkung der EU-Skeptiker)
- 2015 Beitritt von Litauen zur Eurowährungsunion als 19. Staat
- 2016 GB-Referendum zum EU-Austritt
- 2017 Gründung Sicherheits- und Verteidigungsunion
- 2019 Wahlen zum Europäischen Parlament

Wirtschaftliche Ziele und Vorteile seit Beginn der EWG 1957

- **Förderung der Wirtschaftsbeziehungen** (Handelsausweitung) und **Erhöhung des Lebensstandards** sowie Förderung der zwischenstaatlichen Beziehungen durch:
  - **Errichtung eines „Gemeinsamen Marktes"**
  - **Abschaffung der Zölle zwischen den Mitgliedsstaaten** einerseits und gemeinsamer Außenzoll gegenüber Drittländern (Zollunion) andererseits
  - schrittweise **Annäherung der Wirtschaftspolitik** (später Wirtschafts- und Währungsunion)
- **Angebotsfülle** auf fast allen Gebieten, insbesondere bei Agrarprodukten
- **günstige Preise für Produkte aus anderen EU-Staaten**
- **großer Absatzmarkt** für unsere Industrie (60 % des gesamten deutschen Exports geht in die anderen EU-Staaten); Exportüberschuss **sichert** ca. 500.000 **Arbeitsplätze in der BRD**
- **Freizügigkeit** für EU-Bürger innerhalb der EU-Staaten (= freie Wahl des Aufenthaltsortes)
- **Niederlassungsfreiheit** für Unternehmer, Handwerker, Dienstleistungsberufe

3.1.3 Gestaltung europäischen Rechts durch die EU-Organe

Stofftelegramm

Europäischer Rat **(Sondertagungen der Staats- und Regierungschefs)**

Einrichtung seit 1975, tagt 2- bis 3-mal jährlich („Gipfeltreffen"), legt politische Leitlinien zur europäischen Einigung fest, beschließt gemeinsame Standpunkte zu internationalen Fragen.

Rat der Europäischen Union **Ministerrat**

- Tagung der Außenminister und/oder zuständigen Fachminister (in neun verschiedenen Zusammensetzungen), in der Praxis abhängig von Entscheidungen der nationalen Regierungen bzw. des Europäischen Rats (Der Vorsitz im Rat wechselt halbjährlich.)
- Funktion: „**Gesetzgeber der EU**" (LEGISLATIVE!)
  - **Verordnungen** gelten in allen EU-Staaten als Gesetze, stehen über nationalem Recht.
  - **Richtlinien** verpflichten die EU-Staaten, entsprechende nationale Gesetze zu erlassen.
  - **Entscheidungen** regeln Einzelfälle verbindlich (z. B. für einen Staat, ein Unternehmen).

Kommission

- Gremium in **Brüssel** aus unabhängigen Kommissaren, die von den Nationalstaaten (offiziell vom Außenminister-Rat) ernannt und vom Europaparlament bestätigt werden.
- Als „**Motor der EU**" macht die Kommission **Vorschläge für Verordnungen und Richtlinien** an den Ministerrat und übergibt sie dem Europa-Parlament zur Beratung.
- **Ausführung** der Ministerratsentscheidungen (EXEKUTIVE!), z. B. Durchführungsverordnung
- Überwachung der Einhaltung von EU-Verträgen in der Praxis (u. a. auch Entgegennahme von Firmen- und Bürgerbeschwerden)

Europäisches Parlament

751 Abgeordnete bei der „Europawahl" 2014 gewählt, davon 96 aus Deutschland (Wahlperiode 5 Jahre), Vollversammlung (= Plenarversammlung) ist stets in **Straßburg,** sonstige Arbeit in **Brüssel;** Sitzgruppierung länderübergreifend nach politischen Fraktionen, z. B. volksparteilich/christdemokratisch oder sozialdemokratisch (vgl. Seite 356)

Hauptaufgaben:
- **Beratung und Verabschiedung des EU-Haushalts** (Mitentscheidung über Ausgabenseite)
- **Stellungnahme** zu Vorschlägen der Kommission
- **Anfragen an Kommission und Ministerrat** (= **Kontrolle**)
- volle Beteiligung an der Gesetzgebung in Teilbereichen (verstärkt seit Lissabon-Vertrag)

Außerdem hat das **Parlament** folgende Rechte:
- **Wahl des Kommissionspräsidenten** (der allerdings vom EU-Rat vorgeschlagen wird)
- Untersuchungsausschüsse zur Klärung von Verstößen gegen das EU-Gemeinschaftsrecht
- Überprüfung von Kommissionskandidaten, Misstrauensantrag gegenüber der Kommission
- Zustimmungsrecht für weitere EU-Beitrittsverträge
- **Bürgerbeauftragter** ist zuständig für das Petitionsrecht bei Missständen in EU-Institutionen.

Europäischer Gerichtshof

- **Verfassungs- und Rechtsschutzorgan in Luxemburg**
- **Zuständigkeit für alle EU-Organe**, **Mitgliedsstaaten** und betroffene Personen (durch EU-Rechtsakte), z. B. bei
  - Klagen der Kommission gegen einzelne EU-Staaten oder EU-Staaten gegeneinander,
  - Klagen von EU-Bürgern gegen EU-Organe oder den eigenen Nationalstaat

→ **Entscheidungen des Gerichtshofs sind unanfechtbar und von Nationalstaaten zu beachten,** das EU-Recht ist auch von den nationalen Gerichten durchzusetzen.

3.1.4 Machtverteilung und Zusammenarbeit in der EU (nach dem Vertrag von Lissabon 2009)[1]

Stofftelegramm

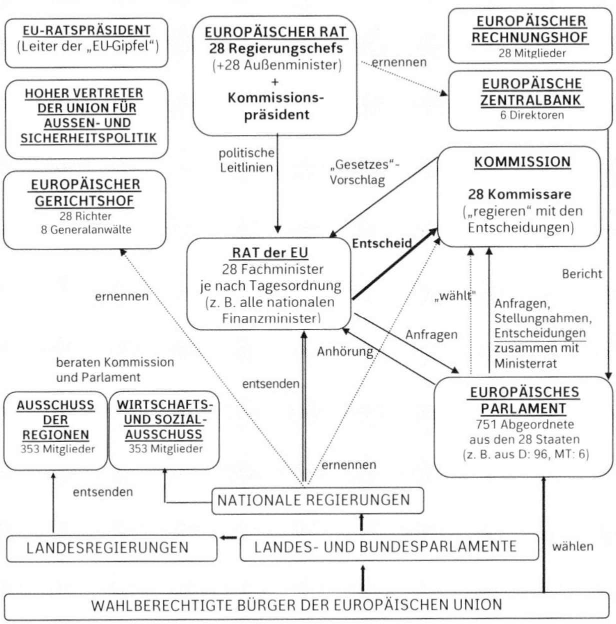

[1] *Datenstand vor dem Ausscheiden von GB 2019.*

Stimmen und Sitze in den EU-Organen, Bedeutung der Mitgliedsstaaten (ab EP-Wahl 2014)

EU-Mitglieder (beispielhaft für unterschiedliche Größe)	Internat. Abkürzung	Einwohner in Mio.	% der EU-Bevölkerung	Sitze im **Europaparlament**	%-Anteil an Sitzen im Europaparlament	Stimmen im **Ministerrat**	Stimmen in der **Kommission**
Deutschland	DE	81,8	16,1	96	12,8	29	1
Frankreich	FR	64,7	12,5	74	9,9	29	1
Großbritannien	UK/GB	62,0	12,2	73	9,7	29	1
Italien	IT	60,3	11,9	73	9,7	29	1
Spanien	ES	46,0	9,0	54	7,2	27	1
Polen	PL	38,2	7,5	51	6,8	27	1
Österreich	AT	8,4	1,7	18	2,4	10	1
Bulgarien	BG	7,6	1,5	17	2,3	10	1
Lettland	LV	2,2	0,4	8	1,0	4	1
Slowenien	SL	2,0	0,4	8	1,0	4	1
Luxemburg	LU	0,5	0,09	6	0,8	4	1
Malta	MT	0,4	0,08	6	0,8	3	1

Wie viele Stimmen und Mandate die einzelnen Nationen in den EU-Organen (z. B. im Ministerrat) haben, ist ein Kompromiss zwischen Gerechtigkeit und Einflussmöglichkeit. Die bevölkerungsmäßig **kleineren Staaten** sind im Verhältnis **stärker vertreten**, um nicht bedeutungslos zu werden.

Das EP teilt sich die Funktion der „Gesetzgebung“ mit dem Ministerrat (= Rat der Europäischen Union). Das EP kann nicht wie die Kommission eigene „Gesetzesvorschläge“ einbringen, aber doch die Kommission dazu drängen.

Europaparlament in Straßburg

Das EP kennt wie der Bundestag Debatten und Abstimmungen nach drei Lesungen. Aber die EU ist eine **überstaatliche Organisation** und der Ministerrat ist das letzte Entscheidungsgremium. Deshalb ist das EP nur teilweise mit dem Bundestag vergleichbar.

1979	1984	1989	1994	1999	2004	2009	2014
62 %	61 %	58,5 %	56,8 %	49,8 %	**45,5 %**	**43,1 %**	**43,1 %**

Wahlbeteiligung für das EP sank 30 Jahre lang stetig und bleibt niedrig.

Fraktionen im Europaparlament (Stand: 2018):

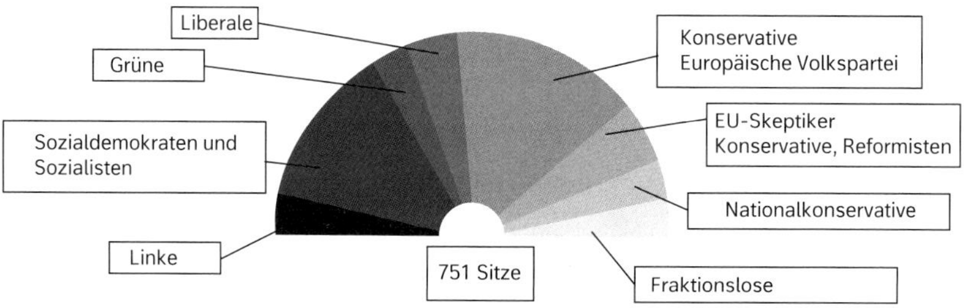

Zur Fraktionsbildung sind mindestens 25 Abgeordnete aus sieben EU-Staaten nötig.

Europäische Zentralbank (EZB) in Frankfurt am Main:

- unabhängiges Organ mit Zuständigkeit für die Geldpolitik in den 19 „Euro"-Staaten (2015)
- Aufgaben: einheitliche Währungspolitik mit dem Oberziel Preisstabilität; Eurogeld in Umlauf bringen; Zahlungsverkehr in der EU organisieren; Devisenreserven verwalten

Rat der EZB:

Direktorium mit 6 Mitgliedern: EZB-Präsident, Vizepräsident und 4 weitere Mitglieder (Amtszeit zwischen 5 und 8 Jahren)	Zentralbank-Präsidenten der 19 Euroländer: AT, BE, CY, DE, EE, ES, FI, FR, GR, IE, IT, LT, LU, LV, MT, NL, PT, SI, SK

Sonstige Organe:

- Der **Europäische Rechnungshof** überprüft die Ausführung des Haushaltsplans der Europäischen Gemeinschaft, kontrolliert die Ausgaben insbesondere auf mögliche Verschwendung und Missbrauch der Gelder.
- Die **Europäische Investitionsbank** hat die Aufgabe, auf finanziellem Gebiet zu einer ausgewogenen Entwicklung der Gemeinschaft beizutragen.
- Der Europäische Gerichtshof wird ergänzt durch ein **Gericht erster Instanz** (28 Richter, die von den nationalen Regierungen im Einvernehmen auf 6 Jahre ernannt werden), das z. B. tätig wird bei Schadenersatzklagen gegen die EU, Untätigkeitsklagen gegen die Kommission.
- **Vermittlungsausschuss** (zur Kompromisssuche zwischen Ministerrat und Europaparlament)

Wie ist das Staatssystem der EU einzuordnen?

Die Europäische Union ist kein Bundesstaat, sondern ein Staatenbund. 1993 war mit der Ratifizierung der „Maastrichter Verträge" die EU entstanden. Die Rechtsgrundlage der EU besteht v. a. aus dem EU-Vertrag 1992 und dem EG-Vertrag (mit Veränderungen seit 1957) sowie den Veränderungen mehrerer Folgeverträge bis hin zum Vertrag von Lissabon 2009.

Säulen des „Europäischen Hauses" nach **Maastrichter, Amsterdamer und Nizza-Vertrag**

Erste Säule: Europäische Gemeinschaft	Zweite Säule: Gemeinsame Außen- und Sicherheitspolitik	Dritte Säule: Zusammenarbeit in der Innen- und Rechtspolitik
Ausgangsbereiche: • Zollunion, Binnenmarkt • Agrarpolitik • Strukturpolitik Neues Gemeinschaftsrecht: • Wirtschafts- und Währungsunion • Unionsbürgerschaft • Bildung und Kultur • Verbraucherschutz • Forschung, Umwelt • Industriepolitik • Sozialpolitik ...	Außenpolitische Kooperation im Hinblick auf: • Friedenserhaltung • Demokratie • Hilfe für Drittstaaten Kooperation in der Sicherheitspolitik: • Rüstungswirtschaft und Abrüstung • Planung Europäischer Sicherheitsordnung, evtl. gestützt auf WEU	Ziel: gemeinsame Entscheidungen in der Asyl-, Flüchtlings-, Einwanderungs- und Visapolitik Kooperation bei der Bekämpfung organisierter Kriminalität; Koordinierung von Polizei- und Justizbehörden bleibt Angelegenheit der Mitgliedsstaaten
weitgehend übernational unter Mitwirkung des Europäischen Parlaments	grundsätzliche Entscheidungen nur einstimmig im Europäischen Rat	Europäischer Rat oder einzelne nationale Regierungen

Die **Europäische Union** ist ein Verbund von selbstständigen Staaten, die aber durch Verträge mehr oder weniger aneinandergekoppelt sind:
Im Politikbereich der **1. Säule** handeln wir Europäer, als ob wir ein einziger Staat wären.
Im **2. Bereich** muss sich jeder Einzelstaat an gemeinsam gefasste Beschlüsse halten, bleibt aber für sich allein in der Umsetzung (durch nationale Gesetze) verantwortlich. In den **restlichen Politikbereichen** entscheidet weiterhin jeder Staat selbst, sucht höchstens freiwillig nach Koordinierung mit anderen EU-Staaten. So sind auch nach dem **Vertrag von Amsterdam** 1997 (in Kraft seit 1999) – einer Weiterentwicklung des Maastrichter Vertrags durch die 15 Staats- und Regierungschefs der EU-Mitgliedsstaaten – die Einzelstaaten für die Beschäftigungspolitik zuständig. Seit dem **Vertrag von Nizza** 2003 und insbesondere dem **Vertrag von Lissabon** 2009 gilt: Zunahme verbindlicher Mehrheitsentscheidungen (mit qualifizierter Mehrheit) im Rat der EU und gestärkte Antrags- und Klagebefugnisse im EU-Parlament, Vetorecht der Staaten stark eingeschränkt, europäische Volksabstimmungen!

Der **Maastrichter Vertrag** zur Errichtung der EUROPÄISCHEN UNION (1992/1993)

- Ziele: **vollständige Wirtschafts- und Währungsunion**, gemeinsame Außen- und Sicherheitspolitik, verstärkte Zusammenarbeit in der Innen- und Rechtspolitik und dabei Erweiterung der EU-Kompetenzen, Schaffung der Unionsbürgerschaft
- EU-Staaten, die der Währungsunion beitreten wollen, müssen am EWS II teilnehmen, d. h. **bestimmte finanzpolitische Merkmale erfüllen:**

Stabiles Preisniveau	Gesunde Staatsfinanzen	Stabile Wechselkurse	Verantwortbares Zinsniveau
Inflationsrate höchstens 1,5 % über dem Durchschnitt der drei preisstabilsten Länder	**Neuverschuldung** höchstens **3 %, Staatsschulden höchstens 60 % des Bruttoinlandsprodukts**	EWS-Teilnahme seit zwei Jahren ohne große Wechselkursschwankungen (maximal +/–15 %)	langfristige Zinssätze höchstens 2 %-Punkte über dem Durchschnitt der Preisstabilsten

Konflikt: Sogar EU-Gründerstaaten überschritten die Neuverschuldungsmarke. Die Finanzminister der Eurostaaten beschlossen 2005 Reform zur **Lockerung des Stabilitätspaktes**! Die Weltfinanzkrise 2008/2009 führte zu anhaltend **extremer Staatsverschuldung** etlicher „Eurostaaten" (im Durchschnitt 91 % des BIP) und theoretischer **Zahlungsunfähigkeit**, die nur mit EZB-Hilfsfonds u. a. verhindert wird. 130 % Staatsverschuldung Italiens kann den Euro in neue Krise bringen.
Die EZB-Politik des „billigen Geldes" zur Abwertung des Euro wird in Nordeuropa (inkl. DE) auch als gefährliche, unerlaubte Wirtschaftspolitik bewertet.

3.1.5 Streitfelder der EU-Politik

Stofftelegramm

Binnenmarkt und Währungsunion

Streitfall **Europäische Agrarpolitik**

- **Ziele laut EWG-Vertrag (von 1957):**
  - **Produktivitätssteigerung** in der Landwirtschaft
  - Erhöhung des Lebensstandards (Pro-Kopf-Einkommens) in der Landwirtschaft
  - **Stabilisierung** von Angebot und Nachfrage auf dem **Agrarmarkt**
  - Sicherstellung der Versorgung bei **angemessenen Verbraucherpreisen**

- **Methoden der „Agrarmarktordnung":**
  - **Preisgarantie** beim **Aufkauf der Überschüsse** an landwirtschaftlichen Produkten
  - Außenschutz (**Zölle** für Agrar-Importe aus Nicht-EU-Staaten) für ca. 25 % aller Produkte
  - Subventionen für Erzeuger und Verarbeiter landwirtschaftlicher Produkte
  - Garantiepreis- und Mengenbegrenzung (z. B. Milch**quoten** 1984 bis 2015)
- **Merkmale der europäischen Landwirtschaft:**
  - Entscheidungen über **Preise** und **Produktionsmengen** werden von EU-**Kommission** und **Ministerrat** getroffen.
  - Nationale Regierungen können nicht mehr selbstständig entscheiden.
  - **Finanziert** wird die **Preisstützungs- und Lagerhaltungspolitik** aus dem **Gemeinschaftshaushalt der EU** (z. B. über die Zolleinnahmen und USt.-Anteile aus den Nationalstaaten).
- **Negative Folgen der langjährig praktizierten EU-Agrarpolitik:**
  - Sicherung oder Erhöhung der Agrarpreise führte zu Massentierhaltung, Monokulturen und **Überproduktion** (Zucker, Fleisch, Milch, Getreide, Wein ... → „Butterberge", „Milchseen").
  - **Aufkauf, Lagerung und Beseitigung der Überschüsse** (inkl. Vernichtung, Schenkung an bedürftige Drittstaaten) kosteten bis zu 10 Mrd. EUR jährlich.
  - Dritte-Welt-Staaten vernachlässigen eigene Agrar-Produktion.
  - Die **EU brauchte wegen der hohen Agrar-Ausgaben** (fast $\frac{1}{2}$ des EU-Haushalts) **immer mehr Geld** (d. h. auch Steuereinnahmen aus den Mitgliedsstaaten). Die Deckelung der Agrarausgaben seit 2003 führt zu regelmäßigem Streit zwischen EU-Organen untereinander und zwischen den Mitgliedsstaaten.
  - Subventionspolitik führte mehrfach zu „Handelskriegen" mit den USA.

Streitfall **EU-Haushalt – Höhe und Finanzierung**

Ausgaben der EU in Mrd. Euro

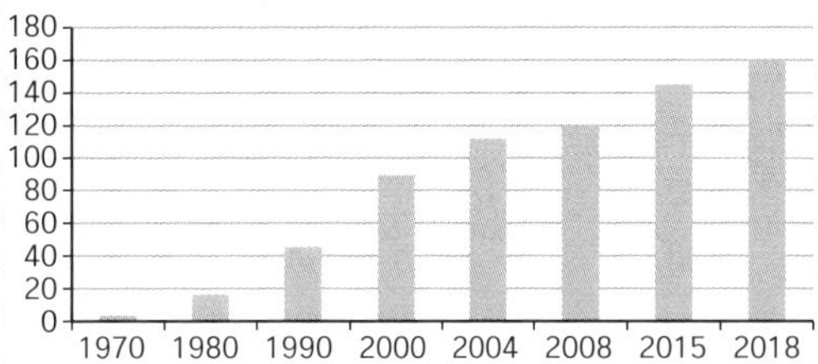

Plan Ausgabenverteilung 2014–2020:	
• Agrarpolitik	38,8 %
• Strukturpolitik	33,9 %
• Forschung u. Technologie	13,1 %
• Verwaltung und Sonstiges	6,5 %
• Außen- u. Sicherheitspolitik	6,1 %
• Unionsbürgerschaft/Recht	1,6 %

Deutschland hat an EU-Wirtschaftsleistung (= BIP) Anteil von 30 % und an der EU-Finanzierung von ca. 22 % → **„wirtschaftlicher Riese"** in Europa. Deutschland ist mit jährlich 12 Mrd. EUR größter „Nettozahler" → zahlt mehr in den EU-Haushalt, als es Subventionen erhält.
EU-Finanzplan 2014–2020 Vorschlag der Kommission: 1.047 Mrd. EUR. Reduzierungswünsche von einzelnen Mitgliedsstaaten wie D und GB und Streit um die Frage der Finanzierung, z. B. beim USt.-Anteil, führten zum Absenken auf 960 Mrd. EUR.

Streitfall **Abkommen von Schengen (Luxemburg 1985/Erweiterungsabkommen 2007)**

Inzwischen haben sich 22 EU-Staaten + Island, Norwegen, Schweiz, Liechtenstein bezüglich des „Grenzen- und Staatsschutzes" auf praktische Regelungen geeinigt:
- **Einreise:** keine Personenkontrollen an den EU-Binnengrenzen (nur Stichproben bei Kriminalitätsverdacht, z. B. Steuerhinterziehung, Drogenschmuggel oder illegale Einwanderung), aber seit 2013 Grenzkontrollen wegen Flüchtlingsströmen
- **Polizeiliche Zusammenarbeit (Europol):** gemeinsames Computerfahndungs- und Informationssystem SIS; Verfolgung von Straftätern über die Binnengrenzen hinweg

Probleme:
- Behinderung bei der praktischen Arbeit, z. T. inkompatible Computersysteme
- Angleichung der Visumspolitik nur angestrebt
- Asylverfahren innerhalb Europas durch nur einen betroffenen EU-Staat bleibt eine Vision – zeitweilige Aussetzung des Abkommens durch einzelne Staaten in den letzten Jahren

EU-Staaten nach drei „Südost-Erweiterungen" 2004 bis 2013

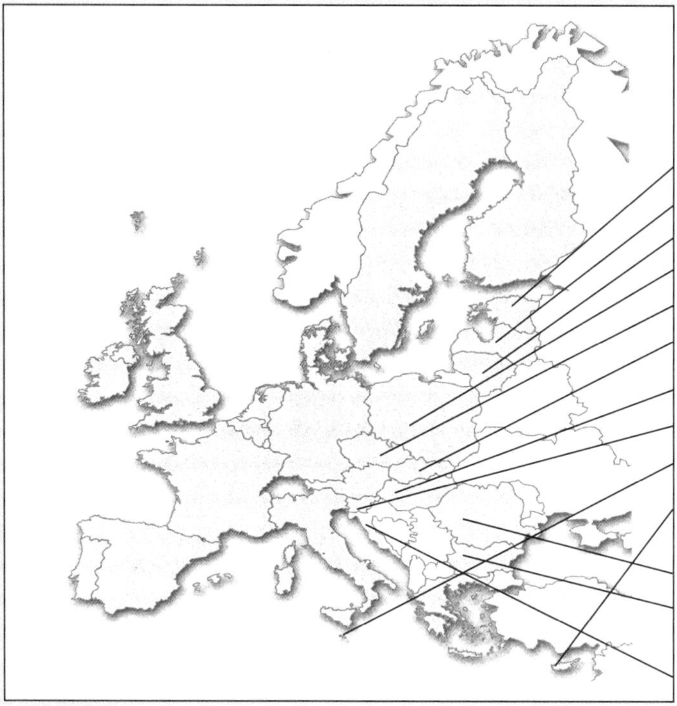

Neue EU-Mitglieder

2004:
Estland
Lettland
Litauen
Polen
Tschechien
Slowakische Republik
Ungarn
Slowenien
Malta
Zypern (West)

2007:
Rumänien
Bulgarien

2013:
Kroatien

€

Belgien
Deutschland
Estland
Finnland
Frankreich
Griechenland
Irland
Italien
Lettland
Litauen
Luxemburg
Malta
Niederlande
Österreich
Portugal
Slowakei
Slowenien
Spanien
Zypern

EU-Alt-Mitglieder **ohne** Eurowährung

Dänemark
Großbritannien[1]
Schweden

Gemeinsames Symbol aller EU-Staaten:

zwölf goldene Sterne im Kreis auf blauem Grund

Kopenhagener Beitrittskriterien (1993):

a) **Politische** Voraussetzungen:
- stabile Demokratie
- Menschenrechte in Verfassung garantiert

b) **Wirtschaftliche** Voraussetzungen:
- Marktwirtschaft
- Wirtschaftliche Leistungsfähigkeit muss dem Wettbewerb des Binnenmarktes gewachsen sein.

c) **Gemeinschaftsrechtliche** Voraussetz.: EU-Recht (Verträge, Verordnungen) muss in das nationale Recht übernommen werden (können).

[1] *Bei Drucklegung war der avisierte Brexit noch nicht vollzogen und Großbritannien somit noch Mitglied der EU.*

3.1.6 Perspektiven der EU: Gestaltung und Probleme

Stofftelegramm

DER EUROPAGEDANKE

- **Leitmotive** unverändert: **politische Stabilität** auf dem Kontinent und **Friedenssicherung**
- Glaube an Europas Zukunft ist abhängig von wirkungsvoller Zusammenarbeit zwischen den EU-Staaten und EU-Organen und bürgernaher Politik, welche die Vorteile der EU den Bürgern einsichtig machen kann.

Seit dem Vertrag von Amsterdam 1997 sind die **Rechte des einzelnen EU-Bürgers** gestärkt:

- Schutz der Grundrechte: Jeder, der sich durch EU-Institutionen beeinträchtigt fühlt, kann vor dem Europäischen Gerichtshof klagen.
- Unionsbürgerschaft: Die Staatsangehörigen jedes Mitgliedsstaates sind „**Unionsbürger**".
- Petitionsrecht: Beschwerderecht beim Bürgerbeauftragten des Europäischen Parlaments
- Freizügigkeit in allen Ländern der EU (Aufenthaltsrecht kaum eingeschränkt)
- Wahlrecht: bei Europa- und Kommunalwahlen für alle EU-Bürger in jedem EU-Land

In welcher Form kann sich Europa **weiterentwickeln**?

- **Vertiefung:**
  Der Währungsunion müsste theoretisch die Verwirklichung der **politischen Union** folgen (ähnlich dem USA-Modell), da nationale Finanz- und Beschäftigungspolitik nicht mehr frei von Entscheidungen der EZB-Geldpolitik betrieben werden kann.
  Die **Entscheidungswege** und **Machtverhältnisse** müssen **reformiert** werden, aber wie (weit), das ist umstritten, genauso wie eine gemeinsame Wirtschafts- und Finanzpolitik.

Übertragung vieler Politikbereiche auf die EU ⟵	⟶ Interessen der Einzelstaaten
Aufwertung des Europäischen Parlaments, weil nur so eine demokratische Kontrolle der EU-Regierung (Kommission + Rat) möglich ist	Bewahrung der Rechte der einzelnen Parlamente, im Föderalstaat BRD also von Bundestag und Länderparlamenten
„gerechtere" Stimmenverteilung im Ministerrat und mehr Mehrheitsentscheidungen statt Zwang zur Einstimmigkeit	Interessenwahrnehmung kleinerer Staaten und der jeweiligen Minderheit bei Abstimmungen

- **Erweiterung:**
  EWG/EU war nie eine „Festung West-Europa", hat fast alle beitrittswilligen Staaten integriert. Der Zusammenbruch des Kommunismus in Osteuropa und das Ende des Ost-West-Konflikts brachte zwangsläufig den Wunsch der Ostblockstaaten nach Aufnahme in das „Kern-Europa". Beitrittsanträge wurden seit 1990 von 17 Staaten gestellt. Die **Osterweiterungen** sind die größte Herausforderung in der Geschichte Europas wegen der Fülle der **Probleme:**
  - **Aufnahme** von elf Staaten aus dem früheren Ostblock bis 2013 (siehe Karte Seite 360)
  - Die Vorstellungen über Ziele, Fortschritte und Ausgestaltung der EU wurden vielfältiger.
  - Das Verständnis von **Demokratie** und **Marktwirtschaft** im Westen, welche die wichtigsten **Aufnahmevoraussetzungen** darstellen, hat nur kurze Tradition in Osteuropa.

- Die Neumitglieder Osteuropas erwarten große finanzielle Hilfe aus den Strukturfonds der EU. Der Europäische Rechnungshof geht von 30 Mrd. EUR Zusatzkosten jährlich aus. Allein Polen hat laut EU-Haushalt bisher mehr als 80 Mrd. EUR Strukturhilfen erhalten.

Einige der neuen – wie auch der potenziellen – Mitgliedsstaaten haben nämlich die typischen Probleme der hilfsbedürftigen Regionen: großer Landwirtschaftssektor, niedriges Bruttoinlandsprodukt, hohe offizielle oder verdeckte Arbeitslosigkeit.
Ohne die Deckelung der bisherigen Agrarpreisunterstützung würde das Finanzierungssystem des Agrarhaushaltes und damit der ganzen EU zusammenbrechen.

Wie ist das Beitrittsverfahren geregelt?

Antrag des Bewerberstaates → Beitrittsverhandlungen → Beitrittsakte (Unterzeichnung durch Mitgliedsstaaten und Bewerber)

Ratifizierungsprozess:

EU	Bewerberstaaten	Bisherige EU-Mitglieder
• Rat (einstimmig)	• Parlament	• Parlamente
• Parlament (mehrheitlich)	• Referendum	• Referenden

Wie steht es um einen „**Vertrag über eine Verfassung für Europa**"?

- EU-Gipfel im Juni 2007 beschließt, dass eine Regierungskonferenz bis Jahresende einen neuen EU-Vertrag erarbeitet. Denn die Einigung der 25 Regierungschefs im Juni 2004 auf eine „EU-Verfassung" scheiterte hinterher an Volksabstimmungen in F und NL.
- **Hauptziele seit 2004:** Stärkung der politischen Union, um gemeinsam wirtschaftspolitisch, außen- und sicherheitspolitisch agieren zu können; Verbesserung des Abstimmungs- und Beschlussverfahrens, klarere Verteilung der Zuständigkeiten
- **Planungen seit 2007/Ziel: Vertrag von Lissabon**
  - Einführung eines hauptamtlichen **EU-Ratspräsidenten** und eines „**EU-Außenministers**"
  - Stärkung der Rechte des EU-Parlaments
  - Blockaden sollten zukünftig mit **Abstimmung nach neuem Mehrheitsprinzip** weitgehend vermieden werden; weniger Veto-Möglichkeiten bei Ratsabstimmungen
  - Verkleinerung der Kommissionsmitgliederzahl auf $\frac{2}{3}$ der Mitgliedsstaaten
  - Der Lissabon-Vertrag trat im Dezember 2009 in Kraft. Es ist keine „Verfassung", sondern ein „Vertrag über die Arbeitsweise der Europäischen Union", der die bisherigen Verträge einbezieht und um Neuregelungen ergänzt. Auswirkungen hat er seit 2014.

WIRTSCHAFTLICHES UND POLITISCHES GEWICHT EUROPAS

- Die Europäische Union hat größtes weltwirtschaftliches Gewicht (Daten gerundet, z. T. geschätzt):

Staaten	Bevölkerung in Mio.	Anteil am Welt-BIP (kaufkraftbereinigt)	Anteil am Welthandel (ohne Binnenhandel)	Staatl. Entwicklungshilfe
EU-28	512	17 %	15 %	53 Mrd. USD
USA	329	16 %	11 %	23 Mrd. USD

- **Die 7 % der Weltbevölkerung in der EU leben im wichtigsten Wirtschaftsraum der Welt.** D, F, GB, IT sind neben USA, Kanada, Japan an den Weltwirtschaftsgipfeltreffen der G-7-Staaten beteiligt. Die EU ist zusätzlich zu den Nationalstaaten D, F, GB, IT als Staatenbündnis bei den Treffen vertreten. Die G-8 (inkl. Russland) sind dominierender Teil der G-20-Staatengruppe.
- EU als stabilisierender Faktor in Europa (aber auch Konkurrent für Russland)

- Zusammenarbeit mit Europarat, OSZE, NATO, UNO kann **weltpolitische Rolle** stärken: bei Verhinderung militärischer Konflikte, Friedenssicherung, Bekämpfung der internationalen Kriminalität, Bekämpfung von Rassismus und Fremdenfeindlichkeit; Armutsminderung auf anderen Kontinenten, z. B. durch Entscheidung für Schuldenerlass in Höhe von zig Milliarden Euro für die ärmsten Entwicklungsländer – beschlossen auf EU-, G-8-, G-20-Gipfeltreffen.

ZUKUNFT FÜR EUROPA?!

Vor welchen anhaltenden politischen **Problemen/offenen Fragen steht die EU?**

- Regierungen der Nationalstaaten wollen Machtverlust verhindern und haben sehr verschiedene Interessen, wie die Eurofinanz- und Flüchtlingskrise zeigen.
- **Europäisches Parlament bräuchte mehr Rechte**, um die entscheidende gesetzgebende Gewalt (= Legislative) in Europa werden zu können, z. B. mit echtem Gesetzesinitiativrecht.
- **Bevölkerung in den Nationalstaaten müsste** davon **überzeugt werden können**, dass EU-Erweiterung und EU-Machtzuwachs auch für die Bürger selbst von **Nutzen** ist. (EU-Parlament-Wahlbeteiligung auf niedrigem Niveau deutet eher auf Enttäuschungen hin, die nationalistisch-populistisch gesteuert zum Austritt [Bsp. „Brexit"] führen können.)
- Wie weit darf die Souveränität eines Nationalstaates überhaupt eingeschränkt werden, ohne nationale Verfassungen wie das Grundgesetz der BRD zu brechen? (Zuständigkeit des Bundesverfassungsgerichts oder des Europäischen Gerichtshofs umstritten!)
- Wie sollte der Euro stabilisiert, der Stabilitätspakt wirkungsvoll reformiert werden? Wie weit sollten alle EU-Bürger für zu hohe Schulden anderer Staaten haften?
- Ist es möglich, die **unterschiedlichen Steuer- und Sozialsysteme, Wirtschaftspolitiken und Arbeitsmarktbedingungen** zu harmonisieren, evtl. mithilfe einer gemeinsamen „Wirtschaftsregierung"?
- Ist ein starker Abbau der Agrarsubventionen durchsetzbar?
- Wo sind die (geografischen und finanziellen) Grenzen für die **Aufnahme weiterer Staaten** über die Beitrittskandidaten Albanien, Mazedonien, Montenegro, Serbien, Türkei hinaus?

Aufgaben

1. Welche Motive für den Prozess der europäischen Einigung haben seit 1945 bis heute ihre Gültigkeit?
2. Welche Staaten haben mit der Gründung der Montanunion 1951/1952 den Anstoß zur Entwicklung eines europäischen Binnenmarktes gegeben?
3. Nennen Sie die Staaten, die seit 1957 in die EU aufgenommen wurden.
4. Welche Vorteile bringen uns Europäern als Reisende und Arbeitskräfte der Binnenmarkt und das Schengener Abkommen?
5. Nennen Sie die fünf wichtigsten Organe der EU und je eine ihrer Hauptaufgaben.
6. Warum kann man sagen, dass die EU-Agrarpolitik einem Teufelskreis gleicht?
7. Wodurch unterscheidet sich die Währungsunion vom EWS?
8. Wovon ist es abhängig, ob die Währungsunion erfolgreich sein wird, das heißt der Euro so stabil sein wird wie die DM von 1949 bis 1999?
9. Zeigen Sie im Vergleich zum Bundestag, dass dem Europäischen Parlament bisher selbstverständliche demokratische Rechte fehlen.

10. Welches sind die größten Hindernisse für ein vollständiges „Zusammenwachsen" europäischer Staaten zu einem „Vereinigten Europa"?

11. Welche negativen und positiven wirtschaftlichen und gesellschaftlichen Konsequenzen können die EU-Erweiterungen für die früheren EU-15 und die 13 Beitrittsländer haben?

3.2 Globalisierung

3.2.1 Globalisierungserfahrungen

Stofftelegramm

Was besagt der Begriff Globalisierung?

Seit den 80er-Jahren des vorigen Jahrhunderts ist das Leben auf diesem Globus geprägt von **weltweitem Austausch von Informationen, Gütern und Dienstleistungen**. Durch den fortschreitenden technologischen Wandel haben die Austauschprozesse mit immer größerer Geschwindigkeit und Reichweite zunehmende Wirkungen auf alle Lebensbereiche:

Wirtschaft („Weltbinnenmarkt"):

- Der Welthandel wächst seit 1980 zwischen 3 % und 7 % jährlich.
- Alle an irgendeinem Ort der Welt produzierten Güter oder Informationen sind innerhalb kürzester Zeit – Bezahlung vorausgesetzt – an vielen anderen Orten für Firmen und Privatleute verfügbar, v. a. mittels Satelliten, Internet, Telefonen, Fernsehen, Flugzeug.
- Globalisierung = internationale Verflechtung der Finanzmärkte (z. B. 24 h Finanzgeschäfte an den „Welt-Börsen"), internationaler Unternehmenswettbewerb um Marktanteile und Know-how, Standortwettbewerb um Kapital (Direktinvestitionen von Firmen)
- Globale Fusionen von europäischen, chinesischen, japanischen und amerikanischen Firmen sind üblich geworden.

Kommunikation („vernetzte Welt"):
weltumspannende Information über Nachrichtenagenturen, E-Mail-Austausch, Skype-Videotelefonate, soziale Netzwerke, Plattformen in der Cloud; Tausende Web-Radio- und TV-Sender strahlen Songs, Videos, Spielfilme, Sitcoms aus.

Gesellschaft und Kultur („Globales Dorf"):
Lebensweisen, Kleidung, Musikstile werden weltweit angeglichen, standardisiert; Ladengeschäfte der großen Marken haben weltweit dasselbe Design; Sprachen übernehmen zunehmend Fremdwörter aus dem im Internet vorherrschenden Englisch; weltweiter Tourismus geht kaum gebremst weiter (zwei Mrd. Flüge jährlich)

Sicherheit („Weltrisikogemeinschaft"):
Krisen, Kriege, Seuchen, Umweltzerstörung haben häufig weltweite Ursachen und Auswirkungen (z. B. Wassermangel, CO_2-Ausstoß, Streit um Rohölquellen und -transportwege).

Politik:
Die Zahl der UN-Mitglieder ist auf 193 (UNESCO 195) gewachsen, mehr als 80.000 transnationale Unternehmen und 35.000 Nichtregierungsorganisationen versuchen auf politische Entscheidungen Einfluss zu nehmen.

3.2.2 Chancen und Gefahren der Globalisierung

Stofftelegramm

URSACHEN:
- technischer Fortschritt, v. a. bei der Informationstechnik
- Abbau von Zöllen und anderen Handelsschranken durch GATT, WTO, TPP
- Entstehung gemeinsamer Märkte wie EWG, NAFTA, Mercosur, ASEAN
- schnellere und billigere Transportmittel (Container-Schifffahrt)
- weitgehend freier Kapitalverkehr
- Ende des Ost-West-Konfliktes und des kommunistischen „Ostblocks“

MERKMALE:
- internationale Arbeitsteilung
- Wettbewerb von Staaten und Regionen um Direktinvestitionen (Firmenansiedlung) multinationaler Konzerne (= Standortwettbewerb)
- weltweite Integration der Finanzmärkte
- Welthandelsvolumen steigt stark (und stärker als die Weltproduktion!).
- sinkender Einfluss einzelner Staaten auf transnationale Wirtschafts- und Gesellschaftspolitik

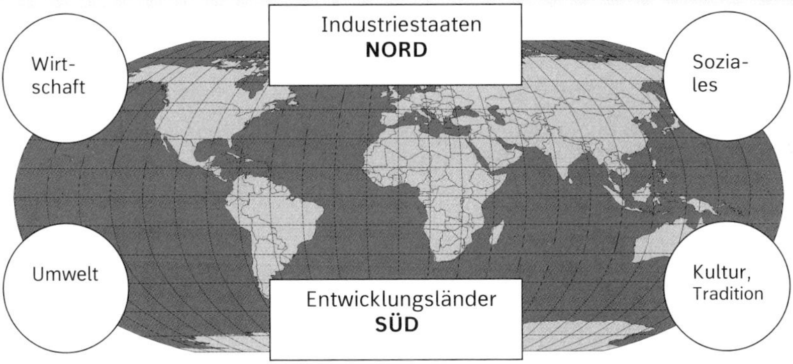

CHANCEN:
- Unternehmen können weltweit produzieren, investieren, einkaufen, dort, wo es für sie am günstigsten ist, und deshalb auf dem Weltmarkt preisgünstig Produkte anbieten.
- größeres Warenangebot
- freier Welthandel, erweiterte Exportchancen
- steigende Einkommen für Unternehmer und Arbeitnehmer in bestimmten Branchen und Weltregionen
- steigendes Weltsozialprodukt

GEFAHREN:
- Verlust von Arbeitsplätzen in den „Hochlohn-Staaten“ durch die internationale Konkurrenz
- Abbau des „sozialen Netzes“ (von Sozialstaatsleistungen)
- Produktion an Standorten ohne Umweltschutzvorschriften
- Auslösung von Wirtschaftskrisen durch Spekulationen an den Aktien- und Devisenbörsen
- Ohnmacht der Politik gegenüber den „Global Players“ an Investitions- und Finanzmärkten
- Verlust der kulturellen Vielfalt
- Förderung des Terrorismus
- globale Krankheitsverbreitung

Aspekte politischer Bewertung der Globalisierungsprozesse

- Die weltweite Arbeitsteilung kann den „Wohlstand der Nationen" mehren.
- Es besteht die Gefahr, dass durch gegenseitige Unterbietung von Sozial- und Umweltstandards die Wohlfahrt der Arbeitnehmer nicht nur in den „reichen Ländern" stark beeinträchtigt wird. Deutsche Unternehmen und Arbeitnehmer haben neue Konkurrenten mit Dumpinglöhnen und -preisen: südostasiatische und lateinamerikanische Schwellenländer sowie Staaten in Mittel- und Osteuropa („Emerging Markets").
- Die Strategie transnationaler „global handelnder" Konzerne, Arbeitskräfte dort „einzukaufen", wo sie am billigsten sind, Produktionsstätten dorthin zu verlagern, wo die Umweltstandards und die Steuerbelastung am niedrigsten sind, und möglichst auch am Firmenstammsitz keine oder wenig Steuern zu bezahlen, zeigt die Grenzen nationalstaatlicher Politik.

Eine **globale Wirtschafts- und Sozialpolitik** kann nur in Ansätzen entwickelt werden. Firmen wie VW versuchen inzwischen allerdings, Mindeststandards für alle über den Globus verteilten Werke zu setzen und einzuhalten und haben insofern Vorbildcharakter für andere „Global Players". Nichtregierungsorganisationen (NGOs) gewinnen zunehmend an Einfluss und finden bei WTO-Gipfeln und auch in den (westlichen) Medien zunehmend Beachtung. Die Bedeutung der ILO (International Labor Organisation, UNO-Sonderorganisation) müsste für globale Chancengleichheit extrem gestärkt werden.

Ziel einer gerechteren Welt müsste das Verhindern der grenzüberschreitenden Verschiebung von Gewinnen und Einkünften mit dem Ziel, Steuern zu vermeiden oder zu hinterziehen, sein. Durch die Globalisierung hat sich die Kluft zwischen Arm und Reich vergrößert, sowohl innerhalb der Gesellschaften als auch zwischen Nord und Süd. Weniger als 100 Menschen besitzen 50 % des Weltvermögens.

Als Folge des ständigen Wirtschaftswachstums und Welthandels hat sich das Weltklima stark verändert. 2015 wurde auf der UN-Klimakonferenz in Paris eine Vereinbarung von 196 Mitgliedsstaaten mit dem Ziel des Klimaschutzes in Nachfolge des Kyoto-Protokolls verabschiedet. Um die Treibhausgasemissionen bis zum Jahr 2100 auf Null zu reduzieren (Ziel des UN-Abkommens), womit die Erderwärmung auf 2° C (gegenüber 1850) begrenzt werden soll, sind globale Anstrengungen nötig, zumal die Weltbevölkerung bis zum Jahrhundertende auf 10 Mrd. Menschen wachsen wird. Ohne China und die USA sind die Probleme kaum zu lösen. US-Präsident Trump jedoch hat das Abkommen für die USA aufgekündigt, und außerdem fehlen noch immer konkrete Maßnahmen der einzelnen Staaten (wie z. B. der Ausstieg aus der Braunkohleverstromung).

Aufgaben

1. Erläutern Sie den Begriff „Globalisierung" in zwei verschiedenen Zusammenhängen.
2. Definieren Sie „wirtschaftliche Globalisierung".
3. Definieren Sie „kulturelle Globalisierung".
4. Wie hat sich Globalisierung auf die Kommunikationsmöglichkeiten ausgewirkt?
5. Globalisierung kann aus deutscher Sicht sowohl positiv als auch negativ gesehen werden. Erläutern Sie hierfür je ein Beispiel.
6. Nennen Sie vier ehemalige südostasiatische Entwicklungsländer, welche zu Gewinnern der Globalisierung wurden.

3.3 Friedenssicherung und Entwicklungszusammenarbeit

3.3.1 Problematik der Friedenssicherung

Stofftelegramm

- **Krieg und Frieden zu Beginn des 21. Jahrhunderts:**
  Realität: weltweit **jährlich** ca. **45 Kriege** und schwere „Bürgerkriege"
- **Frieden – Vorstellungen von Friedensrealität und Zielen:**

Höchstes **Friedensziel**: ein Leben in einer Weltgesellschaft mit **sozialer Gerechtigkeit**, ohne jede strukturelle Gewalt, mit gewaltfreier Konfliktregelung im privaten und gesellschaftlichen Leben und mit einer Natur im ökologischen Gleichgewicht

Idealzustand „Positiver Frieden"
Abwesenheit aller Gewaltauslöser

Friedensprozess „Dynamischer Frieden"
Abbau von sozialer Ungerechtigkeit, struktureller Gewalt

Frieden als Nichtkrieg – „Negativer Frieden"
keine direkte personelle Gewalt durch Krieg oder Bürgerkrieg
Situation des Waffenstillstands

Welches sind die häufigsten **Ursachen** für **Kriege**?

- **Wirtschaftsinteressen:**
  - wirtschaftliche **Kontrolle über wichtige Rohstoffe/Energieträger** (z. B. Öl im Krieg Irak gegen Kuwait, z. T. auch im UNO-Golfkrieg und im „USA-GB-Anti-Irak-Krieg" 2003)
  - **Sicherung ökonomisch wichtiger Verkehrswege** (z. B. Suez-Kanal-Krieg)
  - **Rüstungsverkäufe** (v. a. der Großmächte) in „Spannungsgebiete", gegenseitige Aufrüstung
    (z. B. Iran ↔ Irak, Indien ↔ Pakistan)
  - extreme soziale Unterschiede zwischen den korrupten Eliten in den Metropolen und der armen Landbevölkerung
- **Militärstrategie und Machtpolitik:**
  - **Besetzung von strategisch wichtigen Gebieten**
    (z. B. China ↔ Tibet, Israel ↔ Syrien [Golan], Großbritannien ↔ Argentinien [um die Falkland-Inseln])
  - **Ausdehnung des Herrschaftsbereichs** (z. B. UdSSR ↔ Afghanistan)

- **Totalitäre Ideologie und Religion:**
  - **Ausbreitung einer politischen Weltanschauung** (z. B. Vordringen der kommunistischen Ideologie in Korea, Vietnam, andererseits Abwehrversuch durch demokratisch-kapitalistische Staaten, v. a. USA)
  - **missionarische Ausbreitung einer Religion/Religionsgruppe** (z. B. politisierter Islam: Taliban, Untergrundkämpfer in Pakistan, Ausbreitung eines sunnitischen „Islamischen Staates" von Syrien über Irak, Libanon u. a.)
- **Gebietsansprüche:**
  - **Volksgruppen** (mit gleicher Sprache, Kultur, Tradition) **wehren sich gegen kolonialzeitliche/imperialistische Grenzziehungen** (z. B. im Kosovo, Tschad, Bergkarabach) oder kulturelle bzw. wirtschaftliche Benachteiligung.
  - **Völker leiten aus verschiedenen Traditionen** (z. B. **religiösen) und Schicksalen** (z. B. Zwangsvertreibung, Kolonialmachtsentscheidung) ihr **Besiedelungsrecht ab** (z. B. Israel ↔ Palästina, Iran ↔ Irak, Irak ↔ Kuwait, Kroatien ↔ Serbien).
- **Wahnvorstellungen/Feindbilder:**
  - **Diktatoren,** deren Macht im eigenen Staat nicht begrenzt ist, suchen weitere **Selbstbestätigung in der Niederwerfung anderer Völker.**
  - Verherrlichung der Leistungen und kämpferischen Natur der eigenen Nation (**Nationalismus**), Verächtlichmachung anderer Völker und Ethnien („Rassen") (**Rassismus**)
  - Schuldzuweisung für eigenes (wirtschaftliches) Elend an fremde Staaten („Sündenböcke"!), **Propaganda**darstellung von **Nachbarvölkern → bedrohliche Feinde**

3.3.2 Politische und militärische Friedenssicherung

Stofftelegramm

- **Beiträge zur Friedenssicherung durch sicherheitspolitische Verträge (Beispiele):**
  1987 **INF: Beseitigung aller landgestützten Mittelstreckenraketen von USA** (Pershing II, Marschflugkörper) **und UdSSR** (v. a. SS-20-Raketen)
  1990 **KSE: Höchstgrenzen für konventionelle Waffensysteme in Europa**/KSZE-Staaten
  1991/1993 **START:** Verringerung der strategischen Atomwaffen von USA und Russland
  1996 **Atomwaffenteststoppvertrag**
  1997 **Antichemiewaffenvertrag** (Verbot von Produktion, Lagerung, Weitergabe und Verwendung von Chemiewaffen)
- **KSZE-Prozess als Grundlage einer neuen Sicherheitsordnung in Europa:**
  Konferenz über **S**icherheit und **Z**usammenarbeit in **E**uropa (1973–75)
  - Schlussakte von Helsinki 1975 legte zehn Prinzipien für das friedliche Zusammenleben der Staaten fest (Beginn vertrauensbildender Maßnahmen, z. B. Militärbeobachter-Austausch).
  - KSZE-Vereinbarungen und Folgekonferenzen 1977–89 waren „Motor der Annäherung".
  - November **1990: KSZE-Konferenz** (darin **NATO** und **Warschauer Pakt**) erklärt **Ende des Kalten Krieges.**
  - April **1991: Auflösung des Warschauer Paktes**, stattdessen Streben nach sicherheitspolitischer Zusammenarbeit durch neue KSZE-Einrichtungen
  - **KSZE soll zur Festigung rechtsstaatlich-demokratischer Verhältnisse und Aufbau marktwirtschaftlicher Strukturen in Ost-Europa beitragen.**

- Seit 1991 **Kooperation in Partnerschaftsräten zwischen den NATO-Staaten und ehemaligen Warschauer-Pakt-Staaten**, z. B. 22 Oststaaten von Albanien bis Weißrussland, Hauptziele → demokratischen Wandel im Osten stabilisieren und gemeinsame Sicherheitspolitik fördern.
- **OSZE (seit 1995 Organisation für Sicherheit und Zusammenarbeit in Europa) mit zzt. 57 Staaten; ganz Europa, USA und Kanada** mit Hauptaufgaben: Einsatz für Menschenrechte, Sicherheitspolitik, Rüstungskontrolle, Krisenbewältigung in Europa

• **Konfliktveränderungen in Osteuropa und deren Folgen:**
- 1989: Revolutionen in Osteuropa, **Ende des Kommunismus in Europa**
- 1990: **Überwindung der Teilung Deutschlands**, Ende des Kalten Kriegs
- 1991: Auflösung des Warschauer Paktes und **Auseinanderbrechen der Sowjetunion** in 18 unabhängige Republiken, dann wieder Teilzusammenschluss von 15 Staaten in **G**emeinschaft **U**nabhängiger **S**taaten (= GUS); Russland legt im UN-Sicherheitsrat kein Veto gegen das USA-Vorhaben ein, den Irak nach dessen Einmarsch in Kuwait militärisch zu bekämpfen (Golfkrieg II), USA werden alleinige Supermacht
- **seit 1991 zunehmender Nationalismus in Ost- und Südosteuropa**, Nahost/Mittelost, Nordafrika, **verstärkt von islamischem Fundamentalismus, Bürgerkriege** und Teilstaaten-Kriege (z. B. Serbien ↔ Kroatien; Serbien ↔ Kosovo) wie im ehemaligen Jugoslawien
- seit 1997 Sicherheitsabkommen **zwischen Russland und der NATO**
- **1999:** Neue NATO-Mitglieder: Polen, Tschechische Republik, Ungarn (nun 19 Mitglieder)
- 2002: Mit dem neuen **NATO-Russland-Rat** (ohne Tagung seit dem Ukraine-Konflikt) wurde Russland zum gleichberechtigten Partner, z. B. bei der Rüstungskontrolle und der Terrorismusbekämpfung. Über den „Bündnisfall" und die Nato-Erweiterung entscheiden aber die NATO-Mitglieder einzeln.
- 2004–2009 treten neun ehemalige Staaten des Ostblocks (Warschauer Pakts) der NATO bei.

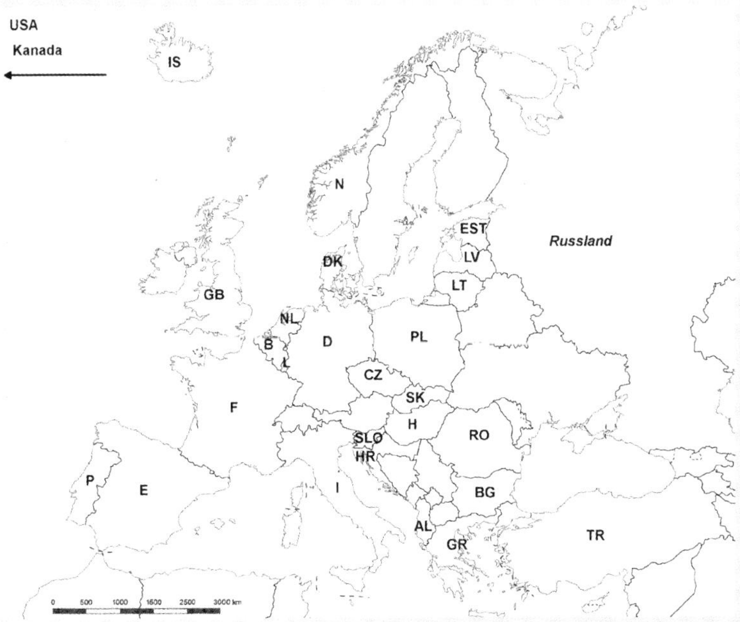

29 NATO-Mitglieder: Entwicklung in 60 Jahren

seit 1949		seit 1952	seit 1955	seit 1982	seit 1999	seit 2004	seit 2009
Belgien Dänemark Frankreich Großbritannien Island Italien	Kanada Luxemburg Niederlande Norwegen Portugal USA	Griechenland Türkei	Deutschland (BRD)	Spanien	Polen Tschechien Ungarn	Bulgarien Estland Litauen Lettland Rumänien Slowakei Slowenien	Albanien Kroatien Montenegro

Der Nordatlantikrat mit Generalsekretär tagt jede Woche.
- 2014: Bürgerkriegsartige Kämpfe in der Ukraine werden von prorussischen Politikern zur Vorbereitung einer verdeckten Russland-Invasion auf der Krim genutzt, die nach manipulierter Volksabstimmung offiziell als ein Teil Russlands deklariert wird.
- 2017: Montenegro tritt als 29. Mitglied der NATO bei.

Russland sieht jede NATO-Osterweiterung als Bedrohung und Gefahr für die euroatlantische Sicherheit an. Das Verhältnis zwischen Russland und der EU ist zusätzlich durch die EU-Wirtschaftssanktionen gegen Russland aufgrund der Krim-Annektion stark belastet. Polen und die baltischen Staaten fühlen sich durch das Vorgehen Russlands in der Ukraine bedroht und so wird 2016 je ein NATO-Panzerbataillon dort stationiert.

Der INF-Vertrag von 1987 verbietet auch weiterhin die Produktion, den Besitz und das Testen von Kurz- und Mittelstreckenraketen der Reichweite von 500 bis 5.500 Kilometern. Russland und die USA werfen sich seit 2017 gegenseitig vor, durch neue Waffensysteme (und zudem schnellere Interkontinentalraketen) gegen das Abkommen zu verstoßen.

- **Änderung der NATO-Sicherheitspolitik:**
  - **Sicherheitspolitische und wirtschaftliche Kooperation mit Osteuropa vorrangig**
  - Weiterentwicklung der Konflikt- und Kriegsverhütung
  - **Risikovorsorge** (auch gegen Hochtechnologie-Aufrüstung der „Dritten Welt") mit schnell verlegbaren und sofort einsetzbaren multinationalen Truppen (Bundeswehr daran beteiligt mit speziellen **Krisenreaktionskräften**; seit 1993 deutsch-französisches „Eurokorps")
  - Bereitschaft zur **Übernahme von UNO**- (und OSZE-)**Aufträgen** (z. B. in „Ex-Jugoslawien")
  - Grundprinzip Abschreckung jeder Aggressionsdrohung und Bereitschaft zur Abwehr jedes Angriffs auf das NATO-Gebiet bleibt, aber auch Raketenabwehrsystem mit Russland möglich
  - Vorbereitung auf Abwehr des weltweiten Terrorismus (seit den Ereignissen des 11.09.2001)

Welche Rolle spielen die **Vereinten Nationen** (**UNO**) bei der Friedenssicherung?

- Gründung der UNO **1945**, Sitz **New York**
- jährlicher Gesamthaushalt ca. 3 Mrd. USD, finanziert aus Mitgliedsländerbeiträgen
- **Bekannteste Organe:**
  - **Internationaler Gerichtshof** in Den Haag
  - Sekretariat mit **UN-Generalsekretär** António Guterres
  - jährliche **Generalversammlung** (193 Staaten, gleichberechtigt mit je 1 Stimme: Nordamerika 2, Süd- und Mittelamerika 33, Europa 41, Afrika 54, Asien 48, Ozeanien 15)
  - **Sicherheitsrat**

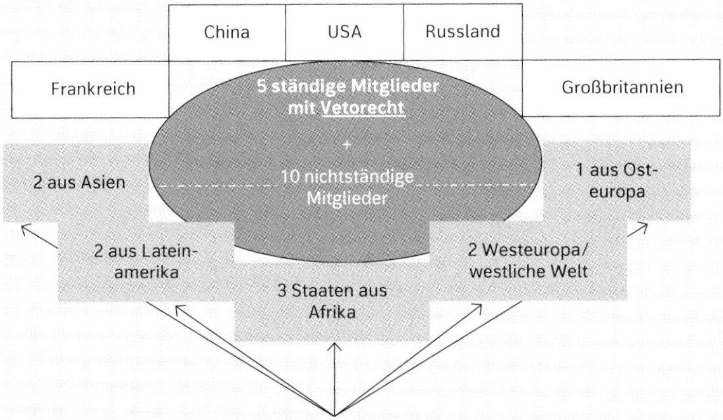

- **Maßnahmen des Sicherheitsrats** (mit 15 Staaten als Mitgliedern): Untersuchung internationaler Streitigkeiten, Empfehlungen zur friedlichen Beilegung; Feststellung, ob eine Bedrohung des Friedens oder eine Angriffshandlung vorliegt (wie z. B. Irak gegen Kuwait); **Beschluss** gewaltloser Bestrafungsmaßnahmen (wirtschaftlicher Sanktionen) oder **militärischer Zwangsmaßnahmen** (mittels **UN-Friedenstruppen**, die von den UN-Mitgliedsländern zur Verfügung gestellt werden → „Blauhelme")
- **Zustandekommen von Beschlüssen**: Resolutionen brauchen ein Mehrheit von neun von 15 einschließlich der Stimmen aller fünf permanenten Mitglieder (→ Vetorecht führt oft zur Lähmung des Rats). Abstimmungen sind öffentlich (Handzeichen).

Vor welchen organisatorischen und globalen **Problemen** steht die UNO?

- Behauptungsfähigkeit gegenüber militärischen Weltmächten wie den USA
- Reformierung des Sicherheitsrates (Erweiterung um Mitglieder wie Japan, Deutschland und Aufhebung des Vetorechts) und der Kriterien für ein Eingreifen der UNO
- Erhöhung der Handlungsfähigkeit (statt Versagen wie z. B. in Syrien, Ruanda, Sudan)
- Schutz der globalen Umwelt, Friedenserhaltung oder -schaffung, v. a. bei absehbaren Konflikten um wichtige Rohstoffe (wie Erdöl) oder Lebensgrundlagen (v. a. Trinkwasser)
- Eindämmung ethnischer und/oder religiöser Konflikte und Flüchtlingsbewegungen (60 Mio. zzt.)
- Kampf gegen den Terrorismus in vielen Teilen der Welt und die unkontrollierte Verbreitung von atomaren und chemischen Massenvernichtungswaffen
- Armutsbekämpfung

Bundeswehr – Beiträge zur Friedenssicherung

- **Präambel** des Grundgesetzes (GG): Bundesrepublik Deutschland hat das Ziel, „dem Frieden der Welt zu dienen".
- **Art. 12a GG:** **Wehrpflicht** und Ersatzdienst
- Art. 24 GG: Beitritt zu einem kollektiven Sicherheitssystem (z. B. NATO, UNO, EU)
- Art. 26 GG: **Führung eines Angriffskrieges verfassungswidrig**
- Art. 87a GG: Streitkräfte nur zur **Verteidigung**

Klassische militärische Aufgaben:

- Im **Frieden:**
  Friedenssicherung durch **Abschreckung**, seit 1991 auch durch militärische Kooperation mit Osteuropastaaten (inkl. technisch. Hilfe bei Abrüstung)
- Im **Spannungsfall** und in Krisenzeiten:
  Sicherung der Handlungsfreiheit von Bundestag und Bundesregierung, Schaffung von Verhandlungsspielraum
- Im **Verteidigungsfall:**
  Schutz der Bundesrepublik und/oder anderer NATO-Staaten **gemeinsam mit den NATO-Verbündeten** durch Zurückschlagung/Vernichtung angreifender Streitkräfte bis zur Beendigung des Krieges

Nichtmilitärische Aufgaben:

- Im **Frieden:**
  Hilfe bei Naturkatastrophen (im In- oder Ausland) und besonders schweren Unglücksfällen, Unterstützung humanitärer Aktionen weltweit
- Im **Spannungs- und Verteidigungsfall:**
  Schutz ziviler Objekte, Unterstützung polizeilicher Maßnahmen
- Bei **Notstand** innerhalb der BRD (Gefahr für freiheitlich demokratische Grundordnung):
  Unterstützung der Polizei und des Bundesgrenzschutzes bei der Bekämpfung organisierter und militärisch bewaffneter Aufständischer

Erweiterte neue Aufgaben:

- **Einsatz im Rahmen der UNO-Friedenstruppen („Blauhelme"),**
  Konflikteindämmung in Spannungsgebieten (z. B. Südosteuropa) durch polizeiartige Anwesenheit, **Kontrolle von Waffenstillstandsabkommen**
- **Militärische Zwangsmaßnahmen** nach UN-Sicherheitsratsbeschluss: „friedensschaffende Maßnahmen" = UNO-Kampfeinsätze, evtl. auch **NATO-Einsätze** „out of area" wie beim Eingriff in den Serbien-Kosovo-Krieg 1999, **EU-Einsätze** seit 2003, Mitwirkung am Aufbau spezieller EU-Kampfverbände seit 2005 (13 EU Battlegroups mit je 1.500 Soldaten)

Abhängigkeit der Bundeswehr vom Rechtsstaat = Primat der Politik

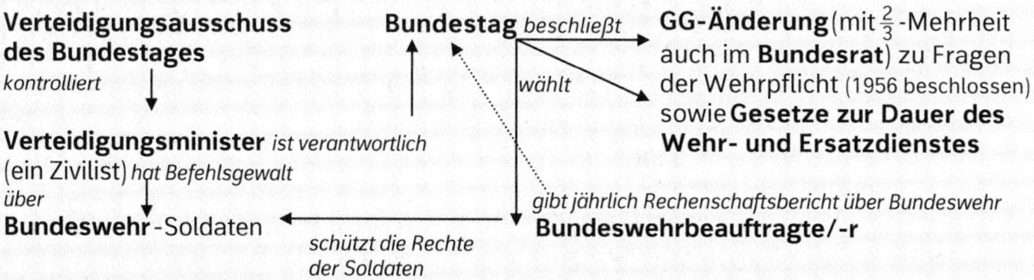

Als Hilfsorgan des Bundestages darf der **Wehrbeauftragte** selbstständig Untersuchungen einleiten, wenn Verletzungen der Grundrechte der Soldaten oder der Grundsätze über die innere Führung der Bundeswehr vorliegen. Die Bundeswehr ist letztlich immer vom **Parlament** abhängig, weil Umfang und Ausstattung der Streitkräfte vom Bundeshaushalt, also den zufließenden Geldern abhängen.

Wer entscheidet über den **Einsatz der Bundeswehr**?

- **UNO-Einsatzfall:**
  Bundesregierung nur mit **Zustimmung** des **Bundestages** (mit einfacher Mehrheit)

- **NATO-Bündnisfall**, d. h. bewaffneter **Angriff auf einen NATO-Bündnispartner:**
  NATO-Rat muss einstimmig Verteidigungsfall feststellen, nötig ist also auch die deutsche Zustimmung durch die **Bundesregierung**, die danach über die Art des Beistands und des Bundeswehreinsatzes entscheiden kann.
- **Verteidigungsfall**:
  – Voraussetzung: **BRD wird mit Waffengewalt** (voraussichtlich) **angegriffen.**
  – Ablauf:

BUNDESREGIERUNG beantragt Feststellung des Verteidigungsfalls → **GESETZGEBENDE BUNDESORGANE** **Bundestag** mit $\frac{2}{3}$-Mehrheit + **Bundesrat** (notfalls der Gemeinsame Ausschuss)

→ Befehlsgewalt geht auf **Bundeskanzler** über (Verteidigungskrieg) → **Bundestag** kann Verteidigungsfall für beendet erklären

→ Ende der Kampfhandlungen zur Verteidigung durch Befehl des Bundeskanzlers an die Generäle

Beispiele für Auslandseinsätze der Bundeswehr

seit 1992	Ex-Jugoslawien	Beteiligung an Friedenstruppen IFOR und SFOR in Bosnien, an **KFOR**-Truppen im Kosovo (seit 1999)
seit 2004		**EUFOR** (7.000 EU-Soldaten in Bosnien-Herzegowina, Übernahme des bisherigen SFOR-Kommandos der NATO)
2001/2002 –2014	Afghanistan	Beteiligung an Afghanistan-Schutztruppe, seit Febr. 2003 von BRD + NL geführte **ISAF, seit 2015 Ausbildungsmission**
seit 2006	Libanon	Beteiligung an UNIFIL, Auftrag: Absicherung der seeseitigen Grenze
seit 2008	vor Somalia	Beteiligung an EU-Einsatz **ATALANTA** gegen Piraten vor der Küste am Horn von Afrika

Was bedeutet **Wehrpflicht?**

Bestimmungen des Art. 12a GG und des Wehrpflichtgesetzes seit 1956:
grundsätzliche **Verpflichtung volljähriger (tauglicher) deutscher Männer** zum Dienst bei den Streitkräften (Frauen dürfen nicht zum Dienst mit der Waffe zwangsverpflichtet werden!)

Welche Argumente gibt es für und gegen die **Wehrpflicht?**

- **Bisherige Argumente für die Wehrpflicht:**
  – Soldat = **„Staatsbürger in Uniform"**, ständige Verbindung zwischen Volk und Soldaten, kein „Staat im Staat" (wie z. B. im Kaiserreich)
  – Schutzbedürfnis des demokratischen Staates wird durch **Lastenverteilung auf möglichst viele Bürger mit Verteidigungswillen** am besten erfüllt.
  – Bundeswehr braucht bestimmte **Mindeststärke**, die durch Anwerbung von Freiwilligen allein nicht erreicht wird, und findet fähige Zeitsoldaten unter den Wehrdienstleistenden.
- **Argumente für die Aussetzung der Wehrpflicht (seit 01.07.2011):**
  – Zunehmende Wehrungerechtigkeit: Nur noch ca. 20 % der Wehrpflichtigen leisteten Dienst. Wer 23 Jahre alt war, verheiratet oder nur bedingt tauglich (T3), war befreit.
  – Auslandseinsätze werden immer wichtiger, Soldaten müssen dafür professionell ausgebildet sein.

- **Bedeutungsschwund der Wehrdienstleistenden in der Bundeswehr:**

<table>
<tr><th></th><th>Ende 20. Jhd.</th><th>2005–2010</th><th>2011</th><th>2018</th></tr>
<tr><td>Grundwehrdienstleistende</td><td>130.000</td><td rowspan="2">60.000</td><td rowspan="2">25.000</td><td rowspan="2">8.400</td></tr>
<tr><td>Freiwillig Wehrdienst Leistende</td><td>–</td></tr>
<tr><td>Berufs- und Zeitsoldaten</td><td>200.000</td><td>190.000</td><td>188.000</td><td>173.000</td></tr>
</table>

Bis 2010 wurden die ca. 250.000 Soldaten in drei Kategorien eingesetzt: 35.000 Eingreifkräfte, 70.000 Stabilisierungskräfte, 145.000 Unterstützungskräfte. Neuausrichtung: 185.000 Soldaten inkl. 10.000–15.000 freiwillig Wehrdienstleistende. 10.000 Soldaten sollen zeitgleich durchhaltefähig im Ausland eingesetzt werden können.

- **Wehrdienstdauer:**
  - von einstmals (z. B. 1970) 18 Monaten Grundwehrdienst seit 01.07.2010 reduziert auf sechs Monate
  - unbefristeter Wehrdienst im Verteidigungsfall (= Kriegsdienst)
- **Freiwillige:**
  Seit 2011 gibt es einen freiwilligen Wehrdienst mit sechs Monaten Probezeit und maximal 23 Monaten Dauer für Männer und Frauen. Für alle Freiwilligen, Berufs- und Zeitsoldaten ist ein Einsatz bei internationalen Friedensmissionen als Eingreifkräfte oder Stabilisierungskräfte außerhalb des NATO-Gebiets möglich und wahrscheinlich.
- **Pflichten des Soldaten:**
  - Grundpflicht: Bereitschaft, **Recht und Freiheit des deutsches Volkes tapfer zu verteidigen**
  - Pflicht zum **Eintreten für die freiheitlich demokratische Grundordnung**
  - **Gehorsamspflicht** (ausgenommen aber: Menschenwürdeverletzung, Privatzweck, Straftat)
- **Rechte des Soldaten:**
  - **Grundsätzlich gleiche Rechte wie jeder Staatsbürger, Einschränkung** ist jedoch wegen dienstlicher Erfordernisse möglich (z. B. bei der Meinungs- und Versammlungsfreiheit), statt völliger Freizügigkeit → Kasernierung während der Dienstzeit und beim Wachdienst
  - **Beschwerderecht** bei jedem Vorgesetzten (Überprüfung von Rechtsverletzungen durch unabhängige Gerichte gesichert)
  - **Petition an die (den) Wehrbeauftragte(n)**

Wie war der Friedensdienst der **Kriegsdienstverweigerer** in Deutschland bisher geregelt?

- **Bestimmungen der Art. 4 und 12 GG:**
  - **Niemand** darf gegen sein Gewissen **zum Kriegsdienst** (= **Wehrdienst** laut BVerfG) mit der Waffe **gezwungen** werden. (Jährlich wurden ca. 170.000 Verweigerer anerkannt!)
  - **Wer nach der Musterung den Kriegsdienst verweigert**, weil ihm sein **Gewissen ausnahmslos das Töten eines Menschen verbietet**, hat einen (zivilen) **Ersatzdienst** zu leisten.
- **Anerkennungsverfahren (für ungediente Wehrpflichtige):**
  - Antrag an das **Bundesamt für Zivildienst** mit **persönlicher schriftlicher Darlegung des Verweigerungsgrundes** und Lebenslauf, polizeilichem Führungszeugnis
  - bei Zweifeln an der Gewissensbegründung Verfahren vor einem Prüfungsausschuss beim Kreiswehrersatzamt
- **Aufgabenbereiche für anerkannte Kriegsdienstverweigerer:**
  - **sozialer Ersatzdienst,** z. B. in **Krankenhäusern,** Alten-/Pflegeheimen
  - sonstige dem Allgemeinwohl dienende Dienste, z. B. im **Naturschutz**

3.3.3 Globale Probleme

Stofftelegramm

- Auf der Welt leben ca. 7,7 Mrd. Menschen, davon in den **„Entwicklungsländern“** (3. und 4. Welt) ca. 80 % = 6 Mrd. Menschen. In diesen ärmeren Staaten nimmt die Bevölkerung jährlich um 70 bis 80 Mio. zu. 60 % der Weltbevölkerung sind Asiaten, 16 % Afrikaner.
- **Hauptmaßstab** für die Einteilung eines Staates als Entwicklungsland ist seit den 1950er-Jahren das **Bruttosozialprodukt** (BSP pro Kopf der Bevölkerung), neuerdings ergänzt durch den Grad der Säuglingssterblichkeit und Bildungschancen.
- $\frac{1}{5}$ der Menschheit in der **Ersten Welt** – den relativ reichen westlichen Industriestaaten – und der **Zweiten Welt** verfügen über ca. 83 % des Welteinkommens!
- Die meisten Entwicklungsländer befinden sich auf der **Südhalbkugel**.
- **Besonders arme Staaten** ohne vermarktbare Energieträger/Bodenschätze bezeichnet man als **Vierte Welt**, die Entwicklungsländer mit vermarktbaren Rohstoffvorkommen als **Dritte Welt** (allerdings inklusive einiger wohlhabender OPEC-Staaten wie Saudi-Arabien, Kuwait), die im **Norden** gelegenen teilindustrialisierten Osteuropastaaten (bis Ende des Ost-West-Konflikts) als **Zweite Welt,** die relativ reichen westlichen Industriestaaten als **Erste Welt**.
- **Beispiele für bekannte „Entwicklungsländer“** (von über 140) auf verschiedenen Kontinenten:
  Europa: Serbien, Türkei
  Afrika: Äthiopien, Eritrea ... → alle Länder außer Republik Südafrika! (siehe Landkarte)
  Asien: Afghanistan, Indien ...
  Amerika: Brasilien, Haiti (→ alle Länder außer USA und Kanada!), wobei es in Asien und Amerika ca. 20–30 **Schwellenländer** gibt – wirtschaftlich gesehen schon Industrieländer wie z. B. China, Brasilien, Korea, Indonesien, Singapur, die auf dem Weltmarkt mit USA und Europa konkurrieren und jährliche Wirtschaftswachstumsraten zwischen 6 % und 10 % haben!
- Mit dem **Nord-Süd-Konflikt** ist v. a. der Kampf gegen die ungleiche Einkommens- und Vermögensverteilung aufgrund vorhandener Ausbeutungssituationen gemeint.

Beispielhafte Staaten für das „Armenhaus“ Afrika

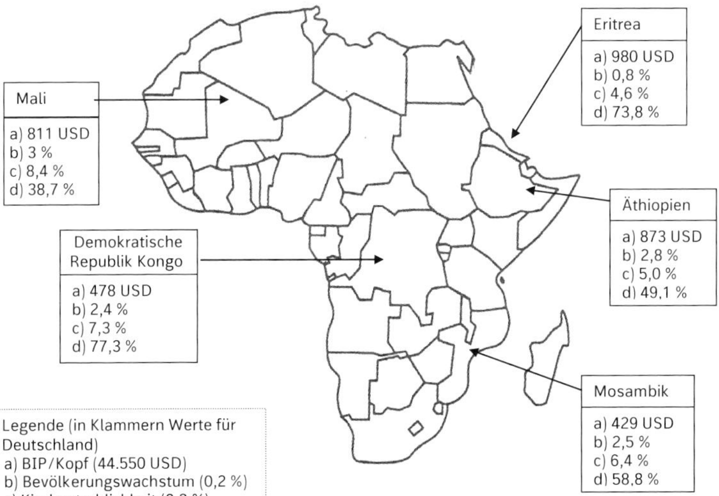

Legende (in Klammern Werte für Deutschland)
a) BIP/Kopf (44.550 USD)
b) Bevölkerungswachstum (0,2 %)
c) Kindersterblichkeit (0,3 %)
d) Alphabetisierung (99,9 %)

Welches sind die **Hauptprobleme** der **Entwicklungsländer?**

- **Geringe wirtschaftliche Leistungsfähigkeit:**
  - extrem **niedriges Pro-Kopf-Einkommen** (fast 1 Mrd. Menschen leben mit einem Pro-Kopf- Einkommen von täglich maximal 1 USD, in Südasien 37 %, in Afrika bis zu 50 % der Menschen)
  - großer **Mangel an Kapital und technischem Know-how**
  - geringe Spar- und Investitionsrate
  - **hohe Inflationsrate** (mehr als 1.000 % Inflation für bestimmte Produkte sind möglich!)
  - **hohe Verschuldung im Ausland** (bei Industriestaaten, Privatbanken und Weltbank)
  - **Export von Monokulturen/Rohstoffen** wie Kaffee oder Kupfer oder wenig verarbeiteten Produkten (Folge ehemaliger Kolonialpolitik!) kann wegen der längerfristig zu niedrigen Preise nicht helfen, die Auslandsverschuldung abzubauen.
- **Schlechtes Bildungssystem:**
  - **fehlende oder unzureichende Schulpflicht,** wenig organisierte Berufsausbildung
  - **Mangel an gutem Ausbildungsgerät und fachkundigen Ausbildern**
- **Bevölkerungswachstum:**
  - **Wachstumsrate 1,8 %–3,5 % jährlich** (Verdoppelung der Bevölkerung durchschnittlich in ca. 35 Jahren) wegen Mangel an Kenntnis und Möglichkeiten der Familienplanung, aus Tradition und zur Altersabsicherung (wegen fehlender Sozialversicherung)
  - Bevölkerung der 49 ärmsten Länder könnte sich auf 1,8 Mrd. Menschen im Jahr 2050 fast verdreifachen.
  - Anteil der Armen in den armen Ländern wird größer (jährlich bis zu 80 Mio. weltweit).
- **Schlechte Gesundheitslage:**
  - **unzureichende medizinische Versorgung**
  - hohe Kindersterblichkeit, geringere Lebenserwartung (ca. 50 Jahre)
  - **Mangel an nutzbaren Wasserquellen** für Land- und Slumbevölkerung (1,2 Mrd. Menschen)
  - **Mangel an Nahrungsmitteln**, wiederkehrende Hungerkatastrophen (etwa 800 Mio. Menschen sind unterernährt, 40 Mio. verhungern jährlich)
- **Soziale Ungerechtigkeit:**
  - **hohe Arbeitslosenquote** (regional bis zu 80 %)
  - Erwerbsbevölkerung ist größtenteils **ohne** jede **soziale Sicherung** (bis zu 84 % in Afrika).
  - wachsende Kluft innerhalb eines Landes mit zunehmender **Verelendung der breiten Unterschichten, Reichtum bei den Großgrundbesitzern**
  - Verdrängung von Kleinbauern, zunehmende Landflucht und Ausweitung der Slums (Unregierbarkeit der ca. 150 Weltstädte mit insgesamt ca. 500 Mio. Menschen)
- **Schwierige Umweltsituation:**
  - geografische Lage in **klimatisch benachteiligten Regionen** mit Häufung von **Wirbelstürmen, Überflutung, Erdbeben** (z. B. im Jahr 2008 in Birma/Myanmar und China ca. 180.000 Tote, Hunderttausende Obdachlose), andererseits extremen **Trockenperioden** (Ausdehnung der Wüstengebiete um ca. 6 Mio. ha jährlich) → Vernichtung der Ernten
  - **Zerstörung des ökologischen Gleichgewichts** durch Raubbau an der Natur zur Devisenerwirtschaftung im Export (z. B. Tropenholz), aber auch wegen des Energiemangels (statt Strom und Öl gibt es nur Brennholz)

- **Militärische Konflikte:**
  - Überproportional **hohe Ausgaben der (oft diktatorischen) Regierung für (modernste) Waffen**, weil sich viele Regierungen nur mithilfe des Militärs an der Macht halten können.
  - Zunehmende soziale und politische (ideologisch, religiös oder stammesmäßig bedingt) Spannungen, die zu „**Bürgerkriegen**" führen und die Entwicklung des Landes verhindern (z. B. in Syrien 500.000 Tote, im Kongo 4 Mio. Tote, im Sudan 2 Mio. Tote).

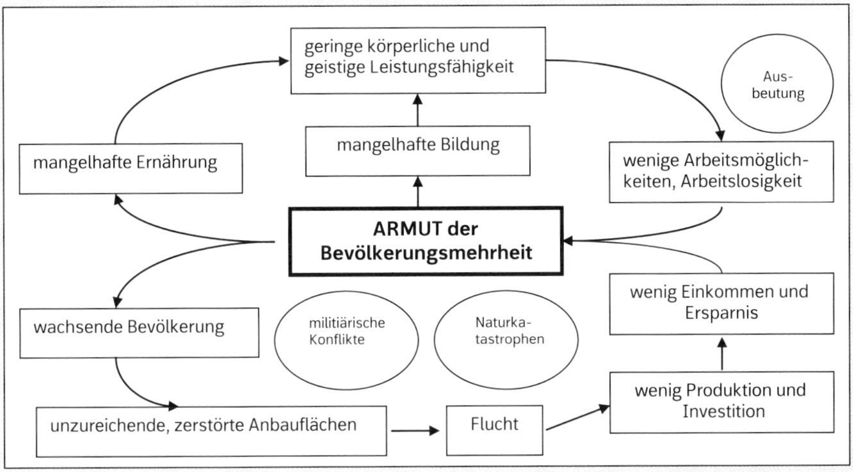

Welche vielfältigen **Ursachen** gibt es für die schwierige Lage der Südhalbkugel?

- **Bedingungen der Natur:**
  - **Rohstoffmangel** macht importabhängig, verhindert Deviseneinnahmen.
  - **ungünstiges Klima** (anhaltende Trockenperioden, Grundwassermangel, geringere Bodenfruchtbarkeit, leistungsbremsende Temperaturen)
  - **empfindliche Ökosysteme** (z. B. Prozess der „Verwüstung" der Sahel-Zone)
  - **Häufung von Naturkatastrophen** (z. B. Überschwemmung, Vulkanausbruch)

- **Innerstaatliche Ursachen:**
  - **ständiger starker Bevölkerungszuwachs** (Afrika wird im Jahr 2050 mehr als 2 Mrd. Menschen haben, davon 750 Mio. Kinder und Jugendliche)
  - **traditionelle Wert- und Verhaltensmuster** (z. B. in Afrika weit verbreitete Ansicht, dass der Wert einer Frau von ihrer Fruchtbarkeit abhängt)
  - **Extrem ungerechte Verteilung von Besitz, Einkommen und Macht** (z. B. besitzt eine kleine Oberschicht den Großteil des nutzbaren Landes) **führt zu häufigen Spannungen**, z. T. zu Aufständen oder Bürgerkriegen.
  - **Oberschichten leben auf Kosten des Volkes**, sorgen für den Import von Luxusgütern und schaffen damit Devisenprobleme (**Verschuldung**!).
  - enge Verflechtung der Regierung mit der wirtschaftlichen Oberschicht („**Vetternwirtschaft**", **Korruption**) und Militärführung
  - **Misswirtschaft, Fehlplanung, fehlendes Verantwortungsgefühl**
  - **Versagen bei der Agrarpolitik** (= Nahrungsmittelanbau, Agrarreformen)
  - **Umweltzerstörung** und Rohstoffplünderung aus privater Profitgier
  - Mentalität des „Treibenlassens" (Ergebenheit in „Schicksal")

- **Kolonialismus:**
  - **willkürliche Grenzziehungen** der Kolonialmächte (quer durch uralte Stammesgebiete)
  - **Zerstörung einheimischer Wirtschaftssysteme** (z. B. Anbau traditioneller Nahrungsmittel)
  - **Errichtung wirtschaftlicher Abhängigkeit** durch **Rohstoffausbeutung** und Anbau von **Monokulturen** für den Export in die Kolonialstaaten
  - Verhinderung des Aufbaus einer verarbeitenden Industrie
- **Beherrschung des Weltwirtschaftssystems durch die Wirtschaftsmächte:**
  - Entwicklungsländer sind meist Rohstofflieferanten und oft **abhängig vom Export weniger Produkte** (z. B. Uganda: Kaffee bringt 95 % der Exporterlöse).
  - **Preisverfall** bei vielen **Rohstoffen** (in den 1980er-Jahren bei Kaffeebohnen und Baumwolle auf das niedrigste Niveau seit dem 2. Weltkrieg).
  - Einfuhrpreise für Industriegüter steigen dagegen jährlich (→ Preisverhältnis Rohstoffe zu Industriegütern = **Terms of trade** hat sich **verschlechtert**).
  - **Welthandel ist kein System freier Marktwirtschaft**, denn westliche Industriestaaten geben jährlich ca. 200 Mrd. USD für Stützung ihrer Landwirtschaft aus (fünfmal so viel wie für die Entwicklungshilfe).
  - **Zölle und technische Handelsschranken** behindern den Warenexport in die Industriestaaten (120 ärmste Entwicklungsländer haben nur einen Anteil von 3 % am Weltexport).
- **Schuldenkrise:**
  - Kredite bei der UN-Weltbank betragen insgesamt ca. 400 Mrd. USD.
  - Viele **Entwicklungsländer** sind **nicht in der Lage, vereinbarte Zinsen und Tilgungsraten zu zahlen** (jährliche Rückzahlungspflicht evtl. 3-mal so hoch wie Entwicklungshilfe!), weil sie seit ca. 20 Jahren großzügig erscheinende **Kreditangebote europäischer und nordamerikanischer Banken annahmen und auch für unproduktive Staatsausgaben und Luxusgüterimporte verwendeten**, obwohl damit **keine Devisen für** die Kreditrückzahlung und die **gestiegenen Zinsen erwirtschaftet** werden konnten.
  - Nun fehlt das Geld für lebenswichtige Einfuhren wie Nahrungsmittel, Erdöl, Maschinen, Fahrzeuge, Ersatzteile.
  - Devisenspekulationen trieben 1997–1998 selbst asiatische „Tigerstaaten" Malaysia, Südkorea, Singapur, Taiwan in eine schwere Wirtschaftskrise (Währungsverfall über 40 %).
- **Militarisierung der Entwicklungsländer:**
  - Industriestaaten der Ersten und Zweiten Welt **beliefern** die Regierungen der **Dritten Welt** mit fast allen von Machthabern **gewünschten Waffen** (für mindestens 20 Mrd. USD jährlich) und steigern damit Bereitschaft zur Kriegführung und Auslandsverschuldung.
  - über **160 bewaffnete Konflikte und Kriege** seit 1945 in der Dritten/Vierten Welt
  - **An fast jedem dritten zwischenstaatlichen Krieg** (z. B. Korea-Krieg, Vietnam-Krieg, Falkland-Krieg, Irak-Iran-Krieg, Golf-Krieg) waren **Industriestaaten beteiligt**, allerdings seit Ende des Ost-West-Konflikts eher selten.
  - Industriestaaten wirken indirekt über Vermittlung rüstungstechnischen Know-hows mit.
  - Dauerbelastung der Entwicklungsländer – mit gewalttätigem Hintergrund: **innerstaatliche Konflikte**: Regierungssturz (z. B. Äthiopien), **Beseitigung von Fremdherrschaft** (z. B. Afghanistan – anschließend aber weiterer Krieg zwischen den Clans), **Unabhängigkeit für Volksgruppen** (z. B. in Jugoslawien, Türkei, Sri Lanka), **Religionsausbreitung** (z. B. Syrien, Saudi-Arabien, Indonesien, Myanmar), **Kampf um die Vorherrschaft zwischen verschiedenen Stammesführern** oder Volksgruppen in der Vorbereitung auf mögliche Regierungsübernahme (z. B. Afghanistan, vielfach in Afrika)
  - **Millionen von Geflohenen aus Nachbarstaaten** behindern zusätzlich die wirtschaftliche Entwicklung (z. B. aus dem Sudan, aus Burundi in die Nachbarstaaten).

3.3.4 Chancen der Entwicklungszusammenarbeit

Stofftelegramm

Welche **internationalen Aktivitäten** tragen zur **Problemlösung** bei?

- **Abbau der Schuldenkrise** durch Hilfe der Weltbank/UNO, G-8- und EU-Staaten:
  - **Schuldenerlass** für die ärmsten, zahlungsunfähigen Länder
  - **Senkung der Kreditzinssätze**, Ausdehnung der Laufzeiten
  - **Kreditvergabe nur projektgebunden und abhängig von militärischer Abrüstung**
  - Förderung freiwilliger privater Kredite und Direktinvestitionen
- **Internationale Zusammenarbeit** der G-8- und G-20-Staaten, UNO-Staaten:
  - Bekämpfung von Weltwirtschaftskrisen durch abgestimmtes Verhalten
  - Verpflichtungen wie die Vereinbarung neuer Entwicklungsziele (Agenda 2030), z. B. zur Armutsbeseitigung, zur ökologischen Produktion etc.
- **Veränderung der Weltwirtschaftsordnung** (angeregt von UN-Organisationen, z. B. WTO):
  - Abbau von Handelshindernissen (Zöllen, Normen) in den hoch entwickelten Staaten → bessere Öffnung dieser Märkte für Produkte der Entwicklungsländer und Förderung von Landwirtschaftsprojekten
  - Bezahlung gerechterer Preise an Rohstoffbörsen (Beseitigung der Übermacht multinationaler Konzerne, auch „Multis“ genannt)
- **Unterstützung von Nichtregierungsorganisationen** (**N**on **G**overnmental **O**rganizations):
  - NGOs sind im Prinzip Bürgerinitiativen auf internationaler Ebene (z. B. „Ärzte ohne Grenzen“, „Greenpeace“, „amnesty international“, die sich als Lobbyisten fürs „Überleben“, d. h. für Menschenrechte, Umwelt usw. verstehen. Hilfe durch NGOs ist meist schneller, oft effektiver.
  - 1.500 NGOs sind bei der UNO registriert. Ihre Arbeit müsste aber globaler bekannt werden.
- **Verhaltensänderung der Konsumenten im „reichen Norden“:**
  - Verbraucher sollten vermehrt Dritte-Welt-Projekte fördern (durch entsprechenden Einkauf!).
  - Wenn wir unseren Fleischkonsum reduzieren, muss weniger Getreide verfüttert werden und kann dafür menschlichen Hunger stillen. (Denn fast 40 % der Weltgetreideernte werden als Viehfutter zur Fleischerzeugung eingesetzt.)

Aufgaben

1. Zeigen Sie an einem Beispiel (z. B. Jugoslawien), dass der Ausbruch eines Krieges meist auf mehrere Ursachen zurückzuführen ist.
2. Warum wurde der Warschauer Pakt aufgelöst?
3. Nennen Sie drei bedeutsame Abrüstungsverhandlungen, die erfolgreich abgeschlossen wurden.
4. Welche Risiken bedrohen voraussichtlich noch viele Jahre den Weltfrieden?
5. Welche Veränderungen haben sich für die NATO und die Bundeswehr aus der neuen weltpolitischen Lage ergeben?
6. Warum ist rein militärische Friedenssicherung völlig unzureichend?
7. Welches sind die Hauptaufgaben der Bundeswehr seit 1956 gewesen?

8. Worin zeigt sich die Abhängigkeit der Bundeswehr von den demokratischen Entscheidungsträgern Parlament und Regierung?

9. Welche neuen globalen Aufgabenbereiche hat die Bundeswehr erhalten?

10. Wodurch unterscheiden sich der bisherige Wehrdienst und der Ersatzdienst?

11. Welche Aufgaben hat die/der Wehrbeauftragte?

12. Welche Gründe sprechen für die Schaffung einer Berufsarmee ähnlich der anderer NATO-Staaten wie Belgien, Frankreich, Großbritannien, Irland, Niederlande, Spanien?

13. Welche Gründe sprachen bisher für die Wehrpflichtarmee anstelle einer Berufsarmee?

14. Wodurch war die Wehrungerechtigkeit der letzten Jahre gekennzeichnet?

15. Ein früherer Verteidigungsminister sagte sinngemäß, die Freiheit Deutschlands werde am Hindukusch verteidigt. Nehmen Sie dazu Stellung.

16. Welche Probleme schaffte die 2011 erfolgte Aussetzung der Wehrpflicht?

17. Nennen Sie vier NATO-Einsätze mit Beteiligung der Bundeswehr.

18. Was versteht man unter dem Nord-Süd-Konflikt?

19. Nennen Sie fünf wesentliche innerstaatliche Faktoren für wirtschaftliche Unterentwicklung und erläutern Sie daran den „Teufelskreis der Armut".

20. Inwiefern sind Industriestaaten für die Armut auf der Südhalbkugel mitverantwortlich?

21. Das Konzept der Entwicklung durch Finanzhilfen und Industrialisierung wird nach über 30 Jahren Anwendung zunehmend in Zweifel gezogen. Welches sind die Gründe dafür?

22. Welche Vorteile einerseits, Gefahren andererseits kann das Ende des Ost-West-Konfliktes für die Entwicklungsländer zur Folge haben?

23. Warum können auch wir Bundesbürger kein Interesse an einer Verschärfung des Nord-Süd-Konfliktes haben?

24. Warum kann Nahrungsmittelhilfe (z. B. aus EU-Überschüssen) unter Umständen mehr schaden als nützen?

25. Nennen Sie sechs nicht staatliche Entwicklungshilfe-Organisationen.

26. Warum wird die Zusammensetzung des UN-Sicherheitsrates häufig kritisiert?

27. Welche Ursachen gibt es für die unfreiwillige Migration von weltweit mindestens 50 Millionen Menschen?

28. Welche Staaten gehören zur G-8-Gruppe? Welche weltpolitische Bedeutung haben G-8 und G-20?

29. Zeigen Sie an zwei Beispielen Erfolg und Misserfolg bei den von den UN für 2015 angestrebten Millenniumszielen, die zur UN-Agenda 2030 erweitert wurden.

4 Prüfungsaufgaben (neuer Lehrplan)

Prüfungsaufgaben Winter 2017/2018 (verändert)

Sie unterhalten sich mit Ihren Grundschulfreundinnen/-freunden über Ihre Ausbildung. Einige beneiden Sie um Ihren Ausbildungsplatz, andere besuchen lieber eine weiterführende Schule. Ihre Ausbildung gefällt Ihnen und Sie freuen sich darauf, diese bald abzuschließen.

Hinweis: Alle Aufgaben sind, sofern nicht anders angegeben, in ganzen Sätzen zu beantworten.

1. Stellen Sie Ihren Freundinnen und Freunden drei Vorteile dar, welche die Ausbildung für Sie persönlich gebracht hat.

2. Einer Ihrer Grundschulfreunde behauptet: „Du hast es gut, du musst ja nach der Prüfung nichts mehr lernen!"

   Erläutern Sie ihm anhand von drei Beispielen, warum er Ihrer Meinung nach unrecht hat. Beziehen Sie sich dabei konkret auf Herausforderungen, die Ihr zukünftiges Berufsleben mit sich bringen könnte.

3. Nicht nur im Beruf nehmen Sie eine Rolle wahr, sondern auch in Familie und Gesellschaft.

3.1 Beschreiben Sie jeweils eine Rolle, die Sie in Ihrem familiären und gesellschaftlichen Umfeld einnehmen.

3.2 Stellen Sie eine mögliche Situation dar, bei der Sie aufgrund der an Sie gestellten verschiedenen Rollenerwartungen in einen Rollenkonflikt geraten könnten. Beschreiben Sie einen möglichen Lösungsweg für diesen Konflikt.

4. Auch in der deutschen Politik beschäftigt man sich mit den Rollenbildern der Gesellschaft und versucht dabei, bestehende Ungerechtigkeiten zwischen Frau und Mann abzumildern. So wurde 2017 ein Gesetz verabschiedet, mit dem Lohngerechtigkeit von Frau und Mann hergestellt werden soll (**Anlage**).

4.1 Geben Sie vier Inhalte des Gesetzes wieder.

4.2 Sie unterhalten sich in Ihrem Freundeskreis über das neue Gesetz, mögliche Auswirkungen und Chancen für Frauen. Nehmen Sie anhand von vier Argumenten zu dem Gesetz (unter Berücksichtigung der **Anlage**) Stellung.

Anlage

Ein Fortschritt für Frauen per Gesetz?

Anfang Juli 2017 hat nach dem Bundestag auch der Bundesrat das „Gesetz zur Förderung der Transparenz von Entgeltstrukturen" zwischen Frauen und Männern verabschiedet. Durch dieses Gesetz ist geregelt, dass ab Januar 2018 weibliche und männliche Beschäftigte bestimmte Auskünfte über ihre Entlohnung im Vergleich zu Kollegen mit gleicher oder gleichartiger Tätigkeit verlangen können.

Das Gesetz auf Initiative des Bundesministeriums für Familie, Senioren, Frauen und Jugend (BMFSFJ) hat das Ziel, dass Frauen und Männer für die gleiche oder eine gleichwertige Arbeit auch dasselbe Entgelt erhalten. Bisher ist das in Deutschland keinesfalls gesichert, das

Statistische Bundesamt benannte die allgemeine Entgeltlücke zwischen Frauen und Männern für 2017 mit rund 21 Prozent und war damit Auslöser der Gesetzesinitiative.

§ 7 des Gesetzes stellt nun ein Entgeltgleichheitsgebot auf. „Bei Beschäftigungsverhältnissen darf für gleiche oder für gleichwertige Arbeit nicht wegen des Geschlechts der oder des Beschäftigten ein geringeres Entgelt vereinbart oder gezahlt werden als bei einer oder einem Beschäftigten des anderen Geschlechts."

Um erfahren zu können, ob sie zu schlecht bezahlt werden, haben die Beschäftigten nach § 10 Abs. 1 einen individuellen Auskunftsanspruch gegenüber dem Arbeitgeber. „Dazu haben die Beschäftigten in zumutbarer Weise eine gleiche oder gleichwertige Tätigkeit (Vergleichstätigkeit) zu benennen. Sie können Auskunft zu dem durchschnittlichen monatlichen Bruttoentgelt [...] und zu bis zu zwei einzelnen Entgeltbestandteilen verlangen." Nach § 12 Abs. 1 besteht der Anspruch „für Beschäftigte [...] in Betrieben mit in der Regel mehr als 200 Beschäftigten bei demselben Arbeitgeber." Eine weitere Einschränkung besteht darin, dass es mindestens sechs Arbeitnehmer des anderen Geschlechts geben muss, welche die Vergleichstätigkeit ausüben.

Für die Beschäftigten kann es beruhigend sein, dass der Betriebsrat den Auskunftsanspruch anonym an die Personalabteilung weiterleiten kann. Das Auskunftsrecht schließt auch die Angaben zu den Kriterien für das Entgelt (Lohn, Gehalt) sowie Zusatzleistungen (z. B. Sonderzahlungen, Dienstwagen) ein. Das Gesetz verpflichtet außerdem Arbeitgeber mit mehr als 500 Beschäftigten dazu, ihre Entgeltstrukturen zu überprüfen und in geregelten Zeiträumen „einen Bericht zur Gleichstellung und Entgeltgleichheit" zu erstellen.

Kritik kommt wie üblich von allen Seiten: Industrie und Arbeitgeberverbände befürchten Zusatzkosten durch weitere Aufgaben für Personalabteilung, Geschäftsführung und Vorstände, Überlastung durch ständig wachsende Bürokratie, andererseits sehen Vertreter der Fraueninteressen die Chancen auf bessere Entlohnung als minimal an, zumal viele Frauen in Kleinbetrieben arbeiten.

Prüfungsaufgaben Sommer 2018 (verändert)

Nach einer Parlamentswahl wird in Ihrem Ausbildungsbetrieb unter anderem über das Wahlergebnis einer rechtspopulistischen Partei diskutiert. Verantwortlich dafür sind laut einem Kollegen die Migration nach Deutschland und die aus seiner Sicht damit verbundenen negativen Folgen. Eine Kollegin sieht in der Migration auch Chancen für Deutschland.

Hinweis: Alle Aufgaben sind, sofern nicht anders angegeben, in ganzen Sätzen zu beantworten.

1. Legen Sie Ihrem Kollegen vier Gründe dar, die Menschen dazu bewegen können, ihre Heimat zu verlassen.

2. Das Schaubild in **Anlage 1** gibt einen Zahlenüberblick über die Asylsuchenden in Deutschland und die wesentlichen Herkunftsländer der nach Deutschland Geflüchteten in den vergangenen Jahren. Arbeiten Sie vier Hauptaussagen heraus.

3. [...]

4. Ihre Kollegin äußert die Sorge, dass sogar rechtsextreme Parteien wieder mehr Zulauf bekommen könnten. In diesem Zusammenhang erwähnt sie auch den gescheiterten Versuch, die Partei NPD durch das Bundesverfassungsgericht verbieten zu lassen (**Anlage 3**).

4.1 Erklären Sie mithilfe des Kommentartextes von **Anlage 3**, inwiefern sich die aktuelle Urteilsbegründung von der im Jahr 1956 unterscheidet.

4.2 Arbeiten Sie aus dem Text heraus, inwiefern das Urteil als mutig, aber auch als leichtsinnig bezeichnet werden kann.

5. Ein dritter Kollege mischt sich in das Gespräch ein und führt an, dass ebenfalls andere Formen des Extremismus häufig in den Schlagzeilen zu lesen seien. So wären der linke und der religiöse Extremismus mindestens genauso gefährlich. Erklären Sie zwei Merkmale, die alle Formen des Extremismus gemeinsam haben.

6. Nach dem Gespräch mit Ihren Kolleginnen und Kollegen überlegen Sie sich, wie man in Zukunft sowohl die Integration von Geflüchteten gestalten als auch das Erstarken von extremistischen Strömungen verhindern kann.

Entwerfen Sie zu beiden Aspekten jeweils eine ausformulierte Idee, welchen Beitrag Staat, Wirtschaft oder Gesellschaft leisten können.

Anlage 1

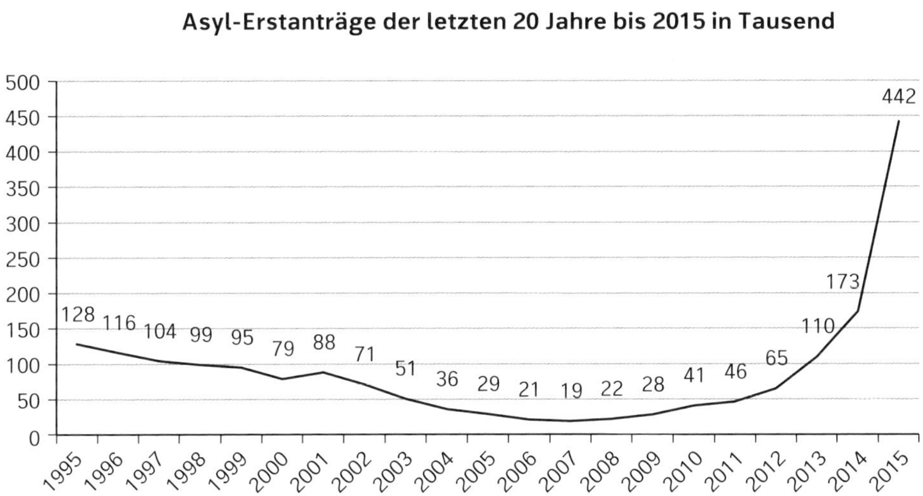

Hauptherkunftsländer der Geflüchteten im Jahr 2015

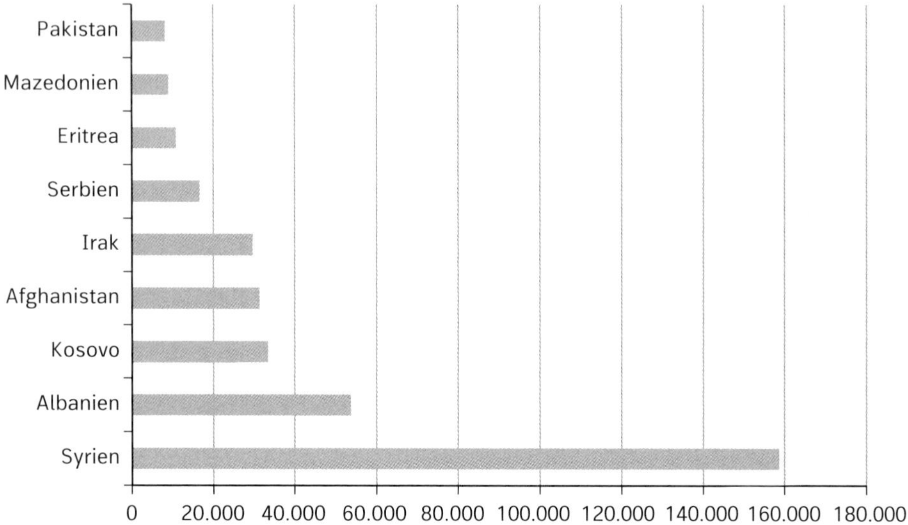

Quelle: eigene Darstellung nach Zahlen des Bundesamtes für Migration und Flüchtlinge (Januar 2016)

Anlage 3

Das Bundesverfassungsgericht hat sich gegen ein Verbot der NPD entschieden

Nach Ansicht des Bundesverfassungsgerichts verfolgt die NPD zwar das Ziel, die freiheitlich-demokratische Grundordnung des Grundgesetzes zu beseitigen, aber es fehlten „konkrete Anhaltspunkte von Gewicht", die es „möglich erscheinen lassen", dass die NPD „derzeit" im Hinblick auf ihre rechtsextremen Ziele erfolgreich handeln kann. Zur Enttäuschung der Innenminister der Bundesländer, die den Antrag auf Verbot der NPD gestellt hatten, entschied sich das höchste deutsche Gericht dagegen.

Wie schon beim Verbot der Kommunistischen Partei Deutschlands 1956 machte der zweite Senat des BVG klar, dass es bei einem Parteienverbot nicht um ein Gesinnungsverbot gehen darf, sondern es sich um ein „Organisationsverbot" handelt. Neonationalsozialistische Meinungen kann das Gericht nicht verbieten. Nach Ansicht des BVG kann eine Partei nur verboten werden, wenn sie durch Größe und politische Relevanz eine realistische Möglichkeit hat, ihre Ideologie in politisch wirksames Handeln umzusetzen. 1956 reichte in der Urteilsbegründung für das KPD-Verbot noch eine „aggressiv-kämpferische" verfassungswidrige Grundhaltung der Partei. 2017 wird dagegen das anspruchsvollere Kriterium formuliert, dass eine „spürbare Gefährdung" der freiheitlich-demokratischen Grundordnung „bewirkt" werden müsse.

Die NPD wurde vom BVG angesichts von maximal 6.000 Mitgliedern und Wahlergebnissen von meist unter 1 % wohl als zu bedeutungslos eingeschätzt, als dass durch ein Parteiverbot der politische Meinungs- und Willensbildungsprozess eingeschränkt werden sollte. 60 Jahre nach dem KPD-Verbot gewichtet das Gericht die freie Meinungsäußerung und den politischen Meinungsstreit ersichtlich höher als eine Schutzmaßnahme gegen die Verbreitung von Neonazi-Gedankengut im Umfeld von Wahlkämpfen. Karlsruhe verlangt für einen zukünftigen Antrag auf

Parteiverbot eine überzeugende Begründung, dass die betroffene Partei eine spürbare Gefährdung der freiheitlich-demokratischen Grundordnung bewirken könnte.

Damit hat das Gericht eine schwammige Definition geliefert. Wenn man bedenkt, wie aus der rechtsextremen NSDAP als bedeutungsloser Splitterpartei mit 2,6 % der Stimmen bei der Reichstagswahl 1928 die zweitstärkste Fraktion 1930 mit 18,3 % wurde, muss man sich fragen, ab wann der gefährliche Prozess hätte gestoppt werden müssen, um die kommende Katastrophe zu verhindern. Und für unsere heutige politische Ordnung muss die Frage erlaubt sein: Wird es noch einen Antragsteller für ein Verbot geben, wenn eine verfassungsfeindliche Partei erst mal der Größenordnung von 20 % nahe kommt oder sie gar übertrumpft? Jeder Versuch würde wohl zu Empörung bei einem erheblichen Teil der Bevölkerung führen, weil Bürger die vorher so hoch gelobte politische Meinungsvielfalt plötzlich eingeschränkt sähen zugunsten der bisher etablierten Parteien. Die Shitstorms in den Social Networks aus der letzten Zeit lassen Böses ahnen. Bleibt nur zu hoffen, dass das Vertrauen der Karlsruher Richter in die demokratische Gesinnung der übergroßen Mehrheit berechtigt ist.

Prüfungsaufgaben Winter 2018/2019 (verändert)

In einer Unterrichtspause unterhalten Sie sich mit Ihrem Tischnachbarn über die Entlohnung nach Abschluss der Ausbildung. Sie sagen zu ihm, dann endlich könne man von dem Gehalt auch leben. Doch Ihr Tischnachbar äußert Zweifel: „Ein Kollege bei uns im Betrieb hat mir vor Kurzem erzählt, dass er mit dem Gehalt kaum über die Runden komme, obwohl er sich stark einschränke."

Sie wundern sich: „Aber der bekommt doch den Mindestlohn! Und mit 8,84 EUR pro Stunde und einer vollen Stelle müsste das doch reichen!" Doch Ihr Tischnachbar hält Ihnen entgegen: „Das denkst auch nur du! Den Mindestlohn gibt's doch nur auf dem Papier!"

Hinweis: Alle Aufgaben sind, sofern nicht anders angegeben, in ganzen Sätzen zu beantworten.

1. Am nächsten Tag entdecken Sie beim Suchen nach Informationen zum Mindestlohn auf der Homepage einer Zeitung den folgenden Artikel (**Anlage**). Fassen Sie fünf zentrale Aussagen des Textes zum Mindestlohn zusammen.

2. [...]

3. Eine hohe Anzahl Geringverdiener stellt ein Problem für das System der gesetzlichen Sozialversicherung dar. Erläutern Sie an zwei Beispielen, wie sich niedrige Löhne auf die Sozialversicherungen auswirken.

4. Ihr Tischnachbar fragt Sie, weshalb die Interessensvertretungen der Arbeitnehmer*innen, wie zum Beispiel Gewerkschaften, nicht stärker gegen die in seinen Augen vorhandenen Ungerechtigkeiten im Zusammenhang mit dem Mindestlohn vorgehen.

4.1 Erklären Sie in diesem Zusammenhang drei Möglichkeiten von Verbänden, den politischen Entscheidungsprozess zu beeinflussen.

4.2 Beschreiben Sie anhand von zwei Aspekten, weshalb eine einflussreiche Verbandsarbeit auch kritisch beurteilt wird.

5. Sie beschließen, sich aktiv in die Diskussion einzuschalten. Verfassen Sie für die Online-Kommentarspalte Ihrer Tageszeitung einen Beitrag, in dem Sie sich mit zwei Argumenten für oder gegen Ausnahmen beim Mindestlohn aussprechen.

Anlage

Der Mindestlohn kommt nicht wie geplant bei den Beschäftigten an

2017 hat das DIW (Deutsches Institut für Wirtschaftsforschung) eine Studie veröffentlicht, die in Zusammenarbeit mit der Universität Potsdam entstanden ist. Dabei wurden aus der Langzeitbefragung des sozio-ökonomischen Panels (SOEP), mit dem v. a. Informationen über Persönlichkeitsmerkmale, Bildung, Einkommen, Erwerbstätigkeit gesammelt werden, die Daten zur Lohnentwicklung und zu Arbeitsstunden ausgewertet. Die Ergebnisse fußen auf den Angaben von ca. 30.000 Befragten zu Monatslohn und Arbeitsstunden, und zwar sowohl vertraglich geregelte als auch tatsächlich geleistete.

Als positives Ergebnis der Studie hat sich herausgestellt, dass seit Einführung des Mindestlohns 2015 im unteren Lohnsegment die Löhne deutlich gestiegen sind, bei den Beschäftigten mit den niedrigsten Löhnen in zwei Jahren sogar um 15 %. Andererseits haben im Jahre 2016 (hochgerechnet aus den Angaben der Befragten) 1,8 Millionen Personen, die Anspruch auf den gesetzlichen Mindestlohn von 8,50 Euro brutto pro Stunde hatten, diesen nicht erhalten, das wären ca. 7 % der Berechtigten. Da die tatsächliche Arbeitszeit meist höher als die vertragliche ist, könnten sogar 2,6 Millionen von der Verweigerung der Mindestlohnzahlung betroffen sein, wobei einschränkend zu berücksichtigen ist, dass es auch Beschäftigte gibt, die freiwillig unbezahlte Überstunden leisten.

Besonders betroffen von einem Entgelt unter dem Mindestlohn sind neben den Mini-Jobbern (bis 450,00 EUR Monatslohn) Beschäftigte in Klein- und Kleinstbetrieben, Ausländer*innen, wobei grundsätzlich Frauen mehr als Männer benachteiligt werden (rund 13 % gemessen an ihrer tatsächlichen Arbeitszeit). Zudem fallen ein paar Millionen Beschäftigte gar nicht in den Gültigkeitsbereich des Mindestlohn-Gesetzes wie z. B. Auszubildende, Praktikanten, Selbstständige. Diese Erwerbstätigen einbezogen, wären nach der DIW-Studie mindestens 4,4 Millionen nicht durch den Mindestlohn geschützt, auf Basis ihrer realen Arbeitszeit sogar 6,7 Millionen. Der Niedrigeinkommensbereich hat also einen erheblichen Umfang.

Wenn auch andere Informationen zum Umfang der Unterbezahlung vorliegen, so wie das Statistische Bundesamt für 2016 von maximal rund 1 Million ungerecht Entlohnter ausgeht, zeige sich laut DIW-Studie doch, dass offensichtlich in etlichen Betrieben das Mindestlohngesetz umgangen wird, v. a. durch unzureichende Arbeitszeitdokumentation. Bei Kontrollmechanismen und Sanktionen gibt es also Handlungsbedarf.

Anmerkung: Der Mindestlohn beträgt 2017 und 2018 brutto 8,84 EUR pro Stunde und wird in den Folgejahren weiter angehoben.

1 Prüfungsaufgaben Wirtschafts- und Sozialkunde Sommer 2019

Aufgabe 1: In Ausbildung und Beruf orientieren

Sie sind Auszubildender/Auszubildende bei der Birnbaum GmbH, einem papierverarbeitendem Betrieb in Heilbronn. Darüber hinaus sind Sie in der Jugend- und Auszubildendenvertretung (JAV) des Unternehmens tätig.

1.1 Die Erfahrung aus der Vergangenheit zeigt, dass sich Auszubildende mit dem Thema Rente nicht auseinandersetzen. Sie haben es sich deshalb zur Aufgabe gemacht, die neuen-Auszubildenden in einer Veranstaltung der Jugend- und Auszubildendenvertretung über die Rentenversicherung zu informieren.

Beschreiben Sie zwei Leistungen, die die Auszubildenden aus der Rentenversicherung erwarten können.

1.2 Sie möchten bei dieser Informationsveranstaltung die Auszubildenden für den demografischen Wandel und seine Folgen sensibilisieren. Ein Ergebnis des demografischen Wandels ist die Notwendigkeit, für das Alter vorzusorgen.

Notieren Sie für die Informationsveranstaltung zwei Möglichkeiten, wie eine solche zusätzliche Altersvorsorge aussehen kann.

1.3 Florian Fechner, 16 Jahre alt, wendet sich mit einer E-Mail an Sie. In Ihrer Funktion als JAV-Mitglied bereiten Sie sich auf ein persönliches Gespräch mit Florian Fechner vor (**Anlage 1**).

Prüfen Sie seine Fragen mithilfe von **Anlage 2**.

1.4 [...]

1.4.1 [...]

1.4.2 Beschreiben Sie jeweils eine negative Folge der Nichteinhaltung von Arbeitsschutzvorschriften für den Arbeitgeber und den Arbeitnehmer.

Aufgabe 2: Wirtschaftspolitik

Die Renninger Hoch- und Tiefbau GmbH baut Straßen und Häuser. Mit ihren 250 Mitarbeitern übernimmt sie sehr viele große Aufträge von Gemeinden in Deutschland, aber auch kleinere Projekte von Privatpersonen.

Sie sind kaufmännische/-r Auszubildende/-r bei der Renninger Hoch- und Tiefbau GmbH und vier Wochen in der Abteilung eingesetzt, die die Anlagenplanung und Investitionsentscheidungen für die Geschäftsleitung vorbereitet. Sie sollen an der nächsten Sitzung der Geschäftsleitung teilnehmen. Ihr Vorgesetzter, Herr Klaus Renninger, hat Ihnen die Aufgabe gegeben, als Beitrag für diese Sitzung Informationen über die mögliche Entwicklung der deutschen Wirtschaft in den nächsten Jahren zu sammeln. Sie haben sich folgende Informationen auf einem Merkblatt notiert:

Merkblatt

1. Das Bruttoinlandsprodukt wird im Jahr 2018 um etwa 2,4 %, im Jahr 2019 um 1,9 % wachsen. Im Jahr 2017 lag das Wachstum des Bruttoinlandsprodukts bei 2,2 %.
2. Im Jahr 2019 werden die Arbeitnehmer bei der Krankenversicherung entlastet und das Kindergeld wird erhöht.
3. Im Jahr 2018 und 2019 wird die Inflationsrate bei 1,7 % liegen, im Jahr 2017 lag sie bei 1,8 %.

2.1 Begründen Sie anhand von zwei auf Ihrem Merkblatt aufgeführten Konjunkturindikatoren, in welcher Konjunkturphase sich die deutsche Wirtschaft Anfang 2018 befand.

2.2 In der Sitzung der Geschäftsleitung wird diskutiert, ob man aufgrund der prognostizierten Konjunkturphase mit mehr Aufträgen des Staates rechnen könne.

Formulieren Sie je ein Argument für und eines gegen diese Annahme.

2.3 Einer der Sitzungsteilnehmer sagt: „Unsere Aufträge von Privatkunden müssten deutlich steigen, zumal der Leitzinssatz der EZB immer noch sehr niedrig ist."

Stellen Sie diesen Zusammenhang anhand einer Wirkungskette mit vier Schritten dar.

2.4 In der Sitzung werden zusätzliche Investitionen für das Jahr 2019 thematisiert und angesichts der Konjunkturentwicklung als Risiko eingestuft.

Diskutieren Sie diese Einschätzung anhand von zwei Argumenten.

2.5 Ein weiteres Problem wird in der Sitzung angesprochen: Die Renninger Hoch- und Tiefbau GmbH sucht dringend Fachkräfte, die schwer zu finden sind.

Erläutern Sie zwei Möglichkeiten, wie in dieser Situation zusätzliche Aufträge bewältigt werden können.

Anlage 1

Von:	florian@fechner.de
An:	jav@birnbaum.de
Betreff:	Jugendarbeitsschutz

Liebes JAV-Team,

ich bin seit September Auszubildender bei der Birnbaum GmbH und würde mich freuen, wenn ihr mir Antworten auf meine Fragen bezüglich des Jugendarbeitsschutzes zukommen lassen könntet:

1. Ich fange um 07:30 Uhr an zu arbeiten. Die festgelegten Pausen sind zum ersten Mal um 08:00 Uhr für 15 Minuten und zum zweiten Mal um 13:00 Uhr für 30 Minuten. Um 16:15 Uhr gehe ich dann nach Hause. Könnt ihr bitte prüfen, ob meine Pausenregelung so in Ordnung geht?

2. Um 08:30 Uhr beginnt die Berufsschule. In der Vorweihnachtszeit ist im Betrieb sehr viel los, weshalb mein Chef verlangt, dass ich vor der Berufsschule noch von 07:00 Uhr bis 08:00 Uhr im Betrieb arbeiten soll. Ist dies rechtlich zulässig?

Mit freundlichen Grüßen

Florian Fechner

Anlage 2: Auszug aus dem Jugendarbeitsschutzgesetz (JArbSchG)

§ 1 Geltungsbereich

(1) Dieses Gesetz gilt [...] für die Beschäftigung von Personen, die noch nicht 18 Jahre alt sind, [...]

§ 2 Kind, Jugendlicher

[...]

(2) Jugendlicher im Sinne dieses Gesetzes ist, wer 15, aber noch nicht 18 Jahre alt ist.

[...]

§ 8 Dauer der Arbeitszeit

(1) Jugendliche dürfen nicht mehr als acht Stunden täglich und nicht mehr als 40 Stunden wöchentlich beschäftigt werden.

[...]

(2a) Wenn an einzelnen Werktagen die Arbeitszeit auf weniger als acht Stunden verkürzt ist, können Jugendliche an den übrigen Werktagen derselben Woche achteinhalb Stunden beschäftigt werden.

[...]

§ 9 Berufsschule

(1) Der Arbeitgeber hat den Jugendlichen für die Teilnahme am Berufsschulunterricht freizustellen. Er darf den Jugendlichen nicht beschäftigen

1. vor einem vor 9 Uhr beginnenden Unterricht; dies gilt auch für Personen, die über 18 Jahre alt und noch berufsschulpflichtig sind,
2. an einem Berufsschultag mit mehr als fünf Unterrichtsstunden von mindestens je 45 Minuten, einmal in der Woche,
3. in Berufsschulwochen mit einem planmäßigen Blockunterricht von mindestens 25 Stunden an mindestens fünf Tagen; zusätzliche betriebliche Ausbildungsveranstaltungen bis zu zwei Stunden wöchentlich sind zulässig.

[...]

§ 10 Prüfungen und außerbetriebliche Ausbildungsmaßnahmen

(1) Der Arbeitgeber hat den Jugendlichen

1. für die Teilnahme an Prüfungen und Ausbildungsmaßnahmen, die auf Grund öffentlich-rechtlicher oder vertraglicher Bestimmungen außerhalb der Ausbildungsstätte durchzuführen sind,
2. an dem Arbeitstag, der der schriftlichen Abschlussprüfung unmittelbar vorangeht, freizustellen.

[...]

§ 11 Ruhepausen, Aufenthaltsräume

(1) Jugendlichen müssen im Voraus feststehende Ruhepausen von angemessener Dauer gewährt werden. Die Ruhepausen müssen mindestens betragen

1. 30 Minuten bei einer Arbeitszeit von mehr als viereinhalb bis zu sechs Stunden,
2. 60 Minuten bei einer Arbeitszeit von mehr als sechs Stunden.

Als Ruhepause gilt nur eine Arbeitsunterbrechung von mindestens 15 Minuten.

(2) Die Ruhepausen müssen in angemessener zeitlicher Lage gewährt werden, frühestens eine Stunde nach Beginn und spätestens eine Stunde vor Ende der Arbeitszeit. Länger als viereinhalb Stunden hintereinander dürfen Jugendliche nicht ohne Ruhepause beschäftigt werden.

[...]

§ 13 Tägliche Freizeit

Nach Beendigung der täglichen Arbeitszeit dürfen Jugendliche nicht vor Ablauf einer ununterbrochenen Freizeit von mindestens 12 Stunden beschäftigt werden.

§ 15 Fünf-Tage-Woche

Jugendliche dürfen nur an fünf Tagen in der Woche beschäftigt werden. Die beiden wöchentlichen Ruhetage sollen nach Möglichkeit aufeinander folgen.

Anlage 3

[...]

Anlage 4

[...]

2 Prüfungsaufgaben Gemeinschaftskunde Sommer 2019

In Ihrem Ausbildungsbetrieb arbeiten Kollegen und Kolleginnen unterschiedlicher Nationalitäten. Um die Integration der ausländischen Mitarbeiter/-innen zu fördern, findet wöchentlich bei Kaffee und Kuchen ein internationaler Erfahrungsaustausch statt, an dem Sie regelmäßig teilnehmen.

Hinweis: Alle Aufgaben sind, sofern nicht anders angegeben, in ganzen Sätzen zu beantworten.

Aufgabe 1
Für das heutige Treffen haben Sie sich bereit erklärt, die Geschichte der Europäischen Union (EU) und ihre Auswirkungen kurz vorzustellen.

1.1 Erklären Sie drei wesentliche Etappen des europäischen Einigungsprozesses.

1.2 Beschreiben Sie vier Auswirkungen der EU auf Ihr persönliches Leben.

Aufgabe 2 (verändert)
Ihr nordafrikanischer Kollege Mimon hört Ihrem Bericht aufmerksam zu und beginnt anschließend seine eigene Geschichte zu erzählen: „Ihr könnt euch gar nicht vorstellen, wie schwer es mir persönlich gefallen ist, mein Heimatland zu verlassen. Aber ich hatte leider keine andere Wahl. Irgendwann möchte ich wieder zurück in die Heimat. Hoffnung macht mir der UN-Migrationspakt ..."

2.1 Erarbeiten Sie in eigenen Worten drei zentrale Inhalte des UN-Migrationspakts (**Anlage 1**).

2.2 [...]

Aufgabe 3
Omar, ein syrischer Flüchtling, schweift gedanklich immer wieder ab und denkt an die Situation in seiner Heimat. Er fragt in die Runde: „Warum kümmert sich die UNO nicht um den Krieg in Syrien? Die greifen überhaupt nicht ein!"

Sie diskutieren über die Rolle des UN-Sicherheitsrates.

3.1 Stellen Sie anhand von vier Punkten den Aufbau des UN-Sicherheitsrates dar.

3.2 Beurteilen Sie die Aussage Omars: „Warum kümmert sich die UNO nicht um den Krieg in Syrien? Die greifen überhaupt nicht ein!"

3.3 Internationale Institutionen wie die EU und die UNO stoßen bei der Lösung von Konflikten an ihre Grenzen.

Erläutern Sie anhand von zwei Beispielen, wie Sie persönlich zu einem friedlicheren und gerechteren Miteinander in der Welt beitragen können.

Anlage 1

Der UN-Migrationspakt wurde am 11. Dezember 2018 in Marrakesch (Marokko) von 164 Mitgliedern der Vereinten Nationen angenommen und in der UN-Vollversammlung am 19. Dezember in New York endgültig gebilligt. Zu den 28 Staaten, die den Pakt ablehnten, gehören viele ehemalige Ostblock- und heutige EU-Mitglieder wie z. B. Polen und Ungarn, aber auch Österreich, die USA, Australien, Israel.

Ausgangspunkt für die Verfassung globaler Leitlinien zur Bewältigung von Migrationskrisen weltweit war vor allem die Flüchtlingsmigration zwischen Afrika und Europa im Jahr 2015. 192 Staaten (anfangs 193 inkl. der USA) haben zwei Jahre lang bis zum Spätsommer 2018 verhandelt, um geeignete Formulierungen für ein Abkommen zu finden. Der Migrationspakt ist unabhängig von dem zeitgleich entwickelten „globalen Pakt für Flüchtlinge" unter Leitung des UN-Flüchtlingskommissars und des Flüchtlingshilfswerks UNHCR.

Laut UN gibt es ca. 260 Millionen Migranten (Männer, Frauen, Kinder) weltweit, knapp 3,4 % der Weltbevölkerung. Gemäß Definition ist jemand Migrant, wenn er seinen Wohnort verlässt, egal ob er innerhalb eines Staates verbleibt oder eine staatliche Grenze überschreitet und auch unabhängig von den Gründen und der Dauer des neuen Aufenthalts. Der so definierte Migrant unterscheidet sich vom „Flüchtling", der vor Krieg, Gewalt, Verfolgung flieht, und durch die „Genfer Flüchtlingskonvention" völkerrechtlich geschützt ist. Der offizielle Titel „Globaler Pakt für eine sichere, geordnete und reguläre Migration" macht deutlich, dass es illegale und ungeordnete Migration gibt und abgestimmte internationale Zusammenarbeit erforderlich ist, um den Herausforderungen wirkungsvoll zu begegnen, Migration sicherer zu machen und mögliche Vorteile zu nutzen.

Der Migrationspakt nennt 23 Ziele für die internationale Migrationspolitik, für die jeweils eine Anzahl konkreter Handlungsvorschläge gemacht werden. Beispielhaft können drei zentrale Ideen genannt werden: Strukturelle Migrationsursachen in den Herkunftsländern sollen bekämpft und nachhaltige Lebensgrundlagen geschaffen werden; der Schutzlosigkeit vieler Migranten soll entgegengewirkt werden, indem deren Menschenrechte respektiert werden und sie auch mit Hilfsgütern versorgt und angemessen unterstützt werden; irreguläre Migration soll vermieden und Schleuserkriminaliät bekämpft werden, ergänzt durch bessere Koordinierung von Grenzkontrollen. Im Gegenzug sollen die Unterzeichnerstaaten mehr Wege für reguläre Migration schaffen. Aus der Fülle von Handlungsvorschlägen für die 23 Ziele können beispielhaft Arbeitsabkommen sowie Erleichterungen der Visavergabe oder Programme zur Armutsbekämpfung und zur Anpassung an klimatische Veränderungen genannt werden.

Wenn man die Wirksamkeit beurteilen will, muss man wissen, dass der Migrationspakt kein Vertrag und daher rechtlich nicht bindend ist. Die Souveränität der Staaten bleibt unberührt, das heißt: Die beteiligten Staaten sind zu nichts verpflichtet und können nicht bestraft werden, wenn sie die Inhalte nicht umsetzen. Die Bedeutung des Paktes ist in einer ersten Phase vor allem symbolisch, denn die Staaten können weiterhin Einreise, Aufenthalt und Arbeitsbedingungen von Einwanderern gestalten, z. B. nach deutschem und EU-Recht. Aber die politischen Absichtserklärungen, rund neunzig Mal auch als „Verpflichtungen" bezeichnet, können langfristig durchaus zur Grundlage bindender Verträge werden, wenn sie in der Praxis Anwendung finden.

Quelle: Autorentext U. Patzig

Bildquellenverzeichnis

Deutscher Industrie- und Handelskammertag e.V., Berlin: S. 64, 88, 96, 99
dpa Picture-Alliance GmbH, Frankfurt a. M.: S. 175, 269 (dpa-Grafik)
fotolia.com, New York: S. 243.1 (Jeanette Dietl)
stock.adobe.com, Dublin: S. 243.2 (Jeanette Dietl)
Shutterstock.com, New York: S. 302.1 (Svetocheck), 307 (hanohiki)
Arco Images GmbH, Lünen: S. 302.2 (Dietrich)
Picture-Alliance GmbH, Frankfurt a. M.: S. 356 (allover/K. Thomas)